长城脚下的美丽家园

延庆《妫川》二十年（2004—2024）散文精选集

林遥 主编

中国文史出版社

图书在版编目（CIP）数据

长城脚下的美丽家园：延庆《妫川》二十年（2004
—2024）散文精选集／林遥主编. -- 北京：中国文史
出版社，2025.5. -- ISBN 978-7-5205-5218-9

Ⅰ. I267

中国国家版本馆 CIP 数据核字第 20253BD552 号

责任编辑：卢祥秋

出版发行：中国文史出版社
社　　址：北京市海淀区西八里庄路 69 号院　邮编：100142
电　　话：010-81136606　81136602　81136603（发行部）
传　　真：010-81136655
印　　装：廊坊市海涛印刷有限公司
经　　销：全国新华书店
开　　本：720×1020　1/16
印　　张：32.25　　字数：481 千字
版　　次：2025 年 5 月第 1 版
印　　次：2025 年 5 月第 1 次印刷
定　　价：98.00 元

长城脚下的美丽家园

延庆《妫川》二十年（2004—2024）散文精选集

组 委 会

主　任：于　波

副主任：马红寰

组　委：诸葛福琨　宋树东　郎丰杰　朱　琳
　　　　周建强

编 委 会

主　编：林　遥

编　委：刘慧颖　许青山　董　娜　张　义
　　　　孙广勋　丁志才　张宏民

目　录

丹心如歌

长城雄风

生态华章

山乡巨变

思想涟漪

梦回故园

纸短情长

序　言

周　敏

　　我曾走过许多地方，印象中的延庆始终如一块温润的碧玉，静卧于燕山怀抱，以静默而深邃的姿态成为北京文化版图上不可或缺的组成部分。这里的长城蜿蜒如史册的装订线，串联起历史的烽火与变迁；妫河水流似墨，在峡谷平畴间挥毫出京郊四季的斑斓；海陀山雪影与野鸭湖湿地的芦花，共同编织着"夏都"的清凉与诗意……如今，这份静默与深邃正在被文字唤醒，一百三十八位作者与这片土地灵魂的深度对话，让延庆这一文化坐标在文学维度中获得了新的生命力。

　　这部《长城脚下的美丽家园：延庆〈妫川〉二十年（2004—2024）散文精选集》，是在区委宣传部的大力支持下，区文联、区作协对《妫川》二十年来刊载散文的梳理和总结，是对延庆作家二十年间创作成果的集中展示，也是用文艺实践贯彻落实习近平总书记给八达岭镇石峡村乡亲们的重要回信精神的具体体现，更是延庆作家对未来的深情承诺：要履行作家职责，继续讲好长城故事，讴歌美丽家园！

　　书中的写作者或生于斯、长于斯，血脉里流淌着妫川的清波激流；或从这里路过，偶然间被一片秋叶的叶脉触动心弦，最终以文字之名在此扎根。二十年的接力传承，作家们用文学之火，照亮古崖居石壁上的千年凿痕；他们手挽手，打捞珍珠泉里的月光和百里山水画廊的丽日；他们用火热的笔端，重构永宁古城里的市井烟火……这些文字像长城砖缝里倔强生长的野草与山花，带着泥土的芬芳和岁月的温度，在初春清冽的山风涤荡中发芽开花，为北京文学增添了别样的风景。

　　全书共分八个章节："妫水流年""丹心如歌""长城雄风""生态华章""山乡巨变""思想涟漪""梦回故园""纸短情长"。整部散文精选集共同构成观察延庆文学流变的多样落点和贴近文学延庆的多维触点，更以整体性的视野，勾连起了延庆文学二十年来的文学发展脉络。我们相信，这些风格迥异、色彩斑斓的文学佳作，不仅让延庆文化有了具象和从容的表达，也会让更多读者如痴如醉。

该书的结集出版，也从一个侧面提醒了我们，要进一步关注"新地域文学"的多样性与细分化的可能。近年来，随着"新南方文学""新东北文学""新北京作家群"等概念的提出，文学界致力寻找一种迥异于被同质化、群体化的文学叙事和文学调性，写作者以地域为棱镜，折射出全球化语境下更为复杂的文化光谱——既解构了传统地域书写的封闭性，又避免了消费主义对地方性的扁平化收割——通过空间转向与群体势能，让地方与区域发出独特的声音，实现对区域历史经验和内部现代性过程的重新反思，并进一步构成新的文学样态。

在这本书中，作家们对祥云火炬、海陀山场馆建设、山区孩子成为滑雪青少年故事的捕捉，从侧面凝固了冬奥会的历史记忆；水利工程、森林城市、世园会建设等重要事件的叙事，叠印着生态文明新的篇章。作家们书写豆腐宴的油香与热气，却不忘记厨娘的辛劳；捕捉冬奥滑雪板激起的雪浪，更凝视建设者冻红的双手。这种"在地性"绝非画地为牢，而是以脚下的土壤为原点，辐射出对人类共通情感的思考，使地方性经验获得跨越时空的阐释可能。当然，也可以看作延庆作家们在相同文化背景下，一次主动融合传统与现代、地方与世界、历史与创新、接纳与反思等的同题写作和"复数"表达。

当下北京地域文学的发展，正需要开放包容的视野和多元共生的地域文学格局，希望这本书成为延庆文学发展的重要里程碑。愿每一位读者都能从中感受到延庆文学的力量与温暖，更期待延庆作家能以此为起点，将个体的生命体验、土地的记忆与时代的脉动融为一体，汇入北京市全国文化中心建设的宏大叙事中，根植生活沃土，聆听人民心声，在泥土与星光的合鸣中砥砺前行，为延庆这一精神原乡赋予更鲜明的文学个性，为时代留下真实且生动的文学作品。祝福延庆文学事业永远向阳生长，走上更加广阔的舞台。

（作者系北京作家协会驻会副主席、北京老舍文学院常务副院长）

妫水流年

2004 2024

永远的妫河

连　禾

　　走近妫河，只见一股清流蜿蜒西去，不时激起几点细小的浪花；两岸绿树掩映，鸟雀的唧啾清亮而动听。妫河，如同一个妙龄少女，透着几分娟秀，几分柔弱。

　　这与史书记载的妫河实在大相径庭。

　　中国历史上的辽金元时期，曾是延庆经济社会相对繁荣的时期。当时，延庆是北京（辽之南京、金之中都、元之首都——大都）通往辽首都上京（今内蒙古巴林左旗林东镇南郊）、金首都上京（今黑龙江阿城东南）、元上都（今内蒙古正蓝旗东闪电河北岸）和元中都（今张家口市张北县白城子村）的交通要道。而途经延庆，妫河是一定要过的。那时，尤其是雨季，妫河水势汹涌、湍急，且无桥梁；皇上的御辇、王公大臣的车队出岔道后，往往要绕道几十里从宝林寺东的妫河几条支流过河，妫河水势之大且难于通行，可见一斑。明清时期，亦是如此。即便到了新中国成立初期，妫河仍然因水大而难于通行。记得1959年，当时还在读初中的我有一次要去下屯，是雇了一条小船才得以过河的。

　　我很折服于自然变化的力量（或许也有人为因素），让妫河变得只需几步搭石或挽起裤腿便可轻松而过。今日的妫河，尽管气势小了、水量小了，但延庆人民仍然忘不了她；因为，她是延庆人民的母亲河，她慷慨地滋润着妫川大地，养育并造福于一代又一代妫川的子民。

　　关于妫河的源头，或曰海陀山，或曰黄龙潭，或曰九龙山（位于新华营村东北），始终未能统一。在我看来，三种说法都有道理，但也都有偏颇之处。因为，这三条河均为妫河的支流，都属妫河流域。历史上，三条支流是到宝林寺一带才汇成一条河，称之为妫河；然后西去怀来，与怀来县的桑干河、洋河等支流一起汇入永定河（现官厅水库为今日永定河起点），再经北京、河北、天津曲折地注入渤海。

进入 21 世纪，延庆人民开展了"保护母亲河行动"，古老的妫河披上新装，展现出更加俊美的容颜。

从 110 国道县城莲花池村路东至永宁古城西关，在南北滨河路之间的妫河两岸，延庆人栽花种树，铺路立石，因物置景，造出一条长达十八公里的"妫河生态走廊"。走廊内，沿着一条条野花点缀的卵石小径漫步，两旁都是葱郁的树林或绿茵茵的草地，不时还会冒出一处小小的园林景观；站上观景石远望，连绵的群山、古老的民居、袅袅的炊烟，透出一股春天般的明媚和清新，也使得妫河古朴的美更加醇厚馥郁。清晨或傍晚，当携着花香的轻风缕缕吹来，悠然散步于走廊，尽享大自然的天籁之乐，是件多么惬意的事！

妫河最让人心仪的地段，莫过于通过橡胶坝拦河而建成的两座公园了。

夏都公园——一座把自然与艺术和时尚融为一体的主题公园。整座公园被妫水大桥分为东、西两个湖区。

东湖，恬淡而自然。茂密的柳树，掩映着一座古色古香的九层宝塔。塔下，清亮的湖水在阳光下泛着粼粼的波光；小船轻摇，倒映出孩童稚嫩的笑脸；一丛丛芦苇、一束束水草，在微风中仙女般妩媚地摇曳着……

如果说东湖是一幅画，那么西湖则是一首融汇古今中外咏叹调般的交响曲。2001 年，延庆县人民政府与中国美术家协会雕塑艺术委员会合作，把西湖打造成为国际雕塑艺术主题公园，不少中外大师级雕塑家都在此留下了作品。园内，竖立起古希腊传说中的女神，俄罗斯美丽的少女，中国伟大的作家苏东坡、曹雪芹和蒲松龄，以及众多现代抽象艺术佳作。五十件风格迥异的雕塑艺术品，体现了"人·生命·自然"的主题。而到了旅游节庆，湖中心大型激光喷泉便在音乐伴奏和彩灯映照下，喷射出晶莹的水的图画。

隔一座桥，便是总面积近万亩的妫水公园了。五千多亩水面上，中国古典式龙船往来其间。妫水公园内以植物、水体为主，结合周边景观，建造起许多小型园林，如台地园、清风园、静心园、幽径园、雅荷园。这些园林中的建筑，或吸收欧洲中世纪建筑风格，或继承中国传统园林艺术，桥梁亭台相傍，雕塑小品点缀，凸显出丰富浓郁的文化内涵。乘船顺流而下，一路风光旖旎，景色迷人，带给人仙境般的感觉。

今日妫河，在未达怀来县之前便直接注入官厅水库了，并在入库的河口区域（海拔在四百七十六米到四百七十九米之间）形成一片宽阔的漫滩。以前，这里沟壑纵横，沙坑遍布，一片荒芜。2007年以来，延庆人又在两万五千亩的库滨区内栽树播草种花，营造出乔、灌、草相结合的库滨湿地景观。走进库滨，不由得眼前一亮，那一片片水塘，一簇簇野花，一丛丛芦苇，将库滨带打扮得如同龙宫里的花园。

至此，妫河便与浩瀚的官厅水库融为一体了；只在她的身后留下美丽、富饶和永恒的灵动……啊，妫河！

我们只有一条妫河，我们没有理由不去爱戴她、呵护她、建设她，让她秀美的容颜常驻。曾长期生活在中国的瑞典学者、著名汉学家马悦然说过"美是真理的一个重要组成部分"，这话实在精辟。因而，我敢说，妫河也将会把她的美永远地留给妫川大地的子民。

啊，永远的妫河！

宋词人物

乔　雨

一

烟水迷离的秦淮河只能出现在梦里了，没有哪只红袖能拭去你流淌的清泪，只有在夜静人空的庭院深处才敢吐出你那声重重的叹息。从此，懂词和不懂词的人都明白了那一江春水里流淌着的是什么。

可你还是无奈地走了，在一个本该是轻罗小扇扑流萤的七夕之夜，在一个本该是丝弦弄音，听那首《霓裳羽衣曲》的七夕之夜，被迫放下了你放不下的书画词曲，喝下了那杯为你预备良久的鸩酒。

每当你一字一珠的那些幽怨灵秀的文字触到我的眼睛便会使我一阵阵地心痛。

有多少帝王的玉砌雕栏都在历史的风雨中灰飞烟灭，而你在瑶天笙鹤般的吟哦中，在用才情创造的艺术终极里找到了真正的永恒。

二

在那种冷落凄清的季节里，所有的人都会渴望一种相逢。

思念在分手后开始生长，长成伫立岸边的一棵棵杨柳，盼望着青衫上酒渍斑斑的你乘一叶扁舟从暮霭沉沉的烟波中驶来，轻诉千种风情。

那晓风残月依旧醉着，你可曾记得执手相看泪眼的离别里是谁与你浅斟低吟吗？

　　早知道凡有井水的地方就有人吟唱你的词，可不曾想到，自从你把士大夫的精雕细刻变成了一种流行之后，你笔下的那句"衣带渐宽终不悔"竟成为铭刻古今的爱情誓言。

三

　　那杯你一饮而尽的黄滕酒谁尝谁都说是苦的。默默看着你的那双眼睛依旧流泪，而你的心却如春雨淅沥般地滴血。

　　渴望相逢又害怕相逢，不敢再看那泪光闪闪的眸子。浸满了泪痕的那条鲛绡依然湿着，而你错落交织的全部心情，都写进了一首叫作《钗头凤》的词里。

　　春风又绿宫墙柳，可那双让你魂牵梦萦的红酥手，竟永远地弃你而去，再不能与你琴瑟相对、诗词相和了。

　　绿醮寺桥下水波映着你的身影永远孤单，那只飞走了的惊鸿不再回转。而沈园那座墙壁上的斑斑墨迹已在你心中慢慢地结成了一片永远抚不平的瘢痕。

四

　　每逢雨疏风骤的夜晚便想起你，想八百年前卷起珠帘的那双纤手和雨后零落满地的菊花瓣。

　　雨湿秋千，风摧落红，都可以成为你眉头和心头上的"愁"字。那时，你不过是一个有性情的漂亮的女孩。

　　直到在你十几屋的藏书被南下的金人毁之一炬之后，直到你的国、你的家、你的爱人，像你钟爱的金石一样破碎之后，你才知道，一个"愁"字所能表达的实在有限。

　　在一个靖康之后的凄清而又漫长的黄昏，你独自在窗前坐了很久。然后，用一种沉郁的调子把国仇家恨一声一声，慢慢地吟给了后人。

　　直到八百年后的今天，仍有不少人知道那天的黄昏有雨，而且下了很久，很久……

五

走近你的词，每每会使人感到剑气逼人，未曾打开剑匣便已隐隐听到那龙吟般的铮铮剑鸣。

那把"吴钩"呢？曾被你无数次在醉后的深夜里挑灯看过的，看那清冷的剑身在昏暗的灯火下闪烁着幽幽的光。

不敢再轻易地登上那落日楼头，栏杆拍遍亦枉然。你本是一位旌旗拥万夫的将军，直到白发苍苍也只能在梦里布阵点兵。

可惜你这把锋利的剑，始终未能再饮胡虏血，一腔壮志未酬的悲愤化作了一首首剑一般豪雄的词，在那里，热血撞击你心壁的声音清晰可辨。

六

每次梦见你逸怀浩气，举首高歌，都是在一个月光如水的夜晚。清晰地看你舞动长长的衣袖潇洒而又孤独。那轮曾让你要乘风归去的明月常常在我将醉的时候跌落在我的酒杯中。

一句大江东去唱红了关西大汉的脸，手上的钢钹和铁绰板仍铿锵作响。历史的巨浪淘尽了古今多少王侯公卿、才子佳人，却淘不掉你词中的一个字。你那横空出世般的亘古旷达更使那些咬文嚼字的匠人自惭形秽。

每当我翻到宋朝的那一页时，你的天风海雨般的文字便迎面扑来，抽打着我身上的琐屑绮俗。

粗茶,延庆人的品位

赵万里

俗语道："开门七件事——柴米油盐酱醋茶。""柴米油盐酱醋茶",是老百姓家庭生活的必需品;"开门七件事",就是普通百姓的日常生活。

我们常说,旧中国封闭自守,自给自足。说到延庆,更是如此。延庆地处居庸关外,三面环山,在交通不便的旧时代,大多数延庆人的生活范围仅限于狭小的妫川平原以及东、南、北三面山的沟域,祖辈的很多人甚至没到过延庆州,没进过永宁城。这种封闭的环境和自给自足的生活方式,就决定了生活日用品需要自己加工、自己制造,自给自足。在旧时延庆人日常生活的"开门七件事"中,有"六件事"基本是自给自足的,只有盐或以物易物,或用金钱购买。在这"七件事"中,仅有盐可称为商品。但"开门七件事",要细化起来又有差别——柴米油盐酱醋茶是一个整体,是一个固定的词语单词,进行任意拆合是错误的,但为了行文的需要,在此做细化——我们知道柴米油盐酱醋是生活必需品,即使日子过得再难堪,也要解决这"六件事",茶则不然。在延庆人生活困苦时期的居家生活中,茶可多可少,抑或可有可无,它不是生活必需品,它是生活的调味剂,体现的是生活的情调和人的品位。

中国是茶的故乡。相传远古神农氏尝百草,一日遇七十二毒,得茶而解。从汉代开始,就有饮茶的记载,中唐时代更有陆羽著《茶经》,成为世界上第一本茶叶专著。

《茶经》开门见山:"茶,是我国南方的一种品质优良的树木。"从严格意义上讲,我国北方没有茶树,也不生产茶叶,只有黄芩,老百姓用其茎、叶经过蒸制等传统工序加工成黄芩茶饮用。黄芩是我国北方特有的一种多年生唇形科植物。其根可入药，味苦性寒，清热燥湿、泻肺火、降血压，主治肺热咳嗽、热病胸闷、发热、热痢、湿热黄疸、痔疮、痈肿、内热、胎动不安、动脉硬化性高血压。黄芩茶具有镇静、清火和改善睡眠等功效。北方人制作饮用黄芩茶已有几百年的历史，并以此作为消暑、待客的主要饮品。

旧日生活在延庆地区的人，生产、饮用两种茶，一种是北方地区比较常见的黄芩茶，另一种是延庆人俗称的"老山串"。老山串这种茶在延庆以外地区有没有不得而知，或许是延庆地区独有的吧。

延庆人做茶一般都在农历五月初，这时的黄芩和其他可做茶的原料枝叶茂盛、翠色欲滴，有的植物繁花绽放，正是采茶的时节。特别是五月端午吃粽子的习俗，为炮制茶叶提供了良好的契机。延庆人讲究在煮粽子的同时蒸茶叶，锅里的粽子煮好了，竹篦上放置的茶叶也蒸熟了。这种蒸制方式省时省力，"借题发挥"还在其次，主要是煮粽子锅蒸熟的茶带有浓浓的粽香气，可以大大提升茶叶的品质，可谓一举两得。煮粽子蒸熟的茶，不知要比白水蒸茶的味道好多少倍！延庆人做老山串一般都是蒸熟，做黄芩茶可蒸可炒，还有的既蒸又炒。蒸熟的茶味道醇厚，炒熟的黄芩茶则茶味清香。据说，蒸茶最好蒸两遍，头一遍蒸熟了晾干，再上锅蒸，两次蒸熟的茶叶味道更醇厚，各种原料也便于融合、入味。

制作黄芩茶时需采集黄芩的叶、茎、花，经过冲洗晾晒，切成五毫米至一厘米的小段，然后或炒或蒸制成茶叶。制老山串的原料就比较复杂了。老山串的原料由大黄芩、小黄芩、沙棘、石片柳等植物的嫩茎、叶、花和苹果树、枣树等果树的嫩叶构成，有时还放入大枣一起蒸，也有把大枣用炭火烤熟放入茶中的，这样做好的老山串会有各种植物香气的混合味和浓浓的枣香味儿。"老山串"名称的来源可能与原料品种多，采茶时需要"满山串"有关吧？长久以来，延庆人称老山串茶为"老山串"，称黄芩茶也是"老山串"。即使在茶叶品种百花齐放的今天，延庆人依然善制善饮黄芩茶，老山串却难得一见了。因此，人们现在所说的"老山串"专指延庆地区生产的黄芩茶，而真正的老山串早已被人们遗忘了，此老山串并非彼老山串了。

旧时，延庆的普通人家大多做茶，不做茶的人家要靠亲戚朋友家"接济"茶叶，但这毕竟不是长法，因此不做茶叶的人家就常喝白水。家里人喝白水无所谓，一旦来了客人，就要去邻居家借茶叶。借一点儿回来，除了客人饮用，剩下的用草纸包起来，放在干燥的柜橱里，以备下次来客了再拿出来喝。做茶叶的人家几乎家家都有一支或一对大茶瓶，茶瓶放在板柜上，将干茶硬硬实实装进去，盖好盖，待饮用时掀开盖子抓一把，放进茶壶里。长久以来，延庆人储存茶叶的器物都是茶瓶。到了民国时期，讲究的人家偶得一个铁皮的茶叶盒，那时的茶叶盒一般都印有月份牌女郎的图案，一看就知道是从上海、天津、北京等大地方来的，家里人倍加珍惜，也自然成为家之宝物，甚至成为传家之宝。由于常年触摸，这种或方或圆的铁皮茶叶盒常会被使用出厚厚的包浆来，成为家人视为珍宝和旁人羡慕的稀罕物件儿。只是到了近三十年，茶瓶和印有月份牌女郎图案的茶叶盒都落到了博物馆和藏家的手中，在普通人家已见不到了，取而代之的是各式电脑图案印制的或铁或纸制的茶叶盒，其已丧失了古朴典雅的韵味，有些图案也和固有的茶文化内容相去甚远了。

自然环境决定着一个地方的风物和物产，也形成了一个地区的风俗、文化和人的性格。南方人饮茶，讲究小杯细品，而旧时延庆人饮茶则是大碗豪饮，很似北京的大碗茶和牧区人泡砖茶的饮法，浓浓的一大碗，解渴在其主，品味在其次，即使是凉茶也照饮不误，凉茶自有凉茶的味道。后来有了搪瓷茶缸，很多家庭就用"把缸"沏茶，天长日久了，把缸外是搪瓷，把缸里是厚厚的茶垢，即使少放茶叶，把缸里的水也是酽酽的，煞有饮欲。再后来延庆人饮茶就讲究了，成套的茶碗茶壶，集聚于花团锦簇的搪瓷茶盘上，盖一方巧手绣花的白布，既美观又卫生，成为普通人家的一个养眼的摆设。茶具的变化体现了人们生活的变迁，但沏出的黄芩茶或老山串始终是黄黄的或红红的，色泽浓重而长久，味道缠绵而悠长。黄芩茶和老山串均浓而不烈，具有生津止渴、不伤肠胃和改善睡眠等功效。

在新中国成立前，除富户、店铺外，延庆地区有暖壶的家庭很少，平时家里来客，只能临时点火用大柴锅烧水。到了冬天，能升得起煤炉火的家庭可以用铁皮籴子烧开水，生不起炉火的家庭用火盆取暖，需要喝水时依然得烧大锅。后来有了竹皮保温壶，烧一锅水将暖壶灌满，沏茶就方便多了。在早年间，一些商铺或生活殷实的家庭，为了解决喝开水的问题，就特意准备一把快壶。快壶形似烧开水的锅炉，下有添燃料的灶口和控风的风门，上有抽风的烟口，内有烧火的灶膛，灶膛四周用铁皮包裹，并做成夹层，夹层内添水。快壶比锅炉小得多，仅添六磅至八磅的水。锅炉烧煤，而快壶烧柴。快壶由于体积小巧、设计合理，烧水很迅速，也很节能，点几根高粱秒或十几张棒皮，一壶水五六分钟就烧开了。在旧日的延庆，快壶和饮茶是相伴而生的，茶叶既然不是生活必需品，而快壶也就成了奢侈品。家中常备香茶，再有一把快壶，这个家庭的生活一定是很有品位的。

一方水土养一方人，一方水土育一方物。延庆地区产的茶自然用延庆的水煮泡最好，无论溪水还是井水，沏出的茶均比他地之水沏泡的茶味道地道。《茶经》中有关于茶的生长环境与茶的质量以及沏茶之水与茶的味道的论述。《茶经》云："山野自然生长的茶叶品质为好，在园圃里栽种的茶叶品质较次。在阳面的山坡上或林荫下生长的茶树……品质好，相反，……茶树品质不好""煮茶的水，以山泉为最好，其次是江水，井水最差"。古时，古城河口（今龙庆峡）内的神仙院是延庆地区著名的"三教合一"古寺院，其四周秀峰耸立，空气清爽，阳光充足，水汽滋润，其间采摘的黄芩茶质纯、味甘，可谓延庆黄芩茶之极品。在神仙院饮茶，煮茶水皆是取河口沟内纯净、甘洌的山泉水，泡好的茶色浓、味醇，一盏茶饮尽，杯壁挂有淡淡的黄汁儿……故神仙院饮茶成为古时延庆文人雅士的追求，神仙院亦成为古来延庆人品茗之胜境。

随着社会的进步和每个家庭经济状况的日臻好转，延庆人制作茶叶的历程逐步被购买茶叶所取代。对于大多数农村家庭而言，购茶的历史是从20世纪60年代开始的。不知什么原因，延庆人一开始就普遍喜欢喝茉莉花茶，一次买回几两，用那时人们熟悉的草纸包着，拿回家，倒入家中旧有的铁皮茶叶盒里，而没有茶叶盒的就用原包装纸包了，放入板柜中。日久天长了，板柜里和板柜里所放置的物品中，也散发了淡淡的茉莉花茶香。再后来，茶叶品种丰富了，延庆人所钟爱的茶叶品种也就混乱了，有的人还煞有介事地学起了茶道或者工夫茶的饮法。实际，在南方每个地区（产茶区），当地百姓都普遍饮用一种或几种主打茶，就像当年延庆人饮用老山串和普遍地喜欢喝茉莉花茶一样，这也形成了当地固有的茶文化。而当今延庆，老山串和茉莉花的味道渐远了，变淡了，其他茶叶则形成如同七十二诸侯国相争的局面。一种茶有一种茶的泡法、饮法。如老山串，用沸水冲，用茶壶或把缸长泡，再用茶碗或茶杯饮用就好。

　　南方产茶，南方人在喝水时看到了茶却忽视了水；北方不产茶，北方人在饮茶时看到了水却忽视了茶。南方人在街上遇到友人或熟人，邀请到家里做客的常用语是"到家里喝杯茶吧"，而延庆人则说"进屋喝口儿水吧"。由此可反映出历史上茶对延庆人生活的影响力和延庆人对饮茶的态度。

　　喝粗茶不一定就没有品位。一方水土养一方人，世世代代的延庆人就是这样从历史的长河中走过来的，我们的生活和文化也就有了茶的沉淀——一碗老山串同样能飘出延庆人热情和诚实的芳香！

家住康庄

尹彦兴

　　暮秋之初的一个早晨，醒来，窗外燕山山脉奇迹般地披上了一层白雪，绿色未褪的树木也顶雪傲立，远近的景物构成了一帧层次分明的水彩风景画，白色中夹杂着点点绿意，使人的思绪早已突破了季节的拘囿。而薄雾在山峦间缥缥缈缈，让一座座一身素裹的巍巍山峰都超然虚无，羽化成仙。

　　家住康庄，居六楼之高，这种在季节更迭中，气候的大手笔恣意涂抹的奇景异象，才可有幸一睹。

　　凭窗伫立，东望八达岭长城耸立山巅，南临军都山层峦叠翠，西边官厅湖波平如镜，北有海陀山嵯峨多姿。足不出户，便可饱览妫川胜景，领略塞外山水四季之景象、阴晴晨昏之韵致。陶冶性情，不亦乐乎！

　　古时，西出八达岭，一路往延庆，一路经榆林驿奔狼山、土木。而现在，古榆林驿的颓垣断壁就在我的西窗外，萋萋芳草在夕阳下随风摇曳。康熙皇帝曾幸临过的公馆已无处寻，但慈禧携光绪西逃时歇过脚的厢房还在，我曾透过雕花的窗户，去感受皇家贵气的氤氲。而面对这一圈残破的城垣，我总是把它看作康庄蜕下的壳，或者说康庄是承继这古驿站而来的。当年詹天佑修建京张铁路时在康庄设站，即"人字铁路"的顶点，从而使这个村子人口逾千，店铺十几，得名"兴隆街"，其商业使命承袭明洪武榆林驿人和街永兴集。经过近一个世纪的发展演变，如今在我的北窗下，是一条南北长约一公里、楼宇错落、店铺林立、商贾云集、人流如梭的现代商业街。

　　历朝历代多有外族犯边，八达岭是重要关隘之一，而康庄一带则是八达岭关防的前哨。如今这里散落的古烽火台遗址，多么像是一枚枚时光的暗扣，一旦轻轻弹开，历史的烽烟仿佛就会四面燃起。我曾见一位农民耕地时犁铧带出来的一把短戟，上面的斑斑锈迹锁住了刀光剑影，锁住了战争的血痕。而岁月深处的马嘶人叫、车轮辚辚、鼓角齐鸣，却会在冬日的某一个夜里，被西北风裹挟而来，一遍遍敲打我的窗棂。此时，披衣起床，倚窗而望。冷月高悬，旷野一片迷茫，光秃秃的树木在飕飕的寒风中飒飒地晃动，像一个个冲锋陷阵、喊杀声声的士兵。而燕山山脉隐隐约约地在更深更远的迷茫中，仿佛埋伏着的千军万马。恍惚中，幽幽咽咽的声音自古长城的残壁断墙间传来，侧耳听之，竟是孟姜女的哭声……啊，这一片神奇的土地！

我常常在黎明时分早早起来观长城日出。八达岭长城自"北门锁钥"分别向南、北依山势蜿蜒而上，画出了一个大大的"V"字，像是特意为日出留下的。此时两边山峦黝黑的轮廓像洪荒巨兽，或蜷伏着，或奔驰着，或张牙舞爪。晓星未落，曙光渐渐地镀亮了长城的巨齿，"V"字里仿佛盛满了淡淡的橘黄色的液体，颜色由浅及浓。霞光渐强，又为长城镶上了一道金边。不一会儿，火红斑斓的云彩铺满东方天空，而东山的西面有着薄薄的橙红和胭脂色的晨雾弥漫，八达岭长城又如巨龙翻腾在渺茫的大海中，好一派龙腾海涌的景象。红日升起，恰巧与长城构成了一幅"二龙戏珠"图。这不是妙手难绘的奇观吗？

在这样的早晨，海陀山最早披上了绚丽的霞光，远近高低的诸峰也自上而下地、渐渐地显露出千姿百态的身躯。直到妫川盆地盛满了阳光，官厅湖波光粼粼，缕缕炊烟便袅袅升起……这样的早晨，让我觉得时光的美好、生活的多彩，一整天里都有着愉悦的心情面对一切。

傍晚时分，西窗上洒满夕阳的辉煌。这时看榆林夕照、官厅熔金，更是美不胜收的景象。百鸟归林，暮色收起了最后一缕彩霞，晚风送来康西草原的馨香。四周村落里万家灯火点亮了几声犬吠。如歌的虫鸣与詹天佑铁路上的一声汽笛汇成了动听的协奏曲。温馨、安谧的夜便如水般漫溢开来。

在康庄生活的又一大乐趣，便是骑车去附近农村赏田园风光。这里的村庄边和田野里，多见散落生长的树，或一株孑立，或两株相扶，抑或三五成片，给村庄以荫翠，给田野以点缀，在我眼中都是很美的景致。柳树龙钟欹斜、枝条腾挪，榆树亭亭如盖、气韵沉郁，槐树遒劲奇崛、香飘五月。我偏爱更为多见的海棠和山楂树，亭亭玉立，春天一树白花，宛如村里花枝招展的少女；秋天缀满深红色的果实，像挂满千万盏小灯笼。有时来到官厅湖边，看碧波荡漾、渔帆点点，听桨声悠缓、渔歌晚唱。兴之所至，跨上骏马，在康西草原一番驰骋，顿觉痛快淋漓、心舒胸畅。或者安坐马背，悠然徜徉，望蓝天白云，远山如黛，陶醉其中，乐而忘返。春秋两季到野鸭湖湿地观鸟来雁往，见天鹅起舞，白鹤亮翅，心情也跟着群鸟飞翔。有时站在影鹅池遗址之上，遥想当年七泉喷涌，九曲洄流，庙宇辉煌，钟鸣鹅戏。而今，那些曾经被郦道元见到过的水，为萧太后饲养的群鹅，庙会上的人山人海，都已踪迹全无，只留下一尊身披千年风霜的龟趺，日夜守护着这里特有的寂静和神秘氛围。不禁顿发思古之幽情，叹"逝者如斯夫"！如若骑车西出康庄，不消半小时便会进入河北怀来境内，领略当地风情，更是别有一番情趣在心头。

每每在周末看见住在大城市里的人们，结队成群、风尘仆仆地来这里旅游观光，我就油然而生一种自豪感，甚至还有些许的优越感。在家门口就有如此好风光，这不是很惬意的事情吗？苏东坡"日啖荔枝三百颗，不辞长作岭南人"，饱的是口福；我在小镇康庄饱的是眼福。有此眼福，若再有着陶渊明"采菊东篱下，悠然见南山"的心境，该是多么美丽的人生！

家住康庄，此生有福。

海陀山上有精灵

王建元

春节前的一次旅程，航班广播提示：飞机将很快在首都机场降落。

透过舷窗，随意瞭望，突然看见一片蜿蜒交错的雪道，覆盖着好几座山的脊梁。山峦银白，串接连通，雪道曲折，纵横如网。

这是什么地方？我正在仔细辨认，视线移向山前，村庄棋布在道路两旁，到处都是密植的树林。我猛然醒悟：这是我最熟悉的延庆！那北山下绵延的村庄，我曾经走遍了那里的大街小巷。多年以前，我曾经在那里打拼。多年以来，我一直欣慰当时没有虚度光阴，我一直为这里的变迁而倍感欢欣。

在这个怀抱着妫水湖的小城里，我已经生活了将近二十七年。二十七年，屈指算来，远比我在故乡的时间更长。这二十七年，无疑是我人生中最好的时段。在已成过往的二十七年里，在这熟悉的山川街巷，我一直习惯独自低头前行，我也习惯了一抬头就能看见高峻的山峰。这片土地，当然是我最熟悉的。我熟悉这里的一切，熟悉它二十多年来的发展历程，甚至包括它的纵深。

因为春节前的这次旅程，因为不经意地回眸瞭望，让我从高空的角度，邂逅这最熟悉的山川形胜，我不由得有些激动：此前，没有这样的机缘，让我以这样的心情观望，让我从这样的高度俯瞰。"此前"其实已是十年前，仿佛又时隔久远。

我扒着飞机舷窗，还想再仔细辨认，飞机翩然而过，飞越过妫川盆地，飞越过盆地边缘的群山。整个过程十分短暂。我突然有些感慨，对于流逝的时光，忍不住心生感叹：岁月不居，时节如流，倏忽而至，五十之年！

十年以前，当我离开这熟悉的地方，移居到喧嚣的京城，到了夏天，尤其不适应。盛夏的京城，蚂蚁般的汽车，翻卷着热浪；繁星似的空调，排泄着浊风。龟缩在"高大上"的空调房里，透窗远望，看不到城市的天际线；透窗望去，高楼之外还是高楼，窗户之外还是窗户，哪能望得见山、看得见水，哪有胃口生产矫情的乡愁。

看厌了密集的高楼丛林，就会心生厌倦，就像厌倦剧情的重复雷同，就像厌倦演员的拙劣表演。厌倦的情绪影响融入，有时感觉自己就是看客一名。其实内心里，滋生着潜伏已久的声音，那个声音不断地提醒自身：

"到山上去，到人烟稀少的地区，让烦躁的灵魂躲一时的幽静！"

凡俗的肉身，有时会顺从内心的召唤，于是，再一次去攀登海陀高峰。

记不清多少次登顶，也记不清曾经多少人一起同行。

很多年前，就已经数次攀登海陀山。最多的一年里，爬上去过三回。那个时候，还很年轻，头发乌黑而茂密；那个时候，习惯在外界的重压下，甘愿像驴一样地负重——重压之下，挤出个周末，抽空加入驴友的队列，负重前行。

那个时候，海陀山还没有今天的盛名，还没有被赐予"十大非著名山峰"。

当然，这座名为海陀的大小高峰，一定也使很多人望而生畏、望而却步、望峰息心。人生在世，本质上都在进行不同形式的攀登。但凡事关生死，就显得格外庄重。仓央嘉措的诗句："世间事，除了生死，哪一桩不是闲事？"在生命与攀登间，前提是活着，唯有健康地活着，才可能有幸福的人生！

每次登上这京北第一高峰，就会想起攀登过的不同登山路线：

传统的路线是开车绕到山的北面，从阴坡的半山往上爬，一路上有树林遮蔽，避免暴晒。除了有几处陡坡特别费劲，相对而言这条道路最短。我从这条线路登上去至少八回。

驴友喜欢的线路是从闫家坪出发，沿着山脊攀缘，一路上周边美景尽收眼底。我跟一帮大学生"村官"走过一回。

还有条路在西大庄科沟里穿行，一路上泉水幽咽、怪石嶙峋。行走在山沟里鸟鸣山幽，感觉漫长且寂静。只要咬牙翻过最陡的山坡，就能到达半山腰的松林，栖息在大片松林的荫翳下，静享松涛之下的柔风，眼望着即将被降服的峰顶，真是其爽无比！

相对难走的是啤酒溪一路。不成形的山路上，有防不胜防的绊脚石。好在经历无数的弯弯曲曲，终于抵达辽阔的高山草甸。无论是坐享大片的绿茵，还是欣赏娇艳欲滴的山花；无论是俯瞰山下熟悉的尘世，还是遥望南山隐约的长城：都会感觉所有的辛苦不值一提。

不同的登山路线，沿途自有不同的风景，一路上自有不同的体验。登山亦如人生旅途，支撑我们埋头苦行的动力，是远方目标的召唤——人们总是期盼并且相信，远景总比现在更加美好光明。的确，抛除"殊途同归"的宿命论，确实应当多做些尝试，不同的道路上自会收获独特的体验，自会欣赏迥异的风景。只有多做些尝试，才会多长些见识——这无关别人的推荐、无关过誉的宣传，只有身心愉悦，才会在攀爬的过程中，心甘情愿地经受曲折，自然会淡化沿途的苦痛。

每一次登临久违的海陀高峰，那些比我先到的人早在高山草甸之上，躺进鲜艳的帐篷；那些落在我身后的呢，依然在陡峭的山坡上，拖着疲惫的身躯，挥汗如雨地行进。

有一次，原本天气预报说是阴天，却不料下起了阵雨。

立身在雨后的海陀山峰，仰望更高的高处，似能倾听到那空谷里的回声。

雨后的海陀峰顶飘浮着平流的云层，云雾轻抚花甸，鲜花随风舞动……半山腰里大团白云，扶山直上，一直到云天交汇处，直到浩渺的天空——那里，盘旋着一只苍鹰，俯瞰这喧闹的凡尘。

我一直厌倦喧闹，但我喜欢这凡尘！

立身在雨后的海陀山峰，欣赏这大山的雄浑，静等云散雾尽，就会迎来雨过天晴：雨后的海陀山，天朗气清。那散布在草地上的五彩帐篷，犹如繁花似锦，一切都是那么的浪漫，自由，轻松！

年轻，真好！真好啊，年轻！

每次站在这多次登临的海陀山顶，都会生发豪迈的诗情，也会生发人生的浩叹：那"早生华发"的感慨，不仅仅暗含幽怨的"人生如梦"。

有一次，在雨过天晴的山上，我问陪我前行的老婆，她是我大学同学，当年我们一起怀揣梦想，共同来延庆扎根，我问：

"你还记得朋士的那首《约翰·安德森》吗？"

老婆说："我当然记得。一个英国诗人的作品，你背来给我听听。"

我说："好，我试试。我背不下去的话，你接着提醒。"

我面向半山的浮云，背诵道：

>　
> …………
>
> 想当初我们俩相识的时候，
> 你的头发黑得像是乌鸦一般，
> 你的美丽的前额光光溜溜；
> 但是如今你的头秃了，约翰，
> 你的头发白得像雪一般，
> 但愿上天降福在你的白头上面，
> 约翰·安德森我的心肝！

老婆笑了，说：

"你的头并没有秃，倒是你的头发，白得更多了！"

看我摸着白发丛生的脑袋，她接着说：

"我记得这诗最后一段，是这样的。"

她迎着山风接着背诵：

>　
> 我们俩一同爬上山去，
> 很多快乐的日子，约翰，
> 我们是在一起过的；
> 如今我们必须蹒跚地下去，约翰，
> 我们要手拉着手地走下山去，
> 在山脚下长眠在一起，
> 约翰·安德森我的心肝！
> …………

我一度离开这熟悉的地方，开始在京城与延庆之间奔忙，一天天递减着爬山的兴趣，一年年递减着攀登的激情。山路走多了，会伤着膝盖。年龄渐长时，到底比不了年轻时的冲劲。况且，过去喜欢登山的同路人，也在逐年递减着，有些人甚至渐行渐远，至今忘记了面容。就这样，很少登海陀山了。在朝行暮归的奔波中，有时抬眼看一看熟悉的山峰，也就看看而已。加上再后来，听说封闭了登山道路，海陀山上开始施工。就这样，有时抬眼看一看熟悉的山峰，偶尔会遇到"海陀戴雪"或者山顶呈现出落日熔金的胜景，赶紧掏出手机，远远地拍一段视频。

真没想到，这次出差返京的路途中，机缘凑巧，从高空目睹了海陀山施工后的真容。那之前攀登过的所有路线，几乎全被白雪覆盖，已经看不见熟悉的踪影；那之前流连忘返的平台，也成为冰雪装扮的赛道。在这些纵横交错的雪道上，2022 年将举行"精彩、非凡、卓越"的冰雪运动。届时，这里所有的表演，都将成为世界瞩目的焦点。

古老的海陀山顶，在这个冬天，焕发出新的妆容，那众多的雪道纵横成网，又相互连通。相信 2022 年，一定能让很多人圆梦！我仿佛已经看见：数十台造雪机卷扬着冲天水柱，发散成了漫天飞雪，在一片轰鸣中，海陀山峰及周边的山峦，被装点成洁白的奇幻景观。我仿佛已经看见：当年那高山流云的观景台上，汇聚着成千上万的观众，他们身穿鲜艳的滑雪服，手持彩旗迸发出亢奋的呼喊声，在我们的海陀山上狂欢。我仿佛看见：一个个矫健的身影从山顶向下俯冲，他们在起伏跌宕的雪道里驰骋；一个个腾空而起的身影，最终都有惊无险地平稳落地，落地后的他们，竖起双臂，发出胜利者的吼声！

而我们的海陀山，那所有的沟畔和松林、那所有的空谷和山峰，同样会给予狂放的回声！

晏大顺的"都好"

池尚明

　　晏大顺，永宁和平街人，约生于 1870 年，1930 年去世，自幼家传做豆腐手艺，靠做豆腐发财。由此算来，晏大顺家做豆腐的历史，至少可追溯到一百四十年以前。

　　晏大顺是永宁城的一景。在永宁城做买卖的，大都有固定的地点。比如玉皇阁南洞口，东面是苗记豆腐坊，西面是钱记菜店；玉皇阁北洞口，东面是盛世营村王子西的菜摊，西面是马肉铺；玉皇阁东香亭处，则几十年都是李兴旺的锥鞋摊。唯有晏大顺，一辈子挑挑子串胡同卖豆腐。一年四季，春夏秋冬。每天早上八九点钟，晏大顺就开始挑上豆腐挑子串胡同。挑子前头是一块木板，木板四角连着四根苦驴棍，苦驴棍靠顶端处，用麻绳将四根苦驴棍绑在一起，下面一插扁担，木板上放置做好的豆腐；挑子后面跟前边一样，不过后面的木板上放的是一块四方扁平的石头，石头的重量和一锅豆腐的重量差不多，这样前后一般沉，挑起来就前后平衡了，这块石头，晏大顺用了好几十年。

　　晏大顺的吆喝声是独一无二的，先是拉长声喊一个"豆"字，而后就像打哈欠一样，轻且短促的一个"蒿"音。本来应该是"豆腐"，他却喊成了"豆蒿"，人们听起来，晏大顺喊出来的是吉祥话"都好"。所以，人们在屋里，听到吆喝声，就知道是晏大顺，需要的就出来买。

　　现在卖豆腐都论斤，晏大顺卖豆腐不论斤，论块，给多少钱，就给拉多大的块。您给俩大子，给您拉一块，回去您上秤一称，二斤整，合算是一个大子一斤。返回头您又买仨大子的，他又给您拉一块。您回去一称，三斤整，还合一个大子一斤。晏大顺就有这个眼窝，"眼窝"是永宁的俗语，意思是看得准、有把握。有的人用铜钱买，大多数还是用黄豆换，舀一碗黄豆，递给晏大顺，晏大顺根本不用掂量分量，直接就倒在口袋里，然后根据黄豆的多少给你拉一块。因为那碗黄豆一到他手上，他就知道黄豆的重量了。也有人试验，弄两碗黄豆，要换两块豆腐，一个大碗，一个小碗，碗中的黄豆一样多，找晏大顺换豆腐。晏大顺也知道是在考验他，他根本用不着用手去掂量分量，直接让买豆腐的把黄豆倒在口袋里，就凭这瞟过一眼，心里就知道了黄豆的多少，切块豆腐，一分为二，放到一大一小两个碗中。意思非常明确，我这两块豆腐一样多，说明你那两碗黄豆也一样多。

在永宁城，人们提起晏大顺的豆腐，人人挺大拇哥，夸奖他的豆腐做得好。好就好在炒着吃形状不坏，片是片，块是块；炸着吃能炸起来，一小块四方墩的豆腐能炸成大圆球。这在一百多年前是个很神秘的手艺，现在不算什么了，人们都知道豆腐点得嫩一些，就能炸起来。

直到今天，永宁城的豆腐仍然很出名。不单单是技术问题，主要还是水，永宁城的水适合做豆腐。晏大顺做豆腐用的是城隍庙前的井水，那个井的水在永宁城来讲最适合做豆腐了。一方水土养一方人，这里的"水"就养了晏大顺。

晏大顺靠做豆腐发了财，盖了很多房。他的家宅在和平街城隍庙胡同，正门临城隍庙胡同正街，后门在火神庙场路南，南北六十米长，三进院落，都是四合院。在清末，人们常常以房产、土地的多少来衡量一个人的财富，晏大顺也算得上是富家。

晏大顺的服装也比较讲究。晏大顺大高个，冬天常穿一件秋剪绒的皮袄，板子好、毛好，御寒。里面还穿一件蓝布小棉袄。多冷的天，冻不着晏大顺。

后来晏大顺还养了不少的羊。

再后来，晏大顺的儿子搬到太平街去了。

2012年2月21日，九十高龄的许复之老先生给我讲了晏大顺的故事，他说这是他十来岁时的记忆，现在提起来，他耳边好像又听到了晏大顺的吆喝声："都——好！"

依偎母校的情感

张凤起

　　非是怀旧，而是一种情感绵延的眷恋。近期，我重游翻修后的母校——延庆第一小学，那古色古香的大门，气势宏阔的殿堂式布局，优雅的办公室，为连通各教室而铺设的曲折回宛的砖砌小道，以及教室内的长条课桌和小方凳，小院杏树枝头缀满的红粉娇嫩，操场后古城墙悬垂的酸枣树的顽强生机等等，无一不深深镌刻灵魂的记忆。四十八年前的1960年，我以优异的成绩考入延庆一小的前身——延庆镇小学，两年后又以全县统考第一的成绩被延庆中学录取。

　　四十八年，接近半个世纪，漫长了人生，涂抹了鬓发的斑白，似乎所有的事情都被时间淡化乃至遗忘，但只两年的母校生活却时时撞击忆念的甜美，使我陷入童稚过滤后的享受。

　　我淘气但刻苦。家在离学校三四里的农村。每天一大早用一块白布裹住书本，往腰间一系，就连跑带颠地上学。中午两块白薯或贴饼子就大咸菜当干粮，天黑才回家。但我从未缺过课，只一次大雨让我迟到了。当我披着麻袋，拿出揣在怀里的书本，浑身上下水淋淋地站在教室后面时，我羞愧了，但老师和同学却感动了。

　　淘气，是因为听过十几分钟新课就懂了，剩余的时间无所事事就做小动作出怪相，因而也就时常被罚站。一次，谢（教导）主任集中两班同学上自然课，二十分钟后我突然心血来潮，用旧成绩卡叠成飞机，趁谢主任回头板书的当儿抛了出去，我技术高超，让那架飞机在教室上空打了一个很大的旋才落下，逗得满屋子同学哄堂大笑。谢主任拿到飞机，打开之后看到是我的名字，一怒之下把我赶出了教室。淘气招致了许多不幸，常常别人干的错事我也顶着，虽然每次考试成绩都名列前茅，但因操行总评为"中"而无缘于任何奖励，直到最后一学期，或许我懂事了，或许班主任聂玉卿老师格外开恩，让我操行上了一等，才得了个"学习成绩优秀"的奖状。

请不要误会，挨批评和罚站的时间对两年来说毕竟是短暂的，快乐依然是那段乐曲的主旋律。我爱我的学校，敬重我的老师，有时调皮纯粹是为了让老师注意到我的存在。我喜欢考试，因为每次考试我都会让老师感到欣慰，或者说让老师知道我的报答。我只有这唯一的报答方式。老师给我的太多了，最重要的是给了我为目标奋斗不息的勇气和坚韧，引导了我的方向。记得我一篇题目为《我的父亲》的作文，成了范文参加了全校展出，引起了我对文学的兴趣而使我跌入了作家梦。后来，我真的沿着那个梦，不敢丝毫懈怠地"爬"了几十年格子，在全国百余家报刊发表了上百万字的作品，并且有了自己的诗歌专集和多种专著面世，成了作家、诗人和民间艺术家。不是炫耀，我不敢，只是写出来交给我的母校和我的老师；也算不上礼物——太轻了，只是报答，我只有这唯一的报答方式！

母校，请收下您的学子对您偎依的情感！老师，请翻阅您的学生一字字一句句呕心沥血的答卷！

妹妹晚年的幸福

李秀山

深秋过后，一连刮了几场大风，把小区院子里的树叶全刮得飘落在地上了。

落地的树叶又打着一个又一个旋涡儿，被风给卷到角落里，堆积了厚厚一层。

屋里没有暖气，寒意浓浓。我疲乏地盖上棉大衣，想睡个午觉。突然，手机响了。我一看显示，是妹妹来的电话，只听那边传来沙哑、颤抖的声音："哥哥……"往下就不说了，只听到哭声。

我急问："怎么啦？你说话呀！哭什么！"那头仍是啼哭不止……

"你快说呀！什么事？"我又催促了一遍，她才喃喃地说："老王他住了三个月医院，抢救无效，凌晨两点多钟走了。"

我听她说完，觉得浑身有一种异样的感觉，心怦怦地跳，周身的血流也开始加快，很惦记她今后的处境，但我安慰妹妹说："你要冷静，别难过，先料理好老王的丧事，人老了，总是要走的。你这十年把他伺候得不错，儿女也是知道的。他的子女不可能把你给撵走，做出出格的事来！"

临末了，妹妹又说："哥哥，咱们话先有着，你那要是有合适的房，给我租一处，万一他们撵我走，我好有个住处呀！"

"这是以后的事，先不忙。"

放下手机以后，我怎么也睡不着了。妹妹苦难的一生，就像演电影一样，一幕一幕在脑海里浮现。

妹妹叫秀兰。她五六岁的时候，我们的父亲就去世了。可想而知，在解放前那段岁月里，孤寡母子三人是怎么生活的。为了生存，母亲凭着勤劳的双手、顽强的意志、起早睡晚，给人家打工，挣些微薄的钱来，买玉米面养活我们；我们稍大一点儿，她又供我和妹妹念书。

1960 年夏天，妹妹考上了县办的一所卫生学校，准备当一名医生。却没有想到，念了一年半，正赶上国家三年困难时期，这所学校解散，农业户学生回村劳动，非农业户学生分配到卫生部门工作。

这如同五雷轰顶的一颗炸弹，把妹妹轰倒。就像一辆汽车好不容易颠簸着爬到半山腰，再往回掉头就无路可走啦！回到家里，泪水洗面，哭泣不止。这下可把母亲吓得不知咋办才好，问："你怎么啦？谁欺负你啦？娘找他去！"

她仍然是哭……

在娘的一再追问下，她才一五一十地把学校解散的事说了，娘也唉声叹气，泪水湿透了前衽襟，娘俩的哭声笼罩着整个阴湿、低矮、破旧的房间……

这个劝那个劝，娘俩唇齿相依，熬过又一年。

1962 年 8 月妹妹又报考沙河农校，录取通知书刚刚发到手，受苦的母亲苦挣熬日，终于病倒了。经过医院检查，母亲得的是子宫癌晚期，每天疼得哭喊，全凭止痛药片解痛来维持生命。无情的变故已经把娘推到黄泉路口，妹妹只能每天伺候母亲，相陪为伴，洗衣、做饭。妹妹没有去学校报到，一直把四十三岁的母亲送走。二十出头的妹妹，寂寞、凄凉、迷茫，每天到生产队里去劳动，白天一身土、一身汗，夜晚难以睡眠，愁苦哀叹。

随后，家里就像一扇让人挤破的窄门，说媒的、提亲的每天都有，爱神似乎到来，但她心里乱糟糟的，怎么也理不出个头绪来。远在深山区里当教师的哥哥，也很关心她的终身大事，在繁忙的工作之余回来看看她。

她向哥哥说了，有人给她介绍一位大学毕业的人，三十岁了，在河北省康保县中学当教师。

哥哥说："这么好的条件，为什么三十岁还没媳妇呢？"

她说："人家介绍人说啦，他人老实，总是挑！"

哥哥又提醒她："那你好好考虑一下吧！"

然而，墙缝里的蝎子蜇人不显身，就在我走的第二天，媒人就把这个人给领来见了面。

见面后，妹妹只图他大学毕业，同意了。没想到，她在婚姻上犯了一个大错误，走进了苦难泥潭。

结婚后，她才了解到：这个比她大十多岁的人在侵华日军统治时就上小学读书，年龄相差悬殊。别看他大学文凭，口语表达却不行，性格乖僻，脾气古怪，得过精神病……

婚后不久，妹妹就怀孕了，过着这种聚少离多的凄凉生活，她没少抹眼泪。这个丈夫简直是个累赘。

后来，妹妹有了两个孩子，在生产队的帮助下，勉强盖了三间半北房。孩子大了，又娶了外地的媳妇，盖不起房，挤在三间半房里，妹妹只好到外边租房去住。

1993年，妹夫由于精神病经常犯，提前办理了病退。回来后，不到一年又患上脑血栓，半身瘫痪，生活难以自理，卧床不起。妹妹接屎接尿、喂水喂饭，整整伺候了丈夫十年。2003年妹夫去世后，妹妹的两个儿子谁也不让她回去。妹妹回去也没地方住，只好继续租房住。年已六十岁的女人怎么办？难啊！阴云整天笼罩着她。

常言说："人在为难时，总有好心人。"妹妹的好心人是谁？一位初中时的同学听说了她的处境，立即坐车回村找她。

这位同学，认识一位京郊某师离休的王副政委，七十九岁了，老伴已经走了多年，急需找一位勤快的有经验的女人来当保姆，月工资一千五百元，当时一千五百元对妹妹来说是笔不小的收入。她听了这个情况，立马答应了，随后跟随这位同学来到干休所的家属大院。

王副政委，中等个头，穿着朴素，是一位慈祥、善良、和蔼的老人。他是河北省易县人，1938年参加革命工作，抗日战争、解放战争、朝鲜战争都经历过，后来，到南京军事学院进修学习了两年，在部队工作直至离休。妹妹来到他家以后，对王副政委照顾得无微不至，每天总是陪着他去市场购物，去公园里散步；在家里，洗洗涮涮，利利落落，家具摆设抹得锃亮、洁净；每天做着各种可口的饭菜。因为妹妹略懂些医学知识，总按照王副政委的身体状况做饭、炒菜，王副政委很满意。与之前几任保姆相比较，王副政委觉得她脾气好，和自己合得来。干休所家属大院的老伙伴们都夸奖王副政委这回可找了位好保姆。两人也慢慢有了感情，后来，他们领了结婚证。

一天，王副政委笑眯眯地从柜里拿出一个存着多年积蓄的十万元的存折，给了妹妹，说："你这一生，没少受累，这个折给你，算是我给你的一份结婚礼物吧！"她激动得不知说什么好，泪水扑簌簌地从眼里夺眶而出……

王副政委家中有一个儿子、四个女儿，都已经结婚成家。每到周末，全家时常聚一聚。王副政委唯恐长久会产生矛盾，又怕把妹妹累着，便告诉子女："往后周六、周日，你们就不要来了。我有你姨照顾，你们放心，我有事给你们打电话。"

孩子们打心眼儿里不同意，可又不敢不听老父亲的话。他们看见妹妹对他们的父亲伺候得很周到，也就放心了。

后来，王副政委把自己每月领的工资也交由妹妹掌管。妹妹买菜、买肉、买粮，为王副政委看病买药，把两个人的生活安排得很妥当，日子过得和和美美、其乐融融。

王副政委在房前栽种了八棵柿子树和六棵红枣树，如今树干有碗口粗，枝繁叶茂，挂了果。每到秋季，绿叶中点缀着黄的柿子、红的枣，就像珍珠一样闪闪发光。微风吹来，枝叶摆动，令人陶醉。树下的空隙地上，还种着一畦又一畦绿莹莹、水汪汪的韭菜，割了一茬又一茬，苗壮生长。此外，还种着小葱、辣椒等。

如今王副政委却走了，今后的日子将会怎么样？这是一个新的变数。妹妹一方面非常怀念他，另一方面很不安。心中就像十五个吊斗打水——七上八下的，总怕老王的孩子们把她从这个家里撵走。

她的忧虑是多余的。王副政委的儿子可不是这样的人。自从老父亲走了以后，生怕"姨"有顾虑，产生想法，经常回来看望她、安慰她，说："姨，你来的这十年，对我老父亲照顾得很好，我们都亲眼看到了。尤其是住院期间，接屎接尿，喂饭喂药，我们打心眼儿里感谢您，您支持了我们的工作。我们都是有良心的人，绝不会做出对不住您的事来，让父亲在九泉之下不放心。这个家，就是您永远的家，您放心，以后您岁数大了，我们再给您雇个保姆伺候您……"

妹妹听后，脸上的忧愁逐渐消失了。王副政委的儿子逢年过节，还给她买肉、买菜。有一天，他从皮夹里掏出一个刚刚办理的遗属补助费的存折，对妹妹说："姨，给您都办好了，这是您每个月应享受的遗属补助费存折。"

妹妹有了一个幸福的晚年生活，她最应该感谢的是这个社会，她遇到了好人，赶上了这个好时代。

水润妫川

蒋希云

水，是妫川的灵魂。

龙庆峡的一潭碧波，荡出多少绿色的诗情与热情的幻想；松山淙淙的溪流，流泻的是清纯与美丽，一如秋风滑过银色的琴弦，在诗与梦幻中交织着缤纷的旋律；官厅水库万顷水面，波光粼粼，帆影点点，水鸟翻飞，是一曲宏伟的乐章；绵绵妫河蜿蜒九曲，晨起夕落，缓缓流淌，滋润着广袤的妫川大地，把妫水女的传说一遍遍地浅吟清唱。

水，是小城的灵魂。

小城傍山而筑，依水而建。两湾湖水宛如璀璨的明珠，既有妫水湖的闺秀风范，亦有香水苑湖的小家灵气。缓步绿草如茵、垂柳婆娑的公园，湖面水汽氤氲，耳边乐曲悠扬。再配以精致的欧式建筑和别致的小桥，有了欧洲神韵，有了江南风情。荡舟湖上，仿佛置身幽幽的莱茵河畔，抑或烟雨中的江南。

水，是妫川人的灵魂。

妫川的历史，积淀着多少妫川人与水抗争的壮举。我们的祖先制服了桀骜不驯的妫河，大搞水利，开治水田，广种水稻，把这片土地开发成"遥望东路畦疆，不逊江南"的沃土。获得解放的妫川人民更是用自己的双手，在新中国成立之初和兄弟省市人民一起修建了官厅水库，六七十年代修建了古城水库、佛峪口水库，打通了白河隧洞，80年代修建了白河堡水库，继而完成了南北两大干渠等工程。妫川人民用自己的双手使山绿起来、水通起来、土地富饶起来。我县诗人李自星在《春到白河堡水库》中这样热情讴歌："平湖潋滟靖山幽，杏雨缤纷隐隐楼；正是清和时节好，花峰倒影过渔舟。"

今天的妫川，正以夏都的美誉，以水的情怀，以妫川文化的包容性，接待着无数的游人和来自五湖四海的创业者。

是大山构筑了妫川人的灵魂，是平川养育了勤劳的妫川人民，是水，让五千年的妫川文化源远流长，生生不息。

我听见新的乐章徐徐奏起，我看见崭新的蓝图正在变成现实。让我们掬起一捧幸福的水来，让甘甜清冽的水浇灌妫川大地的每一寸沃土，浇灌我们心中的每一个理想，让它们在新世纪的春天萌芽、成长……

故乡的春天

浅　黛

故乡的春天来得迟些。

孩子们却早早地褪去了冬的包裹，在轻寒的春风里嬉戏。欢笑声和着燕子的啁啾，在阳光里飘荡……春天于孩子是一只舒展的大手，带着他们走向旷野，走向青山，走向溪流。路边的小草似乎带着娇羞，在孩子们惊喜的目光中扭捏起来，"千呼万唤始出来，犹抱琵琶半遮面"，那一点点鹅黄，越发显得娇贵了。黄昏中，细雨如丝缥缥缈缈，绿了烟外的杨柳，粉了杏眼桃腮。"亭台侧畔春雨落，帘幕中间燕子飞"，一把双剪似乎也剪不断这自然的轻纱，朦胧得如幻境一般，悠然得与神仙无异。当薄雾褪去，一切变得朗润起来。蔚蓝的天空，在斜阳中开始绚丽；桃色的云，好像还带着惺忪的睡态，悠悠地散去。几缕炊烟袅袅升起；远处，牧童剪影柔和而静谧……"雨晴烟晚。绿水新池满。双燕飞来垂柳院，小阁画帘高卷"——这，就是故乡春天的傍晚，祥和而温馨。

清晨，当你放眼山峦，一夜之间漫野绿色，犹如翁郁的绿云，在眼前、在天边，那种碧绿和清新似乎让你猝不及防，又好像是昨天才看过的画卷。"曾记否？归燕叩柴门。悦目青山舒画卷，清心碧水荡浮尘，萦绊往来人。"当晨烟与晓雾融合，绿色也便幽远了，山因她而浮动着。那一抹朦胧、神秘在我的心中弥漫开来，带着我悠悠的遐思走向远方……

日出时分，田间地头映着忙碌的身影，农民们开始了春播。歇息时，三三两两的人聚在一起，看着这无垠的田野开始畅想，畅想着他们的希望、收获和未来……层层的田野似一沓沓的五线谱，人们便如同一个个跳跃的音符，谱写着心中的梦想，那旋律不仅仅是春天的交响，也隐喻了秋的辉煌。

故乡的春天，是成人记忆中的一幅画，却任丹青难摹。因为世上还没有谁可以调和出快乐的颜色。

故乡的春天，是游子夜晚的一首诗歌，却任万笔难书。因为世上还没有谁可以刻画爱的脉搏。

慈母恩泽重

吴进文

人生有许多痛是我们不能承受的，甚至一个痛便可能会打倒我们。在二十二岁那年我经受了一生中最大的痛。我的母亲刚刚四十三岁就猝然离世，此一痛也；我虽有拳拳之心却未尽反哺之举，此二痛也；母亲一生悲苦，却未等到苦尽甘来，此三痛也；母亲被病痛折磨带着无限的牵挂离世，我却不在身旁，此四痛也。人生有此四痛，想念的痛苦会像深不见底的古井，任怎样呼喊，也听不到回声；任怎样填补，仍会觉得恐慌和空虚。

5月28日是母亲的忌日，2015年，母亲去世已三十二年了。虽然隔了三十二年岁月的灰尘，但一想到母亲，那种心酸的温馨像是蒸腾的云雾慢慢氤氲开来……

我的母亲不是延庆人，她1940年出生于山东泰安泰山脚下的一个小村子里。1945年春，姥姥姥爷带着舅舅和母亲一路逃荒来到延庆。刚到延庆，姥爷就被日本鬼子打死了。姥姥把五岁的母亲留给旧县北边的小村烧窑峪的一个人家，就带着舅舅回了山东。母亲给我讲的：在村口的老榆树下，她哭喊着，望着家人远去而逐渐消失的背影，无法追索亲人；一次次在村口的老榆树下等着家人来找她，除了茫茫的原野和无尽的道路，永难再见亲人。这个影像如同电影的定格一样，永远烙印在她的心中。我的母亲自此再也没有回过故乡，再也没有见过自己的亲人。

两年后，母亲的养父过世，家里人把母亲卖给了人贩子。母亲被卖到了赵庄西边付于屯的一户人家。这家的老太太买她，是送给自己已嫁到下板泉却没有生养的闺女当女儿的。闺女一开始不要，我的母亲就跟着老太太。过了两年，母亲被老人闺女领回去了。从此母亲就开始了她在磨难之中仍寻求报答的一生。

母亲的养父养母我们称作爷爷奶奶。爷爷和善，对母亲还好，但是不爱操心，家事不管；奶奶乖戾不喜欢母亲，从来都是冷言厉色。我父亲要带母亲回东桑园，母亲总要坚持她的观点：人家养我就是为了让我养老送终，我走不仁不义。

母亲是在我上师范的那年开始生病的。长期的积劳成疾，再加上地冻天寒还要劳作，母亲就患上了风湿症，又因为没有及时治疗，风湿侵袭心脏，进而得了风湿性心脏病。她幼年就吃了那么多的苦，受了那么多的罪，成人后也没有享受过什么幸福。刚烈而坚忍的性格，除了给她增添更多的病痛之外，对她的命运丝毫无补。我虽是个女孩，但母亲很重视我，对我寄予了很大的希望。特别是我考取了师范、有了工作、成为独立的人以后，我成了母亲精神的依靠。因此我始终觉得：被所爱的人需要，就是生命中最大的动力和最大的幸福。

工作两年之后，我又考取了北京师范学院本科脱产进修班。那是1983年的"五一"节，过完了"五一"假期，我又要回北京去上学，母亲站在门口的小柳树下送我，那时母亲身体已经很不好，瘦弱憔悴。当我走到街口准备转弯时，回头看见母亲还站在那里，母亲小小的身影，映射出的是满满的眷念和不舍，我突然觉得心里好闷，泪水扑簌簌地滚了下来。

我不知道，这就是我和母亲的永诀！我的可怜的母亲，您曾经是多么富有活力的一个人哪！

母亲没生病之前是个十分能干的人。她虽然个子不高，但生产队的任何农活她都做得来、做得好。春天撒种施粪，夏天锄地栽稻，秋天收割打场。队长教育小青年常这样说："看看香姑怎么撒的种，撒在垄沟里，撒匀了。像你们那样，得浪费多少种子。""看看香姑怎么锄的地，地暄，草净，还不伤苗。"秋天剥玉米，按分量计工分，母亲装满满一拃筐玉米，背到磅秤一称，大家都啧啧称赞："香姑您真有劲！"因为母亲名字的最后一个字是"香"，所以生产队的青年们按辈分或叫"香姐"或叫"香姑"。

母亲做事极认真，生产队让母亲协助豆腐坊做豆腐并且负责喂猪。这看似平凡又劳累的工作，母亲却做得有心有肠。做豆腐，母亲的工作是挑水、烧火、过渣、澄浆、压豆腐。最累人的是挑水，因为没有自来水，四个大缸需要挑十六担水，而且是从压水机那里排队压水。有时实在不愿意等，就到村南头的大口井去挑。我上学早，虽是上了初三，也才十四岁，但我是很有力气的。每天放学就赶快往生产队养猪场跑，快快跑，去帮母亲挑水。冬天，在满是冰溜的大口井打水，母亲很不放心，就也挑着水桶和我一起去。母亲看我一桶又一桶从大口井里拔上水的时候，又是欣慰又是心疼："还是拿小桶打吧，拿水筲太沉了！"

那时我虽然只有十四周岁，但能替母亲挑水，为母亲分担，觉得自己也很有一种英雄豪气。特别冬天在满是冰溜的井台上，在人们的赞许声中，我一水桶一水桶地从深井中把水拔上来的时候；在我挑满几大缸水，母亲又是欣慰又是心疼地递给我毛巾的时候；在我们帮母亲做完活，月光从高高的杨树上面泼洒下来，照着我和弟弟妹妹跟着母亲回家的身影的时候，我觉得是那样的自豪、充实、幸福、快乐。这样的幸福永不再来，我与母亲阴阳相隔也已有三十二年。

喂猪这活，不难。辛苦的是每天打扫八个猪窝，然后垫上干燥的碎秸秆和柴草末。这些活，我和弟弟妹妹常帮母亲干，而且也能够做得让母亲放心。最辛苦的是母猪下小崽，母亲常常冒着严寒看一宿，她既担心老母猪又冷又饿不能正常生产，又害怕小猪被母猪不小心压死。直到猪母子都平平安安，母亲才稍稍放心些。有一次我陪母亲看老母猪，当小猪生出来的时候，满身是血，我非常害怕，母亲却很镇定地让我把干布片递给她，然后麻利地把小猪擦干净，包好放在豆腐坊铺着干草的灶膛旁边。看着十头小猪晃着小脑袋，母亲脸上洋溢着快乐和满足的笑容。

母亲在生产队干活时，是个好社员，有着极好的口碑；在家里母亲也是心灵手巧的主妇。因为在前门鞋厂打过工，每年冬天农闲时，母亲便给一家八口人做鞋，每人一双棉鞋一双夹鞋，母亲做的鞋都像是从商店买回来的。母亲鞋做得好，各种衣服也做得精致。直到现在我还记得母亲给我做的小裙裤，蓬起的裤腿，像是撑起的裙幅，腰带处有三道襻扣，两边都缀着漂亮的扣子。这样的小衣服在 20 世纪 70 年代初的农村真的是太洋气了！

母亲没上过学，但对我的学习十分重视。你念多大的书，家里都供你念，你念到外国留洋，家里砸锅卖铁供你，母亲常常这样说。除了希望我爱学习，还要求我像个旧式女子会做女红。我最先学会的是缝带子，母亲用它来编襻扣，缀在棉衣上。后来就是纳鞋衬，好多花样，"水""四针带框""九针带框"。因为买不起缝纫机，所有针线活都是纯手工。最难的是缉鞋口，针脚要大小合适、匀净、整齐，这样活计母亲始终不放心让我做。

小时候，我们姐弟几个最喜欢的是下雨天，因为母亲可以歇雨工，那时我们便都在炕上围在母亲身旁看母亲纳鞋底，听母亲讲故事。母亲没有上过学，也不会讲安徒生童话或中国古代寓言故事，不过就是一些神仙鬼怪故事、民间笑话传说等。但母亲讲故事很生动，讲到鬼怪作祟的时候，我们都害怕地钻到母亲怀里，母亲便搂着我们。过一会儿，便拍我们一下，"起来吧，狐仙跑远了！"我们就都浑身轻松，真觉得又回到了太平世界。

1978年，我考上师范学校的第一年，母亲病情严重住进县医院。在病床前，母亲郑重叮咛我："你是老大，娘要是不行了，你一定要照顾好弟弟妹妹，让他们把书念完。"我边哭边使劲点着头，也使劲摇着头，我一定会好好照顾弟弟妹妹，可是母亲怎么能不行了呢？虽然不愿相信母亲会离开我们，但在我的心里觉得十八岁的自己必须顶起一片天。母亲，您一定要好好的，我一定要让您过上幸福的生活，弥补您半生的不幸。

除了心脏的病痛，母亲还因为精神极度痛苦而无处发泄患上了精神分裂症。母亲一次次在哭泣中开始，在大汗淋漓的笑或瑟瑟发抖的笑中结束。而每一次哭笑的过程，都像是从地狱中把她拯救过来。

1983年5月28日，母亲带着对人世深深的眷恋和对儿女的担忧去世了。母亲的去世对我的打击特别大。在处理完母亲的后事之后，我大病了一场，四年本科念了一半，差一点儿休学。我要感谢老师和同学对我的帮助，让我在10月中旬又回到学校学习。

我现在应该告慰母亲的是：我们这个在风雨中飘摇的家庭，几年后，走出了泥泞，风雨过后出现了彩虹。弟弟妹妹都考上了中专学校，都分到了还算不错的单位，在工作岗位上也都做出了一定的成绩。我想这是我的母亲最期待的，如果母亲还在世，她会露出舒心的微笑的。愿母亲的灵魂得到永久的安宁！

我母亲去世时只有四十三岁，我的小弟也只有十二岁。而今我们姐弟几个都生活美满，家庭幸福。每当我们几个在一起回忆过去，想起母亲，这种"子欲养而亲不待"的痛，常常让我觉得如溺深水，无法呼吸。

白居易在《慈乌夜啼》中描述了慈乌失去母亲后的哑哑哀鸣："慈乌失其母，哑哑吐哀音。昼夜不飞去，经年守故林。夜夜夜半啼，闻者为沾襟。声中如告诉，未尽反哺心。百鸟岂无母，尔独哀怨深？应是母慈重，使尔悲不任。昔有吴起者，母殁丧不临。嗟哉斯徒辈，其心不如禽。慈乌复慈乌，鸟中之曾参。"

真的，慈母恩泽重，我悲不能任。这样的人生之痛，我怎能承受？这样的人生之痛，谁又能够承受？

滑雪让生活更美好

乔 兮

可以说，滑雪大大地改变了我的生活。

在这之前，我对这项"极限运动"知之甚少，较好的体育成绩、又短又缓的初级道、"外强中干"的"女汉子"模样，对那时的我来说早已足够。

直到 2019 年，也就是延庆被选为冬奥会的举办城之一那年，我被选入了滑雪队。

咬牙挺过一夏天的模拟机和体能训练，雪季来临，我站上了曾经做梦都不敢想的地方：中级道顶端。我第一次真真切切地体会到了"飞一样的感觉"。在体会的同时，我也克服了对高山的恐惧，大胆地放开手脚。就算有时会摔倒，把板摔飞出去，兴致却没有丝毫减弱。

后来，我站上了那个在山脚下望不到的地方：高级道顶端。在那里走刃可比中级道带劲多了！在那一刻，我如同那翱翔于雪山之巅的苍鹰一般，偌大的雪山在我眼里也不过是一个巴掌大的模型。那种快乐与自豪感是不接触这项运动所无法体会的。

时间一转来到 2020 年冬。经过又一个夏天的"魔鬼训练"后，我不再是那个搓破皮就哭、受点儿累就说放弃的女孩了。但是，这个雪季我将与"旗门"做伴，无法放开手脚，还被落下一大截。面对自己糟糕的成绩，我并没有自暴自弃，而是努力思考动作，再把动作做出来。我渐渐追上队伍，一次次地超越自我。在进步的过程中我的心灵也在慢慢地成长。

在这个过程中，我的方方面面也发生了翻天覆地的变化。因为长时间的训练，我留了短发，晒黑了，身上的肌肉也变得块块分明了。我不再因为体育课而发愁，而是跑在前面"放海"。这超出常人的体能让我在测试和运动会上成为全场焦点。同时，滑雪场也成了我的"快乐天地"。而且，我也有了直面困难的勇气和魄力！

功夫不负有心人，今年 7 月 31 日的滑雪比赛中，我在一群身材高大的大姐姐中"杀出重围"，夺得第一。站上最高领奖台的那一刻，我说了一句："这里好高啊，上来可真不容易！"

滑雪大大地改变了我的生活。如今，冬奥会正向延庆走来，展示成果的时候到了，就让这个崭新的我，在赛场上大放异彩吧！

注：此文写作时，乔兮为延庆区第二小学六（1）班学生。

共沐海陀雪

郎秀芳

2022 年 2 月 14 日，是北京冬奥会的第十个比赛日。一大早，拉开窗帘，明媚的阳光和清新的空气扑面而来，隔夜的一场大雪之后，碧空如洗、白云悠悠；蓝天下玉界琼田、梨花万树，皑皑白雪覆盖着我家窗外巍峨的海陀山。

昨夜山中落雪轻，梨花飘进晓梦中。

推窗顿入琉璃界，曙色初临海陀峰。

一片洁白渲染出满心的欢喜。就像春天爱花，夏天爱荷，秋天爱红叶，到冬天我只爱白雪。所以我家朝向海陀山的方向留着宽大的窗子，抬眼即见海陀雪；所以我书房的墙上挂着自撰自书的《海陀白雪辞》，时时揣摩；我给唯一的女儿起了雪儿的乳名；我的书案上摆着王羲之的《快雪时晴帖》……

神清气爽之间我惊讶地发现，一盆含苞许久、在案头供养了许久的小梅树，在这个雪后的清早，终于绽开了粉嫩的花朵。果然是"才有梅花便不同"，鲜艳、清绝、超凡脱俗，我的陋室里一时间暗香浮动、沁人心脾。卢梅坡有诗："有梅无雪不精神，有雪无梅俗了人。"雪与梅花，千古佳配。然而在我家，我相信实在是泠泠雪气唤醒了一树梅花一年一度的绽放。

春雪如棉。作为冬奥会三大赛区之一，这一刻，来自全世界的顶级滑雪健儿汇聚海陀之巅，又一天的速度与激情正在上演。约好了的一场雪，连老天都不忍错过。在我，唯有走进期待已久的瑶山粉树，才是对自然、对海陀、对冬奥和对痴情冰雪的人们最好的礼敬。让万里江山，让谷爱凌、苏翊鸣和我，共沐一场海陀雪。

出门西行，海陀诸峰琼瑶玉垒、银光烁烁。她戴着雪的冠冕，披着雪的长衫，虚灵峭拔之间，多了温润如玉的感觉。山坡上所有的枝丫，因了厚重的积雪一律垂下头来，低回宛转。雪的滋润，让它们时或甜蜜地颤抖起来，天上于是落下缤纷的太阳雪，祥光瑞彩与满怀清冽，就扫荡了心里所有的俗气、浊气和暮气，人便在雪地里脱胎换骨、涅槃重生了。

谷爱凌有一篇文字，题目是《我承认，我爱上了恐惧》。她说，滑雪运动让她有种类似"入定"和破茧成蝶的感觉。天才少女，确非常人。但如果说滑雪是谷爱凌的修行，那么对我来说，在雪中行走，看雪之洁，闻雪之香，纳雪之气，也有异曲同工的妙处。

人到了一定年纪，良好的生活方式就成了必然的选择，所以我给自己规定了每天一万步的功课。然而结果，有时忙，有时累，有时懒，常常就把一万步挤掉了或者忘掉了。唯有雪天，一种莫名的力量让我耸身出尘，给我勃勃生气，以至于走进雪地、心生欢悦，脚步快然、浑然忘我。

是真的，貌似寒凉的雪，是大地严寒冬季里温暖的棉被；而且，纷纷白雪吸附了空气中的二氧化硫以及氨气等，最终会变成天然化肥，松软和肥沃着我们赖以生存的土地。走在雪地里的我，是同样被白雪赋能了吗？

上午10点钟的时候，手机新闻传来消息，意料之中，已经摘得自由滑雪女子大跳台金牌的谷爱凌，获得了女子坡面障碍技巧赛决赛的资格。那个沉迷滑雪的小姑娘曾经说过，当"柔软且颗粒状的雪，在我的雪板下流过的时候，我感觉自己无所不能"。其实是对冰雪的热爱，是从孩童时候开始的数不尽与雪共度的时光，才让天才少女获得了享受冰雪无与伦比的境界，终于拂雪凌云，星辉夺目。

语言当然说不尽雪的微妙与美好。就像阳光和空气，就像月色和春雨，雪从天上来，慈眼看尘世。一样飘向富人和穷人，一样覆盖高山和微尘，一样滋润大树和小草。同沐白雪，让我和翩若惊鸿、宛若游龙的谷爱凌一样，得大欢喜。

走了很远，但我踏雪的脚步并不能真的抵达海陀山里冬奥会的赛区。好在"春山一道同戴雪"：与盛会中的北京、与盛会中的海陀山同沐白雪，总算是一段别样的心情。

所有曾经立于海陀之巅的运动员，都得到了这场洁白大雪的祝福。当然还有你我，以及万物。让冰雪和运动，共同加持我们这个并不完美的世界吧。

　　归来的时候，到得家门口，雪地上堆着两个肥白的雪人，它们是我家的"雪容融"。

炫舞妫川迎春曲

王志海

铿锵锣鼓敲起来，优美舞步跳起来，看啊，在延庆会展中心广场环形路上，以"红火元宵呈吉庆，绿色大事谱新篇"为主题的元宵节花会展演活动隆重举行了，四十档花会齐聚一堂，为大家献上了一场精彩绝伦的传统民俗文化的视听盛宴。

今年的元宵花会，舞龙、舞狮、高跷、秧歌、旱船、竹马等传统花会必不可少，还增加了宣传世园会、冬奥会、创建全国文明城区及军民共建四档特色花会。通过精彩的花会表演为迎接世园会、冬奥会，助力创建全国文明城区加油添彩，舞出了延庆群众迎世园、盼冬奥、决胜创城的喜悦心情和必胜决心。

参加演出的节目沿着庆园街、广兴街、庆隆街至新城街 1.8 公里的环形路段，依顺时针方向循环展演，一千四百余名群众演员参与其中，观众是人山人海，如潮如涌。石佛寺的舞龙、老仁庄的九只船、南关的竹马等精彩项目悉数登场、各显神通。舞龙、舞狮流光溢彩，气势如虹。扭秧歌、划旱船、跑竹马、踩高跷等传统节目，各显其能，展现着淳厚的民俗风情，韵味浓郁。大庄科乡倾力打造了一支拥军秧歌队，弘扬和展示了红色文化，成为今年花会的一大亮点。

精彩的演出让老人们笑得合不拢嘴，小孩骑在大人肩上拍着小手，欢呼雀跃，看得忘我，扭得带劲，把现场气氛推向一个又一个高潮。丰富多彩的花会演出，带来了一场民俗文化与时代特色相融合的文化盛宴，让市民度过了一个热闹祥和、精彩绝伦、难以忘怀的元宵佳节。

元宵花会，炫舞妫川迎春曲。是的，歌舞升平，春意盎然，普天同庆。欢度元宵佳节，通过古老传统民风民俗，借助节日的喜庆氛围，延庆人民心潮澎湃，欢欣鼓舞，把大家团结一心、攻坚克难、再创佳绩的心都调动起来了。是的，几十年来，延庆人民锐意进取，脚踏实地，开拓创新，获得了"国家卫生县城""绿色北京示范区""国家生态示范县"等称号，我们还要创建全国文明城区，办好世园会和冬奥会两件绿色发展大事。

"路漫漫其修远兮，吾将上下而求索"，让我们以此为契机，撸起袖子加油干吧，扬帆远航，傲立潮头，春情萌动，大展宏图，去创造延庆更加美好灿烂的明天！

百里接生记

李荣富

1952 年 2 月，我在刚成立不久的县卫生所工作。一天晚上，县政府的领导来电话说："四海区的水泉子村，有个妇女生孩子，已经两天了，还是生不下来，请你们去一名医生。"并说，"这个区是刚划归我县的，群众有困难，找到县政府，你们必须赶快去，要多想办法给群众解决问题，不能冷了山区群众的心。"当时卫生所没有专职妇产科大夫，经过所长赵利民和副所长贾殿选商量之后，这个任务就落在我这个年轻人的肩上了。

我带上应用的药品、器械，所里请了一位强壮的农民陪我一起上路。这时已经是后半夜了，领导又考虑到山区群众可能还有封建意识，万一不让男人进入产房岂不是白跑一趟？于是从城里请了一位有生育经验的老大娘，让她骑上毛驴随后跟进。

我和陪同的农民打着手电骑上自行车走上延永公路，当时的公路中间有两道大车辙，还铺有许多的石头子儿，我们只能在公路两边的小道上骑车。天黑，路窄，又要拿手电筒，骑不了几步就得推着自行车走一会儿。黎明前天更黑，更冷，路更难走，我们只好去永宁区政府稍稍休息。天亮后又上路，前边的路更难走，大路上不能骑车，只能走小路，小路上有许多驴蹄子印，特别是从刘斌堡经小观头去大观头的小路旁的枯草长得很高，路很难找，我们只有到村子里边才骑一段车。将近 10 点，我们到了距县城一百里地的四海区政府，区长佟泽君热情地接待我们，让炊事员热了小米饭，端来了豆腐熬萝卜。并告诉我们说："来告急的产妇丈夫姓陈，听说县里来医生了，就先赶回家里去了。你们先吃饭，饭后马上走，但是还有三十里山路，还要过小河，就不能骑车了。"

　　饭后我们背上药箱，就奔向水泉子村，到产妇家已经是下午 3 时了，经了解产妇三十多岁，怀的是第三胎，我看到产妇身体健壮，意识清楚，通过查体，心肺功能很好，胎位正常，胎儿的头部已入骨盆，是足月临产，只是阵痛微弱，腹压不紧，胎儿不能前进。产妇非常着急，精神很紧张，她丈夫和女儿急得在屋子里团团转。我先给产妇服了镇静剂，经过动员之后给她做了妇科检查，又在条件适当的时候，在万无一失的情况下，给她注射了脑垂体催产素，几分钟以后，阵痛增加，孩子呱呱出世。这时跟进的老大妈也进了家门，我指导她处理了之后的事。陈家全家都很欢喜。

　　天亮以后，我看到产妇一切正常，母子平安，就把老大娘留下休息，我们在陈家吃了玉米楂芸豆粥，然后踏上归程。

　　回想新中国成立初期，我县交通不便，缺医少药，农村妇女在生育方面存在着许许多多的困难，陈家产妇不过是其中之一。

　　事有凑巧，1992 年，因老妻多病，我从延庆东部山区请了一位保姆小张。据小张说，当年那个产妇正是她的姑奶奶，现仍健在，那个孩子已经四十多岁了，是个汽车司机，其父陈某已经去世。

E 网情深

常旭明

高速发展的信息时代，网络早已不是什么新名词，被人们评价为虚拟的梦幻空间。我以前也是这么认为的，不过今天，我们在这个虚拟的空间，搞了一次别开生面的网友聚会，让我感到网络聊天并不是什么传说和想象中的虚拟，而是把人与人之间拉近的又一种方式。

早晨，我相亲一样地打扮了一番，急切地赶到预先订好的地点。一看，那些网友早已嬉笑打闹地聚在一起，等待那些姗姗来迟的人。远远地望着他们就像看到久别的亲人一样，心情异常激动，虽然这些网友此前都未曾谋面，可还是感觉像家里人一样亲切。

我掏出手机拨通了一个网友的电话，近近地看着他拿出电话，心中的那种兴奋无以表达，一句："喂！奋斗你好！"说得也是那么颤抖。我们都已看到对方，情不自禁地哈哈大笑起来，紧接着他便对着正在聊着的朋友们高呼小明来了。大家断电似的停下了自己手上的一切，热情地过来向我打招呼，一双双炙热温暖的手，交叉着伸到我的面前。润人心田的话语潮水般落入耳中，弄得我一时不知所措，他们各自争先恐后地说出自己的网名，介绍着自己……

这时，我才感到明媚阳光下的妫川广场是那么的广阔秀丽，景色宜人，激情奔放的喷泉也为我们这群豪放的年轻人迸发出欢乐的水柱。游走于广场的人们不时把羡慕的目光投向我们，无暇顾及那些招花引蝶的花草景色。还有那些热恋中的男女，有些自愧不如地望着我们。

早已按捺不住的朋友们在相识者的一声令下，一路欢呼着来到游戏地点，碧绿的湖水，青翠的芦苇，衬托出招眼的各类花草树木。异国风情的欧式建筑，不打折扣地将你带入另一个世界，领略另一番心情，更有那带有淡淡鱼腥味的空气夹杂着花香，在微风的吹拂下，动荡不定，将我们纳入其中。婉转动听的各类鸟鸣更是显得清脆，扣人心弦。

一个个闻所未闻的新奇游戏，接二连三地在欢笑中有序地进行着。一件件小巧精美的纪念礼品送到每个为胜利欢呼的朋友手中，看着他们灿烂耀眼的笑容，不免有些让人忘我。再看那些因失败而被罚者，表演的节目有的让人捧腹大笑，有的让人不由自主地轻声唱和。小憩间，偶尔手扶栏杆望向那波光粼粼的水面和近处的岸边，鱼儿们不时跃出水面，翻花弄波。

离弦之箭般的时间在我们身边飞逝而去。意犹未尽的我们，不得不在早已超过午饭时间的时候，驱车来到独具特色的水磨农家院。吃着久已不吃的农家饭，朋友们推杯换盏，畅所欲言。一曲竹笛独奏《牧民新歌》、巴乌独奏《竹楼情歌》引来朋友们那不断的热烈掌声。演奏《湖边的孔雀》时，诱人遐想的小姑娘用那婀娜舞姿，将我眼中晶莹的泪花引了出来，在脸颊上缓缓地淌。相机的闪光灯在不停地闪烁着，把泪花照耀得更加晶莹剔透，把欢情与友情交互在一起的农家小院，照耀得如同舞台。不错，这里是真正的舞台，我们此时不是正在演绎着我们现在的人生吗？眼前自己所经历的一切，让我久久未能平息那激动的心情。

饭后，KTV包房里传出震耳欲聋的歌声，虽然不像专业歌手那样婉转，但发自内心的旋律更加动听。

我 是 教 师

祁建萍

特别喜欢那首歌——长大后我就成了你。1994 年我实现儿时梦想，成为一名人民教师。自此，我有了宝石般闪亮的称呼，也有了春蚕般无私的奉献、蜡烛般无悔的生命。时光荏苒，岁月的年轮在我的脸上留下的不是沧桑而是成熟；时间的脚步带走的是浮躁，沉淀的是包容。

对学生，对家长，从严厉急躁到多了一份理解、一份宽容。因为我知道，不是每一个孩子都要成为学习的霸主，但是他们要学会做学习、生活的主人；对同事、对朋友，我从遵循物以类聚到对每个人都心怀感恩，因为我知道不是每一个人都会成为我无所不谈的密友，但他们都是我工作或生活中的良师益友；对家庭我从无尽索取到多了一份责任，因为我知道没有家人对我无私的关爱，就不会有我无所顾虑的风雨兼程；对社会、对他人我从"事不关己"到多了一份回馈之心，每一次参加公益活动，不是为了发发朋友圈宣告我做好事了，而是希望星星之火可以燎原，让更多的人心中有爱有他人。

四十多年的蹉跎岁月，我的爱，我的心，从未沉寂。二十岁走上讲台，从风华正茂到两鬓斑白，二十三年弹指一挥间，除了特殊情况，我几乎没有离开过我的学生。生儿子的头一天还在上班，产假除去暑假，只休了一个月；妈妈在妇幼保健院做手术，我一天没歇，只在课余时间跑过去看看，床前伺候忙碌的是我的爱人；而在爱人做肾结石手术时，他人已经进了手术室，我还在学校开六年级区监测分析会；爸爸肺癌，在北京做手术，住院一个多月，我只在他手术时请了一个星期假，照顾他的重担几乎全落在了弟弟的身上；还记得自己唯一请过的半天病假，那是我的同事备战市语文评优课期间，他的课几乎全部被我承包，每天五六节课也乐此不疲。终于在连着上完上午四节课后，累得虚脱被爱人接回了家。不过所有的付出都是值得的，同事的市评优课排名第一，而我在那几年的监测中，成绩也一直名列前茅。

说起学生的成绩，我是骄傲和自豪的，但是如果说起自己的孩子，我就蔫了。儿子一直跟着他姥姥在农村待到三岁，上幼儿园才回到我们身边，那时候他每晚也缠着我讲故事，跟我讲幼儿园里的事，而累了一天的我总哄他说，来，咱俩比赛睡觉，谁先睡着谁赢。当然我是永远的赢家。现在想想儿子的内向、不善交流，我有不可推卸的责任。对家人，我亏欠得太多太多，可是如果时光可以重新来过，那年那月那时的我，依然还会那么做。

二十多年的教学生涯，我的热血，我的激情，从未平息。在学校新教学楼盖起之前，学校没有餐厅，学生们的午餐是食堂师傅们把餐桶送到教学楼外，再由老师搬到教室里给学生分餐。因为年轻，我总主动搬盛饭的大桶，满满一大桶米饭和馒头，一个人端起来就走，结果一不留神扭伤了腰。大夫说必须卧床休息，还给开了两个星期的假条，而我出诊室门就把假条扔进了垃圾桶，一天都没休息，理由只有一个：我休息，我的课怎么办呢？

教英语的时候，把一摞摞的测试卷、百词卷拿回家是经常的事。多少次我又累又困睡着了，爱人还在灯下屈着眼儿一个字母一个字母、一个单词一个单词地盯着帮我判。英语对他来说，跟天书差不多，可为了减轻我的工作量，他从没抱怨过。"静静的深夜群星在闪耀，老师的房间彻夜明亮……"我们这一代人耳熟能详的歌曲，长大了才知道，在灯下呕心沥血的却不只是老师，还有老师的家属。而对于这份厚重的爱，我只能将无尽的感激化作更大的工作动力，因为"军功章有我的一半，也有你的一半"。

说了这么多，其实都是平平常常不足挂齿的小事，这些事几乎每天每时每刻都在我们很多老师身上上演，而且有过之而无不及。而我自己，或许，我的人生将一直平淡，成为千千万万个生命中匆匆的过客。但，我无悔于自己的选择，我依然要将"教师"这神圣的称号擎过头顶，让它照亮我筚路蓝缕的行程。因为我知道，我不是栋梁，但我的学生们是栋梁；我不是未来，但我的事业是未来。纵然丑小鸭永远没有机会变成白天鹅，我也要穿起水晶鞋，脚踏实地，舞出我最美的风采。

写给十八岁的儿子

华　夏

刘船：

　　你好。

　　读到爸爸这封信的时候，你已经过了十八岁的生日，是个大人了。祝贺你长大成人！

　　写完这句话，爸爸的眼睛已经湿润了。对局外人来说，这只是简简单单的两句话；只有那些感同身受的父母，才能懂得我此刻的心情。把一个呱呱坠地的婴儿，抚养成一个十八周岁的男子汉，需要付出多少心血啊！

　　你坐在自行车横梁上边的小座儿上，央求爸爸带你去看火车；你抱着爸爸的腿，喊着"爸爸抱"；你在幼儿园里一遍一遍地哭着喊"找我爸爸"，直到把嗓子喊哑，脸上努出很多出血点儿；你晚上发高烧，爸爸在冬季的凌晨，骑自行车带你去医院；你用小手给爸爸掏耳朵、拔白发；我们在夜色中乘轮船去大连，仰望海上的明月；我们在雨中游黄山，在迎客松前照相；我们在雾中游庐山，看云雾缭绕……这些仿佛都是昨天的事情，又好像是梦里的事情，一转眼，你已经长得比爸爸都高了！

　　你妈叮嘱我，让我在这封信里说一些嘱咐的话、激励的话。你妈和我一样，都对你充满了希望。母爱甚至比父爱更无私，更伟大！小时候，什么时候问你：爸爸好还是妈妈好？你总是毫不犹豫地回答："妈妈好！"爸爸听了，从来都不嫉妒。相反，我特别高兴，说明你从小就懂事儿，不是一个糊涂蛋。爸爸更严厉一些、细致一些，妈妈更温和一些、宽容一些，对不对？

　　知子莫如父，爸爸对你的评价是四个字：品行端正。这既是爸爸对十八岁之前的你的评价，也是对十八岁之后的你的期望。你要把这四个字当作一个无形的标签贴在身上，时时提醒自己，反省自己，对照自己，是否对得起这四个字的评价，对得起爸爸对你的期望。

这次期中考试，你没有考好，哭了三次。我觉得这是一件好事，现在哭，是为了高考后不哭，是为了高考考出个好成绩，上个好大学，将来有个好前程。要把坏事变成好事，知耻而后勇，认清形势，认清自己所处的位置，把这次考试当成新的起点，奋起直追，迎头赶上！

父母从来没有在学习上给你施加过压力，家里的其他人也没有给你施加过压力。但是，你自己要给自己施加压力。人无压力轻飘飘呀！没有压力就没有动力，没有压力也就没有了希望。国歌里唱"中华民族到了最危险的时候"，你现在也是到了"最危险的时候"，要是再不努力，再不发奋，再不给自己施加压力，你的人生都将黯然无光，甚至一事无成！

每个人的人生都掌握在自己的手里，灿烂的人生需要自己去创造。《国际歌》里唱"从来就没有什么救世主，也不靠神仙皇帝。要创造人类的幸福，全靠我们自己！"要想收获就要付出，一分耕耘一分收获，种瓜得瓜种豆得豆，人生如此，学习更是如此。你的努力比别人多一分，你的成绩就比别人多一分；你的付出比别人少十分，你的成绩就要比别人少十分甚至百分。要从自己身上找原因，不要在别人身上找原因；主观起决定作用，客观起辅助作用，这个道理你在哲学课上肯定学过。爸爸嘱咐你的话有四句：

一是不要懒惰。在生活上不要懒惰，在学习上更不要懒惰。很多人一辈子一事无成，收获的是失败的人生，究其原因，就是因为懒惰。劳动创造快乐，劳动创造幸福，劳动赢得尊重。不论是脑力劳动还是体力劳动，道理都是一样的。我看了你的三百字的个人评价，写得很有层次，里面也说到了你热爱劳动，并从中感受到了快乐。看了以后，我感到高兴。

一个人要想干成一番事业，取得很好的成绩，需要的是一种拼搏精神。最近我总是想起董存瑞和黄继光。董存瑞为了完成任务，炸掉敌人的碉堡，想不出别的办法，就举着炸药包和碉堡同归于尽了。黄继光为了战斗的胜利，即使是喷射子弹的机枪口，也要扑上去，堵住它。和平年代，我们成不了董存瑞和黄继光，但是他们的精神却永远值得我们学习。有了董存瑞的精神，在学习上遇到难题，就不会找不到解决的办法；有了黄继光的精神，在生活中，就没有克服不了的困难。

二是不要浮躁。在学习上要扎扎实实，认认真真，勤勤恳恳；绝不能浅尝辄止，似是而非，更不能抖机灵，耍小聪明，投机取巧，自欺欺人。你在课堂上能够积极回答老师的问题，而且每次都能回答到点子上，配合了老师的教学，活跃了课堂气氛，很好。但仅仅做到这一点还不够，课下还要完成老师布置的作业，主动复习和预习。那些课堂上没有你反应快，可是考试成绩却比你好很多的同学，就是课下用了功，预习和复习的功课比你做得好。什么叫埋头苦干，这就叫埋头苦干。没有埋头苦干的精神，是绝对不可能取得好成绩的。

三是不要任性。十八岁就是成年人了，成年人的标志就是成熟。成熟的标志就是理性，理性地生活，理性地学习。所谓理性地学习，就是有目的地、有计划地、有针对性地去学习。哪几科是弱项，需要多下点儿功夫；哪几科稍强一些，怎么让它们更强一些。在学习中要多总结，找出规律性的东西。温故而知新，这是圣人总结出来的，是学习的圣经。把过去的知识捋一遍，再捋一遍，很多不明白的地方就会迎刃而解。所谓理性地生活，就是什么事情该做，什么事情不该做，什么话该说，什么话不该说，该做的事情怎么做，该说的话怎么说，都要做到心里有数。动不动就噘嘴，就不说话了，就是不成熟，就是任性。要学会心平气和地讲道理，并以理服人；要努力创造一种人人心情舒畅的学习和生活气氛。要多想一想，我怎么做，才能让自己心情舒畅，也让别人心情舒畅；要让爱你的人，同样感受到你回报给他们的爱。

四是学会节俭。虽然你没有像爸爸那样过过农村的苦日子、穷日子，虽然你生长在一个相对富裕的家庭，但越是这样越要学会节俭。要有这样的意识和习惯，花一块钱能够解决的事情就不花两块钱，甚至是一块零一分钱。尤其是现在，你还没有为这个社会创造一分钱的财富，还没有靠自己的本事挣到一分钱，就更不能乱花钱。即使你将来成了比尔·盖茨那样的富翁，同样需要节俭。比尔·盖茨创造了巨大的财富，他却把其中很大的一部分回报给了社会。他不仅是个富翁，还是一个慈善家。很多富豪往往比普通人还要节俭。节俭是一个人的美德，挥霍和浪费是罪恶和耻辱。比如一件衣服，去年刚买的，没有旧也没有破，就不要再买新的；比如一双鞋，如果到鞋摊补补还能穿，就不要买新的；比如一辆自行车，修修还能骑，就不要买新的。穿衣服，不要总是追求名牌。同样的质地，同样的款式，名牌和非名牌，价钱可能要差很多。穿戴上应该要求低一些，学习上应该要求高一些。

你们的校长有一句话让我印象深刻，他要求学生要做"有品质的、饱满的人"。什么是有品质的、饱满的人？学习成绩好，性格上有缺陷，不能算是有品质的、饱满的人；身体健康，不好好学习，也不能算是有品质的、饱满的人；穿一身名牌，但是懒惰，不爱学习，动不动就噘嘴，不懂得尊重父母，也不能算是有品质的、饱满的人。只有那些热爱生活、热爱学习、懂得珍惜、心有敬畏的人才能算得上是有品质的、饱满的人。这是爸爸第一次给你写信，希望你悉心体会，多读几遍，把我的话化作你学习的动力。响鼓还需重锤敲，希望爸爸的这封信能成为一记重锤，打在你的这面大鼓上，发出震耳欲聋、催人奋进的响声。记住我的话，可以让你受益终生。要说的话很多，归根结底一句话：爸爸和你们校长的目的是一样的，就是希望你能成为一个有品质的、饱满的人！

永远爱你、永远对你充满希望的爸爸。

注：进入高三，刘船的学习成绩一度起伏较大，在他自己的努力和我的鼓励下，高考前终于稳定住了，并且有了较大提高，2010 年高考时以较好的成绩考上了北京第二外国语学院新闻系。

妫河之美

吕少明

　　"妫水清，妫水亮，妫水蜿蜒妫川上，由东向西水汪汪，两岸风景美名扬；长城高，长城长，长城横亘在峻岭上，曲曲弯弯盘如龙，八达岭下好风光……"一首童谣唱出了延庆的秀美。优美的生态环境，悠久的历史人文，生活在这里的人们，为家乡的美丽感到自豪。

　　妫河之美首先是她的传说之美。相传"妫"是女娲的别称。天地混沌之初，女娲在这里炼五色石补天，又"折鳌足支撑四极"以平治洪水，她解下腰上的飘带，手持飘带当空舞，最后飘带飘落地上，就变成了现在曲曲折折的妫河。由于飘带飘落的地方，地势东高西缓，就形成了"滔滔江水东逝去，唯有妫河向西流"的独特景观。又据传，妫水之滨曾为舜都，尧禅位于舜时，为考验舜的政治品质，便把女儿嫁给了他。舜则让妻子在妫水之滨像普通妇人一样辛勤劳作，年复一年，荒凉贫瘠的妫川变得地肥水美。舜博得了尧的信任，尧的女儿也被人们传颂为勤劳而美丽的妫水女。在北京延庆区的妫河桥头有一座妫水女雕像，印证了这一美丽的传说。

　　妫河之美是自然美与人文美的完美结合。妫河穿延庆大地，绕康西草原而入官厅湖，河道九曲回肠，河水清澈欢快，蜿蜒上百华里。沿途丛林茂密，物种丰富，环境清幽，景色宜人。这里的"妫河漂流"曾享誉京延大地。

　　若坐一橡皮筏顺流而下，既能享受漂流之快乐，又能将两岸自然风光尽收眼底。妫河的下游穿延庆城而过，水面宽阔，水波荡漾。

　　特别是几条人造橡皮坝，将河水拦截而形成三处更为宽广的水面，建成三个公园，由东向西分别为东湖公园、夏都公园和妫水公园。在东湖公园，你可以感受曲径通幽、塔影婆娑的美妙。在夏都公园，你可以在轻盈曼妙的音乐中，观赏世界大师级的雕塑家们的作品，去感受艺术的魅力。妫水公园则以水面最为开阔、生态最为自然著称，十里水面，碧波粼粼，苇丛招摇；这里鸳鸯戏水，野鸭游弋；那里天鹅起舞，鱼跃鹰飞；那些叫不出名儿的水鸟，叽叽啾啾不间歇地唱着动人的情歌，让人觉得来到了一个美丽的童话世界。

尤其是酷暑难耐的夏天，撑一顶花伞，捧一卷好书，乘一叶小舟，特别是那种使用双桨的或是撑竹篙的小木船，慢慢地划到苇荡的深处，迎面吹来带着水星儿和夹杂水汽的微微凉风，让你的身心顿时舒爽开来。

妫河之美还美在妫河两岸布满了大大小小的富裕的村庄。春天到来的时候，"犁翻沃土层层浪，雪映桃花朵朵红"。肥沃的土地承载着人们年复一年的期盼，守候着农家幸福美满的日子。

夏天，农家院里，红红的灯笼高高挂起，绿绿的蔬菜勃勃地生长。客人来了，就地取菜，拼出一桌丰盛的农家饭，开几瓶燕京啤酒，爽爽地品味一番，一准儿乐得个逍遥自在。

硕果累累的秋天，人们脸上洋溢着丰收的喜悦，热迎远方的客人。这时，葡萄是紫珍珠，苹果是孩子的脸，各种瓜果憋着劲儿，等着人们来采摘、来收获。"做客专找农家院，采摘随意地头间"，又会是怎样的惬意呢？

即使到了冬天，也有人会在覆盖积雪的冰面上，凿开一方小洞，探入一只鱼钩，披着棉大衣，气定神闲地坐在那里，既像姜太公又似"蓑笠翁"！

妫河之美更美在妫河儿女追求园林一体、天人合一的建设理念。妫河森林公园，沿妫河而建，依托妫水河及两岸林地建设，秉持"以水为轴、以林为体、山水相依、林城共荣、和谐发展"理念，新建扩建了伏象园、半山湖、月季园等十个景观节点，野花组合地遍布全园，行人、自行车、机动车道路系统完善，广场简洁美观，亭、廊、花架等园林小品随处可见。公园美在山、石、林、水、花、草一应俱全，雅在清、幽、静、野四味兼具。公园的建成，最大限度满足了居民生活、休闲的环境需求。

如今，站在妫河大桥之上，远观浮岚暖翠，近看锦路琼楼；湖水波光涌金，跨桥婀娜多姿。在全国生态文明城区建设大潮中，妫河之美的内涵也愈来愈深刻。

彩色妫川

高世和

延庆，别称妫川，因史传舜于妫水之滨设都，其妻与民辛勤劳作，变荒凉贫瘠妫川为地肥水美宝地，又因舜的妻子容颜美丽被人们誉为妫川女、妫水女而赋予了神话色彩。当今，延庆作为生态涵养区，以护水养林为重任。一年四季，春有百花秋叶艳，夏满绿荫冬冰雪，可谓彩色妫川。

春花烂漫。妫川的春天，是花的世界。

漫步城区郊外，杏花鲜来桃花艳，连翘金黄展笑颜。沽白梨花送清香，榆叶梅花绣香囊。玉兰招手迎客忙，丁香滚滚涌心房。蜜蜂欢喜嗡嗡叫，蝴蝶曼舞花团绕。

妫川春烂漫，蒲公锦上添。蒲公英花，花瓣线状针形，先端紫红，主体金黄。虽然没有桃李花朵那样的娇艳，也没有玫瑰月季的芬芳，但它是妫川春的使者，传播着耀眼的春天气息，炫示着顽强的生命力。在田间、沟谷、山坡、草地、路旁、河岸、沙地等，随处可见，金黄连片。古人写出诸多有关蒲公英的美妙诗词佳句。有赞美它惹人喜爱的"春晴闲步野郊来，喜见黄花一尊开"，也有赞美它生生不息的"立根寒地藏春梦，崭露娇姿舞绿风"，更有赞美它与世无争的"花绽几朵金黄，冷颜桃杏争芳。曼舞暮春风步，悬壶持伞行乡"。其实，蒲公英不仅扮靓春天，而且更具"苔花如米小，也学牡丹开"的精神。

走出城区，亲近自然，映入眼帘，漫山遍野都是花，令人痴醉。八达岭，红叶岭，花浪翻滚。山樱桃花或含苞欲放，静待游人光临，或鲜艳多姿，敬候你尽兴观赏，或点缀峻岭，夺目遥望。彼时彼刻，行进在八达岭路段，都有一种即兴产生"停车坐爱枫林晚"，赏花摆拍，捕捉美景，制作抖音视频的欲望，以至联想到歌唱家马玉涛演唱的《马儿啊你慢些走》的壮美意境——

我要把这个迷人的景色看个够……我爱你多彩的风姿……灼灼桃花满枝头……烂漫春花，不胜枚举。如果打卡香营万亩杏花园，"'香'约春天，'杏'好有你"的杏花节，更是沁人心脾，令人流连忘返。

夏绿肥美。绿色多样，嫩绿、浅绿、碧绿、翠绿、墨绿、浓绿……哪一种绿都不足以涵盖妫川的绿。松柏枝叶繁盛，色泽青翠。成片的松柏林，犹如碧绿的海洋，美丽的画卷。杨树的绿，是一种魔幻般的绿，在你不经意之际，它由嫩绿变浅绿，又由浅绿演变成深绿。在变化过程中，吸收和消耗大量氮、磷有害物，同时释放大量氧。所以，炎热的夏季，碧绿的杨树林就成了天然氧吧。垂柳的绿，是一种摇摆动态的绿，早春便在枝条上抽出嫩芽，宛若在春天的五线谱上挂满的音符，演奏着春的序曲。草坪绿，像海洋，像翡翠，像地毯。田园绿，是一望无际的绿，是喜看波浪翻滚的绿，是醉人的绿，是喜在眉梢、乐在心头、丰收在望的绿。

植物的绿，充满生机；水的绿，则是清新的绿、柔和的绿、淡雅的绿。龙庆峡，堪称塞外小漓江。"江水"绿而清静，绿得仿佛是一块无瑕的翡翠，连鱼虾鸭鸟都被这种绿所陶醉。妫水湖，碧波荡漾的湖面，铺满荷叶。荷叶的绿，介于浅绿和深绿之间。它比浅绿更加浓郁，但又不像深绿那样沉暗。类似于翠绿的颜色，但又好像带有一些微微的黄色或蓝色色调，使其看起来更加鲜活，自然明亮。荷花在铺满荷叶的湖面，手挽手，肩并肩，亭亭玉立。一会儿野鸭悄悄游出花丛，一会儿鲤鱼"哗啦——"一声腾空跃起，碧绿的妫水湖动静相宜，呈现绿肥红瘦的美丽景色。

总而言之，妫川夏天的绿，是那样广阔，那样厚重，那样多彩，那样丰富，那样浓妆，那样迷人，只好称其肥美之绿。

秋林尽染。毛泽东的《沁园春·长沙》，写的是长沙的橘子洲头，其中"看万山红遍，层林尽染"两句九个字，如果跟老人家借用一下，恰恰就是对妫川秋景的绝妙概括。延庆地处燕山山脉西端，以山地为主，峡谷分布广泛，且植被茂盛，秋霜来临，秋叶变脸，或红或黄，处处都是"霜叶红于二月花""秋林霜后红，恰与染来同"的多彩秋天。

公园里，爬山虎不依不饶、不离不弃地盘绕在笔直的杨柳干上，红得鲜艳，红得透亮，红得可爱，红得醉人。与爬山虎相"PK"的金黄色银杏叶，像一只只美丽的黄蝴蝶，飘然落地，犹如满地黄金，远远地看去，就是一幅浓墨重彩的油画。洁白的玉簪花，笑口常开地守护着自己的大地母亲。

遥望松山、海陀山、玉渡山，山山尽染，恰似接地连天的彩色画卷。极目远眺，鲜红、粉红、猩红、桃红，层次分明，似红霞、像火焰，又有零星的松柏点缀，红绿相间，瑰奇绚丽。

深入林区，一片片轻舞飘摇的彩叶，闪着金色的光亮，铺满山地，令人心旷神怡。总之，在这彩色的秋林世界，蕴藏着一个个让人揣摩不透的美好故事，从而增添一阵兴奋与乐趣，顿感疲劳瞬间消逝，赏景兴致勃然再生。

视觉的贪婪，与夺目多彩之秋，有一种心照不宣的默契。"柳暗花明又一村"，再次吸引眼球的莫属黄栌彩叶，据说它也会表演"变脸"，当昼夜温差大于10℃时，叶片逐渐变为温暖而明亮的橘红、殷红、鲜红，继而又转为浓艳的绯红、绛红……簇簇叶片深浅相间、错落穿插，若再与其他树木的金黄搭配，更令人眼花缭乱、目不暇接。不论是橙红的漆树、紫红的鸡爪槭，还是淡红的盐肤木，都不如黄栌叶经过秋霜染红后那样鲜艳绚烂，那样火热壮丽。总之，秋天的黄栌树鲜明璀璨的层叠叶冠，是大自然在北国之秋最得意的一幅墨宝，最热烈的一声咏叹，最辉煌的一幕谢礼。

除了用叶片装点妫川的树木，也不乏用鲜果描绘金秋的美色，金银木就是其中之一。秋季莅临，一串串红宝石似的金银木果实缀满枝头，远远望去，鲜红的果实晶莹剔透、美不胜收，为萧瑟的秋天增添了一抹暖意，成为一道独特的风景线。正如一首小诗所写：金秋绿叶残，丹果露娇颜。唯美金银木，堪比爱豆鲜。

感谢大自然，感谢苍天，赋予妫川的多彩之秋。它们把秋天描绘成多彩世界，把秋天拟定为丹桂飘香的季节，把秋天作为回报付出的丰收日子。

冬雪银装。一句话，描绘出妫川晶莹剔透的岁暮冬装和披金戴银的美丽富有。毗邻妫川广场，赫然炫示——冰天雪地也是金山银山。的确，海陀戴雪，冰封雪飘，长城银装素裹，诸如这些词语，似乎就是为描绘妫川的冬季而约定俗成。

妫川冬天的色彩，虽然只以冰雪的洁白为主体，但洁白的冰雪惊动了妫川人，惊动了冰雪运动的爱好者，惊动了国际奥委会。

看，云瀑沟，冰雕玉砌，冰柱高悬，陡峭的冰崖壁上，在阳光照射下透出淡淡的蓝色，美丽极了，也绝对是妫川冬天的一抹美景，所以，吸引大量游客前往观赏。至于造型多端、丰富多彩的龙庆峡冰灯，更是妫川人智慧的结晶。

冰雪玉洁的冬季，也是妫川人曾经骄傲的季节。2022 年在妫川举办的冬奥会，那是妫川人终身抹不掉的记忆符号。因为那是一个特殊的冬季，一个多彩的冬季，一个为妫川增光添彩的冬季。冰雪健儿的亮丽服装，在雪光的映衬下，熠熠添彩生辉，黑眼睛、黑头发、黄皮肤的炎黄子孙，身边出现一群黑、白、棕等肤色人种，算作为妫川添彩也不为过，更重要的是中国健儿以优异的比赛成绩为中国争光添彩，让妫川拥有了一个多彩的冬季。

多彩妫川，不只是自然界的红红绿绿，更寓意妫川人的生活是多彩的，妫川人的梦想是多彩的，妫川的未来是多彩的。

妫川是属于未来的。

丹心如歌

2004　2024

跨越四十年的家国天下

耿延峰

　　1982 年，父亲在县砖厂还是一名小会计，他每天忙着批砖、收款、记账、对账。那年 9 月，党的十二大胜利召开。今天的我，问起父亲当年的十二大对他们有什么影响的时候，父亲咂摸了一口酒说："热火朝天，埋头苦干。"经历过挣工分，又投入社会主义建设的浪潮中的一辈人，对苦是免疫的，他们相信辛勤的双手能够去建设更美好的家园。父亲依稀记得邓小平操着南方口音的普通话讲社会主义现代化，胡耀邦说要"以经济建设为中心"。于是，机器隆隆运转，一排排砖坯变成红砖，在"大拖拉机"的颠簸下运送到城市、厂房，为社会主义现代化建设和人民奔小康添砖加瓦。

　　当岁月的指针拨到 2022 年，党的二十大即将召开，此时的我作为一名工作人员，刚刚全程参与筹办和举办了北京 2022 年冬奥会和冬残奥会。归家时，父亲给我倒了一杯酒，说了两句话：一是冬奥经历是全家的荣光；二是切勿自满，还要踏实走好今后的路。我把它理解为家风的传承，因为这位砖厂的老会计，在两年前光荣退休，他四十年的职业生涯，可用"埋头苦干"一个词完全概括。埋头苦干，是父一辈和子一辈的期望和传承。

　　有人说时代的尘埃，落在普通人的头上是一座山。殊不知，每个埋头奋斗的人，早已让山汇集成了家国天下的沙，让砖造就高楼林立和现代化。四十年间，父亲从砖厂的会计到供应建材，后又成为一名市政干部，1982 年，党的十二大对于一个二十出头的年轻人埋头苦干的叮嘱，到 2022 年党的二十大全面建成小康社会的愿景。作为一名经历四十年风雨的老同志，他可能并不善于总结，只有在晚餐时分，酌一杯小酒，回想起自己风雨四十年的过往，才会感慨来之不易的变迁。这变迁，是他带着我们全家，从小山村搬家到了县城，是教育出一双大学本科毕业的子女，是如今光荣退休老有所养。一个小家的衣食住行的进步，同样也折射出社会环境的变化，比如越来越宽的道路和越来越美的城市，比如方便快捷的网购和闪送，比如越来越文明的市民。我们深知，正是因为无数家庭的埋头苦干，才有了整个国家的现代化发展，鲁迅先生说过：中国自古以来，就有埋头苦干的人……他们是中国的脊梁。

我又何尝未曾想过成为民族的脊梁，无数个工作在国家复兴岗位上的同志，又何尝不想成为民族的脊梁。其实比起百年奋斗和下一个一百年奋斗目标来说，我们已经在路上了。那是因为，埋头苦干啊！在下一段百年奋斗目标和征程里，我们可能仅仅是一粒沙、一块砖、一滴水，甚至只是一个家庭的传承和缩影，毫无疑问，埋头苦干的气质一定会撑起我们自己的脊梁。我相信诸多同我一样，有过奋斗经历的战友们，有着家风传承的人们，纵然心潮澎湃，也要脚踏实地。翻开历史的书页，党的十二大第一次提出要"建设社会主义现代化"，从当年的"奔小康"到当今的"全面建成小康社会"，这并不只是美好的愿景，我们通过脚踏实地和埋头苦干，一定会实现。

四十年前，父亲眼看着那些红砖，一排排一摞摞，运送到建设社会主义现代化的征途上。如今的大城市红砖早已过时，取而代之的是钢筋混凝土等新材料。如果说四十年前他只是一块社会发展的砖，他一定期望我成为建设祖国的钢筋，也许不那么方正，但一定要挺起脊梁。

从十二大到二十大，路很长。四十年的家、社会和国家，需要我们埋头苦干。

修　　耧

耿延峰

1947年春，延庆川还驻满了国民党，彼时解放东北的战役激战正酣，华北的白色统治尚且稳固，老百姓还看不出谁能赢得战争的胜利。生活一切照旧，但苦日子也照旧。我爷爷，被称作小耿木匠的二十岁小伙儿，已经出师了——不出师也没办法，师父被国民党不长眼的炮弹炸死了。年轻的木匠，带着师父留下的"做杖"，锯子、锉刀、墨斗和直尺，也在为生活而奔波。

春日暖阳，正是农耕时节。乡亲们拿着积攒的一点儿玉米种，在后山奔忙耕种。一日，从山后庄子过来两位大哥，打听村里的木匠。村口人说："现在俺们村儿就一个木匠嘞，可能三里五村也就这一个木匠，是个年轻小伙儿，不过乐不乐意跟你们去干活可不一定，他刚给师父老木匠料理后事嘞……"两位大哥找到我爷爷的时候，他正在帮邻居四哥修耧，锤锤打打，前后忙活，大哥看着这手艺眼里流露出了赞许，当然更是踏破铁鞋无觅处，因为他们来找木匠的目的，正是要修耧。

"小耿师傅，手艺不赖嘞。"个子高的大哥说，"俺们村几架耧破的破，旧的旧，眼看要耩地了，您能不能帮忙给修修？"

"行，我这就跟你们去。"我爷爷二话不说，收拾起了仅有的几件家当，跟着两位大哥就奔后山而去。

"小耿师傅，你这么爽快，就不怕俺们把你骗走？"个子矮点儿的大哥笑着说。

"不怕，你们找我肯定是有活儿干了，除了我，你们也找不到别人嘞。"爷爷头也不抬地说。

"工钱也不问了？吃喝也不问了？"

"你们不会亏待我的，我跟你们打过交道。"

爷爷给我讲这段往事的时候，我禁不住问他："爷爷，您怎么知道他们不是坏人呢？"爷爷笑着说："他们是共产党啊。""那您怎么知道他们是共产党呢？"我的刨根问底精神又来了。

爷爷吸了口烟，说："我帮共产党干过活儿。普通老百姓找我们木匠干活没有这么急的，一般都是头年秋天就找我修耧了。再者，共产党来了就叫师傅，特别客气，我仔细看了他们手上的虎口，都有老茧的，说明啥？说明握枪杆子久了磨的。"

"那怎么不可能是国民党？"

"傻孙子，国民党直接带着枪就来抓人了，哪还用穿老百姓的衣服？再说，那不叫国民党，那时候叫保安团、白鬼子。"

"哦。"我恍然大悟般地点了点头，爷爷深吸一口烟，又把我带进了当年的往事……

两位大哥带着爷爷穿过三个村，到了北山根一个小村里。小村三面环山，村内倒是有不少土地，虽然距离永宁县只有几十里地的距离，但国民党保安团没事不来这边溜达，怕被打埋伏挨炸。事实上，在平北的地界上，有不少这样的小村庄，明面上还是国民党统治，实际上早就被共产党渗透进去。爷爷猜得不假，这两位确实是地下党员，他们着急修理一批破旧的老耧，趁着春季组织村民耩地。

爷爷仔细查看了几个老耧，发现几乎难以修复，特别是耧铲，因为年代久远，木质已经断裂，挖不开土了。"怎么办？"高个子大哥有些着急。爷爷看着远处山底下一棵老槐树，"用老槐树吧，让砍吗？"

"我去跟村里做工作！"地下党员就是雷厉风行。

不多时，高个子大哥回来了，"小耿师傅，您看要不要想想别的什么法子？那棵树，老百姓不让砍，都说树上住着神仙呢，逢年过节的他们都去拜拜，这可不好弄。"

个子矮的大哥急了："李队长，咱们不时兴迷信嘞。再说做农具也是为了搞生产，好让大伙儿吃饱饭。我看不行，就找几个人偷偷给它伐了吧！"

这位李队长拦住了个子矮的大哥："张三哥，我问你，咱们党是不是要给老百姓打仗，给老百姓过上好日子呢？毛主席都说了，从群众中来，到群众中去，想问题从群众利益出发就好办。咱们把老百姓的树砍了，算从群众利益出发吗？"

"这……"这位矮个子的张三哥没话说了，俩人眼睛直勾勾地盯紧了我爷爷。"老槐树、硬木……"我爷爷嘀咕着，"两位大哥，你们能不能从村里找到松木啊槐木啊这些硬一点儿的木质，有了它们，就不用伐树了。"其实爷爷内心也不想伐树，在那个年月，有点儿迷信思想也正常。

"硬木，我家里有。"张三哥拍了拍脑门儿，"我爹偷偷给自己留了一棵松木柱子，挺粗的呢，打算留着当棺材本的，他给藏在老宅了，我这就带你们去找……"

由不得李队长拒绝，张三哥硬拉着二人直奔张家老宅。几番摸索，果然找到了一棵松木。爷爷砍下一部分松木做耧铲，至于耧把手和耧筒，尽量用普通木材将就。干活儿的时候，李队长还关心地问："小耿师傅，剩下的松木还够给老爷子打一副寿材的吗？""还能，就是薄点儿……""真到了那个点儿（老爷子去世），还请您过来给打。"张三哥对爷爷说。

几天下来，几架耧都修理得差不多了。李队长给爷爷一小袋棒子面算作酬谢，爷爷推辞："还是得谢谢张三哥啊，多亏了他找到的木材……"

"谢我啥，我是共产党员，这点儿觉悟还是有的。"

"后来呢？"我拉着爷爷问，毕竟这个故事里没有流血和斗争，没有枪炮和战斗，我总觉得不过瘾。"后来啊，我听说李队长和张三哥跟着独立七师去解放延庆啦，他们打下了永宁城，成了共产党的解放军，南下啦。"

"那老爷爷那口松木寿材是您给打的吗？"我好奇心依旧。

"后来就解放啦，都过上好日子啦，我就不是专职木匠了，我也进工厂当工人啊，我也得搞先进成为共产党员啊。虽然我没有给老爷子打上那口寿材，不过只要张三哥找到我，我是一定会义务出工出力的……"

爷爷泉下有知，作为一名共产党员，只要群众的事，我也是一定义务出工出力的……

信仰之光

许青山

　　枪林弹雨中，我一直在奔跑，穿越重重的鲜血，跨过层层的尸骨，四周炮声隆隆，呼喊声阵阵，我的眼泪是烫的，顺着透明的皮肤流淌，滴落在横七竖八躺在地上的那些被鲜血染红的年轻脸庞上……

　　黎明前夕终于惊醒，挣脱如毒蛇一样缠绕着思绪的噩梦，扭亮台灯，刺破窗外深邃浓郁的黑暗。身体逐渐放松，脸上尚自湿润，梦中的呼喊还在耳畔回旋。前面的青年倒下去，又有青年冲上来，踩着血，踩着弹壳，跨过荆棘，跨过被炮弹炸出的坑洞，他们冲上前，不哭泣不回头，他们在呼喊：

　　"冲啊！为了人民！"

　　在梦里，我知道我在梦里，梦里的我不会被伤害，不会疼痛，也不会死，如同打开一本魔法书，跌入邓布利多的冥想盆，旁观，哭泣，心痛。

　　合上枕旁的《海陀风云》，一组数字却固执地穿出书页出现在我的眼前：

　　1940 年 1 月 5 日，在延庆"后七村"霹破石建立了平北地区第一个抗日民主政权——昌延联合县政府，徐智甫任县委书记，胡瑛任县长。同年 8 月，二人遭受敌人袭击同时牺牲，胡瑛年仅二十九岁，徐智甫年仅三十二岁。

　　1943 年 6 月，民兵岳坦为掩护昌延联合县二区区长刘文科牺牲，年仅二十九岁。

　　1944 年秋，四十团的战士杜明，在攻打敌人据点时英勇牺牲，年仅十八岁。

延庆游击队队长卫兴顺牺牲时年仅二十六岁，云南籍李熔旭牺牲时年仅三十一岁，四川籍常嗣先牺牲时年仅二十六岁，山东潍坊高传纪牺牲时年仅十九岁……

这一组组数字，让我的手和心同时颤抖！他们是如此年轻，如同角上停落着蜻蜓的新荷，如同顶破土壤的嫩笋，如同刚刚绽放青青枝芽的小松树。他们即将迎来最美丽的绽放、最蓬勃的成长，生命的钟摆却在平北红色的大地上戛然停住。十几岁啊，正是憧憬爱情的时候；二十几岁，正是初为父母的时候；三十几岁，正是事业初露峥嵘的时候……为了共同的信念，来自五湖四海的他和她做出了共同的选择：为了人民去战斗！宁可生命随时被画上终止符！宁可上负白发苍苍的双亲，下负牙牙学语的娇儿！

1941年2月4日，平北军分区副司令员、八路军冀热察挺进军第十团团长白乙化在密云马营战斗中牺牲，年仅三十岁。牺牲时，他甚至不知道自己走后妻子为他生下了一个女儿。直到新中国成立后，密云县整理党史到白乙化老家搜集烈士材料，他的妻女，方才知晓，永远失踪的亲人，竟是位大英雄！

其时，我正在和朋友们一起编写《烽火海陀》和《延庆红色故事》，为还原最真实的人物，我们把时空回拨到英雄所处的时代，大量翻阅史籍资料、重温红色故事。其中关于平北地区的抗战人物与故事，多得益于孟广臣先生主编的《巍巍海陀山》《海陀风云》等一系列丛书。

书中的无数细节，让英雄不再是屹立在平北抗日战争纪念馆的雕塑，变回有血有肉的普通人：

1942年年底，昌延联合县二区区委书记兼区长刘文科和游击队队长卫兴顺领导二区人民进行反围剿斗争。愤怒的敌人烧毁卫兴顺的家，抓走他的妻子，八岁的儿子号啕大哭，追着喊："妈妈，妈妈！"敌人扬言："只要卫兴顺投降，交出刘文科，就放了他的一家大小！"此时，卫兴顺带领的游击队正埋伏在汉家川村东的山林里，将这一切看得真真切切。他紧握拳头，双眼布满血丝，下达的命令却是："谁也不准动！敌众我寡，不能因救我老婆断送革命力量，遭人骂！"

杨克南赴刑场前，高声唱起二黄起板："杨克南出狱来龙归沧海，骂一声日本鬼汉奸卖国贼……"并高呼，"杀了我一个，自有后来人……"

打开尘封的岁月，才能体味历史的温度。厚厚十本《海陀风云》里，无数英雄喊着口号走向刑场，其中一本书中的半本都是密密麻麻的名字，抗日战争期间牺牲英烈的名字！每一个名字都曾经是一个活生生的人，背后都有一个温馨的家。面对入侵的敌人，面对卑鄙的叛徒，他们牺牲小我，牺牲小家，只为了心中崭新的中国！为了让他们的孩子、他们的同胞不再当亡国奴！为了让未来的中国人能够有饭吃、有衣穿，能够挺直了腰板活着，他们用死为生命的高贵标注上荷的清白、竹的气节、松的傲骨。他们视死如归，因为他们心中信仰如炬。他们的生命停止在那一刻，他们的精神穿越时空铸就永恒！如巍巍海陀峰顶上的青松翠柏，万古长青！

我再次打开手中的《海陀风云》，翻到赵起的故事。赵起是个有血性的汉子，为兄弟报辱妻之仇，捣毁大庄科伪警察所，被"逼上梁山"，却发现打日本人的土匪也欺负百姓。迷茫无望的时候，中国共产党来到延庆大庄科，他终于找到了真正为了人民战斗的队伍。他参军入党，一直耿耿于怀自己年纪太大，怕给队伍拖后腿，于是样样干在前边，刻苦认真，勇敢顽强，杀特务、拔据点、打鬼子，成为大名鼎鼎的平北游击大队三中队中队长，威名远播。

其实，1941年赵起牺牲时，不过四十三岁。与我现在的年龄相仿。"求田问舍，怕应羞见，刘郎才气。"看着他们的故事，我总是感到羞愧。四十多岁的自己一天到晚操心的是孩子的学习、生活的品质、个人的追求。"我，我，我！"心中无数的我是无数的私欲。平北抗日根据地最初的开辟者之一，四十岁入党的赵起，心中有乡亲、有国家，唯独把一个"我"舍弃。丢掉一个小小的"我"，写出大大的"共产党人"。刘郎面对赵起也会惭愧吧？刘备有志气有才气，砍砍杀杀为的却不是天下人的天下，为的不过是建立个人的不世功勋、家族的万世荣华。而共产党人赵起愿意为了后人的幸福牺牲自己的生命。

《巍巍海陀山》和《海陀风云》共计十四本书，一千零七十五篇文章，约三百四十四万字。《巍巍海陀山》1、2出版于1989年，另有《景仰红色记忆》等书，其中《平北抗战故事》出版于2016年10月。这套书的主编孟广臣先生，2017年2月11日在京逝世，享年八十五岁。而今，抗战时期最小的儿童团员也已是耄耋之年。孟先生几十年如一日致力于史料整理，跋山涉水寻访当事人，搜集整理红色素材，为我们后人留下最宝贵的第一手历史资料，可谓厥功至伟。从这些书里，我看到孟先生的信仰之光和赤子深情。孟先生是作家,他的小说《侯起与雨花的故事》中,侯起的原型就是赵起,但是他让书中的侯起回到了最青春的年龄,找到了挚爱一生的伴侣,并且迎来了抗日战争的胜利。先生给了侯起磨难,也给了他一个圆满的结局。这本小说,又让我看到了先生的至善和疼惜。

也许我不该过于自愧,我今日的生活——国家昌盛、小家和美、每个人都能够自由追求自己的梦想、在工作中奉献又在工作中实现自身的价值,这不正是白乙化、赵起等平北抗战英雄以及一代代共产党人所盼望的吗!

中国共产党一经成立就把实现共产主义作为最高理想和最终目标,确立起为中国人民谋幸福、为中华民族谋复兴的初心和使命。

被誉为“世界杂交水稻之父”的袁隆平专注于田畴,为解决中国人的吃饭问题做出了重大贡献;中国原子弹之父邓稼先用二十八年的默默无闻,换来中国在世界上响当当的地位;王进喜“宁可少活二十年,拼命也要拿下大油田”;焦裕禄强忍病痛誓要改变兰考面貌;八十多岁的老人钟南山,逆向而行,义无反顾地走上疫情防控斗争最前线;黄文秀扎根乡村为农民脱贫致富倾情奉献……百年来,一代代中国共产党人在信仰的激励下,投身革命、建设、改革事业,用鲜血、汗水、泪水、勇气、智慧、力量完成救国、兴国、富国、强国的奋斗目标,把对信仰的坚守化为报国为民的行动。

一代人有一代人的长征,一代人有一代人的担当。我们站在新时代的起点上,就要接续先辈手中的接力棒,为实现中华民族伟大复兴的中国梦奋力奔跑向前。

黎明到来,明亮的光线穿过玻璃窗照射在书桌之上,一本本摊开的红色书籍,闪耀着金色的光芒,这光芒来自书中的抗日英烈,来自一个个优秀党员的奋斗史,也来自满怀热忱写书的人。

立志千秋伟业,百年正值青春。光明中,我看见红色基因赓续延绵,信仰之光照彻前路。

金牌讲解员和他的故事

墨　馨

迎着晨光，我走在上班的路上。一阵火车的轰鸣唤起了我的思绪。这声音早已存在，没觉得有什么特别，有时甚至很厌烦它，因为巨大的声响曾影响过我向经理汇报工作。可今天却显得不同，这声音让我想到一个人——一位金牌讲解员，并且把我拉回到和他的初次相遇。

那是这个地区变冷的第二天的早晨，天阴着，虽然距离立冬节气还有几天。下了大巴车，参加采风活动的二十几人都感到了寒冷，人们不由得缩起脖子，把身上的衣服裹紧。这个地处深山之中、距离区中心一个多小时车程的地方，名叫铁炉。

给大家做讲解的是武绍亭老人，是延庆区金牌讲解员。武老先生已经七十多岁，不过看起来精神矍铄，显得比实际年龄年轻很多。他穿一套合身的制服，衣服不厚，却看不出他冷。他昂首挺胸，步履矫健，说起话来中气十足。他的牙齿是经过修整的，包着金属牙套。尤其是他的一双眼睛，炯炯有神！他的体面、他饱满的精神气质令我顿生好感。

武老先生就在这里——昌延县干休所，抗日战争时期党培养干部的旧址老屋外——声情并茂地给我们讲述。他告诉大家，可别小看这个地方，这里培养出很多八路军战士、抗日英雄呢！武老先生详细讲述了抗日英雄赵起的故事。赵起原本是本村一名普通的农家汉子，在1937年至1938年间成长为平北地区副大队长，砸局子、打鬼子，最后牺牲在平北红色的土地上。随着他的讲述我被带回到了八十多年前的村庄，面对日寇疯狂的烧杀抢掠，村民们奋起抵抗。英雄赵起组织年轻的村民把鬼子在这个地区设立的局子砸了！他说抗日就肯定有流血、有牺牲，作为党员他们保证冲锋在最前面！为了打鬼子，他四十几岁还没成家。一次回村办事，他抽空看望老母亲。老母亲又一次催他娶媳妇生娃，他笑着安慰娘，说等胜利了，赶走了小鬼子，自己要找一个漂亮的媳妇，让娘过上好日子！

我听到"漂亮"这个词心里不禁笑了一下，怎么用到这个词？这不是现代的说法吗？可又一想怎么不能用这个新名词呢？也许当时他的老母亲不懂，他会耐心地给她解释"漂亮"就是"又俊又能干"的意思。当年他到党校学习，是走在抗日最前沿的，他们怎么就不会接触到最先进的知识和信息呢？我不禁为刚才的一笑感到惭愧。

武老先生继续讲述着：最后，这位副大队长和二十几名游击队员，在与二百多个鬼子打遭遇战时，绑着手榴弹和敌人同归于尽了。牺牲之前他让他的警卫员突围，警卫员不肯独自逃生。他说你必须突围，你是带着任务突围，你要给我娘带个口信儿，说我不能给她老人家尽孝了，但是让她相信，她一定会过上好日子的！听到这里我只觉鼻子发酸，胸口似乎被什么堵住，呼吸沉重。这是在我脚下这片土地上真实发生过的，并不是某些"抗日神剧"里的桥段。我左右踱步想稳定一下激动的情绪，抬头望向天空。没有谁生来就坚强无畏，我想，对家乡父老的爱和党的培养，把这些质朴如山的汉子锻造得如钢铁一般坚强！

灰蒙蒙的天空，好像要下雪了。不过一小时后居然放了晴，那是后来一众人走进"美丽乡村建设"——村民们的联排别墅区的时候。彼时我的心情也随着那温暖的阳光而晴朗起来。

武老先生深情的讲解告一段落，大家沉默着走上羊肠山路。晚秋的枯草用摩擦裤脚鞋面的方式向人们打招呼，沙沙声也像在告慰在天的英魂。我抚摸着沿路可见的山石，也许那是抗战英雄曾经抚过的地方。我在浩荡的河水前停留，河水永不停歇地向前流淌，也许那些抗战将士也曾在此驻足凝眸。英雄脱下军装就是这普通的庄户人家的儿女。普通庄户人家的儿女们为着抗击外敌拿起了枪炮！"我吹过你吹过的风，这算不算相拥；我走过你走过的路，这算不算相逢。"听过的一首歌的旋律萦绕心头，把我和他们相系相连。

隆隆的，一列火车开过。铁炉村的村边是繁忙的大秦铁路线。火车夹带着远方的风，也把我从曾经久远的过去——屈苦的中国人的过去，拉回祥和、幸福的现实。我由衷地敬佩和感谢这位红色老区的老先生的讲解，红色已渗透进他的骨骼，同热血汇流成身躯、灵魂的一部分，放射着永远不朽的光辉。

一路讲解中，武老先生始终带着我们赠送给他的礼物——《妫川》期刊。他把它夹在胳膊弯儿或端在两手上。参观完一处保留完整的农家旧院落，人们三三两两走出去。走在最后面的老先生忽然折回身，把刊物轻轻放在石头矮墙上，去关院门。我正好走在他身侧，问锁吗？他说不用，挂上就行，也没啥东西，别敞着就行。他对书籍爱惜的、小心翼翼的样子，让我想起我的老母亲。一张纸片她都保存起来，不舍得扔掉，说小时候上学，要有这样的纸写字还不高兴坏了？好日子要懂得珍惜哟！他们如此相像，让我对眼前这位老人有了更加亲切的感觉。我拿起放在墙头上的刊物，轻轻掸了两下封皮，然后双手递给他。老先生眼睛一亮，笑着点点头接过去。我趁机问您讲得么好，肯定每天都记忆背诵吧？时不时还需要更新知识？他眼神变得认真且坚定，说对，一定是要不断学习的！不说别的，就是村里订的报纸，别人看不看我不知道，但是每一张我都看，得关心咱国家的政策和新闻、与时俱进啊！我由衷地赞叹着，伸出大拇指为他点赞。他像个孩子似的羞怯地笑了，低下头，搓了搓生了老茧的大手。边走边聊，不久我们就来到一座二层小楼前，采风座谈会将在这儿召开。

一个半小时的会议，武老先生始终在认真地倾听，虽然后来大家说的都是关于写作之类的文学方面的内容，他一直端坐在座位上，纹丝不动。他还负责联系中饭的事儿。约定好这边一结束，那边就摆饭，由他领着去。虽然饭厅离这里不远，但是怕我们走错，老先生就一直陪着大家直到讨论结束。会后走出小楼，我放慢脚步，等着老先生从后面走过来。有了上次的交谈我们已经熟络了。我说我看您听得很认真。老人说见笑了，所有我遇见的人都是我的老师啊。

饭厅确实不远，车行几分钟就到了。下车就见一座巍峨的大山矗立眼前，很特别的样子。其实那不是一座，仔细一看，原来是两座山峰并列在一起形成的地理样貌。缓缓变换角度就会观察到两峰的整体之间留有一道缝隙，由此当地人给它起名叫"夹缝山"。听名字就知道过去这里有多苦——夹缝中生存啊，旧中国内忧外患，人民感受到的只有苦痛，永远都挣扎在生死线上。现在好了，日子越过越甜，就像武老先生感叹的。因此他行动起来，要发挥余热，不辞辛苦去宣讲、去传播为建立新中国牺牲的那些英雄的事迹，歌颂这来之不易的新生活！

　　离开铁炉村时我四处找寻，都没见到武老先生，也许他又去什么地方忙了。没机会跟他告别，感觉有些失落。

　　又一列火车呼啸而过，此时的我正坐在电脑前处理公文。抬眼看向窗外，不禁思绪飞扬。火车经过您的村庄，可爱可敬的金牌讲解员武老先生，与您相识，多么荣幸！从此我也多了一份牵挂：老人家，您一切可好？

特殊的采访

杨军云

2010 年 7 月，我应聘到大庄科乡当了"村官"。几年过去了，我一直被大庄科乡强烈的红色文化氛围感染着，一遍又一遍地参观平北红色第一村的展馆和昌延联合县政府旧址。我总是在问自己：面对那段历史，我能做点儿什么呢？

渐渐地，我萌生了为那些还在世的革命老人留下影像资料的想法，当我把这一想法忐忑地向乡领导汇报后，得到了乡领导的赞许和大力支持。立即决定由我负责拍摄健在的革命老人影像的任务，我的兴奋与激动简直难以言表。2012 年 6 月 4 日，在乡领导的安排下，我和另外两名大学生"村官"刘晓杰、马小虎，在乡文化站站长张万东的带领下，组成了一支非专业的采访队伍，用简易的拍摄设备，采访了大庄科乡新中国成立前的老党员、抗日战争复员军人、解放战争复员军人。如今，他们已是八九十岁的高龄。

2014 年 6 月的大庄科，随着气温的上升，没有了春日时节的清凉。那些时日，我们天天坐着文化站的流动数字电影放映车，在乡与村之间穿梭，去寻觅村里的老党员、老军人，拍下他们历经沧桑的容颜，录下他们流金岁月的故事。我们手中有一份特殊的名单——这份名单，成为我们崇高的使命。

水泉沟村的谢玉存，是参加过抗战的复员军人，今年已经八十七岁，看上去很单弱，不像一般老兵那样魁伟。因在战争中受了伤，他一直拄着拐杖，而他的拐杖也很简单，只是一根木棍，在手扶处有一个把手，已经被磨得光滑。说到战场上的冲锋陷阵，他有时特别激动，几次从凳子上站起来，把拐杖在空中挥舞，大有一个将军指挥千军万马之势。我们担心他站不稳，告诉他不用站起来，可是没用，我们只得在估摸着他有站起之势时，赶紧过去搀扶。他见有人去扶他，这人还是一个女孩子时，便又老老实实地坐下了。他很骄傲地跟我们提起他曾经也是个干部，当过班长。这小班长，在他看来，是有很高的权威的。在战争中，他就得比别人勇敢，比别人冲得快，也因这缘故，弹片击中了他的腰。

他还能唱当年的军歌，我们就请他现场为我们唱一曲。摆好架势，他就唱起了《三大纪律八项注意》，并一字不落地唱完，声音还是那么洪亮，豪情不减当年。我们鼓掌，他说自己唱得不好，没有年轻时唱得有劲儿，我们夸他唱得好，他竟然情不自持了，又唱了另一首军歌。等到他唱完，我们不敢再鼓掌了，担心他再唱，累坏了身体。

说起往事，小庄科村的老党员曹科甲对命运给自己的"特殊照顾"还心存感激。有一次，他在执行任务时被伪满洲军抓走，他说，当时敌人的口号是"宁错杀十个群众，不放一个共产党员"，可最后，敌人把他当群众放了。还有一次，他不幸踩上了地雷，却幸运地躲过了危险。采访的那段时间，我们总是一上班就开车从乡政府出发，到中午再回到食堂吃饭，稍作休息又开车去了村里，到了下班时间再回到乡里。我们原计划是用两个星期专门采访拍摄，却不想整个采访竟然历时近两个月，走到哪位老人的面前，我们都不忍仓促离去。

那段时间，我们差不多走遍了大庄科乡的二十九个村。尽管我们马不停蹄地采访，可是仅仅两个月的时间，六十一人的名单中就已有七名老人去世。就在我正进行后期编辑的时候，又有两名我们采访过的老人去世了。我茫然了，惋惜老人们步履匆匆。时间对于老人竟是如此吝啬，我们必须和时间赛跑！

岁月无情，英雄老去。这些老人，除了疾病，年龄本身就已经成为他们的最大挑战。有很多老人由于种种原因，无法向我们讲述当年的故事。面对这些老人，在静默中，我们感受着他们的伟岸。看着他们因战争而留下的伤残，在悲痛中，我们感受着他们的沉重付出。曾经，正当青春年少的他们，在民族危亡的时候，毅然向前，高调登场，用血汗捍卫了民族的尊严。当革命取得成功，他们又低调退场，退隐山乡，甘愿默默无闻，清贫的生活没有改变他们对党的忠诚和信仰。

　　大庄科，因为有了他们，古朴的山乡多了一份文化的厚重。那份属于大庄科的历史画卷，因为有了他们浓墨重彩的一笔，显得格外耀眼。

　　岁月无情人有情。生在英雄的故乡，就该懂得英雄的付出。当一切尘埃落定，当英雄默默退场，当历史掀开它新的一页，我们不能遗忘那些昔日的英雄、那些革命的老功臣、那些为了我们今天的幸福生活而献身的先烈，更不能遗忘那些没上纪念碑、没进英雄谱的默默献身者。新中国的昨天，有他们的奋勇拼搏，有他们的前赴后继。今天的我们，需要将他们铭记，记住他们的付出，记住他们的故事，珍惜今天来之不易的生活，创造明天更加繁荣富强的祖国。

　　血染的记忆构筑血染的历史，曾经让我们沉痛，让我们悲愤。今天，站在时代的巨轮上，更让我们乘风破浪！

康庄站上的铁路工人

王学敏

康庄火车站是京包线上重要的区段站，在未修通丰沙铁路线之前，这里的客货运输任务比较繁重。全站职工总数近两千人，站内所设车、机、工（务）、电、检、警等各部门，党、政、工（会）、团等行政组织一应俱全。

1950年5月1日，康庄第一次欢度国际劳动节，这也是康庄铁路工人首次以整队游行的方式，欢度自己的节日。这天清晨，工人们在火车站1号站台列队集合，他们要去大街上举行盛大游行，宣传五一劳动节的伟大意义，向人民展示工人阶级的精神面貌。游行路线是依次经过镇内的各街道。

好消息迅速传开。人们聚在自家门口，准备迎接游行队伍。他们聚集着，纷纷议论着，满怀激情地等待着，希望快点儿看到工人阶级的游行队伍。不一会儿，从大街东头由远而近地传来了热闹的鞭炮声、锣鼓声、口号声。小孩子欢呼雀跃，喜出望外地奔跑到游行队伍跟前，随之紧跟其后，和游行者一同呼喊起来。工人们的服装崭新，一色的蓝制服、蓝帽子，胸前佩戴闪光耀眼的路徽，手握各色标语旗，神采奕奕、精神焕发。他们呼出的口号，声震高天，气贯长虹。在欢乐气氛的感染下，在强烈声浪的震撼下，在声声口号的感召下，我犹如驾起祥云飞上了天空，心在剧烈跳动。

游行队伍行进到了铁路小学门前，校门口一派井然，门上张贴了"欢度节日"的红色标语，门前高大的柳树枝叶繁茂，在春天的阳光下，闪耀着新绿，为学校门前增添了庄严和清新。队伍到此暂停行进，工人们变换队形，开始唱歌。

第一首是《五月的鲜花》，歌词较短，只有几句，与节日气氛紧紧相合：五月的鲜花开呀，红呀么红似火，红呀么红似火呀。工人阶级的斗争火呀么火样红……

第二首是工人自编的《铁路工人之歌》：汽笛鸣叫，轰隆隆地响，机车奔跑，日夜忙，送弹药，运军粮，载着部队过长江……

歌声响亮，振奋人心。站在路旁观看游行的人们同声欢呼，鼓掌喝彩。这种列队游行就地演唱的形式，拉近了唱者和听者的距离，更富感染力，使人们感觉更亲切、亲近。游行的形式十分新颖，街道成了大舞台，游行者成为演员，群众成为离演员最近的观众。互相之间近距离地交流，使歌声、口号声更加深入人心，热烈气氛使工、农、兵、学、商的激情久久持续。大家不住地齐声高呼："铁路工人力量强！向老大哥学习！向老大哥致敬！"

职工队伍后面是家属队伍。别小看了这支妇女队伍，她们组织严密、制度健全，是得力的后勤保障队伍，是一支特别能战斗的部队。她们踊跃参加识字班，坚持认真学文化；她们积极参加车站的各项义务劳动，人人不落后，个个加油干。她们料理家务，精打细算，勤俭持家；她们互相帮助，和睦相处，努力创建和谐家园。有人说："一个家属在家一天的劳动，绝不亚于一个养路工。"这话一点儿不假，但全体家属毫无怨言，她们知道，在全站的光荣榜上也记有她们的辛勤付出。

游行队伍在表演结束后又西行向北，穿过铁道，在站北又表演了一场，依然火爆动人。随后他们便从车站西道口，登上站台回到他们的出发地点，并由领队进行总结，宣布解散。那些紧随其后的人，也恋恋不舍地各自散去。

康庄车站的工人有数千名，众多工种繁杂，仅行车部门就有车站调度员、线路值班员、车站值班员、调车员、制动员、连接员、扳道员，等等，至于机务部门工种就更加繁杂。众所周知，火车跑得快，全凭车头带。车头的动力是蒸汽，蒸汽源自锅炉，锅炉燃煤才产生蒸汽，而煤是靠人力向炉内投入的。这一人力工种就是"司炉"，"司"是管的意思，"司炉"就是掌管火车头锅炉的人，他们的任务是添煤，让锅炉产生蒸汽推动活塞，使车轮做圆周转动，火车就开动了。

　　司炉的加煤任务十分繁重，他的工具就是一把大铁锹，一锹煤足有二十斤。司炉的"考工"项目，是测试规定时间内的投煤次数是否达标。将煤在规定时间内投进炉膛，既要求技术过关，又须经受体力的考验，有一项不合格就不能上车。

　　我们可以试想，当机车牵引总重几千吨的长长列车爬坡，它必须加大牵引动力，把握时机毫不松劲、一鼓作气才能成功。如果此刻司炉乏力，铁锹挥不动，投煤跟不上，锅炉烧不上汽，蒸汽火车头失去动力，列车就会在坡道上往下溜，一旦失去控制，后果难料。虽然铁路沿线有多种防范设施，尽量避免严重事故发生，但依然有事故被记录在册。可见铁路上的各项"考工"都十分严格、十分严酷，它关系到人民的生命财产安全，它关系到一个人的前途命运。铁路部门的每个工种，都有各自不同的测试项目和考核标准，一丝一毫都不能含糊。

　　邻居隋姥爷是一名经验丰富、不善言辞的老扳道员，我问他："隋姥爷，您在车站都干什么？"他回答道："接电话、扳道岔。"我又问他："接什么电话？怎么扳道岔？"他说："那学问可大啦，一句半句哪能说清！"随着年龄的增长，我也多少明白了一些，扳道员的工作复杂、艰巨、重要。

　　如今已进入信息化时代，工业革命时代已成过去，那燃烧煤炭的蒸汽机车不见了，取而代之的是富有强大动能的电力机车，繁重的体力劳动已退出历史舞台，但艰苦奋斗是中华民族珍贵的精神财富，我们要坚持传递下去。

回忆为董玉亭烈士建碑二三事

赵希同

2021 年 10 月 9 日上午，我在曾经住过的老家沈家营村办完事，正当我准备返回县城，走到沈家营镇政府大门东侧的公交车站等车时，时间大约上午 11 点，看到从沈家营镇政府大门口走出一位镇机关干部。她朝着我这边来，边走边喊："舅舅。"

我还以为是不认识的人呢。走近一看，原来是十几年来一直没有见着面的巧梅。她姓什么我记不清了，只知道她的小名叫巧梅。我记得在 1991 年 8 月，我从沈家营乡政府调到永宁镇政府工作之前，她母亲是魏家营村的妇女主任，我们还是老乡，所以她跟我算是老熟人了。在我临调走前几个月，巧梅也刚到沈家营乡机关参加工作，我们是从那个时候认识的。也就是从我们俩认识开始，因她母亲和我是老乡，她一直称呼我舅舅。

这次她见到我非常热情，对我说："我一见到您就想起一件事来。"我问她什么事，她告诉我说："我们村王兆江他娘（董玉亭烈士的老伴）活着的时候，每次到乡政府领优抚金时都会提到您的名字，还说她丈夫的纪念碑是您给建的。"

听到这儿，我边笑边对她说："可不能说是我给建的，那是当年乡党委做出的决定，是党和政府给她丈夫建的，只能说我是为董玉亭烈士建碑小组中的一员。"

巧梅的这番话也确实打动了我，回到家后，我的心久久没有平静，这话不仅让我回想起了当年为董玉亭烈士建碑的往事，董玉亭烈士的故事也出现在了我的脑海中。

要说我与董玉亭烈士的故事，还得从我同他儿子王兆江同在一个连队

修白河南北干渠、古城水库水利工程说起。在我的记忆里，那还是在 1976
年 10 月初，正是在我们县大搞水利工程建设时期，由于我们公社在组建新
的施工连队，便把我从村里抽调到了沈家营施工连队，我当上了连队副指
导员。说起来也巧，从我们公社机关干部中选派到我们连队带队兼指导员
的竟然是董玉亭的儿子——王兆江。

　　因为我们连是一个有着近三百名民工的大连队，所以连干部也相应比
较多，包括带队的在内，连干部由七人组成。在我们这七个人中，我那年
是二十六岁，王兆江比我大两岁，老连长李洪宝比我大十八岁，其他连干
部都在二十岁左右，我们是一个老中青三结合的连队领导班子。

　　老连长李洪宝是孙庄村人，因为他的岁数最大，所以他知道的事也
多。至今我还印象很深地记得，我们连队在新庄堡村驻的第二年，在 10 月
1 日国庆节那天晚上，我和李连长在连部聊天时所说的话。当时，李连长
在给我讲解放延庆的故事。当他讲到延庆的解放是无数战斗英雄和革命先
烈英勇奋战、不怕牺牲，用鲜血和生命换来的时候，突然间他问了我一个
无法回答的问题，他问我："听说咱们连带队的王兆江，他父亲就是为了
解放延庆牺牲的，兆江是革命烈士的后代，他父亲是咱们县出了名的大英
雄。可是我不明白，为什么他的父亲姓董，叫董玉亭，而他却姓王，你知
道是咋回事不？"

　　我说："这个事您得问他，我比您岁数小好多，我更不知道了。"

　　老李又说："这事我也不能问他，我怕勾起他心里不痛快的事。"

　　就是老李那会儿说的这个说不明的事，在我心里一直是个谜团，这个
谜团一直到 1980 年 10 月初也没有解开。原因是自从 1976 年 10 月初组建
施工连队，到 1980 年 10 月初的这四年时间里，王兆江同志始终把我们县
的水利工程建设当作造福延庆人民的光荣责任和使命，一心想的是如何圆
满超额完成指挥部下达的施工任务，为了完成施工任务，他把自己的全部
精力都投入到了抓施工进度、施工质量、施工安全和对连队民工的思想政
治教育上。在我的记忆中，他从来没有向我们连干部和连队民工任何人表
露过或讲过他的家事或身世，更没有提到过他父亲的事。最值得我学习的
是，他是一个事业心和责任心极强、心态乐观、公而忘私、意志坚强的
人。就是现在回忆起来，都让我觉得他的这种精神好似董玉亭的红色血脉
依然在他身上传承，是董玉亭的爱国主义精神依然在激励着他继续发扬的

体现。这些都不是我的凭空想象，而是王兆江同志用实际行动践行了他父亲忠于党、忠于人民的光荣传统和优良作风。

我记得在 1980 年 10 月中旬，有一天王兆江约我到他家，商量古城水库大坝扫尾工作和韩郝庄 2 号电站完工后解散施工连队，只留下后勤人员和少数民工准备撤摊的事。当我走进他家门的时候，我愣住了，我发现与我同村的老乡、和我从小学到中学一块念书的老同学王学然也在他家。我开玩笑似的，惊奇地问王学然："老同学，你怎么会在这儿？"

她笑着对我说："我是王兆江的媳妇，这儿就是我的家，你说我不在这儿还能去哪？"

见到了他们俩，一下子就让我又想起了三年前李洪宝连长问过我的，王兆江和他父亲为什么父子不同姓这个让我难以回答的问题。这回行了，他们两口子一个是我的同事，另一个是我的老同学，这个悬在我和李连长心里好长时间的谜团总该到解开的时候了吧？想到这儿，就在我和王兆江商量好解散连队留下少数人撤摊的事宜后，我便直截了当地问起了王兆江为什么与父亲不同姓的事。我说："我早就听李连长说过，你父亲姓董，叫董玉亭，而你怎么会姓王呢？"

没想到，我这一问，还真勾起了他对往事的回忆。他告诉我："我父亲原本姓王，叫王文礼，他是咱们延庆镇第一任派出所所长。听我娘说过，我父亲是在 1943 年 4 月，昌延联合县政府公安科成立后，他为了回村便于发动群众，秘密开展抗日锄奸工作才改的名字。我认为，他不仅是我的好父亲，还是一位让我一生崇拜和尊敬的革命者……"

老王还向我讲了许多他父亲在世时对敌斗争的故事。他妻子也在一旁插话说："我爸爸跟我也说过，到如今我还记得清清楚楚。兆江他父亲是为了解放咱们延庆，在 1947 年 2 月 21 日傍晚外出执行任务时，被叛徒告密不幸被捕的，也是在那年的 5 月 8 日被凶残的国民党匪军刽子手枪杀的。死后，狠毒的敌人还把他的头颅用铡刀铡了下来，挂在了延庆城东门口悬首示众了七天。兆江他父亲牺牲那年才二十六岁，听说牺牲得很英勇，也很壮烈。"

最后王兆江又接着对我说："我不能依仗自己是烈士的子女、革命的后代，拥有一个英雄的父亲就作为自己骄傲自满、自高自大的理由，更不能作为自己贪图享受、无所作为的资本。如果那样的话，既对不起党，对不起人民，更对不起为了延庆人民的解放事业英勇壮烈牺牲的父亲。"

听了王兆江这番话，我又感动又佩服，仿佛看到了他父亲高大的形象。

现如今，给董玉亭烈士建纪念碑的事虽然过去三十多年了，但是在我的脑海里依然记忆犹新，历历在目。

我记得，在 1985 年我任沈家营乡党委宣传委员的时候，为了给董玉亭烈士建纪念碑，在 3 月中旬还开过党委扩大会，在会上确定了由党委副书记、宣传委员、团委书记、司法助理员和乡镇企业公司经理组成的建碑成员小组。按照分工，当时我负责的是看管建碑现场，企业公司负责从曹官营砖厂买砖，从沈家营供销社购买水泥，包括找泥瓦工手艺人等建碑事项。纪念碑建成后是乡司法助理员刘元起用红漆描写的碑文，董玉亭烈士的生平事迹材料是乡团委负责收集整理的。

董玉亭短暂的一生为党和人民做出了不朽的贡献，他是延庆人民的骄傲。为了弘扬和传承他的爱国主义精神，也为了纪念他，沈家营乡党委于1985 年 4 月 5 日清明节那天上午 9 点，在生育养育他的故乡、临近魏家营村西南方向的纪念碑前，举行了董玉亭烈士纪念碑建成仪式。沈家营乡党委主要领导和县委宣传部、团县委等部门的主要领导，以及沈家营乡为董玉亭烈士建碑的小组成员，还有全乡二十五个村的村干部、中小学师生代表、董玉亭烈士的家属、魏家营村的全村众乡亲都参加了纪念仪式。

我记得，在纪念仪式上，大家首先向董玉亭烈士纪念碑三鞠躬，当时乡团委书记冯玉兰宣读了董玉亭烈士的生平事迹，县委宣传部部长郭书文同志在纪念仪式上讲了话，他在讲话中号召我们："我们不仅要对董玉亭烈士进行深切永恒的悼念，我们还要弘扬和传承董玉亭烈士的爱国主义精神，把延庆建设好，让全延庆县人民早日走上共同富裕的道路。"也就是从那个时候起，每年清明时节，沈家营地区的中小学师生和附近的乡亲们都到这里参加祭扫活动，用各种不同的纪念方式表达对董玉亭这位忠魂铁骨英雄、革命烈士的缅怀和敬意，并接受革命传统教育。

我家里的"星条旗"

季　伟

提起星条旗，人们自然与美国的国旗联系起来。其实，我家的"星条旗"是由无数个一寸多宽的布条拼制成的褥子面。

20世纪70年代，被称作"票据时代"，老百姓的吃穿住行样样都离不开票，那个时代你就是再有钱，没有票也寸步难行。那时的我还不到十岁，最高兴的时候就是过年穿上妈妈做的新衣服。不过那时的新衣服都故意做成又肥又大的，就是怕长大了无法再穿浪费了布料，有时一件衣服能穿好几年。实在穿不了了，再留给弟弟。那时弟弟的衣服几乎都是我早已穿得磨破袖口并且补丁摞补丁的旧衣服。用现在的话说，真是把布料用到了极致。

即使这样，每年的那点儿布票仍然捉襟见肘。在这种情况下，妈妈想出一个好主意：每次做完衣服后把剪裁下来的碎布屑保留起来，大块的留着以后给衣服打补丁，而实在无法再利用的布条用缝纫机连接起来，用纸板做成边长分别为十厘米和五厘米的两个等腰三角形，作为模具。再根据布料的大小，把连接起来的布剪成模具大小的三角形，四个三角形缝合成一个正方形，再将若干个正方形连起来，这样就成了一块大的布料。我在平常玩耍时也十分留意，只要路边有碎布屑，我都会像发现宝贝一样捡回家，精心收藏好。

后来，邻居提供了一个信息，镇里有一个小缝纫厂，隔三岔五就会扔出一些"垃圾"。这个消息对我们来说不亚于发现了一座"金矿"，开始时我每天都去厂门口蹲守，后来家里人干脆找到厂里负责人，直接让他们将布屑留下。此后，每天妈妈下班后，我家几乎都是一派忙碌的景象：随着缝纫机嗒嗒嗒嗒的响声，不同面料、不同花色的碎布构成一串串连着线的"小彩旗"从缝纫机里流出。我负责把线扯断，将背面缝合的地方分开压好。又一阵缝纫机的轰鸣声后，两个小三角形连成了一个大三角形，两个大三角形又变成正方形，若干个正方形再构成了大的布料，最后变成褥子面、门帘。妈妈不仅把这些"作品"寄给了远在东北的姨妈和舅舅，还把它们送给了住在同一个院里的街坊邻居，在当时布料如此紧张的年代，这些东西无疑是雪中送炭的珍贵礼物，几乎院里每家都能看到妈妈的劳动成果，那时我家在院里的人缘那叫一个好！

就在妈妈的缝纫机不停忙碌的时候，妈妈肯定不会想到，仅仅五年之后，1979年，我们国家就开始了改革开放，人民的生活水平发生了翻天覆地的变化，物质财富日益丰富；又过了五年，1984年，在我国实行了三十年之久的布票完成了历史使命，人们再也不用因布票短缺而愁眉苦脸，人们终于可以没有任何限制地自由挑选喜爱的布制品；距此再五年，1989年，我结婚时，我的婚被是当年根本无法想象的丝绸面料，我的新郎装也是当年做梦都不敢想的纯毛料西服。

现在的商场里面料琳琅满目，花样繁多。我依依不舍地换下了使用三十余年的褥子面，将它们洗净，连同童年的记忆一起放进箱底。现在的年轻人根本无法理解我们那个年代的情感，我的孩子竟然将其中一个做成椅子垫，还差一点儿丢掉。为了保护仅剩的两个褥子面，我宣布将它们列为我家里的"一级文物"，尽管它们不值几个钱，但却承载了我对那个时代最珍贵的记忆。每当我看到这些"宝贝"，都会感慨万千，就好像聆听它们用无声的语言讲述着那离我们并不太遥远的特殊年代。

伤　痕

朱雪松

爷爷的神态是那么安详，和睡着了一样。我轻轻脱掉爷爷的袜子，他脚上即将散去的余温告诉我，他永远地走了。忽然，我被眼前的情景吓呆了。爷爷右脚的大脚趾已经不在了，取而代之的是一条扭曲着的紫色疤痕。

"啊!"听到我的惊叫，大家都靠拢过来，看到眼前的景象每个人脸上都写满了困惑，包括爸爸和姑姑在内。

"唉!"奶奶轻轻地叹了一口气，深邃的眼睛一直没有离开爷爷的脸，"老爷子最怕谈起那段伤心的往事，这断趾是他至死都没有打开的心结。"我们的思绪跟着她的讲述回到了那个动荡的年代。

晚饭后，西边的天空燃烧着橘红色的晚霞，安静的山村以及爷爷家的小院都被染得火红。奶奶去村外的小溪边洗衣服。爷爷陪大伯在院子里的沙堆上玩堆沙堡的游戏。那时的大伯才刚五岁，是爷爷唯一的孩子，更是他的"心头肉"。

忽然，邻家三爷爷气喘吁吁地跑了进来，说："大哥，快……快躲躲!鬼子来了，正在村里抓壮丁呢!"说完一溜烟地跑了。

爷爷腾地站了起来，但很快又坐下了。因为鬼子的声音已经近了，逃跑已经来不及了。爷爷迅速站起身冲进了屋。等他出来的时候手上多了一把斧头。

"爹，你干吗?"爷爷的大脚趾在大伯的话音还没落的时候，就已经落到了地上。堂屋的门槛儿立刻被血染红了。

"爹! 爹!"大伯声嘶力竭地抱住了爷爷的腿。

"不许出声，快……快进柴房！"爷爷用最后一点儿力气将大伯推进了柴房并锁上了门，但过度的疼痛使他立刻昏倒了。

"这些都是事后你爷爷讲给我听的，但那天我见到的情景却是我至死都忘不掉的。你爷爷脸色苍白地倒在院子当中，身下全是鲜血。断趾处的血还在汩汩往外流。我把手中的衣服扔到地上，赶紧替他包扎好伤口。后来我在后院里找到了你大伯的尸体。他才五岁呀，却被恼羞成怒的鬼子用刺刀给挑了。"奶奶撩起衣襟擦拭着迷蒙的眼睛，"造孽呀，我们祖祖辈辈都是老实的庄户人，怎么会遭这么大的罪呀？"

"你爷爷一直昏睡了两天，醒来后就很少说话，更怕人看到他脚上的伤疤，那哪儿是伤在脚上呀，那是伤在这儿呀！"奶奶用力地捶着被泪水打湿的胸口，姑姑抱住她颤抖的双肩，陪着她哭了起来。

听到这些，我的心阵阵绞痛，视线很快被泪雾模糊了。直到现在我才终于明白了，为什么作为爷爷最疼爱的孙儿我却从没见过他赤脚。

"就因为脚上的伤，汉奸来替鬼子抓壮丁的时候你爷爷逃过一劫，而你三爷爷他们几十个被抓走的老爷们儿，却在挖岔道封锁沟的时候被鬼子活活埋在土里了。从那以后，和小日本的仇就像夏天的蒿草一样在你爷爷的心里疯长起来。他买了几头牲口给附近的游击队送粮食、送衣裳，不管刮风下雨还是严寒酷暑，从不叫苦。"奶奶轻轻地捧起爷爷的伤脚放在她腿上，揉起来，"唉！那会儿这只脚常烂得让我心疼，我就是这么给他揉揉，这一揉还真管用了。老爷子，我再最后一次给你揉揉脚吧。"奶奶脸上的温情深深打动了屋里所有的人。

我用毛巾轻轻擦拭着爷爷的伤脚，这是一双饱经沧桑的脚，肤色暗淡而没有光泽，指甲弯曲得变了形，如同一段枯树。但它是那么厚重而有力量，虽然它的上面有一条深深的伤疤，却是这只伤脚如一棵参天大树为子孙撑起了一片自由翱翔的天空。

我在心中默念："爷爷，让我给您洗洗脚，送您一程吧，愿您能从此打开心结，过上幸福的生活。"

拜　祭

赵跟弟

"打鬼子，咱们中国人的仗就应该这么打！"五岁半的女儿激动得从沙发上跳了起来。

电视屏幕上，硝烟四起，火光冲天，勇敢的新四军战士炸毁了码头，冲出了鬼子的集中营。这是电视连续剧《江塘集中营》的最后一集。看到鲜红的新四军军旗披在战士的身上，女儿情不自禁地说出了这么一句话，幼稚的脸上洋溢着得意的、自信的微笑。

谈起女儿的爱国情结，我觉得这应该算是一种家风，是从公爹那儿传下来的。公爹十七岁当兵，在八路军的老十团打过数不清的仗，曾亲历董存瑞炸碉堡的战斗。他打过张家口、隆化、新保安、四海，扛枪进的北京城，跑步打过长江。公爹和鬼子面对面拼过刺刀，身上残留着鬼子的弹片和一道道疤痕。直到现在，婆婆还经常从柜底拿出那把锈迹斑斑的刺刀让我们看。公爹自己吃够了没有念过书的亏，拼命地供几个孩子读书。丈夫从小是在公爹的故事中长大的，从他的身上可以看到公爹的影子——正直、大度、睿智、顽强、大事不糊涂。丈夫是带着公爹的嘱托以全校第一的成绩考进北京的。每次经过一中校门口，丈夫总要指着里边的教学楼对女儿说："当初要不是家里穷，爸爸一定会在这里读书，说不定也能考上清华北大什么的。爸爸没有机会，往后就看你的了。"女儿似懂非懂，总是一拍胸脯，显出一副很自信的样子说："爸爸，长大了看闺女给你考一中，考清华，考北大。"每到这时，丈夫的脸上就乐开了花，他深情地把手放在女儿的肩头说："这得凭本事，现在就得好好学。"

女儿是在我们的故事中长大的，《安徒生童话》《格林童话》《伊索寓言》是我讲的。丈夫讲故事的时候从来不用书，他总爱把自己小时候从公爹那儿听来的故事讲给女儿听，讲战争，讲自己小时候和公爹在一起的故事。记得有一天晚上，丈夫讲起了公爹打鬼子的故事，女儿听着听着哇的一声大哭起来，怎么哄也哄不好。过了好半天，我问她是不是害怕了，她抹着眼泪说："我想爷爷了。要是小鬼子再敢来欺负咱们，我就用刀宰死他。"女儿的话让丈夫掉下了眼泪。是啊，要是公爹活着，一家人该有多高兴呀！

女儿知道心疼人，尤其是心疼奶奶。女儿懂得学习，每天从幼儿园回家就闹着听英语、写汉字，睡觉前死皮赖脸黏着让我们给讲故事，总是说自己将来要考清华、考北大。女儿爱唱奶奶教的老歌，"八路军好，八路军强，八路军打仗为老乡……八路军来了烧开水，敌人来了埋地雷……"女儿的心是纯洁的，她痛恨战争，痛恨小鬼子。

清明节就要到了，我们决定带女儿一起到公爹的坟前拜祭。

我和新中国，一同诞生一起成长

王淑华

我出生于 1949 年 10 月 3 日，可谓和新中国一同诞生。风雨同舟七十载，祖国的发展我见证。

在我幼小的童年里，只要是工业产品，前面都冠以"洋"字，比如洋钉、洋火、洋车、洋布、洋袜子，就连一个小小的铁锤都要叫洋锤。这说明当时我国工业、轻工业的状况：底子太薄，技术太落后。而当时有相当一部分家庭，全家人盖一条被子，缺衣少穿的，真是破衣烂衫难遮体，吃糠咽菜半年粮，填不饱肚子忍饥挨饿是常事。

在这国困家贫的状态下，翻身解放站起来的中国人，奋发图强，用自己的双手，在一穷二白的基础上，建设更加美好的家园。1952 年，河北遵化王国藩"三条驴腿"的穷棒子社，就是农村革命的缩影。石油工人王进喜，苦干实干加巧干硬是把中国贫油的帽子扔进太平洋。1964 年 10 月 16 日，罗布泊蘑菇云爆炸声震撼世界。1970 年 4 月 24 日，我国"东方红一号"卫星上天，迎来了中国航天时代的黎明。"两弹一星"的成功发射，确立了中国的大国地位。1971 年 10 月 25 日，在第二十六届联合国大会上，恢复了我国的合法席位。

在 20 世纪 70 年代，姑娘婚嫁要的彩礼是"三转一响"——自行车、缝纫机、手表和半导体收音机，新房布置要"四十八条腿"——新房的床、柜、桌、凳这些家具，要够四十八条腿。当时很多人因家境贫寒，只能东拼西凑哄骗新娘。我家南院二大娘家有三个儿子，二儿子在村里自由恋爱，女方没有任何要求就过来一起过日子了。而大儿子三十多岁了还没有对象，这可急坏了寡妇二大娘，好不容易托人从外地说个比大儿子小十多岁的姑娘，忙得二大娘跑东家借被子，西家借褥子，和大家说："我借你们的被褥，一不铺二不盖，只要在炕上摆几天，人家来相家时，看咱家日子过得去，能相中就行，等儿子办完事就还给大家。"这样二大娘跑断了腿，磨破了嘴，终于借到了一摞被褥，盖上一条床单，也挺气派的。果然新媳妇相家觉得这家日子还算殷实，尽管男方年龄大点儿，还是欣然同意了，没多久就待客办事完婚了。新媳妇回门回来后，炕上的被褥不见了，就问二大娘，二大娘只好实话实说，气得儿媳妇又哭又闹，但是生米已经做成熟饭，哭闹也无济于事。哥三个分家后还要各自承担债务，小两口只能靠自己的双手创造新的生活。

1978年12月18日，具有历史意义的党的第十一届三中全会召开了，改革的春风吹遍神州大地，勤劳致富深入人心，辛劳的汗水浇开了幸福花，老百姓的日子也像芝麻开花儿——节节高。

如今改革开放已经四十多年，我们祖国早已旧貌变新颜，到处绿水青山、莺歌燕舞、风景如画。祖国在日新月异地快速发展。四十年我国的经济腾飞喜空前，从20世纪50年代开始使用，到90年代粮票和各种购物票证终止，说明我国已经实现出计划经济到市场经济的全面转化，如今我们祖国已经走到世界舞台的中央，在许多方面，还起到引领作用。我永远记得2012年6月18日这天，我国的"神九"飞船完成与"天宫一号"对接，我们的"蛟龙"号深潜到七千多米，太空的宇航员与水下的潜水员通了电话，这是把1965年毛主席《水调歌头·重上井冈山》中的诗句"可上九天揽月，可下五洋捉鳖"的革命浪漫主义变为现实的历史时刻，说明我国科技发达，国力强大。2013年，习近平主席提出了共建"一带一路"倡议，让我国的经济在世界范围内搞活，现在是"江南蔬果寻常见，五洲产品到门前"。商品是琳琅满目无法选，还可以到互联网上去购买，衣服多得没地放，撑破了衣柜也要换新款，吃穿用要什么有什么，比过去皇帝过的日子还要强。

这样的日子使我不禁想起，小的时候，在我没有上学的那些年，晚上很少点灯，尽管灯油三角六分一斤，可当时大多数人哪有这钱！晚上我们就坐在炕上，听大人给我们讲故事、说笑话、猜谜语。碰上有月光时，就拿出大筐箩，放满玉米棒，大人在棒子中间穿出几趟后，我们姐弟一起往下掰玉米粒。20世纪50年代后期，我和弟弟一起挤在炕桌边，共用一盏油灯写作业，写不了多久两个鼻孔就被熏得黑黑的。终于在1967年4月8

日，我家装上了电灯，一个二十五瓦的灯泡，把整个屋子照得明晃晃的。有时把灯泡挂在靠近玻璃窗的地方，整个院子也是亮堂堂的。电灯亮了，人的心也亮了，我们再也不用摸黑干活、写作业了，看书学习有了更为明亮的环境。

再说说这些年我家锅与灶的变化。20世纪70年代，我家住农村，做饭用的是土灶台，烧的是庄稼秸秆和春天我跟弟弟们打的茬子（玉米秧的根）、秋天搂的秸秆叶子，还有就是到当时离家六七里外康庄西荒地（现在的康西草原）搂的树叶子。土灶台上安的是大铁锅，又笨又厚，到夏天还经常生锈，做饭前要刷锅擦锈。做饭时最少得两个人一起做，一个烧火，一个做饭。碰上倒风的时候，烟从烟道、灶膛往外边窜，弄得满屋子的烟不说，还呛得人一把鼻涕一把泪的，我想：那时的饭不是做好的，简直就是"哭"熟的。1978年结婚后，我搬到县城，用了土炉子，烧的是湿煤泥，后来又用了蜂窝煤。心想烧大锅的日子可算结束了，再也不用拉风箱、添柴火，往熟了"哭"饭了。锅也从大铁锅变成了铝锅、小铁锅，每天做饭前也不用再给锅除锈了。1981年，我家花八十元钱买了一套煤气灶，随时打开，随时就能使用，不用再等下班后打开火，等火，也不用晚上再去添柴，而且还干净卫生，省时省事。1984年，我家买了当时的名牌"沈阳红双喜"高压锅，不仅做饭变得简单了，炖肉相比以前又快又烂又可口。1990年，我家又添了电饭锅，灶也从当时用火柴点的煤气灶换成了电子打火的。2005年10月，我家用上了管道天然气，这又省去了换煤气罐的麻烦，既干净又方便，不用担心饭做到一半没有煤气，随时打开阀门随时做饭、烧水。现在，做饭用天然气，锅是不锈钢的蒸锅、炒锅，还用上了微波炉、电磁炉、电烤箱、电饼铛、电火锅、豆浆机等厨具，与四十年前相比可真是天壤之别啊。

七十年的变化，翻天覆地；七十年的变化，令人欢欣鼓舞！我为自己是共和国的同龄人而感到骄傲和自豪，我亲眼见证了祖国母亲从站起来、富起来到强起来的全过程。我虽已年逾古稀，但作为一名共产党员，要牢记习近平总书记"不忘初心，牢记使命"的教导，时刻想着：我们是从哪儿来的，要到哪儿去。那就是要实现"两个一百年"，为实现中华民族伟大复兴的中国梦而贡献自己的微薄之力。

我与共和国同生共长，我荣幸，我自豪！

如此当家

潘凤莲

山子是后七村铁炉村人。小时候听老辈人说，抗战时期，昌延县的干训所设在村中。

那时老红军出身的第一任县长胡瑛常在这里办公。开始没有公章，也不便进城去刻，就请村里一个手艺好的石木匠用木头刻一个，刻了几天，快完工的时候，边上却掉了一块儿渣，吓得石木匠心里直打鼓，这可是县府衙门用的呀！磕坏了可怎么交代呀？可当公章交到胡瑛手中时，胡瑛操着湖北口音平和地说："冇得事，掉了一小块渣，这就是昌延县专有的记号，人吃饭难免掉颗饭粒，正常正常嘛。"从此胡瑛怀揣着这枚公章，双脚走遍妫川大地，传播抗日救国思想，组建游击队，以后七村为基地，建立了平北分区南山根据地。南山根据地的建立使日伪军很恐惧，他们组织了多次的扫荡，企图将南山根据地消灭在萌芽状态。主力部队为了避其锋芒，有效地消灭敌人的有生力量，遵照上级指示跳到外线作战。临走时，部队首长对胡瑛说："胡县长，你跟我们走吧。这里太危险了。"胡瑛说："我是县长，县长不离县，我不走。我们走了，老百姓就没有主心骨了。"从此以后胡瑛就留在昌延县继续发动群众，带领游击队和日伪军开展艰难的斗争。1940 年 8 月 27 日，胡瑛不幸在黄土梁被敌人包围杀害，临牺牲时公章还在他身上揣着……

山子心里想这人真勇敢，死都不怕，为老百姓这么仗义！心中升起了深深的敬佩之情。

山子长大以后，赶上了改革开放，实行市场经济。可是山沟里没有什么市场，也挣不到钱。山子就走出了山村去县城看一看，一是开眼界，二是想找点儿活干，挣点儿钱。开始他做小工，熟悉了工作流程，有了一些人脉以后，他就开始做小包工头，从大包工头手下包一些辅助工程。他带着村里的小伙伴们一起干。由于他豪爽仗义，小伙伴们都愿意跟着他干。干了几年也挣了些钱，在村里也算是提前奔小康的代表户了。2010年村里换届选举，有人劝山子回来带着大家一起干。山子想在外干活来钱快，可人是漂的，像浮萍一样，心里不踏实。可是回去呢，人多事多嘴杂，一人难称众人心，容易得罪人。但那是家乡，咱的根在那里，把家乡建设好、带着乡亲们一起致富是自己的心愿。几经斗争，他决定回村里。

回村后山子被大伙儿选为村主任。上任以后，山子按照区乡的安排布置，带领大伙儿先整治村容村貌，然后又治理河道。在新农村建设的道路上迈开了第一步。时间到了2012年，一场大雨引发泥石流冲毁了河道，还殃及了几户村民的房子，山子费了九牛二虎之力才把他们安顿下来。2013年，政府对山区自然灾害整治补助政策来了。山子心头一亮，何不借此东风，全村统一规划，彻底治理？于是和老书记一碰头就统一了意见。可是不知道村民怎么想，决定召开村民大会，听取大家的意见。会上说什么的都有，有的说老农民手上没什么钱，有点儿也是预备给老人看病，给孩子上学，或结婚用的；还有的说老房换新房可以，但让我拉饥荒（背债），我可不干；还有的人家宅基地宽房多，想多要房子，不然地界亏了；更有人说你们盖你们的别墅，我没钱，我不拆，我就住我的老房子。

会后，村委班子针对众多群众意见，集体议定：一、统一别墅规格，A户型240平方米，B户型190平方米，一个户头只能选一套；二、村中抗战时期昌延县干训所作为红色文物全址保存，房主前后院，五个户口本直接分五套别墅；三、山子承诺村里有孩子上学、老人生病尽管找他借钱，免除大家后顾之忧；四、余下的宅基地集体统一管理做长远打算；五、村里劳力参加村里的项目施工，但不许偷奸耍滑，须注意安全，保证质量。

新农村改造方案定了以后，山子跑完手续，定了设计图纸，联系了建筑公司，准备拆房开工。这时候村民又犹豫了，谁都不想先拆，怕万一拆了，别墅没盖好，那不是连住的地方都没有了吗？山子又和老书记本着先易后难的原则，腾出村小学校多余校舍，带着民兵帮老弱病残搬家。就这样第一批搬迁的人才陆续腾出地界，别墅才算正式开工了。那边工地开工清场坪，这边山子又和建筑公司经理说定所有辅助工不许外包，全由村民自己干。经理问："你们能保证质量吗?"山子说："我负责,我在城里干过,我带着他们干。再说自己给自己盖房子不会作假,你们想偷工减料,我们都不答应。"经理建议："如果每户出十万元,可以挖地下室,两层变三层。"山子的媳妇动了心,跟山子说："咱们自己出钱挖个地下室。"山子摇头说:"不行,这个头咱家不能带。别人会以为我占了村里的便宜。"媳妇没办法,只好作罢。可当第二批别墅动工挖地基时,山子却去动员乡亲们挖地下室。媳妇很生气地说:"我说挖你不让挖,你去动员别人挖,胳膊肘往外拐,你是这个家的人不?"山子只能赔笑跟她解释:"好媳妇儿听话,家里别的事都听你的,这事关系到村里大家伙儿。现在是我主持村里工作,当着村里这个大家,不能让大伙儿戳我的脊梁骨啊!"媳妇没办法,手指头点着他的头说:"你总是有理。依了你了。"等到打圈梁时媳妇又动心思:地下室不让我挖,那把钢筋加粗一点儿,等以后再在楼上加一层多好!可又被山子拦下了,并说:"全村统一,不能搞特殊化。"气得媳妇好几天不理他。

几经波折,两年多时间,铁炉村全村搬进了小别墅。村里的劳力都在本村工地上打工,钱也挣了,家也守了,盖别墅补差的钱也抓挠出来了,有人还存了几万块钱。全村人都高兴得心里乐开了花。

一晃五年过去了。又一轮村委换届选举,山子以全票当选连任。山子心里很清楚,在村里当家主事,是为公家办事,牵着各家各户,一定要公正,多听群众意见。在组建村委班子时,山子提出小姓户、不同意见者都要有代表参加村务管理。这样,村里商量事情能听到多方面的意见,决定政策时也能照顾到大家的利益,需要做工作时各个群体都有代表,这样才能当好这个大家。

现在,山子和老书记这两个当家人带着铁炉村的村民,在新农村建设的道路上又迈开了一大步!村路平整干净,一进村放眼望去,村口广场宽敞开阔,三层办公楼简朴威风,那一排排的别墅依山而建,错落有致,每家门前都有小花园,园内鲜花姹紫嫣红让人羡慕。城里也没有这样的待遇,进了村儿就似进了高档别墅区。路边河水清幽,河岸两旁修起了栈道,村里还建了度假中心,来度假的游人不但可以呼吸新鲜空气,还可以享受吃、住、行、玩一条龙服务,让人流连忘返。

铁炉村成了妫川新农村建设的标杆!入选了中国美丽休闲乡村,还入选了第一批国家森林乡村! 2022 年被授予"北京市农村工作先进集体"称号!

平北红色第一村

翩山子

　　快到延庆大庄科乡沙塘沟村村口时，远远就能看见硕大的花岗岩巨石上，镌刻着"平北红色第一村"七个大字。不难想象，这个山沟里的小山村，肯定与"红色"结下了深深的不解之缘。

一

　　穿过带着质朴古拙气息的山间小路，转眼就到了村子的中央——平北红色第一村纪念馆所在地。馆前面那栩栩如生的浮雕、红艳艳的党旗、金黄色的冲锋号，不禁让人联想起那烽烟似火的战争年代，矗立眼前的这座焕然一新的纪念馆，顿时也让人有了一种莫名的感动。

　　走进纪念馆，里面的空间不大，只能算是初具规模。但是作为一个村来说，拥有面积达到三百平方米的纪念馆，这在北京地区也是极少见的，听说，这个纪念馆过去只是几间平房，后来乡里对纪念馆进行改扩建，收集展示了数百件展品。在这里，可以看到八路军在平北抗日根据地的发展概况，也可以亲眼看到八路军自制的手榴弹、子弹，缴获的日军指挥刀、衣物。同时，也能了解到当地村民为支援八路军抗日做出的巨大贡献与牺牲。是啊！谁承想在这样的小村子里，竟然充满了那么多的难忘回忆！尤其是纪念馆中陈列着的武器、用具、照片，既生动展示了平北红色第一村的风貌，也向人们讲述着八路军战士英勇抗战的伟大斗争精神。

　　最吸引我的一段话是在 1938 年的时候，沙塘沟村遭到日伪军铁蹄践踏，中国共产党到这个村组织力量奋起抗争，播撒下平北最早的红色种子。胡殿鳌、张钿、张仆、张瑞、张银、张福六人秘密加入党组织，成立了平北地区第一个农村党支部。在那个抗战的岁月里，这个不足百人的沙塘沟村，先后有十九人参军入伍，十五名孩子加入了儿童团，全村妇女支援前线，甚至拆了被子做军衣。反复读了好几遍，带给我的都是无限的敬仰。

据说，沙塘沟村在 2013 年重建"平北红色第一村"纪念馆的时候，很多志愿者毅然走进纪念馆，研究红色故事，培训成为讲解员，把祖辈的故事和革命精神讲给更多的人听，让过去的历史成为今天的文物，让一张张遗迹成为党建的鲜活课堂。可以这样说，传承几十年的红色文化，不仅是对烈士们的生动纪念，更是烈士们留给后代子孙宝贵的精神遗产。

二

走进村子转一转，看一看，总能听到一些抗战年代惊心动魄的革命故事。在这片红色热土上，曾经活跃着著名的八路军老十团、老四十团等部队，曾经有诸如白乙化、徐智甫、岳坦等一大批抗战英雄在这里战斗过。二十八岁的共产党员、游击队队长卫兴顺因寡不敌众被流弹击中，不幸被捕，敌人将他的头颅铡下示众，悲伤的乡亲用一个葫芦瓢画上他的五官造了一个"头颅"安在尸骨上将其埋葬；二十九岁的游击队员、共产党员岳坦为掩护八路军干部被敌人抓住，打断了左臂，最后纵身跃入白龙潭……这些动人心弦的故事，一直在妫川大地上流传，深深打动了每一位来这里参观游览的游客。

村外一条山间路上，听说依然保留着藏粮洞、消息树等抗战遗迹。跟随村民，我们来到了那个传奇的八路军藏粮山洞。山洞距离公路只有两百多米，一条一米多宽的石径小路通向山洞，道路两侧长满了灌木丛，山洞口只有两米来高，一米来宽。随同村民进入山洞，我才发现里面真是"别有洞天"，洞长二十多米，阴冷但不潮湿，在山洞深处还有三个分支山洞，每个小山洞约有十多平方米。

"这个山洞是村民日夜不停地凿出来的。"带队的村民指着山洞顶部的痕迹说，当时藏粮洞只是一个很小的山洞，洞内也很狭窄，仅能容一人通过，稍胖点儿都难以过去，洞内面积也很小，不到现在的一半。当时八路军的军粮征集极为困难，一旦被敌人发现，就会前功尽弃，战士们就会挨饿。为了保护军粮，村民自发"扩洞"，带着铁镐等工具，钻进山洞，日夜不停地开凿，半个月终于将山洞内部拓展成了一个"三室一厅"，平时洞口被一些柴火、树枝等遮挡，从外面看，根本看不到有山洞的影子。

"当年昌延联合县政府的主要领导曾经在这里躲藏。"村民还介绍，山洞开凿后，最多存过七千多斤小米。一直到抗战结束，山洞都没有暴露过。现在，这个藏粮洞已经成了一个新的红色旅游景点。

三

丰富的红色文化资源，动听的革命历史故事，吸引了许多来这里参观的游客。为了让更多的人了解红色文化，发挥红色资源的教化作用，让沙塘沟村的"红色基因"世代相传，目前这里已经专门建立了"开放式红色体验基地"。

体验基地的工作人员告诉我，基地体验有两个部分，一个是"红色征程"，设计有五条徒步行军线路，长的十公里，短的三公里，串起沿途的红色村庄。另一个主题是"粗茶淡饭"，主要以土豆、红薯、窝窝头、米饭、南瓜汤和咸菜为主，原材料都是当地产的传统经济作物，盛放食物的容器还专门选用了传统的草编筐箩和复古瓷缸碗等。体验者先换上军装，一起瞻仰革命旧址，通过重访革命老区、探悉抗战故事、感受英雄情怀的方式，让广大体验者深情追忆革命先辈们筚路蓝缕、手胼足胝的奋斗历程，用心感悟革命先辈们英勇无畏、矢志不渝的高尚气节。

徒步行军唱红歌、聆听长征故事、参观革命遗址……一批批远道而来的体验者接踵而至。几年来，已经有几万之多的游客来这里接受革命教育，寂静的小山村成了党建和公益活动里的"网红"。红色旅游起来了，低收入户也富裕了，红色的沙塘沟村，已经成为京华大地上一张闪亮的"红色名片"。而且，当地政府还不断走访仍健在的老党员、老革命，以图片、影像的方式留存红色记忆，着实让人欣慰不已。

青山留名史，烽火淬英豪。历史的时钟已经悄然走过八十余载，但是，那段难忘的战争年代依然深深牵动着我们的情感，那些写满镰刀斧头的故事依然拨动着我们的心弦。沧桑的碾子、神奇的藏粮洞，抗日英雄的故事，淳朴厚道的村民……在我即将离开小山村的时候，心里隐隐发出一个声音：沙塘沟——平北红色第一村，不久的将来我们会再相会的！

长城雄风

2004 2024

写好万里长城这一撇儿

远　山

中华民族有两大奇迹，最值得大书特书：一个是万里长城，一个是京杭大运河。万里长城是不动的，为的是"安居"，要"扎下根"，江山永固；京杭大运河是流动的，为的是"乐业"，要"走出去"，世运绵长。万里长城是一撇儿，京杭大运河是一捺儿。著名作家刘绍棠老师，写了一辈子京杭大运河这一捺儿；徐则臣获得茅盾文学奖的长篇小说《北上》，通篇写的也是大运河这一捺儿。我和家乡的文学朋友们，应该努力写好万里长城这一撇儿。2021 年 10 月 9 日，北京市通州区搞了一个"北京（国际）运河文化节"；刚刚过了二十天，我们又在延庆区举办"长城文化论坛"。这是首都北京喜迎党的十九届六中全会胜利召开，在全市人民政治生活、文化生活中，是多么有意义的两大盛事呀。

我的老家，是张山营镇一个叫苏庄的小村。

小时候，我往东一望，是山，太阳从那边升上来；往西一望，还是山，太阳从那边落下去；往北一望，又是山，山口还多了一座"古城水库"（现在叫"龙庆峡风景区"），我曾在水库下面的韩郝庄村上过三年小学；往南一望，仍然是山，山头上多了一道"八达岭长城"。我读中学时，每年清明节，大都要到八达岭附近的一个烈士陵园扫墓，听老前辈讲革命传统。

我掉进了山圈儿里，往哪儿走都是山，往哪儿看都是山景。这山圈儿真大，我和我祖祖辈辈的世界真大，三天三夜也走不到头。连夜里做梦也没有出过这个山圈儿。我家小院，那盘古老的石碾，就是天和地的中心。石碾"吱吱扭扭"，一圈儿又一圈儿，转着我们的日子。也像一首没头没尾的歌谣，絮絮叨叨，从早到晚吟唱着我的幸福和忧伤。

后来我才知道，这个山圈儿叫"延庆盆地"。我是大山的儿子。因此，写东西的时候，我就呼作"远山"。这是老天爷和故乡母亲给我取的笔名。

我上初中的时候，村里来了一个工宣队，队长带了一本《革命烈士诗抄》，霎时点燃了我的心。革命先烈们的精神气节，从那时起，默默长进了我的骨架，悄悄滋养着我的灵魂。潜移默化，让我有了"初心"和理想。

不久，学校又组织我们到县城，看电影《闪闪的红星》。散场后，老师和同学都走了。我躲在影院又偷看了一遍。出了影院，天已大黑，二十多里乡间小路，我一个人摸黑跑回家，唱了一路"夜半三更盼天明"，竟没觉得害怕，两只小拳头，攥得"嘎嘣嘣"直冒火星。

第二天，语文老师让我们写观后感，我心如潮涌，热血沸腾，立即写了一首抒情诗：《我是党的孩子》。老师喜出望外，让一个女同学朗诵，全班所有女生和半数以上男生都感动得哭了，老师也哭了。我强忍夺眶欲出的泪水暗想：诗歌咋这么神奇而伟大呢？后来，我有幸读到了郭小川、贺敬之的作品，怀抱两位前辈的诗集，我惊呼：我的老师！

1979 年上大学，我就读了中文系，没日没夜地钻研写诗。四十多年写诗最大的感受是：最好的诗歌，都是用热血和生命书写的。

2022 年《妫川文集》出版，其中有我的诗集《山一程水一程》，这本书的出版让我欣喜，让我能够满怀激越和滚烫，参加家乡的这次"文学大合唱"，更让我欣喜的是我用诗歌为北京冬奥会备了一份"文化大礼包"。

喝妫河水，吃妫川饭，故乡一口一口把我养大。我为什么还要离开母亲的怀抱，远走他乡呢？

这要说到邓小平拉开了改革开放的大幕。没有邓小平果断恢复高考，我不可能离开老家到京城上大学。这是北京招生、北京分配的一所大学，那一年中文系招了两个班八十人，只有我一个延庆学生。

我总是敏感地觉得：老师和同学们有些蔑视延庆并蔑视我。同宿的密友总逗我说话，并借机大夸我说："一听你说话，就知道你是吃土坷垃长大的，纯种的山药蛋派。"为此，我发愤学英语，半夜三更，用我与时俱进的满嘴乡音，在水房忘情地朗诵莎士比亚的十四行诗。同学们又笑着大夸我说："老区群众就是刻苦。从八达岭广播站留学回来的，标准的延庆音。"我漂亮的英语女老师，也有幸听到一回我声情并茂的水房朗诵，便开始亲切地叫我"山姆大叔"。女老师令我感激涕零，遂让我毅然取缔了漂洋过海远赴大不列颠深造的宏图伟愿。

在外奔波了大半生，花白了头发，沧桑了容颜，怀里揣着的，还是那颗热腾腾的赤子心。走遍了南北西东，也到过了许多名城，静静地想一想，我还是最爱我的故乡——延庆。

我见故乡多妩媚，料故乡见我应如是。我人虽进城了，心还在老家那盘磨道里，一圈儿一圈儿推碾子。晚上一闭眼，总有故乡的男女老少，一拨儿接一拨儿，迤逦到我梦里留恋缠绵。

我先是梦见了上小学。因为村里没有教室，夏天，我们选了稍平整的一块空地，在一棵老榆树上挂了小黑板，学写"毛主席万岁"和"文化大革命就是好"，背诵毛主席的"老三篇"。冬天来了，外面空地上太冷，我们就把毛驴轰出去吃草，将驴粪扫一扫，同学们则欢天喜地跑进驴圈里学算术。先讲加法：1头毛驴+1头毛驴＝2头毛驴。然后，又讲减法。毛驴是俺乡下人和大作家的"心肝宝贝儿"，也可以自豪点儿说，是我的同学和发小。香港回归那年，我把这段美好而甜蜜的往事给我一个大学同学讲了。她开怀大笑了一通儿，当即拿出二十万元人民币，捐资助学。

我继而又梦见了上中学。我的母校，是普通而非凡的黄柏寺中学。从家到学校，有七里路，早上去晚上归，来来回回，我跑了五年半。最难受的是大冬天，我迎着西北风，早晨跑七里路，进了教室，浑身都快冻僵了，想烤烤火，炉火却早就没气了。屋里的钢笔水瓶都冻崩了。那时，北京的冬天，可真叫冬天。延庆更是京城人眼里的"西伯利亚"。都是农村穷孩子，鞋没个鞋，衣服没个衣服。哆哆嗦嗦，个个如同"冻死鬼"。澳门回归那年，我把这段美好而温馨的往事，给我一个二十多年的朋友讲了。他当即拍出二十万元人民币："再苦不能苦孩子，再穷不能穷教育。"于是，我的中学装上了暖气。

而今，我到城里工作，已经二十八年了，魂牵梦萦的还是故乡这个永恒不变的主题。山一程、水一程，我始终背着故乡长途跋涉。

我就常常梦见故乡的山山水水，常常梦见老家苏庄我出生并住了十八年的土房子。这五间土房子是曾祖父盖的，大约在清末民国初，有一百多岁的高龄了。新农村建设，苏庄村家家户户都盖了新房，只有我家的五间祖屋，还像历史文物一样，古色古香地站在原地，阅尽世事变幻以及人间沧桑。

父老乡亲总热情地劝我们哥儿五个：破旧立新，脱贫路上一个也不能少，你们家可别拖了咱苏庄村的后腿儿。天天讲，月月讲，年年讲。让父老乡亲着急上火好几年，再不听话我都不敢进村了。我们便动了心：别人建"乡村别墅"，那我们就盖个"农家书屋"吧。把我们几十年的藏书拿回去，相约街坊四邻，一起饮茶捧读。家庭读书会，文化大讲堂。独乐乐，何如众乐乐？

万里长城，是老祖宗给咱们留下来的宝贵财富，已成为中华民族的象征和骄傲。八达岭更是咱中国的窗口，而延庆作为"生态示范区"又是咱首都北京的"金名片"。三十多万妫川的英雄儿女，八达岭内外的父老乡亲，不会吃老本，还要立新功。将诗诗文文打磨成一砖一石，构建起我们心中的桃花源、荷花淀和高密东北乡。携手同心，浓墨重彩，尽情书写万里长城这大大的一撇儿。这既是咱一辈辈延庆人的热切希望，也是咱一代代延庆人的神圣使命。

万里长城一撇儿，京杭大运河一捺儿，再加上"西山文化"这颗红色的心，就是一个顶天立地大写的"人"。这个大写的"人"，不仅属于北京，更属于中国。我们要让这个大写的"人"，像秦皇汉武、唐宗宋祖、成吉思汗那样，堂堂正正，威风凛凛，永远屹立在世界东方，永远屹立在人类文明的家园。

"延庆"一词简考

林　遥

一

　　"延庆"一词在中国古汉语的语境当中为"延续福祚"之意，寓意吉祥。最早见于《后汉书·朱景王杜等列传》："若夫数公者，则与参国议，分均休咎，其余并优以宽科，完其封禄，莫不终以功名延庆于后。"

　　南北朝时，南梁简文帝《唱导文》有"冯法致安，积善延庆"之语，隋代王度的《古镜记》中亦有"昔杨氏纳环，累代延庆；张公丧剑，其身亦终"。

　　因为这个词具有如此美好的寓意，所以在古代使用的地方甚多，有很多人都取名为"延庆"。《汉魏南北朝墓志汇编》中北魏《魏故使持节镇西将军雍州刺史华阴庄伯墓志铭》载："君姓杨，讳播，字延庆，司州恒农郡华阴县潼乡习仙里人也。"历史上有叱列延庆、蔡延庆、刘延庆等，亦算历史名人。

　　作为封号的，也有不少，比如《旧唐书·卷十八上》，唐武宗五年"夏四月，皇第四女封延庆公主，第五女封靖乐公主"。《续资治通鉴长编·卷十三》记载，宋太祖开宝五年"闰二月辛卯朔，皇第二女封延庆公主"。

　　"延庆"这个词语真是招人喜欢，政府机构也爱用它来命名。比如，元代有"延庆司"。《元史·卷八十九》载："延庆司，秩正三品，掌修建佛事，使二员，同知一员。"看来它是一个管理宗教事务的部门。

二

除此之外，"延庆"一词，常见约有以下几个方面。

其一是节令。

唐代以唐懿宗李漼的诞辰为延庆节。《唐会要·卷二》载："懿宗睿文昭圣恭惠孝皇帝讳漼，宣宗长子，母曰元昭皇太后晁氏。太和七年癸丑十一月十四日，生于藩邸，以其日为延庆节。"唐高彦休《唐阙史·李可及戏三教》载："（咸通中）尝因延庆节，缁黄讲论毕，次及倡优为戏，可及褒衣博带，摄齐以升座。"

宋代庄季裕《鸡肋编》卷下则记载为："武宗（唐武宗）开成五年，以二月十五日玄元皇帝降生日为降圣节，六月十二日皇帝载诞之辰为庆阳节，懿宗七月四日为延庆节。"

其二是年号。

金灭辽，统帅耶律大石率一众属官徙至中亚，建立西辽。耶律大石为西辽德宗，所用的第一个年号便是"延庆"（1132—1134），意为"延续天庆圣祚"。

《辽海丛书·辽文萃卷一》载："改元与百官诏'延庆元年'。"

《辽史·卷三十·本纪第三十·天祚皇帝四》载："复上汉尊号曰天佑皇帝，改元延庆。"

日本也使用过"延庆"这个年号，约为1308年至1311年，这一时期的天皇是花园天皇，镰仓幕府征夷大将军为久明亲王与守邦亲王，执权为北条师时。

其三是寺庙。

香港、山东肥城、浙江宁波、山西五台山、浙江临海都有"延庆寺"。

《释氏稽古略·卷四》记载，宋真宗时，"庚戌，大中祥符三年，辽统和二十八年冬十月。有旨改明州保恩院为延庆院"。

明代，张东海有诗写延庆寺，存于《张东海诗集卷之三》，题目为《送璞讲主住持延庆寺》，诗云："鹤城兰若名延庆，忆我少年频往来。夜月竹窗晴翠舞，春风花槛牡丹开。肩舆重访三生石，手笔空余半壁苔。今日璞公能起废，老松新长出尘埃。"但是，不知是不是明州的延庆寺。

其四是用作殿宇楼阁名。

《续资治通鉴长编卷·七十五》载，宋真宗大中祥符四年（1011）"戊午，致斋。召近臣登延庆亭，南望仙掌，北瞰龙门，自宫至脽上，列植嘉树，六师环宿，行阙旌旗帝幕照耀郊次，眺览久之"。

除了延庆亭，宋代皇宫还有延庆殿，辽国亦有延庆宫。

近代，中南海有"延庆楼"，为袁世凯在民国时所建，位于"居仁堂"后侧，是一幢西洋风格建筑。1924 年，直奉战争，冯玉祥在北京发动军事政变，将贿选总统曹锟及其四弟曹锐囚禁于此。

三

延庆地区在辽金时为缙山县；元时升县为州，改为龙庆州；进入明代，改名为隆庆州，明穆宗朱载垕于 1566 年即位后，年号隆庆，为避皇帝讳，遂改用"延庆州"。

"延庆"的名字喊起来，要比"隆庆"更为吉祥和响亮。

《大明会典·卷之九》记载"行移勘合"条："洪武初，凡除授官员，皆给勘合到任。十九年，革勘合，而行取官员及查理事务，仍用之。各布政司及南北直隶府州，各编一字为号。惟顺天不用勘合，故字号缺。"下面就是天下各布政司及州府的编号，使用的是"十二地支"和"二十八宿"的名字。

《大明会典》是记载明代典章制度且以行政法规为主的官修书，始纂于弘治十年（1497）三月，共一百八十卷。经正德时参校后刊行。嘉靖时经两次增补，万历时又加修订，重修本二百二十八卷。

嘉靖、万历之间是"隆庆"，时间不过六年。明朝初年，"延庆"这个名字还没有使用，但记录到"延庆"的编号时，文中没有使用"隆庆"，直接写的是"延庆州翼字"。

《大明会典·卷之十九》载："延庆州（旧为隆庆），人户，一千七百八十七户。人口，二千五百四十四口。"在这里标注了"旧为隆庆"的字样。

《大明会典·卷之二十五》载："延庆州，夏税：小麦，一千七百一十三石七斗五升三合四勺；秋粮：米，三千九百三十七石四升四合一勺。"这段记载里直接就写作延庆州了。

从《大明会典》来看，万历时期修订时，对于"延庆"的称呼已经成为惯例。

延庆州延续至清代，到民国二年（1913）全国废州改县，始称延庆县。2015年11月，撤销延庆县，设立延庆区。

四

纵观中国的历史，难道就没有出现过"延庆县"的地名吗？

当然不是的。不仅有，而且不止一处。

《唐会要·卷七十》载："庆州。怀安县，开元十年十月八日置。方渠县，神龙三年三月二十五日，分马岭县置。蟠交县，天宝元年八月二十四日，改合水县。白马县，同上，敕改为延庆县。"

这里的庆州，是现在的甘肃庆阳市庆城县。合水，就是甘肃庆阳市庆阳县，唐武德元年（618）置合水，武德六年（623）又分置蟠交县，同置白马县，天宝元年（742），白马县改为延庆县。

在《金史·卷二十六·志第七·地理下》中也记载："庆阳府，中。宋安化郡庆阳军节度。本庆州军事，国初改安国军，后置定安军节度使兼总管，皇统二年置总管府。户四万六千一百七十一。县三、城二、堡一、寨三、镇七：安化（倚。有马岭山、延庆水）……"到金代时，庆阳的延庆县没有了，但延庆水的名字依然存在。

辽金时也有延庆县。

《辽史卷三十八·志第八·地理志二》载："郓州，彰圣军，刺史。渤海置。兵事隶北女直兵马司。统县一：延庆县。"但是辽代的郓州，具体所在不详。郓州是湖北钟祥，显然不是辽的郓州。

《大明会典》里说延庆州的编号是"翼字"。"翼"指的是"翼火蛇"。"翼火蛇"是二十八宿中南方七宿的第六宿。居朱雀的翅膀之位，故而得名"翼"，鸟有了翅膀才能腾飞。翼宿多吉，延庆分到这个字，真是不错。

"好风凭借力，送我上青云。"今日延庆，借势腾飞，如同插上翅膀，可与六百余年前的这个"翼"字，前后辉映。

历史绵长延庆城

高文瑞

　　二十年前，延庆县城改造留给我的印象是现代，那建筑造型，那宾馆饭店里的石雕人像，很有欧陆风情的味道，继而建起了中心广场，周边商厦林立，变化更为巨大。

　　直到近两年，于不经意间西行才知，那里还有十字街，还有老县城。听说西北角还残存着一段城墙，便急着赶去，到那里时天色已近黄昏。黄土城墙有八九米高，一百多米长，间有墙垛，墙脚下砌了砖，加以保护。城墙上长着荒草，忽然发现垛角上挂着一弯月牙儿，更觉多了几分古意。这让我意外，北京那么多郊区、县，当年也有古城，现今，能隐约看出老城框架格局的已是不多，再留有老城残墙的更是绝无仅有，因而引发了我的关注。

　　这块土地上有着悠久的历史。现在，人们熟知长城居庸关，其实，秦汉时居庸县治在这里，唐代做过防御军城，还做过儒州治。元代仁宗皇帝爱育黎拔力八达生于香水园，升县为龙庆州。明初，朱元璋废除了龙庆州，几十年间，日益荒芜。直到朱棣当了皇帝，于永乐十二年（1414）北巡，来到此地，登上团山，看到延庆大地自然条件优越，"厥土旷沃，群山环峙"，却又人烟稀少，因而叹曰："二州民内徙，至今尚皆荆棘耶！"于是下定决心，"遂创州治"，置建隆庆州。迁来内地民众，一场延庆大开发拉开序幕。

　　重大决策，涉及国家安全，"尤虑民不率教"，要用得力之人主持操办。朱棣马上想到了一个人，此人多有才能，曾在兵部、礼部任职，成绩卓著而升任礼部尚书，后因工作失误而入狱。此时正是让他戴罪立功之时，再合适不过。于是诏他"督建隆庆、保安、永宁诸州县"，负责这一带的整体规划、建造、安置等一应事务。此人就是赵羾。

重新整治"荆棘"之地，不是美差，条件艰苦，却又只能听命。赵羾有诗云："钦承上命补蹉跎，待罪蒿垣奈若何。"皇帝决心已下，几次向这一带大规模移民。徙民从生活条件安定优越的山西等地，背井离乡，被迫来到这"野敛芜源榛棘荻，荒凉壤塞虎狼窝"之地，环境极为恶劣，不知有多少问题亟待解决，艰难程度可想而知。

皇帝的事不能耽搁，赵羾再次施展能力与才华。上千里地的移民走到此地，尚需时日，先安置近处谪官，立竿见影。他以州城为依托，分出隅屯，"在城者为隅，在乡者为屯"，统称为里。州城分出东南、西南、东北、西北四隅，乡间辟出红门、黄柏、白庙、阪桥、富峪、红寺六屯，称为前十里，让那些"谪发为事官吏人等充之"。而远道而来的"迁发山西等处流民"，则安置在榆林、双营、西桑园、泥河、岔道、新庄、东园、宝林、阜民九屯及关厢，称为后十里。如此棘手的移民问题，在大手笔面前，一切行之有度，有条不紊，井然有序。

来到此地，每户分拨田地五十亩，作为耕地与住宅。十里不同风，百里不同俗，异地的习俗各有不同。先开拓荒地，"教民剪除荆榛"，再传授种田之法，让徙民熟悉这里的生产生活，同时还有交纳赋税的义务，安排好"办纳粮差"之事，"里屯储粮以养军"，解决军队的生存问题。一应事物，周到细致，有给、有取、有用，形成了完整的运作机制。

那么多流民，初来此地，哪能都习惯，仅思乡之情就是难以化解的心理问题，也有以水灾或旱灾为说辞，而"逃回者众"。前后十里各走了三里。之后百余年的嘉靖《隆庆志》记下了当时留下的屯，"今存十四隅屯"，除去四隅，还有前十里中，红门屯、黄柏屯、白庙屯，七里。后十里中只留下榆林屯、双营屯、西桑园屯、泥河屯、岔道屯、新庄屯、东园屯，也是七里。现今，富峪、红寺、宝林、阜民等已从延庆版图中消失。至于付余屯、东西红寺、宝林寺、阜高营村等地名，已然不是当初村落。可见当时各种情况之复杂。

志书中记载了赵羾采取的一系列方针政策："分拨土田，创造屋舍，定立市廛，开导艺植，皆躬自履历。"由于措施有方，事必躬亲，"三四年间，士庶安辑"。有土地，有新居，有集市，不长的时间，绝大部分移民安定下来，"商旅交至，遂成都会之区"。新家园越来越好，民众深得其利，安居乐业，广泛赞誉，"二州人颂其德政"。

经过多年整治，人口不断增加，至永乐二十年（1422）时，《隆庆志》记述了当时数字，延庆州"实在户一千六百四十七，口八千一百四十八"。几年之内，从"荆棘"荒凉之地能达到这样的数量，全赖赵羾治理有方。至嘉靖二十一年（1542）时，已达到"实在户二千七百，口一万六千五百三十八"。人口大为增加，达到了嘉靖二十七年（1548）惨遭北方鞑靼涂炭前的最好水平，虽是后代官员的共同努力，但也不无赵羾打下的基础。以至于后来的皇帝朱载垕，立年号时选中"隆庆"二字，于1567年以避帝号改称此地为"延庆"。

旧州城荒芜多年，一片狼藉。赵羾没向皇帝申请花钱去建新城，而是充分利用废城，"驱除瓦砾辟荆榛"。林廷举有《隆庆州城记》载："相传建自金元。"清《光绪延庆州志》引《宣镇图说》："延庆州故金元旧治内。"《隆庆志》也记："本州城因元之旧"，面积为"周围四里零一百三十步"。城墙大致还是沿袭旧治。当时主要任务是安置，要盖起房舍，"比屋闾阎结构新"，让移民安居。因此在城内做了很好的规划，分出街道，以民众居住为主，兼顾战备，使百姓和军队共同居住。

城有四门，对应四条大街，北为雍顺街，南为阜成街，东为和睦街，西为宣化街，形成十字大街。百姓安排住在城中心，这四条大街再加上澄清街、文林街、昌平街（因以昌平县徙民所居而名），这七条街俱为民居。靠近城边的里仁街、后街、阜成南街为军民共居，且分出南北阴阳朝向，民居南向，军队居北向。临近城边的北城下、南城下以及灵照寺西，则完全是军队居住，房屋面向城墙。万一有战事，可以及时防卫。《隆庆志》的编者苏乾非常有心，做了细致的调查访问，"此愚闻之父老者，今民多不知也"。后人看出了用意，"以居军民者，分阴阳焉，意亦微矣"，赵羾综合了战争与和平的因素，构思了城内的规划与布局。

城墙的修葺，与战争形势相关，经历了漫长的过程。明宣德五年（1430），补修过城墙，时久而倾圮。景泰二年（1451），知州胡瑄上奏朝廷，皇帝命副总兵都督纪广率军修筑城墙，当时动用了"士卒八千人"之众，"城高二丈二尺，雉堞七尺，垛口三尺五寸，厚四丈三尺，池阔二丈，深一丈"，"深堑巍堞，重门焕乎一新"。门额有匾，南门曰奉宣，北门曰靖远，东门曰致和。城内建起谯楼，壮丽美观，成为现今得以看到的规模。《隆庆州城记》曰"诸公之德，纪公之功于无穷焉"，给纪广以高度评价。随着战事紧迫，天顺七年（1463），城墙开始包砌砖石，成化三年（1467），知州李萧等协力进行过包砌，直到嘉靖年间，也没彻底包砌完。

州城在居庸关北，为首郡之地，要有标志性建筑作为象征之物，彰显出州城的地位，于是在四街十字中心建起神阁——玉皇阁。"高数丈，下有四达门洞"，可以与四条大街相通。阁内有铜铸玉皇神像，外面镀金，与永宁规制相同。此阁于清朝雍正、乾隆时都曾修葺，多有碑记。玉皇阁左右还建有钟鼓楼，晨钟暮鼓，有了州城的氛围。

延庆多水，这一带地势低洼，河水多汇流于此。有大河流经，《隆庆志》载："妫川一名溪河，在州城南百余步。"城紧临河边。妫河发源自州西北大海陀山，水向东，汇集多水，再曲折西流，经过此地。妫水养育了延庆，因而也就有了妫川八景之一的"妫川积雪"。

水火无情。景色虽美，每到夏季，淫雨连绵，山水暴涨，黄土夯墙最怕水淹，它时刻威胁着城墙。城脚地台，经常坍塌，几经修葺也不能牢固。如何变害为利？州城西北还有条沽河，源自州城东北双营屯，也流经此地，汇于妫河。景泰三年（1452），副千户刘政在城四周挖了河道，让沽河水顺势导向，环流城下，向南流入妫河，为护城之水，也方便了城内百姓生活所用，一举两得。

无论怎样，水一直是大问题。看清代州城地图，觉出奇特，原本四方的城池，独西南角缺少一块，就因为大水无常，被淹所致，最终自西向东南，形成河道，迫使南城门向后移了几十米。护城河不时泛滥，影响了后代许多年。直到清代康熙年间也曾补葺过州城，高三丈五尺，宽一丈五尺至二丈不等。同时疏浚了四周的城池，加宽加深。宽处十余丈，深处也有近两丈，加大了水的流量。并于距城里许处种树为堤，阻挡大水冲决。果真，乾隆二年（1737）发大水，城墙幸免于难，这些方法得到验证。

妫河上起初为木桥，因河得名"溪河桥"。妫川每到夏季水涨，河流湍急，水声巨大，犹如"轰雷战鼓"，木桥被冲得摇晃不定，过往行人"或有溺而死者"，影响了人们的出行。一时也无可奈何，只能等到秋冬河水干涸时再行修复。多次修补，"所费甚多，民亦劳止"，再遇上河水泛滥，冲淹居民园圃，百姓更是深受其害。知州李萧下力气，命工修理，架木覆土，已是颇为坚固，而到了夏季，木结构桥还是经不住大水的冲击。直到嘉靖八年（1529），义官杨琛倡导重修，率先捐款百余两，赢得老百姓的赞同，纷纷响应，有钱的出钱，有力的出力，甚至拿出"牛车米粟"等生产生活用品，支持修桥，河面宽，建成十孔大桥。材质改变，由木改石，格外牢固，再也不怕洪水泛滥，方便了百姓，因而取名"广济桥"。现如今，石桥已不在，取而代之的是更为结实宽敞的钢筋水泥大桥。

沽河当年也影响百姓，出州城北，西行，受沽河阻隔。嘉靖年间，知州冯宗龙在河上也改建石桥，"修砌宪固"，取名"通济桥"。自此，州城人去阪桥走近道，再也不受洪水的影响，"民甚便之"。这条自北门向西北的斜路，俗称"阪桥道"。此小路现今还在，能行至河边。当年凶猛的河水已变成温柔的涓涓细流，河上只需架起小桥。站在小桥上西望，明显看出一条低洼地带，北侧排列有树，那就是当年阪桥古道。此道现在已废，另辟出通畅的柏油路。小桥下，河中竟躺着多块大型条石。当地老人说，这是通济桥残留的石材。初春之际，石上挂留去年的草还枯黄，静静的河水自石旁流过。

水滋润了州城，也多为水所患，人们敬畏水，建起两座龙王庙，"一在州城南，妫水之阳"，明成化九年（1473），由郡民王庆等建造。现在，妫河北岸已无遗迹。另一座在北门城外，成化九年，由郡民谭铎等重建。两座龙王庙皆由"郡民"自发而建，能够得知水对百姓影响至深。有幸的是北门外的龙王庙尚在。

当年城北一带地势低洼，后来修建龙王庙时垫起黄土。《隆庆志》载，"正德年，郡民王海等崇台搆庙"，地势垫高，因而又有别名，称为"高庙"。此庙正于旧阪桥道旁，现今已由文物部门整修。十余台阶上为山门，再上二十余级为庙门，管庙老人说，阪桥道现在垫起两米多，比当年看起来还要高。于房舍之上，一片古建庙宇，形制独特，高然森然，"制极壮丽"。看庙老人说，这是黄河以北地基最高的龙王庙。大殿三楹，殿前两棵古桧，西侧有八九十年，东侧有上百年。殿两侧有跨院。殿后还有两株粗大榆树，西侧一株已把院墙拱裂，东侧一株根上又滋生出一株，也已长得高大粗壮。

大殿的柁为旧物，形状做得极为规整，不似一般寺柁，因材随形。这是黄河以北龙王庙中最好的柁。房梁上的绘画线条清晰，色彩鲜艳，大梁尚有"直隶宣化府延庆州郡城信善某某重建"字样。庙因当年做过粮库，得以保存下来。从老人的话语中能感觉出其中的幸免之情。殿内两侧山墙有壁画，一为《龙王行雨图》，一为《雨毕回宫图》，为民国时期作品，画面有损毁，西侧一幅中间涂着黑色方块，那是20世纪50年代办识字班时做过黑板。

古城南门东侧另有古寺，始建于金代，旧名"观音寺"。元末曾毁于兵燹，年岁已久，遂成丘墟。明永乐时，有禅师于故址募缘，构建观音庵，"为祝釐之所"。祈求福佑，延寿平安，民心安定，能有精神寄托之所，正是治理者想要解决的百姓思想问题，此举得到赵羾的大力支持，于是亲笔作诗，协助化缘。宣德五年（1430），又有僧募建殿宇。直到正统五年（1440），请示皇上，敕赐并有了今日之名：灵照寺。之后，寺院不断扩建，天顺二年（1458）建成天王殿，成化六年（1470）又建了山门丈室廊庑等，成为颇具规模的寺院，还有面积不小的地产。

灵照寺坐北朝南，山门前一对石狮形态可掬。天王殿后为大雄宝殿，歇山顶，琉璃瓦，具有皇家气派，显示出州城的气度。此寺在这一带不同凡响，"巍焉奂焉，实一郡之胜也"。寺院现经文物部门整修，两侧有配殿、斋房。寺内陈列有延庆地区的石碑经幢等文物，诸如《添修缙阳寺功德碑》《新榆林堡碑》《永宁上帝庙石碑》等，可称为县文物博物馆，是展示，也是保护。

有了这些庙宇，也就有了州城的历史与凝重。

古城的街道还沿用旧名，如文林街、和睦街、苏子街、孟子街等，灵照寺旁就是儒林街，渗透出古城的文化积淀。东行，便是县城妫川广场，过去是关厢东关老村原址，再向北，为旧城东门外，地势低洼，当年地下涌起的泉水近一米高，形成一片沼泽，俗称"王八坑"，可想当时水势之大。延庆人长年与水打交道，有了经验，在全国小有名气。传说，南方船老大开船前先问，有无延庆人，若有就放心了，于河中航行，肯定不会有狂风海啸，延庆人出游水乡时也就过把瘾，多一分自豪与骄傲。

如今的广场一片绿地，覆盖住了历史的泥淖与尘埃，人们或晨练或晚舞，幸福祥和。雕塑、喷泉，层环相套；远处，现代建筑连成一片。县城重心已转移至此，并已继续东扩，形成新的政治、商业、娱乐中心。西北那段古墙却早已淡出人们的视线，为城外之城。这可能就是古城得以存留的原因。

谭纶，延庆的守护神

范学新

说起谭纶，对于大多数人来讲，并不很熟悉。但是一提到八达岭长城却是无人不知，无人不晓。不仅是中国人，就连外国人也都慕名而来，每年接待一千多万中外游客。2006 年 8 月，在八达岭长城南十楼的修缮过程中，工人们意外地在城墙下发现了一块明隆庆三年（1569）的长城题名碑，碑文上就清晰地刊刻了谭纶、刘应节、房楠、宋守约、杨四畏等十七名明代官员的名字，而第一个就是谭纶。那谭纶是什么人呢？他为什么会出现在八达岭长城的碑刻中呢？他与八达岭长城又有什么关系呢？带着这些疑问，我们翻开了厚重的明代历史，去追寻这位四百多年前叱咤风云的英雄人物。

据史籍记载，谭纶字子理，号二华，生于明正德十五年（1520），嘉靖二十三年（1544）进士，卒于万历五年（1577），江西抚州市宜黄县谭坊人，官至兵部尚书、太子少保。

文武双全的抗倭英雄

谭纶是明代著名的抗倭将领，不但与戚继光、俞大猷、李成梁齐名，而且还是抗倭名将戚继光的老领导。明中叶后期，我国东南沿海倭患严重。当时日本进入战国时代，国内战争不断，各地封建藩侯和寺社为加强自身的经济力量，解决因战乱带来的财政困难，开始支持自己境内的浪人、武士和商人渡海至中国劫掠，甚至日本贡船也假入贡之名，进行海盗活动。但是明朝这个时期，政治日趋腐朽，武备废弛，卫所制度遭到严重破坏，致使倭寇有机可乘。

嘉靖三十四年（1555）一月，盘踞在今上海柘林一带的倭寇四处劫掠，进犯今天浙江的乍浦、海宁，攻陷崇德，又转掠塘西、新市、横塘诸处，杭州城外数十里内血流成河，兵民死伤甚众。同年七月，倭寇从杭州北新关向西劫掠淳安，突破今安徽歙县，到达绩溪、旌德，经过泾县。七月十三日，攻陷南陵，劫掠芜湖，火烧南岸，直奔太平，犯江宁镇。七月二十四日，倭寇竟然杀到明朝的陪都南京。而当时的南京兵部尚书张时彻等官员畏敌如虎，闭门不敢出，倭寇乃直趋南京城下，进犯大安德门、凤台、夹冈等门，倭寇首领穿红身、骑大马，张着黄色伞盖在城外策马扬鞭，不时地向城内窥视。在倭寇兵临南京城下的危难时刻，时任南京兵部武库清吏司郎中的五品文官谭纶，毅然挺身而出，招募五百壮士御敌。谭纶亲自带领五百勇士赶到江宁镇以北数里的新河一带进行堵截，经过一番激战，击退了倭寇，确保了南京的安全。这次战斗，充分展现了谭纶文武双全的一面和立志抗倭的决心。同年八月，谭纶升任台州知府，正式开启了他的抗倭生涯。

此后，谭纶又历任福建、陕西、四川巡抚，继而以兵部侍郎兼金都御史，总督两广、蓟辽。谭纶在浙江、福建期间，亲自指挥和参加了一系列重要战斗，率领俞大猷、汪道昆、戚继光等抗倭名将，取得了台州、平海卫、仙游等一系列胜利，平息了浙江、福建、广东等地持续了数百年的倭患。同时，明王朝取消了"海禁"，允许对外通商，使大明东南沿海恢复了生机。

整顿蓟昌二镇兵备

明代中叶，明朝面临着东南沿海的倭寇和北部边防线上蒙古部族的双重侵扰。尤其是嘉靖年间，由于边备空虚，蓟镇受到蒙古鞑靼和兀良哈部的双重威胁，蒙古骑兵多次攻破蓟镇，曾经八寇妙川。嘉靖二十九年（1550）八月，鞑靼土默特部领袖俺答率军攻破古北口，长驱入内地，围困京师达八日之久，在城外烧杀掳掠，制造了震惊朝野的"庚戌之变"。同时，在辽东地区，建州女真部落不断崛起，军事形势不断恶化。在此危机情况下，谭纶于隆庆元年（1567）十一月被召入京，任兵部左侍郎兼都察院右佥都御史、蓟辽总督。

当时，蓟镇和昌镇两千余里的防线上主客兵不足十万，且多为老弱，战斗力有限。而入侵的鞑靼部落动不动就以十多万的人马围攻一处，防线形同虚设。谭纶上任之后，首先开始调整兵力部署。隆庆二年（1568）六月将蓟昌二镇划分为四区十四路。隆庆三年（1569）又把蓟昌二镇调整为十二路。延庆境内的八达岭段长城属居庸路管辖，由镇守总兵官扬四畏统领。另据万历年间的《重修居庸关志》记载，后来又把居庸关划分为中路、北路、南路、东路、西路，把长城防线进一步细划，其中八达岭段长城属北路管辖。

其次，谭纶在分路设防的基本上设置了援兵。当时蓟昌二镇沿边防守的主客官军不满十万，其中往来策应之援兵仅一万五千人，难以抵御蒙古骑兵大举入犯。隆庆二年四月谭纶在标兵、游兵及各路民兵之中，挑选十支兵马，每支三千人，合计三万人，列为三营，一营驻扎密云，一营驻扎遵化，一营驻扎三屯营，作为固定的应援之兵。同时，他又举荐名将戚继光总理练兵之事，但练兵节制之法皆由谭纶制定。此外，谭纶又在十路主客官军之中，各选精锐三千人，作为木路和周边中路的应援部队。这些调整，大大地提高了部队的机动作战能力，在不大量增加军队的条件下，提高了蓟、昌二镇的防御能力。

谭纶另一个重要贡献就是创立车营，推广使用火器。谭纶很早就开始注意研究战车在战争中的作用，常与熟悉车战的名将俞大猷讨论车战之法。他博采古今战车的优势，造出了适合北方作战用的战车。这种战车既能装备佛郎机等火器，又可与步兵、骑兵联络，成为制胜利器。隆庆二年八月，谭纶即从辽东巡抚魏学曾之议，在辽东创设车营。该车营有战车一百二十辆，每车有佛郎机二杆，长枪十二杆，雷飞炮、快枪各十二杆，火力十分强大。隆庆三年二月，又创设车营七座，分别驻建昌、遵化、石匣、密云、三屯营、昌平等地。每营用重车一百五十六辆，轻车二百五十六辆，步兵四千，骑兵三千，驾轻车马二百五十六辆。

另外，谭纶也十分重视火器的使用。当时北方所用的火器佛郎机，主要用铜、铁等金属制成，不仅费用巨大，还容易爆炸伤人。而南方木制佛郎机不仅造价低，作战效能也与铜、铁佛郎机相近，更便于推广。隆庆二年四月，谭纶上书，请从浙江调鸟铳手三千人，为在蓟镇大规模使用火器起到了示范作用。六月，他又请工部动支银两，按式制造佛郎机三万三千架，分发蓟镇各路，每路三千架。谭纶在蓟辽二镇建立车营，推广使用火器，增强了明军的火力，使明军面对剽悍的蒙古骑兵，有了克敌制胜的法宝。

修筑空心敌台

从洪武至嘉靖年间，蓟镇、昌镇二镇曾进行过几次长城、关堡等军事防御设施的修筑工程。但是当时士兵都是依墙而守，不蔽风雨，条件十分艰苦。敌人往往趁着黑夜从悬崖峭壁间攀缘而入，乘暗杀人，使明军惊慌失措，以为敌人已经破边，皆四散奔溃，使敌人得以从容拆墙而入。面对此种情况，谭纶采纳戚继光的建议，于隆庆三年正月上《请建空心台疏》，借鉴沿海抗击倭寇的经验，仿照民间看家楼的式样，在长城上创建了既能驻兵又能防御的空心敌台，并加厚墙体，在城墙上两面设垛口。敌台高低大小不等，各个敌台之间互为犄角，相互呼应，敌台里都配备有火炮，敌人的弓箭无法射到敌台里的士兵，骑兵在火炮的攻击下也不敢靠近长城。每个空心敌台置有百总一名、士兵五十名。空心敌台由上、中、下三部分组成。下部为基座，用大条石砌成，高与城墙相同；中部为空心部分，一般用砖墙和砖砌筒拱承重，构筑成相互连通的券室，以供士兵驻守，存放粮秣和兵器；上部为台顶，多数敌台台顶中央筑有楼橹，也有的台顶铺漫成平台，无楼橹，四周筑有垛口，用于防守和举烽火报警。

谭纶最初计划蓟昌二镇修筑空心敌台三千座，后考虑到明朝的财政状况，亲自勘察，根据地形地势，减为一千五百座。他最初提出每座空心敌台给官银五十两，但实际支出远大于这个数。为了提高工效，谭纶因地分工，划分等差，以筑台数量、质量作为将官举劾升赏的标准。每筑一墩台，亲自检查，质量高者分别给予犒赏。

2015年，相关部门在八达岭镇石峡至帮水峪长城修缮过程中又发现两块隆庆三年夏和孟秋字样的长城分修题名碑。也就是说，谭纶隆庆三年正月提出修筑空心敌台，当年夏天、秋天和冬天，在八达岭至石峡关一带的长城空心敌楼就相继竣工。此后，隆庆四年、五年，八达岭段长城的空心敌台陆续竣工。从此才有了我们今天看到的雄伟壮观的八达岭长城。

谭纶主持修筑空心敌台并不是一帆风顺。朝廷中的一些人认为修筑敌台耗费国家财力，对于蓟昌二镇的防御起不了多大作用。手下负责修筑敌台的官军，认为修敌台是个苦差事。谭纶顶着各方压力，对那些怠工的、故意拖延工期的、擅自更改敌台制式的人进行了处罚。这些人到京城四处散布流言蜚语，给谭纶造成了很大压力。幸而在隆庆皇帝和张居正等人的支持下，空心敌台的修筑工程得以顺利进行。隆庆三年（1569）修建了四百七十二座，到了隆庆五年（1571）累计修建一千零一十七座，谭纶也因功升任兵部尚书。到了隆庆六年（1572）蓟昌两镇累计修建一千二百零六座。到了万历三年（1575），蓟昌两镇累计修建一千三百三十七座，万历九年（1581）累计修建一千四百四十八座，至此蓟昌两镇空心敌台的修建基本完成了。

经过谭纶大规模地整顿蓟昌二镇兵备、修筑长城，明军的战力有了很大提升，防御条件得到了极大的改善。隆庆四年（1570）、隆庆五年（1571）鞑靼几次大军压境，当得知明军有了很好的防备后，不得不悻悻离去。其间，还发生了著名的隆庆议和事件，明朝和蒙古鞑靼部结束军事冲突，建立了封贡关系，每年在大同关外开市贸易。此后的一段时期，延庆地区得到了休养生息，社会经济得到了一定的发展。

谭纶虽然不是延庆人，也没有长期在延庆地区驻守，但是他在总督蓟辽期间，所采取的分路设防、设置援军等军事措施，修筑以空心敌台为特征的蓟昌二镇长城都对延庆后来的发展产生过深远的影响。一直到今天，全世界瞩目的八达岭长城都是延庆人的骄傲，延庆更应该记住这位可歌可泣的英雄人物——谭纶。

参考文献：

1.《谭纶抗倭事迹探论》，胡长春著，《江西社会科学》1997 年第12 期。

2.《谭纶与明代蓟辽边防》，胡长春著，《江西社会科学》1999 年第7 期。

3.《谭襄敏公年谱》，欧阳祖经著，1937 年商务印书馆发行。

"百世书香"诠释的东门营

范学新

东门营村应该是目前延庆保留的最有特色的一处古村落了。大约二十年前,第一次去东门营村的时候,我就被村里民居后面挂着的牌匾所吸引。我总是在想为什么普通民房后面还挂了这么多块匾呢?而且好多字都很模糊,看不懂是什么意思。后来因工作关系,每年都要去好多次东门营村,渐渐地对村里的人和事有了点儿了解,但仍然感觉东门营很神秘,有很多未解之谜。

东门营村位于延庆张山营镇西北,距县城约14.8公里,村域面积6.73平方公里,全村有九百余口人。第一个让人感觉到奇怪的就是东门营的村名了,为什么叫"东门营",而不叫"西门营"或是"南门营"呢?据明《隆庆志》记载,早在明嘉靖年间就有东门营堡了。奇怪的是同一本志书,却记载了两个东门营堡,一个隶属怀来卫,一个隶属隆庆卫。东门营村内确实存在过一座城堡,但是城墙已经被拆得所剩无几了。从残存的遗迹分析,城堡大约东西二百五十米,南北一百五十米,平面呈不规则多边形。2002年村中出土了一块"迎恩门"门额,上款楷体阴刻"钦差怀隆兵备道按察使胡□□建修",下款为"万历四十六年(1618)孟秋",说明东门营堡曾在万历年间进行过修缮或包砌。另据光绪七年(1881)《延庆州志》记载,清代东门营属延庆西卫管辖,距城三十里,有土城和东西二门。东至姚家营二里;南至谢官屯一里,接怀来界;西至大沙河二里半,接怀来界;北至马鞍山二里半。从卫星地图上看,如今东门营村确实东至姚家营村二里,但是村南与下营村紧紧相连。据村里人介绍,村中除了东西两座城门之外,还有一座南城门,这也与历史记载不符。

　　带着这些疑问，我们曾多次到村中走访，可是仍然无法彻底了解其中的原委。据村中老人介绍，下营村原来包括三个自然村，分别是谢官屯、下营、小堡。谢官屯在今天下营村的西部。下营与东门营原为一村，后因处于村落下方位置，地势相对较低，故称"下营"。小堡在东门营城的南部，与东门营城堡为一体，南面有呈半圆形的城墙，并开有南门。小堡与下营、谢官屯之间还有几百米的空地，曾有一片叫王家坟的墓地。1951 年 9 月，将谢官屯、小堡、下营合并，统称下营村。下营崇善寺现存一块清嘉庆二十一年（1816）《重修崇善寺碑》，碑文中有"谢官屯佛寺"的记载，下营关帝庙正檩还有民国四年（1915）七月书写的"宣化府怀来县下营村重修"的字样，说明下营到民国时期还属于怀来县。据记载，明洪武三十年（1397）置怀来守御千户所；永乐十五年（1417）改为怀来左卫，十六年（1418）改为怀来卫；清康熙三十二年（1693），改怀来卫为怀来县，属宣化府。结合《隆庆志》和《延庆州志》的记载，初步可以推断，东门营就是明代隆庆卫和清代延庆西卫管辖的东门营堡，而下营就应该是属于怀来卫管辖的"东门营堡"了。

　　那为什么称作"东门营"呢？杜甫有一组《后出塞》诗，其中一首就有"朝进东门营，暮上河阳桥"的诗句，介绍了唐代新兵入伍的时间、地点。诗中的东门营指的是设在洛阳城东门附近的军营。有学者认为延庆东门营是西汉时的上兰县故城。汉高帝十一年（前 196）十一月，燕王卢绾造反；第二年（前 195）春二月，刘邦派兵平定叛乱，在上兰击败了卢绾的军队。至于东门营是不是汉代的上兰县城还需要大量的考古调查和文献研究去证明，但是明代设立屯堡之前，也许这里真的有一座废弃的城堡，驻军正好在城堡的东城门附近，因此就把它叫作东门营了。当然，这只是作者的一点儿猜测罢了。

　　东门营旧村虽然规模不大，保存下来的古建筑也并不算多，但是给人一种浓烈的耕读文化气息。我常带人去参观的孙家旧宅就在旧村主街中部路南（老街区 41 号），是一典型的农村四合院，为前后两进院，规格并不高，装修也不奢华。门开在西北角，门楼为半间房宽的蛮子门，但是门额上却完好地保存着"百世书香"四个墨书大字，虽历经百年，却仍显得那么遒劲有力。与延庆其他村落的古民居不同的是，在孙家旧宅临街北房的后檐墙上部多出三层砖檐，上面至今还悬挂着五块木匾。因年代久远，加之特殊时期的破坏，匾上文字都被铲去了，但是隐约还能看出三块匾的内容，即"德寿双全""年高德劭""齿德可风"。除"德寿双全"比较容易理解外，其他两块匾还真是很有深意。"年高德劭"出自汉代扬雄《法言·孝至》中的"年弥高而德弥劭"，主要是赞誉人年纪大，品德好。而"齿德可风"则出自《孟子·公孙丑下》的"天下有达尊三：爵一，齿一，德一"，后用"齿德"指年龄与德行，"齿德可风"也有赞扬人年高德劭之意。

继续在旧村走，你还会发现村子里的老民居临街建筑的后檐上都有三层拔檐砖，留有安装牌匾的空间。而在老村区 40 号民居门楼雀替雕有一"耕"字，在其家砖雕影壁上则有"家传敬义数千载，世继诗书几百年"的砖雕对联。在老村区 5 号民居残存的座山影壁也有"世间好事忠和孝，天下良图读与耕"的砖雕对联。在调查中我们发现很多带有耕读字样的门额、砖雕、木雕、影壁都被人为破坏了，仅是这点儿残存下来的遗迹也足以彰显先人的耕读情结。

在中国传统农业社会中，"耕读传家"是小康农家努力追求的理想生活图景。耕田可以事稼穑，丰五谷，养家糊口，以立性命。读书可以知诗书，达礼义，修身养性，以立高德。所以，"耕读传家"既学做人，又学谋生。读圣贤书，并不一定全是为了做官，或是为了学点儿"礼义廉耻"的做人道理。因为在古人看来，做人第一，道德至上。因此，半耕半读、耕读结合是我国古代富裕农民、隐士、官员追求的一种理想的生活方式和价值取向。那些成功的"耕读之家"也往往成为当时乡里农家的表率，激励其他人默默地向这个方向努力。耕读文化往往通过"琴、棋、书、画""渔、樵、耕、读"等题材，在建筑的砖雕、木雕、绘画中表现出来。

此外，送匾也是我国古代民间盛行的一种"旌表"形式。地方政府往往通过给乡里有美好德行的人赠送牌匾的方式来为民众树立榜样，客观上起到了净化民风、维护地方安定的作用；并在一定程度上满足了普通民众获取荣誉的心理需求。东门营村家家户户后檐墙预留出挂匾位置，大家都怀有自己家能够成为乡里表率，成为社会贤达的美好愿望，代表了民风的整体价值取向和诉求。

耕读文化在中国农村应该是一种比较普遍的现象，在延庆其他村落也偶有发现，但是像东门营旧村如此小规模的建筑群，就大量集中出现反映耕读文化题材的牌匾、影壁、绘画，应该说并不多见。

在与村民的交谈中，我们发现，东门营村确实是一个很有文化传统的村落。历史上该村曾出过文、武举人，其中文举人叫孙寿龄，当年以教书为业；武举人叫孙提元，当年以擅舞大刀而闻名。文举人孙寿龄的故居就是前面提到的 41 号院，现由其第三代嫡孙孙殿宽一家居住。当年孙老先生在乡教书育人，远近闻名，社会知名度很高。那些牌匾应该是当时地方政府赠予的。只不过因年代久远，现在已查不清是什么时间由谁所赠的了。正如先人们所期望的那样，几十年来东门营村考上大学的学生、外出工作的人都比周边村子多。这也是村里人常常引以为傲的地方。

东门营村另一个特点就是庙多，曾流传着"三步两庙"的说法。东西只有二百多米的旧村内就建有九座庙宇，即泰山庙、真武庙、观音庙、龙神厅、五道庙、三官庙、阎王庙、关帝庙、龙王庙。这些庙宇均建于明清时期，目前仅存关帝庙、阎王庙、真武庙、泰山庙四座。让人略感意外的是村里的庙宇供奉的多是道教的神仙。泰山庙供奉的是碧霞元君及眼光娘娘、子孙娘娘。真武庙供奉的是道教神仙中赫赫有名的真武大帝。阎王庙供奉的阎罗王则是民间传说的阴间主宰，掌管人的生死和轮回。而关圣帝君也是道教的四大护法元帅之一。其他已经拆毁的庙宇供奉的龙王、五道将军、三官也都是道教神仙，只有观音娘娘属于佛教神仙。没想到只有几百口人的小村受道教影响会有这么大。过去，每年的农历四月十五，村里都要举办泰山娘娘庙会，周围村民会聚集到东门营村，祭拜泰山娘娘祈求得子得福。

近年来，文物部门争取资金对这残存的四座庙宇进行了抢险修缮。在修缮的过程中发现东门营的庙宇中还保留了大量的清代道教题材和民俗题材的壁画，有些壁画绘制得十分精美，在民间也属艺术珍品了。比如在真武庙东西山墙山花的部位就用水墨画的形式画出了"渔、樵、耕、读""琴、棋、书、画"等反映传统耕读文化要素的绘画，在东、西山墙上还绘制了真武成道及救助众生的宗教故事。在刚刚修缮的泰山庙后殿娘娘殿东西山墙还发现了大量反映"十殿阎罗"题材的壁画。另外两座庙的壁画都曾被刷上了白灰，只零零星星露出一点儿端倪，待将来壁画修复后才能一睹全貌。这些民间壁画多是古代教人弃恶扬善，规范人们行为规范的教材，也是一种文化现象。

经过数百年的积淀和传承，东门营形成了自身特有的文化传统。人们在秉承传统的耕读文化的同时，逐渐融入现代文化因素。这些都已融于人们的血液中，洋溢在东门营人的脸上了。在文化大繁荣、大发展的背景下，东门营必将焕发出新的青春和活力，在文化传承的道路上走得更远……

周四沟原是军事城堡

孟广臣

周四沟原是一个军事城堡，建于明嘉靖十九年（1540），城高三丈五尺，城是依山而建，北城墙和东城墙一直缘山而上，直到山顶。抗日战争时期，这里是日本警察局，在最高峰的城角上，修了个炮楼。老百姓管这里叫局子，也叫炮楼子。城有南门一座，南门外是关厢，也叫瓮城，有东西二门。连关厢围墙，共四百五十一丈，解放初期尚保存完好，后来慢慢地就被村民拆毁，用城砖修盖房子或垒猪圈。东城门在日本人进中国前，就已经不存在了，而南城门洞和西城门洞直到 20 世纪 60 年代才被毁掉。村周围有四个墩台，东墩台在距村东一里远的大石槽沟口，西墩台在西南坡，南墩台在南坡，北墩台在村西北的山顶上。如今除南墩台由于常年用土，已被刨得没了痕迹，其余三个墩台残迹尚存。

周四沟城堡，是八达岭防御系统军事建筑之一。《宣真图说》记："此堡素称极冲，乃永宁之应援，山陵之后背也。"就是说，这里是非常重要的军事要冲，永宁有情况，可以应援，因在皇家陵园之后背，所以也有保护皇家陵园的作用。嘉靖年这里设有守备一员（相当于团级），先后有孙世达（陕西人）、王永忠（直隶人）等五任守备在这里任职。在营兵八十五名，包括马兵十二名，守兵七十三名。营盘口设把总一员。军器有盔甲一百零五顶/副，虎衣虎帽五顶/身，大刀八口，腰刀四十八口，藤牌背刀九面/口，弓四十一张，箭一千四百九十支，三眼枪十一杆。大炮九十五位，湧珠炮七十位，鸟枪四十一杆，储备火药一千零三十八斤。在我小时候西城外城壕沟里还躺着两门大炮，但于 1958 年，被村民抬去炼了钢铁。

周四沟地理位置，在县城城东九十里，当时的军事管辖范围：东至大胜岭，接四海界通黄花路；西至大鸭口，通永宁路；南至三顶盔，通千石河路；北至营盘口边，通千家店路。与四海、千家店为掎角之势，可以彼此接应，互相支援。而且还是设伏的极佳之地。

到了明万历年间，周四沟由守备降为操守，受四海守备府管辖。当时有官军五百五十一名，马骡一百七十匹。先后有两任操守（相当于营级），前一任叫黄尧臣，后一任叫桂一枝。志书记载，黄尧臣打仗勇敢，一次鞑靼进犯赤城，黄尧臣赶去支援，奋激大呼，杀向敌阵，敌惧怕撤退，后知黄尧臣没有援军，又反扑回来，黄尧臣中箭身亡。他的英勇事迹上报朝廷，朝廷授予他"昭勇将军"称号。后一任操守桂一枝，不仅打仗勇敢，还善于谋略，更让人敬佩的是肯与战士同甘共苦，当时士兵的生活条件很苦，他的俸禄都散与大家，直到他死时"囊无半金"，还是别人为他备了棺下葬。这样一位清正廉洁而又体恤下情的军官，怎能不深深地感动士兵呢？他去世时，士兵们无不痛哭流涕。

再后来，就没了文字记载，我小时候只是听老人说，周四沟村原先驻过一个把总小官（相当于连级），那大概已经是晚清了。村北坡上靠北城墙有一块地方，村里人一直叫它"大堂"，那大概就是守备、操守、把总的官府，原先是什么样的建筑，已无从可考，村里八九十岁的老人，只记得抗日战争时期那里是日伪村公所。大堂前原有五棵大榆树，树围两三个人搂抱不过来，树龄估计有三四百年，每到夏日，树荫蔽日，百鸟鸣喧，绝对是村里一道亮丽的风景。可惜20世纪60年代，都被伐掉卖钱了。

到了民国，长城失去了防御作用，长城前哨的军事城堡，也就变成了老百姓的居住村庄。周四沟村的村民，最初是戍边战士家属，后来也有外来的人搬到这里落户。因不是由一个家族繁衍起来的，所以村里的姓氏就很复杂。有张、王、李、赵、陈、刘、尤、孟、冯、晏、纪、程、史、贾、魏、乔、国、郭、田、邢、宋、闫、贾、于等二十多个姓氏。

周四沟村的建筑布局，仿照城池的规格，南北一条大街，东西对称分两条胡同，即东胡同和西胡同。靠城门口还有一条胡同，叫南胡同。大街的北边，即坡上，也是对称分东上埃和西上埃。北边是庙宇。后院是真武庙，前院是龙王庙，挨着东便门，有一座钟鼓楼，悬挂着一口大钟，我上学的时候就在这庙里。下了课，就跑到钟鼓楼上去玩，钟上有字，是万历年造。庙前坡下大街上有一古戏楼，坐南朝北，正对着龙王庙。旧时人们迷信，每年都要给龙王唱戏，以求风调雨顺。所以有龙王庙的地方多数都有戏楼。根据钟上的记载，戏楼也应该是明万历年所建，距今已有四百多年。旧戏楼，1948 年国民党反动派大扫荡时被烧毁。2015 年在政府支持下，村委会在原址上又重建一座戏楼。周四沟村庙宇比较多，除真武庙、龙王庙外，还有老爷庙、娘娘庙、城隍庙、奶奶庙、土地庙等。现在庙宇都已不存，庙址有的改建民宅，有的改建成村委会办公室。

据县志记载，明宣德年间，周四沟曾设过检察院。

清乾隆年间曾立过社学，当时全县有十六所社学，其中就包括周四沟。

周四沟有个老河北梆子业余剧团，已传承一百多年。河北梆子是河北地方剧种，形成于道光年间，兴盛于 19 世纪 70 年代到 20 世纪 20 年代。从 20 世纪 30 年代初到 40 年代末，河北梆子在城市已经开始衰退，但在农村还是兴盛阶段，于是一些老艺人便到农村传承河北梆子。据村里老人说，周四沟的河北梆子，是一位姓殷的老艺人——人们都叫他老殷头——20 世纪初来村里传授的。第一代学员早都已作古，第二代也已多半作古，尚健在的也都是耄耋之年了。到了第三代，能教戏的老人不在了，能学戏的年轻人都在外打工，儿童住校读书，没人教了，也没人学了。传承一百多年的河北梆子，尽管人们心里还都很热爱，但只能是保留住这份感情了，不得不承认衰落的现实。

周四沟，是因四面都有沟而得名，已有五百多年历史，是个边关文化色彩浓厚的小山村。村民历代从事农耕，勤劳善良，民风淳朴，随着社会发展，村风村貌也在不断改变。村委会正在规划，准备在城堡里拆掉民房，建造别墅区，逐步向现代化乡村迈进。

三司——燕羽山下石头村

孙广勋

早就耳闻咱延庆有个三司村，距离凤凰城柳沟村不远，以前还曾经计划抽时间去一睹这个小山村的芳容，但一直没有机会闲下来去看一看、瞧一瞧。说来也是凑巧，2021 年 12 月，组织安排我成了第六批第一书记中的一员，而自己被派驻的村，竟然恰好是先前就想来看一看的三司村。果真是无巧不成书啊！不知道这是不是我与三司村冥冥之中结下的特殊缘分，反正我在不经意间，真的就来到了燕羽山脚下的三司村。

一

从誉有"醉美井庄花园小镇"的井庄镇政府出发，驱车穿过井家庄、东石河两个村，又前行了一段路，就径直到了三司村村口。只见村口硕大的一块石头上镌刻着三个大字——三司村。字是红色的，很亮眼，很古朴，给人一种久违的庄重感。再往前面张望开去，不远处的三司村好像与其他小山村也没什么太大的区别，依山而建、高低错落的房屋，显得有些零散，看起来很是普通的样子。

不过，入村后与站在村中间一个停车广场上的几个村民一聊起天来，本以为村里人不会很健谈，但听了他们如数家珍、滔滔不绝的叙述，我才知道，原来三司村的历史真的很悠久，一时间让我迅速填补了印象里对三司村的空白。

追溯起来，三司村乃是始建于明朝初期。据说明朝永乐十二年（1414），明成祖朱棣北巡驻跸团山，下诏设立隆庆州，但是由于战乱导致这里人烟稀少，于是下令从山西洪洞县向全国各地移民，其中就有张、王、李、侯、蒋、郝等几家人迁徙到现今三司村西约五百米处一块平坦的土地上，搭起小屋居住下来。开始的时候，也许搭建的房子正好在山的西侧，故取名为"西庄子"，算起来至今也有六百多年的历史了。可是那时候村里干旱缺水，村民需要到村东河套边的一个水泉去取水。不过来来去去着实是费时费力，于是，很多村民为了吃水方便一些，就逐渐搬到距离泉水比较近的地方居住。后来村名就改成了"井泉口"，这个村名在明朝嘉靖年间纂修的《隆庆志》里有过明文记载。而且那口石头井至今还在，只不过早就没有了泉水，只剩下一个井口。也许是为了保护它、纪念它吧！村子还特意给这口古井搭建了一个四方立柱、古色古香的小亭子，倒也成了村里的一个小景观了。

至于什么时候村名演变成了三司，还得从明朝修筑宣化府南山路长城说起。嘉靖四十五年（1566），朝廷设置宣府南山路，为了更好地抵御北方游牧民族的入侵，也为了更好地保护明朝皇陵，开始建筑柳沟城。古时柳沟为城官，为保卫城官，在土长城脚下设司。但是，"司"是什么意思呢？还有，各司的军事长官到底是个多大的级别，我也很好奇。后来翻阅了几部词典，才知道"司"有很多种解释：《汉语大字典》有"掌管"的释义。《广雅·释诂三》中说："司，主也。"意思就是主持。《说文·司部》："司，臣司事于外者。"另外还有"官署""管事""行政长官""窥察"等多种意思。看来司在古语里主要就是主管、官署、观察、探察的意思了。按此推断，"司"无疑就是边防哨兵的场所，主要任务就是守卫城池、观察敌人的动向。而且还设有司官。柳沟往东分别是头司、二司、三司、四司，一名司官一营兵、一个土城。当时的井泉口村在嘉靖二十二年（1543）已经建起了一座营城、一座烽火台，按照地理位置，由"三司"屯戍。后来由于士兵长年在这里戍边，很多兵丁便带了家眷迁居于此。时间久了，每个司戍边的作用慢慢淡化了，兵丁也就变成了百姓，井泉口村就渐渐被人们称为"三司"村了。

二

走在村子里高低起伏、宽窄不一的街道上，这里的民居，既有带着历史沧桑感般青砖青瓦的老房子，也有宽敞高大、富有现代建筑气息的别墅，新时代新农村的风貌在这里已然展现得一览无遗了。

随意走了几条村内小道，好像都有一个共同的特点，一般别的村修的路都是用水泥或方砖砌在两边，而这里的路两边却是砌满了形状不一、高低不平的石头，一块块略显黑棕色的石头，瞬间就让人感受到了一种厚重感。透过这一块块不知道在村里停留了多少年的石头，我好像越来越感觉到，这里的石头似乎正在向来到这里的人们，宣示着这里曾经的历史过往……

在村子河套西侧的一处高地上，一眼就看到了一堵厚厚的土城墙，底层用石头和灰砖包裹着，裸露的城墙很是斑驳，表层的土好像有一种随时要脱落的感觉，而且土城墙看上去只剩下短短的一截了。在凸凹不平的土墙上，长满了枯草与灌木丛，在寒风的吹拂下时不时地摇曳着，尤其此时已近寒冬，更是让人感觉有些苍凉，顿时就想起了王昌龄《塞下曲》中描写边关城堡的长城诗句："昔日长城战，咸言意气高。黄尘足今古，白骨乱蓬蒿。"土墙不远处还留存着原来三司城南城门的一座影壁墙，整体是由青砖垒砌而成，虽说不大精美讲究，但伤痕遍布、表层斑驳的城砖、石条，依然显示着这座南城门影壁墙独有的气派与威严。在残城墙下，赫然竖立着刻着"全国重点文物保护单位　长城（三司城堡）"等字样的石碑，顺着石碑看去，一堵几十米的石头墙瞬间映入了人们的眼帘。再细看一下，不论是附近的房屋还是院墙，大都是用拆下来的城堡墙砖垒砌而成，间杂着一些石块和新式红砖，看起来虽然有些不伦不类，但或许这就是在当时物质条件和经济条件都比较局促的情况下，村民们为了改善居住条件的一种无奈之举吧！

三司村虽然不大，但是历史文化遗址还真是不少，除了三司城堡的遗址和石头井之外，在村子的东山边上，还有一条蜿蜒曲折的土边长城和石边长城呢！从古井亭子往东，走过一段不远的水泥路和土路，很快就来到了不远处的长城脚下。这条修建于明朝嘉靖年间的南山路长城，经过历史的风吹雨打，早已被大自然侵蚀得不成样子了，但是长城的纹路与残垣断壁，仍然清晰可见。近看远望，心里顿生疑问：为什么这里的长城一段是土边，一段是石边呢？随行的村里老大爷说，以前修长城的时候，为了节约成本，大都就地取材。黄土多的这一段，就地修成了土边长城。这不，旁边还有一处比较大的窑院遗址呢！原来，就在三司村营城河套东边，有一片平平整整的院落，过去曾经是修长城烧砖备砖的场地，人们都把这里叫作窑院。如今，曾经偌大的窑院只剩下几处窑洞了，周围焦土经过长时间的风吹雨淋，也是长满了各种灌木和蒿草，荆棘丛生、破败不堪，只看见两个用乱砖头挡住的硕大窑洞口，好像在向人们展示着这里曾经有过的热闹、繁忙场景。再往东去，由于那里的山脊上下遍布着大小不一、奇形怪状的石头，所以就地砌成了石边长城，现如今也已是凌乱不堪，早已没有了昔日石边长城的英姿。看着这条土边长城和石边长城兼而有之的南山路长城，脑海里似乎隐隐约约看到了那时候正在挖土、搬石修建长城的场面，一股难以名状的情愫在心头漾起，说不清楚究竟是什么滋味……

　　据说，在整个南山路长城上共修建了十几座烽火台，自红门西侧有五座，依次是将台墩、大红门墩、小红门墩、小张家口墩、川口墩。自红门东侧有九座，依次是虎皮墩、东二墩、东三墩、东四墩、东五墩、东六墩、桅杆山墩、桃木冲墩、老虎窑墩。而三司村东头至今还存在的一座烽火台，就是其中的"东三墩"。当时，就由永宁卫官军在这里驻守瞭望、昼夜轮值，如果有北方游牧民族前来骚扰时就立马点燃烽火台，以示报警。相传，在这三司营城里驻守着一名军官，名字叫作赵庆元，他很是关心百姓疾苦，经常为老百姓办好事、主持公道，备受人们夸奖，人称"赵清官"。平日里他常常到山梁上查看地形地貌、体察民情，若是遇到庄稼大旱，便想尽方法给村民减税减租，人们很是拥护爱戴他。由于上山巡查的路不好走，村民们就自发开凿修建了一条小道，赵庆元上山巡查就方便多了，这段石头路就叫"东台子"。屯戌的军民为了纪念他，就把村东迎面的这座小山梁称为"赵官梁"，想来大概也有四五百年的历史了。

三

　　就是这么一个只有几百人口的小山村，村内竟然曾经建有堂庙、关公庙、山神庙、龙王庙、寿延寺等五座庙宇，也很是令人称奇了。不过，由于种种原因，这些庙宇毁的毁、拆的拆，大部分已经荡然无存，只在人们脑海中留下些许残存的记忆与唏嘘慨叹。

　　先说说堂庙吧！它曾经建在三司城堡的练兵场西面，也就是现在的村委会大院西侧，坐南朝北，正面为南房两间，松木桁檩、雕梁画栋，砖砌神台、方砖墁地，中间是高大的泥塑神像望天吼，金色面庞，彩色全身，身旁还有两位善财童子，两侧还有二尺高的十八罗汉坐像，像前还有香炉和磬，外面挂着一百多斤重的大铁钟。听说这座堂庙也叫作老母奶奶庙，原来在三司村东梁头修外边长城的时候，民工们从山下一条大沟里往山上不停地搬石头，当时天气实在太热了，背在身上的石头都被晒红了，三司村当时又缺水，修长城的民工渴死、热死了一大半。有一天，一位老奶奶手提一壶水来到这里，民工们看到老奶奶的水壶，都跑过来抢水喝，老奶奶看见民工实在太多了，就把水壶抛向了山坡，不一会儿山坡就冒出了一股泉水，清凉透底的泉水救活了不少民工，可是老奶奶却转眼不见了，人们都认为遇到了救苦救难的活菩萨。于是，为了纪念老奶奶就在三司村修建了这座堂庙，新中国成立后的老母奶奶庙曾经做过村里的小学校，村里上了年纪的老人们还清晰地记得在庙里读书识字的场景呢！

村边三里外的一座小山丘上，还有座巍然屹立的山神庙，经过修缮之后至今还完好保留着。这座山神庙只有一间，内有神台、香炉、壁龛，还有山神、土地、五道三位神像，山神爷手里拿着一副铁链，五道爷拖着一把铁杵，很是威严。在逢年过节的时候，不少人们到这里来烧香，贴"左拴猛虎右拴狼，山神土地五道堂"字样的对联，企盼来年平平安安。

值得一提的还有一座规模较大的寿延寺，据说在外边长城修好之后，有一位从南方来云游的风水先生，抬头望着东山头下修的石边长城——白灰勾缝，远看就好像一条长龙在山梁上盘旋，南边还有一道山梁像一条小龙攀延着，一股股灵气弥漫着山头，很像二龙戏珠的模样。于是，人们按照这位先生的指点，请来能工巧匠，在附近村民的大力帮助下，在二龙山中间盖起了寺院，取名寿延寺。寺院两间正房，红松木柁檩，泥塑五尺高功德佛，两旁是罗汉像。每逢九月九日，附近十里八乡很多男女老少都赶来参加庙会，当地的人们常常流传这样的俗语："九月九，佛前走；逛山景，能活九十九。"可惜，如此香火旺盛的寺庙在清朝年间被一场大洪水给冲毁了，当地人为了纪念曾经的寿延寺，就将这条大土沟称为北寺沟了。

四

提起北寺沟，村里上了年纪的人念念不忘的就是"北寺沟四烈士"。如今，北寺沟里长满了松树、柏树，高大挺拔的苍松翠柏，昂首屹立在这片鲜血浸染的土地上，酷似哨兵守护着四名烈士的英魂……

原来，在抗日战争的时候，三司村就已经是当时昌延抗日联合县政府在延庆川区通向山区联络线上的一个秘密联络点，党组织在村里秘密发展党员，村里涌现出许多抗日积极分子，踊跃参加抗日活动：组织民兵打击敌探、挖地道、埋地雷、捉汉奸，组织妇女做军鞋、补军衣，配合八路军和游击队征兵筹粮。一时间，三司村的抗日斗争活动开展得如火如荼。而且，为了方便通往抗日联合县政府的交通，在村东荞麦皮梁上开凿出一段台阶小路，人们称之为"抗日之路"。

三司村的人民群众组织起来了，气急败坏的日伪军经常来村里进行扫荡。1942 年 4 月 2 日，昌延联合县委组织部部长徐亮、五区区长刘玉、区委书记苏瑞勋等人从艾官营来到三司村开展征兵筹粮工作。由于一直工作到很晚，所以三司村第一任党支部书记王国清、村长张宗义就安排几名干部在村河套东窑院一户姜姓人家休息。可是不知道怎么走漏了风声，柳沟据点的日伪军在五更的时候，悄悄包围了三司村河套东窑院。

河套东窑院的院子并不大，四周都是用石头干垒的墙。当敌人攀爬石头墙的时候，石头墙轰隆一声就倒塌了，屋内的县区干部一下子从睡梦中惊醒，立马翻身摸起手枪，一边向外冲，一边开枪射击，迅速朝北寺沟方向跑。敌人在后面一边追一边打，县委组织部部长徐亮一个扭身，向着追上来的敌人就连开了两枪，但是好几个敌人也蜂拥冲了上来，向他连开数枪，徐亮便倒在了血泊之中。紧接着，五区区委书记苏建勋、五区区长刘玉、三司村党支部书记王国清在奋力突围的时候都光荣牺牲了。

五

令人称道的是，三司村随处可见灰砖青瓦、木门木窗的乡间小院，本真而古朴，宁谧而安详。想想看，当你从高楼林立、喧杂繁闹的大都市踏入悠闲的乡间小道，静观绿树成荫，任由片片粮田围绕，寻一处农家院落，或看着日落晚霞、仰望漫天星空，或在一个静谧的黄昏，泡一壶热茶，听一首舒缓的乐曲，以往的聒噪早已远去，剩下的只有清闲，只有平和。一时间，准会让你有一种从烦扰都市来到平畴旷野的通畅感觉。

推门进入，一座有着时代感的古装小院完整地展现在眼前。青砖灰瓦、木骨泥墙，似乎在无声地诉说着老房子经历过的风风雨雨。复古的影壁墙，摇曳着的风竹，在光与影的交错中形成一种安静而神秘的空间氛围。门前的青石块台阶、精致的木质门槛，瞬间把人们带回曾经的那个童年，那个人们记忆深处的村街陋巷。

走进堂屋，正中间的一个"中国圆"映入眼帘，装饰着疏影蜡梅，展现出浓浓的中国风色彩，又更像是古时候的民居。东厢房和西厢房完整保存着，油亮的老榆木门在原有的基础上精心修葺，在材料表面涂上木蜡油和桐油，既呈现出了中国木作的传统元素，又展现了环保、可持续发展的理念，更处处打上了时间的烙印，透露着悠远的岁月痕迹。房间干净明亮，原木大床、棉麻床幔、茶几床榻都源于原始的手工艺，抱枕和窗帘的颜色交替着四季变换，满屋子的淳朴气息扑面而来。可以说，房屋内的每一个细节空间都是清新干净的，兼之一些艺术小品的点缀，若是这时候有人躺靠在温暖的灯光下，聆听风声鸟鸣，再捧上一本喜欢的书，那种温润而娴雅的意境，早就顺着处处环绕的人间清欢溢满心头。

从农家小院翻新而来的休闲民宿，一石一瓦就地取材，洒满了岁月斑斑的痕迹，原有的小院建筑、外观肌理和空间关系，处处融入了村庄的历史脉络，保留着人们最原始的乡村记忆、最浓郁的丝丝乡愁。在旅途的疲惫中，褪去衣衫戎马，洗尽风尘铅华，心中早已是满满的不食人间烟火的感觉了。

赶个好时候，约上三五个好友，抛却城市的繁华与喧嚣，来这个小山村里，枕着漫天星光入睡，迎着朝阳霞光晨练。白天可以种种菜，夜晚可以数星星。和淳朴的村民来一场原汁原味的民俗互动，站在露天阳台上呼吸一口清新的空气，晒晒太阳、聊聊人生。这时候，一缕缕阳光刚好照进屋子里来，幸福的日子瞬间就暖和了许多。

六

这些年，三司村早已经成了远近闻名的民俗旅游村，尤其是自从2020年8月26日入选了第二批全国乡村旅游重点村名单，三司村更是走在了全域旅游发展的快车道上。

在这里，您可以溜达着看看这个有着六百多年历史的古老小村庄，登三司残长城，观烽火台遗址；可以去探秘一下松林，用采回来的新鲜松蘑，第一时间烹饪出鲜美的菜肴，感觉一下舌尖上的独有味道；可以用捡来的新鲜秋叶和松塔一起 DIY 叶雕、画松塔彩绘，一笔一画勾勒出一幅绚丽多彩的童年画卷；可以挖个坑、刨点儿土，和个泥巴、烤个薯，让孩子们感受泥土在自己手中的变化，品味一下泥土的芬芳气息；可以在村子里一起撒撒欢，参与一些古老有趣的农事体验，感受成长中的生活陪伴，收获久违的快乐与温暖……

值得一提的是，村里至今还完好保留着修建于 20 世纪 80 年代初的三司白河渡槽。渡槽凌空飞架于河套沟谷之中，与白河南干渠相连接，环绕着秀美的三司村。七个硕大的涵洞依次排开，每个涵洞旁边分别有六个小洞，看起来很是壮观。不难想象，干渠之水顺渡槽滚滚而过，气势该是多么蓬勃浪漫，看着这横亘于此的三司渡槽，敬仰之情早已在心中油然而生，哗哗的白河水缓缓流过，我好似听到了村民幸福爽朗的谈笑声，在谈笑声中处处洋溢着新时代美好生活带来的幸福感。

围绕"自力更生、艰苦奋斗、团结协作、无私奉献"的"白河干渠精神"，以"发扬白河精神、服务保障冬奥会"为主题，三司村修缮石头墙、铺设石头路、搭建草庭、美化河道，配齐碾盘、修复辘轳井，积极改造农村风貌，发展乡村旅游民宿。经过多年大力发展与精心经营，三司村成了井庄镇精品民宿产业的佼佼者，成了附近民俗旅游村的优秀代表。截至目前，村子里已经有十几家精品民宿院落，每年来这里休闲度假的城里人络绎不绝，一部分村民在家门口就实现了就业，吃上了民宿旅游的饭，挣上了民俗发展的钱。村民的腰包渐渐鼓了起来，身板也挺了起来，再也不像以前那样仅靠着那几亩薄田糊口度日了！

如今，为了推动三司村民宿更加规范化发展，发挥三司村带动周边村落共同发展的辐射效应，井庄镇乡村旅游产业的首场培训——井庄镇专场民宿管家培训班 2021 年在三司村开班，对"大厨下乡"特色餐饮开发、民宿服务标准化实操、网络销售平台操作、白河干渠精神讲解等重点内容进行了全方位的讲解，特别邀请大厨开发创造出富有当地文化内涵的特色美食"渠下一司家炖鱼"，并将制作技艺传授给参训的附近村落的民宿管家和三司村的"厨娘"们。这些民宿管家和"厨娘"们经过培训之后，能够为住在民宿的游客，提供个性化餐饮制作及配送服务，尤其是"厨娘"

服务，补充了精品民宿在特色餐饮上的空缺，提升了游客住宿体验，同时解决了当地就业问题，推动打造"民宿+村集体+村民"共同参与的共生社区，让乡村旅游企业有发展，让村集体有收益，让村民有收入，也大大促使乡村旅游美食更加多元化，逐步形成"一村一品"的餐饮格局。

令人期待的是，面对民俗旅游蓬勃发展的大好势头，今后还将结合民俗产业发展，陆续开展村级讲解员培训班、豆腐宴标准化提升培训班、葫芦产品工艺制作培训班等一系列卓有实效的培训班，让广大村民参与培训、参与村级产业发展，让乡村旅游从业者凝心聚力、更新思想理念，给乡村旅游发展注入强劲的动力，同时也借助美丽乡村建设的大背景，全面推进全域旅游发展，倾心助力乡村实现振兴。

巍峨雄壮的长城脚下，清新秀丽的燕羽山下一个美丽的小山村——三司村，以石墙、石柱、石巷为"经"，以石碾、石桌、石锅为"纬"，凹凸不平的石块铺满整个村落，或褐或青灰，被垒砌成古村独有的一道道风景线，处处散发着人们内心深处念念不忘的缕缕乡愁。或许，正是由于这里的石头多，也或许是这里高矮不一的院墙、街道大都是用大小不一的石头垒砌而成，长城脚下、燕羽山下的"石头村"雅号，不知道从什么时候响起，三司村成了远近闻名的"石头村"，即便村里不少村民已经翻建起了二层别墅和红砖大瓦房，村子里还是随处可见一道道石头墙——就是原来的老石头房子，也是可以随处看到的。而且，听村里的老人们说，村里的石头还会"唱歌"，想想该是一件多么神奇的事儿啊！

春暖花开的日子即将来临，又到了带孩子们去郊外尽情撒欢儿、与亲朋好友去尽情享受天然氧吧的好时节。那么，就请您来三司村吧！或许您走在村子的大街小巷里，真的能听到这个石头村的石头在唱歌，在唱一曲谱写新时代新农村的甜美赞歌……

京城北边有个好地方

——延庆采风散记

汪　虹

古人赞山东：一山一河一圣人，真是简洁准确。斗胆仿古人的句式，说说延庆最主要的自然人文景观。

一水一峡一长城

水指妫水，也称妫河、妫川。初到延庆时，见到"妫"字，感到生僻，赶紧捧出《康熙字典》翻阅，妫，水名，音 guī，传说上古降二女于妫汭。曾为州名，唐贞观时改北燕州为妫州，历史渊源悠久。参观延庆生态展览，见地图上一道长长的闪着蓝光的曲线，从金牛湖一带直至官厅水库，这便是妫水的全貌了。弯弯曲曲完全在延庆境内，几乎横贯延庆。她那碧绿的河水浇灌着延庆大地，河水如同乳汁养育了延庆人民，称她为延庆的母亲河，当之无愧。延庆人民也倍加爱护妫川这母亲河，采风途中，见到有的河段在施工，问及延庆的文友，答曰："在清淤。"可以想象，清淤之后，妫河之水将更加清澈碧绿，水上轻舟漂流，两岸杨柳依依，景色何等美丽！

一峡，这里自然是指龙庆峡。它太有名了，每天电视天气预报都有它的镜头，北京人以至全国人都知道有这么一处美景。单说说这北方小漓江与南方漓江的同与不同。大约同为喀斯特地貌，山峰拔地而起。不同的是，桂林山水，山下是水，渔船悠然，农田如棋盘，景色一派明丽。龙庆峡也美，是另一种美，幽静、幽深。原来在电视上看到的只是群山中一峰翠绿，突兀挺立于水面。这次乘船在谷底水上游览，方知这峡谷弯曲深邃，问及船上的当地人，答曰："峡长有十好几里，小二十里。"抬头仰望，两岸神笔峰等诸峰峭立，险峻处有如与水面成九十度的直立的墙。这简直是鬼斧神工，不禁肃然，对大自然产生由衷的敬畏之心。再俯视水面，平静如镜。我问船上的老者："水面这么平静，不深吧？"老者答曰："好几十米深。"我心里一惊，这么深的水，怎么这么平静呢？深不可测，真是世上凡事均不可只看表面。又问老者："有鱼吗？怎么没见渔船和垂钓的？"老者很郑重地回答："不能（钓鱼）。水深，危险。也为了保护水质。"我于是由衷赞叹：正是延庆人民的这种环境保护意识，使得这里山青水清，保护了大自然的美景，我且满怀感激地享受这满眼葱茏翠绿吧。

长城，万里长城，这中古时代的七大奇迹之一，被列为世界文化遗产，大约地球人都知道。这里要说的是延庆的长城独具的特点：首先，八达岭长城被公认为是全国长城之冠，保存之完好，形式之壮观，使其成为外国人到北京必到之处，并感叹其之伟大。其次，延庆的长城形制多样，材料砖石、碎石、夯土的均有，修筑工艺复杂。最后，延庆这里长城有内外两道，外长城抵御外敌入侵，内长城护卫关内。延庆的长城连成一线，成了北方地区重要防线。居庸关上的"北门锁钥"四字，名副其实！延庆的长城是北京最早的长城且多保存完好。自豪吧，长城脚下的延庆人！

"拉练"在延庆的山路上

说到长城，想起了自己曾在八达岭长城上的一次"会师宣誓"：那大约是20世纪70年代初，说是要"备战备荒为人民""全民皆兵"，于是中学生也进行军事训练——"拉练"。就是把城里的学生拉到远郊，每天徒步行军。背包内包括被褥、换洗衣物、洗漱用品，对于十几岁的孩子，尤其是对女生来说，那分量可不轻。那是三九天，已经连续行军好几天，又赶上下雪，中学生的队伍已经很疲惫了。到了居庸关，在长城上找了个宽敞地休息。大家一边啃着凉窝头，一边看着天上飘下的雪花。为了鼓舞士气，老师带着大家朗诵《沁园春·雪》，又誓师般招呼大家："到了长城的好汉们，能不能继续完成行军任务？"学生们高声齐呼："能！"于是看了长城美丽壮观的雪景，背起背包再出发！那时延庆的山路并不都是柏油路，不少路是沟沟坎坎的土道，又多是上坡。尽管山路崎岖，行军艰难，那天这支中学生拉练队伍硬是背着背包从八达岭走到了康庄，从天亮走到了天将黑。说那天是行军八十里，也有人说是一百里，创纪录了。不管多累，到了老乡家放下背包，必须先挑水扫院子，这是按照军队的规矩。延庆的老乡也真是淳朴，热情招待我们，把最好的屋子让给我们住，还烧了热炕，晚上捧出花生、核桃、枣让我们吃，坐在热炕上聊天儿，真是"军"民一家亲了。在延庆山区这样的"拉练"有半个多月。虽然住处常换，经过不少村庄，但每次离开，都几乎是全村人出动，围着我们的队伍送别，一直送到村外，我们为延庆人的真诚和热情感动，同时心里也好像真的觉得"我是一个兵"了。

延庆，再见！延庆，你好！

一般都先说你好，再说再见，这小标题顺序不是反了吧？其实是笔者有意这样说。

参观"平北抗日战争纪念馆"，向纪念碑献了花圈。肃立在纪念碑前，我深思：山清水秀是大自然的造化，保护了这片土地的是这里英雄的人民。延庆这里建立了北平北部规范的抗日根据地，属晋察冀边区。这里的军民不畏流血、牺牲，与日寇奋战，他们的英灵不朽，他们的浩气长存！

现在，北京市的领导又指示："延庆坚持生态涵养功能定位，打造首都生态文明区。"坚信延庆人民在新的建设中又会走在前边！

君不见，郊区最大的妫川广场上耸立着《妫川情》雕塑，下边造型是三个"人"字，托举着雕塑顶端的三个"V"，那"V"是英文词胜利（Victory）的头一个字母。是的，胜利。等我们再来延庆时，山更青、水更绿，古崖居的谜或许已解开，延庆海陀山已成功举办了冬奥会。

北京市写作学会这次采风结束了。我望着《妫川情》雕塑，想说：延庆，再见了。但延庆真是京城北边的好地方，希望能再来，所以就更想那时再说：延庆，你好！

从"尚书苑"说起

刘　刚

目前，在我县第一中学的东侧，一个取名为"尚书苑"的居民小区正在加紧建设中，不久这里将会成为我县第一个以高层建筑为主的居民小区。说到"尚书苑"，就不能不说一说这"尚书坟"。

在城北夏威夷路的东头北侧，距路边约百米处，有一南北长约一百二十米，东西宽约六十米，占地七千多平方米的墓地。墓地内杂草丛生，散落着一些残破的碑石碑座和石雕石刻以及碎砖烂瓦等物。原来的建筑设施早已不复存在，墓地已经失去了当年的壮观与气派，唯有那对雕刻精美、神态逼真的石马，仍在原地一如既往地、忠实地守护着墓的主人。从它们那伤痕累累的躯体、悲伤痛苦的神情中，似乎让人感受到一种凄凉与沧桑。

大概你还不知道吧，这里就是距今五百多年的明代成化年间，官至户部尚书的一品大员、隆庆（延庆）人士李衍的家族墓地。这是目前见于文字记载的具有延庆户籍的最高级别的官吏，也是政绩突出、才华出众、有勇有谋、声名显赫的一代官吏。据说，解放初期，这里还曾石碑矗立，石人石马等石像威武排列，神道完好，宝顶犹存，古树苍翠，仅从当时墓地的规模和布局也不难看出墓主人生前的级别品位乃至政绩功劳。然而不幸的是，经过20世纪五六十年代的平整土地和运动，墓地的原有设施惨遭破坏，从而再不见当年的壮观与气派。然而，荒凉凄惨并不会减弱它的历史和文化价值，鉴于此，延庆县政府于1985年将其批准并公布为县级文物保护单位。

李衍，字文盛，生于明永乐十八年（1420），祖籍山东历城。永乐初年，时任地方官员的祖父因犯罪被贬官流放到广西南丹县，后来因其有立功表现而被赦免，从而结束了流放生活，被改编为隆庆州民，于是李衍一家也便成为具有隆庆户籍的人。李衍自幼就非常聪明，明景泰二年（1451），在他三十一岁时考中了进士，被朝廷授予兵部主事，后来又升为员外郎郎中。到成化二年（1466）升为河南右参议；在任期间，他号召和鼓励百姓栽桑种枣、发展林木，并严加管理，大见成效。成化四年（1468），当他巡视中原到达彭索河一带，看到一望无边的荒田时，得知这是因为有很多来自南边的蛮人经常破坏农耕、盗抢粮食，所以没有人敢在此耕作，才使大片农田荒芜。针对这种情况，他在对实地进行考察之后，亲自指挥在要害部位和关键地段修建了桥梁墩堡、设置了沟壕栅栏，以防止那些蛮人的侵扰。除此之外，他还与参将率人马先后擒杀数百蛮人，终于迫使蛮人远远地逃走了。四川灌县的都江堰，因年久失修、洪水冲刷，每年都有多处坏损，为此，朝廷派李衍组织四万民工日夜奋战进行修补，他们保质保量地按期完工，从而得到了朝廷的表扬和嘉奖，同时，也得到了百姓们的称赞和信赖。

因其政绩显著，成化七年（1471），李衍又被提升为河南右参政；成化十一年（1475）再被提升为江西右布政使；此后不久，又升为都察院右副都御史。在此期间，巡抚河南、铲刮宿敝，废除和修改不合理、不完善的监狱监规，给贪官赃吏规定了九个等级的差役法等。当时黄河泛洪，洪水淹到了城墙一人多的高度，李衍命令守工之官带领民工日夜疏浚，终于使城墙避免了被洪水冲泡坍塌危险的出现。成化十六年（1480），李衍升迁为户部右侍郎。他曾奉皇上之命巡视山海关一带，为固守长城、加强防御，在巡视期间整饬兵备、制作弩机、设置飞石飞木，指挥守军削山劈石达数百里，以形成天然屏障，有效地阻止了外敌的进攻和入侵。此后不久李衍又升为户部左侍郎。当时的河北、山东、北直隶等地连年受灾，收成无几，饥荒严重，李衍曾请求朝廷，免向百姓征缴军粮，并以国库之米输于边关，从而缓解了百姓负担，平抑了市场米价。当时，天气大旱，三年不雨，李衍带领官民祈祷求雨，似乎真是感动了上天，这一年，天常下雨，秋后获得了丰收。与此同时，他还组织指挥修建了二百余公里长的引水渠，引渭水灌溉良田，以利居民生产生活。他还多次召集州县官员开会，研究制定"三边"地区农田水利建设规划以及战胜自然灾害的具体措施。皇上知晓后非常高兴，并拿出宝钞以资奖励。同时，也更觉得李衍有才能，并有意要委以重任。随后便于成化二十一年（1485）将李衍提升为户部尚书，总督京通两仓（国库、太仓）。在此任上，他仍一如既往地效忠朝廷、关心国事、体察民情，在其位谋其政，努力工作，政绩突出。两年之后的成化二十三年（1487），李衍因年老向朝廷提出了去职的申请，并得到了批准。去职后的李衍回到了隆庆，并在城西北部择地，买园建房，他每天与亲朋故友和街坊邻里在一起喝酒聊天、作诗吟诗；而对当地政府的一些官方政事则从不参与和干预。到了弘治五年（1492），因其推举建立皇太子有功，被朝廷加封为一品之职。弘治七年（1494）十月十一日，李衍因病在家中去世，享年七十四岁。李衍一生先后娶了三个妻子，均按三品官员的待遇封赠为淑人，其一生共育有四男四女。

李衍为官期间名气很大，声誉也很好，他身居高位却从不贪污腐败、滥用职权，一贯主持正义、坚持原则、不畏权贵、敢于犯上、不怕革职。他为官数十年，始终忠于职守，踏踏实实为国尽忠、为民造福，尽职尽责、努力工作。他重农桑、抓吏治、促兵备，先后取得了许多突出的成就，是一位很有作为的官吏。李衍之父李享，在儿子为官期间，也曾因子贵而多次受到朝廷的嘉奖与封赠。

据地方文献史料记载，为了让人们永远记住我县这位功绩卓著、名气显赫的一代高官廉吏，在李衍死后不久，当时的州府县衙还曾在县城内一街口专门为其设计建造了一座精美的并且全部采用石头构件的"尚书坊"，在经过了二三百年以后，大约到了清代的中后期，由于年久失修或因建房扩路或是地震而坍塌损毁，所以牌坊才没有被保存到现在，这确实是一件让人感到遗憾的事情。

火焰山和九眼楼

武　光

　　以前，忘记是什么时候了，有朋友邀我去四海镇（属京郊延庆区）的火焰山。我一听到这个山名，立刻就有一种炽热的感觉，暗想这火焰山一定是岩石裸露，所有的山崖又聚拢起来，耸成火苗的样子，要么就是山体光背亮脊，了无生机，当属于穷山恶水一类，要不怎么会叫火焰山呢？因有了这种潜想，便觉得缺少情趣，于是，假托工作忙，回绝了朋友的好意。

　　2003年，又有人告诉我，说四海镇还有一个极好的去处，叫九眼楼，是那儿"最高最高的山、最古老最古老的长城城楼"。当地还有"上得九眼楼，伸手摘星辰"的说法。于是，就设想这九眼楼一定是高耸入云，登其楼上，远眺万山若波，该是多么雄壮的气象，那种感受恐怕会比"会当凌绝顶，一览众山小"还要风光。有了这种想法，就七拼八凑地找时间。2005年5月22日，机会终于来了，我畅畅快快地收拾行囊，急匆匆地踏上了郊游的行程。

　　汽车到了石窑村，向村里人一打听，方知九眼楼就在火焰山上，去火焰山和去九眼楼原来是一码事。

　　有了一夜细雨的洗濯，山格外青翠，空气格外清新，穿行于丛林草莽之间，看见什么，都有种神驰意远的兴味，脚下小路盖着绵软的腐叶，深藏着原始森林那种情愫，真想不到春夏之交的北方深山竟和南方山水毫无二致。我被那种静美感染着，那种探胜寻幽的心境忽然间长满了绿色，我问自己，这是原来想象中的火焰山吗？

　　火焰山很绿，绿得浓酽，绿得肆恣，好像专门向接近她的人夸耀姣好的身材。尤其是那一簇簇的深红色的花丛在流风的挑逗下招摇着，像一群群久久迎候的姑娘在发出动人的邀请。我问一同前往的曾在这生活过的朋友："这怒放的花丛叫什么？"他思忖了片刻，说："很熟很熟的，长大了怎么叫不上名儿来了呢？……噢噢，想起来了，原来叫'得乐'。"听了这个名字，我恍然了，怪不得这些花在绿丛中这么艳呢！原来痴情如火呀，火焰山是因她们而得名吗？

顺着林间小路向上攀登，走几步就变换一个景致。到了山腰的时候，原来绿丛繁花紧紧相拥的景象没有了，只见密密的树林，遮天蔽日，地表除了腐叶就是被山鸡啄破的黑土，散发着林中泥土那种特有的清香，也有不少嫩绿的草本植物像扇、像梭、像翎羽一样从腐叶里钻出来，好奇地仰望大树，一点儿也不自卑。我望着它们夹缝当中求生存的那种执拗劲儿，还真的被感动了一回。再看那些树，沿坡顺势，长幼有序，依次相拥，恰似一个极为和谐美满的大家族，以山为基业，恬淡而不失精神。我完完全全被火焰山的绿色陶醉了，时时坐下来审视他们。在这个强大的阵容里，我找到了榆树、枫树、椴树、桦树，找到了荆棵，找到了栎林，找到了我极熟悉的"油炽辣""蜜蜜棍"和许许多多已经叫不上名字的灌木和花草。在火焰山，它们都找到了自己的位置，找到了乐园，它们各司其职，直把一座火焰山构织得郁郁葱葱。谁都知道，绿色是生命的本色，可火焰山的绿以其生生不息的精神保存着一部自尊自强的史书，而这部史书的封面就是矗立在山顶的九眼楼，就这，又有几人能知呢？

我们继续攀登，如同在绿浪中搏击，肺叶的张歙更让人在喘息中有惬意、有激动、有追求，快到山顶的时候，我闻到一丝丝清香，那清香像从繁枝茂叶下面钻出来。像一缕缕飘荡的游丝在绿林中缠绕，又像是温柔的手在轻抚，以致吸入肺腑的每一口香气都带着绵绵的情意。忽然，我看见它了！那是野丁香！这时，潜意识催我小心翼翼地靠近她，可她全然不知的样子，依旧自得其乐怒放芳菲。我的目光停留在那簇簇洁白的碎花上，觉得野丁香正烘托着一种远离尘嚣的质朴，立刻对它不嫌不弃地陪伴古长城的执着产生了深深的敬意。因为从野丁香的额头上望去，一道长城已隐隐可见了。

林中小路直抵九眼楼，我松开牵在手指上的丁香花枝杈，去访九眼楼，如同去见隔世的边城将士。九眼楼早已荒颓，横躺竖卧的几块石碑还在麻木地记载着过去。同行的朋友介绍，这些石碑已历经数百年，从碑文看去，此楼在明代相当显赫，与拱卫皇陵不无关系，在度过明朝的鼎盛时期后，就有些颓败了。九眼楼很大，方方正正坐落在山顶石崖上，蔚为壮观，其楼的边长约二十米，是双层套拱式结构，里面的一层共有八个门洞，东西各三个，南北各一个，都是砖砌的拱洞。外面一层则四角各有一个拱洞，每边七个长形拱洞，这样加上四个角的四个，无论从哪边看，都是九孔，九孔楼因此而得名。后来叫俗了，被称为九眼楼。楼的内外层之间，是围绕四周的通道，宽约1.5米，楼的上层是偌大的平台，方砖铺顶，从现存的柱脚石看，上层是木制结构的庙堂式飞檐建筑，因一场大火，楼被烧毁了，木料遗失，筒瓦被窃。由此可以想象，九眼楼建造之初该是多么辉煌。

我战战兢兢上了九眼楼的第二层，举目望去，四周山峦尽在眼底，山山皆绿，唯有红褐色的石长城在绿浪中蜿蜒，犹如划出的一道道血痕。这里的长城都是石头垒成的，所有的石头皆为红褐色，也有的因长了石苔，变成黑青色的。长城上有多少石块，便是用电脑也难以计数。每块石头都要经过修长城的人双手搬运，也许是因流了过多的血汗，石头至今浸浸着他们的血迹。或许是戍边将士抵御外侵时流的血，虽干涸而色不改，以此昭于世。这样思虑着，不免就"念天地之悠悠，独怆然而涕下"。是的，世间唯有人最伟大，又唯有人最渺小。说其伟大，在于人能创造奇迹；说其渺小，在历史长河中，在沧桑岁月里还不及一星磷火。有多少人和我一样兴致勃勃而来，兴致勃勃而去。随着斗转星移，几多感慨，几多壮烈，都被山风和流云带走了。

站在九眼楼上，不能往下看，石崖陡峭，弄不好立刻就会眩晕。怪不得地方志上对火焰山和九眼楼多有著述，可见那些赞颂山和楼高险雄奇的记载并不是虚话。

我挺直腰板，四顾群山，似有一股豪气在胸间鼓荡，感到烟云逝去后九眼楼依然独尊，容颜虽然苍老了些，却还是铁骨铮铮。于是，也就想起了明代的达官贵人为何要争登九眼楼，留下二十多首上佳诗篇，其中万历年间宣大巡按徐申于己酉年六月登临九眼楼，写下"天际丹梯拱帝洲，高台插汉眺燕幽。风云北极凭栏处，星斗西垂倚剑流"这样的诗句，足见其立于雄楼时是何等的壮怀激烈。火焰山、九眼楼，如同在我们面前摆下了一部史书，山风在翻启它，星辰在阅读它，莽莽的绿林在诠释它，让每个走近它的人产生不尽的思考，在长吁短叹之中寻找到更多的启示。

我小心翼翼地几乎是一步一挪地走下九眼楼，在就要离开时，禁不住还要回首再望。它依然高耸着，像一团古褐色的火焰划破天际，直到这时我才把火焰山和九眼楼更紧密地联系起来。怅然之机，突然觉得这团火焰还在燃烧一种灵魂，锻造一种精神，如同凤凰涅槃那样。那不屈不挠的精神和那集合起来的灵魂分明告诉我们，应当如何珍惜安宁，让天下所有安居乐业的家园都驻满阳光。

又一股野丁香的花香袭来，为我的几多感慨做了最彻底、最美妙的陪衬。

火炬光耀八达岭长城

赵新忠

　　公元2008年，从奥林匹亚山到万里长城，火炬点燃激情，祥云传递梦想。

　　8月7日，举世闻名的八达岭长城再次成为世人关注的焦点。就在第29届奥运会开幕前一天，祥云火炬来到了世界级人类文化遗产、中华民族精神象征的八达岭长城，长城也由此谱写出新的历史诗篇。

　　环主会场——瓮城广场四周，鲜艳的五星红旗和奥运五环旗迎风飘舞，数百名旗手精神抖擞，意气风发；从北一楼到北四楼，开放的长城上两千零八名志愿者身着金黄的上衣，手持红绸、黄扇，迎着火炬手潮水般有节奏地舞动着。最引人瞩目的是北一楼上的巨型龙头，它威武昂扬，慢慢移动，大有腾云驾雾、升天入地之势。

　　上午7时，晨雾初开，传递开始。整个长城景区立时沸腾了，成了一片欢乐祥和的海洋。铿锵的鼓点，美妙的歌声，婀娜的舞蹈，绚丽的礼花……可谓高潮迭起，令人目不暇接。两千零八羽信鸽带着妫川儿女对北京奥运人类和平的祝福，飞上蓝天。

　　"中国加油！奥运加油！"从瓮城广场到长城南北两段，志愿者们的声音震天动地，响彻云霄。来自社会各界的十八位精英开始传递火炬。十八名火炬手个个激情澎湃，豪情满怀，稳健的步伐落在厚重的城砖上，高大的身影穿过坚固的敌楼。他们引领全世界的目光，穿过千年历史，书写现代文明。也就在此时，古老的东方文化与西方现代文明进行了有力的碰撞，生出了璀璨火花，点燃了人类最美好的未来。

　　8月8日，熊熊的圣火将点燃奥运宝盆，光耀神州大地。延庆三十万人民翘首以待，一齐祝福北京，祝福奥运！奥运加油！中国加油！一个最值得珍藏和纪念的日子，历史将永远记住今天。

陪着老娘逛长城

郭伟民

　　故乡寄托了人们太多的情感，故乡的田野、故乡的村庄、故乡的味道都会深深留在记忆里。在这个硕果盈枝的浅秋，故乡的一草一木，还有白发苍苍的老娘，都会时不时出现在梦中。陪伴是最长情的告白，可我最近一次陪娘，还是两年前跟娘一起去长城的时候。

　　娘出生在民国二十四年（1935），从小生活在农村，因没有出过远门的缘故，觉得外面的一切是那样的新鲜，从老家来北京后，就想去故宫和长城，说故宫过去是皇上和娘娘住的地方，在电视里经常看到，想看看现实中长什么样子。至于为何想要去长城，娘说从小听姥姥讲过孟姜女哭长城的故事，对长城很是好奇。

　　娘把我们兄弟六个从小带大不容易，吃苦受累大半辈子，等孩子一个个像出笼的小鸟远走高飞的时候，娘的头发白了，脊背也弯了。

　　跟娘去长城是一个秋日上午，太阳悠闲地挂在空中，柔柔的光洒向大地，亮亮的、暖暖的。因为跟娘一起来的缘故，我的心情也格外好，路旁绽放的各色花儿，山坡林立的怪石，还有带着果香的秋风，都是那样的和谐，那样的美。

　　从停车场出来，穿过长城全周影院，便来到了平坦的步行街。道旁古色古香的商铺很是吸睛，"长城记忆"、星巴克、肯德基、庆丰包子铺等门店鳞次栉比，这里东方与西方互容，传统与现代并存，来这里游玩不论是视觉还是嗅觉，总能有不一样的快乐体验。怕娘口渴，在路边店里买了个叫"明小兵"的雪糕，雪糕是当地的文创产品，也是网红产品。娘看着憨萌的有点儿像古代士兵的雪糕，很是喜欢，拿在手里端详了半天。娘岁数大了，再加上前些年做过胯骨手术，走起路来有些吃力，我扶着娘，慢慢地走着，从长城的起点、关隘说起，边走边向娘讲述着有关长城的前世今生。娘对我滔滔不绝的讲述很是惊讶，她并不知道这些是我提前做的功课。

沿坡而上，不一会儿就来到了长城城门，高大的城门上方写着"北门锁钥"四个大字，告诉来到这里的人，这里便是北城门上的"锁和钥匙"，喻指北方的军事要地。挤着风穿过门洞右拐，便来到著名的八达岭长城登城口，入口外的小广场上人头攒动，男的女的、老的少的，熙熙攘攘，好不热闹。看到两个金发碧眼的小姑娘从身边走过，娘目不转睛地盯着看，还说洋小孩儿长得真漂亮。因为有了对长城未知的期盼，很少走长路的娘并没有说累，当走过一些台阶，上到北二烽火台时，娘已经气喘吁吁，我便扶娘在垛口处坐下休息。站在烽火台上向下看，满山的树郁郁葱葱，秋风吹过，哗哗作响。抬头向上看，天空碧蓝，几朵洁白的云飘在空中，悠闲自在。顺着长城远眺，蜿蜒的长城犹如一条巨龙腾空，随手一拍都是一幅绝美的屏保。八达岭长城不同于别处，城外看雄伟险峻，内侧则甚是平坦。这里春有百花夏有风，秋有红叶冬有雪，一年四季各有风景，正是因为这个原因，一年四季来这里旅游的游客络绎不绝。

出北城入南城，不远处就能看到毛泽东主席题写的"不到长城非好汉"石碑，选了角度与娘拍照留念，娘很是高兴。娘说："你爹没有福气，吃苦受累一辈子没有赶上好时候，你看现在看病有医保，种地有补贴，人人有手机，出门就有车。虽说生活在农村，吃的用的都方便，一到傍晚，村里小广场上唱歌的、跳舞的热闹得很，跟城里没什么两样。也没想到老了老了，还来长城当一回'好汉'，都是党的政策好，我这一辈子真没白活。"后来娘又给我讲了孟姜女哭长城的故事，娘讲得很认真，我听得很仔细。

走在古老的长城之上，任思绪在情感的时空里信马由缰，既感慨王昌龄"秦时明月汉时关，万里长征人未还。但使龙城飞将在，不教胡马度阴山"的豪迈，也感叹陆游"千金募战士，万里筑长城。何时青冢月，却照汉家营"的悲壮。抚摸着厚厚的城墙，心随起伏的山峦跌宕，岁月暗淡了刀光剑影，山河也已换了新装，想想含辛茹苦的爹娘，想想自己一路走来的艰辛，无青春不奋斗，迎着风向着光，才是自己该有的模样。娘扶着拐杖静静地坐在石凳上，微风过处，银发浮动，慈祥的样子犹如妫水湖的夕阳。走过去，坐在娘的身边，拉着娘的手，轻轻地依偎在娘早已弯曲的臂膀上，是那样的舒适与惬意。

　　岁月不居，时光若流水，每每回想起跟娘一起爬长城的往事，心里还是那样甜甜的、美美的。

雄关风情

吴荔蕊

　　"八达岭，长城长，长城巨龙在飞翔，穿云朵，过山梁……"这是一首延庆人自己编写和录制的长城童谣，曾经家喻户晓。片子里演唱童谣的孩子如今早已长成娉婷的少女，但那稚嫩的童音却久久绕梁不去。

　　延庆人，对于八达岭的情怀，是从刚刚懂事的时候就开始启蒙的。那情怀，是血脉，是亲情，是崇敬，更是仰望！童谣里蜿蜒、雄奇的八达岭，盘旋于崇山峻岭之上，那巍峨的气势，随着岁月的洗礼，越加沉稳、厚重。

　　想起二十年前外出求学时，同学间的问答：

　　"你是哪里人？"

　　"延庆。"

　　"不知道，咋没听说过呢？河北的吧？"

　　"那你知道八达岭不？八达岭就是我们延庆的！"

　　同学也不过是北京其他郊区县的，但那时的延庆，是贫穷、落后的代名词，说自己是延庆人，声音弱弱的，总觉得有些心虚，不那么理直气壮。而说起八达岭，那腰杆子立马就能挺起来。八达岭，是延庆县的地标性建筑，像法国的埃菲尔铁塔、美国的自由女神像一样，是祖先留给世界、留给中国，更是留给延庆的一笔灿烂的文化遗产。

　　穿过历史的烽烟，触摸长城的沧桑往事，地位决定了使命。八达岭长城身处军都山关沟古道重要隘口，是著名的"玉关天堑"。明代《长安夜话》里说："路从此分，四通八达，故名八达岭，是关山最高者。"亦有"居庸之险，不在关城，而在八达岭"之说，可见其地理战略地位之重。

历史之遥，让我们只能在自己的思想里领略其曾经的金戈铁马。要想真切地感受它还需登城。面对它时而坦阔、时而窄陡的阶梯，形制各样的敌楼，绵延远去的身影，你会不由得怀想：众多敌楼之上，曾有多少枪林弹雨？万千垛口之边，曾染多少将士鲜血？城上城下，曾响起多少保家卫国厮杀时的呐喊呢？这些场景虽已随历史灰飞烟灭，但如果你登上八达岭，或者是石峡关，你最深刻领略和感悟到的就是长城上强劲的风。

这风，会告诉你曾经发生的一切：

这风，是筑城劳工铿锵的号子；

这风，是攻守沙场的战马嘶鸣；

这风，是守城将士汹涌的思乡情绪。

这风，猛烈，激荡，雄劲，恢宏……

万里雄关八达岭，这曾经浸染了历史烽烟和无数百姓与将士血汗的长城，早已不是单纯的戍守边关的军事屏障。它，集山川之灵气，采日月之光华，秉承人类之精神；它，是有思想的长城，是有骨头的长城，更是有血肉和灵魂的长城！有人说，一道雄关，阻挡了延庆经济发展的脚步。但我想正是它的层峦叠嶂，为我们过滤掉大都市的喧哗与浮躁。

八达岭是我们的，也是世界的。但红花还需绿叶扶，生态旅游环境质量的整体提升，才是国际旅游风景区一张金色的名片。作为世界级的自然文化遗产，八达岭受到了世人的礼遇。爆破造林的第一声炮，响起在八达岭！彩色树种造林的第一棵苗，栽植在八达岭！封山育林的第一道铁丝网，拉设在八达岭！民俗旅游的第一户，开业在八达岭！第一个苹果采摘基地落户在八达岭……

站在八达岭上极目四望，早已不见"惊风吹沙暮天黄"，满眼看见的只有雄踞山脊之上的逶迤青灰色巨龙和密不透风的茫茫林海。青灰色，在所有色彩里是不起眼的颜色，淡淡的、永不褪色的青灰，彰显着一种与世无争的博大宽怀。

长城给予了我们丰厚的物质，更给予了我们丰厚的精神，而那些树木呢？它们是当今驻守长城内外的千军万马，是当今长城忠诚的守卫者。不管它们叫什么名字，属于什么科属，不管它们的身姿是低矮还是挺拔，亦不管它们的叶子是针叶常青还是阔叶冬落，且看它们的葱郁与顽强吧。它们是巨龙华美的鳞片，少了树木，长城也会黯然失色。

春夏时节，林海是绿色的。深绿，浅绿，淡绿，嫩绿……简简单单的一个绿色，居然也变化得丰富无穷，让人不禁赞诵：八达岭，名副其实的绿色钢铁屏障！深秋时节，长城内外五彩缤纷。且看一袭红装策马，不知醉倒多少文人墨客，也不知让多少幅摄影佳作名留史册，定格永恒。而隆冬的那一场盛雪初晴，更是八达岭长城奉献给世人的一场精神盛宴。"山舞银蛇，原驰蜡象，欲与天公试比高，须晴日，看红装素裹分外妖娆。"毛主席的《沁园春·雪》可谓是为其量身定做。即使观者是个羸弱的小女子，也会升出"江山如此多娇"的豪迈情怀。

一方水土养育一方人，据考，现代延庆人的先祖是山西、山东、陕西、河南等地四面八方移民而来，祖祖辈辈扎根延庆后，才成了真真正正的延庆人。特殊的地理位置，也造就了特殊性格的延庆人。延庆人发扬了北方人性格中的朴实与豪爽，也继承了南方人性格中的好客与热情。一桌子丰盛的"八八席"，让你咀嚼佳肴，感悟历史。那些散发着山间清香的山野菜，晒过的含着满满阳光气息的豆角干、葫芦条，以及延庆人热热的乡间土语、诚恳的憨笑，全都会浸入你的肺腑，让你倍感亲切，疲累顿消。

雄关风情，即八达岭地区风土人情也。然，八达岭之风情，却非一般地区风情所能比拟，它无须任何浮华与装饰，面对它，唯有震撼、失语，然后为之欢呼。那风情，集历史、自然、人文之大成，深入脊髓，是一种骨子里的风情，是大美之极致也。

八达岭，天赋巍峨兮，壮美！人赋新生兮，高飞！

灰龙岭上二人行

子　暄

早就听闻东灰岭村南有残长城，春分一过，心思便往山上飘，更向往寂静清明的山林——几个人穿梭于忽高忽低的灌木丛中，山野间沁然的风吹过发际，那种淋漓酣畅的感觉最是钟情！而一旦登临山顶，才真实地将汪峰的那首《怒放的生命》情景再现，不同阶段的人生片段就会在脑海倏忽游荡。

也许正是某种不一样的恒念，一遇朋友邀约，便欣然成行。

从延庆县城出发二十几分钟便到了永宁古城，而我们要到的东灰岭属永宁城东南部一个临山的村落。村南燕羽山麓有两个山口，在交通不发达的时期，穿过山口便是大庄科，再经大庄科便径直通往十三陵，更兼明朝时在此屯军，岭上建有长城关口，据《永宁镇志》记载，"明代在此建营城，筑炮台。"不但是交通要道，军事上也属重要隘口，称灰岭口，当地老百姓俗称灰龙口。

"山远始为容"，古人诚不我欺也。站在村口遥望，一条灰龙盘亘于山脉之上，两个山口从中而断呈"V"字形矗立于东南角上，仿佛正将历史的沧桑与自然的融合向我们展现，让你注目的瞬间便注定难忘。也许正是潜意识里总认为大山就是男人的象征，简洁而又凝然不动。每次面对的时候，总有一种浑身充溢着力量和欲望的感觉，仿佛不登临其上便对不起大自然的恩赐，也只有经常登山的人才能真正体会感恩的力量。

于是两个人经过白河渡槽，沿途询问了上山的小路后，便开始顺着山沟中的路缓慢前行。十几分钟后道路开始变陡，树木也开始越来越多，尤其是依着山势自然生长的灌木层层密密的，高可及人，有的地方连鸟儿都无法穿行，偶尔几声野鸡鸣叫竟产生一种"只缘身在此山中"的感觉！

当两个人大汗淋漓，欲坐下来饮水休息一会儿时，才突然发现竟迷路了！套用一句同伴的话："完了，跑偏了！"还好距离山顶隐约还有二三百米的样子，便毅然决定直冲山顶，决不另寻他路。现在回忆起那一段"寻路"的过程，用披荆斩棘毫不夸张，那是生生用身体撞出一条前行的路啊！

人生又何尝不是在不断地寻路过程中前行，尤其在面临重要关口的选择问题上，稍有不慎便会"误入歧途"，自己将大好的形势葬送！倘或循着前人的路去走吧，却又失去了人生该有的乐趣。于是将爬"野山"定位于人生必不可少的环节，而寻觅本身又是缥缈的事情，如果只一味凭着感觉向前走，虽免不了磕磕碰碰，却也正契合了此中的妙处。

只有历经坎坷才能体味最美的风景。在经历了一个半小时的磨砺后，两个人终于站在了残长城的碎石上，拍照已经无法满足此时的心情，只能将自己置身于历史的长河，遥想当年戍边战士的雄姿，看层云飘逝，翔鸟啾鸣，任风在耳边吹过……

如今的灰龙口已不复当年的风采，斑驳的岩石正默默诉说着曾经的沧桑。但遗迹至少没有被自然遗忘，苍松翠柏矗立在旁，彼此相依相伴，一路吟唱着人生的艰辛。

一个人在延庆

徐春林

一个人在延庆行走，就像飞禽的影子，从长城晃到沙漠。长城太长，脚力只能走一段，就得停歇下来喘气。我对长城说，请原谅我，我实在没法在长城上奔跑。但在我的心里保留着对长城的敬畏，我以为长城是血泪凝结起来的。长城的每块砖石就像是无数的眼睛，从历史深处穿透而来。看着我们时，还残余着汗味。

我习惯性地寻找景象，我以为一个地方的景象是会吸引人的。对我而言，这些景象无比重要，景象会让人停留记忆。长城上的人特别多，他们就像是蠕动的蚂蚁，走得特别缓慢，就像是在心里朝前走，过每个门槛时都想着幸福。

我找了块石头坐下来。看着蠕动的人头，我在想，这些人会和我一样吗？他们是好奇，还是看风景呢？会不会也和我一样，此刻正在和长城说话。说着一场久远的战争：看见腥风血雨，我鞠躬下腰，擦着阴处的血迹，血迹都凝结了。

我想象着，会不会在同一个时间，一位瘦弱的老人，那时他还是壮年，赤脚踩着锋锐的石锋朝我走来。他的内心会是疼痛的吗？每朝前一步，我猜测在他的心里装着的都是和平，还有他的孩子温暖的眼睛。我含情脉脉地看着每一块石头，我感觉到他们也在看着我，想说些什么呢？有很多很多的话都在人的善良和情感里。时间太过久远了，我迟到了延庆的时间。

人的缘就是这样的，你懂得，他即便是遥远，也会藏在心间，会在你的某个发现中，其中一切的发现内心都存在。我突然想弄明白长城里储蓄的另外一种景象，可无论我怎么努力都没法让地底下的人站起来。最主要的是他们也不愿意站起来了，他们在延庆的地下，把那段血泪史镀上了金光。

在延庆的夜晚，我一个人在街道上行走。街不那么繁华宽阔，来往的行人也不多。却不见得半点儿孤寂和无力。

我在寻找一样东西，左右走了几条街。那东西是什么呢？连我自己也说不清楚。也许是傍晚日落前的景象，也许是少年的微笑表情。能找到吗？我去过很多地方，一个人走着的时候，内心总会有些许落寞，在延庆不一样，我像是个离开很久的人，又重新回来了。延庆的风景是带有质地的，像是铸造过的，无比的坚固。夜晚揉着的是中华的文明史，那些文明是从生命中改造而来的。永远烙印在延庆的土地上，历经着气候的变幻和风雨的洗礼。

在那段时间内，又不得不提的是有太多的温暖生命，最后被迫于疼痛失去影子。想到这，我又对世界有了谴责：人来到这个世界岂不是享受疼痛的过程？不过这种想法很短暂，阳光无处不在，能够见着阳光，哪怕是经受疼痛也是活着的美好，是人对后来生活希望的美好。

回来的晚上，脑海里一直有着一条长城蔓延。我想，如果有机会再来，能从长城的起点走向终点，那该是一件多么有意义的事情。那种意义，会是个人的历史。

延庆还有很多自然风景。比如，那条峡谷就是自然生成的。在峡谷的桥上，我朝深不见底的水探窥。怎么也看不见无限的深，还有不着边际的自然。一切秘密都在深水中，有些答案和长城一样。而延庆的风景是这样的，在不知何时的条件下进行着。它的自然之美，变得无限期延长。

我还想说点儿延庆的什么，一时说不上来。我在延庆的时间是三天，三天就是三年。对了，那个叫滴水的地方也许是万物之灵的源头。水是天然之物，的确延庆的水是从天上来的。水挂在天边，朝大地源源不断而来。

如果你还没有来，我在这里吆喝一声，延庆是个不错的地方，尤其是长城，你走在上面时和我的感觉不一样。你所看到的，也许我毕生不会看见。当然有些东西我懂的，你不一定会懂。

这就是我一个人的延庆。这是鲁院高研班社会实践后，我对延庆的印象。这次实践是我人生里的风景，而由此我想到了塞外的江南。风光，多么的美好。

畅想石峡

王淑云

天公作美，踏上石峡的青石路，阳光朗照，扑面而来的乡村气息，令人心旷神怡。

石峡这个名字对我来说并不陌生，它地处我们分场管辖范围。

多年前我曾经来过一次，记忆中石峡是个青山环绕、干净整洁的小村子。此外，我对这段不开放的长城和闯王的故事亦曾有所耳闻。

但这次来访，还是令我惊讶到了，这里仿佛换了一片新天地：街上的石板路伸展着，隔着葡萄藤攀爬的棚架，斑驳的阳光透下来，闪烁着金子一样的光芒，我们一行在那里徜徉，在网红打卡地拍照，尽情享受着快乐时光；石光书屋，书屋里的书香更是给村庄添上了一抹浓浓的文化氛围；而古堡遗址的青砖墙壁、迎旭城门的残旧匾额，恍惚时光穿越而来，呈现着历史的久远和厚重……

作为有幸生活在长城脚下的人，我对矗立在我们这片土地上的长城一直情有独钟。每次办事从北京回来，在 919 长途车上打瞌睡，到了城门口一下子就会醒来，每次看到"北门锁钥"这几个大字，都有一种到家了的感觉，如释重负……

石峡长城始建于明代，在八达岭长城西南五公里处，其地理位置独特，石峡关是居庸关北部重要关口。

作为古长城，石峡长城年久失修或被人损毁，其间很多残垣断壁。

就在四十年前，一个在石峡土生土长的青年站了出来，他就是梅景田，现在的梅老。

他爱自己的家乡，打小便喜欢古老的长城，他看到有人毁边墙挖基土，心疼之余，感觉保护长城已经迫在眉睫，于是，他自发开始了对长城的守护，这一开始就坚守了四十年！

看到眼前年近八旬、一头白发的梅老朴实善良的样子，亲切感油然而生，他宛如我的父辈啊！

听着他简单的讲述，我仿佛看到长城上他矮小的身形，每一天都要用双脚去丈量长城的每一寸土地，这样的持之以恒，是他发自内心的热爱，也是他对这片土地深深的眷恋。

长城巡视本就是艰苦的工作，没有防火步道，甚至没有路，杂草丛生，他风尘仆仆，日复一日，时间久了，用脚步踏出了一条蜿蜒的山路，尤其冬天，这里紧邻康庄，是北京西北的风沙入口，也是延庆最冷的地方，没有感受就不会知道，这儿的风是最硬的，带着沙尘，刮在脸上如刀割一般，穿再厚的衣服也会很快被打透。而梅老四十年来雷打不动，历经千锤百炼，一年四季，单调地重复着每天往返二十公里的山路，没有工资，只有义务。有人笑话他简直白费工夫，而他却说：这是我的家，我从小喜欢长城，我觉得这是有意义的。

多么的掷地有声！

他认定这是有意义的！

他的形象立刻高大起来，原来在他面前，那些笑话不值一提。

他这样说亦这样做，不仅自己这样做，还发动全家和全村人这样做，而这一切真的意义非凡，因为长城是独一无二的，既是民族的，也是世界的！

长城的保护与开发从新中国成立后，也得到了国家领导人极大的支持和重视。

每一次看到长城上有外事活动，我都会想起我们最最敬爱的周恩来总理，想起周总理清癯的面庞……在1965年，周总理陪同巴基斯坦领导人登临玉关天堑八达岭长城，看到招待客人的地方简陋，立刻指示外交部"八达岭要有统一考虑，怎样适应当前的需要和今后发展的需要"，在他的关心下成立了八达岭外宾餐厅，多年来接待了无数国际友人；1987年，习仲勋、黄华等一大批国家领导人共同发起成立中国长城学会；而今，习近平总书记给石峡的回信，又激发了多少乡亲对长城的守护热情！

今天，让我们在石峡，在长城脚下再次重温习近平总书记的回信：

…………

　　长城是中华民族的代表性符号和中华文明的重要象征，凝聚着中华民族自强不息的奋斗精神和众志成城、坚韧不屈的爱国情怀。保护好、传承好这一历史文化遗产，是我们共同的责任。希望大家接续努力、久久为功，像守护家园一样守护好长城，弘扬长城文化，讲好长城故事，带动更多人了解长城、保护长城，把祖先留下的这份珍贵财富世世代代传下去，为建设社会主义文化强国、推进中国式现代化贡献力量。

　　也许就连石峡的乡亲们都没有想到，习近平总书记居然在日理万机中给他们回信了，习近平总书记的心里装着全中国九百六十万平方公里的每一寸土地啊！

　　而我，也爱着或绵延或耸峙在崇山峻岭上的每一处长城，爱着八达岭，爱着石峡关，爱着九眼楼，还有，脚下的石峡村。

　　因为，这儿就是我梦里家乡的样子啊！

　　喜欢这里的汉服表演，将军巡城英姿勃发；喜欢这里的手工制作，虎头布鞋五色炫然；喜欢时光书屋，喜欢"石光长城"，喜欢踏着小路，拾民情、捡诗意、陶兴趣、冶情操，真想把自己融入这里的时光，吟一首诗，做一个梦……

　　捧一杯浓酽的海棠汁，不禁心生感叹，哦，谁能把酸果子变成甜果汁，他们的日子一定会红红火火！

石峡村里守城人

郭艳军

两会金秋访石峡

金秋十月，放眼石峡。

巍巍群山在或红或黄灌木的装点中变得越发绚烂起来，把个盘旋在山脊上银蛇样的长城映衬得五彩斑斓。雄鹰于湛蓝的苍穹中翱翔，俯瞰着环抱在群山中的千年古寨。颠簸的石板路，散发着阵阵清冽香气的酒肆，高高挂在枝头玛瑙般的串串山楂，连带坐在油漆斑驳木门巷道里用针线穿起火红辣椒的白发老妪，无一不是鱼贯进入古寨的驴友及游侠争相猎奇探秘的焦点。随着暑气逐渐退去，旅游进入淡季。这个人来车往游人如织的古寨，暂时进入了闭门谢客休养生息的季节。

络绎不绝的游客走了，悄无声息的秋风来了。

在习习的秋风中，不时传来阵阵热烈的掌声。循着掌声徐徐前行，最终驻足于村史馆前。馆内长"回"字形会议桌座无虚席，与会者或凝神静听，或奋笔疾书，神情专注。与会议长桌呈"丁"字形悬挂的投影屏幕上，用黑体字分三行写着"2024年延庆区作协十月风文学月'行走长城，作家眼中的石峡村'"大幅标题，小字标明"2024年10月7日"。坐在左侧讲述保护长城事迹、村容村风变化的分别是村支书李汉东、"石光长城"民宿品牌创始人贺玉玲、几十年如一日守护长城的梅景田。右侧认真倾听不时记着笔记的是延庆作家协会秘书长许青山、作家协会主席周建强、副主席林遥、诗词楹联学会顾问陈超先生及作家、诗词楹联两个组织的会员和部分文学爱好者。

会议自九点开始，过了十二点仍未结束。

从在座会员惊诧、钦佩的神色可知，他们被石峡村守城人的事迹深深地感动了。

卅载如磐护古城

"干什么呢!"

几个农民打扮的人翻身下了驴，正准备伸手掀开城砖时，一声晴空霹雳般的大喝让他们浑身一颤。待回头看到对方只有一个人时，马上满脸不屑地"切"了一声，再次举步上前。

"你动一个试试!"

随着一声断喝，一把雪亮的镰刀霍地横在几人面前。

听不到呼吸，唯见怒目圆睁。

几个人见状，像霜打的茄子一样牵着驴，转头一路趔趄地下了山。

收刀，转身，登城。

在长城上，在通往长城的山间小路上，总能看见这个踽踽独行的身影。

这个人，就是几十年如一日守护长城的梅景田老人。

他有时健步如飞，有时驻足观望。

从忽而凝重忽而轻松的表情可知，他心里涌动着怎样的甘甜与苦涩。从一个刚过而立之年漂泊异乡的游子，到了一个已年逾古稀守护长城的志愿者，时间竟过得如此之快。一顶草帽，一个水壶，一把镰刀。简单甚至简陋的装备，陪伴着他度过了风雨兼程的四十年。梅景田老人总是痴痴地想，如果能回到从前、回到年富力强的四十岁该多好啊!

"子子孙孙，无穷匮也。"

谈到自己的接班人外甥女刘红岩、女儿梅兰芬时，梅景田老人笑了，竟然开始"引经据典"。进入信息时代的长城守护者，除了每日登山巡视，还多了一项新的任务：拍照上传。这是梅景田老人高兴的重要原因。

"每段墙体什么样早就印在脑子里了。"刘红岩擦了一把额角渗出的汗，饶有兴味地说，"一旦发现墙体有变化，我们立刻拍照上传，请后方的研究人员查看是否有安全隐患。"

听着外甥女娓娓地讲述，梅景田老人脸上再次洋溢起幸福的微笑。他仰起头，看着盘旋在山脊上的长城，长长地吁了一口气。

是啊，各种疾病，诸多荣誉，都没能撼动梅景田老人那颗坚如磐石的保护长城的心。如今有了接班人，怎么能不欣慰呢？

古代愚公立志，搬走的是阻碍发展的巨大障碍；当代愚公克难，保护的是镌刻历史的不朽文明。

一代巾帼开富路

漫步在青石铺就的石峡街头，古寨意蕴在心田逐渐升腾起来。山石筑墙、柴扉掩户，跑动着几只或俯首啄食或引吭高歌的芦花鸡的农家小院；红灯高悬、藤蔓摇曳，内设酒肆油坊的条条古街；斗拱飞檐、雕梁画栋，以楹联"忆往昔，城高塞险声威壮；看今朝，柳绿花红画意浓"诚招天下客、恭迎羁旅人的石光客栈……

映入眼帘，无一不美。

驻足于此，尽泯恩仇。

于几近颓废村落之上还原昔日古寨容颜者，乃一代巾帼贺玉玲也。

贺玉玲出生在延庆区沈家营村。自小倔强的她长大后变得更加执着，但凡要做的事九头牛也拉不回来。正是凭着这股敢打敢拼的劲头，贺玉玲打造出"主食厨房""妫水人家"两个餐饮品牌。随着管理经验的持续积淀和经营理念的不断更新，两个餐饮企业每天都是顾客盈门、好评如潮。正当家人为贺玉玲获得成功大加赞赏时，她竟提出到北京发展的想法。到北京发展？南北大菜，满汉全席，你能与谁掰手腕！好不容易在延庆众多餐饮老店中脱颖而出，为啥不珍惜？非要一口吃成个胖子！尽管家人千方百计地劝说阻挠，朋友三番五次地晓理动情，贺玉玲还是在认真聆听大家的意见后，毅然离开了生于斯长于斯的延庆。

一年，两年，十余年过去了，正当品尝过"主食厨房"面食、享用过"妫水人家"美味佳肴的延庆人茶余饭后思念贺玉玲时，她如云一样去又如云一般地回来了。

一脸笑容，满心欢喜。

把礼物送给身边的每一个亲人、朋友，笑着讲述自己咋把"妫水人家"开到了"鸟巢"旁，咋把延庆的特色美食带到帝京，咋让操着京腔看不起农村人、自诩高人一等的高知高干对延庆、对延庆人刮目相看……

"这回还走不？"

一个老者夹起一块色泽红润、温润丝滑的贺氏扒猪脸放进嘴里，未等咽进肚子便含混不清地问。

"不走了，这次我要永远留下来！"

听贺玉玲这么一说，大家都"噢——"的一声欢呼起来。

"留下来"说得轻松，有谁知道为了留下来贺玉玲付出了多少啊！

"鸟巢"旁，高端饭店一家挨着一家，美味佳肴一道强于一道。能在高手如云的京城餐饮行业脱颖而出，凭借的是执着、自信和果决。经过十几年焚膏继晷地打拼，送货进城的格局完全翻转过来。永宁古城，延庆街巷，凡是有火勺的地方，都簇拥着一堆远道而来的北京人。

当初的去，是为了今天的回呀。

做不成，咋回？回来了，不但要做，还要做大做强。

石光客栈，古寨一条街，村史展览馆，传统工艺与现代气息并存的咖啡屋，还有蕴含着特殊意义的精品民宿。

昔日破败不堪的古寨，今日焕发出勃勃生机。

古寨街头，浓香四溢。

这浓郁的香味，是"脸、酒、果、茶"（石光客栈的四个产业链，分别是扒猪脸、古法酒、山楂果和茶叶）共有的芬芳。

这香味是石峡人须臾不能离开的，因为它凝聚了古寨民宿产业和农业发展两条经营理念。

问及功成名就后为何要来到石峡斥巨资打造这座濒于毁灭的古寨，贺玉玲莞尔一笑，喃喃道："我是在长城脚下长大的，不能让石峡人因挣不到钱离开，不能让长城毁了！"

正是这句话，让贺玉玲坚持下来，并且还将让她继续走下去。

一封回信暖山乡

"总书记来信了！总书记来信了！"

不知是谁喊了一嗓子，瞬间村里便此起彼伏地喊成一片。

片刻工夫，大队部的院子里便黑压压地挤满了人，大家的脸上都洋溢着掩饰不住的笑容。

"大家安静，我把总书记的回信给大家读一读……"

村书记李汉东从屋子里走出来，双手把纸端在胸前，大声朗读起来："北京市延庆区八达岭镇石峡村的乡亲们：你们好！来信收悉。这些年你们自发守护长城、传承长城文化，并依托长城资源走上了致富路，我很高兴……"

乡亲们静静地听着，脸上带着笑，眼里却闪着晶莹的泪。习近平总书记在回信中说得多好呀，每个字每句话都温暖着乡亲们的心。

石峡长城分为两段，分别是北齐长城段和明朝长城段。延庆长城保护工作起手较早，积累了丰富的保护经验，成为北京其他地区保护长城的一个范本。习近平总书记日理万机，书信成为村民与习近平总书记沟通的最佳方式。

村书记李汉东提议，把石峡保护长城、脱贫致富的好消息告诉习近平总书记。就这样，一纸饱含着对习近平总书记无限爱戴的书信，飞跃重重高山，跨过道道急流，来到了中南海。正当大家望眼欲穿期盼习近平总书记回信时，好消息像一股春风吹进石峡村！

这个消息，不仅传遍了石峡，传遍了延庆，也传遍了五湖四海。

读了习近平总书记的信，石峡人保护长城的信心更足了：人在城在，人城永存。

城映春晖好景长

十月的朝阳一片鲜红，高悬山巅播撒万道光芒，如春晖般光明、温暖、和煦。

乡亲们沐浴着缕缕春晖，内心涌动起一股如波涛般的蓬勃干劲。

旭日渐起渐高，散发出的万道金光照耀着深山古寨，照耀着古寨中默默耕耘的人，更照耀着绵延不绝的万里长城。

守护长城

许青山

天空蓝得敞亮，如同毫无心事的孩子，又像读透沧桑的智者。金秋时节，冷暖适宜，绿叶犹未落，北风尚未起，正是登高望远的好时候。

延庆作家采风团在山脚下合影。身后，花家窑子长城在山脊上斗折蛇行，一半向东攀缘，袒露于耀目阳光中；一半向西延展，隐藏在山峦的阴影下。它如同青山雅致的灰色飘带，又好似为我们张开的一对翅膀。

合影后，我们将跟着长城保护员体验长城保护实践。由于采风团成员中有十来位退休老同志，我们设计行程时放弃了原始险峻的石峡段长城，选择了相对轻松的花家窑子段长城。

花家窑子段长城，始建于明初，是全国重点文物保护单位，位于延庆区八达岭镇帮水峪村东南，东起清水顶，西至石峡段，全长约三千米，紧邻八达岭长城、水关长城、八达岭古长城。也就是说，如果体力允许，我们可以从花家窑子长城走到石峡关的罗锅城，也可以通往"不到长城非好汉"的八达岭。

花家窑子归属八达岭段长城，八达岭段长城地势险要，"失此不守则居庸不可保矣"（明《西关志》）。曾经，这里设关城一座，设把总一员，受辖于石峡峪堡；如今，当地政府将石峡、帮水峪、里炮、外炮四个长城文化古村落整体包装，打造为石峡关谷景区，形成规模经济，发挥辐射效应，让长城成为山村腾飞的翅膀。这些长城脚下的村落，当年因长城而建，后来因战争而伤，如今因长城而兴，盛衰荣辱始终紧密相连。

考虑到参加活动的作家年龄、体力、身体状况各不相同，我们设计了两条体验路线：第一条线路向东登上81号敌台，路程远，有陡坡；第二条线路目标是南边的菱形哨楼，虽然近，但土路难行。

我少年时常爬山，自诩年轻体壮，毫不犹豫地选择第一条线路。我们从碎石路爬上城墙，下方是两间房大小的平台，四周有高矮参差的断墙，再往下是一段碎石坡路，对面是向上的碎石坡路，接续沿着山脊绵延向上的长城。两段破碎坡路之间是现代青砖马路。平台和断掉的地方，位于山谷底部。平台上，三个人正坐着聊天。蓝天、群山、绿树、古长城、朴素村妇，别有一番浪漫的味道。其中年轻的女孩我认识，帮水峪村人。她告诉我亲戚来看望母亲，陪老人们出来转转。我想到女儿和她的朋友们，约会首选咖啡厅和体育馆，我与姐妹小聚常去公园和饭馆，对于生活在长城脚下的人们来说，村里也有了乡村公园、高端民宿、咖啡厅与图书馆，但他们心中缓步闲谈的地方，竟然是长城。长城是防御体系，是历史遗迹，更是他们家的一部分。

告别女孩，我向高处爬去，想要追上同伴。

这段长城简直有五六十度角那么陡，我弯腰攀登，几乎与地面平行。八达岭段长城边墙全长两万三千三百米，其中部分长城段尚未完成修缮，比我攀登的花家窑子长城更加陡峭难行。八达岭段长城东侧起点位于八达岭镇石佛寺村东南"川字一号"敌台，经石佛寺村西侧即水关长城，向西北穿青龙桥火车站南侧铁路，过八达岭镇岔道村村南的"八达岭长城"转向西南，止于石峡村南，走势近似"几"字形。每天，沿线村庄的长城保护员在山脊的长城上行走，十几公里、二十几公里是家常便饭，无数人的数万步连成完整的两万多米长城边墙的巡查。每次采访长城保护员，我都焦急于挖不到独特的内容，他们讲述的内容不过是重复又重复的行走。当我走上他们的路才明白，他们把难路走易了，把远路走近了，把寂寞的路走惯了。这脚踏实地的每一步里，这日复一日的行动中，是重复又重复的无限真挚的热爱。

在缓坡处停下来时，我心跳加快得有些恶心。长城保护员张杰正在给大家讲巡城故事，见我追上来，赶紧提示大家："咱们不常锻炼的朋友们，千万不要爬太快，心脏一下子不适应，容易引发健康问题。"几千年的长城屹立如故，几十年的身体已需修理，面对不老的建筑，人类是何其易朽。我在半山腰的长城上四望，群山环绕，如层层波浪，起伏连绵，近处色绿，远处淡蓝，再远处的山峦是一抹灰雾样的轻影。山尖上，目标城楼前，一点玫红亮眼，那是已经退休的闫姐，她写诗、摄影、照顾孙辈，竟然还能挤出时间锻炼身体。她活得精彩不是因为退休了，而是始终有"心气儿"，向前、向上、不畏惧、不纠缠，所以退休了不影响她活得精彩。

选择第二条线路的朋友已经抵达菱形哨楼。

八达岭段长城的敌台工艺较高，保存较好，形制多为长方形，少数为正方形。花家窑子段的菱形哨楼，因敌台的平面呈菱形而得名，在全国也是独一无二的形制。朋友们站在菱形敌台的城墙下向我挥手。我看不清他们的表情，却能感受到他们的兴奋。我好想问他们，敌台里有烧烤架吗？如果真的因烧烤毁掉这菱形哨楼，这全国独一无二形制的敌台……我们该如何向后辈交代。

就在半小时之前，我们在石峡村采访北京榜样梅景田老先生，四十年守护长城的艰辛他一笔带过，耿耿于怀的是野游的人不文明的行为。临分别时，他又一次给我看手机屏幕背景，不是家里孙辈的可爱照片，而是长城敌台里并排的五个烧烤架，架上的炭红亮，上升的烟灰黑。"烧了山可怎么办？这长城是老祖宗留给我们的，他们就不怕？真着了火，山上的树也全完了。你们是作家，你们要呼吁啊。"我真想对所有人说：来长城感受自然之美，带相机，不要带打火机；把脚印留在这里，把对家园、对长城的爱种在心里，千万千万不要损毁或盗取长城砖！

我举起手机为菱形哨楼下的朋友们拍照。距离缩小了他们，在手机相册的画面中，他们不过敌台外墙的八分之一高，彩色的衣服与灰色的墙体形成鲜明对比。人在自然面前是如此渺小，如此渺小的人类又建造了如此雄伟的万里长城。渺小与伟大组成旋转的太极鱼，对望、交融、互换、变化。大自然是一幅画啊，我不过是画上的一笔线条；如果把长城对风的倾诉写成诗，我只是这一天的段落里小小的标点；但是，无数人、无数代人叠加在一起，就是这画中最夺目的色彩，就是那诗里最震撼的词句。

下山的时候，我感觉有点恐高。脚下的地面没有台阶，是平的，向下的路是直的。长城保护员张杰叫我到内墙这边，扶着下城。他说："内墙比外墙低一点儿，你扶着高度正合适。"

"你怎么判断哪边是内墙？"我立刻意识到问题的愚蠢，对于常年生活在此地的人们来说，判断内外墙的难度堪比计算1+1，是常识。

"外墙要抵御外敌，所以高一点儿，而且你看，排水口都在内墙这边。

如果外墙有排水口，敌人会攀着爬上来。"他耐心地回答。

我看向外墙的外面，是延庆城。延庆地区自古就是草原文明与农耕文明交错的融合带，是北方民族进入中原的必经之地。一场场杀戮征战中，延庆这片土地，承受着多边的欺凌，倒在血泊之中的多为普通的百姓。忽然，我对和平有了具象的理解：和平是不会把响动当成枪炮，和平是可以耐心地筹划未来，和平是与人冲突可以报警，和平是假日我们组团来登长城……

我问张杰："你们每周五次的长城巡查累不累？"

他说："这有啥。从小就爬。我们翻过长城去远处打柴，和小伙伴们在长城上玩。"

我想起少年时的麦场，白天我们在空地上跳皮筋、骑自行车，晚上躲在柴火垛后面捉迷藏。我好奇他们的游戏场所——"长城"是否只限于白天。

"晚上也不怕啊，这几年中秋节我还到长城上看月亮呢。就在你能看到的那个敌台。"他抬手指给我看——我没完成的目标，81号敌台；随手捡起一张废食品包装纸装进黑塑料袋里。

下山后，张杰把小旅行箱那么大的背包和一大袋垃圾装进后备厢。我提了一下他的背包，竟然没提动，又用力试一次，判断至少二三十斤。

大背包装着水、食物、绳索等物品，大部分是为可能发生的救援准备的；垃圾是这次登城捡的，带下山扔进垃圾箱，几乎都是别人扔下的。长城保护员的职责是劝阻游人野游、城上烧烤、带城砖回家以及监测长城的险情等。刚刚在石峡村采访刘红岩，她告诉我们长城保护巡查每天要走十几公里的山路，即两万多步的路程，夏秋要带着镰刀割草清路，她每年能走破三四双鞋。刘红岩说不累，委屈的是人们的不支持与冤枉："有一次，游客不听劝阻，反而报警说我用镰刀威胁他们。我的镰刀是割草的，我一直好好跟他们说话呢。"

弯弯的镰刀如弯弯的月亮，他们手中一弯新月，用于护城开路；头顶一轮圆月，用来寄托情思。山水田林与长城组成他们的家，他们守护长城就像守护家园一样！长城是中国人的精神图腾，长城是中国这个大家庭的一部分，需要我们共同来守护！

生态华章

道不尽的世园神韵

武　光

　　走进北京世园，欣赏一幅美轮美奂的实景山水画，感受万千幅风光特写，细细品味带有时代张力的神韵，是一件很惬意的事情。

　　神韵，就是神采风度，见于《宋书·王敬弘传》，也指诗文书画的风格韵味。北京世园自开幕以来，处处体现了超常的美丽，而透视其间所有美的灵动，唯用神韵来形容才接近于真谛。

　　在园区内行走、驻足、怅望，甚或是小憩，视觉的冲击让造访者每一刻都接受大自然甜美的洗礼，蜂拥而至的人们所发出的由衷赞美，尽显对美好事物的爱恋。尽管欣赏所感悟的角度、深度千差万别，但对于心灵的感染则是挥之不去的，印在脑海里的震撼是长久的，由此便成为人生旅途的愉悦驿站。而这一切，更确切地说，也是来源于北京世园会流淌的神韵。

　　神韵是文明之花滋养出来的，古今中外皆如是。世园会的神韵集中体现在人与自然的和谐上，在于园艺与生活的奇妙结合，在于园艺的高质量和园艺家理念与内在生命的完美结合，在于参展的各个国家和地区乃至国内各省市文化符号的张扬。在这里，不同文化有机地交融，每一个人都可以找到自己最心爱、最关注、最垂青甚或说是最能挑动神经的那部分。毫不夸张地说，园区每一处建筑、每一个摆设、每一株花簇、每一件特色产品都经过了"精心雕琢"，都充满了高超艺术。惊诧之余，感人的魅力传达出的则是千差万别的内在情思、内在风采，所有的花团锦簇都在告诉人们，世园会就是美的绽放、奇观的集合、生活的浓缩、艺术的天堂，是人类文明的精彩朗读，所流淌的神韵是人对美好生活的向往和永无止境的追求。

中国馆里的春天是鲜艳的、热烈的，三十多个省市展区释放的是一水的色彩斑斓，如同一本本书，把华夏各地园艺历史文化、园艺产业发展、园艺科技创新以及生态文明建设娓娓道来。又像是一个个乐队，忘情地弹奏着生命的乐章，每一株奇葩都是优美的旋律，自豪地咏歌伟大的时代。这时，娇媚和温馨立刻成就了人们的企及，契合了人们的愿望，于是拍摄留照的比比皆是，甚至根本就躲不开镜头。吉林园进口处斜置的一块厚冰悬挂着长短不一的冰柱，还有水滴轻落。冰盖的上面则是微缩的山川，绿草和鲜花点缀其间，一条唱着歌谣的"小河"蜿蜒在"沟谷"，徜徉在草地的鹿群与做远啸姿态的东北虎和谐共生，让人体味到春天的美好，体味到生命的再造是大自然最美的音符。我忽然想到：品味世园神韵，是欣赏美、陶醉美、创造美、放飞情感的过程，应该从多个文化角度感受精神自由和生命情调。品味神韵，就是欣赏不一样的生命存在，欣赏不一样的生命风姿。当然，品味神韵，也可以内照自己的生命风姿，提升自己的素养。

黑龙江的展陈别具特色，不仅有鲜花绽放，还有几乎与人同高的灵芝，庞大的"身躯"和密集的"年轮"给人意态奇远之感，仿佛它已经不是"灵丹妙药"，隐藏叙说的是云峰千仞松涛万里，如果在这里探讨其价值，那就有点儿浅薄之嫌了。西藏的展陈少了花团锦簇，却多了苍穹和雪峰，牦牛羚羊恬静地在草甸和湖泊边，就连绿草苔藓都在洁净观者的情感，也使人们懂得了如何珍视自然界的一切生命。插花艺术区围绕"识花""赏花""品花"三部分，尽显中国传统插花艺术魅力。毋庸置疑的是，"识花""赏花""品花"的过程，就是在用心灵阅读自然。花木的神韵、技艺的神韵即是在细细的品鉴中，如缕缕清香弥散开来。

中国馆地下展区有十二景，是不是有契合《红楼梦》金陵十二钗的意思，不得而知。但其中"春江风和"篇以《富春山居图》为题，结合光影艺术手法，把《富春山居图》的水墨意境巧妙地用通电玻璃可变透明的科技特性揭示出来，让人称奇、出乎意料。这个画的神韵已经不在"纸"上，而是"禅让"给了具有科技手段的植物艺术和光影。其"精微谨细，有过往哲"，给人很现代、很优雅的感觉。

馆内流连之际，我还看到了一株树抱石盆景，这是人工养成，但在南方，树抱石也很常见，到厦门旅游我就看到过，还为那棵树拍了照。我曾试想，假如曹雪芹见到此景，他的"木石情缘"又该如何落笔呢？但不可否认的是无论树抱石还是石抱树，都有神韵让人遐思。如此推演开去便可知，无论是山水、花木、奇峰、雨雪，乃至一草一石皆有神韵，我们所看到的，不管它是生命体还是无生命的东西，只要赋予了人的情感，透视到其内在的存在意义，生命活力之美就会给欣赏者留下无尽的遐思。

植物馆的设计理念是"升起的地平"，建筑表面机理以植物根系为灵感。策展主题是"植物——不可思议的智慧"。走进场馆之际，迎面的巨大荧屏即告知人们该用全新的视角，思考人类文明与地球生态如何共赢的问题。馆内的各类植物都是世间珍稀物种，为了生存，它们都在与环境"抗争"，在适应和改造中寻找到自己的生存空间。最让人叫绝的是浮木动物雕塑长颈鹿——"莫莉和她的一家人"，高高地站在屋顶，老远就能看到。据说，长颈鹿装置高达十米，来自遥远的非洲，起初，它们还不是现在的模样，经过詹姆斯·多兰·韦伯于菲律宾宿务工作室打磨后，长途跋涉来到中国，才形成现在可爱的样子。这让人想起了"文明碰撞"这个沉重的话题，那些曾经的殖民主义者总是把自己打扮成人类文明的佼佼者，并且在世界不断制造"文明冲突"，全然不顾各类文明的和谐共存。从真正意义上说，文明没有国界也没有高低优劣，只有包容互鉴。而文明的互鉴是需要自然而然、从从容容来表现的。从这个意义上说，每个游园的人、每个热心于服务的工作者也就成了风景，成了文明的使者。

应该特别提到的是，世园会的所有建筑都有可以深入探究的神韵，无论是中华园还是国际展园都是如此。哪怕是远远看到她的绰约身姿，也能立刻想到她的容颜，三十一个省市的展园无不如此。如果走进园内，散发地域特征的气息就会"轰然"而来。驻足端看精心雕琢的建筑内景或细部，又有莅临梦幻般天地的感觉，苍莽豪壮的、旖旎灵秀的、巍峨典雅的，不同格局、不同风韵都承载着千年历史，有的园内还雾气缭绕、烟雨迷蒙，蕴含了几多智慧！漫步其中品味神韵，思绪也变得无拘无束了。

国际园艺区的建筑有不少是带着国家建筑特征"落地生根"的，比如韩国园、日本园、泰国园、印度园、缅甸园、柬埔寨园、巴基斯坦园、阿富汗园、土耳其园等等，都带着国度"特征"显示了独特神韵。国际展览局园的建园理念则源于欧洲宗教建筑形制，十字空间的严格对称体现了权力和精神的至高无上，而"凡尔赛宫"式主题园林景观，堪称经典。也有的展园很现代，但园内的布局却是满满的地域文化，英国园、法国园、德国园、俄罗斯园、比利时园、阿塞拜疆园、中非园等等，这样的构思很巧妙，生命的多样性和生命的娓娓诉说让人感到温暖和亲切。卡塔尔园的几棵"大树"支撑着环形建筑，犹如巢穴一层接着一层旋转上去，每一层都有花园，别具韵味，别有意境。那些从窗口曲廊伸蔓出来的繁茂枝叶，不就是绿色的曲谱音符吗？

万物有灵，或可以说，生命情韵就是神韵。不仅活脱脱的生命有神韵，依托生命体创造的产品也有神韵。拱形的竹藤园是个不可不去的地方。馆门虽然不大，可进了场馆豁然开朗。内藏的所有物品全是竹子制品，不仅为人们日常所用，还陶冶人的精神。来自马达加斯加的竹轧筝和肯尼亚的竹排箫引起了我的注意，外形美观又精巧，可以想见，当地人民用以演奏时，那是什么样的情怀，人和乐器的合拍融合又产生什么样的神韵。旁边的"竹影观音"摆件更是让人叫绝，画面由极其细腻的竹丝编成，乍看如白纸，瞪大眼睛才看出是竹制，丝比头发细，端看良久，才见竹丝画面隐藏着自在观音，慈眉善目，端庄祥和，尽管不着一色，但连衣服的褶皱都隐约可见，所浸透的灵澈若有若无。编织技艺达到如此高度，说"绝妙无比""妙不可言"都仍嫌词不达意。

永宁阁是我每次到世园必去的地方。除了登高望远舒展胸臆之外，意在陶醉于充满诗意的生活图景。在我的印象里，但凡有古建筑的地方，总是保留着一份风情，虽然永宁阁属于新建，但她装束古朴，仍可以带人走入梦中。永宁阁的辽金风格就如同厚重历史的序言，同时也是"不断创造出跨越时空、富有永恒魅力的文明成果"的昭示。这时，近看妫水远望海陀，忽然觉得刚刚开幕的亚洲文明对话大会给了我心灵的感应，文明需要"相互尊重、平等相待"，作为文明使者的园林艺术，又何尝不是这样？"美人之美、美美与共、开放包容、互学互鉴，与时俱进、创新发展"又何尝不是本届世园会的完美诠释？

国家有神韵，城市有神韵，山川沟壑有神韵，江河湖海有神韵，一花一草有神韵，不同肤色的种族也有神韵，纵然千差万别，只要把生命情韵赋予自然，生活就会多姿多彩。

北京世园的神韵，就是百国神韵和万类物种神韵的大集结、大荟萃、大释放，弥漫六维四野难以道尽说清，并且定会随着时日递增而常变常新。

延庆的饮用水

陈　超

每当我打开水龙头，自来水哗哗地流出来。看着洁净的水注满盆盆罐罐，过去的岁月也像水波，荡漾在心房。

老辈子留下的话：开门七件事，柴米油盐酱醋茶。这里没有饮用水，可是水，应该比饭还重要，没有水，连饭也不好做。

小时候，各家各户都要有一口大缸，就是为了存水用。水不会自己来，需要到水源地去运。我家住在村西头，要到村东头的水井去挑。除了水缸，家中必备的还有水筲（桶）、钩担（两头带铁钩的扁担）、斗子（带绳子的小桶）。到井上，用斗子从井中一桶一桶地提上来，倒入水筲中，大约两斗多倒满一水筲。都倒满了，挑上回家，倒入缸中。一筲水和今天的一桶桶装水差不多，大约二十公斤，一担水四十公斤。一缸可以盛三四挑。那些年月，挑水是居家大事，最少一天用一挑，多的要用三四挑。我从小学四年级开始挑水，有时两三天一次，有时一天就要挑一次。

挑水的活儿说容易也容易，说难也难。特别是十一二岁的孩子，要从两三丈深的井里把水提上来，挑上六七十斤（开始不能装满）的水筲，晃晃荡荡走二三百米路，上一个两米高的台阶，拐弯抹角，到了水缸前，倒进去。这是好天，要是刮风下雨呢，那时街上不是水泥路，而是泥水路。更难过的是数九天，井口周围洒的水冻成老高的冰疙瘩，不敢抬脚。一次一个仰八叉，水也洒了，桶也栽漏了，还得去修。有时提水的绳子断了，斗子掉到井底下，要去借专门的钩子，这钩子像船的锚，但上部很短，有的两三组在一起，用绳子放到井里，慢慢拖动钩子，把斗子捞上来。

随着年龄的增长，挑水成了小玩闹，但有的家庭不行啊，像我老伴小时候，她父亲在外教书，只能她和奶奶到北护城河去抬。一个小女孩，奶奶裹小脚，上个大坡，走老远的路，吃水多困难！老伴上初中之后，自己挑水。一次冬天到延庆小学的压水井挑水，冻冰后井台很滑，摔了个大跟头，好在仅桶角变形，人没栽伤。还有康庄我姨娘家，姨夫在火车站摆旗被火车轧断了一条腿，孩子又小，井又深，用辘轳朝上摇，没有这个能力，只好买水吃。

那时，家里用水也是非常解在（珍惜）的。洗碗，用半干净的水搓一遍，再用清水涮一遍就齐活了；洗碗的水叫泔水，还要用来喂猪。洗菜一般也就是两遍，剩水还要浇花浇菜，或者泼到猪圈沤肥。

这样的用水，是不能保证清洁的。你想想，用斗子提水，斗子就在院里放着，刮土或沾上脏东西，直接用其到井里提水。水在桶里，咧咧呱呱，流出的水带着井台上面的脏东西流回井里。倒到缸里，要放两三天，天热水要变质。到了暑伏天翻缸，井底的杂质都翻上来，还得清缸、刷缸。我老伴在医院工作，说那时病人常见病最重要的一种是肠胃炎，这应该有饮水不洁的"贡献"吧。

那些年，打井、淘井是村里非常隆重的工作。没水吃要打井；井用时间长了有杂质影响出水，或人掉下去了要淘井。届时要召集壮劳力，在井上用粗木杆搭上三脚架，拴上木滑轮（50年代没有铁的），穿上长长的粗麻绳，一头拴上大一点儿的水桶，另一头四五个人负责往上拉。一两个人下到井底，负责挖土或清理井底。我在四海中学工作时还真亲自下到井里淘过一次井。新挖的井够深，出水后要在井底坐上盆木，防止塌陷。盆木是用粗方柳木做成方形的架子，一般要放三四层，再在盆木上垒砖。垒到地面安上石头做的井口，防止人掉下去。打深井在井下是非常危险的，一是朝下掉东西底下没地方躲；二是碰到塌方，是要出人命的；三是碰到出水太冲，人来不及上来要被水淹。我听说过，黑汉岭王顺沟村打井，到了几丈深，上面的人拿来几条黄瓜，问井下的人要不要。井下的人说扔下来吧，黄瓜落下后，把下面人的腿砸肿了。

延庆城要发展快一些，1964年在城东南角，就是现在县委、县政府的西面打出了自流井，以后又陆续打出了几口。1966年建蓄水池，并埋设管道，靠自然压力供水，城内设七个供水点，居民可以买水票去挑，挑一挑用毛笔竹管在水单上盖上一个红圈。从1967年自来水开始通到住户，到

1980 年基本完成，并装上水表。这期间，农村住户也多在自家院中打压水井解决用水问题。

　　水是生命之源。随着社会发展，这句话应该改为"安全的水是生命之源"。特别是饮用水安全，已成为市、区政府和社会公众日益关注的焦点。没有安全的饮用水，就没有健康的生命，更没有和谐的小康社会和社会主义新农村。今后，延庆的供水安全更有保障，延庆的发展更快，延庆的环境更美，延庆的明天会更加美好。

最爱古崖冬韵

张　民

"仙人子安骑黄鹤云游天下，越江河，涉幽燕之地。行至上谷地界口渴难耐，忽见妫水西流，清可见底，遂按落云头，于阪泉取水饮之。俄而，环顾四周，见地势奇伟，古意盎然，未知是何所在。鹤兄言道：此乃昔年炎黄大战之地，为中华源头之所在也。子安大悟，复顾山川，果然不同寻常，乃探问附近可有奇人出没，乡人告之：山内有奚王率族众凿崖而居。奚人不好战，为避战祸而千里徙之，安然矣，与乡人通好，互有往来。奚王好弈，常于山堂打谱，凝天地之慧，沐日月之华，非常人可比也。子安闻之大喜，与鹤兄徒步前往谒之。山外不见居所，至王府回顾，一览无余尔，惊叹不已。奚王会子安于官堂，投机，弈于堂前，三日不分高下，后人称之奚王纹枰会子安也。"

奚王与子安相弈的故事流传了千百年，今天，斯人已逝，几多风物依旧，崖居深山空遗。古崖居位于北京市延庆县（秦设上谷郡）西北，紧邻松山国家森林公园，山崖壁立，梯次垒凿，山外即是阪泉古战场。

古崖居建于何年，其功用如何，至今仍是未解之谜。根据当地风土传说及其固有的建筑特色，多数专家的意见都倾向于古西奚族避战祸迁徙而居这一观点。笔者曾于2002年春陪同时任国家文物局局长张文彬先生到此，出于专家的习惯，张先生对每一处居所都仔细地查看，并对这一千古之谜的保护和开发给予了积极的指导。

今冬，一个武汉的朋友来京，特意提出要去古崖居。我告诉他，春夏之交的古崖居最美，但他很坚决，于是给他备了羽绒服，我则既当司机又当导游。

　　出北京上八达岭高速，经延庆县城再上 110 国道，一个半小时车程。进门后将车停在古崖宾馆的停车场，漫步走过几个文化景园，踏着山石铺就的路径，一路寻访越千年。朋友脚步很快，路两边如刀斧劈削般的山峦荡不进他的眼，看得出，他是急切的。

　　看到了。

　　转过几个山弯，来到这片山崖下面，立陡的山崖被许多洞口占据了平面，沿一条小路上行，走进古崖居。"每次来这里我总会想起长江两侧的悬棺。"我在寒风里对他讲。"那不一样，一个是死亡，一个是生存。"他既像是回答，又像是自语。于是我便给他讲这里的地势、风土、建筑结构，然后一起走两居室，过三居室，看厨房、灶台、烟囱和石炕。外面风声很响，但居室内并不冷，打着打火机，火苗只是微微地有些偏——这里的选址很讲究。

　　"官堂在哪儿？"他问。

　　"哦，在这边，我带你过去。"我边说边走在前面。

　　官堂其实是奚王的王府，外面还有个小广场，应该是族众开会的地方。

　　走进官堂，他伫立在那里，半晌无语。石壁粗糙，触手冰冷，毫无王府气派。我们在里面踱步，抚摸石柱，冰冷侵进手心，体温融进远古。

　　"到外面吧。"他闪身走出来。

　　站在广场向外望，公路、田野、树林、湖水和山边的残雪，一切都被冬日的风裹着，只有空气是凉凉的爽透。

　　"你说这古崖居像什么？"他指着整个山的轮廓问我。

　　"像个大馒头。"我开玩笑道。

　　他笑，随即正色道："我看它更像一个在等朋友回来的老人，这个馒头顶是被风吹开的头巾。"他的手指随着山的轮廓比画着。

　　我突然一愣，在瞬间感到了另一种韵味，不知是山外的炎黄还是山内的奚王与子安。

　　"你知道我为什么大冬天来看古崖居？因为我早就知道奚王纹枰会子安的故事，这里连着黄鹤楼啊。"

　　我点点头，没有说话。

　　"可更重要的是我在北京有你这样的几个朋友，我觉得在这里更能体会友情之重，虽然冷了点儿。"

忽然间寒风没有了，我的血在激动，体内仿佛点燃了火，一种相识相知的感动在古崖的山间跳荡，就如一个西奚土著再次遇到了子安。

暖暖的太阳转到了正南方，它的光芒照在每一条山壁上，使冬日的古崖居总有一缕温暖的感觉。远远的，你是否听到了鹤鸣？

我爱这古崖冬韵。

登上海陀山，圆了我的梦

宋纪平

很小的时候，妈妈就站在院子里，指着北面那座最高的山告诉我，那座山叫海陀山。那时候我就对这座山有了敬意。站在院子里，可以看到四周的山，却只有海陀山最高，感觉那是一座神圣的山。六月了，夏天了，可总会看到远远的海陀山顶盖满了白白的雪，我想，为什么我们过的是夏天，海陀山还过的是冬天呢，便感觉那是一座神秘的山。

我每大都会望着那座高高的山，总想着有一天能爬上去，去看看那座山的山顶是什么样子，去看看那座山为什么这么高，去看看那上面为什么总是盖满白雪。这个梦就这样一直伴随着我长大，而这个梦却一直是梦，直到今天，2009 年 5 月 30 日，我才真的爬上去了，圆了这个多年的梦想。

一周前，大胖就说要带着我们爬海陀山，激动啊，每天晚上躺在床上满脑子都在想着海陀。5 月 30 日清晨，早早起来，骑着我的破车，赶往集合地点——云的户外店。我参加活动是从不迟到的，一般情况下我都是第一个到，今天要爬的是海陀山，我更不能迟到了。云的店大门紧锁着，我把我的破车锁在门口，等着队伍的到来。光之翼，丽人，来了，大胖开着车来了，车上坐着无语和独自流浪，兔子也开着车来了，渔夫来了，加上我，一共是八个人。渔夫啊渔夫，穿着大皮鞋就来了，这大皮鞋怎么能登海陀山呢，这可是去爬山啊，这不是遛马路，哈哈，幸好大胖车里有双登山鞋，试试，嘿，巧了，不大不小，正合脚，这可乐坏了渔夫。

经常爬海陀山的人都知道有很多地方可以爬上去的。从闫家坪往上爬，从松山下来，九个多小时；从西大庄科上，玉渡山下来，十个多小时；还有啤酒溪、姜庄子等都可以爬上去。今天，大胖要带着我们从海陀村爬，海陀村就在海陀山下，从这里爬上去是最近的一条路了，因为我是第一次爬这座山，所以我也愿意走最近的路。

七点半钟，大胖和兔子开着两辆车载着我们八个驴友出发了，汽车往西行驶，过张山营就开始进山。好蓝好蓝的天，几片白白的云在空中飘着。鲜嫩嫩的绿色盖满了群山，几片小花在绿色的山间绽放着。汽车在深山里穿行，走的全是像胳膊肘的盘山大弯路，在山腰上一圈一圈地往上盘着，越往前越不好走，路上满是从山上飞下来的碎石。因为这里人烟稀少，没人来清理路上的石头，有些颠簸，车开得好慢，也不敢往快开，车窗外就是深山谷，稍不留神汽车就会飞下山谷，司机全神贯注地开着车，不敢走思，我们却舒服地坐在车里，耳朵听着音乐，眼睛欣赏着车窗外的美景。刚刚我们的车还行驶在山下，而现在越飞越高，几座山顶已经在我们的脚下了，感觉自己像在半空中飞翔着。

路上很安静，只有我们两个车行驶着，过了闫家坪，继续前行，很快就到了大海陀村。从延庆到大海陀村开了大约一个小时，这里的海拔已经是一千二百三十米，将车停放在一个小店的院子里，开始奔向海陀。

刚出村，大片的榛子出现在眼前。我不知道这种植物叫榛子，是听同伴们说的。它长得不高，也不粗壮，一堆一堆地长着。如果在榛子成熟的季节来，肯定能吃上香香的榛子呢。

背着大包小包，还真沉。因为要在山上野餐，所以每个人都带了好多东西，特别是兔子，一路开车已经很辛苦，路上还提着一大包东西上山，能不累吗？没走多远，他就落在后面，看来要掉队了。我想帮他拎一会儿，可是我自己的包也特别重啊，背着我的包，拎着兔子的包，坚持着走一段，不成啊，太沉了，这时才深深地明白了古人常说的一句话："千里不捎书，捎书累得哭。"擦一把汗，想想办法吧，打开包，把西红柿分了。大家把西红柿分开先放在肚子里，哈哈，多好的办法啊。走了这段路，这西红柿可真甜。妞妞、大胖在后头喊上了，留两个做汤用啊。哈哈，要是再喊晚一点儿，就全进了肚了。一瓶红酒放在我的包里，黄瓜等一些东西也分开放在大家的包里了，这时的兔子才真叫兔子哩，不掉队了，能紧紧地跟着队伍走了。

开始走的一段路很宽，有大车轱辘走过的印。兔子开玩笑说："要知道这么宽的路，把汽车开上来啊。"哈哈，还想把车开到海陀山顶上哩，想得美。开车上山，这叫爬山吗？

满山的鲜花啊，好漂亮好漂亮，紫色的丁香一大片一大片的，漫山遍野，好喜欢好喜欢，还有各种我叫不出名字的花，白色的，红色的，黄色的，花的海洋，每一种都特别漂亮。很多花我是第一次看到，忍不住采下一枝，闻着清新的香味，仔细地欣赏着。

山路开始收缩，周围的植物也变得密集起来，双腿开始发紧了，大口大口地喘着气，擦擦汗，好想休息一下。大胖说，前面有水，从山上流下来的清水，咱在那里休息。坚持着继续前进，渔夫和丽人早掉了队了。走到大胖说的那个有水的地方，是的，有水，但是太少了。大胖说每年这里好多的水从上面流下来，大胖还带着空瓶子准备在这里接了水做饭用呢，看来现在不行了，水流小，而且浑浊。还好我们都带了很多的水上山，足够我们野餐用的了。在这里休息一会儿，等着掉队的渔夫和丽人追上来——因为这里有岔路，得等他们来了一起走。

稍稍休息后，继续前行，大片的松树呈现在眼前。脚下踩着厚厚的松针，像地毯一样松软，有人说回来的时候一定要收一些脚下的松针，回家养花用。我才不收呢，我也不养花，山里的花这么多，我想看花就来山上看。走过松林，然后是大片的白桦林，那树皮一层一层地飞起来，可以撕下来，用手摸摸，好舒服好温馨的感觉。山路并不险，只是不停地往上行进着，双腿早已变得跟木头一样硬，腿肚子紧紧的，走一段就靠在树干上大口地喘着粗气，然后继续行走。又是一大片松林出现了，但高山顶上的松与下面那片松林不一样，这里的松树不是特别高大，却一片嫩绿。不知谁说这叫落叶松，怪不得这里的松这么鲜嫩，这些叶子是每年新长出来的。

海陀山植被如此浓密，层次如此鲜明，植物的品种如此繁多，同是一座山，不同位置却是不同的景观，而每一处都是同样的美丽。可以清晰地看到海陀山顶，看似很近，走起来却很辛苦。开始登山的时候每个人都是满头大汗，而越往高处走，越感觉清爽，坐下来休息的时候，后背被吹得凉凉的，不敢久坐，山风也越来越明显。

大胖：我们的领队，是个"强驴"，爬过无数座高山，海陀山他爬过好多次了，走路特别快，有时候我得跟在后面小跑才能追上他。他一路上开车拉着我们很辛苦，但一点儿也不影响爬山。很喜欢跟他一起参加活动，谢谢大胖带着我们爬海陀山。

独自流浪：小美女一个，长得比山上的花还漂亮。看似娇滴滴的，却是一个爬山高手，从一开始就走在最前面，还不言累，一路上说说笑笑的，很可爱的女孩。

孤芳丽人：也是个美女，很少爬山，但这次却能走上海陀山。她总是走在队伍的最后边，遇到岔路的时候，大家就等一下她。她背着个沉重的大包，爬得很辛苦，但却坚持着爬到了海陀山顶峰，不容易啊。她从一开始就掉队，但是她说，从一开始就没想过放弃，一定要站在海陀山顶峰。

渔夫的故事：我们就叫她渔夫，很乐观的一个人，是个专业摄影师，背着个高级相机，拍下一路的美景，为大家这次旅行留下了美好的记忆。

同行的还有兔子、光之翼、无语。走过这片松林，前面没有了茂盛的密林和高大的植物，只有地皮上的小草开着漂亮的野花，这些小草似是刚刚从沉睡的冬天醒来，很多低矮植物还是枯萎的。走到海陀山下面那个山顶，是一大片平坦的草甸，厚厚的草像铺了地毯，松软柔和。这里的山风好大，亲吻着我们的身体，吹去了刚才的汗水，吹得头发飘起来。周围群山环绕，一座一座相连，一层一层伸向远方。我们越过山脊，找一块稍稍背风的地方开始野餐。经过几个小时的攀登，大家早已经饥肠辘辘。大胖带了小小的简易炉子，和无语一起为大家煮了热乎乎的面汤，每个人都从包里拿出带来的美食，举起红酒为我们的快乐干杯，为我们的海陀之行干杯，为我们的友谊干杯。一阵扫荡，把包里的大部分美食装进了肚子；然后躺在宽阔柔软的草地上，仰望蓝天，让疲惫的身体得到放松。

海陀山峰就在眼前了，那是我们最后的冲刺，也是最艰难的一段行走。好大的风啊，想要把我吹倒。山脚下是夏天的炎热，这里却是冬天的寒冷。一步一步地往上攀着，累啊。想坐下来休息，可单薄的衣服抵不住寒冷，山风侵袭着我的身体，那就躺下来。就这样，走一段躺下几分钟，又走一段，又躺下几分钟。躺在地上，我感受着海陀山的怀抱，我听到风在高歌，我听到自己的心在狂跳着，我听到海陀山顶峰的召唤。就这样，走走停停，终于到达山顶。啊，我爬上海陀山了，我梦中的海陀山就在眼前了！

山顶上，一块石碑上写着"主峰海拔高：2198.388米"，一堆石头在旁边。我问大胖，为什么这里会有一堆石头呢？大胖说，每个爬上来的人都会放在这里一块，爬上来的人多了，这石头就成了堆。我捡起一小块石头，轻轻地放在上面，代表着我来过了。站在山顶，延庆全景呈现在眼前。从小到大，一直站在妫川大地上远望海陀山；而今天，却站在海陀山顶遥望家乡。

我骄傲，我自豪，我兴奋，我快乐，我登上了海陀山！2009 年 5 月 30 日 13 点 10 分，我终于圆了我的海陀梦！相机留下了我的身影，留下了我永远的记忆，留下了我的海陀梦。

森林之美

冯淑珍

　　心情很好或很不好的时候，我常常想到森林中去，或许株株树木以及森林中永远萦着的淡淡雾气，都足以让人了无牵挂。我喜欢森林，流连林中永远年轻而生机勃勃的空间。森林之美，在于四季林相的变幻。

　　早春，似乎风还没有春的征兆，叶子先在枝头露了出来，颜色鲜嫩而翠色欲流，让人在灰暗了一冬之后，感到生命的无限和绵延。林中开始有了春花，有了蜂儿和蝶儿，有了从远远的地方来到林中寻春的人们。森林吐纳的空气，在春天饱含了青草的气息，让人的心情如晴空下自由的风筝，追逐着来自森林间的明媚与阳光的柔和。

　　夏天的森林是绿世界，深绿、浅绿、灰绿、蓝绿、黄绿……枝间多了知了的欢歌，树上有了小松鼠的栖息，有了动物们对树木浓荫的依赖。夏天的树，成了森林中巨大的伞，成了健壮的战士，它们盘根错节，拦住夏季的暴雨和泥土，又成了一座座无形的水库。秋天的森林是最绚丽多彩的，黄栌、山杏、火炬的叶子火红，五角枫、柞树的叶子红黄交错，而杨树、桦树、山核桃树的叶子却是亮黄如金的。松树虽是一如既往的油绿，却成了遍山鲜亮多彩叶子中美丽而稳重的底色。秋天的森林，果实是诱人的，不时从树上跌下熟透了的山丁子、山核桃，林中空地里人们耕耘好的快要收割的庄稼，地边是停下来吃草的马儿，一切风景都显得悠然自得，又不相扰，融合在一起，成为最美的风景。

　　冬季的森林是萧索而安静的，多数阔叶树的叶子都掉光了，只留下光秃的枝丫。杨树在林中愈加挺拔利落，而松树的针叶却越发青翠。一些小灌木落叶后，只留下了或黄或红的果实，很难分出它们的种类。林下是软软的叶子，有干燥的来自不同树木的枯叶，有细小如针的落叶松，厚厚的叶子如绚丽的地毯，走在上面，脚步也沙沙地有了声响。如果说冬季的森林是沉眠的，那么这个季节的雪花就成了森林里最美的梦。一株株树木成了银白的巨人，洗去了森林的尘埃，埋住了准备明年萌发的种子。不愿冬眠的松鼠在林间跳跃，林下留下野兔的脚印。

森林之美，在于发现美的眼睛和感受美的心灵。

森林常常成了我们忙碌生活中的附庸，我们感受它却不了解它，只看着它们随着季节一枯一荣，看叶子在眼前嫩绿、娇黄，随风飞舞。而当你走进森林，抬头大树参天，四望林海茫茫。森林的幽深，使人感到神秘；森林的寂静，使人感到恐惧。在这种环境里，人们感到自身渺小得不可名状。美是对客观世界的一种积极、主动、创造性的主观反映，森林中的动物、林地的山水、森林的声音，都成了森林美的组成部分。南北朝时的吴均在《与朱元思书》中写道："泉水激石，泠泠作响；好鸟相鸣，嘤嘤成韵。蝉则千啭不穷，猿则百叫无绝。"正是森林声音之美的写照。人们欣赏森林美，既要体察森林整体的浑厚华滋、博大神秘，又要领略森林因各种因素的柔美和灵秀，并从中得到人生的启示。日本一位作家曾惊呼："对森林的无知和无感受，会使森林毁灭！应该用教育唤起人们对森林的情感和爱心。"所以对感受森林来说，要有一定的森林知识、文化知识、艺术修养和对自然的审美能力，对森林无知，对艺术和自然美缺乏审美能力的人，再美的森林对他来说也没有意义。

森林之美，在于对森林美的创造和奉献。森林和山常是密不可分的，随着天然林不断减少，荒山荒地的绿化多数是飞播造林、人工造林和封山育林而逐渐形成的。而且森林逐渐向城市发展，成为与人们的生活密不可分的城市森林。骑着自行车，我们就可以到附近村子边的森林，我们喜欢像年轻人一样，在人工种植的大片林地里流连忘返，感受着森林一天天从贫瘠的土地里生长，在我们身边，它们俨然成了森林公园，跟我们一起成长，一起见证家乡的变化，一起成了家乡平淡风景里最美的因素。昔日寸草不生的荒滩变成郁郁葱葱的森林，这都离不开林业人的创造和奉献。中国近代林学和林业杰出开拓者——梁希曾写道："绿化，这个词太美了！山青了，水也会绿；水绿了，百川汇流的黄河也有可能渐渐地变成碧海；绿化了，工厂如花园，城市如公园，乡村如林园……这样，中国九百六十万平方公里的国土，全部都成一个大公园，大家都在自己建设的大公园里工作、学习、锻炼、休息、快乐地生活。"为了这个令人神往的美妙境界，几十年来我们的林业工作者正在不断努力着，延庆现在成为首都的生态涵养发展区，被授予"全国绿化模范县""国家园林县城"荣誉称号。"无山不绿、有水皆清、四时花香、万壑鸟鸣，替河山装成锦绣，把国土绘成丹青，新中国的林人，同时也是新中国的艺人。"梁希先生这一佳句永远激励人们为祖国的绿化事业努力奋斗。

片片森林，在古老的传说里它是盘古的毛发所化，被认为"天生五材（五材即金木水火土），民并用之，废一不可"，有木神句芒为木官之神；韩非子曾用"焚林而田"比喻失信于民；用树木"根深柢固"，比喻治国应以德、禄、道、理为本；用梨、橘、柚和枳棘等树木比喻识别和选拔人才；用杨易于成活为例说明事物成之难而毁之易。自古以来，森林庇护着山河大地，哺育着人类，具有防风固沙、涵养水源、保持水土、调节气候、净化空气、美化环境和保障农牧业高产稳产的独特作用。它们分布在家乡的山山水水，一如父母般亲切，成为怀念家乡的一个重要组成部分，在潺潺的小河边，在青石板的路边，在石头墙的沟外，出现在我们的每一个关于家乡的梦里，是我们所能欣赏到的众多美的事物中最直观、最生动、最富于变化、最与人们息息相关的重要部分。

弄　紫

雨　荷

紫色由温暖的红色和冷静的蓝色化合而成，是极佳的刺激色。在中国传统文化里，紫色是尊贵的颜色；在西方，紫色亦代表尊贵。

从一个画家的观点来说，紫色是最难调配的，有无数种明暗和色调可以选择，冷一些、暖一些，似乎从来没有人找到一种"合适的紫色"。有些时候，蓝色看起来偏紫；有些时候，栗色看起来像紫色；有些时候，品红也像紫色。当然反之亦然。而湿地则是大自然极优的调色师，它能从初春到暮秋将冷的、暖的、浓的、淡的、深的、浅的，形形色色的紫拨弄得非常完美。

早春二月（农历），偶尔还会出现狂风肆虐、飞雪满天的天气，但是无论在田埂、路旁抑或是公园小区的圃地中，不经意间你会看到一簇簇紫花地丁在向你昭示春的气息。紫花地丁是我国北方花期最早的多年生草本植物，性强健，喜半阴的环境和湿润的土壤，但在阳光下和较干燥的地方也能生长，耐寒、耐旱，对土壤要求不严。她几乎是和小草同期返绿，在树林里、草坪中都有她的身影。她用那纤细的身姿顽强地支撑起硕大的花朵，为北方乍暖还寒的天气平添了一抹温馨。迎着剪刀似的春风，欣赏着点缀在大地母亲怀抱中的紫花地丁，你不禁要感谢河川之神——伊儿，更要感谢创造紫花地丁的宙斯。那看上去渺小又格外惹眼的地丁，带给湿地的是不起眼的美丽，是不经意的心动！

当春日渐渐和煦，大地草长莺飞，湿地也徐徐铺开了紫色画卷。紫菀、紫风铃、紫萼、紫色鸢尾、鸭跖草、乳苣、马兰、麦冬、大小蓟、荷、芦苇等等，争相在画卷上做主人。

每年四五月是湿地鸢尾花开的季节。鸢尾花因花瓣形如鸢鸟尾巴而称之，《诗·大雅·旱麓》曰"鸢飞戾天，鱼跃于渊"。紫色鸢尾花形似翩翩起舞的蝴蝶，一朵朵活跃在像剑一样的叶丛里，就好像一只只蓝色蝴蝶飞舞于绿叶之间，仿佛要将春的消息传到远方去。事实上，这叶丛并不像真的剑那么锐利，反而倒像把扇子衬托出鸢尾花的美丽，吸引人们的目光。

相比起紫花地丁的平凡、鸢尾的美丽，绵延万亩湿地的大蓟、小蓟更令你流连忘返。大蓟、小蓟为同科不同属植物，都是菊科多年生宿根草本植物，花期在五月到七月。久居城市的人，绝不会想到一株株小蓟菜连在一起也能勾画出湿地的绝美。蓟菜刚从土里冒出来时，不知情的人甚至会有厌烦之意，因为她既没有花的美丽，也没有野菜的无私，她时不时会用她特有的武器——"刺"，刺人。但当她自由地长到七八十厘米时，你会惊叹你走进了梦幻的紫色花海。放眼望过去，那一片片摇曳生姿的紫海与烟波浩渺的妫河相得益彰，那空中不时飞过的白鹭，还有在水边静待美食的黑鹳都成了紫海的守望者。蓟菜花没有紫罗兰的浪漫，也没有薰衣草的名贵，却有着不同寻常的传说。据说三国时期，庞统在一次战斗中身中数箭，血流如注，跌于马下。士兵中有知医识药者，忙从道旁扯来一把草药，揉搓后塞入他的伤口，很快止住了血。在庞统中箭的地方，沿着古驿道，山间田野的确生长着许多曾为庞统止血的小草。这草支支直立，高逾尺许，开着紫红色的小花。它的学名就叫作大蓟。

"蒹葭苍苍，白露为霜"，蒹葭者，芦苇也。芦苇是湿地的代表植物，可形成高大的禾草群落，素有"禾草森林"之称。在很多人的印象中，芦苇的茎叶是绿色的、芦花是白色的，其实不然。野鸭湖湿地的芦苇开花期在八月下旬至九月上旬，秋日下的芦花有着迷人的淡紫色。夕阳下，三两挚友徒步在亲水栈道上，虽有蓝天白云碧水相伴，但真正带给人震撼的应该是那少女般羞赧的芦花。她们身着淡妆似秋日絮语，或随风飘摇，或颔首致意，如同一只小手在你心灵深处把那老茧抓挠，于是岁月沉积的稳重和无奈在这瞬间烟消云散了，你会感慨天人合一的境界其实不难找寻。

来吧，朋友，到湿地来，徜徉在大自然的怀抱中你会感叹生命的渺小，你会摒弃世间的烦恼。湿地弄紫，心神所致。

大山藏不住的灵秀

——珍珠山水

墨　雨

珍珠泉之美，秀于水而灵于石！如其名，宛若镶嵌在大山深处的一串流光溢彩的珠翠，一朝得见，便让人如痴如醉，流连忘返！

出延庆城东去，车行于绵延的群山间，一进入珍珠泉乡的地界，眼前便豁然开朗！一泓碧水兀然现前，水边，石阶、栈桥、梯田、古槐、人家……处处是难掩的原生态的纯粹与质朴，让久居闹市的来客不禁陶醉其中！而细数其种种美，尤以这水与石为最。

水，名菜食河，其更像一条丰沛的溪，玲珑清透，如顽皮的幼童，时而轻盈腾挪，时而顿步回转，不知疲倦地穿行跳跃于壑谷间。漫步水边，叮咚作响的，如钟碰磬击之声由远及近，隐隐传来，如梦似幻！和着时光的脉搏，这溪在两侧奇峰妙壁的呵护下，一路奔跳，一路吟唱，涓涓而下，九曲十八弯，蜿蜒五十里……

溪边，形色各异的野花点缀着山野；花间，蜂忙蝶舞，萦绕翻飞，好不自在，让人不忍搅扰；林中，或蹦跳或疾飞的小鸟来往穿梭于枝头，率真随性，无拘无束，时而还炫耀起那清脆的歌喉，唱着只有山里人才听得懂的曲子。

珍珠泉，因泉水的奇异而得名。菜食河北岸有一处泉眼，常年水流汩汩，直径四五米的泉井，被块块山石簇拥着。泉水清澈如镜，清可见底。串串气珠从泉底腾跃而出，全然不顾缠绵于周身的水，似仙人遗落于人间的珠玉，剔透而晶莹。倘若在泉边拍掌、顿足或呐喊，这泉就如同久居异乡的闲客，忽然见到了来自远方的好友那般兴奋起来，更多的"珠玉"一串串不知从何处喷吐而出，呼朋引伴，徐徐升起……到水面后，不做片刻停留，转瞬变身成细小的涟漪，天女散花般轻盈扩散开来，好不神奇！在这里，像这样喷珠吐玉的泉眼有三四处，其中一处泉水被附近的村民引到了村落里，甘泉水成了各家各户的饮用水，着实令人艳羡。

辗转前行，至开阔处，水流渐缓，溪水聚成了潭。水面在金黄的鱼儿和纤小的"卖油郎"（水黾）的扰动下，不时泛起涟漪。不知从何方吹来的微风，悄然间，把潭水扩张成一幅波光潋滟的油彩画，伴着夕阳的余晖，让人不禁沉醉于往事的淡淡遐思中……而搅醒你的，是由不远处游来的一群周身洁白的鸭子。在客人们面前，它们没有一丝的羞怯与腼腆，依然旁若无人地尽情笑闹嬉戏着，自由自在，似乎在诉说着一个个从旁处听来的开心的段子。

菜食河的水，有着如少女般的柔情与恬静，多少年来，默默浸润着水边数不清的形色各异的石头。此处石色或白，或青，或蓝，或褐，不胜枚举，被当地人冠名"彩石滩"。彩石散落于溪边或水间，大的、小的，方的、圆的，光滑的、嶙峋的……其形或如知天命的老叟，潜心垂钓，清静无为；或如误落凡间的蟾精，昂首望天，鼓腮憨叫；棱角分明的，有如鲁班在世，巧夺天工于无痕；光滑圆润的，有如侏罗龙卵，昏昏沉睡，任由亿万年流水的冲刷而不愿破壳醒来，道不尽身边那沧海桑田的往事悠悠……

而这水与石拥揽、林与鸟相伴、花与草交融的斑斓景致，让人无不赞叹其中的相得益彰、浑然天成！更惊奇那成就了大自然无尽灵与秀的多彩和妖娆！游人倘徉在林下、溪边、花间、石上，或挽情侣，或携妻小，或漫步赏花，或投石戏水，或听鸟鸣，或观蝶舞，或借以整理思绪，或于此拍照留影，无不酣畅淋漓，无不超然忘我！累了，在花丛间、凉亭下、石凳上小憩；渴了，喝一口清凉甘甜的泉水。一路走来，花团锦簇、莺飞鹏舞、峰峦叠翠、水流潺潺。满目的风景，满胸的惬意，真可谓十步一幅景，百步一轴画！亦恍如误闯人间仙境、世外桃源，让人忘却了芸芸世间的所有纷争与烦恼。

不远处的青山，腰间纵横着深翠而翁郁的松柏；山下，层层叠叠的梯田里，山民耕作的身影时隐时现；路边石阶的尽头，便是些或古老或新建的院落，或几户聚拢，或星星点点；透过稀疏的篱笆，"暧暧远人村，依依墟里烟。狗吠深巷中，鸡鸣桑树颠"的如画景致，由依稀变得豁然真切了……

　　一直仰慕五柳先生"久在樊笼里，复得返自然"的浓浓意境，到了珍珠泉，你会发现，梦，竟已在眼前。

悠悠情怀古崖居

梁小兰

一

延庆的古崖居被称为"中华第一迷宫"。

说它是第一，首先，可能因为它面积巨大，十多万平方米；其次，在这个巨大陡峭的岩壁上开凿的洞穴数量多，约有一百四十七个；再次，它的结构复杂，有单间、两间、三间多种结构，而且石室没有柱，没有梁，却有楼的结构，上下多层，没有梯，却层层相通；最后，迄今为止，无法证明它的开凿年代，什么人曾经在这里生活，它究竟有什么样的用途，它像谜一样存在，留给世人无数猜测和想象。

很想写写古崖居，它在我的脑海里是一个古老而雄壮的概念，这个庞然大物引起了我想抒情的感觉。但我想了好多次，却又觉得自己对于它的了解太贫乏，自己的词语和句子太贫乏，以至于我不能下笔，不能下笔，我就在脑海里不停地翻动它的影子。

去过古崖居四五次，对于想要好好把古崖居写写的人，次数真的是太少，一般来说，应该待在古崖居上，花几个小时、几十个小时或者几天的时间去抚摸它的每一寸肌肤，站到它面前，以无比敬仰的心态瞻仰它很多很多次。

古崖居是蓝天下的一丝粗狂，是大山中的一丝古旧，是风吹雨打中的一座雕像，是神秘传说中的一个背影，这些词语很具装饰感，但我知道它们依然不能表达我对古崖居的敬意。

古崖居，它是传奇。

最后，我又把它回归成一个普通字汇，没有颜色。

二

想起了陶渊明的《桃花源记》。武陵郡那个渔人遇到一片桃花林，他怀着欣赏的、好奇的眼光寻到了桃花源，最终发现了在破败不堪的王朝外还有这么一个安宁幸福的地方，渔人内心深处肯定是震撼和向往的，他带着一种非常矛盾复杂的心情在这个世外桃源停留了几天，感受着这片净土所带来的快乐，享受着这些为了躲避秦时战乱的遗民的热情和酒饭。但很显然，渔人是个不信守承诺的人，很可能他一边窥视着这个幸福的团体，答应着村民们不要外说的请求，一边已经在心底里打定主意，要把这个安宁之地出卖出去。但最后的结局很美妙，这个幸福之地找不到了，美好仙界神奇地在渔人和太守面前消失了。

从古至今，给《桃花源记》的定位是散文，其实我一直以为它是一篇微小说，它完全符合小说的要素，有人物，有情节，有环境，有虚构，同时对人物进行了心理的、动作的、神态的描绘，开端、发展、高潮、结局都很完整，《桃花源记》就是一篇小说，而且是小说中的极品。

桃花源是陶渊明虚构的一个根本不存在的美丽传说，而古崖居呢？也许它就是古代先民心中的一个桃花胜地，它真真实实地存在着，存在过几百年，或者说几千年后依然存在，它是真实的，我们不仅触摸到了它的身体，还感受到了它的雄壮与静谧。它不是传说，不是虚构，它的数百个洞穴活生生地呈现着烟火气息。我们循着它的神秘而来，依然能感受到这里曾经欢声笑语，曾经群马嘶鸣，星空目睹过它的热闹与沧桑。

与陶渊明的桃花源不同，桃花源与桃花源里的人都消失了，而古崖居里的人消失了，古崖居还在。这个真正的"世外桃源"只留下了一个空壳，鸡鸣狗叫没有了，烟火味没有了。从此，它睁着失神的眼孤寂地凝视着一切，感叹着岁月侵蚀走了很多很多。

它也知道这里曾发生过什么，只是它没有声音表达出来，它只能寂寞地等待，等待一个马掌、一片陶瓷、一个铁环"吧嗒"一声突然出现在一个考古人的脚下，把当时的烟云统统呈现出来。

三

"炉灶""马槽""石炕""出烟口""烟道""神龛"——陈列在眼前，它跳跃起我对古崖居无穷的想象。也希望突然有一个声音在大山里喊：是我，是我，我曾经在这里住过。

但到底是谁曾在这里耕耘过日月呢？

说不清是哪个世纪，哪个年代，这个山崖里突然拥进一群人，他们拿起各种工具，开始了"叮叮咚咚"的开凿山洞的宏大工程。一凿子下去，便迸溅出了历史的火花，大山由此掀开了新的生命。

沉默不语的大山清晰地听到了凿子响的声音，汗水滴到它的胸怀里，它感受到了前所未有的温暖和热情。从此，它的生活有了画面，有了气息，有了节奏，有了韵味。

当第一缕炊烟升起来，沉默的大山沸腾了，它那庞大的身躯足以容下很多生命在这里繁衍生息，如果有人愿意在它的怀抱里生存，它愿意接受并乐意奉献。

有人猜测，开凿古崖居的人是两千五百年前的山戎人，山戎人一度生活在燕山地区，以狩猎和放牧为生，但他们强大时又不断南下侵扰中原，历史上曾发生过"山戎痛燕"的战争事件，但是山戎人后来遭受到中原诸国重创，逐渐衰落以至消失。那么，这个古崖居是不是山戎人接近消亡后仅剩的残余势力避居在这里？极有可能。

离古崖居数里的延庆张山营镇玉皇庙村的山坡上，六百多座山戎墓葬群被发掘，共出土金、青铜、陶、蚌、玛瑙等各类文物一万余件，这说明山戎人曾经在这片土地上生活了很长时间。墓葬群的出现更加佐证了古崖居很可能被山戎人居住。但是山戎人习惯游牧和狩猎，他们是否会一锤一锤花费若干年时间建造这么些个憋憋屈屈的小洞住？很有疑点。

如若古崖居的主人不是山戎人，那又会是谁呢？

有专家学者大开脑洞，开始设想古崖居极有可能是一座储粮的仓库。仓库？对于这个说法，我只微微一笑。如若是储粮的仓库，那很可能得凿很多间大型库房，而不是一个又一个很小的洞穴，古崖居的格局显然不是储物的格局。"仓库说"我不太信。

在"到底谁是古崖居主人"这个问题上，我最倾向于唐朝奚族避难于此之说。在《五代史》和《辽史》中，也确实能够找到奚族南迁的记载。

奚族是一个古老的民族，殷墟出土的甲骨文中就有是否用三奚、三十奚祭祀父乙和大乙的卜辞，奚族一直是以一个弱小民族出现在历史舞台上的。到了唐朝，奚族时而依附唐朝，时而亲附突厥，后来契丹强盛，奚族部落又归附契丹，但是强大的契丹对奚苛虐，致使奚部落又归附唐朝，于是一部分奚族人就来到了妫州（今天的延庆）。宋代大文学家欧阳修编撰的《新五代史》记载："奚人常为契丹守界上，而苦于苛虐，奚王去诸怨反，以别部西徙妫州（今延庆、怀来一带）。"

此后，辽太祖耶律阿保机曾亲征妫州的奚族部落，经过十多年战争最终将他们打败。虽然后来奚族人回离保曾以奚族立国，但是依然挡不住灭亡的厄运，奚国仅仅存在了八个月，就在公元 1123 年 8 月被金将郭药师所灭。从此，史书中就再没有奚族这个民族的记载，奚族慢慢销声匿迹了。

古崖居极有可能是奚族人建造的。

因为生存，他们必须找一个易守难攻的避乱之所，而古崖居恰恰满足了这个条件。去过古崖居的人都知道，若要到古崖居洞穴里去，只有一条很窄的路通行，真正是一夫当关，万夫莫开。而古崖居的石质与结构也很适合在上面开凿房间，以供居住。另外，《新五代史》还记载，奚族首领经常到古崖居所在的大海陀山采集麝香、人参，贿赂当时另一个对他们虎视眈眈的刘守光政权，这说明他们很熟悉这座大山，也希望这座大山在他们大难时能带给他们一时的安全。但据史书记载，奚族在妫州只坚持了三十多年就消失了，这个大山藏不住他们的身影，也阻挡不了敌人的攻击。

也许古崖居就是奚部落临时的避难之所。

但至今古崖居中的各个山洞并没有一点一滴的证据表明他们曾是这个山崖的主人，也许是某个夜色中，他们在星星和月光的照耀下，裹拾起所有的家当悄悄离开了这里，连一个碗、一个铁钉、一片纸都没留下，只留给了大山空洞的、哀伤的、留恋的眼神。

古崖居掩映在群山之中，对我们所有的猜测并不言语，它知道我们哪些是对的，哪些是错的，但它始终是沉默的。

四

来到古崖居，"奚王府"是个不得不看的地方，因为它的造型结构独特，区别于古崖居里其他建筑的风格，使人们对这个地方充满了更神秘的想象。

"奚王府"又被当地人称为"官堂子""金銮殿"。"金銮殿"这个名字足以说明"奚王府"在古崖居中的显赫地位。"奚王府"在所有洞室中是建造最豪华、最精致的。在这个比较宽敞明亮的"大殿"内雕刻有石柱，两根大石柱擎起洞顶，两根小石柱中间是一个佛龛，后面八根小柱子撑起祭台，"大殿"两侧凿有两个对称的有炕的小卧室，北侧耳室内的灶台上还凿有石窝供安置"暖坛"（靠灶内的余温加热，随时取温水用的容器），大殿里有石桌石凳。"奚王府"不仅设计巧妙，而且采光极好，还处在避风处，一切布局都显示，这儿是个不一般的地方，据说它就是奚部落首领居住之处，还或者兼有议事、聚会、祭祀的功能。但仔细看看，这里确实不像传说中的"金銮殿"，石居最长处约 11 米，深 8 米，高 3.6 米，它只比别的洞穴略微大了些，囿于山崖本身的格局，做大殿还是略微显得局促了，但是对于避难之人来说，这已经是个神仙居所了。

"奚王府"的正面是陡峭的绝壁，从奚王府居高临下观看，可以俯瞰到进入古崖居的蜿蜒曲折之路，也许这正是要把首领居住地开凿在这里的重要原因，他要能掌控这里的一切。

站在"奚王府"，仔细打量着这里的一切，好像石桌旁坐了曾经的奚族将领，只见他腰带佩剑，微微蹙起眉头，他无时无刻不在想着部落的今天、明天、后天。他们是在这里永世避居下去，还是去寻找别的生路？到底何去何从这个复杂的矛盾使他纠结，使他心里难以平静。旁边冒着热气的茶逐渐冷却，而他还在思索，不停地思索。

想想曾经的奚族人，心里不禁涌起一种悲壮的感觉，一马平川的地方，他们无法去，却只能避居在这大山深处，他们满腔的豪情无处播撒，心里该有多少落寞和惆怅。

凝视着"奚王府"，看它庄重的样子，蓦然就起了敬畏之心。想起了那些拿着锤子、凿子的古人是如何一锤一凿马不停蹄地在这里将这个伟大工程完成得如此细致、如此完美，石灰吹落到他们身上，汗水夹杂着石灰顺着他们的背影滴答到地上，他们仍然心无旁骛，斗转星移，无数日月后，一个别有洞天的居所就这样清晰地呈现在了这片大地上。

一定有一群人为了这个旷世工程付出了健康乃至生命。向他们致敬！

古崖居里有水井，还有石碾，水井已经干枯，石碾也已经被围护起来，但水井曾经冒出汩汩清水，滋养了在这里生活的无数人，石碾也曾经终日不歇地运转着，以供给生活在这里的人吃喝。水井和石碾的存在，意味着古崖居里的人不用到外面汲水或者打磨粮食，他们可以更隐蔽地存在，以保证他们世外桃源的安全。

古崖居的山顶处还有一段南北长一百三十五米，东西长约五十米，高约三米的残墙。这段残墙依山而建。站在这个山顶处，平原景色尽收眼底，若有敌情出现可以一目了然。也因此有人猜测，这个古崖居就是边关士兵军营，他们在这里屯军驻守，就是瞭望军情。

古代战事频繁，在这里修筑一个神秘隐蔽的军事场所，看来也不是不可能。

延庆古崖居的存在不是中国古崖居的唯一，在离延庆不远的河北省怀来县天皇山上还有一处崖居，它的开凿格局更像是人群生活的地方，有某些房间甚至开凿得比延庆古崖居还精细，因为它的洞顶有类似现在天花板的方形痕迹。这也说明，那个烽火不绝的年代，一个部落里的不同家族可能各自寻找到了适合自己的大山，然后开凿出了差不多风格但略有不同的洞居场所。他们寻找到了共同的避害方式。

阳光暖暖地照在古崖居身上，此刻这个巨人封闭了过往所有信息，只在大山中像个僧人般背靠蓝天禅坐，刀光剑影、战火烟尘、炊烟袅袅一一从它面前掠过。

五

世界上的古崖居有很多。

比如格鲁吉亚瓦尔齐亚的古崖居，它有十三层楼高，共六百多间房屋，里面还设有修道院、教堂，灌溉系统也很完善。这座无比宏伟的建筑相传是塔玛王后为抵御蒙古人而修建。

土耳其的乌奇沙、欧塔希沙古崖居简直就是天然的城堡，高大奇丽，雄伟壮观。

伊朗的坎多凡古崖居历史可追溯至公元 13 世纪，它像一个个巨大的烟洞，彼此独立而又相互联结，肃穆地站立在群山中间，让你不得不赞叹大自然的瑰丽，人类无穷的想象力和创造力。

美国的梅萨维德古崖居看起来也非常雄壮，曾经的主人——神秘的印第安部落阿纳萨齐人于 12 世纪在这里开凿了居所，生活了很多年后，于公元 1300 年，集体离开了这里，给后世留下了一个无法解释的谜团。

在中国的陕北高原上还有一处很小的崖居——高川崖居，距今约有一百五十年的历史。它是清同治年间一个家族的五个人为躲避战乱亲手开凿的，这个崖居的历史很清晰，因为开凿崖居人的后代还健在。从远处看，这个崖居根本没有门，只有排列整齐的几个很小的洞口，而其实里面凿有十三间石室，石室里炕、井、粮囤甚至厕所，设施一应俱全。也许它是离这个时代最近、不用考证就可以说清历史的崖居。

古崖居一直是隐秘在历史深处的古旧的雕像，它庞大、质朴、厚重，由无数人耗费无数时间铸就，它们裸露在时空之中，向无数烟云瞥下了意味深长的一眼。历史隐去，只有它们还在，并藏匿了无数故事。

有时我想，古崖居的存在就是人类生存状态的一个体现，它可能是一个被迫的存在，因为很多古崖居都是为避乱而开凿的。古崖居修筑在各个险绝的山崖上，生活虽然有些快乐自由，但肯定有说不尽的艰难清苦，如若生活和平，谁又想在那高处不胜寒之地脱离了人群、脱离了人世的繁华辛苦地活着。

现在的很多古崖居已经没有人居住，有的成为旅游胜地，游人三三两两，只是为了瞻仰人类杰作的神奇与神秘，怀思古人。

还好，大多数人正处于美好的时代，古崖居生活只是记忆中的一缕烟火。

评书歌颂新时代

温振鑫

一抔黄土带着祖国母亲的体温，一湾溪流带着祖国母亲的乳香，一页发黄的古籍带着祖国母亲的厚重，一声爽脆的山歌带着祖国母亲的欢乐。我在平北抗日战争纪念馆认识了您的屈辱，我在八达岭长城上见识了您的恢宏，我在海陀山头仰望着您的宽广，我在百里山水画廊欣赏您的重峦叠嶂。

我总是这样轻声呼唤——祖国母亲，每次都会庄严地心驰神往，想五星红旗高高飘扬，想国歌声声雄壮。我总是抑制不住内心的激动，我愿为您狂舞，我愿为您歌唱。因为您，我更热爱春夏秋冬；因为您，我更热爱生命。我就像广袤森林中的一棵小树，为您的繁荣似锦，我愿支撑起一片蓝天；为您的健康无恙，我愿守住一寸土壤。

我出生在1978年寒冬，这一年的冬天却带着春天的号角。我伴着十一届三中全会的号角，在改革开放的洪流中成长。我们这一代人没有经过战火纷飞，没有见过新中国初建时的困难，没有尝试过饥饿和上山下乡的奔波。在我们这代人身上有着父辈们向往的幸福，有着"00后"们体会不到的激情。1997年我们目睹了香港的回归，2008年奥运就在我们身旁。这一切让世界看到了中国的力量，这一切让我们怎么能不为祖国而歌唱？

从小热爱文艺的我，幼儿园时就站在小朋友中间，天天讲故事，连阿姨都说："打小就这么能说，长大了还不当个演员！"演员的梦虽然没有实现，但是站在舞台上，用我的声音给听众们讲述红色故事，却成了我生活的主题。2014年在咱们延庆，我和我的小伙伴组建了"凭书馆"，在这方不足一平方米的小舞台上，我们开始给延庆的百姓说评书、讲故事。开始我们讲的无非是一些传统的书目《西游记》《聊斋》，虽然听的人不少，但是总觉得欠点儿什么，您要问欠什么，我们自己也说不清。

2015年，正值反法西斯战争暨中国人民抗日战争胜利七十周年。一个光荣而带有历史使命感的任务，突然出现在我们面前。"为什么不用评书说说抗战啊？"有人问我。"说抗战？！题目未免太大了吧，从哪儿说起呢？""就说说咱们延庆的平北抗日根据地啊！"听到这句话，如同拨云见日，我的心里一下子涌起了波澜：八路军优秀指挥员、十团团长白乙化在战斗中英勇牺牲，中共昌延县委书记徐智甫身陷重围壮烈殉国，八路军连长谢瑞浴血沙场，当代佘太君邓玉芬毁家纾难、献出丈夫及爱子七人，民兵英雄何金海大摆地雷阵威破敌胆……这么多的抗战英雄，不能让他们的事迹静静地躺在博物馆里啊！

说干就干。我在图书馆翻阅书籍，在档案馆查看资料，把一个个英雄儿女在延庆大地上抛头颅洒热血的抗战事迹整理成故事，写成评书。为了让传播的力度更大更广，我们还邀请著名评书表演艺术家刘兰芳作为我们的艺术指导亲临现场。

老艺术家语重心长地告诉我们："用评书讲中国故事，形式灵活、易于接受。你们年轻又守着这么好的地方，要说好书、说好英雄人物，把他们的精神与品德贯穿在节目里，寓教于乐，让观众在笑声中获得启迪与思考，这才是咱说书人的本职工作啊。"

为了说好英雄，我特意开车钻进了延庆的革命老区。在大庄科我们参观了中共昌延县临时政府；在白龙潭我们缅怀英雄岳坦；在霹破石村红色纪念地，我忘记了烈日当头，给来这里参加党课、党员活动的人们讲着白乙化的故事。盛夏的炎热让我的演出服浸透了汗水，可是我心里是那么激动。因为我的评讲，让英雄的事迹流传，让新时代的党员感受到红色故土就在他们脚下，就在他们身边。

我们的评书通过《平北英雄谱》一发而不可收，就在2019年，祖国的七十华诞，我们又迎来了举世瞩目的北京世界园艺博览会。我们再次让评书"蹭"了世园会的热度，及时推出《评书话世园》。世园美景观不尽，评书声声听不完。三十段评书说的是园林的美景、花草的繁华，可是一字字、一句句都饱含着我对祖国母亲的赞美和新时代生活的升华。

我和我的祖国血脉相通，就像赤子与母亲。每当我看到祖国日新月异的发展、听到祖国突飞猛进的消息，就会情不自禁地唱起这首歌："我和我的祖国，一刻也不能分割。无论我走到哪里，都流出一首赞歌。我歌唱每一座高山，我歌唱每一条河……"

祖国，我的母亲，祝您生日快乐！

父亲的杏树园

夏雪飞

老家的墙外本是一片庄稼地，后来响应植树造林，父亲改种了杏树，几年后，成为小有规模的杏树园，与别人家的树林连成一片，成为小有规模的森林了。

每次回家，父亲多数都在自家的杏树园里忙活着。直到母亲做好饭了，我们连声呼唤，父亲才从杏树园里恋恋不舍地回来。

每年春天，当不少人去野外挖野菜时，我家杏树园里就能挖到苣荬菜、婆婆丁、车前草等清热去火的野菜，还都是原汁原味的野菜。这可是父亲去山上、野外连根挖回来栽到杏树园里的，长了几年，野菜扎根了，就开始繁衍成一片。父亲还在杏树园里种植黄芩药材，等到长叶子了，就采摘嫩叶给我们泡水喝。

后来，父亲又补种了一些樱桃、苹果、核桃、海棠等果树。父亲说，我们小时候家里没有果树，吃不到水果，如今有地方种了，就多种一些不同的果树，这样就能多吃些不同的水果了。父亲还在果树的空当处种了一些草莓。一到夏天，父亲就带着外孙女去杏树园采摘草莓，红了一颗摘一颗，一老一小在地里，大呼小叫，兴高采烈。

从小在父母家长大的女儿非常喜欢在杏树园里玩，那是她的乐园。父亲在一棵粗壮的树枝上系上结实的绳子，做了一个秋千，这让女儿很喜欢。每次看着女儿在那里快乐地玩耍，就不由得想起鲁迅写的《从百草园到三味书屋》，想起那时我摇头晃脑地背诵那篇文章，"不必说碧绿的菜畦，光滑的石井栏，高大的皂荚树，紫红的桑葚；也不必说鸣蝉在树叶里长吟，肥胖的黄蜂伏在菜花上，轻捷的叫天子（云雀）忽然从草间直窜向云霄里去了。单是周围的短短的泥墙根一带，就有无限趣味……"

那时，我总是想，鲁迅先生这个百草园真是美啊，而如今我家的杏树园在父亲的侍弄下，简直可以和鲁迅笔下的百草园相媲美。

尤其是家乡成为生态涵养区，大力发展绿色环境时，父亲更是积极响应，精心侍弄杏树园。父亲在杏树园的中央做了一个简易小亭子，用水泥砖铺地，撑起一把遮阳伞，下面放一张小木桌子和几把凳子，与周围的杏树呼应着。这里成了全家人的乐园。

周末回家时，我喜欢带着笔记本，或是拿一本书，坐在那里，任思绪飞扬。尤其是杏花开的时候，清风徐来，空气里都是杏花飘来的香气。这让我很自豪，别人休息时，四处寻找空气清新的地方，而我家就有现成的天然氧吧。

此时，正是杏花开的时节，午后，阳光照进林子里，暖暖的，书读累了，我刚要趴在桌子上小憩一会儿，母亲见到了，拿了一件衣服走过来，披到我身上。我感觉到后，赶紧站起来。母亲嗔怪道："要是困了，就回屋里去睡，这里有风。"

我说："放心吧妈，我没有睡，只是趴在桌子上想事情。"

母亲坐下来，我们开始聊天。记忆中，从我开始上班后，我和母亲就很少单独坐在一起聊天了。

突然，我发现，不远的杏树底下，有三只小花猫正在追逐玩耍，绕着杏树转圈圈，特别可爱。我刚站起来，朝它们走了两步，花猫们受到惊吓，都跑到西墙的柴棚里了。

母亲说："这三只小花猫是一只流浪猫下的，有一个月了，就住在咱家柴棚里。我和你爸在柴棚里放了一个纸箱子，里面铺上厚厚的海绵，每天都过来喂两顿，它们就把这当家，不走了。"说着，母亲拿出早就准备好的火腿肠，来到柴棚旁，轻声呼唤着，小花猫们果然探头探脑地钻了出来，跑到母亲跟前，抢夺美食。之后，忽略了我这个"陌生人"，在母亲面前，亲昵地玩耍起来。

这一幕，让我感动，小花猫们能够扎根在此，来源于父母的细心呵护，应该也来源于这片风水宝地吧！它们也像我们一样，都喜欢这里的天然氧吧！在这里，人与小动物都能和谐相处了。

母亲又说："你们小时候太苦嘴了，在你三岁那年，家里为了盖房，将后园的两棵杏树和一棵海棠果树都给砍了。之后，为了多种些蔬菜，就没有再种果树，也没有多余的钱给你们买水果，我和你爸一直很愧疚。现在你爸就想多种些果树，让你们和孩子能够吃上新鲜的水果。"

我想到往年，家里的果树每到果实成熟时节，父亲就打电话让我们回家采摘，还不忘记让我们给同事、朋友带些，看着我们大包小包地拎着水果和野菜上车，父亲亦是满脸的笑容。

这时，杏园深处传来女儿开心的笑声，还有父亲一个劲儿嘱咐女儿"小心"的声音。不用猜，女儿又去荡秋千了……

绿波涌动嵌明珠

郭艳军

奔驰在延庆的公路上，无论是城市还是乡村，映入眼帘的都是飞驰而过的或高大挺拔，或婀娜多姿，或龙钟遒劲的各色树木。尽管深冬万物凋敝，尽管满目萧条，但放眼望去，路畔田野，幽崾山巅，都是迎风而立的白杨垂柳、翠柏苍松。看着看着，径自生出"天时人事日相催，冬至阳生春又来"的喜悦情绪来。倘若春天最好，打开车窗，除却扑面而来的万紫千红以外，还有自车窗沁入心房的花儿的芬芳，后腿坠着两个金黄色花粉球儿的蜜蜂嗡嗡地在车里逡巡一番旋又匆匆飞向百花竞妍的原野。循着这勤劳的小精灵，车子自然快起来，心田荡漾着"春风得意马蹄疾，一日看尽长安花"的惬意。

延庆的美是与生俱来的。倘若以满分十分做标准进行评定，那么山、水各占三分，树则独占四分。历史悠长且有据可考的延庆八景，虽唯有"榆林夕照""古城烟树"与树有关，但其他诸如岔道秋风、妫川积雪、远塞飞鸿、平原猎骑等景观又怎能与树断然分开呢？海陀巍峨，如无树木遮阴，有的唯剩空旷与寂寥；妫水浩渺，若失树木叠翠，有的独存惆怅与悲愁：没有树，山是穷山，水是枯水。

树是何其重要啊！

记忆中，延庆绿化的脚步从未停止过。20 世纪 80 年代初，松山自然保护区早已声名远播。沿着盘曲而上的山路进入松山景区，幽深的密林中回荡着淙淙的水声。仰卧林间巨石之上，微合双目静听鸟唱溪鸣。微风轻拂，暑热顿消，煞是畅快！这是初中放假随大人到松山栽树休息的场景。早晨吃过早饭，骑车带着镢头、铁锹进入松山。山中云气氤氲，草里鸣虫浅唱。举目远望，或挥锄刨地，或舞锹铲土，山坳里尽是劳动者的身影。劳动工具碰撞石头叮当作响，宛若琴声激荡浚谷经久不绝。松山因主峰覆盖着天然油松林而得名。自110国道右转直至进入山口，一道道山梁层峦叠嶂，除了随风舞动的低矮灌木，几乎看不到松树的影子。如今不止松山，横亘东西的整条燕山山脉已林木葱茏！走在八达岭高速上回眸北望，群峰绵亘蜿蜒、树影婆娑，宛若万顷碧波流向澄澈天际。

生在农村，不管从事什么职业，总会与土地、树木有着千丝万缕的联系。

我的家坐落于延庆西北边陲，毗邻河北省怀来县。"衢分南北，省划东西。南越雄关，直抵明清地所；西穿麦原，径达沧桑秦川。海陀巍峨，观千里沃土；官厅浩渺，育万世黎民。""衢分南北"中之"衢"，即指横贯东西的110国道和大秦线。两条运输干线加强了京冀两地及华北平原各大城市之间的联系，促进了经济文化的发展和繁荣。2010年，以110国道和大秦线为中轴线的绿化工作全面铺开。除广植防风固沙的杨树、火炬树外，还大面积引进经济树木。我家有一块位于大秦线一侧的土地，响应退耕还林的号召栽上了杏树。"春风拂过与蓝天携手揽腕的杏树林，一阵淡淡的杏花香味扑鼻而来。忙碌的蜜蜂嗡嗡地舞动着，穿梭在杏树丛中。看到眼前的一切，全海老爹眼前又浮现出秋天杏树园繁忙的景象。小伙子们俯身抱着满满一袋杏核用力一挺，肩上就多了七八十斤的分量。他们小跑着把杏核扛出杏树林，仿佛有使不完的劲儿。"这是拙作《千里沃土杏花香》中的一个片段，这本书是我根据家乡绿化情况创作的一篇小说。每每想及那片林木森郁的沃土，眼前即刻浮现出"杏花满地堆香雪"的画面来。

延庆有两条旅游专线，一条是依山修建的古龙路，另一条是傍水开辟的环湖路。无论行走在哪条路上，眼前弥漫的均是绿云涌动、浓荫匝地的林木。举目远望，仿佛泛舟于与远天相连的浩瀚无边的海洋中。

延庆不大，却成就了一件件惊天动地的大事。马铃薯大会，世界葡萄大会，以及正在如火如荼准备中的世园会和冬奥会，看似不可能实现的事情均一件件地凤愿得偿。这些举世瞩目的大事成功申办、举办，除了有赖于延庆得天独厚的自然条件外，更得益于延庆人民脚踏实地、攻坚克难的奋斗精神！2013年11月9日，习近平总书记在《关于〈中共中央关于全面深化改革若干重大问题的决定〉》中提出："我们要认识到，山水林田湖是一个生命共同体，人的命脉在田，田的命脉在水，水的命脉在山，山的命脉在土，土的命脉在树。""创森"工作是继世园、冬奥后的又一重要工作，是延庆发展到一定程度的结果，更是延庆区政府致力于改善人居环境、提升城市品位、打造绿色经济品牌的重要工程。

没有走出延庆，我觉得外边的世界很大；走进外边的世界，我觉得延庆很美。

延庆，这座绿波涌动的塞外边城，正逐步成为镶嵌在北京西北边陲的一颗璀璨明珠。

多彩的江水泉

崔茂华

楼台近月，我得以常去江水泉公园。许是日久生情，我曾多次用图片、用视频赞美过它。

春天冰雪消融，公园河边、湖边冰隙，时而能听到滴答滴答的轻轻水珠声，小草才露尖尖角的样子，让人好生欣喜。一场小雨过后的树梢儿，远看绿色近却无，那样的朦胧美是我年年期待的。早放的郁金香，在春风中摇曳的样子，更是人见人爱。春天的江水泉，生机盎然，色彩朦胧。

夏天的江水泉，满眼的绿。从成排树木缝隙中斜射下来的阳光，把片片柔软草地，画成条条黄绿和青绿的丝带，很像床上的床单，诱人一躺。错落的树林下，则是或浅或深的斑斓。一条甬路，徜徉于遮天蔽日的茂密树林之间，像弯曲的丝绦，环形连缀着湖桥景致。林下暗绿的草，惬意地享受着静静的清凉。茂盛的高大树冠，直插云天宛若绿云，像在与白云争夺天空。鸟的叫声，从绿云中穿落下来，像是带着绿的水汽，游人至此，哪能不心旷神怡？最吸引人的，是江水泉湖的颜色。清晨，湖如浅黛。太阳初照，波光粼粼，宛如金子闪光。中午时分，近似粉面，干净细润。太阳偏西树木遮挡，它绿得恰似圆润的碧玉。轻云薄雾之时，它深绿得宛如翡翠。暮夏，池塘莲蓬舒展身姿，浓绿的衣裳，托着晶莹剔透的晨露，陪着莲花盛开。江水泉夏日的绿，是富于变幻的绿，绿得安谧，绿得迷人。

秋天的江水泉湖面，有时像一面明亮的镜子，把整个公园映照得玲珑剔透。天高云淡之时，清澈的湖，把蓝天白云倒映进来，细看，白云还在飘呢，真是美极了。园中角落，束束菊花，常在沙沙秋风中群舞。黄栌、槭树举起了红丝绸，装点着稀疏的林间。随风飘至的片片黄叶，在甬路上肆意地翻动着俏皮的样子。原来茂密的树冠慢慢变小了，阵阵秋风从树间穿来，带着丝丝凉意。湖边那棵梨树，总是最先脱掉身上的绿衣。此时的江水泉，黄亮绚丽，让常来游园的人，感悟到生活的美好。

冬天的江水泉，最让人神往。尽管北风常袭，可受茂密树林遮挡，这里却游人不减。姑娘小伙来这里跑步，老头儿老太到这里健身，即使是对于上班一族，这里仍是晨练首选之所。遇到下雪，更有人愿踏雪而来，倾听雪花飘落声的奇妙，感受雪花亲吻脸颊的温馨，寻找用双脚触摸白雪的那份刺激。而那些或是梳着羊角辫儿、或是戴着遮耳帽的小朋友们，更愿寄情于这雪霁晴日。他们在这里打雪仗、滚雪球，甚至让大人拉着他们在雪上打滑。干净的羽绒服上，沾着被雪团打中的雪屑，崭新的手套挂着雪团沾来的泥土。哈哈，那个孩子的笑脸上，甚至还留着"战败"的泪迹呢。江水泉的冬季，让人们荡起了幼年生活的回忆，也跳动出了生命律动的音符。江水泉冰面是白色的，雪花是白色的，可来这里游玩嬉戏的人们，脸是红扑扑的。

江水泉四季都很美，可这里还有更美的，在一直渐渐显露着。江水泉建园近二十年了，当初来人很少，更少有人在这里照相，游人衣着也很简朴。这些年来，园中游乐设施、观赏景点虽增加不多，可游人却日渐增多了。

今夏，园中音乐演奏之声常常此起彼伏。有吹萨克斯的、吹唢呐的，还有吹口琴的。有拉二胡的、拉京胡的，还有拉板胡的。论演奏水平，自是参差不齐，可水平高的也有。那位吹萨克斯的，据说就是延庆的高手！这位刚退休就来吹口琴的，频频受邀参加北京的演出呢！说起口琴来，他可真是一套一套的。最难能可贵的，有位幼儿园小朋友，在爸妈的帮助下，还把一副古筝带进了公园。动听的音乐，把笔者吸引了过去，我问她可否弹奏一曲《步步高》，这可是名曲啊！这个打扮得像蝴蝶一样漂亮的孩子，爽快地答应了。说着，欢快典雅的声音，就从孩子嫩小的手指尖流淌了出来。忽地，江水泉公园湖面上，江水泉林间，也飘荡起了优美的旋律。

更新奇的，连平时不多见的京东大鼓演唱也昂首进了公园。那位唱者说，他们也曾多次参加区内演出活动。是啊，从他们的演唱听得出来，颇有几分"董湘昆"之风。

美妙的琴音乐响，引来了更多的衣着各色的游人。游人衣着质量，也在迅速提升。像当年袒胸露背来园的没了，随地吐痰的没了，园内吸烟的越来越稀少了，带宠物进园的没了。当初进园就粗脖大嗓吼叫的少了，来园子唱歌的多了。今夏，一个民众自发组织的老年模特队，也出现在了公园湖畔。她们十二个人身着旗袍，按颜色分为红白两组，边表演边拍照。衣着华丽，身姿曼妙，动作优美，表情盎然，谈笑风生，怡然自得。

在江水泉，我看到了游客丰富多彩的休闲生活方式！

近在咫尺的江水泉公园，让我成了开园的见证者，把我变成了这里的常客，它还把我熏陶成了公园钟爱人。而我，也实实在在感受到了它四季景色的差异。同时，我还是公园的赞美者，曾把很多照片、视频上传到了互联网上。

在我提笔写这篇短文的时候，我好像倏地成了一个思想者。江水泉四季都是美的，尽管美有不同；江水泉游客人来人往，尽管老少男女不同，可园中树木不仅看到了游客的衣着变化，还看到了游客的行为举止、活动内容的前后不同。

一滴水，能反映大海。多彩的江水泉，也反映着延庆的飞速变化。

荒山秃岭变身记

柳 舟

绿树村边合，青山郭外斜。

春夏时节，行走在延庆的山山水水间，满眼绿色葱茏，处处鸟语花香，宛如置身世外桃源，延庆成为京城和周边市民休闲旅游的首选。

然而，20 世纪 80 年代之前，在众多城里人眼中，延庆偏远荒凉，到处是荒山秃岭，延庆的林木绿化率仅有百分之二十。

"一年一场风，从春刮到冬。尘沙满天飞，抬脚不见踪。"曾经流行的顺口溜，昭示着那些苦难的日子，映射出延庆恶劣的自然环境。

"南荒滩"是当时八达岭康庄地区的代名词。这里常年岩石裸露，土地沙化，地表剥蚀，植被稀疏，一片荒凉萧瑟的景象。这里地处河北坝上及内蒙古风源南下的风廊通道，大风多集中于 12 月至 1 月，最大风速高达 40 米/秒，全年大风天数在四十天以上。

创造美好生活是人民永远不变的追求。面对恶劣的生存环境，历届延庆区（县）委、区（县）政府谋动思变，励精图治，掀起了一场改变延庆历史的生态攻坚战。

1986 年，当时的延庆县委、县政府提出"冷凉战略"，充分利用延庆冬冷夏凉的气候特点，实现将劣势转变为优势的思维蜕变，以旅游业和农业为突破口，改变延庆的落后面貌。

十年之后，延庆县委、县政府又一次审时度势，提出"旅游牵动、城镇带动、科教推动"的"三动战略"，优化资源配置和生产力布局，建设具有延庆特色的区位经济，推动现代化国际旅游卫星城建设，并首次提出"北京夏都"概念。

　　历史的车轮迈入 21 世纪后，延庆县委、县政府在"冷凉""三动"战略的基础上，创造性地提出"生态文明战略"，并不断完善发展成为如今的"生态文明发展战略"，成为近二十年来延庆发展的战略方向和总基调。

　　随着生态文明建设、绿色发展概念的不断明晰和明确，延庆人民克服重重困难，积极投身到消灭荒山秃岭、建设美丽家园的行动中。

　　三北防护林、京津风沙源治理、平原地区百万亩造林……三十余年来，淳朴勤劳的延庆人民通过飞播造林、人工撒播造林、爆破造林等多种方式，扎实推进了一系列绿化工程，让曾经荒芜萧瑟的延庆，逐渐绿了起来，美了起来。

　　27.6 万亩康庄风沙危害区得到有效治理，张山营、龙庆峡等乱石滩地变成鸟语花香的森林公园，农田基本实现林网化，公路、铁路、河道变成绿色通道和景观大道。

　　岩石裸露的荒山秃岭，终于披上绿装……曾经的"南荒滩"早已成为人们的记忆。"昔日风沙铺满天，今朝森林绿如烟。"得益于此，康庄地区每年平均风速由原来的 5 米/秒降为 3.5 米/秒，风速超过 17 米/秒的大风天（风日），由每年三十九天降到十五天，延庆的生态环境得到了极大改善。

　　2012 年起，北京市实施百万亩平原地区造林工程，延庆积极响应，历时三年，在蔡家河流域打造了七万九千亩林海，成为本市平原造林工程中面积最大的一片。

　　2017 年，延庆区京津风沙源治理、平原生态林管护和山区林木抚育累计完成三十一万七千亩，新增彩色树种造林一千八百亩。目前，延庆已经建成了十余万亩的四大绿色生态走廊，包括妫河生态休闲走廊、官厅水库生态库滨带、北山生态休闲观光带和龙庆峡下游森林公园。

　　如今，漫步在蔡家河两岸，随处可见的水生植物和花灌木，与稻田湿地景观组成美丽画卷；进入林区，高处有色彩各异的树木，低处有争奇斗艳的花卉。多彩的树木、连绵的远山、蜿蜒的河流……构成了一幅幅远山近水的美景图。

　　几代人的耕耘和付出，让昔日的荒山秃岭披上绿装，延庆也以优质的生态环境享誉首都。

　　延庆的优势在生态，延庆的未来也在生态。每一位妫川儿女，都应该像爱护眼睛一样，守护好家乡的一草一木、一山一川，保护好我们共同的美丽延庆。

碓 臼 石

周建强

两年前就听说了碓臼石村，知道那里有位环保义士，在做着一件很有意义的事情——建设地球村。那时，只觉得碓臼石的村名有些生僻，易让人憧憬，把它想成是一个青石土墙、柳树成荫、鸡犬之声相闻的小山村。不经意间，心里便生了向往。直到几个月前，由于要陪一位摄影记者，才去了趟碓臼石。

碓臼石位于延庆县井庄镇南端，是一个只有四十一户人家的山村。《延庆县志》记载，明清时期，村人多生产捣米用的碓臼，村庄故此得名。目前，在村内自然景观内，还遗留有九个"石臼"。碓臼石山清水秀，是典型的北方山野风光。数千亩的山场植被茂密，林地葱郁，山泉潺潺，野花竞放。林地内长着桦、椴、松、柏、槐等十几种野生树种，杂居着黄羊、狍子、野猪等十余种野生动物，分布着"母乳泉""乌龟石"等众多天然景观。

碓臼石村的自然风光，吸引了北京地球村环境文化中心的廖晓义女士。作为国际民间环保人士，1998 年，她走进了碓臼石，开始了地球村的建设——环保教育基地，绿色生活展示厅，湿地围造景区，碓臼石成了人类亲和自然的天然教育场所。

听乡里干部介绍，碓臼石是全国第一个村户垃圾分类民俗环保村。这不免让人一震，也使我想起了在镜泊湖看到的那一幕。

今年夏天，我到东北出差，顺便游了趟镜泊湖。乘船赏湖时，几位同船游客比赛嗑瓜子，其中有大人也有孩子，他们嗑得熟练而潇洒，并不时发出开心的笑声。起初，他们的比赛干扰了我，我颇为不悦地瞟了他们一眼，可是他们脸上那种喜气洋洋的快乐劲儿，又让我释然了。我甚至饶有兴趣地望着他们，看他们右手从纸袋里掏出瓜子，在嘴巴上一闪过后，饱满的瓜子便成了干瘪的躯壳，被准确地放到左手……最后，当孩子手里的瓜子皮已经盛满的时候，他兴奋地一甩手，满捧瓜子皮天女散花般地撒向了湖里……出人意料的是，孩子的母亲也不示弱，跟着把手里的瓜子皮撒向船外，然后高兴地跟孩子欢笑起来……一时间，他们快乐的脸庞十分狰狞，叫喊声非常刺耳，我的心脏有些承受不住血液的狂奔……

正是那次，我第一次体会到环保的意义，感受到了环保教育的重要性。

时过境迁，当我置身于地球村时，我的感受很特殊了，先是惊讶，继而赞叹，最后变成了由衷的钦佩。碓臼石农户的生活垃圾在家里就进行干、湿、有毒分类，然后送到回收中心进行统一处理，对湿垃圾还采用蚯蚓生物分解的方法，进行再生处理。看着各家各户的垃圾分类池，再看看垃圾回收处理中心，我郁闷的心胸顿时豁然。碓臼石的乡亲们，他们的身份，他们的生活，也许都无法和城里人相比，但是他们的心灵，是那些往镜泊湖抛瓜子皮的人所没法比的。一旦他们拉开话匣子，滔滔不绝地跟你讲一番环保话题后，你再也不会认为他们老土，他们是有现代意识的农民，他们的环保行为相当文明。

生活在碓臼石是幸福的。那一条条干净的小巷，那一盏盏太阳能街灯，那一座座免冲式环保厕所，无不向人们展示着他们的环境意识和生态理念。生活在碓臼石也是自豪的，几乎每个村民都知道"善待地球"的意义。当你坐在他们当中某一家的土炕上，吃着他们拿手的"鲜炸花椒鱼"和"打傀儡"，你还会惊叹于他们饮食的原始、独特，他们生活得相当殷实、快乐。

地球村这个名字很有意思，把一个以宇宙为背景的行星的名字跟一个比乡镇还小的区划域名连在一起，立刻让人有了一种特别的感觉。既庞大得冷峻，又纤小得亲和。如果说地球是冰冷的，那么村庄就是温暖的。地球村就是这样一个集凉暖、远近于一体的名字。如果我们爱护自己的家园，地球会和村庄一样温暖；反之，村庄也会如地球般冰冷。

朝拜海陀

郭东亮

　　四十多年的一个夙愿终于实现了，怀着朝圣的心情，我终于登上了我心中的神山圣山——海陀山。

　　我刚刚记事的时候，母亲就告诉我，延庆最高的山是海陀山，上面住着神仙。那时，我只有四五岁，看着火红的夕阳坠入海陀山，就问母亲："太阳到山后面干什么去了？"母亲告诉我："海陀山后面是大海，太阳到海里面睡觉去了。"此外，长辈们关于海陀山的种种故事和传说，更是深深融入我的血脉，铸入我的灵魂。我对海陀山的崇拜与日俱增。

　　长大后才知道，海陀山是延庆的一个象征。延庆人对于海陀山就如同山东人对泰山、安徽人对黄山、新疆人对天山的感情一样。"三天见不到大海陀，忍不住两眼泪汪汪"，是许多延庆人生动的写照。如果说古老的妫河是延庆人的母亲河，那么高耸入云的海陀山则是延庆人当之无愧的父亲山。所以，不论是外出求学还是参观旅游，想家的时候，除了梦到温柔的妫河外，更多的则是梦到伟岸的海陀山。

　　后来由于工作关系，我才知道，海陀山是横亘千里燕山山脉的第二高峰，主峰海拔两千二百四十一米，比五岳之中最高的华山还高八十一米。由于海拔高，气候也就和妫川盆地明显不同。每年十月到来年五月，海陀山顶经常覆盖着皑皑白雪，形成了著名的景观——海陀戴雪。这也是我喜欢拍摄的题材，因为我家的后阳台斜对着海陀山，所以近些年来拍了不少海陀戴雪的照片在媒体上发表。

　　海陀山的名气当然不只如此，在明清妫川八景中，"海陀飞雨"名列其中，古代诗人多有吟咏，其中最有名的当数明代罗存礼的《海陀飞雨》：

渊灵高挟海云翔，散作人间六月凉。

电掣金蛇钩帝鼓，风摇银竹舞庭商。

郁葱山色青螺滑，汗漫溪流白练长。

歌咏欲知何处美，坡仙亭上醉壶觞。

但是，最让我遗憾的是，由于种种原因，我虽然游历过大江南北许多秀美的山川，年过四十多岁却未登上心中的神山圣山——海陀山。每念及此，心中就怅然若失，总觉得像欠下一本良心账似的。我曾两次靠近海陀山，一次是鲜花盛开的五月，一次是绚丽多彩的九月。但是，阴错阳差，就是未能登上海陀山顶。于是，登上海陀山顶也就成了心中挥之不去不断折磨我的一个情结。2006年6月，当我登上云南玉龙雪山人类目前能够到达的极限——四千六百八十米时，一定要登上海陀山的愿望更加强烈了。

也许是我的真诚感动了海陀神灵。2006年7月23日，也就是大暑的那一天，我终于登山了海陀山顶，看到了叹为观止的美丽风景。

早上7点40分，从河北省赤城县大海陀村出发，我们一行十七人迎着阳光向郁郁葱葱的海陀山走去。远远望去，在松树林之上，绿色的大草甸正含情脉脉地注视着我们。

上山只有一条小路，但是草高树茂，前面的人竟将大家带入了一条溪流淙淙的山谷，直到前面无路可走时，大家才知道这是一个美丽的错误，于是又嘻嘻哈哈地折回来，沿着正确的小路继续向上攀登。

山高林密，树林荫翳，明明天上有太阳，我们却看不到阳光。能听见鸟儿的鸣叫，却看不到鸟儿的身影。海陀山是名副其实的植物王国，随着海拔的不断升高，我们见到的植被也在逐渐发生变化。从阔叶林到阔叶针叶混交林，再到针叶林，杨树、桦树、松树交替欢迎我们的到来。路旁的鲜花绿草，好像是商量好似的，不断用变化的色彩和形状组合成一幅幅美妙的图案，用不断的惊喜招引着我们。随着海拔的不断升高，气温也逐渐降低下来，让人感到特别惬意。这时，走在松软的林间小径上，欣赏着不断变化的美景，呼吸着清新湿润的空气，尘世间的烦恼一扫而空，这是多么难得的享受啊。

我本以为爬海陀山是一件"苦其心志，劳其筋骨，饿其体肤，空乏其身"的苦旅，没想到上山是如此顺利，我甚至想到能够提前登顶了，想到在山顶上无限风光，体验一览众山小的美妙感觉。

　　当我们攀登了两个多小时，走到树林开始稀少的地方时，天气开始变暗，天空传来阵阵雷声，山风凉飕飕地吹来，骤雨随之而下。乌云越压越低，很快压到我们的头顶，十米之外的世界全被云雾遮盖住了。这时下山显然来不及了，众人找了低洼处的树林，在树下撑起了雨伞。风雨虽然很大，但是山上的松树对此似乎已经司空见惯，任凭风吹雨打，兀自岿然不动。我们在树下也因为松树的遮风挡雨，少吃了许多苦。疾雨、狂风和雷声在我们的耳畔不停地回响，对此我并不害怕。但是，这风声、雨声和雷声却让我心痛，我在心中向上苍祷告：让风雨停下来，让我实现四十多年的一个夙愿吧！

　　半小时后，风雨逐渐停了下来，一场虚惊之后，众人纷纷嚷着要下山，并且争先恐后地往山下走。我隐约看见西北天空已出现小片蓝天，不由想起"西北天开锁，午后见阳光"的气象谚语，估计天空很快会放晴，下山肯定要后悔的。再说阵雨刚停，山路滑不利于下山，故此希望大家一鼓作气登上山顶。但是众多下山者急不可耐，直将我和北京的一位师兄落在后面。我们俩都主张上山登顶，于是停下来呼喊下山者回来。看到我们两人如此坚决和执着，下山者经过商量，大部分返了回来，剩下五位则说什么也不回头，执意下山去了。

　　事实证明我们的判断是正确的。天空很快放晴，西北出现了蓝天。更让人高兴的是，我们刚上行了半小时就走出了森林，看到了海陀山顶梦幻般的大草甸！于是，大家的疲劳一扫而空，像孩子一般喊着笑着，兴奋地向山上跑去。我看过新疆的高原草甸，也见过香格里拉的高原草甸，但是面对海陀山的大草甸，我还是被彻底地征服了。

　　远远望去，绿茵似的草甸一直铺向山顶，这一尺多厚的草甸，以绿草作底色，蓝色的、粉色的、黄色的、棕色的、白色的、灰色的花朵，各式各样，高高低低，大大小小，错落有致地点缀在这草甸上。它们就是这里的主人，仿佛一个个调皮的花仙子，虽然刚经过雷阵雨的洗礼，但却挺起不屈的身体，摇头晃脑地向我们微笑着，似乎在欢迎我们的到来。这哪里是草甸，简直就是天造地设的一块豪华大地毯。走在这地毯上，软绵绵的很有弹性。站着、坐着、趴着、躺着似乎都不尽兴，有的人索性不顾潮湿在上面打几个滚，如同顽皮的孩子在自家的床上一般自在逍遥。

在这山顶之上，除了这迷人的绿地毯之外，最迷人的当数海陀山四面的云海了。当我们走出原始森林回首北望时，但见远山之上云涛横亘，宛若翻卷的巨浪凝固在山顶上，让人惊心动魄，叹为奇观。这自然成了我们拍照的绝好背景，然而更美的风景还在后面。我们一边拍照一边翻过山脊，准备站在海陀山脊南眺妫川大地时，没想到看到的却是一幅幅不断变化的松山云海图。仿佛有一只无形的大手握着一支巨型的画笔，用笔端蘸足了白云，在翠绿的松山上随意涂抹。一会儿云海将松山包了起来，偌大个松山不见了踪迹；一会儿露出松山的几座山峰，仿佛是虚无缥缈的海上仙山；一会儿让松山在白云间若隐若现，形成一幅绝妙的水墨丹青；一会儿将一缕细长的白云贴在半山腰上，如同给松山系上白玉带；一会儿又将一团巨大的白云盖在山顶上，如同给松山戴上了少数民族的白包头……

在这神奇多变的大自然面前，我已经想不出用什么更好的字眼来形容，我想大自然如此眷顾，也许是对我四十多年痴心不改的赏赐吧。我能表达的除了感激之外，就是用相机拍下这一幅幅绝妙的图画。

当我们最后登上海拔两千二百四十一米的海陀山主峰时，我的心情异常激动且复杂。这就是我魂牵梦萦的海陀山主峰呀，这就是久负盛名的海陀戴雪的所在呀！此时此刻，站在燕山的高峰——海陀山顶，我没有山高人为峰的狂妄，也没有世俗征服的快感，我心中涌起的只有两个词：神奇和伟大。虽然是第一次登上海陀山顶，但这里的一切都让我感到亲切而熟悉：历经沧桑用石块堆砌成的敖包，见证了无数风雨已经折断的木架子，1957年军事委员会测绘时留下的生锈的带字铁板，这些无言的历史让我浮想联翩。

站在海陀山顶，极目远眺四周壮美的景色，任云雾在身边缭绕，任清风吹拂我的头发。想到此次一波三折的海陀之行，险些因"海陀飞雨"半途而废，心中颇多感触。不由想到宋代大文学家王安石曾在《游褒禅山记》中感叹："夫夷以近，则游者众；险以远，则至者少。而世之奇伟、瑰怪、非常之观，常在于险远，而人之所罕至焉。"人生之路何尝不是如此，只要认准了目标，就不要怕艰难困苦，也不随波逐流，而是持之以恒地坚持下去，总会在历尽坎坷之后，登上理想的高峰，看到无限的风光。

我有个习惯，去过的名山大川不愿意去第二次，但是对于海陀山则不然，还没有下海陀山，我已经考虑下次来的时间和计划了。因为我的灵魂是属于海陀山的，海陀山永远是我心中的神山和圣地。

玉渡山记

王建元

　　玉渡山，延庆之北山也。山行十余里，九曲回肠，渐渐抛离尘嚣，了无浮躁。南望长城，烽火台依旧，前不见古人；西览官厅，一池春水，有轻舟数点，渔歌互答否？若是晴美的日子，阡陌纵横，水绕城郭，看尽姽婳川秀丽。柳絮翻飞时节，平林漠漠烟如织，满城飞絮笼轻纱，自有一番诗情画意。

　　峰回路转，有亭翼然临湖边，问湖名，乃忘忧湖也。湖水澄澈，温润若玉，草木碧透，苍翠欲滴。忘忧之湖边，当是莫愁之亭。人站亭里，四面清风入怀，体会到古人荡胸生层云的豪迈，天地陡然广阔。

　　一行人依水前行，轻声细语，流淌在山涧。山花无主，四季烂漫开放，层林尽染。彩蝶翩翩，随风飘逸，处处皆为佳园。几绺山泉从一个小山头摔下，撞在嶙峋的石头上，飞溅成珠子，腾起阵阵烟雾。

　　静谷之侧，一山孤立，为小玉渡山。小小山头，青松屹立，孤独了好几百年，当地人却为松树起了一个好听的名字：情人松。情人松对面的高山上，耸立着三棵笔直的老松，名为"三炷香"，当是为这孤山神佛而立。果然在情人松的不远处，看见旧时寺庙残留的石阶。想不到这静山幽谷中，有人归隐山林，欲望成仙，有人山盟海誓，表白衷情，出世入世，归隐放达，近在咫尺之间。山脚之下，有松能渗血样的汁液，是为"血松"。

　　泉水叮咚作响，很快就到了源头，掀起几块石头，却不见水涌出的痕迹。四周树林荫翳，远处传来水声，迤逦前行，忽然见一瀑布，亮晃晃挂在一块硕大的石头上，石头上书：香闼瀑布。瀑布形成的水流，行至不远，倏地消失，隐藏了起来。看来这里的水明明暗暗，浸润着山上地下的生灵。玉渡山水至清，奇凉。水至清则无鱼，不见得，泉水汇聚的地方，就有虹鳟鱼场。

小路蜿蜒，树草茂密。两旁屡见白桦树，往往同根生出三棵五棵，交错上长，有年老枯朽了的，在新生树木的拥抱下，傲然挺拔，并不显颓废。树木枝丫纵横覆盖，就不见了日光，似乎在晨昏间。几声清幽的鸟鸣，野鸡扑棱着飞走，衬出山林的空旷。

这样走走停停四五个小时，不经意间绕回了出发地点。原来这小路是环形路，其间不管走哪条路都会绕出，终点是为起点，起点是为终点，深藏着人生的启迪。一路不同的风景感受，全在于个人的体悟，就诌出两句诗来：志怀高远，站在平处，也会一览众山小；心中有爱，看天高云阔，草木皆关情。

玉渡山近旁是海陀山，崔嵬高大，芳菲四月，有时可见峰顶披雪。下游是龙庆峡，奇山秀水，又是一番胜景。查了一下县志，从玉渡山到龙庆峡一路，"山环水复，别辟仙枢，若新阴欢夏，则碧峭摩天，翠屏开野，收青蔼于衣襟，荡空灵于胸臆也"。想来不错，我决定抽空一去。朋友，可愿与我同行，领略玉渡山独有的神韵？

园　中　园

张映辰

　　老同学林荫潭从张家口回延庆家乡探亲，我俩相见时她兴奋地告诉我她在张家口同事那看到几张非常优美的风景照片，那同事告诉她照片是在延庆"清风"和"静心"两个公园拍的。她看过照片喜出望外，没想到自己的家乡还会有这么美的地方。因为向往已久，她以命令的口气要我陪她游两个公园，一饱眼福。我在延庆城住了多年，竟不知"清风"和"静心"在何方何处，问了些熟人，无人说得清。可见其并不出名，也不会有奇特的地方。说怪也不怪，这就像许多延庆人不知道延庆出了一个全国劳动模范赵凤利一样，不足为奇。当我从市政打听到"清风"和"静心"是妫水公园的园中园，欲陪荫潭到那一游时，她的腿受伤了，未能如愿，她只好带着遗憾先回张家口治腿，待日后再探亲时以偿心愿。

　　久居延庆的我，对延庆的人、延庆的事、延庆的风景区知之甚少，尽管客观原因很多，我还是倍感内疚，心神不安。荫潭走后，我总想去"清风"和"静心"探个究竟，以便荫潭再回延庆时好决定是否值得跑一趟。2005 年 7 月的一天，日未出山，我和同行的老王就骑自行车从延庆城出发，沿妫水湖南路西行，在高高大大、浓浓密密的树林中穿行了近二十分钟，过了漫水桥，正前方是北京蔬菜基地，无边无际，犹如微波起伏、碧绿的大海，十分壮观。有的像珍珠，有的像玛瑙，有的如"大家闺秀"，有的似"小家碧玉"。骑自行车看此奇观，实是一种难得的美的享受。车在画中行，人在画中游，不知不觉中就到了清风公园。清风公园建在妫水湖南岸，占地约五十亩，是一个非常宜人的自然风景点。它背靠茂密的洋槐林。槐花盛开时，淡淡清香随风飘满园。它的北面是妫水湖，湖边有一古烽火台，虽然年代已久，历尽磨难，但雄姿犹存，不知疲倦地向一代又一代人讲述一个永远讲不完的历史故事。园中建有小型广场、观赏平台、码头、拱形红色木桥。往观赏平台上一站，徐徐清风迎面而至，深深吸口清新空气，神清气爽，胸中的烦闷、身上的燥热一扫而光。观蓝天白云，心旷神怡；赏青山绿水，流连忘返。宽阔的湖面一平如镜，时有尺余的大鱼跃出湖面，向游人致意。太阳一露面，霞光万道，水上金光闪闪，渔船来来往往，打鱼人忙忙碌碌。瞬间一小舟靠岸，我急急忙忙跑上前去，满仓的金色大鲤鱼、鲫鱼、方鱼活蹦乱跳。与打鱼人谈好价格买了两条各五斤重的红眼金身大鲤鱼，愉悦之情难以言表，此情此景，与四十年前我在白洋淀教书时的往事一模一样。我仿佛又回到了那个充满激情、无忧无虑的青年时代，不由自主地哼起了"洪湖水，浪打浪"，在白洋淀一道工作过的同志、互相关心真诚相助的同事、无所不谈的知心朋友、可亲可爱的众多学生，他们的面孔一一从脑海中闪过，怀念之情油然而生。如今天各一方，杳无音信，我能做到的只能是在清风园中祝他们福寿双全，永远平安。

　　沿清风园的鹅卵石路往西走，过了红色木拱桥，步行不到一公里，便到了静心公园。静心公园是以观赏荷花为主的景点，也建在妫水湖南岸，占地面积五十多亩。整个公园的造型是一只展翅的大蝴蝶，一半在陆地，一半在水中。一个大约一千多平方米的观荷平台建在水中，是红色木结构的，观荷台上有三座高大的白帆布亭子，游客既可坐在亭内观荷赏月，又能遮阳避雨，二十根白色桅杆挺立在观荷台内侧，每根桅杆的顶端都装着十几个发光环。每到夜间彩光闪烁，无声无息地把观荷台照得扑朔迷离，难辨天上人间。约百来米的红色木曲桥藏在芦苇和野蒲之中，连接着观荷台和台外的小码头，静悄悄地做着贡献，是那么心甘情愿，那么任劳任怨。观荷台外是荷花的世界，硕大的荷叶连成一片，托起朵朵荷花显风流，粉红的犹如姑娘们俊俏的脸，芳香四溢；白色的天香国色，洁白如玉，出淤泥而不染，品节高尚。这里的荷花虽然不如白洋淀的面积大、品种多，但其姿色、秉性对人类的奉献却完全一样。

　　所谓曲桥，就是水上走廊，我一走上去，就好像钻进了白洋淀的芦苇荡。六十多年前，白洋淀人民在中国共产党的领导下英勇抗击日本侵略者，许许多多战斗故事似乎发生在昨天。那些无私无畏、智勇双全的众多英雄犹在身旁。在曲桥上走出"芦苇荡"就是观荷台。一大片出水芙蓉静静地争奇斗艳，散发着芬芳。我不由自主地产生了"荷花淀"什么时候搬到了延庆的疑问。

"清风"和"静心"环境十分雅静，风景异常优美，既赏心悦目，又陶冶情操，是京城难得一遇的好地方。两园之名不知出自哪位高人之手，"清风"和"静心"非常准确地表述了两园的独特之处。当今有些人心浊而不清，神闹而不静，容易出事端，且不利于健康，不妨到两园清一清、静一静。

从"清风"和"静心"回到家后，告知老伴。她平素好静不好动，不喜欢游山玩水。听了我对两园的介绍，她竟欣然愿往。第二天没等太阳露面，我们就"打的"到了那里。老伴兴致很高，边欣赏边赞不绝口。没想到从此她产生了逛延庆的强烈愿望。

此后，我和友人又多次去两园观赏，每次都有新感受，每次都有新收获，待荫潭回来时我一定陪她看个够。

深秋烂角沟

李凤毅

国庆节过后，秋风乍起，乱云飞渡，落叶残花，红透了的树叶默默地诉说着四季的变迁。

烂角沟是松山国家级自然保护区内的一个分支流域，总面积两万多亩。从地形图上看，烂角沟像一个倒立的桃子，沟口狭窄，貌不惊人，很少惹人注意。但里面可是数沟并流，气势磅礴。宽阔的地方山峦起伏，波澜壮阔；沟底又突现悬崖绝壁，一石冲天。

烂角沟里沟多，每个沟都有羊肠小道——那是过去烂角沟村农民世代进沟劳动的道路。山路蜿蜒曲折，两旁树木林立，蒿草萋萋，已经盖住了本不明显的小路。顺沟直上，寻迹追踪，拨开深草又现幽径。由于年长日久，小路已是面目全非，时有时无。有的路段仍可见过去用牲畜驮柴时两侧枝条横扫的深壕痕迹。有的地方走着走着就现枯枝倒挂，朽木自横，路断脚下。这时拨草逐花，侧身举足或俯身低头游走于藤蔓之下，树木之间，乱石之上。又窄又险的小路只能是四肢并用，寻石缝，觅石阶，攀树枝，拽蒿草，凝神敛气，险象环生，最终有惊无险，又入坦途。

越往里走，越是沟深林密。有桦树、椴树、山榆、山杨、元宝枫、核桃楸等。树与树勾肩搭背，乔灌乱生，高大的树冠织就了一张张摩天遮阴网；野猕猴桃、野葡萄攀爬树架，构筑了一栋又一栋的自然别墅。尤其是有一簇七株共生的元宝枫，每株的胸径都是三十厘米至四十厘米，丛株开张，树冠飞天，形同华盖，生态自然，顿生震撼。树叶已落过半，但山榆、菜树、枫树还是红叶深红，黄叶浅黄，红黄相间，煞是耐看。一阵秋风掠过，片片树叶飘飘洒洒，纷纷落下，给林地又穿上了一件花衣裳。循路渐进，沟谷尽是垒的坝台地，随着地势的升高，台地犹如云梯，衔树梢，蹬山脊，直冲白云蓝天。坝台地早已荒弃，台地长满了核桃楸，树干灰白，挺拔健壮，更像沟谷的第一卫士，看护着土地，记忆着历史的人迹沧桑。林地落叶松软，浅则没小腿，深则没膝。野猪和獾子为了觅食到处翻拱，犁出了道道沟洫。尤其是晚秋的野菊花，粉红色粉得娇嫩，金黄色黄得富贵。一簇簇，一片片，洒落在山路两旁、沟壑和乱石丛中，花虽寂寞，但带给人们的是一片生机、几分惬意。

走到主沟尽头，沿小路盘山缓行，山洼里不时出现过去烧炭的土窑和人们砍杆子烧炭时住过的简易砌石居所，也有洞穴、石炕、烟道等遗迹。越是快到山顶，越是灌木荆棘丛生，寻无山路，爬无放脚之处。此时，我们长喘粗气，大汗淋漓，举步维艰。只有静下心来，放稳脚步，志在山头，义无反顾。

一会儿，眼前豁然开朗，脚踏到了山顶，头顶着天了。脚下有一堆堆的野兽粪便，积年日深，这是野兽出没的必经之路。到了山头山口，野兽也要稍事停顿休息，安全瞭望，以期再行。山在脚下并不显其高，天在头顶更显其近。山风四起，白云飘过，虽然没见到野生动物，但自己也好像是野生动物中的一员了。回望脚下，山坡火红接天际，沟谷斑斓耀彩虹。真是：孤游万仞山中，秋风落叶，梦索情思；万里飞云翻卷，清悠渐远，己在何方！

淡淡一抹春

马亚伟

三月的帷幕刚刚开启，就隐约听到春季幕后跃动的声响。这是春之曲的前奏，轻快婉转，明丽清新。

春风叩响了一扇扇门，就要叫醒睡梦中的山光水色、绿树红花。深深吸一口气，仿佛闻嗅到泥土的味道、芳草的气息。不久就可以看到蜂飞蝶舞、群鸟飞翔。

所有的生灵经过了一个冬天的休养生息，都缓缓舒展开臂膀。那些花儿，那些草儿，已整装完毕，等待着又一季的绚丽登场。那些鸟，那些兽，都从梦中醒来，等待着新一轮的快乐角逐。一些美丽的诗句也已经启程，停在春之旅途的驿站，等待每个经过的人捡拾、遥想、品味、留恋。"草色遥看近却无""寻春须是先春早，看花莫待花枝老""沾衣欲湿杏花雨，吹面不寒杨柳风""春眠不觉晓，处处闻啼鸟"……一草一叶，一花一树，一虫一鸟，都诗意地栖居在自然的怀抱里。

淹没在遥远年代里的牧童的短笛，又一次唤起春天的记忆。是谁在散落的短章里，重拾那原始的笛声？悠扬的曲调，吹彻了朗朗的碧空，吹彻了无边的原野。翻阅过的书页里，有清晰的脉络和线索，引领我们去寻找春天的脚步。季节更替，冬与春的边缘，如同隔着薄薄的卵壳，所有的风光刚刚破壳而出，微微张开探寻的眼睛，在做着欢呼雀跃之前的小试。

阳光明媚，天空一扫冬季的灰白，清澄无比。团团白云，自在舒卷。春之序曲即将奏响，用心聆听，是哪一个音符早早响起？

柳色初露，是春之序曲中最美丽的音符。"寒雪梅中尽，春风柳上归"，春风把第一抹绿色涂在了柳梢。这是春天的画幅上大自然的第一笔彩色颜料，淡淡的，浅浅的，带着几许惊喜和忐忑，带着几许期盼与憧憬。细看时，这柳梢哪里是绿色啊？分明是鹅黄色，朦朦胧胧，遥看有，近看却无。远远看去，似薄薄的烟霞，似疏疏的云雾，缥缈如梦。走近了看，柳条将舒未舒，还依稀有冬天的底色，而萌动的生机却已经蓄势待发。柳树的躯干经过一个冬天的积蓄，已把一岁一枯荣写进了年轮，愈加显出厚重的风骨。此刻它正稳稳地挺立于微风中，不招摇，不喧嚷。

流水欢歌，是春之序曲中最动听的音符。随着冰层咔嚓一声断裂，春水便落入春天精心设计的埋伏。涓涓潺潺，一首首流水之歌便欣欣然唱遍了东南西北。从山边唱到田头，从林间唱到村落，一路奔跑，一路欢畅，流淌着生动鲜活的诗句。"春未老，风细柳斜斜。试上超然台上望，半壕春水一城花""门前春水年年绿""春来江水绿如蓝"……轻轻品味这些诗句，透过诗句的气息，感受着春天骨子里的温润与煦暖，好不惬意！不由得心驰神往，似乎自己已经乘了春风的翅膀，在万顷碧波中把酒欢唱。

春水悠悠，唱着不倦的青春之歌，意气风发，豪情万丈。我们又该如何留住人生的诗酒年华？大地微润，初阳轻抚，微雨飘飘，浅绿萌发，春之序曲响起。翩翩舞动的，是春的信使。它在呼唤，呼唤着草儿快快长，莺儿快快回，呼唤着姹紫嫣红快快盛装登场，呼唤着江河山脉快快换了新装……

美丽启程，希望孕育。此刻，我们静守在一侧，聆听春之序曲，期待着春之乐进入辉煌的篇章。

绿色宝库——海陀山

贺德起

巍巍海陀山，有韵千幅画；荡荡妫河水，无弦万首歌。

延庆为小盆地，北依海陀山，南临妫水河。依山傍水，山丰水富。海陀山为北京市第二高峰，主峰海拔两千二百四十一米，峻峭多彩，"莫道塞外风沙地，其中却有四时春"。这就是享有绿色宝库之誉的海陀山。生机盎然的海陀山天时地利，风光占尽。自沟谷到山顶植被繁茂，花木葱郁。海拔一千五百米以下为落叶、阔叶林带，海拔一千五百至两千米为针阔混交林带，海拔两千以上为草甸带，多彩的生态环境孕育了珍贵而丰富的物种资源。这里有各类动植物两千余种，其中金钱豹和金雕都是很少见的动物。海陀山大部分山地为国家级北京松树自然保护区，山体前茫茫的天然油松林，被称作原始森林。密密麻麻的油松遮天盖日，山野性、原始性油然而生。夏日松风花气袭人爽身，五百年树龄的松树王昂然屹立。

多姿多彩的生态景观使海陀山绿韵浓浓，更显灵性。登海陀山从松山塘子沟谷往北行，沟谷花木葱郁，溪水常鸣，溪穿路，路穿溪，绿树遮天、千峰林立，曲径通幽、步步有景、景景有趣。如绿黛泉、听乐漂、三叠水、鸳鸯岩、寿桃峰、八仙洞、八仙泉、百瀑泉等，都有迷人的风物传说、故事，可使您游兴倍增。这里像一部绿色的诗篇，讴歌生命的鲜活和壮美。盛夏登临其间可消暑纳凉，又可颐养身心，吸一口气清新爽快，显得五脏六腑洁净透明。更为迷人的是当登临海陀峰时，你可徜徉在芳草林海之中。放眼望去，茫茫天际开阔而平坦的亚高山草甸绿茵如毛毡，红的、黄的、紫的、粉的，烂漫如霞，每一步都会踩出一个惊喜。碧草间金莲花、野百合、黄花、山茶、雪绒花争芳斗艳、芳香四溢。足蹬白云、手触蓝天，俯视群山，众山皆小而碧波荡漾；清风拂面，让人感受腾云驾雾的快慰。登山的辛劳皆然消散，让人觉出心舒神爽、凌空乘风飞翔的感觉。极目南眺，妫川沃野，阡陌纵横，庄田如画。八达岭长城如巨龙腾飞，官厅湖像一面明镜嵌于绿色阡陌之中，这一切绿得壮观，绿得自然。让人心旷神怡，流连忘返。海陀山景观独特，每年五月底，山下飘着雨，绿树红花；山顶上飞起雪花，积起厚厚的白雪，出现"海陀戴雪"景观。夏日，山顶上吹起一阵风，脚下乌云翻滚，头顶蓝天，下了山才知道山下飘洒了细雨。"海陀飞雨"为明代妫川八景之一。古诗云："群山相围独争高，怒拥玄云上碧霄。奋击毒雷驱海苦，大施甘雨泻天瓢。岩前飞瀑飘银练，天外长虹卧锦桥。一勺乌龙潭上水，年年滂沛润枯焦。"

海陀山有神奇迷人的传说故事。传说海陀山两座主峰是大翮山和小翮山。相传秦始皇时代，上谷郡山前有个叫王次仲的山民善写书法，把仓颉篆字变为隶书，始皇闻之，召他进宫，王次仲不喜做官，三召而不至，始皇大怒，派人捉他。半路上王次仲化神鸟翻飞而去，押解差人用箭急射，只射下两片羽毛，落在山头上，形成了两座高峰，是为大翮山和小翮山。关于海陀山的形成，有几种传说，一说是延庆地方从前是一片海。海陀山是一座孤岛，山尖上挂着扎草。之后玉皇大帝派下一口神猪，在官厅山南边拱了一个山口子，大水向西南泻下，露出了一座山，山下面的水眼日日翻花冒水，冲毁了不少良田。后来观音菩萨从普陀山采了一把松子撒在海陀山上，不久长出茂密的松树，像钉子一样，镇住了水眼。从此山外百姓安居乐业。

海陀山集天地之灵气，融山水之精华。它像一座屹立于天地之间的自然博物馆，是绿色生态游、访古探险游、民俗风情游和离开喧闹的城市回归大自然的集散地，是一块求新、求野、求静的清凉的世界，是京西北绿色的宝库。

延庆石头记

吴永强

时间是什么？

时间是一块块、一片片、一丛丛石头，是我们脚下的大地，是凸起的山峰，是凹陷的峡谷，是无限能量转化而来的力量之源。

出北京，过长城，抵延庆，塞内塞外，山峦起伏，百里画廊，峡谷柔情，景色之美，让人流连。是山水的景色将我俘虏吗？是，也不是。

是时间的景色。

沉 积 岩

一片注定不平凡的大海，波浪翻滚着时间的流速。细小的颗粒在海浪的打磨下，不断下沉，沉睡于海底。一种沉睡过后，又是另一种沉睡。黏黏的，滑滑的，最初的颗粒聚集在一起，一个人化身两个人，两个人聚集成一群人，一群人结合成一个人。所有的结合呈现出共同的特质。沉积到一定程度，经过不断挤压，新的沉积又开始了。经过亿万年的不断沉淀，最初的水中颗粒已经彻底消失了身体的形状，结合成相互统一的组织。

沧海桑田，大海成为遥远的过去，不断隆起的地层成就了新的时代。那些水平的岩层开始位移，形成倾斜的断层之美。自然造化重塑了世界的面貌，一块石头里，潜藏着比人类的诞生更加宏大的文化。一层一层有如倾斜的楼宇的岩石，展现出时间最伟大的力量。

笔直的纹理，理性塑造了新的理性。此时，作为个体的伫立显得微乎其微，思考随着地质的无限延伸而产生奇妙的感触。岩石的沉积和隆起并非一朝一夕，亿万年的沉积，亿万年的隆起，急躁的地理分析显得毫无道理。

脚印也在沉寂，一只恐龙在原野上奔跑，形成一朵欢快的浪花。

潮起潮落，风起云涌，空间的变化掩盖了时间的不确定性。而那些沉积和隆起依旧不停息，就在此刻，新的沉积和新的隆起在敲打着我的眼睛。树欲静而风不止，人类的生生息息，对于庞大的造物来说，会不会只是层层沉积岩中的普通一层？甚至其中一层的微小部分，就已经贯穿了人类的开始和结束。

硅 化 木

一棵树，寿命千年，倒在洪水和命运的悲剧里。

一棵树，寿命亿万年，生命结束的时候，就是新的生命降临的此刻。

木头与石头，二者之间有着天然的联合。在延庆，我第一次听到"硅化木"这个颇为奇妙的名字。是木，更是石，过去之木，现在之石。原始的木头瞬间沉入地下，地下水中的二氧化硅不断侵入，树本身的木质逐渐消散，仅保留树的外形和纹理。有如鹊巢鸠占，石头占据了木头的身体，延续了木头的生命。

曾在九寨沟见到许多漂浮于水上的木头，青苔渐生，其倾斜的姿势，极大地增添了水的立体和婀娜。水在不断侵入木头的身体，用不了多久也会成为石头吧？

不，这依旧是时间的力量。你无法亲历一块木头变身石头的整个过程，如同无法亲历水中微尘积攒成为石头的过程，时间面前，人的寿命微小得令人绝望。至少几百万年时间，一块木头才会完成变身石头的过程，这个时间，恰恰和人类形成的时间吻合。此时的一块木头，如果变身石头，又是一个几百万年，那时候，人类的命运会是怎样呢？

延庆的硅化木要远远超出百万年这个计量单位，这些石头产生于侏罗纪晚期，也就是距今一亿三千万年前。北宋年间，沈括被流放至此，发现了这些奇特的石头，后来在《梦溪笔谈》中写下"松化为石"四个字。人类对硅化木的认知太过短暂，有限的认知在无限的时间面前所呈现出的，苍白而又显得怪诞。

重出地表，一棵树，依旧以一棵树的形状和姿态，矗立在一片丛林中。命运虽已变迁，但站立的力度不减当年。一棵树，依旧是森林的主人，灵魂即使变异，草木的记忆也依旧呈现出生命的力度。

地质的构造中，生命无处不在，无时不在，它不会消失，会以不同的形状，昭示出能量平衡的力度。

峡谷柔情

流动的液体从地底一路进发，穿村过巷，穿越暗黑地下的红绿灯，在爆炸声中冲破地表，蓬勃而出。那些火红的液体，带着地底愤怒的体温，在烟雾中呈现狰狞的姿势。汩汩而出的，是大地的能量，也是大地的一种诉说。愤怒的孩子安静下来，匍匐在地面，冷却后进入石头的灵魂。

乌龙峡谷，火山岩以柔软的姿势挺立在人间。

那同样是亿万年前的事了，时间不停流逝，亿万年的距离也不过就是一块石头和另一块石头的距离。时间打磨了石头的心性，另一个打磨石头心性的，是流水。

那是何等的柔情?! 温柔的抚摸日复一日，黑河水成为石头最亲密的恋人。在水面前，石头安静下来，温柔下来，不断消瘦的身姿是它接纳水的变化。于是，峡谷的不同形状勾勒出水的不同英姿。飞瀑连天，浊浪排空，急吼吼的流水把石头切割成不同的形状。圆圆的石窝，是水休息的温床；尖利的石壁，是水仰望的身躯；光滑的河床，是一条温暖的传说。

沿着峡谷行走，在石头的缝隙中搜寻历史的痕迹，从火山口开始，参与到塑造峡谷的过程中。再过亿万年，峡谷会是什么样子? 会不会成为另一条峡谷，会不会成为时间最初的模样?

最无情的时间，最摸不着头脑的时间! 最温柔的流水，最锋利的水流! 流水是一把刀子，切割了自然的天体。不同种类的石头，仿佛不同肤色的人类，共同存在于百里山水画廊的地球之上。那些塑造石头的时间，仿佛一个横切面，完完整整地摆在我面前。所有的时间储存在自然的博物馆里，随手拎出一个，就是一段关于造物，关于自然之爱的故事。

脚下的土地并非一成不变，山水不断塑造自己的身姿。那些匍匐在山体上的长城，又是另一种造物的存在。长城也是山，是时间，是流水，是人类参与造物的一次游戏。

　　如果时间瞬间停止，一切静止，你会看见一滴水沸腾的表情，一座山呼吸的畅快，一棵树摇摆身姿的刹那。如果我是时间，我会在峡谷中躺下来，静静倾听石头中的气泡炸裂，倾听水告诉我，刹那即永恒，自然即文化的渊薮。

延庆，三小时穿越一亿五千万年

王莫之

　　我在北京住了快四个月，有资格说这些话——我更喜欢夏天的北京，相对湿润，空气也好一些，更像南方，让我不那么想家。其实这种感觉曾经在两个月之前的五月中旬深深地打动过我，当时我随鲁迅文学院的师生去延庆考察学习，在延庆待了两天。

　　说来惭愧，我每隔几年都要来北京，但是延庆完全是我的盲点，就连这个名字都是陌生的。像我这样宅的上海小市民，对北京郊区的印象止于通州——只是因为江湖上有通州艺人的调侃。我第一次听说延庆是在鲁院的课堂上林遥兄的自我介绍——他是我们这届学员里最多才多艺的，各种文体的创作均有涉猎，还会说书、武术。他后来成了我们的班长，也许是我见过的最热心的话痨，让我觉得延庆有他等于是添了一面移动广告牌。我们开学是三月十二日，从那以后我就记住了延庆。

　　另一原因是三四月的北京"盛产"雾霾天，也许往年并不如此，刚巧被我赶上了。我养成了在手机上研究空气质量的习惯，特别关注那张污染热点地图。我当时就对延庆非常向往——当北京的市区显示红色的时候，延庆经常是黄色的。我就经常问林遥，不是说要去延庆社会考察吗？什么时候成行？他说还在安排。

　　这一等，2018年的春天几乎落幕。我说的是时间和气候这两个层面的客观变化，就心理层面而言，我在延庆度过的那两日还是春天，而且是真正的春天。我很喜欢延庆，这和爬不爬八达岭长城无关，虽然那是延庆极有名的风景线，也是我在延庆的第一个落脚点，但纯属个人喜好，我更愿意向上海的朋友推荐百里山水画廊。我在硅化木国家地质公园的高处拍过几张横构图，翠绿的峰峦叠嶂，怀抱池水，缀有几处中式亭子。我把照片发在朋友圈，有一个朋友当时正在新西兰旅游，留言道："怎么感觉比新西兰还美。"

如果让我来设计旅游线路，百里山水画廊以及周边景点是值得玩一整天的。第一站应该去看恐龙足迹化石。我不知道世界上还有类似的神奇体验吗？如果我没算错的话，从北京市区驱车来到延庆的恐龙遗迹需要三个小时，这一路就是一次时空穿越，你从繁华的现代大都市穿越到一亿五千万年前的侏罗纪时代。我在观摩恐龙脚印的过程中产生了一个疯狂的念头。我觉得延庆之于北京正如松江之于上海。上海的本质是都市，自然风光比较匮乏，也没有特别悠久的古文明。在这两个方面，大概也只有松江区值得竖起手指。松江的广富林遗址可以追溯到新石器时代，上海少数可以称之为山的佘山也位于松江，其山顶设有天文台以及著名的圣母大教堂。

我不是一个教徒，但是平时喜欢参观西洋教堂。延庆的永宁天主大教堂是现代化的仿哥特建筑，规模不算大，附近有集市，有烟火气，像某个欧洲乡村的教堂，却拥有非常精彩的穹顶壁画。为我们导览的神职人员自豪地说："这是中国最美的教堂壁画。"

同样美好的还有延庆的旱船戏。让我难忘的还有表演之后的一些细节，两位吹唢呐的乐师蹲在一边歇息，年长的大爷抽着细支的卷烟，与鼓师闲扯，年轻的姑娘在一旁喘粗气，喝着脉动。我的同学侯磊向他们请教吹奏的那些曲牌。对我来说，它们就是一系列的注脚，为延庆之行在我的记忆里留下许多回味的余地，有机会的话，我很愿意再去延庆，到处瞧瞧。

生态延庆美如画

冯　艳

风吹草绿四季花，彩蝶纷飞百鸟唱……站在巍巍海陀山上俯瞰，天蓝水碧犹如清新亮丽的世外桃源；登上蜿蜒曲折的八达岭长城远望，漫山遍野好似层林尽染的一幅天然油画……

行走在这里，自己仿佛置身于一个如画如诗的仙境之中，如痴如醉。一丝和煦的秋风拂面而来，暖暖的，柔柔的，撩起一个声音在心房里不停地呼唤着：这是哪儿？我在哪儿？睁开迷醉的双眼，顿时哑然一笑：这不是生我养我的家乡延庆吗？

挥毫泼墨千年画，一城宁静半城园。家乡之美，美在生态。一条从东向西奔流不息的妫水河，绵延几十华里，滋养着这里的山山水水，尽显妫川丽姿：妫河生态走廊花园点缀，花草树木美不胜收，你可以徜徉其间，雅荷园、花博园、树香园、半山湖……足以让你流连忘返，尽情感受四时风光的奇妙；官厅水库库滨带，白杨、芦苇、青草、碧水……穿梭在林间路上，缤纷的落叶摇曳飞舞，恍入幻境；北山古龙绿化带，龙庆峡、应梦寺、松山、古崖居……一路串起一个个景点，北国风情尽在你的眼中；还有堪称后起之秀的百里山水画廊、四季花海景观，更是让人耳目一新、赞叹连连！

山清水秀好风光，绿色环保建家园。家乡之美，美在生产。上风上水的首都后花园，绿色生产、循环生产、低碳生产。近十年来，人工造林、飞播造林、封山育林，森林覆盖率、林木绿化率节节攀升，让美丽延庆成了北京名副其实的森林大氧吧；村镇保洁员、公路清扫员、环境监管员、垃圾分类指导员、林地管护员、花草维护员，昔日面朝黄土背朝天的农民已经实现了生态就业。科学发展深入人心，生态优势变为发展优势：冬奥会、世园会……一件件绿色发展大事正开创延庆发展的新格局。美丽延庆不仅山清水秀，而且生态经济发展迈上了快车道。

野鸭湖上等晚霞，葡萄架下品果香。家乡之美，美在生活。清新空气、洁净水源、舒适环境、宜人气候。生活在这样诗画般的天地里，不啻是一种美的享受。你可以跨上单车，邀三五好友骑行在诗意般的花园里，回味生活，畅谈理想；你可以背上挎包，独自或结伴，领略处处皆景的美妙风光，锻炼身体，愉悦心情；你可以租下一分田，播种浇灌，体验农家耕作的别样乐趣，感受亲情，收获快乐……

上谷阪泉炎黄地，人文妫川美名扬。家乡之美，美在人文。这里有帮水峪的美丽传说，盆窑的历史文化，明清岔道古城的遗风旧貌……数不尽的历史人物，说不完的历史故事；这里有淳朴善良的山里人，有蔚然成风的绿色环保车队，有和谐如一家的厚德村庄……山水画廊慢慢成了人文画廊、心灵画廊，乡村整洁、城镇雅致，自信、理性、平和、积极向上的文明心态已经悄然铸成美丽延庆的人文灵魂。

你想感受塞外小漓江龙庆峡那美不胜收的"南国风光"吗？你想感受长城边上康西草原那骏马飞驰的英姿飒爽吗？你想感受凤凰古城柳沟火盆锅的热情四溢吗？你想感受四季如画的千家店百里山水画廊吗？

来吧来吧，请你到我家来。延庆，山美水美人更美！延庆，香浓味浓情更浓！

绿的真谛——镜头"看"延庆

卫德忠

　　纵观延庆，每一棵树都是一个故事；每一片林子，都有数不尽的生动记载。延庆自1986年成立公安科，1989年成立森林派出所，便以神圣职责担当起护林防火、履行森林执法和野生动植物的保护任务。如今，三十多年来，森林卫士带着青春的翅膀、妫川两岸的回音与延庆森林的光芒，在大山皱褶与平原造林的第一道防火区集结，用他们的青春、智慧和坚定意志筑起一道绿色长城。

镜头一：种树人，大写的绿

　　延庆是首都西北的绿色生态屏障，这里，山峦叠翠，绿树成荫，被人们称为"北京画廊"。王淑琴，延庆园林绿化局副局长，二十七年来她用坚毅和执着为延庆妫川大地播下片片新绿，用心血和汗水描绘"北京画廊"。有人说她是荒山播绿者，有人唤她绿色天使，她却一直以"种树人"自称。为了让双脚跋涉过的每一寸荒山变成茂盛的森林，她负责参与延庆生态建设林业工程的策划、组织和实施。三十二个春秋，她走遍了延庆的山滩沟壑，有人称她为造林"先锋官"、植树"女将军"，而最让她开心的是称她为朴实且勤奋有加的"种树人"！

镜头二：百里画廊红叶

　　十月中旬到十一月底，延庆是北京赏红叶的必去之地。随着秋季的到来，延庆红叶迎来最佳观赏期。八达岭长城、水关长城、古长城等地的红叶缤纷，雄伟壮观的长城与一望无际的红叶水乳交融；百里山水画廊、松山森林旅游区、莲花山森林公园、玉渡山等景区，此时此刻盛典集结，漫山红遍，层林尽染，群山之巅现斑斓。

镜头三：延庆看花

进入春夏季，整个四海镇到处皆为花的海洋，比如南湾"四季花海""留香谷"，站在浏览处俯瞰，山下大片的万寿菊十分耀眼；珍珠泉古八景各领风骚；千家店镇的"乌龙峡谷"，吸引人们在此流连忘返，黄百合争奇斗艳。一路骑游，惬意感油然而生；一路观光，留心路边，格桑花、耐旱的马尾草、呈各种颜色的西凤莲，还有奇妙的花叫蝶醉花、松果菊等，美不胜收。

镜头四：山庄林木

延庆之美在于山庄林木，是它们点缀成美丽的图画。延庆绿的真谛、绿的内涵，最为独特亮丽，被誉为"夏都"，被称为北京最大的"妫川盆地"。南面燕山，驮着八达岭跌宕起伏，蜿蜒西去；北面为军都山山脉。如今，南北全山被披上绿装。延庆城被水环绕，妫河两岸，风景如画，一川净水，空气清新。这里有众多公园，既美化了环境，又提升生活质量，愉悦人们的心情。山庄林木，一幅美妙绝伦的图画，春夏季节，鸟语成韵。

镜头五：报刊图解

翻开《妫川文学》、《延庆报》和"文化馆摄影展"图册，瞩目别致的延庆书画、摄影聚焦，用镜头特写——天上飞的，地上游走的，水中潜动的。如何关爱？人与野生动物和谐相处，要珍惜鸟类，达其共鸣，用镜头警示，用温馨提示——具有形象化和感染力；用真挚动情，引人沉思的话语——"劝君莫打三春鸟，子在巢中望母归！"

镜头六：生态管护员

延庆山区生态林涉及全区十五个乡镇三百四十七个行政村。

回望 2018—2019 年，我区有山区生态管护员七千六百一十八人。自山区开展生态补偿机制工作以来，山区生态管护员得到了广大农民的充分认可，增加了农民的收入，同时在森林防火、病虫害防治、野生动植物保护等方面，做出了巨大贡献——他们是延庆区生态保护工作的一支生力军！

镜头七：人与动物相处

人与鸽子、人与喜鹊共舞，人与自然和谐相处，共建延庆城区美好未来。鸽子代表吉祥如意。喜鹊黑白分明，体态自然，健美悠扬，展翅平飞，炯炯有神，神采奕奕，温柔可爱，像美丽天使，怪不得人们称颂它为"喜兴鸟"，象征幸福、欢乐、安康。

90 年代初，延庆的柳树、喜鹊，分别被命名为县树、县鸟；80 年代初，灰喜鹊从山上迁徙到农村宅院；如今，人们在大街小巷，亲身感受喜鹊的悦耳歌唱。

镜头八：延庆林保

延庆林保，每年春季飞播工作，从 5 月 1 日开始至 5 月 5 日结束，其间共飞播二十架次，主要对梨卷叶现象、杨潜叶现象和大青叶蝉等有害生物进行防治。为保护全县绿色生态成果，此次飞播喷洒了生物杀虫剂，达到了既除灭害虫又不污染环境的目的。

擘画延庆宏伟蓝图，皆是"种树人""植绿者"传播绿色观念，共建绿色延庆。党的十九大将"坚持人与自然和谐共生"确立为新时代坚持和发展中国特色社会主义的基本方略之一。加快生态文明、建设美丽城镇前景、放耀森林城市的光芒，充分体现出环境就是民生、青山绿水就是美丽、蓝天白云也是幸福的理念。

镜头"看"延庆——绿的真谛，我延庆绝美、至美、大美；绿荫、绿茵、绿意，绿的魅力，孕育出了五颜六色的果实，荟萃出了花椒之乡——沙梁子、核桃之乡——大庄科、苹果之乡——张山营、杏之村——新庄堡、富士之村——里炮、葡萄之村——黑龙庙。这是因为跟从党的惠农政策，才使它们率先披上致富旗手的光环。

　　绿的醒目，绿的耀眼，绿的姿态，在延庆这片大地上拓展霸气，就像北方汉子，堂堂的俊帅，使大地和阳光交汇；夏都与妫川相成，起伏绿的风景线，充满勃勃生机。那抹绿，追求憧憬；绿的启迪，引来鸟语花香；树叶的笑容，承续着辉灿的创举。绿色带来沉甸甸的果实，映衬着岁月斑驳的年轮，焕发青春的姿容。赤橙黄绿青蓝紫，构成了大自然七种色彩；而生命之湛，希望的源泉。"日出江花红胜火，春来江水绿如蓝""春风又绿江南岸，明月何时照我还""碧玉妆成一树高，万条垂下绿丝绦""千里莺啼绿映红，水村山郭酒旗风""两个黄鹂鸣翠柳，一行白鹭上青天"，这些有关绿的诗词佳句，点燃我们心灵的火花，滋润我们的骨髓，一如亲临并感受大自然的怀抱，陶醉并流溢着真挚与美好！

从"仓米古道"走来

翟　云

　　我有收藏和储存各地景区游览介绍折页及门票存联的爱好。无论是在国内旅游还是在国外旅游,我都会把旅游景点景区的宣传折页及购买的门票存联带回来,进行分门别类的整理,然后收藏起来,闲暇时翻看,追忆当年游览的情景,重温当时的欢快时光,这也是一种精神上的享受和愉悦。当我翻阅到一个略微发黄的"仓米古道"的宣传折页时,顿时把我带到了20世纪90年代在"仓米古道"游览时的难忘岁月,那也是我们延庆开展的最早的乡村游。

　　记得当时县里为了做好"旅游搭台、经济唱戏"这篇大文章,大伙儿开动脑筋集思广益,提出了开发山区旅游资源的好建议,并由县山区办牵头,进行总体策划和实施。于是经过上上下下多次酝酿研讨,把开发山区旅游资源具体落实到"仓米古道游",古道也就是今天"百里画廊"的前身。为何当时这条旅游路线叫"仓米古道"呢?这要从这条上百公里的旅游路线上,一个叫"仓米道"的古村落说起。

　　"仓米道"村是现在珍珠泉乡(原小川乡)的一个古村落,也是我区最小的行政村。别看村子小,人口少,可历史渊源深厚。这里地处延庆东部山区白河峡谷深处,古代就是当地运送仓米的要冲,有"葱茏四百旋"之称,并由此得名。这里还有一个真实的故事。据当年田桂芳老人说,十五年前,她和老伴上山干农活时,意外发现有一窝蜂,里边有许多死蜂,看到这个情景,他们觉得这些蜂可怜,没有多想,就把这些蜂捡回来调养,慢慢地这些蜂竟奇迹般地活了过来,并不断繁殖发展。后经有关专家鉴定,这些蜂群就是繁衍生息七千万年却濒临灭绝的中华蜂。当年田桂芳老人还深情地说，他们捡回中华蜂，虽然是一个不经意的善举，但给他们带来了不小的财富。经过多年培育，放养的中华蜂已繁衍到三十七窝，每窝都是一个钱匣子，每年可收获蜂蜜千余斤，是一笔可观的收入。据此，仓米道村几乎家家养起了中华蜂，成为远近闻名的养蜂专业村。

从当年的"仓米古道"宣传折页上可以看到，此时的旅游路线从县城出发，途经永宁、刘斌堡、黑汉岭、四海、珍珠泉、小川（仓米道村）进入沙梁子、花盆、千家店，最后进入白河堡到旧县，沿途经过珍珠泉、齐仙岭、葱茏四百旋、滴水湖、木化石群、燕山天池六大景区，景区总面积达八百五十平方公里，全程一百多公里。游客们在饱览山区美景的同时，还可在乡下民宿品尝地道的农家饭、民俗宴。

"仓米古道"上有两个景点美妙而神奇。一个是珍珠泉的"珠泉喷玉"，另外一个就是"齐仙岭"。在珍珠泉乡珍珠泉村村南，有一处泉水长年流淌，涌出地面时常常伴有气泡，其形状如串串珍珠，故而得名"珠泉喷玉"。这里也是延庆著名的八大古景之一。游人到此，拍手、跺脚或大声叫喊，都会传到泉下。随着声音大小高低不同，气泡也大小不均地从泉下涌出，涌"珠"益甚，甚为奇观。每次来到这里，我都要使劲地跺脚，大声地喊叫，看到泉水中升腾起串串气泡，如珍珠一般，才心满意足。

"仓米古道"上最神奇的景点要数"齐仙岭"了。据记载，齐仙岭始建于元朝中期，距今已有六百余年。这里地处燕山山脉南部，海拔六百米，传说是因一位齐姓神医在此为民治病而得名。我曾和多名友人、朋友前往齐仙岭探访和游览。从山下到山顶，有三百六十五级石阶，一步一阶而上，即可到达山顶。三百六十五级石阶，代表着一年三百六十五天，迈上一个台阶，代表着一天平安吉祥。所以这些台阶，又称为"光阴阶"。在齐仙岭景区，有饱经沧桑的石碾，有高耸陡峭的石人峰和"观音送子"，尤其是生长在裸露山石上的茂盛的翠柏，既无土壤，又无水源，且一棵连着一棵，有的树冠硕大，有的盘根错节。据了解，这里古树属于国家级以上的就有十八棵，平均树龄五百年，最长的一棵在七百年以上。山上别具一格的齐仙庙、狐仙庙香火不断，每天都有人前来跪拜求告，据说很灵验，每求必应。过去大都是有久病不愈的患者或家属前来求告，都有意想不到的结果。尤其是每年的农历四月十八，这里都要举行一年一度的齐仙岭庙会，当地村民或慕名而来的市民蜂拥而至，热闹非凡。大家依次登上三百六十五级台阶，徜徉在苍松翠柏之间，神清气爽，呈现出人和自然相融共存的和谐画面。同时，"齐仙岭"的古庙古树、石人石碾及和一年相对应的光阴阶等，也给这里披上了一层神秘的面纱，让人浮想联翩。

在"仓米古道"旅途中，"燕山天池"呈现出另一番风景。这里处于延庆东北部，也属燕山山脉，是太行山的一条支脉，海拔六百米，以四百九十多万平方米水面面积的白河堡水库为中心。白河堡水库是北京地区最高的水库，有"高峡出平湖"之称，更被冠以"燕山天池"之美誉。当年，作为"仓米古道"的重要景区，游人可以在这里碧波荡舟、飞艇击水，也可驾筏漂流或潜入湖底，还可湖畔垂钓并在野林中小憩——当年的湖滨帐篷、小木屋及篝火野炊也别有情趣。虽然现在这些风景已经不在，但仍在我的记忆中鲜灵活现，那就是曾经的"仓米古道"。

当年，我曾陪同《北京日报》、《京郊日报》、《北京青年报》、《北京法制报》及北京人民广播电台等首都众多新闻媒体的朋友，往返于"仓米古道"的各个景区景点进行采访报道，也曾陪同当时县政府的客人多次在"仓米古道"游览，大家除了对景点景区给予关注外，特别是对沿途的民俗风情、历史文化饶有兴趣，不时提出各种问题要我作答。我也尽我所能，把我知道的沿途所在景区景点的特点和村落里的人文趣事、风土人情讲给他们听，他们都对这条乡村旅游路线赞不绝口，称赞"仓米古道"意义深远。

随着延庆经济、社会各项事业的发展，特别是旅游事业的发展，如今这条"仓米古道"或在慢慢地被人遗忘，一个鲜活的"百里画廊"乡村游进入了人们的视野。"百里画廊"在原有"仓米古道"六大景区的基础上，又增加了四季花海、乌龙峡谷等景点景区，游人们在领略延庆乡村四季风光的同时，也进一步看到了延庆乡村发生的巨大变化。特别是随着世园会和冬奥会在延庆举办，全区市政、交通等各项城市设施建设逐步提高完善，前来延庆旅游的人越来越多，人们在一览世园会、冬奥会风貌的同时，延伸到"百里画廊"，亲历画廊里的美丽，体验"仓米古道"的风韵，真真正正地享受一把"美丽乡村游"的大餐。前些日子，我的老乡、延庆著名诗人马玉昌老先生乘车沿"仓米古道"东行回来后写的一首诗，使我颇有同感："燕岭龙山地势雄，缙阳佛殿远播名。天池壮景风光秀，引我乘车百里行。故地重游增感慨，多年愿望又萌生。画廊艳丽延伸远，醉眼仓米古道通。"我对"仓米古道"情有独钟。即使后来这条旅游线路被命名为"百里画廊",被赋予了新内涵、新地标,更有时代感,但我仍非常喜欢"仓米古道"之称谓,因为它更有底蕴、更有韵味、更有标志性。在这条乡村旅游线上行走,更容易让我们在欣赏山乡美景的同时,抚今追昔,追忆过去的艰难岁月,回首往昔的人情世故,思考古道上的历史沧桑……

妫川冬日美

韩红霞

妫川冬日美，美在来自瞬间，去留无意。当人们还没品够天高气爽、枫红菊香的秋季，当倔强的柳条和高傲的百合仍不肯脱下自己的彩衣，薄薄的冰雪就在一夜之间悄然降临大地。前一日还在与落叶对话，和秋雨相伴；转眼，就来到白雪皑皑的冬季，掬一捧冰雪，握一份惬意。一场场雪花，一层层雾气，看不厌的冰瀑冰凌、玩不够的冰雪游戏——可怎的，寒冬的棉衣还未退却，就已经嗅到了春日的气息。习习的清风，暖暖的红日，波光粼粼的湖水，墙角冒出的绿植，苏醒的万物正在用自己的方式告诉你冬日已经过去。

哦，这就是妫川的冬日，来时无心，去时无意，却让人久久沉浸回味。

妫川冬日美，美在浑然天成，小家碧玉。妫川小城偏居京都西北一隅，苍天厚爱，素颜丽质，尤其到了冬季，无须什么雕琢修饰，处处皆是美景。长城内外银装素裹，苍龙卧雪，气势磅礴；北国漓江，冰雕玉砌，晶莹剔透，灯火辉煌；海陀戴雪，招手冬奥，四海名扬；百里画廊，冰瀑激流，荡气回肠。在积雪的纯净下，在冰层的厚度里，在自然的山水间，品读厚重的人文历史，感受迷人的山水画卷。农家窗上的美丽冰花，屋檐下耀眼的大冰溜子，残荷上薄厚不一的积雪，在不经意间书写着冬天的神话，云环雾锁，意蕴卓然。冬韵之美，无处不在，却又需要在点滴之中，细细品味。

妫川冬日美，美在简净宁和，润物无声。冬日的妫川，不像春秋那般绚烂，也没有夏日那样喧闹，有的只是一种时光且住，岁月静美。远处，山脚下的村庄炊烟袅袅。城里，灯火阑珊，行人缓缓。旧宅深巷、柴门犬吠也好，高楼别墅、亭台楼阁也罢，生一炉薪火，泡一壶香茶，品一段时光，日子过得纯净而美好。欣赏着窗外的冰雪，慢慢积淀幻化成生命的泉水，滋养着春播，预示着秋收。看着看着，这份涓涓溪流似乎已经漫过心田，让心灵的花草开始弥漫芳香，内心自然闲适安静下来。在这梦一般的冬日，悠然行走在美丽的妫川世界里，不由得想要快快拿出一支灵动的笔，将其写成诗、谱成歌、描成图、绘成画！

秋　韵

徐小飞

延庆的秋天来了！

当秋雨像一根根细小的银针扎在脸上，当一缕凉风卷着一片落叶飘然落于眼前，我便知道秋天来了。一直就莫名地喜欢秋天，从背着小书包，踏着路旁沾满露珠的杂草去上学的那个清早，直到今天。

"一场秋雨一场寒。"下班后独自走在回家的路上，猛然间一枚枯叶飘然而降，落在脚下，心里不禁一颤，不由得停下脚步俯身捡起落叶，细细赏玩这来自树上的精灵，端详其生命的脉络。这枚历春经夏的落叶，曾几何时风华正茂，如今已脱尽生命的绿色底子，徐徐飘落间诉说着对大树的万般眷恋。

落叶知秋，落叶如歌。延庆的秋日里，金黄的落叶摇摇曳曳，一片片洒落，如陶渊明采菊东篱，又似庄周梦蝶翩然起舞，更像苏东坡月下弄影。秋天总是给人别样的感觉。是的，春天万物复苏、乍暖还寒，夏天茂密炎热、浓深迫人，而冬天呢？一切全归于枯槁凋零。唯有秋天，天高气爽、风清露洁，既让人有成熟丰收的喜悦之感，又让人产生年之将尽的落寞与凄凉——秋天就是这样。那深翠、浅绿、赤橙、青黄，那松间明月、石上清泉，那云舒云卷、雁去雁归，无不让人激扬情怀或荡漾心间，感慨万分。

特别迷恋在秋日黄昏里行走于延庆的乡间小道。庄稼收割以后，无边的田野裸露出苍黄的土地。这时陌上阡头的孩子已经望断了最后一只南飞的大雁。无边的落叶萧萧而下，铺就了一地鹅黄，人踩在上面发出清脆的咯吱声，仿佛置身于梦幻一般。如若有缘，还能遇到几只觅食的野兔从脚边蹿过。村庄里很少见到农人，他们大多待在家里收藏秋天的收获。夕阳西下，牛羊排行列队徐徐走回圈里，牧人们"哟哟"地吆喝着，一两只小狗活蹦乱跳地尾随着。不远处炊烟袅袅，主妇们开始呼唤在外嬉玩的顽童早早归家吃饭的喊叫声在晚风中似远处传来。青山默默，秋水潺潺，荷锄看山，举目望天，总会让人产生许多激动不已、欲飞冲天的希冀和天地之间舍我其谁的豪情。

　　记忆中，刻骨铭心的文句都源于秋天，都与秋天有关。诗兴大发的刘禹锡在秋日里高吟道："晴空一鹤排云上，便引诗情到碧霄"；风华绝代的李清照在秋风中无奈感叹："帘卷西风，人比黄花瘦"；泪眼无眠的林黛玉在深夜里低啜："青灯照壁人初眠，冷雨敲窗被未湿"；台湾作家张晓风回忆起南京的秋天有感而发："梧桐叶子开始簌簌地落着，簌簌地落着，把许多神秘的美感一起落进我的心里来了"；林语堂在文章中写道："我最爱秋天，因为秋天的叶子的颜色金黄、成熟、丰富"，让人对秋天充满无限的遐想；辛弃疾在飒飒秋风中一边抚剑一边狂歌："醉里挑灯看剑，梦回吹角连营。八百里分麾下炙，五十弦翻塞外声，沙场秋点兵……"让人领略到其保家卫国的英雄气概。

　　漫步于秋日季节里延庆的大街小巷，总是让我陶醉，总是让我感悟不已。春天破土而出的嫩芽常常使我感动，秋天脱枝而落的枯叶也时时使我悸动。人们常常喜欢生活在生命的律动的氛围里，而缺乏对秋天韵味的理解。姹紫嫣红固然是一种美，洗尽铅华也并不是生命的终结，而是为了迎接来年的灿烂与辉煌。生活中如若没有落叶，实在是一种深深的遗憾。也许因为载满生命的体验与回味，染满时光的青绿与金黄，世间万物的谢幕，没有什么比落叶更优美、更动人的了。"零落成泥碾作尘，只有香如故"，带着岁月赐予的金色脉络与孕育过花果的余香，去亲近大地，去滋润大地，这何尝不是一种感恩的情愫、一种奉献的精神呢？

　　秋日多情，将五彩一路赠予；秋风多意，将飒爽一路馈送。经历春天的耕耘，夏天的浇灌，曾有的一切梦想和追求，在秋天都有了殷实丰润的回报，广袤无垠的田野到处是丰收的金黄色。在这个透明的季节里，延庆的山峰变得更加明逸淡远，流水变得更加清澈透明，万物都变得淡然有致。

　　秋天，让延庆的一切都变得更加迷人、更加韵味无穷！

难忘家乡的小山

王永明

　　这些年来，我登临过"五岳之首"的泰山，爬过天下闻名、风景奇美的黄山，游览过西域名山天山，拜访过峨眉山、乐山、九华山、普陀山等佛教名山，再加上爬过的那些不出名的山，也算得上见多识广了，但是给我印象最深、最令我难忘的依然是家乡的那座小山。

　　家乡的那座小山横卧在村子的东面，是一座低矮的山。它平地拔起，山势平缓。整个小山由两座南北走向和一座东西走向的山峰组成，好像一把簸箕，还有人说像一把太师椅，面南背北。单独看西边的那座山，很像一只静卧的老虎，我们村的人又叫它"老虎头"。儿时的我，常和小伙伴们爬上"虎背"，享受童年的乐趣。

　　记忆中的小山，是一座贫瘠的山。山上面没有一棵树，只生长着荆棘、酸枣树以及我们那时称作"棉条"的小灌木，再有就是一些小草了，一如那个贫困的年代。但小山依旧给我们带来了许多欢乐。春天，小山绿了的时候，小伙伴们挎着小筐，结伴到山上去耪草，蒲公英、苦菜麻、老羊角都是猪、兔的最爱，如今它们已走上了餐桌，成为我们的山珍野味；夏天，我们推着特制的小车，拿着镰刀，到山上去割柴，小伙伴们互相竞赛，欢声笑语洒满山坡；秋天，酸枣红了的时候，我们又结伴到山上去摘枣，边摘边吃，收获一份甜蜜；冬天，小山静静地伏在那里，好像在冬眠，但每当雪后初晴，小山上遍山的白雪把它打扮得异常美丽，仿佛一只白虎下凡，保佑人们平安如意。

　　中学时，学校在小山的东面，我们每天都要翻越小山去上学，因而和小山接触得更多了。我们在山上休憩、读书、谈天、梦想着未来。小山成了那时最好的伙伴，它陪伴我走过了三年美好的中学时光。

工作后，回家渐渐少了，见过的山慢慢多了，而小山依旧在我心中留下无数美好的记忆，只是总感觉山上缺了点儿什么。

后来，县里实施荒山造林工程，家乡的小山成了全县绿化造林重点工程，经过工程技术和施工人员的辛勤劳动，山上栽满了油松、侧柏，昔日的荒山穿上了绿装，焕发出勃勃生机。

去年春季，时隔多年后再次爬上小山，感慨颇深。如今的小山已是绿树葱茏，一派生机。站在山顶上往四周望去，只见村子里的新房增加了许多，山的南面和东面出现了大片大片的果园，整个家乡都呈现出一派生机和活力，一个崭新的新农村展现在眼前。站在山上，一阵微风拂过，树叶哗哗作响，仿佛脚下的猛虎正在慢慢醒来。

信步东湖

李晶华

　　清晨，一缕阳光让夏都东湖笼罩在灿烂的色彩之中。

　　从妫水湖东的汉白玉石桥西转而下，沿着湖南的小路信步走着，清爽的空气沁人心脾。一切的一切都在夜露洗礼过后，散发着清新的气息。杨树林被南北两侧交汇的湖水拥揽在怀里，依塔而卧，像一个刚睡醒的宝宝，静静地感受着母亲温柔的爱抚，尽情享受着晨露的沐浴，它们翠绿的衣衫在阳光的映衬下格外耀眼，也争相展现着肌肤的健壮与身姿的娇美。就连林中的小草，也都擎着晶莹剔透的露珠，抢着林间斑点的阳光，寻找着那七彩的光环。林中的鸟儿早已按捺不住喜悦，在枝头上跳来跳去，或清脆，或婉转，或悠扬地欢唱着、鸣叫着……在这里"欣然"就是鸟儿们的"维也纳"金色殿堂。宝塔上昔日清脆悦耳的风铃，在这样一个静谧的清晨也不得不稍作小憩了。

　　站在塔下举目远眺，东湖北岸柳树、火炬树、枫树依次从上到下错落有致地排在岸边的护坡上，形成一道自然的翠色屏风。一排垂柳站在最高处，为屏风镶上浅绿绦边；万绿丛中那几点红便是火炬树的杰作，在绿色的掩映之中甚是醒目；再下面那些枫树，尚未酝酿火红，但此时正怜惜着如今的青春翠色。在这道翡翠屏风的映衬下，琉璃宝塔越显威武与挺拔，与西面夏都拉桥遥遥相对——它坐落在东湖，但却也像母亲一样呵护着桥那面西湖的一切。我用纤细的手摩挲着宝塔，就好像拉着母亲衣襟的孩子；我甚至贪婪地想，你呵护之中的一切，你怀抱里的一切，都属于我，我要拥抱这美丽的东湖的一切。

　　从宝塔西南沿台阶而下，十几步台阶连着湖边石板铺成的小路，沿路右行十几米，转弯处一片荷花便映入眼帘，紧贴湖岸，伸手可触。粉色的荷花如同少女般亭亭玉立，粉色的衣裙或飘逸于荷叶之上，或羞怯地藏于荷叶下面，欲露还羞，欲藏还露，着实惹人怜爱。好想拥你在手，感触天赐的温馨；好想吻你在唇，感受你娇柔的气韵。最惹眼的是那并蒂而生的两朵，相依相偎，竞相开放，花茎将花朵擎于荷叶之上，情侣般共同绽放着芬芳，也共同经历着风雨。荷池中以粉色花居多，间或有一两朵洁白的荷花，可算是荷中之仙子了。花瓣洁白得一尘不染，中间黄色的花蕊在白色的衬托下，是那样的温柔。有的藏在荷叶下面偷偷地盛开了，一点儿也不张扬，静静地吐露着馨香，微风过处，飘逸着翠色的衣裙，舞动着纤细娇美的身姿，美极了。"出淤泥而不染，濯清涟而不妖"的君子之花啊！

　　站在岸边，早已心随荷动了，身轻如云，我似乎是那荷中的一朵，身着那洁白的衣裙，荷从风动，我随荷漂，心抑或早就飘逸于荷塘之外，尽情享受着仙子般美妙的感觉。我在花丛之中飞来飞去，我同蜜蜂一起在花蕊中徜徉。累了，便在那硕大而坚实的莲蓬上休憩；渴了，那滚落在荷叶中间的晶莹的露珠便是琼浆玉液……

　　一只鸥鸟从眼前掠过，惊落了我仙子的梦。视线也被鸥鸟带到了远处的水面之上。湖水如镜，那蓝蓝的天，洁白的云，碧绿的树，都紧紧地抓住这个机会，在镜子里照个影儿。两只野鸭从不远处游过来，在水面上划出层层波纹，顿时，云影儿、树影儿、荷影儿都在水里欢快地跳动起来，酝酿着妫水东湖最美丽的风景。

秋天里的"艳遇"

司　帆

　　北京的秋天素来短暂，延庆更是如此，能让人好好欣赏秋天娇媚容颜的时候真是不多。于是，每到秋季，我都会发出秋天太无情、时光太短暂的感叹。而今年这个秋天却是这样的长，要不是冬天慢悠悠地来换岗，今年的秋季大有进入十二月之势。今年的秋天似乎也格外多情，格外喜欢梳妆打扮。从九月中旬到十一月中旬，造物主像打扮一个出嫁的新娘一般，不厌其烦地打扮着今年的秋天。天气又是小雨，又是浓雾，又是阳光，而这三种天气恰恰是为秋姑娘美容化妆的最好办法——树叶在这样的天气下，由单一的绿色向着五颜六色的容貌悄悄地转变。

　　在这悠长多情的季节，我最得意的莫过于遭遇几次"艳遇"了。

　　"十一黄金周"过后的一个早晨，阳光灿烂透彻。我按计划前往延庆东部山区的四海、珍珠泉一线拍照片。因为山中的朋友们告诉我，今年山中的秋色比哪一年都美，如不速往，恐怕北风一吹就没法看了。

　　不料天公竟然有意为难我们。我们刚刚从县城出发，厚厚的云层就从南面稳稳地涌上来，等我们进入山区时，厚厚的云层已经停在头顶，与北面蓝天下的冷空气在我们的头顶上对峙起来。美景是需要光线来表现的，摄影尤其如此。路边两侧金黄色的白杨树如同黄色的巨龙，伸向大山的深处，山坡上经过秋霜洗礼的树叶，五颜六色，争奇斗艳，本都是摄影的绝佳素材。但是，由于缺乏光线，它们显得无精打采，好像还没睡醒似的。这让我们十分焦急，这么美的景色，这么差的光线，对痴迷摄影的人来说真可谓一种残忍。我真怀疑老天爷在和我们开玩笑，考验我们的耐心。于是，我在心中暗暗祈祷，老天爷开开眼吧。老天似乎无动于衷，直到午饭后还保持一面阴一面晴的状态。

我们还是不死心，继续往山里走。走到珍珠泉乡一个小山村边，再也不想走了——因为这里的景色太美，美得令人心醉。一泓清澈的湖水静卧路边，清澈透明，宛如明镜。湖的南岸是一排颀长挺拔的白杨树，金黄的树叶与白白的树干连成一体，简直是一幅油画。油画的中央，一个红色栏杆的小亭子如同点睛之笔，恰如其分地点缀其中。画面外的彩色山坡则像一块巨大的彩色画布，与这幅油画浑然融为一体，整个画面看上去和谐极了。但是，缺少的就是阳光。如果有阳光，这画面将魅力倍增。于是，我们举起双手再次乞求上苍。

也许是我们的虔诚感动了上苍，太阳终于缓缓地走出厚厚的云层，向我们露出它灿烂的微笑。蓝天也迅速向南面扩展，局促的蓝天变得辽阔深邃，沉闷的白云则变得舒展飘逸。这一刹那，整个景色仿佛睡美人苏醒一样，湖水更加清澈透明、杨树更加艳丽迷人、远山更加绚丽多彩。我们不禁眼前一亮，精神为之一振。于是，我们的相机噼里啪啦地照个不停。我觉得，在这样的景色面前，人的灵魂，人的五脏六腑仿佛都被洗过一样，人世间的烦恼一扫而空。这样精致绝伦的景色，对于在滚滚红尘中忙碌的人们来说，能有几个人有机会看到、有心情去欣赏呢？我们应该算是最幸福的人了吧。

就这一点，我们这次进山就绝对值了。这个地方叫什么名字呢？我没来得及打听，就叫它"空山秋语"吧。

本以为"空山秋语"这次"艳遇"看到了最美的景色，但是，第二天，当我们在晴空里来到燕山天池——白河堡水库时，看到的景色更加震撼人心。站在高处，从北往南望去，但见漫山遍野深浅不一的各种红叶，迎着朝阳竞相展示着各自娇媚的容颜。颜色自然以红色为主，但黄栌、五角枫、橡树、杏树红的颜色深浅不一，各具特色。当然，如果只有红色，显然太单调了。于是，大自然又在山上点缀了浅黄色的落叶松、深黄色的杨树、浅绿色的垂柳、深绿色的松柏，构成一曲绚丽多彩的乐章。

但是最美的地方不在这里，而是在水库北岸的黄栌红叶林。于是，为了寻找美、欣赏美，更为了表现美，我拨开树枝钻入红叶林。由于长在水库边又面对太阳，这里的红叶色泽格外柔润鲜嫩，很像微醉少女红润泛光的脸庞。摄影的三要素要求的"主题、用光和构图"，这里全具备了。于是，以红红柔嫩的霜叶为前景，以碧绿的水库为近景，以对岸满山的红叶为中景，以蓝天白云为远景，一幅幅构图绝妙的图画留在了我的相机中，更留在了我的记忆中。此时，弄脏了衣服，划伤了双手，汗水爬满了脸颊，又算得了什么呢。只要自己高兴，吃苦受累又算得了什么呢。

我真庆幸，也怀疑上苍在照顾我。就在我离开四海珍珠泉的第二天，一场大风将满山的树叶吹得七零八落，让前去观赏的人大失所望。而我们从燕山天池归来的第二天，那里的景色也因为一夜秋风而不复存在了。

这两次"艳遇"让我兴奋不已。但是，在这样的"艳遇"面前我是贪得无厌的。于是我将下一个目标锁定在八达岭红叶岭。由于这里处在山的阳面，海拔又不够高，霜的力度不够，树叶迟迟不红。随后天气开始下雨，雨后又是阴云浓雾，让人心中暗自着急。好在总有云开日出时，于是，在这里，我以长城为背景尽情地拍摄。不仅以红叶为背景拍摄长城，也拍摄从北京赶来兴高采烈地看红叶的游人。因为他们异口同声地说这里的红叶超过了香山。

不到长城非好汉。到了长城，我的"艳遇"是否结束了呢？非也。十一月初，一场秋雨过后，碧空如洗，县城北部山区落下了厚厚的一层白雪。如果是冬季，也就罢了，但这是绚丽多彩的晚秋。于是，站在妫水公园南岸向北一望，绝美的图画出现了：碧蓝的湖水和湖中的芦苇，对岸台地式公园两侧燃烧着一样的火炬树，再往后是整齐的村庄，村庄后是连绵的北山，山上的白雪在蓝天下格外抢眼。这样的好时光岂能错过，于是我的相机又饱餐一顿。

一个秋天遭遇四次"艳遇"，这样的好事情一生能赶上几次呢？我为此兴奋不已。北京的朋友从媒体上看到我的照片则是艳羡不已，他们不仅艳羡我的"艳遇"，更艳羡我生活在摄影的胜境——夏都延庆。

童年时代的江水泉

孟宪民

延庆城北有个江水泉，在这片广袤的土地上，随着地势的变化，逶迤绵延地分布着清泉、小河以及遍野的绿草、鲜花。

这里的泉，水流不断，奔腾的小溪更是纵横交错。置身于此，可感受到清风拂面，俯瞰泉水千层，遥听百鸟齐鸣而声震旷野，赏朝晖夕阳，领会气象万千。

随着时光流逝，如今的"江水泉"泉水依然还在静静流淌，不同的是当年的荒野杂塘变成了整洁美丽的公园。园内增添了现代化的建筑设施，以及丰富的人文景观。尽管如此，只要踏进园区，环视周围的风貌，就好像触摸到了当年的历史，从中感受到一种沧桑古朴、自然原始的韵味。

童年，是无法忘却的，我的童年就像江水泉的泉水一样纯真、清澈。曾经多少个迷蒙的月夜，我幻想着自己插上了一双翅膀，重新飞回到昨日留下足迹的江水泉，悠然快乐地遨游其中，去追寻着年少的梦。

恍然间，我又仿佛躺在儿时绿色的河畔旁，听到母亲悠长的唤儿声，透过袅袅升起的炊烟，悠悠地飘到近前。

江水泉中间是块沼泽地，这里是一片宁静柔和得像诗一般美的世界。潺潺的水声，茸茸的草地，各色的小花更是开得星星点点，点缀着我那颗年少的心。迎面拂来温润的气息，夹杂着使人陶醉的淡淡幽香，再捧上一把甘甜的泉水，凑上嘴轻轻一吮，透心的凉，沁人心脾。

是的，这儿是我们自由的天地，这儿是我们幸福的乐园，这儿，就是陶渊明笔下现实中的"桃花源"。在这里留下的不仅有我真挚的爱、绚丽的梦，还有更令我难忘的童年。

清晨，我和小伙伴们蹚着带露的小草，踏着江水泉边清凉的石板，欢快地去上学。放学后，小伙伴们也经常到这里追逐嬉闹，一串串银铃般的笑声回环往复于泉边，水石相激撞迸出的水花恰似孩童们欢乐的笑靥，无论是篠墙萤暗，还是薜阶蛩切，这一切，都深深地印刻在我童稚的记忆里，永不消退……

江水泉还是我们经常游戏的地方。河畔，我们常常分成两组，嘻嘻哈哈地玩起了打水仗。有一次，由于在玩耍中不小心，我还差点儿掉到了泉眼里，慌乱中幸好岸边的几根香蒲挽住了我的手，否则就会"越陷越深"了，试问我怎能不对它充满感激之情呢？每次河畔嬉戏之后，脱下湿漉漉的衣服，全身格外凉爽，舒服的感觉替代了刚才"激战"时紧张的情绪。躺在绿色的草甸上，折一节小草叼在嘴上，微风吹拂着园中的白杨沙沙作响，我凝视着天边飘过的几朵浮云，此时此刻，烦心的事情都早已逝散去了，只有无忧无虑的快乐童年。闭上眼睛，猛地耳朵里似乎钻进了小虫，痒得难受，挠一挠，呵呵！原来是旁边的小伙伴故意塞在我耳边的狗尾草，他们忍不住咯咯地笑着，我也笑了。

玩够了，我们便去采集水菜。在这片沼泽地里滋生着大量的水芹菜、水芥菜等可食植物。它们的味道特别香浓，在那个物资贫乏的年代，这些珍肴带回家中经妈妈手一做，肯定又是一道不同寻常的美味啊！我和小伙伴们赤脚沿溪而下，摸着清凉的泉水一路欢笑、一路嬉闹，不知不觉水菜就装满了每个人的筐，太阳也已经西斜了。回到家后，悄悄地放下筐，蹑手蹑脚地掀开了门帘，看到的是母亲焦急、责备而又带有怜爱的目光，我抹了抹脸上的泥水，便撒娇地靠在了她的身旁，得意地向她炫耀今天的收获。

母亲端出早已备好的晚饭，我接过后便美滋滋地大快朵颐起来，母亲做的饭永远都是那么的香。这时的母亲便嗔怪地拍着我的脑袋，说我是个小馋猫。馋猫就馋猫吧！我就"喵喵"地叫了起来。叫着叫着我抬起头，看见母亲慈爱的眸子里，还流露出一种羡慕之情。为什么？那时我当然不会明白了。

三十年后的今天，已经为人父的我又重新站到了这片土地上，耳畔再次传来一阵阵天真无邪的笑声，母亲眼中的那种羡慕，也不由自主地从我的眼睛里露出。

凝望着这片熟悉的土地，如今已物换景移，儿时的雅趣早已逝去，我已变得老成、持重。虽然我告别了天真的童年，不能再重复儿时的乐趣，但那片曾赐予我无限快乐的江水泉——我的"桃花源"，让我终生难忘！至少我还能回味着曾经那一个个甜甜的梦——是它带走了我的童年，洗去了我的稚嫩，送来了我的成熟。如果说昔日的江水泉带给我的是一种快乐的激情，那么今天的它则给予我更久远的希望。

回忆童年的时光，以前的它，只在心中留下缕缕情丝。但我心底的这段回忆将永远地珍藏，因为它是温馨的……

珍珠山水，妍丽花乡

李　争

　　珍珠泉那片片花海，是坠落在广袤绿野中的颗颗宝石，闪烁着或妩媚、或清纯、或妖艳、或迷离的色彩。

　　远处，是连绵起伏的群山；头顶，是初秋高远的蓝天。有絮状的洁白的云朵飘浮，若柔软的梦。而绽放在眼前的，是镜头无法完全捕捉的美丽，如此招摇、如此恣意盛开的，是大片大片的花朵。

　　那漫漫无垠的马鞭草，是俏丽的粉紫色，洋洋洒洒、无边无际地铺满视野。你若跳进花丛，就会发觉，细长的枝条布满毛刺，让暴露在外的小腿感到火辣辣的刺痛。马鞭草的美名，并不虚妄。

　　浓密绚烂的紫叶苏，汇成一片深紫色的海洋。着白衣立其间，有强烈的色彩对比效果，背后有深蓝的天际相衬托，让你忘却了所在何方。金黄色的艾菊盛放，花朵柔嫩圆润，好似颗颗小太阳汇集到一起。紫红与金黄相间的是凤尾鸡冠，淡青色的藿香延绵成片，江西腊朵朵簇簇，野生罂粟散发着致命的妖艳……还有无数不知名的花朵，淡粉与明黄、深红与乳白，妍丽的色彩汇集到一起，构成一片色彩的海洋，是最明艳的西洋油画，传达无法用言语描述的美丽。

　　喜欢那静静开放的波斯菊，美丽而不娇艳，柔弱但不失挺拔。在藏区，这种花被称为"格桑梅朵"，也就是"幸福花"。格桑花的花语是"怜取眼前人"。如此诗意的花语，让我不由得想到晏殊的《浣溪沙》："一向年光有限身，等闲离别易销魂。酒筵歌席莫辞频。满目山河空念远，落花风雨更伤春。不如怜取眼前人。"

　　走过姹紫嫣红，扑面而来的是一片最为清新的色彩。无边无际的薰衣草，在初秋的阳光下尽情开放。修长翠绿的叶形，优美典雅的蓝紫色花序，于风起时，让一整片的薰衣草田宛如深紫色的波浪，层层叠叠地上下起伏，摇曳着令人窒息的美丽。花海中静立着淡雅的欧式门廊，飞舞着洁白翅膀的小爱神丘比特，让你恍惚中以为是身处法国的普罗旺斯，还是新疆的天山南麓？碧空如洗，清风如丝，还有散发着阵阵幽香的炫目的蓝紫色花朵。梦境，也就不过如此吧。薰衣草的花语尤为动人：等待爱情。试想在馥郁的花海中，静静期待，静静等待，总会有生命中最重要的那个人的到来。生命拥有期待，哪怕暂时缺憾，也是完美，这就是薰衣草赋予我们的美丽吧。

山乡巨变

2004　2024

照片春秋

赵文新

1921 年，一艘南湖的红船从黎明中驶来。从此，镰刀和铁锤组成图案的旗帜，在中国大地上迎风招展。中国共产党伴着火红的七月，领导全国人民走过百年征程。

忆往昔，峥嵘岁月，这是用汗水、泪水、血水，勇气、志气、豪气写就的百年，是披荆斩棘、艰苦创业、砥砺前行的百年。

风雨百年路，奋进新时代。

今天，让我从家中的照片，一起回眸历史的瞬间。过去、现在叠在一起，感受生活的幸福、祖国的发展。

一张发黑的小照片，映入我的眼帘。

这是谁？眉头紧皱、面目发呆。

奶奶说，这是她"良民证"上的照片。

八十四年前，七七事变，日寇的铁蹄，践踏家园。为了免遭野兽般的凌辱，年轻女子经常把柴火灰涂上脸面。人们失去了自由和尊严，走出村子，在自己国家的土地上，还要所谓的"良民证"，来证明自己的身份。

照这种相片，哪能露出笑颜？

奶奶的回忆，让我感受到，饱受欺侮的国度，最是渴望和平。

历史不能重演！历史不会重演！

看，这是谁的黑白照片？笑眯眯地站在天安门前。

母亲说，这是新中国成立后她第一次到北京，留下永久的纪念。

那时候去北京的人，都要和天安门照张相留个念。

我细瞧，胸前佩戴一枚毛主席的像章。

母亲说，毛主席领导全国人民，翻身得解放，建立了新中国。人民戴着像章，表达对领袖的爱戴。

我知道，天安门广场，这里是开国大典的地方，这里是人民当家做主的发端。

我仿佛听见，照相时的笑声穿过岁月，响在耳边。

这里有我的彩色照片，站在大果树上，喜气洋洋地采摘。

联产承包，我家分了责任田。

树上的苹果笑红了脸，我们比花果笑得还欢。家中的粮食堆成了小山，禾粱酿酒醉了好日子。农民走上了富裕路，火红的日子比蜜甜。

照片见证时代的变迁。

我家孩子的大幅彩色照片，戴着鲜艳的红领巾，和全班同学站在"鸟巢"前。

难忘那次凌晨三点，星星还在夜空眨眼。我和孩子赶到学校，坐上汽车，去看奥运会。

中华民族百年祈盼，一朝梦圆！

我和孩子们见证了奥运的盛典，感受了举国同欢。在奥运标志性的建筑前，留下一张又一张的照片。

这两张彩照是父母的笑脸，这是贴在"老年证"上的照片。坐公交、逛公园、买粮油，拿着证件享福利。

瞧，两位老人笑逐颜开。他们都说赶上好时代，一定快乐地生活，长寿康健！

父母的话语，表达老人们的心愿。看着祖国一天天腾飞向前，他们享受幸福的晚年。

这张大合影是我和同事的照片，戴着党徽，开展主题党日活动，背景是世园里的永宁阁。

难忘被习近平主席誉为"雄伟的长城脚下、美丽的妫水河畔"的世园会，一百六十二天，一百一十多个国家和地区的人们，来到我们家乡延庆，徜徉在青山碧水间。绿色发展理念，正从这里传到全世界。

照片上我们自豪的表情，与美丽的家园紧紧相连。

这是我们全家的照片，在京张高铁延庆站前，以"高山流水"的造型为背景，观赏滑雪赛道与海陀山冬奥会雪道隔空呼应。

　　京张高速公路和高铁全面贯通，标志着家乡延庆，正式纳入北京市"半小时经济圈"，京冀协同发展走上了快车道，生活如同芝麻开花，步步高攀。

　　翻看家中的照片，忍不住赞叹：时间跨越数十年，百姓的日子地覆天翻。

　　一张张照片，见证百姓的心声，见证社会的发展，见证党领导人民谱写辉煌的诗篇。

　　岁月如虹，征程如歌，让我们在党旗的召唤下，让伟大的中国梦在我们手中早日实现！

从愁烧柴到延庆的森林城市建设

陈 超

烧柴和森林城市建设，好像不太搭界，但是却又有很大的关联性，也反映了新中国成立七十年延庆发生的翻天覆地的变化。

古人云："开门七件事，柴米油盐酱醋茶"，把烧柴放在第一位。老百姓也流传"吃陈米烧陈柴，柜里不断零花钱"，把这种状况当作追求的小康日子。从中可以看到，烧柴是多么重要。

新中国成立初期，延庆总人口只有十二万，到 1958 年才发展到十七万多。那时县城附近林木野草较多，当然那时的自然植被也不是今天追求的目标：林木品种单调，分布比较杂乱，观赏性极差，宜绿化的荒地空地很多，像南大荒等地。那时，康庄地区风沙很大，有"一个月刮两场风，从初一刮到十五，从十五刮到三十"之说。尽管柴草资源较多，解决烧柴问题仍是一件大事。像我家，有二十多亩土地，但产量低，能做烧柴的秸秆不多。为了解决烧柴问题，到秋天我舅爷（和我们一块儿生活）、哥哥几乎天天出动去搂柴，这些柴多是高粱叶、玉米叶、豆叶和杂草。将其打成捆，放在家里西墙根用秫秸临时搭的一个大棚里，有好大一垛。那时没有煤火，除了用柴草烧炕，再将一些较耐烧的如木柴、玉米芯（胎）过烟，掏到火盆里取暖。好一点儿，再买一点儿木炭延续盆火。一到雨季，柴基本烧完了，做饭非常艰难，东拼西凑，叫"抓灶火坑"。母亲会用一点儿柴做成一顿饭，锅下熬豆角，锅边贴饼子，锅里还可以熥山药、白（红）薯等，类似今天有的饭馆的"农家一锅出"。家里还有一个设备叫"呼呼踏"，在一个高桌上，一边装上风箱，另一边靠中间装上一个灶，烧很少的干柴或烟煤，就能做成一锅饭。

　　我从小学三四年级，就加入了弄柴的队伍。秋天搂柴；春天打茬子；夏天旋树枝；冬天找"窍柴"，就是找一些干树枝、干树皮、树根等。记得上四五年级的寒冬，姐姐天不亮就去上学（延庆中学），一会儿回来叫我，说路上一个坡沟，风刮了好多秫秸叶。我们姐俩赶紧去搂，搂成一堆一堆后，她上学去了，由我运回家。

　　按理说，山区有山场，烧柴不是问题。但山区用柴量大，所谓山沟里的炕，四面烫。一般五六口之家每年需要三马车柴，每车装六七十捆，每捆八十斤的样子。省着点儿烧，每天一捆，不足部分需要烧秸秆等。像四海村，为了解决柴火问题，到山上割，高的没有割矮的，矮的不够砸疙瘩（灌木根），许多靠公路的山坡都光秃秃的。20世纪70年代放映电影《龙江颂》提倡共产主义精神，四海村干部和石窑村（深山村，山场大）商量，求给开放点儿山场，让四海村社员打点儿柴。石窑村真给开了一面坡。这面坡从坡根到梁头，像剃头一样，旋个溜光，之后十年没有出一根做把子的材料。从此，石窑村再也不敢开口子了。

　　除了烧柴，还有用材。五六十年代，妫水河两岸，窄处百十米，宽处上千米，生长着浓郁的杂木林，最多的是杨、柳、榆，间或有椿、槐、桑、杏、李树，还有一些玫瑰、臭不梁等灌木。老城东南即从今天的夏都公园南部，到烟草专卖局的北部全是。烟草专卖局朝西，是一大片芦苇地，所产的苇子，足够给东关的每户村民打上一领苇席。现在的湖南小区到妫河，是一大片树林。此外，每个村子里都有几棵到几十棵大树。50年代，官厅水库蓄水，水一直到了现在的夏都公园，形成很大的水面。为了造船打鱼，几乎伐尽了县城周围的粗国槐树。六七十年代，为了解决粮食问题，许多树林变成了耕地。为了解决膨胀的人口的住房，为了解决丧葬的棺木，几乎砍光了所有的成材树。

　　国家从新中国成立初就提倡植树造林。我们在小学五年级（1958年）春，就到阜高营村东的玉皇山刨坑种杏核。之后差不多的年头都要去栽树，但效果不佳，按原来农办主任杨满荣的说法，是"一年栽，二年黄，三年进了灶火膛"。到了70年代，情况有所好转，成活率有所提高。杨老又有词儿，"一年长，二年壮，三年落个大锄把，五年椽，十年檩，十五年的大柁可地滚"。

　　20世纪80年代，国家设立了植树节，每年都要组织各单位去植树。

但是挖坑行，栽上也行，管理就困难了，浇水需要运水车，单位没有。机关人员劳力弱，出车、管饭，钱没少花，活没干多少，还成了负担。在这种情况下，绿化专业队应运而生了。在绿化模范杨进福的领导下，南荒滩这块"硬骨头"啃下来了，大小浮坨山上采取爆破造林，在岩石山上打眼、放炮、挖坑，再从别处运土回填，种上茶碗口粗的树，几年就成林了。他还联系了日本友人在南部山区种树，解决了资金劳力不足的问题。我专门写了一副对联"绿染妫川酬壮志，香飘日下惠民生"表扬他。在众多作品中，他相当喜欢这副对联。

2000 年以后，延庆更是加大了绿化的速度，对蔡家河、古城河滩、北山等实行人工造林。特别是北山，山陡，岩石裸露，干旱缺水。造林时先在山顶上修蓄水池，为了防渗，把塑料布铺在坑里。为了解决运输回填土和粗大的树苗子的问题，在山上修索道。挖树坑还是用爆破的办法。原来修路造成的沙石坡沟，用从菲律宾进口的棕榈垫铺上，再挖坑回填土。栽好树后，将山上水坑中的水用虹吸的办法引到树坑，方便省力。栽好的林地连管三年，成林了再转到下一块造林地。当时，我曾应邀参观，大受感动，专门写了一首《七律·妫川绿化遐想》：

> 几疑仙子显神威，惊见妫川遍锦菲。
> 岩壁溪流瀑乱泻，沙滩阆苑露香围。
> 功成荒野情难尽，心伴神舟计远飞。
> 不是中秋还把酒，环形山上绿云催。

若不是因为我们还要中秋赏月，早就把月亮的环形山绿化了。当然，这是文学夸张的手法。

随着国家经济的发展，农村基本不用煤和柴，用电、天然气、液化气，山上的植被长起来了，有的地方进不去人。山地、田野退耕还林，林木也长起来了。

就像习近平总书记说的：绿水青山就是金山银山。美好的生活，不仅仅是衣食住行，更需要美好的环境。外人到延庆，第一印象是天空湛蓝，空气清新，湖水碧绿。延庆全力打造生态环境，已筑成首都坚实的生态屏障。多年来，结合绿化工程，累计治理水土流失面积一千零二十二平方公里，占全县水土流失面积的百分之八十二。实施生态移民工程，将山区两万多人搬迁到川区，使四十万亩山场得到休养生息，植被得以迅速恢复。通过人工造林、封山育林和飞播造林，每年绿化面积十万亩，林木覆盖率以每年两个百分点的速度递增，林木覆盖率和县城绿地率分别达到百分之六十七和百分之五十六点二九。被国家环保总局命名为全国首批生态示范县，被国家建设部评为全国优秀县城、全国花园城市，延庆成为京城最适宜人类居住的地区之一，也成了野生动物的天堂。不仅喜鹊等鸟类到处可见，就连灰鹤、鹳、百灵也能见到了，甚至在妫水西湖岸上，可以见到雉鸡大摇大摆地散步。野猪等野生动物回到了山区，最近几年，每年政府都要拿出一定经费，赔偿农民因野猪啃食庄稼造成的损失。

新中国成立七十周年，延庆发生了翻天覆地的变化，她像一颗揩去泥土的明珠，重新展现在世人面前，放射出夺目的光芒。2015 年底，国务院批准延庆撤县设区，是延庆发展史上的重要里程碑，标志着延庆发展站在了新的历史起点上。2018 年，以冬奥世园标准提升生态环境品质，推动绿景向美景转化。完成生态文明建设规划（2013—2020）中期评估。推动国家森林城市创建总体规划落实，成功实施两万九千五百亩新一轮百万亩造林、二十九万一千亩林木抚育管护、三千亩彩色树种造林和一万一千亩京津风沙源治理工程。全年空气更加清爽。

最近，区委、区政府召开创建国家森林城市动员会议，就 2019 年创森工作进行动员部署。要通过落实好实施方案，提升创森硬实力，结合世园会、冬奥会的服务保障，打造延庆创森工作的亮点和特色。届时，延庆将以更美丽、更宜居的面貌，展现在世人面前。

最后，用我的一首诗作为结尾。

瑶池为水秀，绿树簇云团。
曲岸牵山远，玉桥向梦闲。
风欢消暑气，日醉染湖岚。
如兹山水画，却是我家园。

问　路

姚思杰

小时候作为一名土生土长的农家子弟，我曾幼稚地以为北京就在我家的北边，而南京就在我家的南边。直到有一天，二姐道出了事情的"真相"，我才恍如与世隔绝般地"大彻大悟"起来。

也就是从那一刻起，我对探寻外边的世界有了震颤灵魂般的渴望，自己的嗓门处始终有一只无形的小手在那里不停地抓挠，搞得我心里直刺痒。

记得自己第一次进延庆县城，恰逢改革开放初期，临近年关，带着全家人好好"撮几顿"的朴素愿望和对外面世界的极端好奇，一个整日里与大山和田野为伴的乡村少年，当脚刚一踏进县城西街的时候，立即被扑面而来的喧嚣与繁华吸引住了。尽管在头一天夜里，我躺在自家的土炕上已经做了充分的脑补，可是县城的热闹与琳琅满目还是令我惊讶不已，我的眼睛变得不够使了，用"傻柱子进北京——两眼发直"来形容我的懵懂状态，不仅恰如其分，也合乎情理。

西街连通东外大街，由西至东满街满筒子的人，那样子好像是正在熬制的"咕嘟嘟"冒着热气和气泡的一锅米粥。被裹挟在里边的人们东张西望、人头攒动，一个个走起路来小心翼翼，生怕一不小心就被挤丢了。

中心市场在哪里？卖猪肉的食品站在哪里？五交化大楼在哪里？回民饭馆在哪里？第一商场又在哪里？……我开始像大海捞针一样不停地搜寻，问了这个问那个，有时候明明已经到了那个方位，我却要在附近像逛迷宫一样来回溜上好几趟，再问上好多路人，才可以找到准确的位置。

颇为搞笑的是寻找副食门市部的过程，我居然先后问了五个人，他们都说"不知道"。后来静下心来，我仔细一琢磨，才意识到他们应该是和我一样都是第一次进城的乡下人。

当我问到第六个人的时候，他奇怪地冲我努了努嘴，"你身后不就是吗？"当我回过头来的时候，才发觉自己被自己"戏耍"了一回。

此时此刻，我才发觉县城对于我来说是那样陌生！我的眼界是那样狭小！以至于在我和她之间似乎有一层难以逾越的隔膜，将我们分隔为两个世界。由此，我意识到走出村子、走向外面的世界是何等重要！

当我用"大二八"自行车驮着鲜嫩无比的猪肉、各种"细菜"和百货组成的年货回到家里时，父亲和母亲像迎接尊贵的客人一样，急忙从房间内迎了出来。他们脸上挂着只有粮食丰收后才有的笑容，因为他们脑海里骄傲地意识到自家的"老疙瘩"已经长大成人——因为他可以从离家五十里地以外的县城把年货买回来了！因为他已经学会骑"大二八"自行车了。因为他可以帮家里做事了，而且体壮如牛！

当我把自己在县城的所见所闻滔滔不绝地讲给父母听的时候，他们的眼睛睁得大大的，对这个世界充满了向往和好奇。

那年春节，我们家里每个人都吃得沟满壕平、嘴角流油，就连打嗝溢出的都是饭菜的香气。不仅如此，我们个个里外见新、光鲜亮丽、神气十足，就连走路时我们也挺直腰板，充满了幸福的惬意和满足感。

所以，那年春节是我少年记忆中过的第一个"肥"年，也是全家人从内心最感春风得意、风光无限的一个年。

后来，我中专毕业后被分配到县城工作，下班以后，我会蹬上自行车在县城的主要街道上来回骑游。

哪家买卖开张了，哪家门脸歇业了，哪家商户换了名头，县城又新建了什么商场，什么单位正在升级改造……所有这些，包括犄角旮旯儿那点儿事儿，我都了如指掌、烂熟于心，门儿清！由此，我成了单位和村里有名的"万事通"和"活地图"，同事或者乡亲有什么事情都愿意向我打听，我也乐此不疲、"诲人不倦"地与他们分享我所知道的一切。更何况县城里这点儿事儿就没有我不知道的——因为当时的县城就那么大点儿地儿、那么些人，每天发生的也就那么点儿事儿。由此，我也由曾经问路的人变成了指明方向的人。

后来因为工作关系，我被调至中国科工集团第二研究院工作。

人在北京城，家在延庆县，于是我过起了北京和县城之间的双城生活。周一到周五我生活在城区，周六、周日我生活在郊区。

工作在北京市里，我每天亲历的是国际大都市的繁华、喧嚣、现代，甚至还有窘迫和嘈杂。那种大城市的磅礴气息每天都萦绕着我，伴随着我，与我朝夕与共。所以每去一个陌生的地方，我都不得不问路，从而寻找北京的细枝末节和她蠕动的末梢神经。

由于自己工作的主战场在北京城里，在家中又是上有老下有小的中流砥柱，所以周六、周日的县城生活变得异常简洁和直截了当，除了走亲访友和购买生活必需品外，几乎没有其他空余时间，欣赏县城的风景对于我来说已经变成了不折不扣的奢侈品。更何况县城这几年发展得太快，快得就连我的思维都已经赶不上她发展的脉动。

所以走在延庆的大街上，我会有一种熟悉和陌生的叠加感。尽管从 20 世纪 90 年代，我就与她开始有了亲密接触，尽管这里的一草一木曾经逃不过我的眼睛也瞒不过我的心，尽管我无时无刻不在关注她一丝一缕的变化，但她容颜和内核的改变，还是令我始料未及和拍案叫绝。

从 2011 年去北京市里上班到 2020 年的今天，短短的九年，县城的变化是翻天覆地的。走在县城的大街上，我时不时会被一种尘封的陌生感包裹着——我陌生于她的发展，我惊讶于她的进步，我期待于她的明天。

她的的确确变了！变得让我不甚了解了，变得更加美丽了，变得超凡脱俗了，变得灵秀可人了。

鳞次栉比、绵延不断的商业设施，人们节节攀升的幸福指数和获得感，不断提升的城市文明和国家卫生城市、森林城市的创建，第 29 届世园会、2022 年冬奥会的举办地和不断提升的城市美誉度、城市影响力……

与那些大都市相比，她"人无我有、人有我精"的城市发展理念已经深深地扎根于每一位市民心中。现如今，她只不过是现代化城市的浓缩版、精华版和小型版，因此与大城市相比，它更宜居、更人性化、更富有魅力、更吸引每一个游子的心。

面对延庆日新月异的发展速度，我再也不敢自命不凡地把自己称作"活地图"或者"万事通"了，因为那是一种不自量力和夜郎自大。

如今在县城游玩，我也不得不像外地游客一样打开手机定位或者向志愿者问路。因为我所掌握的地名或者景点已经成了名副其实的老皇历，或者干脆成了一场关于灰飞烟灭的记忆。

我清晰地记得，有一次我向一位延庆大妈请教"7 天"快捷酒店的位置，听了我地地道道的延庆版普通话，大妈不无嗔怪地说："本乡本土的延庆人？"

"嗯。"

"连'7 天'快捷酒店在哪也不知道？！"

"嗯。"

"亏你还是延庆人哪！"

…………

听了大妈的话，我没有一丝尴尬的感觉，心里反倒很舒坦、很高兴！

我是土生土长的延庆人，可是我却不知道延庆有很多很有名的地方——这又该怪谁呢？

这些年延庆的发展是显而易见的，以后我不知道的地名或者景点还会更多，一定还有很多的路要问……就如同我的人生一样！

满筒子人的东外大街、琳琅满目的购销门市部、香气四溢的回民饭馆、人来人往的第一商场、地势坑洼的中心市场（王八坑）、人挨人人挤人的二商场……周边低矮而陈旧的民居……这些由 80 年代建筑构成的老县城的画面，虽然在我的记忆里开始泛黄，但却成为我内心永久的眷顾和依恋。

作为土生土长的延庆人，我却要像陌生人一样来问路，而城却还是那座城，地儿还是那块地儿——风景却与从前不同。

母亲的眼泪

姚思杰

　　母亲离开我们已经四年了，可是关于她的记忆就如同磨盘上的纹路，一旦磨盘转动起来，便会擦出火花来。尤其是母亲的眼泪，我更是记忆犹新，一切仿佛就是发生在昨天的事情。

　　20世纪80年代初，我们全家八口人蜷缩在三间小西屋里过日子。每天，大家为了共同的生计各司其职忙这忙那，一时间小西屋成了承载一家人喜怒哀乐的摇篮。

　　虽然我们的生活每天有喜有悲、有苦有乐，但总有一件事情始终让全家人的心悬着——那就是烧饭。

　　一向乐观豁达的母亲几乎每次烧饭时，都会情不自禁地"痛哭流涕"。她那痛苦的表情让我们全家人每次吃饭时都充满了歉意和愧疚，仿佛做了什么见不得人的事情。吃饭，在我们家已经不再是世界上最幸福、最甜蜜、最快乐的事情。

　　因为每次烧饭，因灶膛呛烟，母亲俊俏的脸上都被烟熏火燎成黑一块白一块，看上去好像京剧里的花脸。整个人给我的印象就如同刚刚从战场上下来的士兵，满身还残留着战火硝烟的味道。不过细细想来，其实也跟打了一次仗差不多，只不过人家的战斗是在战场上，母亲的战斗是在灶膛边。

　　年幼的我虽然不谙世事，但看到母亲被做饭弄得如此狼狈，我的心里很是难受。于是，我也试着在母亲做饭时帮她去烧火。

　　十分可悲的是，我家的灶台丝毫没有因为我年幼而有所怜惜，一顿饭下来，我已经变得和小鬼儿差不多，而且嗓子被呛得咳得厉害。

通过帮母亲烧火，我才真真切切地明白，烟是由极其细小的颗粒组成的。因为每一顿饭下来，我家的顶棚上、窗台上、锅台上，包括我的鼻孔里，到处都布满了烟尘。

尽管母亲经常打扫房间，但是烟尘还是去了一层，又来一层，如此不断地往复。有时候就连煮饭的锅里也会落了一层，此刻，母亲不得不拿来笊篱把它们捞出来。

鉴于我家的灶台像毛驴儿一样，有一个令人捉摸不透的犟脾气，我们全家索性把它叫作"小毛驴"，管它是否冒烟叫作"是否犯了驴脾气"。

要说这世界上最爱母亲的人是父亲，这话一点儿也不假。

每次看到老婆因做饭被呛成泪人，父亲的心里难受至极！他决定彻底改造一下灶台，以使母亲免受烟尘之苦。

父亲从风箱出风口，到锅底球，到火嗓，再到火槽子，包括整个炕箱，烟囱的烟道和出烟口，一股脑儿清理个遍。那认真且小心翼翼的样子，好像考古学家在清理马王堆里出土的文物。可能是父亲希望他虔诚的态度能够感动上苍吧！

随着父亲的清理和修补，母亲内心的希望日益强烈起来。因为在母亲质朴的眼睛里，大鱼大肉不是好日子，做饭时不被烟熏火燎、不"痛哭流涕"就是好日子。

经过近一个礼拜的忙活，自认为大功告成的父亲还是被残酷的现实无情地扇了一记耳光。

当他像信徒一样虔诚地点燃灶膛里的柴火时，没想到"小毛驴"愣是油盐不进，反而像撒了欢儿一样，烟尘比以前冒得还厉害，那样子好像刚刚启动的小火车。

本想用烙葱花饼这样一个"庆功宴"的形式来庆祝改造活动的圆满成功，谁承想灶膛不仅没有改掉它的驴脾气，而且变本加厉起来。

为此，母亲把父亲狠狠地数落了一通儿。一连三天，脸上连一个笑模样儿也没有。

此情此景，父亲再也坐不住了，立刻行动——锅底球是新的，土坯是新的，炕坯是新的，就连泥瓦匠使用的工具也是新的。

看着泥把式一招一式干活时有模有样儿的场景，母亲内心的希望再一次被点燃起来，因为她希望有好日子过，因为以前她总是"不得烟儿抽"。

点火试烧的那天父亲的手是颤抖的，因为他生怕由于自己的一点儿不恭惹怒了灶王爷，最后迁怒于母亲，让她继续过那种"以泪洗面"的日子。

没想到这一次"小毛驴"出奇的温顺，我家的烟尘顺着烟囱口直冲霄汉。此情此景，母亲看在眼里，她的泪水夺眶而出。

她夸泥瓦匠"干了一件天大的好事儿"，因为从今往后再也不会挨"小毛驴"的欺负了。同时，她向父亲投来了赞许的目光，因为这次的师傅父亲算是真的请对了。

可是好景不长，也就是在彻底翻建灶膛一周后的第三天，那一天是个大风天，小毛驴又犟上了，尥着蹶子把母亲的愿望踢了个粉碎。

…………

1984 年，随着改革开放向着纵深发展，我家也着实富裕起来，在亲戚朋友的帮衬下新建了四间瓦房。

在搭灶台的时候，我父亲说什么也不肯自己盘，因为在这个问题上他已经患上了"恐惧症"——他怕做不好母亲给他甩脸子。

为此，父亲找来十里八乡最有名的"韩大把式"。"韩大把式"还是辱没了他的名声，灶台刚盘好的当天，母亲就又"泪流满面"了，为此，她的心"寒"到了极点。母亲给灶王爷摆了一天的供品，因为在她眼里我们全家都把灶王爷给得罪了。

最后父亲不得不买来一台鼓风机，把它放在烟囱口上。每次做饭前母亲必须打开它，也就是从那一刻开始，母亲极少出现"以泪洗面"的情况了。

然而天有不测风云，母亲于 2014 年 4 月 11 日因患病走完了她短暂的人生旅程。

时光荏苒，日月如梭。

2015 年，我家不仅新建了三间房子，还用上了政府补贴的液化气。液化气不仅方便、干净、卫生、随用随换，而且补贴后每罐才五十五元钱。

自从用上了液化气，全家人的脸上总是洋溢着笑容，因为大家再也不用像母亲那样"以泪洗面"了，再也不用看着"小毛驴"的脸色吃饭了——我想这完全得益于改革开放，通过改革开放，国家富裕了，人民过日子有了底气和精气神儿。

　　然而，今天我还想要告诉母亲的是：去年政府又为村里每家每户安装上了空气源冷暖机组或者是电暖气，大家再也不用为冬季取暖而发愁了，那种"浓烟滚滚浩长空"的场面再也不会出现了。土炉子已经成为一个时代的终结，被彻底无情地扔进了历史的垃圾堆。也就是说，今后即便你想过"以泪洗面"的日子，压根儿就不会有这个机会了。这真是天大的变化！是以前想也不敢想的事情！

　　妈妈，我想听到这个消息的时候，您一定还会泪流满面，不是吗？因为这是来自幸福的眼泪。

路，在脚下延伸

子　暄

　　在别人眼里，归家的路总扮演着牵绊的角色，且不论它忽近忽远，若隐若现，单只那份执着，那份难舍，就足以使人在梦里延伸怀念，于一点点记忆中还原真实！于是我就常常想：在每一条通往家乡的路上，一定铺满了我童年的往事……

　　儿时的记忆里，也许是山里的孩子注定倔强，从一出生我就对家乡的路充满"怨恨"："怨恨"它不是通衢大路，"怨恨"它没有路灯摇曳。因为"怨恨"，我甚至深一脚浅一脚地跑遍了上上下下、前前后后的所有道路！每到夜晚就开始幻想，幻想着有一天它不再是弯曲小路，不再泥泞难行，不再总是被暗夜吞噬。而我又总是苦于找不到引路的明灯！于是我更多的爱好就是尽量躲开父母，一个人呆呆地坐在山间小路上默数人们前行的脚印，后来随着那条小河的逐渐干涸，心中对通向山外的路的渴望也越来越强烈……

　　1978 年，我开始踏上了通向外面的路。还记得那时的我们：一根布带挂着的破书包，满是碎石的坎坷的小路，几个小伙伴穿着不合脚的鞋子却依然可以蹦蹦跳跳，每天往返十几里也并不感觉路很难走，还是会一路唱着开心的歌——"太阳当空照，花儿对我笑"（那时的开心，现在的孩子是无法体会的）。就这样，在这条唯一通向山外的小路上，尽管难行，却一走就是六年，六年里记不清穿破了几双鞋子，因为跌跤而又踢碎了多少"多余"的石子。但只要幸运，就能赶上进城拉活的马车，或是进进出出拉砖的拖拉机，在一路颠簸中尽情挥舞掉疲惫！

　　随着年龄的增长，当我终于骑上了自行车，路却变得越来越难走，因为这条通向外面的路实际上是原来的小河套，满是沙子不说，还经常弯弯绕绕，根本就骑不动。为了赶时间，在骑行时就必须穿梭于路边的树丛间，稍不小心或是技术不行就会被挂倒，有时也会因为拐弯角度小而被身上的书包带拉倒。如果遇上下雨天，不但要在水中骑行，还要及时躲避顺流而下的枯枝、断木。更使人难受的是途经大泥河村那段"可怕"的泥路。由于大泥河村长约两里，偏又都是土路，一遇到下雨，整个村子便会陷入"大泥罐"里。到那时候原本几分钟的路程，你就是半小时也未必能走出来，有力气的还可以"车骑人"，跟跟跄跄地闯过去，要是没劲了那可就比"红军过草地"还难受！走几步就得用棍子一点点地刮去黏在车圈、车瓦甚至链子上的臭泥，偏偏鞋子又不争气，时常会掉进泥里，直让你哭笑不得却又无可奈何，毕竟家还是要回的呀！等我们终于见到村头那棵古树了，天也黑下来了。

20 世纪 90 年代，我参加了工作，后来又因为惧怕这条"难堪"的路，几年后搬到了城里居住，只在回家看望父母时或是逢年过节才不得不踏上它。但却宁肯花上三十元钱打车也不愿骑车，怕触到内心深处的"伤痛"，更怕给儿子也留下"可怕的记忆"！

一直到 1998 年，得益于北京市政府"村村通油路工程"政策的惠顾，一条条"康庄"大路开始在妫川大地上延伸，迎宾路、香龙路、百莲路、滨湖路……真是越走越宽！富足的村民们更是在每一条路上往返流连，延伸幸福！就连原来的乡间小路如今也越来越宽，越来越美丽！

如今的路，不但路面光洁齐整，两旁更是绿荫掩映，花石交错，还有专人负责打扫，每次在通坦的大路上尽情飞驰总使我感觉"意气风发"，心情也格外舒畅，眼前一片片蓝天、白云、绿草、红花更是交相辉映，尽显风流！

现在只要有机会，我就会迫不及待地回到老家，在每个傍晚来临的时刻，看它那么静静地舒展着，持续我呆呆的梦想，即使无法聆听风的絮语，也会在婆娑的树影里站成永恒！

家乡是我永远的牵挂

高九兰

我的家在千家店镇天桥子村，儿时我不知道外面的世界是什么样，以为这里就是天堂。1983 年我走出大山，上了师范学校。当我介绍我家时，马上有同学说："山里人走路脚抬得高，怕石头绊大跟头。"

石头绊大跟头倒没注意，山路的颠簸，交通的不便，确实让我备受折磨。每次走山路，我都晕车，一想到坐车就开始晕。车上有很多人晕车，所以大家都抢着挨着窗子坐，一旦抢不到，只好吐在脚底下，一路走一路吐，直吐得五脏六腑都快出来了，下车后，坐在地上半天都起不来。除了坐车更害怕等车。一天只有一趟车，司机什么时候醒，什么时候走。我一夜不敢睡踏实，冬天四五点钟就要去等车，有时一等一个多小时，浑身都冻透了，手插在袖口里，不停地跺脚。因为上了车中途没有厕所，一边等车一边跑厕所，刚从厕所回来，一看车没来，又想去厕所，有时刚到厕所，听到车声赶紧往出跑，只听有人在喊："师傅——等等，还有个人！"只见汽车一股狼烟没影了。折腾几年我开始想，我一定要离开这个地方，不但我要离开，还要让我的家人离开，再也不想回来。

二十几年过去了，人们的生活发生了翻天覆地的变化，时不时听人说起家乡的硅化木地质公园、滴水湖和乌龙峡谷如何如何景色宜人，我真的为家乡高兴，我愿意听到来自家乡的任何消息。最好的消息是 2008 年国家投资给我们村修上了柏油公路。听到这个消息我非常激动，回家看看成了我的当务之急。2010 年 9 月，我自己驾车，踏上了回家的路。沿途有很多车辆、游人，他们时不时地把车停在观景台边游玩、拍照。每个村子都有挂着大红灯笼的人家，这是接待游人的农家院，如今开放的山区建成了社会主义新农村。

　　阔别多年，家依然感觉那么亲切。我们家多年无人居住，平整的石灰路依然铺到门口，路的两旁还装上了路灯。我想爬到半山去，俯视整个村庄，路上被年轻的看山人拦住了。他告诉我们现在封山育林，山不能随便爬。他哪里知道，这里也是我的家，我不论住在哪里，躺在什么床上，梦里发生什么事情，地点都是这个小山村。他也许还不知道，沿着山路爬过去，可以看到小桥、流水和曾经的人家，因为那里以前曾有个村庄叫天桥沟。村里有一条山泉经过，沿着山谷流向我们村，我们常在山泉边洗衣服，洗完后晒在石头上，然后到山涧里采紫色的猫眼花、橘红的山丹花，顺手把山丹根挖出来吃掉。冬天这条山泉形成一块天然滑冰场。伙伴们每人找块石头坐上，从高处单独滑下去，或是几个人互相拉着衣服连成一串滑下去，尽情享受儿时无忧无虑的乐趣。后来，国家在我们村边，为天桥沟的人们盖了新房，成了现在的天桥沟。现在封山育林，原来的村庄里面没了人烟，山上的泉水还无休无止地流着，枣树、杏树，还有那叫不出名字的各种树木，子子孙孙繁衍多年，会是什么样子呢？

　　坐在曾经玩耍过的石头山上，想到了我童年的往事，也想到了村里和我年龄相仿的伙伴。我们夏天拔猪草，跑遍了村子里的角角落落。冬天上山打柴，凡是山上能砍的树，能挖掉的根，我们会毫不犹豫地连砍带挖，所以山一年四季都是棕黄色。而现在由于封山育林，眼前的山变绿了，脚底的河更清了，只是不见了儿时的伙伴，当年为了生活我们各奔东西，远走他乡。

　　走在回城的路上，想着儿时的村庄，路已不是那条路，房还是那些房。只是山坡上没有了背着沉重背架的青年，河沟里不见了光着屁股玩耍的孩子。无尽的大山几乎还是未经开垦的处女地，什么时候我的家乡也能敞开她的怀抱，迎接八方来客。让客人游览滴水壶、乌龙峡谷的同时，看一看美丽的天桥沟，吃一吃天桥子的农家饭。到那时流浪的游子也会找到回家的门。我童年的伙伴，你们都在哪里呢？是否常回来看看，是否和我一样憧憬着家乡美好的未来？什么时候我能和你们一起爬一爬儿时曾经爬过的山，蹚一蹚小时候曾经蹚过的河？

大浮坨的杏树林

温世斌

大浮坨有一片杏树林，每年春暖花开时节，杏花满树，香溢全村。

小媳妇、闺女常常过来，摘花闻香。她们身上的小碎花衫与树上的杏花映衬着她们娇羞的脸庞，煞是动人美丽。这个季节，春燕也开始回归，成双成对的燕子在杏花丛中穿梭、嬉戏，在堂屋门前飞舞。春燕的鸣唱和着艳丽的杏花，共同奏响了令人迷醉的春的乐曲。杏林的这种景致，对大浮坨的农民来说，亦可常见，所以不足为鲜。但对于居住在钢筋混凝土筑成的楼房里的城里人来说，就会勾起绵绵的"相思"。如脑海真的闪现出野丛中的紫丁香，甚或是素雅的枣花……那简直就是一幅幅美到极致的中国画了。

到了六月，放眼望去，几百亩的杏树林碧绿中衬托着金黄，那就是杏成熟了。成熟的金黄杏儿，黄澄澄，金灿灿，惹人喜爱。记得我在20世纪70年代，刚去大浮坨的时候，还只是几十亩的杏树园子，那不是景致，只是生产队的收入，社员到年终才能分得杏林的"红利"。今天再去大浮坨，杏树林子已经是几百亩了，可谓蔚为壮观。

杏树结果，也分大小年。赶上小年的时候，整棵杏树也结不了几颗杏儿，但是，个头儿却大，相当漂亮。我今天到了杏树林，偏偏今年是小年，管理杏树林的老汉见到了我，异常热情地说："你别看今年是小年，杏可好着呢！"在过去，每当这个年头就会有人说，你家杏树是不是让小媳妇扑了啊。我那时还不明白什么是"扑"，后来在大浮坨待的时间长了，知道了其中的缘由。当地有传言，说新媳妇怀孕后，喜欢吃酸，尚未成熟的青杏，是她们的最爱。但，满树果实，如果让新媳妇摘食了青杏，一是容易不到成熟期就会掉落，二是待到第二年，就基本不会挂果了，也就是所谓的"扑"。这种说法，在今天看来是无科学依据的，应该归属于果树的基本生长规律，大小年之说是也。在集体所有制时期，杏树挂果将要成熟的时候，是常常有孩子和新媳妇偷摘的。或仨一群俩一伙去摘，摘不到时，自用树枝钩取，见看杏人来时，便做鸟散状，总之是可气又可乐的，回想起来甚是有趣。

光阴似箭，一晃三十八年过去了。我也从村里搬到了县城，今天再到大浮坨农村，记忆颇深的莫过于杏树林了。在大浮坨村北，放眼望去，这块方圆几百亩的杏树林，一片绿油油、金灿灿。杏林中间，有一所房子，那是本村村委会委派的王老汉看杏树的地方。王老汉当过村干部，任过企业厂长，现在继续发挥余热，照看这片杏树林。在这片杏林里边，王老汉除种植了杏中的名品，还采用嫁接的方法，种植了骆驼黄、红驻荷包、三道眉、串枝红、龙王帽、密坨锣、一窝蜂，还有从国外引进的法国巴登、日本二转子各种品种。所以，在他的杏园里，每棵树结出来的杏子都不和其他树重样，吃起来也都是口味各异、独具特色。特别是那海棠红小杏，黄中透红，形如海棠，核小肉厚，吃起来酸甜可口、老少皆宜，真可称得上是杏中之王了。王老汉对他的杏树园看管得极严，有时赶上老汉高兴，也会叫住过往行人、远来的客人采摘杏子。尤其是在大浮坨村这个杏树园实行游客采摘以后，由城市来的人们，见到了这么好的杏，争先恐后，连吃带摘，越发高兴，杏园也就越发地出了名。

今天，红杏树特有的香味在风儿的吹拂下，沁入我的鼻息，沁入我的身体，让我陶醉在自然的清新温馨中，内心惬意着一种舒畅，享受着一份愉悦！

移民村里话今昔

——记白河堡水库移民村三十年的变迁

国振林

　　斗转星移，白河堡水库移民工作已经过去整整三十年，这在人类历史的长河中，只是弹指一挥间，但是移民村却发生了翻天覆地的变化。人们抚今追昔，真是感慨万千。过去祖祖辈辈住在深山沟里，吃不饱，穿不暖，生活上忍饥挨饿，终年辛苦劳累，受压迫，受剥削。望眼欲穿，想着什么年月才能过上好日子。新中国成立后，虽然在政治上翻身做主人了，但是由于生产力低下，人们的温饱问题并没有得到根本解决，更不用说改善生活、购置家具、翻建新居了。

　　1982年，白河堡水库竣工蓄水，在淹没区共迁移了四个大村，新合营只是其中之一。由马家店、水碾、东湾、石塘沟四个小自然村合并起来，集中迁移到沈家营乡（镇）建成一个村，取名新合营。共计一百二十六户三百七十五口人。国家出钱征集七百五十亩耕地，先后打了四眼机井，实现全灌溉，旱涝保收。村里的水、电、路配套齐全，全村盖上了清一色的砖瓦房，大街小巷整齐划一，移民的生活由此攀上了一个新的台阶。

　　移民前种地就靠繁重的体力劳动，常年面朝黄土背朝天，一波三折，挥汗如雨。现在从春耕、夏管、秋收，直到冬天脱粒都实现了机械化，不但减轻了劳动强度，而且劳动效率也大大提高了。

　　群众在吃、穿、住、用、行等各方面都有了巨大的变化。

　　移民前，老百姓每天吃的主食以玉米、小米及其他杂粮为主，口粮限量，户户缺粮，吃白面大米很难。搬迁以后，农业生产实行了大包干，粮食产量成倍增长，家家卖余粮，户户有存款。改革开放后，粮票取消了，粗细粮敞开销售，吃多少买多少，白面都是富强粉，大米是上等好米。群众彻底告别了无米下锅的时代，从此再也没有人饿着肚子下地干活了。

副食方面的变化也很显著。过去萝卜、白菜、土豆是当家菜，吃野菜是常事，现在精细菜全都摆上了寻常百姓的餐桌。过去逢年过节才能吃上少量的猪肉和鸡蛋，奶制品只喂婴幼儿，与大人无缘，现在肉、蛋、奶已成了家常便饭。过去待客时偶尔才能买少量的散白酒，现在每天都能喝上瓶装的好白酒和啤酒。老百姓自豪地说，如今天天吃的都是过年饭。在饮食结构上也已经由温饱型向营养健康型转变了。

人们穿戴方面变化更是花样繁多。移民前大多数人还都穿着带补丁的衣服，实在不能穿了也舍不得扔掉，一块块剪下来改作他用，脚上穿的除了黄胶鞋就是轮胎底鞋。最好的衣服是"的确良"，只有年轻人才能穿，大姑娘到谈婚论嫁的年龄，穿件紫红色条绒上衣就算美不尽了。现在西装革履是普通打扮，老头儿老太太脚上穿的都是油光锃亮的皮鞋，有的中老年妇女还戴上了金耳环、金戒指、金项链。

群众最关心的大事中，还有住房问题。随着生活水平的提高，人们已不再满足于建村初期的老式房屋，不少农户纷纷翻建新房，房子盖高了，加宽了，全用钢筋水泥打沿板、地梁和圈梁，用铝合金做门窗，用彩色瓷砖衬砌地面和墙体，既坚固抗震又美观大方，住着舒心。并安装上土暖气，到了冬天再也不愁挨冻了，既干净又能预防煤气中毒。还有些经济条件好的家庭，直接翻建成两层别墅式的豪华楼房。

由于农民收入的连年增长，生活用具也不断更新换代。20世纪80年代以前，群众整天为吃饭、穿衣和烧柴犯愁，生活用具都十分陈旧和简陋，一般的家庭屋内摆放两三节红板柜就算讲究了。现在几乎家家都有了彩色电视机、时尚音响、电冰箱、洗衣机、电饭锅、燃气灶、沙发、太阳能热水器，还有的农户购置了电脑、空调，人人手机随身带，通信联络方便快捷。

城里人有的生活用具农村也都有了，其他村有的移民村一样也不少。

交通条件也迅速发展。过去出门就爬坡，走路全靠两条腿，运输就凭肩背、驴驮、马车拉，青年人出门骑辆自行车算是最好的交通工具。现在许多农户购置了运输卡车、电动三轮车、家庭轿车、摩托车，出远门乘坐公交车，非常方便，票价也相当便宜，儿童半票，六十五岁以上的老人和残疾人凭优待卡免费乘车。

　　进入21世纪后，村容村貌也焕然一新了。东西南北四条进村路全部实现了硬化，主干道南北进村路还实现了绿化和美化，杨柳成荫，鲜花盛开，争奇斗艳。村内街道两旁的国槐、大枣清香四溢，夜间大街小巷都有路灯照明，每天都有保洁员清扫并分类收集清运垃圾，整个村庄全部实现了硬化、绿化、亮化和净化，彻底改变了过去街道上柴草和杂物乱堆乱放，晴天烟尘满天飞、雨天污水四处流的脏乱差环境。

　　公益设施配备齐全，崭新的村办公室大院内，设有现代化的数字影厅、益民书屋、阳光浴室，大院里有照明灯群、鲜花、草坪，一应俱全。办公室内电脑、空调及电教设备等应有尽有。

　　三十年水库移民村的峥嵘岁月，让人们激情满怀，三十年的时空转换，竟然将水库移民村变成了具有现代化魅力的新村。随着国家建设的飞速发展，综合国力的日益强大，妫川大地欣欣向荣，繁花似锦。水库移民村正在阔步向城市化迈进，人们确信，移民村的未来前景将更加美好。

通京大道的年轮

崔茂华

20 世纪 50 年代，我有过三次从延庆去北京城里的经历，都是坐火车去的。当时，我还小，一路上父亲念叨说，能坐火车去北京，可省了不少事。长大后我才知道，京张铁路建成前，延庆人想去一趟北京城，要徒步两三天！

1965 年，家嫂带我坐汽车去北京，第一次见到了延庆到北京的公路。这趟车，从延庆东街头北关帝庙车站出发，经今东外大街到京张路口向南，过莲花池妫河木桥，桥上按车辆轮距铺着两条铁板。过莲花池村南河套时是混凝土漫水桥，到了东桑园西北，一道沟壑横在前面，汽车顺坡而下，之后又从一个很低的涵洞上方通过，汽车费力地爬上了南大坡。那会儿，公路很窄，路面疙疙瘩瘩。沿线还保留着京张路口、东杏园、西拨子等道班（有房院），养护公路的工人驻扎在道班，每天用扫帚、铁锹维护公路。

那是暮秋，车过大浮坨村再上大坡，路两边是黄褐色待耕庄稼地，往前一百五十余米的河套是混凝土漫水路面，两边长满了沙蓬蒿，显得很苍莽。到南大坡半坡时汽车首次穿越京张铁路，道口有人值守，横木杆抬起才可通过。车行至八达岭门洞外半坡处，那里有个站牌，三三两两的游人在路边迎着凛凛秋风等车。车从门洞穿过时，冷风习习。那时，从延庆到八达岭一路，常常看不到一辆汽车。一路上，家嫂不住地讲述沿途景致，说这里是关沟的"天险"，那里是"六郎影"，还有什么"乌龟头""穆桂英点将台"等等。三堡梁坡陡弯急，她又不停地嘱咐要扶好把手。那段路确实难走，路边不断出现"连续拐弯""坡路危险"指示牌，在急拐弯处还有许多大圆反光镜，供司机瞭望提前避让。即便如此，这里还常有翻车、撞车事故发生。三堡火车站附近，汽车要先后两次穿越铁路。关沟这段山间公路，原是侵华日军为掠夺所修，新中国成立后虽有调整，可变动不大。此路为当时游览八达岭长城必经路段，平整处已铺上了沥青，陡坡处为防滑铺着花岗岩料石。

快到昌平南口了，车绕过当时正红火的石渣厂山包向南而去，那时有条铁路专线直达该厂，汽车要第四次横穿铁路，此处无人值守，司机要减速瞭望。到南口站前，汽车第五次穿越铁路，这里临近南口火车站，来往火车多了，汽车等候时间也长。此处铁路道班值守有时多达四人，管理也更严格了。等到了昌平朱辛庄，汽车还要再穿一次铁路。

那些年，我经常沿这趟线路往返，关于通京路的事情也逐渐知道得多了起来。当时，跑此线司机都是北京城里人，他们对能跑北京最难走的公交线路引以为豪，可也看不惯贫穷的延庆人。由于工农城乡差别等原因，延庆人进京常遭白眼。也是，不常出门缺少文化的一些延庆人，一时还不大懂旅行知识和规则。

这条路是延庆对外交往的重要命脉，沿途车站很多。在山区有青龙桥、三堡、四桥子、居庸关、臭泥坑、东园等站，延庆川的大部分车站一直保留至今。自从延庆的前门鞋厂经南菜园到县城的公路，在80年代建成后，去京的公交车不再绕行京张路口，过去那段路上的车站也随之消失了。这些车站有：京张路口站，陈家营站，高庙屯岔口站和铝箔厂南门的莲花池站。那时，长途班车机器性能不高，车开起来锒锒作响，下行要在四桥子或臭泥坑短暂停留，上行得在三堡梁顶停车，为水箱降温、冷却刹车。

通往延庆的公交汽车，还肩负着运送昌平县旅客的任务。昌平的境内也有很多站，如龙虎台、红泥沟、旧县、白浮、水屯、朱辛庄、西三旗等。那段特殊时期，昌平的西关和沙河还设有售票车场，车要绕个弯，到那里供人上下车。昌平至清河一段，是混凝土路面。据说，那是为庆贺十三陵水库竣工而修建的。这样的路面光洁耐用，可从车行角度说，路面伸缩缝反让汽车一颠一颠的，乘坐很不舒服。

去北京的终点站，当初是北郊市场总站，在今天泰富大厦位置。总站当时发有去昌平、南口、高崖口的班车，去沙河、百善、小汤山、高丽营的班车，去延庆县城的班车。最初，发延庆的班车一天两趟，后来渐渐增加到三四趟，下午夏天五点、冬天四点就没车了，赶不上晚班车的人得找旅馆住下。那时，昌平到延庆的道路，沿线没有路灯，公交总站怕山路天黑行车不安全。延庆虽然属于北京市，但与北京城确有距离，去京办事因不能当日往返而十分不便。那时路况和车况都差，车辆要运行两个半小时左右，夏天车内闷热需拉开窗户，冬天天冷乘客冻脚，常在车内蹦跳。那时，北郊市场总站北侧还是旷野，还没建三环路，不远处除了零星村庄就是树木、坟园、土地了。即使后来建了三环北路（那时还不叫这个名字），除路口西北马甸村，其他三面仍是裸露土地。随着城市发展，80 年代总站曾北迁到祁家豁子，直到 20 世纪末，总站才停用。

我也曾多次骑自行车从延庆去北京，不同季节沿途风光也不同。"人间四月芳菲尽，山寺桃花始盛开"，延庆春来迟，刚觉察到第一缕春风，昌平已是绿满枝头了。延庆秋来早，大田基本地光之时，昌平庄稼还没动手收割呢。在自行车上经历季节变化，去时有阳春入怀的温暖，回程一过八达岭，那种荒凉感往往不期而至。

昌平的那段混凝土路面，到了 20 世纪 80 年代，铺上了沥青，乘客坐车才稍稍舒服了些。1981 年建成了昌平经得胜口、二道河到延庆的公路，一时间延庆还增辟了该条线路的去京班车，后来此路被用作货运专线，班车才停运了。

改革开放后，通京路变化速度加快。到了 20 世纪 90 年代初，开始传闻要修八达岭高速，可传闻没有立即成为现实。又过了些年，高速路建设才动工。前期北京到昌平环岛段，是在原路基之上建的高速路，叫京昌高速。1998 年高速路延伸到延庆县西拨子收费站，名称改为八达岭高速路。2000 年，莲花池到西拨子收费站间建成了快速路。2004 年高速路从西拨子向西修到了河北，京张高速贯通。过去，长途客运公司的长途票，须在车站售票窗口单买单填上站名。后来，使用不带站名的车票，票价也一路上涨，由开始的七八角涨到一元七角，直到后来的八元、十二元（快速直达），近几年用上了刷卡的市政一卡通。

值得一提的是，路两边绿化也上了档次。高速路边一百米是绿化带，延庆快速路两侧也绿化得很像样子。草坪、花卉、灌木、乔木梯次种植，石雕、假山点缀其间。夏日，一路走过宛如行进在公园甬道上。冬日，那常绿的松柏也显露着生机。大浮陀一带绿化已成，即使冬天路经也再无一丝荒凉感觉了。昌平至马甸桥间的公路两侧，各式各样的大楼如雨后春笋般冒了出来。住宅小区高楼林立，商户店铺气派堂皇，还有很多商务楼矗立其间。

公路等级提升后，道路变化之一，是车多了。昌平和城里的道路不说，单是延庆段，各种飞驰的车辆多得白天像万马奔腾，晚上犹如长龙舞动。变化之二是车的种类多了，大的小的，货运客运、各种颜色的都有。变化之三是路两边自行车、行人少了，顶多有骑电动车的经过。变化最大的是20世纪末，北京有了延庆客运专线，终点站设在德胜门。后来改为919路公交车，发车间隔越来越短，运输量急速增加。时下，很多北京驻延单位有大巴车接送职工往返，还有大量游客来往，加之路途中的一般旅客，北京延庆公路每日承载着数以万计的客流量。再后来，八达岭高速路在客运量急剧增加的同时，负担的京西北货运量也在大幅攀升。这样，这条刚建成十年的高速路，再也承受不起客货两用的巨大压力，终于在2012年被限定为主要用于客运。

几十年过去，弹指一挥间，就是在这一挥间，我见证了通京路的巨大变化。我坐车走过这条路，骑车走过这条路，还徒步走过这条路。北京至延庆的路，可以说是我的又一条人生路。这条路，有我年轻时留下的脚印。这条路，有我对外面世界的憧憬。这条路，也承载着我一生数不清的故事。途经往返中，我曾静静地思考过人生，也曾在欢乐和苦恼中颠簸。人生是一个大过程，这条路即是大过程中的一个小过程。

然而，我要说，北京至延庆的路，还是延庆发展的路，这条路叙说着历史，铭刻着沧桑，更昭示着未来。

游延庆山而得志

莫华杰

隔行如隔山，我知道我的困难。我面对的是一座大山，一条来自侏罗纪时代的运动山脉，亿万年的时光里面，蕴藏了多少信息，暗藏了多少杀机，那些恐龙，那些传说中的巨禽猛兽，就是在这一念之间，消失在漫长的岁月河流中的，只留下了一些凭人研考的足迹。而这些足迹，对一个地质学知识苍白的作者而言，如同密码般令人费解，即便我的身体穿越了山脉，进入了峡谷的最深处，也不过是一名匆匆过客，不管如何描写，甚至企图用石头般的重量，往文字中投入深情，但落笔仍只是写出它表面的现象，不能打开山的密码。所以，面对大自然的绚丽，我只能选择敬畏。

在一路前行的山道上，我看到了时间在山脉里留下的皱纹。它们的折叠呈现出那个时代应有的波澜壮阔。断裂的岩层，斜插在山面上，边上有一条河流，潺潺而去，它们也许不知道，山背上的那些岩石褶皱，是它们的祖先。没人能想象得到，水的波浪隔了上亿年，竟然能在山上翻滚，让我们感受到大自然创造的奇迹。

也许，我们能从硅化木里，窥探到这些奇迹的发生过程。据考证，木化石产生于中侏罗纪晚期，距今已经历一亿三千万年的沧桑岁月。按照地理学家的推算，或是从石头中提出的DNA破译了时间的真相，我们所进入的山林，并不是现在所看到的岩石耸立、沟壑横生，而那时，应该是莽莽林海，郁郁葱葱，到处生长着以宽孔异木为主的原始森林。后来，一块从天而降的巨大陨石，击中了地球——出于美好的向往，我们可以想象，那是女娲补天时落下来的一块石头。当然，那块陨石并不美好，给地球带来了地狱般的灾难。它冲向地球的速度超过了火箭，撞到地球时粉身碎骨，如同原子弹升起的蘑菇云，引发了火山爆发，地震海啸，大量悬尘在大气层中飘浮，遮天蔽日，整个世界一片黑暗，造成地球冷室效应不断交替，一会儿冷得要命，一会儿热得不行，最终地球上的许多生命体面临灭绝。古树因为骤然沉积硅化而形成了古木化石。几百年后，尘埃终于落定，地壳再度发生剧烈变化，将古木化石浮于地面，任凭风吹雨打，洗尽沧桑。

我们看着这些硅化石，它们横卧于山中，是那样安静，那样温和，仍保存着树木原来的模样。很难想象，它们经历了上亿年的光阴，经历了无数的风霜与灾难。它们是大自然的艺术品，也是时间的艺术品，假如没有它们，我们很难考证这座大山的源头，它来自哪个世纪，曾经经历过什么。一切事物的源头，都蕴藏着生命最初的本质，我们走进这样一座大山，虽然看到了树林，看到了山与水，以为它和其他大山一样，都是大自然的风景。然而，这条山脉却与众不同，它成为历史的脉络，踩在上面，你能感受到脚下的厚重。

我抚摸着一块硅化石，把手久久地放在上面，像抚摸着历史留下来的一条线索，我期待指尖触摸那一瞬间，会感受到那个时代的气息，哪怕是火花般的刹那感触，也能令人激动不已。大约是心灵的虔诚，我似乎感受到了一亿三千万年的光影在手指上产生了颤动。古人说，一万年太久，只争朝夕。这句话在这样一块石头上，顿时哑然无声。我感受到一种比铁更坚硬的本质，生命的苍白与无措，岁月的浮华与不安，在这块洗尽铅华的石头面前，最终画上了一个句号。

许多文化的传承，不仅仅是靠文字的传达，有时候通过一块物体留下的线索，便能给人带来不同的信念。硅化木，它是大自然的精神象征，它凝聚了天与地的气息，凝聚了上亿年的光阴，假如你只是匆匆瞥一眼，很难明白这样的石头，为何能在历史的长河中保留下来。只有慢慢地思考、抚摸与体会，才会感觉到古老的文化脉络，如同山脉般包围了我们。于是我终于明白，当我们走进这座大山，为何有一种扑面而来的沧桑感。其实，我们走进的不仅仅是一座大山，而是一座时间的迷宫。

车轮上的变迁

张宏民

今年是中华人民共和国成立七十周年，同时也是改革开放的第四十一个年头。七十年间，我们的祖国从一个贫穷落后的国家一举跃升为世界第二大经济体，在世界舞台上发挥着举足轻重的作用。对普通老百姓来说，也许对 GDP 数据的几何级增长并没有什么直观感受，可是几十年间，家用交通工具的升级变迁却是祖国实力日益增强的直接证明。

记得小时候，我们家的交通工具是两辆飞鸽自行车。爸爸的车子是一辆"大二八"，妈妈的车子小一些，我们称作"小二六"。逢年过节，我们出门串亲戚，两辆自行车可就派上了大用场。

爸爸骑着大二八，前车梁上坐着我，后架上坐着姐姐，妈妈一个人骑着小二六。那时候爸爸三十出头，一身的力气，自行车踩得虎虎生风，我坐在前面一马当先，兴奋地指挥："爸爸，快，超过前面的人!"爸爸奋力蹬车，妈妈跟不上我们，在后面一个劲儿地呼唤让爸爸慢点儿。

后来我个子长高了，便开始用妈妈的小二六学习骑车。等我能够平稳地骑车时，妈妈的小二六已经被我摔得不像样子了。妈妈心疼不已，三令五申不允许我再骑她的车子出去晃悠。每当此时，爸爸总是出来解围："没事没事，骑我的!"可是爸爸的车子又大又笨重，我才不骑呢。趁着妈妈不注意，我又把她的车子偷偷骑出去了。

我上初中以后，爸爸为了方便进县城卖水果，买了一辆摩托车。我当时已经长得和爸爸差不多高了，我跟爸爸要钥匙骑车出去兜风，爸爸却一反常态，极力反对我骑车，除非有紧急的事儿，否则绝不允许我碰摩托车。"骑摩托车危险，你们小孩子掌握不好。"他总是这么说，可是，我当时认为自己已经长大了。

有一次趁着爸爸睡午觉，我偷出了车钥匙，载着我的好朋友欢子出去撒野。摩托车真好，速度控制在右手上，车把一拧，风驰电掣，像是在马路上面飞。我没有头盔，迎面砸来的风让我泪眼婆娑，欢子坐在后面精神高涨，一个劲儿催我再快点儿！我们疯了一下午，回到家时，爸爸正气鼓鼓地坐在门口等我。

我刚支好车子，爸爸的大手就拍在了我脑袋上："我跟你说多少遍了，不让你动摩托车！"爸爸没有了往日的温和，眼睛里似乎有团火喷射出来，把我的脸烧得生疼。原来当我和欢子在马路上一骑绝尘的时候，路边开修车铺的三伯已经给我爸打了小报告。

欢子第一次见到我爸如此生气，吓得悄悄溜了。在朋友面前，我的面子被爸爸的一巴掌扇得支离破碎，我把车钥匙摔在地上，气呼呼地踢门进屋。此后很长一段时间，摩托车成了我跟爸爸之间的禁忌，我再不跟爸爸提骑车的要求。有时候家里有需要骑车出去办的事，爸爸宁愿自己去也不找我代劳。不久以后，欢子在骑摩托车的时候出了车祸，脸上留下了一道丑陋的疤痕。这时我才知道，爸爸不让我骑摩托车确实是为我好。

家里买了电动车以后，爸爸便把摩托车锁进库房。我们两个都不骑，任凭摩托车落满灰尘。平时出门，爸爸总是骑着电动车。他说电动车好，速度好控制，也轻便环保。我回家的时候偶尔也会骑，上了高中后，我对速度已经没有了热情。我骑着电动车在马路上时，考虑更多的是安全。

后来村子里建起了蔬菜大棚，不少人因为需要出门拉货而买了私家车。年轻人在结婚时，新房和汽车也成了标配，这样一来，村里的私家车也逐渐多了起来。去年结婚，我也有了车，有一次载着父亲去县城，他坐在副驾上，看我并不熟练地操纵着这个钢铁巨兽，他问道："这车好开不？"

我说："就跟你开拖拉机一样！"

父亲笑了："拖拉机可没有这个跑得快！"

我说："要不前面找个宽敞的地方，你试试？"

爸爸摆摆手："算了，我开不好！"

那天爸爸没有开车，可是在他心里却种下了要自己买一辆车的愿望。前一阵子回老家，吃完晚饭后，爸爸一人坐在书桌前学习。我挺好奇，悄悄凑过去，原来他是在看一本科目一的考试题库。

"老爸要考驾照了？"我问他。

他把小册子卷起来揣进兜里："我就是随便看看。"他的表情很不自然。看着他仓皇出门的背影，我妈走过来努努嘴说："天天往你三伯那儿跑，一回来就大众、长安的跟我唠叨！"

三伯现在是我们村汽修厂的总经理，他原来修自行车、修拖拉机，现在村里轿车多了，他也修轿车。爸爸每天有空就去找他讨教买车的秘诀。在三伯的指点下，他瞒着我们偷偷报了驾校。

不过他的科目二考得挺不顺利，五十多岁的老爸总是在倒车入库的时候把握不好分寸，但这丝毫不影响他练车的热情。后来我妈告诉我，爸爸要买车是因为看到村里跟他关系不错的两个叔叔都买了轿车。"现在条件好了，车又不是特别贵，买了也好，以后去哪儿，遇见刮风下雨的就不怕了。"我妈也支持爸爸买车。

自行车、摩托车、电动车再到小轿车，这就是我家二十多年来交通工具的变化。相信经历这种变化的绝不止我们一家。

在车轮的变迁中，我们切实地感受到了国家一步一步发展强大。我们有幸赶上了这个快速发展的时代，体验着祖辈穷尽一生也未必体验过的国家经济发展的速度。同时，我们每一个人正用自己的方式，为祖国的发展做出自己的贡献。

父亲的车

孙维娜

小时候最高兴的事儿，就是回到家把每天割的猪草用尽全身力气扔过高高的木栅栏，然后"嘞嘞嘞嘞……"地学着大人的样子叫猪儿们过来吃。然后用小手使劲拽着栅栏门踮起脚，看着几乎和我一样高的猪"唔噜唔噜"地吃个精光。那时候，一心盼着猪圈里的肥猪快点儿长大。终于有一天父亲去赶集，卖了这头大肥猪，换回来一袋米、一袋面和一辆儿童三轮车。

那是我的第一辆车。

我每天在大街上和小伙伴们一块儿耀武扬威地骑着，一会儿串胡同，一会儿比赛，别提有多高兴了。

后来我长大了，三轮车小了，骑不好了，父亲就让我坐在手推车的车斗里，无论下地、赶集，还是串亲戚，他都推着我。别看这是单轱辘手推车，父亲把它推得可稳当了，随着父亲前进的步伐，手推车还一颠儿一颠儿的，就像坐在轿子里。

在这种享受中我长到了十岁，因为村里的小学只到四年级，所以要到十里地以外的乡中心小学上五年级。每天，我都坐在父亲的自行车上，由父亲接送。父亲总是让我坐在前面的大梁上，他说，这样看着我心里踏实。我也愿意坐在前面，因为这样可以和骑车的同学打招呼，还可以看到远处的景色，还可以靠着父亲魁梧的胸膛，在冬天的时候那胸膛是很暖和的。

就这样，我一直由父亲接送，到小学毕业。

在我十五岁那年秋天，父亲学会了开汽车，不久便借了很多钱买了一辆黄色面包车，到北京没日没夜地跑出租。在我的记忆里，父亲很长时间才回家一次，但是每次回家都会给我买好多城里孩子才能吃到的零食，以及城里孩子才能穿到的公主裙。我印象最深的是，父亲带着我和母亲到北京逛了故宫和百货大楼，还逛了游乐园，从此，我对北京城有了憧憬和向往。

在我二十五岁那年，父亲得了重病住进了医院，从此告别了出租车。病好后，父亲不忍心看我上下班挤公交车，便买辆捷达车接送我上下班。坐在父亲的身边，看到父亲紧握方向盘的双手已长满老年斑，黝黑干枯的额头已爬满了皱纹，鬓角的丝丝黑发已变成白发，我转过头禁不住流下了热泪。

如今我三十岁，想给父亲换辆好点儿的车，父亲却说："小时候给你买小三轮车为的是哄你高兴，为的是不让你感觉到比别的孩子差；大点儿让你坐手推车是怕你自己走累着；后来让你坐自行车大梁上，是怕你坐在后架上不老实被摔到；再后来买面包车是为了挣更多钱供你上学，攒更多钱供你上大学；买捷达车接送你上下班也是老爸的最大经济能力了。现在你长大成家了，也不用我再操心了，有这辆老伙计也能陪我到老了，你们留着钱给孩子吧！"

父亲的一席话让我哽咽，我领悟到父爱的伟大。父亲的车在我的生活中印下一道深深的痕迹。这么多年，他以独特的父爱静静地守候着我的幸福，我想，下半辈子该轮到我陪着他，拉着他四处逛逛了……

母亲与大槐树

白建华

母亲的老家是谷家营村，因 2019 年举办世园会，村子拆迁了，母亲说："我家没有了。"

世园会建好以后，听老家人说村口原有的两棵大槐树没有被土埋，而是被保留了下来，成为标志性景观。母亲很想去看看这两棵树，看看自己出生的地方变成了什么样子。却因身体原因，一直没去成。

今年国庆节，公公从东北老家过来住，难得天气好，母亲身体健康，我和母亲、公公一起去逛世园会，去看看那两棵树。

秋高气爽，世园会里游人如织，有老人，有孩子，多是以家庭出游为主。世园里花开正艳，游人笑靥如花。岁月静好，感恩生在中国，祝福我们伟大的祖国繁荣昌盛。

我们走走停停，这照照那看看，一路慢慢走来，终于看到了那两棵大槐树。母亲加快脚步，走到大树下。公公问是榆树吗，母亲仰头久久看着树，告诉公公这是槐树，在她记事起就有了。每到夏天开花的时候特别香，结荚很稠，小时候她们经常在树底下玩。

母亲回忆着说："那时候我们几个丫头小子白天在河边放马，晚上就在树下听老人讲古、玩游戏。白天马在河边吃草，我们小伙伴抓蚂蚱，捞小鱼烤着吃，偷土豆烧着吃，别提多香了！吃完了跑河里洗洗手和脸，接着抓蚂蚱。有时候跟小子比赛骑马，摔下来也不在乎。天天放马玩，晒得黑黑的，大家都叫我黑丫头。记得有一次我穿了一双新布鞋，一个小子说，你敢把鞋子扔河里再捞上来吗？那有啥不敢的！我脱下鞋就扔河里了，等漂远了我下河游泳去追，游了挺远却怎么也找不到另一只，不知道冲哪里去了。天黑了我怕回家挨打急得哇哇大哭，几个小伙伴也吓得溜回了家。我回家挨了母亲一顿打，那天晚上我没能去大树底下玩。白天不放马的时候，我们就相约去大树那儿玩，跳皮筋、跳房子、抓子；不想玩了就爬树，看谁爬得高，躺在树上睡觉。槐花开的时候我们撸槐花，放进嘴里甜甜的。放一把在屋子里，满屋都是槐花的清香。我们把槐花加些玉米面蒸傀儡吃，或是做成槐花馅包子，吃一口那叫一个香甜！比起吃野菜榆皮面饼子，这简直就是神仙日子了。槐花在贫穷的日子里，给村里人带来了丰富的食粮和精神上的芬芳。槐树有三百多年的历史了，是村里几代人的念想，更是村子的灵魂。"

母亲八十多岁了。我给母亲在树前照了几张照片，母亲让公公也照了几张照片，这是母亲主动配合我们照的照片，我用手机把母亲的根定格在照片中。

祥和的小城

田连生

大约三十六年前，我的家乡延庆城，还是以延庆胜利街、解放街、自由街、东关等为中心的村落，新村都建成了一排排的红瓦房，延庆的富裕，就是以能住到"三关四街"为骄傲的。最早建起楼房的，是胜利街大队，几幢红楼矗立，多少人路过，都仰头倾目，我心想，要是能住上楼房，高高在上多好，还能看风光！

1991年，我买上了胜利街五层楼房，温暖的阳光普照室内，窗明几净，每天让我喜不自胜。

延庆的中心市场，成交着各种农副产品，天天热闹非凡，南侧是一、二、三厅，三厅也有我的卖鞋摊位，因为自己要上班，我雇了一个服务员，后来成为朋友。那时的人员工资是每月三百元，中餐费在销售额中扣除，不负责进货。

我们店主就跟打仗一样，每周其中一天的凌晨三点多，就坐上了去往北京批发市场的货车，大部分是女士，天亮就到北京了，选上一堆堆的货物，装上车，简单吃几口，就坐上大面包车，颠簸在回来的路上。货入货架，下午跟着一起卖。穿梭的顾客，买走一双双布鞋、球鞋、皮鞋，欢迎再来，您慢走！欢声笑语中，好不热闹……

挣了点儿零花钱，也是为了补贴孩子的学费。

中心市场北侧，朝阳湾儿的下坡开出一块平台，有一些老年人，带着小板凳，坐在那里交易老盘子、罐子、玉牌、佛像，聚着的人更多是聊闲篇儿。

家乡在一年年地建设，更多的人搬入了新居。三十多年后，我已搬到了一个花园式的小区，人口上万，观赏树、杏树、李子树、槐树、桑叶牡丹、百合花、无花果以及月季等等，数不胜数。夏天，争妍斗艳。花园里还长出一些野生的中药材，灰灰菜，马齿苋，应有尽有。

如今，原来的中心市场，已经成为延庆最大的交易市场金锣湾商业中心，沃尔玛、环球新意、肯德基，以及商圈周边无所不有的吃、喝、穿、用等。就说那合喜饺子、土豆粉、田老师红烧肉，都是我的最爱！至于外围的鳞次栉比的高楼，更让延庆迈进了崭新的时代！我自豪于自己家乡的巨大变化。

我去过上海，到过扬州，去过云南，到过广州，去过海南，到过香港，还是对延庆的风光百看不厌。冬奥会、世园会，吸引来了世界各国的朋友，众多五湖四海的游客，他们享美食，拍照片，购物，把爱吃的豆包、烤鸭，也运上了飞机。

小城在与世界的多次国际交流中，中国北京延庆，也走向了世界……一代代人的努力拼搏，一棒又一棒地持续接力，走到今天，美丽延庆融在首都的发展进程中！

家乡，你依然年轻！家乡的人们，依然在接棒中勇往前行着！

祥和的小城，祝福你！

妫川拾零

姚二林

当今，八达岭长城脚下的妫川，变化之大，日新月异，目不暇接。早想有感而发，却迟迟没行文抒怀。最近，我所在的社区以科学发展观为主题搞征文活动，向我约稿，于是沉下心来，认真梳理思路，打开了尘封的记忆。

20世纪50年代初，人们习惯把妫川的母亲河叫南大河。从县城南门出来要过河的话，在没雨或旱季的时候，可走简陋的木桥，一旦夏季河水涨满，想过河就难了。摆渡成了唯一的通道。要去康庄办事赶火车，或花两元钱坐胶轮马车，或破费小钱雇个赶脚的，抑或步行——为穷家最实惠便当的脚力。就这三十多里的来回脚程中，光在路上耗费时间将近一整天，如果办的事稍大点儿耽搁了工夫，披星戴月是自然的了。在我的长篇小说《颐宝园》里顺爷斗孤狼的情节，就是当年的真实写照。

时代的飞跃如白驹过隙，2009年，是新中国成立六十年，硕果累累，尤其实现了村村通公交，路路车畅行，以往羡慕城里人的生活，今朝我们偏僻的远郊山区县也和城里人一样——坐车刷卡，凡是县境内四季飘香的农家院与星罗棋布的旅游景点，都可尽情品尝畅快游玩了！这和当年步行赶脚的不便相对照，简直不可思议，真真如梦幻般地得到了享受。为了尽享改革成果、体验生活，我曾专程在重点公交线上体味了一把。那愉悦的心情啊，温馨畅然、感慨颇深！不由得想到60年代初……

我们这些考进延庆最高学府（现在的延庆一中）满身孩子气的男同学，玩耍天性未泯，有道是胆子更大且好奇心强，只要是冒险浪漫、新鲜刺激最好不过。夏日课间午休时间长，觉是绝对不睡的，结伙违纪偷跑到南大河，那儿才是我们的乐园——光腚抹泥，扎猛子打水仗，摸鱼捉虾逮王八。说来，那时没人讲什么妫川呀，妫河呀，延庆的母亲河啊，等等，只说南大河实在顺口。那自然生成的河道，弯弯曲曲宽窄不一，两岸杨柳繁茂郁郁葱葱，河边没人高的杂草里常有蛇窜，当然更有各种水鸟啼唱与蛙鸣合奏，热热闹闹的整个一台戏。更好玩的是，沿着河边，踩着细软烫脚的沙滩，寻觅大王八爬过的脚印，在细碎的印记尽头的沙窝里，只要你两手使劲往坑下一抄到底，一堆白花花的甲鱼蛋，就会亮在你面前。最有意思的是，指甲盖大的一帮一伙破壳顶土的小甲鱼，它们迎着阳光拼命往河里跑的神态，若抓住一只放在手里，它会本能地快速抓动四肢逃脱，抓得手心奇痒，这时就你笑我笑他也笑，在哏哏甜笑声中，连声嚷着好玩！好玩！真好玩！在玩乐中，我们还真能抓着个一斤多重的大家伙，如获至宝地送给生物老师。老师高兴地将它养起当作活标本。至今每每想起，如纯粮陈酿的老酒，回味无穷。

快乐的回忆是种难得的享受。

感慨之下，我漫步在叫熟了的妫川东西湖畔。新景自有新景乐。

县城的生活污水处理出口处，隆冬时节，因出水水温高不结冰，形成了大片的暖水域，和严寒的冰封相对照，成了野鸭水鸟欢乐的暖冬家园，真的别开生面：它们免除了迁徙之苦，成群结队嬉闹声声，悠哉，乐哉，颐养天年，在欣慰的感怀中，与岸边观赏的人们，嘎嘎，哇哇，对话不止。然则，围观的人们，啧啧赞美，羡慕着鸟儿的心底纯净，亦即不敢大声喧哗，特意留出静悄悄的安宁，如此人鸟知音，都在相互理解的心中欣然祝贺。

进而，现代社会飞速之发展，更能激励加快思维滞后的步伐。应清晰，谁持彩练当空舞？前程更美好！诚然，我坐在车上，看到南山巍然屹立的八达岭长城，以及接天壮美的大海陀景致，跃然新鲜起来。河边矗立着妫水女雕像，纪念中国五千年的农耕文化化身——舜的妻子，栩栩如生地再现着勤劳品德与端庄风貌；再是秦朝时上谷郡（妫川的称谓）的王次仲的八分书方块字，成为秦统一中国文字的范体。他不畏强权暴政，在押解路上，化作大鹏鸟冲出囚笼，两根羽毛落在大海陀，于是，体现着大无畏精神的大翮山与小翮山，凄美悲壮的故事传颂千年，如此之深的文化内涵，铸就了延庆无与伦比的历史积淀。谁不为此骄傲！数典忘祖的话不说不做更好。"一自萧关起战尘,河湟隔断异乡音。汉儿尽作胡儿语,却向城头咒汉人。"

多年前,我曾参加过县文联主席史先生主持的"妫川文化研讨会",建议将王次仲的雕像竖在我县人流最多最显眼的地方,让中外游客都知道,原来秦统一中国文字用的是延庆人王次仲的字!如此一来,延庆的地方文化底蕴,自然得到极大的弘扬,其社会及经济价值就不言而喻了。谁能做得到位,谁就是延庆文化建设史上的大功臣,人民不会忘记,历史不会忘记。

家乡的小路

刘利军

　　一次偶然的机会，我在老家收拾东西时，发现了一双保存完好但有些泛白的黄胶鞋。这双熟悉的黄胶鞋，勾起了我儿时的回忆。

　　十二岁时，母亲省吃俭用，攒了很长时间钱给我买了那双黄胶鞋。

　　刚穿上这双鞋，我感觉太幸福了，自己这双脚也随之变得格外高贵，走起路来倍加小心，生怕弄脏弄坏，每天总是情不自禁地偷偷傻乐。

　　那个年代，孩子们放学或放假帮大人干些农活儿是常事儿。通往我家的自留地，有一条八里长两米多宽的土路。这条土路，如果在晴天或不刮风的时候还好，一旦遇到春种秋收，农家人必须下地干活，赶上雨季，这路可泥泞得不得了。自从有了这双黄胶鞋，穿着它到我家地里干活，走在这条路上我不知道要向老天爷祷告多少遍："求您千万别下雨，弄脏了我的鞋呀！"但我的祷告多半不灵。有一次又赶上了下雨，我将鞋揣在怀里，望着这条泥泞的小路，我突然有个想法，如果我是魔术师，一定要将它变成像城里一样的马路，硬硬的路面平坦坦的，这样不论什么时候，下不下雨，走在这条路上都不会再为弄脏鞋而徒增烦恼了。

　　今天，儿时的这个愿望终于实现了。家乡的那条小路，连同其他街巷之间纵横交错的小路都铺上了水泥，每天都有穿"黄马褂"的人来管理，路面打扫得干干净净，小路两边种着整齐的两排白杨树和两米多宽的草坪。下雨天，走在这样的水泥路上，无论怎么走，也不会脏了脚上的鞋。面对清新空气和眼前的美景，我的心情也变得格外舒畅。

　　家乡道路的变化，只是农村巨变的一个缩影。你看，一排排白墙灰瓦的房子，太阳能路灯，漂亮的透视花墙，一片片的花圃、草坪和树林，还有城市里才有的健身器材，统一改建的阳光浴室、垃圾回收站……农村已变成了村容整洁、乡风文明、生活宽裕、管理民主的社会主义新农村。

　　每次回老家，我都会到这条小路上走一走。

桌子的变迁

连艳忠

在我的家里有一张高三十六厘米、直径为五十四厘米的圆形桌子，因为只能放在火炕上，用来吃饭，因此俗称"炕桌"。

我家兄妹四人，加上父母共六口人，全靠种地来维持生活。20 世纪 70 年代，父母在生产队里干活，一年到头才能挣上六七十块钱，这就是全家人一年的生活费用了。因此我家的炕桌上摆放的食物很少，尤其到了冬天，只有大白菜或者是自家腌制的大萝卜咸菜；副食品几乎没有，只在每年的春节或来客人时买些细菜，但也很少。那么小的桌子，每次吃饭总也摆不满，空落落的很寒酸……

十一届三中全会后，我家的日子一天比一天好了起来。渐渐地，我家的小炕桌上时不时地出现了一些细菜，如柿子椒、黄瓜、西红柿、蒜薹……有时还有一点儿肉。随着生活一年比一年好转，这炕桌开始满足不了家里的需求了。有时全家人吃饭，或者来客，还得去邻居那里借一张桌子，才能摆得下盆盆碗碗。1983 年，我家找人做了一张五十五厘米见方、高六十八厘米的折叠式四方炕桌。可随着时间的推移，凉拌蜇丝、炒傀儡、煮馍馍等饭菜的增加，桌面仍然摆不开盆盆碗碗。1993 年，我家又找木工师傅，做了一张长七十三厘米、宽六十三厘米、高二十九厘米的炕桌。随着时代的前进，我兄妹四人的成长，全家六口人围在一张炕桌上吃饭，感觉很挤，坐炕上吃饭也感觉很累。于是我家买了一张直径为九十厘米、高七十六厘米的圆桌。从此全家人结束了在炕上吃饭的历史，那炕桌从此就退了下来，家里人吃饭或来了客人，都要使用新买的圆桌。但是，随着生活条件一年年改善，饭菜的数量和质量也在不断增加，新买的这张桌子也摆不下了。

　　几年前的春节前，我一咬牙，花了一百六十元买了一张折叠式、高八十六厘米、直径一百三十厘米的大圆桌，往我家地上一放，还真占了不小的位置。每次吃饭全家人坐在桌子周围有说有笑，好不热闹；桌子上的菜更是丰富多彩起来，什么红烧豆腐、糖拌西红柿、腐竹黄瓜、酱肘花、鱼香肉丝、酸菜肉丝、烤鸭、软炸虾仁、红烧鱼、拔丝山药、榨菜肉丝汤、大碗肉、老醋焖鱼、酸辣鸡蛋汤等等；再品着美酒，过年像办喜事一样，平时像过年一样……真是其乐融融。与城里的人相比差不到哪里去了。望着餐桌上这么丰盛的饭菜，感到生活真是芝麻开花节节高，一年一变样，这么丰盛的饭菜，不用非等到年节或来客，什么时候想吃了那是手到擒来。

　　我家饭桌的五次变化，不仅反映出我家生活水平的提高，同时也让人看到了社会发展的脚步。

　　如今我家的几张桌子成了历史文物，有时还真想它，就像收集报纸杂志那样，时不时地拿出来展示欣赏一番，那真是其乐无穷。父母多次叫我把不用的桌子扔掉，省得多占地方，我都舍不得，它成了我难忘的历史，我要永远留住它……

我的元宵情结

齐鲁延

今年元宵节，我们全家是在县城一家餐馆度过的。当天晚上，全家人一起来到饭店，一桌饭菜尽被扫荡。酒过七巡之际，饭店服务人员端上一碗热气腾腾的元宵，这是饭店赠送给在这里过节的客人的。面对洁白如玉玲珑浑圆的元宵，逝去的往事涌现眼前。

20世纪70年代中期，正值我国计划经济时期，父亲虽然在电线厂工作，工资每月有五十多元，但是我们兄妹有四人当时户籍在老家，需要买议价粮，日子过得十分艰难，一年中只有在元宵节时才能尝到元宵的滋味。

那时，春节和元宵节是我们全家人一年中最大的高兴事。特别是元宵节，大喇叭广播食堂有元宵，我们就会赶快要钱去买，每次买也只能买一斤。那时买一斤元宵只需要花三四角钱和半斤粮票，一斤面粉做的元宵有三十三个。煮元宵总是姐姐张罗着去，父母也乐意把这个活儿交给她去做，目的是让她多锻炼锻炼。当煮到快熟的时候，姐姐总借着尝尝熟没熟，吃掉没法分的三个。我总是回想起那时的元宵节，一家人在北院平房，围坐着桌子品尝元宵的滋味。我坐在桌旁，元宵刚刚上桌就迫不及待了，匆忙拿起筷子，迅速夹起一个大个儿冒着热气的元宵，把它送进嘴里，用牙一咬——哎哟，太烫，都快把舌头烫出泡了，赶紧又把元宵放到碗里。母亲关切地说："慢点儿慢点儿，心急吃不了热元宵呀。"我只好稍候一下，再次把元宵夹起来，先把元宵吹一吹，然后再小心翼翼地送进嘴里，分二至三次把其吃掉。每吃掉一个元宵，就有一股幸福的热流涌出来——我觉得自己是天底下最幸福的人儿了。吃完了元宵，还要再喝一碗汤，才觉得过瘾，才可以告一段落。一碗汤下肚，甜甜蜜蜜、暖暖融融，浑身上下舒服极了。哥哥、姐姐、弟弟也不例外，和我都有同感。弟弟比我小，他的感受可能比我还要深刻些。父母看着我们吃元宵吃得津津有味，脸上荡漾着笑容，一个劲儿地把自己碗里的元宵分给我们。

改革开放以后，我们户口由老家迁到了延庆县城，有了自己的土地，住上了单位分给父亲的楼房。父亲知道我们爱吃元宵，就在自家地里种上一些黍子。到年关，母亲把储存下来的核桃、葵花子拿出来，再买些白糖、青丝、红丝等配料给我们包元宵。我们兄妹四人有的剥瓜子，有的砸核桃，有的给母亲打下手，忙得不亦乐乎，一点儿也不觉得累。母亲和好面，带着我们一起包。我们一般一次包很多元宵，一次煮够我们吃的，还要送一些给邻居品尝，剩下的放到阴冷处冻起来，什么时候想吃了就煮一些。那时我觉得，我们第一次可以用元宵填饱肚子，还可以用来招待客人，让邻居分享我们的快乐，我们已经很知足了。

20世纪80年代后期，我们兄妹几个先后走上工作岗位，不但不用家里贴补，而且还可以资助家里了。那时电线厂开始不景气，走下坡路，后来倒闭了。父亲每月领取一些养老金，我们每月再贴补一些零用钱，生活宽裕多了。每到年关，县城酒楼、饭店和大市场等地都有很多摇元宵的摊点。一个个大笸箩放上许多面，工人师傅舞动双手很有节奏地摇荡着，密密麻麻的元宵蛋越"长"越大。四周常常围拢过来好多人，有的准备买元宵，有的是来看手艺。我是既买元宵又看手艺，直到现在大脑中还牢牢记着师傅摇元宵的每一个环节。上班挣钱了，什么时候想吃就买点儿，让家人改善改善生活。只几年下来，我童年时候的感觉就已经找不到了。我开始觉得这些元宵皮厚馅小，需煮上半个小时，其兴致大不如昨，感觉元宵越来越不符合自己的口味。

进入21世纪，随着儿子的降生和成长，我逐渐又回到了从前，找回了最初曾经有过的感受，心灵变得和孩子一样稚气单纯。这时我们兄妹四人都有了自己的小家。而原来爱吃的元宵也被汤圆所代替。许多汤圆是知名品牌，电视上经常闪现它们的广告。汤圆形状、颜色多种，馅儿可就多了去了，巧克力、黑芝麻、什锦、三鲜、豆沙等十多种。儿子最钟爱黑芝麻汤圆。汤圆煮起来也方便，打开煤气灶只需十多分钟就熟了。汤圆皮薄馅大、做工精良，我们全家人都爱吃。现在，我们出门不远的商场超市就能随时买到爱吃的汤圆。为了孩子和大人吃着方便，我家的冰箱里一般都要存上几袋，随时吃，随时煮。每当加班回家晚了或每到看电视或者夜里饿了，我们就会煮一点儿，权当作夜宵。

　　民以食为天。从大元宵到小汤圆，一晃就是三十年，此间风雨几度、世事变迁，已过而立之年的我鱼尾纹也悄悄爬上眼角，内心世界发生了很多的变化，唯有关于元宵的情结不但没变，而且越来越深。

思想涟漪

文人当自强

郭东亮

一

西方哲圣柏拉图有句名言："宁做诗人歌颂的英雄，不做歌颂英雄的诗人。"在做诗人还是做英雄之间，柏拉图选择了后者。无独有偶，我国"初唐四杰"之一的杨炯，也在成为著名诗人后仍然做出了"宁为百夫长，胜作一书生"的选择。

做文人真的不好吗？写文章真的不好吗？似乎又不完全是这样。早在一千八百年前，曹丕就在《典论·论文》中开明宗义地指出："盖文章经国之大业，不朽之盛事。年寿有时而尽，荣乐止乎其身，二者必至之常期，未若文章之无穷。是以古之作者，寄身于翰墨，见意于篇籍，不假良史之辞，不托飞驰之势，而声名自传于后。"认为文人可以通过文章为自己赢来千古不朽的名声。其后的古代文人甚至提出了"万般皆下品，唯有读书高"的论调，将读书视为最崇高的事业。

什么样的人才算文人呢？《现代汉语词典》解释为："指会做诗文的读书人：文人墨客。"在古代文化不甚发展的时代，文人的确令人敬仰。他们除了满腹经纶外，还以天下为己任，他们抱着"修身、齐家、治国、平天下"的理想，四处奔波，谋求发展，或隐居在山中，等待时机。春秋时的孙武、战国时的苏秦、东汉末年的诸葛亮，就是这方面的代表。在文章取仕的科举时代，更多的文人通过科举考试，实现了"朝为田舍郎，暮登天子堂"梦幻般的人生跨越。

既然这样，文人为什么还是一个受人奚落的群体呢？这是因为，文人从一开始定位，就确立了为天下人、为帝王服务的理想。所谓"穷则独善其身，达则兼济天下""居庙堂之高，则忧其民；处江湖之远，则忧其君"，既然如此，也就扮演了心甘情愿为他人做嫁衣裳的角色，即使到了改朝换代的时候，他们也不敢有非分之想，而是希望出现明君，他们愿意为之驱使和效劳。刘备临终时曾嘱托诸葛亮："如嗣子可辅，则辅之；如其不才，君自立为成都之主。"但诸葛亮却吓得汗流遍体，手足失措，叩头流血，坚辞不受。而那些诸如刘邦、朱温、朱元璋这些无赖和流氓无产者，却从没有为自己是一个文盲而自惭形秽，而是一心想夺取帝位，满足自己的私欲。因为他们心里清楚，无数个文人正等待着他们的召唤，为他们的霸业尽忠效劳呢。而满腹经纶又缺乏独立精神的文人们也只能在改朝换代或者歌舞升平中充当跑龙套的角色。

所以看透了这个实质的柏拉图和杨炯，做出了不愿再为文人的选择。

二

现在，人们称呼文化人，往往要加一句"你们文人"，似乎文人是一个另类。文人怎么了？为什么让非文人既敬重又鄙视，既使用又不放心呢？我想，除了社会上的偏见之外，文人也要认真反省自己的种种不足。

有人将中国的文人分为九种，虽说不一定全面，但也说明一些问题，现简要摘录如下：

第一等文人可说是中华之脊。此等文人心怀经世济民之志，文可安邦，武可定国，内方外圆，怀抱天下。一方得之，可享万民；一国得之，可安天下。历代出将入相者如姜子牙、管仲、张良、魏征、包拯、于谦、林则徐等均为此辈中人。

第二等文人可谓中华之胆。论才学略逊第一等文人，可气节则犹有过之。冰心凛冽，铁骨铮铮，慷慨赴死，光照汗青。苏武、文天祥、史可法、林觉民、谭嗣同当为此辈表率。

第三等文人可谓中华之魂。他们虽有大才，可均重理法而少实际。所以虽无济于民生，可现身说法，著书立传，授徒传业，也立就了千世万载之功业。孔丘、孟轲、老聃、庄周、朱熹，均为此等文人。

第四等文人可谓中华之神。个个都文采飞扬，才华横溢，所著一诗一文，均肌理通透，妙到巅毫。或雄奇古朴，或狂纵潇洒，或气韵清新，或慷慨激昂。屈原、曹植、李白、杜甫、韩愈、陆游、曹雪芹均为此等文人。

第五等文人为中华之心。此等文人虽然文采不及第四等文人，但治学严谨，兢兢业业，呕心沥血，书写汗青，今日我辈所读史书列传，均为此辈文人所著。司马迁、班彪、班固、司马光、宋濂等均为此等文人。

第六等文人可谓中华之眼。他们目光灼灼，洞悉世情，通晓百法。所言所著，均痛切时弊，言尽人间百象，读来酣畅淋漓，痛快异常。林语堂、胡适、柏杨、李敖均是其中的佼佼者。

第七等文人可谓中华之皮。也就是我们所谓当代作家的这些人。此等文人作品多以小说为主，说着或是风花雪月、市井百趣、男女饮食之事。间或也有一二杰出之作，道尽中华苦难，人间沧桑。贾平凹、王蒙、刘恒、余华、池莉、陈忠实等均为此等文人之代表者。

第八等文人可谓中华之肉。此等文人并无超尘脱俗之才华，所说所做之事也大抵为教书育人，撰稿论文。此等文人之名最多也就出现在大学教授名单和辞典编撰者的目录中。但此等文人也是我们日常生活中最不可少的一类文人。

第九等文人为中华之疮。此等文人往往心比天高，才比纸薄。为求名利，不惜手段，什么热写什么，什么火批什么。拿着一些狗屁倒灶的三流文章四处招摇，闻了几个西洋屁便开口子曰，闭口嗟夫。又或痛心疾首，忧国忧民，万人独醉，唯其独醒。又或爆炒热卖，攻乎异端，泼妇骂街，极尽小丑作态。

作为文人，不妨掂量掂量，自己到底属于哪一类文人，如果不幸跌入第九等文人，成为中华之疮，不妨主动将自己从文人堆里剥离出来，这也没什么不好。至少达到了纯洁文人队伍，提高文人整体素质的目的。同时，说不定自己也找到了一条新的出路，开拓出一片新的天地。这不是一举两得的好事吗？文人们经常攻击干部队伍能上不能下，能进不能出，在这方面，有些文人比干部的觉悟还要低。一旦舞文弄墨写了几首诗文，就终生以文人自居，岂不是太幽默了吗？

选择文化作为终身兴趣和事业与选择其他事业一样，没有什么特殊之处。千万不要以为自己喝了两瓶墨水变成文人，就自我膨胀，以为自己什么都会；或者抱残守缺，认为除了文化什么都不会做，否则就有饿死的危险。

三

如果觉得自己是文人，就要名副其实地当你的文人。任凭别人步履青云，飞黄腾达，任凭别人腰缠万贯，一掷千金，你都不为所动，该写诗的写诗，该作小说的作小说，该写杂文的写杂文，虽说书中不一定有"颜如玉"和"黄金屋"，但至少有你的理想、你的乐趣，这不也是一种快乐的人生吗？既然你不能、不愿或不屑在官场和商场上纵横捭阖，叱咤风云，那么，竹篱茅舍自甘心，一蓑烟雨任平生，也不失为一种明智的选择。

世人最忌文人无行。文人相轻，这是中国人的老毛病。李斯与韩非都是荀子的学生，因秦王欣赏韩非的才华，李斯由妒生恨，终以政治手段将韩非迫害致死。其实，文人的毛病远不止这些，《中华读书报》刊登文章，认为文人应有七不可为：剽窃抄袭不可为，拉帮结派不可为，自吹自擂不可为，攀龙附凤不可为，党同伐异不可为，互送高帽不可为，欺师灭祖不可为。这七不可为，实际上说的是文人的七个通病。而在我们的这个时代，不少文人或多或少地带有某种毛病和不足，那就需要我们及时纠正了。否则，像王朔先生那样"宽以待己，严以律人"，动辄拿鲁迅和金庸等名人开涮，且沾沾自喜，岂不惑乎？

世间对文人还有一种不近人情的定位。不论是文人自己，还是社会公众，似乎都认为只有生活贫寒，才能算是一个真正的文人，所谓"诗人例穷蹇，秀句出寒饿"。似乎文人一旦拥有了优裕的生活，思想的火花便会熄灭，创作的灵感便会枯竭。现在看来，这是几千年来文人不得志的一个缩影，但绝不是规律。那种"诗必穷而后工"的说法，是在思想很难产生财富的时代，贫困潦倒的文人们的自我安慰。要知道，古今中外的伟大作家并非清一色的穷光蛋。中国古代诗人除了部分贫寒之士，大部分或多或少都有个一官半职或者家庭很富有，王维、高适、白居易、李煜、王安石、欧阳修、文天祥就是这类人。外国的歌德、托尔斯泰、普希金、泰戈尔也是这类人。

　　林语堂先生早在六十多年前就反对过文人应该穷的谬论。他主张文人也应跟常人一样去生活、去赚钱谋生。他指出，将文人与常人视为两样的观念是错误的，危害也是很大的，因为文人也是人。

　　在这个市场经济迅速发展的时代，如果文人还抱着"君子不言利，谁穷谁光荣"的浑蛋哲学过日子，那就确实有点儿自甘堕落，缺乏与时俱进的勇气了。你都穷得叮当响，还能担当起"代表先进文化"的重任吗？作为拥有一颗智慧头颅的文人，在人人都能赚钱的时代，却一辈子都是生活在贫困潦倒之中，并且自我陶醉地吟唱《茅屋为秋风所破歌》，或者重复孔乙己的"君子固穷"论，那他就不仅仅是落魄文人了，作为一个现代人他也是不称职的。

　　一个真正成功的现代文人，一般都有了相应的物质基础。这样可以让文化和财富之间形成良性循环。金庸和余秋雨就是很好的例子。他们是文人，也是物质生活的富有者。

四

　　文人如果觉得通过文化本身摆脱贫困不容易，也不妨变换一下自己的人生角色。想经商就去经商，想从政就去从政，用事实证明，文人在其他方面照样可以干出大事业。古代和当代这方面的例子并不贫乏。但有一点，如果文人立志经商和从政，切不可"身在曹营心在汉"，心猿意马，心里想的只有文化，自己的言谈举止仍然文人气十足，那就不可避免地要被排斥了。

　　李白，这个天才的诗人，他早年的理想就是辅助君王平天下。然而，皇帝只封给他一个"翰林供奉"的闲职，让他写些"云想衣裳花想容"的诗句，哄哄杨贵妃开心而已。心高气傲的李白怎能受得了"倡优同畜"的待遇，于是，"长安市上酒家眠，天子呼来不上船"，并且拿高力士、杨贵妃出气，最终只弄得个"赐金还山"的结局。这时的李白再也不高唱"仰天大笑出门去，我辈岂是蓬蒿人"，而只能是"抽刀断水水更流，举杯销愁愁更愁""但愿长醉不复醒"了。究其原因，这是李白没有遵循官场的游戏规则，没当好孙子就想当爷爷的结果。

　　在文化底蕴和才华上，小人和文人不具有可比性，但是，倒过来，在要阴谋、玩手段上，文人与小人相比，有时简直就是弱智。让李白去学安禄山，叫杨贵妃为干妈，他则根本做不到。所以，天才李白只能两次被贬斥，安禄山这个"装傻卖愣"的胡儿，则险些夺取并坐稳了皇帝的宝座。这是因为作诗和做官是两码事，明朝奸相严嵩就有诗讽曰："古来诗人难做官，皆因狂气胸中来；李杜文章光焰长，一个布衣半个官。"因此，文人既然立志做官经商，就要专心致志，走什么山唱什么歌。

现在从政和经商有三个大好条件：一是我国跟随世界的步伐已经进入知识时代，文化和文人越来越受到重视；二是智力劳动受到了应有的尊重并且很快可以转换为商品；三是我国干部队伍正迅速向年轻化、知识化和专业化方向发展。最近几年，我们欣喜地看到许多文人成了企业家、政治家，这不仅是文人的光荣，也是我们这个时代的光荣。

有人担心经商或从政耽误了自己的写作专业，这也是一种片面的认识。文人们有个经常挂在嘴边的词语，叫作"体验生活"。经商从政何尝不是一种体验，一种实实在在刻骨铭心的体验。唯其如此，许多功成名就的企业家和政治家的回忆录或专著，在图书市场上经常掀起一股"风"或者"热"，就不足为奇了。香港女强人梁凤仪，一手拿着算盘，一手拿笔，在商场和文坛叱咤风云，就很能说明问题。

因此，在这个快速发展的时代，文人一定要找好自己的位置，无论是做文人、经商还是从政，文人一定要自强，一定要给文人争口气。有朝一日，社会上不再把文人当成另类看待了，那就证明文人的地位确实提高了。

幸福为何总在遥远的山那边

李　旺

　　小时候曾听过一首外国民谣，不知何故里头两句就一直印在脑子里。这两句是：在那遥远的山那边，人说，幸福就住在那里……后来年事渐长，每想起这两句歌谣，就产生疑问，但又不敢问人。

　　稍稍长大以后，我开始偶尔看到，并蓄意去注意看起来好像很幸福的人。我想，幸福的人，必是幸福住在他们家。幸福肯住在他们那儿，他们当然是与旁人很不一样。看到一些幸福的人，果然是很不一样的。譬如，常看到一对夫妇从花园宅邸走出来，衣着华丽，面带笑容，手牵着手。他们的表情是那么自信，那么快乐地笑。我想，他们是幸福的。

　　当时，我们家很穷，父亲不在，母亲天天以泪洗面。我们几个兄弟姐妹都觉得我们是很不幸福的。

　　凡是幸福的人，都是很陌生的人；凡是我比较熟悉的人，好像都不怎么幸福。我的二姑妈，嫁到一个很富有的人家，听母亲说，二姑妈应当很幸福的。但二姑妈每次到我们家就向母亲倾诉婆婆待她不好，丈夫欺负她，有一次我还看到她悄悄擦眼泪。自此在我心目中，她那华丽的衣服不再代表幸福。大姊出嫁了，嫁的是很体面的人家。她每次回来，面带微笑，邻居们都对母亲说："你女儿嫁得好有福啊！"母亲与大姊都默认。但我好几次看到她们两人单独相对时默然无言，神色悲戚。我不敢问，但我感觉得出大姊并不幸福，而且非常不快乐。

　　于是我开始有了一点儿了解，幸福一定是住在很遥远的地方，一定是住在山的那一边。因为遥远的人是美丽的，陌生的人是很遥远的。陌生的人走来走去，穿着美丽的衣服微笑，你只看见他们的幸福，你并不知他们回家后，是否擦过眼泪，是否神色悲戚。

母亲生了一场病后，脸色苍白，身体衰弱。她要去菜市场，我有点儿不放心，我说要陪她去。母亲说："在家里用功读书。"但我一再坚持，母亲便勉强同意。

一路上我一手拉着母亲的手，一手替母亲拿着菜篮子。我们买的菜不多，因为我们只有买一点儿青菜的钱。回途上，遇到了一位从前的邻居太太。

邻居太太拉着母亲的手大惊小怪："哟，你的儿子长了好多了，上中学了？"

"今年刚刚上初中，省立初中。"母亲微笑着回答。

"啊！你聪明的儿子，还会替你拿篮子！你真幸福！"母亲没有回答，但母亲笑了，笑得很开心。我从未看过母亲笑得如此开心。我觉得母亲可能在那一刹那，是真正幸福的。我突然觉得，我和母亲都在一个很遥远很遥远的地方。

那地方我们从未去过。

师道小议

小　亦

　　师，传道、授业、解惑者也。

　　所谓道，内涵颇深。人生的方向与价值并非取决于高深的学问或才华，而是品性。故而，将"传道"列其首，自是无可非议。

　　钱学森的学识自是有目共睹，而其品性的价值绝不逊色于其学识对人类的贡献。如果没有那颗赤子之心，想必老先生也不会于那个风雨飘摇的岁月历五年磨难辗转而归；如果没有那颗淡泊之心，想必老先生也不会弃华服美食，十载致力于己之所好。惊世两弹，冲霄一星，双鬓如雪，赤子心胸。光阴久远，我们已无法知晓先生之师的言语修为，但我确信：其师的品质定是值得我们崇敬的。

　　季羡林先生令我尤为仰慕，那种学识之外的人格魅力曾撼动无数人的灵魂。从红衣少年到白发先生，那一座破落牛棚，那一片寒凉月色，丝毫没有冷却老先生对人生、对祖国的挚爱。他依然报以赤诚，成就了无数的国学经典。心有良知璞玉，笔下道德文章。对高官厚禄的不屑、对红尘琐事的淡然，正如清塘的季荷，淋漓地尽显了老先生的高洁——贫贱不移、宠辱不惊。由此便想：是一个怎样的师者，育出了如此英才？

　　为人之师，人格品性的意义尤为深远。汶川大地，自那次地动山摇之后，留下许多墓碑，有形或无形。那个将学生护于身下的形象，永远地镌刻在世人的内心，相比丰碑更为雄伟、夺目与恒久。我同样相信：这种品质无须更多的语言与文字，倒如日月之光，熠熠生辉，亘古流传。而弃学生于不顾，挑战中国道德与师德底线的人，跑丢了为人父、为人子甚至为人的资本与颜面，最终落足于世人的唾弃里。

人类灵魂的工程师，此言绝不是出家人的诳语，而是为师者的重任。重任于肩，我们必须具备他人所不曾具备的品质——我们可以不伟大，但我们必须崇高。

植物具有趋光性，而学生具有向师性。如此之下，同样为师，想必一留一跑的两位师者所转接的道德基因定是大相径庭。后者获得了生命，却也暴露了人性的卑微、龌龊与无耻；前者放弃了生命，却留下了人性与师德的灼灼之光。

康德曾说，有两样东西令他崇敬：神秘的宇宙和心中的道德律。道德是为人所敬仰的，为师的道德更是如此。

"园中阵阵催花雨，席上常常撒酒疯。"此联为师生之作，但下联尽显一为师者的形象。或许正是这种形象，才令学生如此不屑与不恭。一种认知尚可引导，而一种潜移默化的行为渗透，一旦定型，任你有一双妙手，恐怕亦无力回天。

《诗经·小雅》中言："尔之教矣，民胥效矣。"为师之道，四方之人必会仿效，何况身前的学生徒子呢！

一高考落榜的女孩，因家境贫困，外出谋生。先后当过纺织工，干过市场管理员，做过会计，但无一例外，都以失败告终。然而，每当女孩将自己的经历沮丧地诉与曾经的老师，老师从未有过丝毫的责备或打击，而是报以安慰、鼓励以及物质帮助。三十岁时，女孩凭借语言天赋，做了聋哑学校的辅导员。后来，她又开了一家残疾人学校。再后来，她在许多城市开办了残障人用品连锁店。女孩自己的经历，让她深谙爱的力量是无穷且伟大的。从此，女孩将自己大部分收入捐给残疾人组织，以帮助那些无人照看的残疾人朋友。

"身为野老已无责，路有流民总动心。"此等情怀充溢着使命感，亦如那位老师，走下讲台，却始终没有卸下责任。而她所传递出去的，是一份恒久不绝的信念和爱。

欲塑人，先塑己。为师良久，窃喜良久。我拥有对物欲的淡泊、对是非的耿介、对人性的锐利、对灵魂的坦诚、对选择的投入……

物欲横流，人性躁动，师者任重而道远。但我依然乐于此道，也便常想起白居易的那句诗："令公桃李满天下，何用堂前更种花。"

若天下桃李，悉在公门，岂不乐事！

做个好人不难

张世臣

我是一个吃养老金的老头子，整个小区没几个人认识。

早晨遛弯儿下楼，遇扫楼道清洁女工，我说："您辛苦。"女工笑答："不辛苦。"回来时老远人家就说："大爷您回来了？"于是心情很舒畅，哼着小曲上楼。去修鞋，看修鞋女工两手油黑粗糙，戴着高度近视眼镜，臭鞋快挨着鼻尖了，修完认真检查一遍，我很感动，诚心诚意地说声谢谢，答曰："您慢走，大爷。"于是爽得很，骑在车上乐颠颠儿的。感冒上街买药，用卫生纸接一口痰，走一百多步方遇一垃圾桶投入，保洁员说："大爷您真好。"于是很高兴，回家看着什么都顺眼。骑车路过路口遇红灯，即停在线外等候，左右一看男女老少停了一大排，没想到闲老头子竟也能带头做表率，于是窃喜，一路愉快，甚至在车上美滋滋地打起了口哨！

国人从众，前边人做好了，后边人也不好意思不跟着，你在前头不带好头，自然有一部分人效仿，法不责众嘛！

我们都是普通人，不必非想着捐几百万建一座希望学校，筹几千万搞一项安居工程，或为世界经济危机牢骚骂街，或要去利比亚当国际主义战士，其实身边就有很多事需要我们去做。见了熟人问个好，说声"吃了吗，您哪"；不太熟悉的，或对面，或邻座，或并行，点点头有个笑脸；别人帮了忙或给予方便说声"谢谢"；不随地吐痰，喝酒别开车，走路靠右边，遇红灯不急、不躁、不抢，理所应当、气定神闲地等；遇到老年人、残疾人或有困难的人扶一手搀一把让个座，给予力所能及的帮助；看病、取药、买东西、坐车、上下电梯排好队相互礼让；公园散步别踩绿地、别跨篱笆，爱护公共财物；小聚闲聊少发牢骚，别传闲话，多说些鼓劲儿的和谐团结的话；干好本职工作，多挣钱，孝敬父母，教育好子女，把日子过好些。其实，这是每个公民应该做到的，做到这些只是举手之劳，大多数人也都能做到，而做到这些就应当是个好人了，所以我说做个好人不难。

做好人、办好事必然带来好心情，有好心情看什么都顺眼就会忘记烦恼，有好心情忘记烦恼吃嘛嘛香，就不得病，就会健康长寿，举手之劳就能换来好心情，何乐而不为呢！记不清啥时候看到过一段文字，大意是一个叫邪的家伙对人说：你们人类有高度发达的大脑，超群的聪明和智慧，精密的应急预警保护机能，我们邪一般不敢侵扰，一旦你们紧张、疲劳、愁苦、烦恼、生气、牢骚、发怒、怨恨、报复、私心、贪欲、阴谋、嫉妒、思虑、焦躁，七情不控失去爱心，心怀鬼胎惊恐多疑，纵欲纵酒不忠不孝，道德沦丧忘乎所以，我们就会偷偷潜入，你们就会或生病或受伤，或破财或争讼，或牢狱或罢官，或众叛亲离或家破人亡，或子女不肖或配偶出轨，走路崴脚脖子，进门撞脑瓜门子。

人之渺小自私脆弱，邪之精明可恶可怕！

都说人人为我，我为人人，我觉得说与人方便与己方便更好，通俗易懂好做。雅一点儿的呢，叫送人玫瑰手有余香。大家共同努力，创造一个和谐温馨的环境，我们自己就生活在这个环境里，何不对自己好些呢！老是用白眼珠看世界，怨天尤人，牢骚满腹，好话不得好说，满口刻薄，四楞子话横着往出撞，一句能噎得你憋过气去，满脑瓜门子官司，好像全世界谁都对不起他。其实，伤害了别人得到短暂的"快乐"，可内疚的内伤更不好愈合，把人人都看成乌眼鸡，自然你也就是乌眼鸡了！烦恼痛苦、疾病灾难、鬼邪妖孽自然会找上门来。

古语云："是以与善人居，如入芝兰之室，久而自芳也！"但愿世如芝兰，人自芬芳，大家都做促进社会和谐的好人、善人。善良吧，一切都是为了我们自己！

品书之味

曲　典

书之味，品于心，嵌入精神世界。

书如水。水，无色，亦是平淡，而水又是人之必需。一本好书，不在于它是否有着精美的装帧、华丽的辞藻，而在于它所向我们叙述的它的"人生"。我曾品读过《生命从明天开始》这本书，它或许"平淡"，但它却叙述了一个不平淡的"人生"。作者也就是这部"人生"的主角——一对平凡的姐妹，但她们对于我们这些正常人来说又很特别。身患绝症的她们坐在轮椅上正做着生命的倒计时。正如姐妹俩所说："命运是海，而我们则是帆。"其实不仅仅是她们，人生对我们来说，也不过如此。当海面一次又一次地被风呼啸过，帆，迎着惊涛骇浪仍屹立在大海中，它是方向，它是动力，它绝对不能动摇！人若没有了帆的这种毅力，那又何尝不是无用啊！

这是品书，品的是如水般平淡的辞藻，品出的却是那生命的真谛；品的是那书中的"人生"，但亦是我们自己的人生。这书，正如水一般具有净化心灵的力量，让人们必须取之。

书如茶。茶，清幽，亦是解暑。茶香流窜于唇齿之间，而书香却沁入人的心肺。一本好的诗集，便有清凉解暑之功效。在太阳如此炙热的夏天，捧着一本自己最爱的诗集，静静地轻诵，我的全心已经投入其中，夏日的酷暑丝毫影响不到我此时的心情。最爱的就是那李清照的清丽诗词。《点绛唇》中："露浓花瘦，薄汗轻衣透。"我从中隐约看到了一位如花少女天真活泼、憨态可掬的娇美形象，她身躯娇小，额间鬓角挂着汗珠，轻衣透出香汗。又不久，少女忽然发现有人来了，害羞地跑到门边，却并没有躲进屋里，而是"倚门回首，却把青梅嗅"的娇俏模样。而《摊破浣溪沙》中"揉破黄金万点轻，剪成碧玉叶层层"两句，则抖开了一幅令人心醉沉迷的画卷。那碧玉剪出重重叠叠的千层翠叶，若非清香流溢追魂十里的月中丹桂，更无别花可堪比拟。此情此景只在诗中有，而这诗也就是"栖息"在这书上了。当然，茶之属性甘凉。所以，茶中如若多了一些无关紧要的"配料"，则带给我们的也就不是享受，而是"痛苦"。正如大多数爱茶者所说："茶品即是人品。"读书之时，切不要抱着荒度时间、草草了事的态度，也千万不要把读书当作一种泄愤的途径或是一时兴起的消遣方式。品书，品在于心，带着寻求书中作者要表达的情感的目的去细细体味，无疑是最好不过的。

这亦是品书，品的是清幽的诗词，品出的是书中诗人的情趣；品的是词句的精细，品出的却是任何金钱、地位、名利也给不了我们的精神上的舒放与满足。

书如咖啡。咖啡，浓郁香醇，抑或是苦尽甘来。抿一口咖啡，起初溶在口中的是淡淡的苦涩，但再细细品味后，无尽的醇香就会接踵而至。《名人传》中，我最为熟悉的，带给我最多震撼的人就是音乐家贝多芬。他出生于贫寒的家庭，从小被生活所折磨。从事音乐，却患上严重耳聋而受到事业的打击。但在这一切我们所不能承受的事实之下，他的一句"我要扼住命运的咽喉！"却将所有无望一一反击！最终他的名字永远地镌刻在音乐殿堂的崇高史上。其实不单是贝多芬，《名人传》中的三位主人公，在世人们的眼中，各自都是一片领域中的佼佼者。起初的我，对于他们也就是这样的大众化的认识，但书中所叙述的事实却告诉了我世人的肉眼真正是无能的。读完这本书后，我对三位"名人"的钦佩之情不禁油然而生，心中颇多感慨：这是怎样一种刻骨铭心的苦才使他们收获生命最终无尽的甜！

这就是品书，品的是名人们人生道路上的种种挫折，品出了每个人命运中所要追求的苦尽甘来！

水，茶，咖啡。三种饮品对于我们来说本质也只不过是在口感上带来与众不同的感受。但书却截然不同！品书之味，咏生命如此多娇；品书之味，诵"书中自有黄金屋，书中自有颜如玉"；品书之味，叹"云淡风轻近午天""柳暗花明又一村"。

让读书成为一种习惯，让品书，在于心，感于灵魂！

书法，也是一种养生

阎尚利

书法是门高尚的艺术——其精髓，也是一种养生的方法。书法这艘浩瀚历史长河中的大船，从远古驶来，时而激荡浪尖，乘风破浪，时而穿越峡谷，跌宕起伏，承载着中国文化的理念，驶向未来。

缘何书法家长寿？一是书法能调节情绪，促进人的身心健康，可以说是防治心身疾病，非药物疗法；二是书法言为心声，书为心画，习作书法能陶冶人的情操，赋予生命积极向上的正能量，使人在艺术、眼界、胸襟、修养、气质上都得到升华；三是书法养神，养神能练意，有效地减少或避免心理对于生理的干扰，使一切杂念全抛之九霄云外。

汉代书法家蔡邕认为，"欲书先散怀抱，任情恣性，然后书之。"孙过庭提出："达其性情，形其哀乐。"苏轼评智永书："骨气深稳，体兼众妙，精能之至，反造疏淡。"颜真卿书的笔力弥满、端庄雄伟、气势森严、遒劲郁勃、阔达自在。康有为称刘墉书："力厚思沉、筋摇脉聚""貌丰骨劲、别具面目"。书法名家书体不胜枚举。书法的体、骨、筋、脉、气、血、精、神无不体现出中国书法与养生的紧密相连，无处不渗透着形离不开意、意离不开形，形为意抒、意为形生的辩证思想和人体即为书体、书体即人体这一书法与养生的相辅相成、互为己用的渊源关系。

书法使人养生，能够摄生养性，使人精力充沛。唐代大书法家欧阳询认为习书心须"澄神静虑，端己正容，秉笔思生，临池志逸"。习书时用意念控制手中之笔，绝虑凝神，便能以"静"制"动"，这样能够改善大脑皮质和神经功能，同时对促进大脑思维的敏锐和沉着也有益处。习书持之以恒，能使人情绪得以调整，从而达到消除疲劳和预防七情劳伤。书法讲，求线条"力度"，所谓"力透纸背"以及"文章有风骨、书法尚骨力"云云，均与"力度"有关。书家把一根长长的横向线条，比作千里行云；把纵向长线条比作万年枯藤；把曲线条比作惊蛇入草；把散点比作满天繁星。而要取得这些艺术效果，就必须心手并用，集中全身之力于笔端，这就与练太极、气功所追求的功法相似，具有活跃人体脉息、调理脏腑、舒展经络的功能。由此习书是一种脑力和体力相结合的劳动，也是一项高雅艺术，沉浸其中，则其乐融融，妙不可言，这是书法大家们在"砚田笔垄"中得以"动"与"静"的功效。

书法大师说"书法是无声的音乐，纸面上的舞蹈"，是"人类情感的心电图"。书法的艺术以其抽象、灵动、丰富的线条给人以复杂多样的审美感受。著名抽象派绘画大师毕加索说："倘若我是中国人，那么我将不是一个画家，而是一个书法家，我要用我的书法来写我的画。"唐朝有个和尚皎然，作诗："浊醪不饮嫌昏沉，欲玩草书开我襟。"道出了书法有排除郁闷、忧愁，使人昂扬向上的作用。欧阳修主张"学书为乐""学书消日"。他单日学草书，双日学楷书，以习书法来充实自己的生活，陶冶情性。他在《集古录》中写道："秋暑郁然，览之可以忘倦。"将书法作品作为消暑去疲倦的良方。同时代大诗人陆游，亦喜书法，他在鉴赏林和靖作品时说："方病，不药而愈；方饥，不食而饱。"以书法当药和食粮，证明书法对人身心健康的功效。

写书法首先要排除杂念，凝神静气，物我皆忘，通过科学的指法、臂法、腕法，身体有机地将点、画输送到字之结构中，再现字的俯仰、向背、欹正、宾主、疏密、揖让等。古人讲"下笔点画波撇屈曲，皆须尽一身之力而送之"，这力不是蛮力，而是用笔与纸面摩擦而产生的力度。清代朱履贞在《书学捷要》中说："先运其心，次运其身，运一身之力，尽归臂腕，坚如屈铁，注全力于指尖。"书写状态激活大脑神经细胞，使全身血气通融，手臂和腰部的肌肉得到扭转和锻炼，起到健身作用。

医学专家研究得出，可以使人长寿的二十种职业中，书法名列榜首。历代著名书法家大都意气风发、童颜常驻、神采奕奕、长寿永年：钟繇八十岁、虞世南八十一岁、包世臣八十岁、翁同龢八十五岁、文徵明九十岁、梁同书九十二岁、齐白石九十五岁、郭沫若八十七岁、刘海粟九十九岁、沙孟海九十四岁、赵朴初九十三岁、许德珩一百岁。

几千年的书法继承和发展：凡欲书法秉其精、贯其气、赋其形、运其势、寄其情、会其神、道其宗、衡阴阳、化五行，谓之书。书法在此作为一种怡情养生的运动方式也是与生命、健康、长寿结下了不解之缘。人们为了悟文养生，闲暇无事都来练习书法，可见书法之热。延庆县书法协会会员三百一十名，美协协会会员一百一十名，老年书画研究会会员二百三十名，老年大学建校十周年，培养出书画人员达六百二十名。县少年宫学书画儿童有三百二十名，他们都在孜孜不倦地练习，他们都知道，中国书法在 2009 年进入了联合国《人类非物质文化遗产代表作名录》，我们都是中国书法的传承与保护者。

坐　　车

赵大强

　　伴随着春节的悄然临近，纵然北方冬天依然是那么寒冷，也挡不住人们迎接新年的热情和喜悦。

　　承载着思乡心情的我的那辆公交车也不知何时才能如约而停。路上疾驰的汽车和过往的行人，似乎和我一样都在扮演着同样的角色——回家的人。

　　路边唯有我一个人在拎着许多年货儿急切地等车。过了一会儿，身上有些冷了，再加上路边的寒风侵袭，因此也消退了我回家的急切心情。或许是老天出于理解和同情的缘故，此时不远处驶来一辆公交车，这时我就像一个顽童在焦急地等待着。

　　车门缓缓地打开了，提着东西的我急匆匆地挤上了车。车上前拥后挤还有点儿过年的忙活劲儿。对于刚上车的人，几乎没有我的容身之地，更别说座儿了。售票员的声音时时提醒这些坐车的人，尤其是我——买票。可是，我却没看见投币箱的存在。突然不经意中碰了一位中年妇女的脚，忙乱中赶忙道歉。当我转身的一刹那，突然发现大多数人都在注视着我，眼神中映透着一种陌生、一种烦躁、一种我此时所没有的眼神。唉，管他呢，当时唯一的念头就是一路上别停车，赶紧回家。"真碍事，还拿这么多东西……"这时旁边的妇女嘴里嘟囔着。她显然在说我，不是吗？可是我当时不能动弹。因为，没有活动空间。

　　汽车断断续续地停了几站地，可车上的人似乎并没有减少。唯一值得庆幸的是：我也拥有了一个座儿。感谢上天的安排，我终于也可以歇歇腿了。

透过车窗，我看到不远处有几个和我等车时一样的人，挥着手，跺着脚。也不知为什么，现在我觉得他们也真碍事，一停车又耽误了回家的时间，再加上车上已经人满无座了。何不等下一辆车呢？

车子依旧是停了下来，那些赶车的人仍是匆匆地挤上了车。嘴里也不住地唠叨着："这么多人，怎么这么晚呢？……可等上了，要不……"

这些话和坐着的我的想法发生了碰撞，坐着的乘客、站着的乘客和等车的人是否永远是不同的心情呢？上车的人希望车子最好别停，别耽误了时间。而等车的人，却恰恰相反。就连我自己，刚刚被车上的人唠叨过，现在心中默默唠叨刚刚挤上车的人。虽然话未出口，但是和唠叨的人没有什么两样！

人世间的事情都是如此吧。车上的"台阶"是否也存在于我们的工作和生活之中呢？这或许也是一种"沟"：不同的立场，有着不同的观点；不同的角色，也有着不同的心态。难道这车子上的"台阶"就把人与人隔绝开，把位置锁定了？——我要自责，我要自嘲，我要自恕。

车子缓缓地停下了，我疲惫地下了车。车子渐渐地离我的思绪远了，但心中仍抹不去那份牵挂。

妹妹，你为什么这样胖

石　明

　　"妹妹你为什么这样胖，为什么这样胖，胖得好像……"这句经过演绎的歌词使"妹妹"成了同学们的"笑引"，而歌中那个"妹妹"当然就是本姑娘了。不过每次听后我都会反唇相讥：胖怎么啦？胖能表明国家富民政策的优越性，胖能显示生活水平的提高，胖能荡漾出青春的活力来，何况还有那个"回眸百媚生，粉黛无颜色"的贵妃美女呢！你想胖还胖不起来呢！看看，我多有理，真可谓"敢于直面众人的非议，敢于正听刺耳的歌声"了。

　　"妹妹你为什么这样胖，为什么……"我也经常这样问自己。小时候满以为长大以后自己会是两靥含笑娇容丽质的靓妹——我这种想法也是不无道理的，因为我的父母身材都挺 cool 的。我幻想自己有一副姣美身材，穿上一袭洁白的连衣裙，真是爸爸的乖乖女，妈妈的小公主。而随着时日延伸，光阴重塑，我倒成了爸爸的胖胖女，妈妈的"厚棉袄"了。真是"女大十八变，越变越难看"啊！看着我茁壮成长的"玉腿"，环环套出的"蛮腰"，还有那营养外显的"羞涩"，这正应了小品演员宋丹丹的一句话："不光容颜无色，而且线条拙直，脂肪成堆，所以这心理总有些自卑。"唉，人家笑起来是秀色甜美，站起来是纤柳扶风，走起来是金步玉摇，而我却是……别提了——这能不引起我的蛾眉紧蹙吗？

　　"妹妹你为什么这样胖，为什么……"我终于找到了答案：一是父母的偏爱。一日四餐他们怕我不饱，两个鸡蛋三杯牛奶他们嫌不够，另有什么补脑液、补血液、增长液……捏鼻张嘴仰脖一顿"咕咚咕咚"，想不胖行吗?! 二是本姑娘的贪嘴。请大家注意我的生活实录——上学前先要和水果朋友深深"吻别"，然后提一书包好吃的上路；每当上第四节课时，肚子就发出信号："咕咕，我饿。"刚一放学，再看看我：蛋糕房我是闻香而至，冰激凌专柜我是熟客，巧克力、泡泡糖嘛，是我闺中密友。唉，想不胖，难。

品味自己的十六岁，我欣赏着母亲的十六岁。那是母亲当年的照片。"哇，简直是天上掉下个林妹妹，哦，是林妈妈。"我不禁赞叹道，"妈，我为什么这么胖呀？"妈妈笑着说："你呀，真是身在福中不知福，我那时哪有这么多好吃的？记得有一次你外婆赶集，买到两块难得的水果糖，一块你外公外婆分吃，另一块我和你二姨分，就因为我那半小了点儿，还委屈地大哭一场，你外婆还把她那半给了我。"在厨房的爸爸接着说道："我还不如你妈呢！"我说："你们是身在福中不知福，我却是身在胖中好痛苦。"

我开始实行我的减肥计划。每天早晨环绕公园跑两圈。一天，我一边跑一边上气不接下气地唱："妹妹……你为什么……这样……胖？"一位与我擦肩跑过的老爷爷笑着唱道："因为你赶上了美好时代……"

哦，我释然了：都是因为赶上了美好时代。

伴你一生好心情

乔凤兰

在很多时候，人都会感觉到似乎有什么东西在心头，细细想来，才发现这无形的东西原来就是心情。

人这一辈子拥有很多东西：亲情、友情、爱情、健康、事业、家庭……但我们的快乐越来越少。

童年时，我们拥有父母的关爱、亲人的呵护、老师的教诲，但并不因此感到快乐。因为觉得受到了成年人处世规则的羁绊。想看电视，父母竟毫不客气地把它关掉；和异性同学稍一接触，师长就惊恐万分；过重的学业负担弄得人筋疲力尽，学得力不从心。都说少年不识愁滋味，小小年纪就已经饱尝生活的烦恼，期盼自己赶快长大。

长大了才知道，更多的竞争压力、人生不如意扑面而来。拥有妻子，却发现和我们生活在一起的，并不一定是自己的至爱；拥有了家庭，却感到上有老下有小的责任、养家糊口的艰辛；拥有了事业，却看尽了同事之间的嫉妒猜疑、钩心斗角。作为丈夫，要顺从老婆的心意，盲从老婆的观点，老婆花钱要舍得，购物要等得，生气要忍得，说话要记得；作为妻子，要孝敬公婆、抚育子女，还要上得厅堂，下得厨房；作为老人，一生含辛茹苦地把儿女养大，到头来他们都成家立业，居住他乡，只有老两口形影相随，相依为命。太多的人间沧桑、世态炎凉，太多的失落与痛苦，沉积心中，心情就像击水的船桨，一不留神就会断。

这个世界，这个人生，有烦忧，也有愉悦。良辰美景，随处可见，智者乐水，仁者乐山。雨有雨趣，晴有晴妙。小鸟跳跃啄食，猫狗饱食酣睡，各得其乐，关键是我们对生活的态度。我们不能改变环境，就要适应环境；我们不能改变他人，就要改变自己；我们不能改变事情，就要改变对事情的态度；我们不能增加生命的长度，就要增加生命的宽度。失败时，就把失败当作磨炼自己精神意志的宝贵财富吧！记住：贫穷时，你还拥有亲人；孤独时，你获得了只属于你自己的那份最佳时空……生命的本质在于健康快乐。

拥有好心情遇事就要想得开，看得透，拿得起，放得下，不为得失荣辱所累。每天微笑着向同事打招呼，哼着心中喜欢的歌儿回家，随便找一个理由请朋友一块儿喝茶、散步……人生苦短，干吗弄得自己不快乐，闹得大家不开心？我们拥有了好心情，就拥有了别人体验不到的亮丽人生。好心情可以使我们精神焕发，生机勃勃，化干戈为玉帛，化疾病为健康，帮我们获得知识，结交益友，成就事业。

拥有美好心情就有了"穷则独善其身，达则兼济天下"的豁达开朗，也才有了"朝辞白帝彩云间，千里江陵一日还"的畅快淋漓。

给自己一个好心情，因为它无所不在，关键在于愿不愿意去发现：暴风雨中有人可怜吹折的荷花，我们应能感受"留得残荷听雨声"的意境；北风呼啸里有人无视寒梅的绽放，我们应能体会"凌寒独自开"的傲骨。

给自己一个好心情，忘掉眼前的悲欢离合，使心情平静如一潭静静的湖水，用新的眼光重新审视自我，我们会发现，现在的决定真的与以前不同。

给自己一个好心情，把浮躁的心绪浸泡在柔婉的音乐氛围里，让大地的美景引我们走向大自然，我们会发现，流淌的音符会洗去心灵里悬浮的泥沙。

给自己一个好心情，让我们静坐常思自己过，闲谈莫论人是非，于一草一木的细微处熔炼、调剂自己的心情。我们会发现，有了退一步海阔天空、让三分心平气和的豁达心境，人生便握住了成功的契机。拥有好心情，真好！即使跌倒了遭到失败，我们也会微笑着从泥泞中走过，让所有烦恼都随风飘去。听不惯的则不必以牙还牙，全然当作耳边风；看不惯的全然当作过眼烟云。人世间没有一个人能集优点于一身，也没有一个人差劲到一无是处。知足就好。放下伤人的武器，那么你的心胸将会更加宽阔。于是，在你的脚下，没有闯不过的关，没有渡不过的河。

创造好心情，传递好心情，你也就会拥有好心情。用好心情去工作，去学习，去生活，去度过丰富多彩的人生。

人，从自然中来，到自然中去，什么也不带来，什么也无法带走，尘世间的东西原本就不属于自己，只有心情是自己独自拥有的。凡事换个角度来想，你会惊喜地发现，你已经与快乐相伴，愿好心情相伴你一生。

找个位置停下来

张自禄

午间和朋友一起吃饭，他有意无意地说了一句"找个位置停下来"，让我很受触动。他说这句话可能是源于自己工作岗位的不断变迁，忙碌与闲适的状态变化吧。

是啊，都说现在社会处于转型期，社会浮躁，其实说穿了是人心浮躁。如今，很多人很难平心静气地坐会儿或是独自一人"仰望星空"发呆了，再或是一个人走到水边去静默地随意欣赏了，就连"我是不是该安静地走开，还是在这里等待……"都做不到。我们是不是都该找个位置停下来，或小憩，或调整，或欣赏，或微笑，或思考……

找个位置停下来。常常看公园里行色匆匆的人们，他们在散步，也不乏一番情趣的减肥试验；也有喁喁细语的情侣，端坐在石头上品味夏都之夜的璀璨。其实，公园本身就是一幅色彩明艳的山水画，眼下荷花淡淡清香，荷叶片片起舞，更有清风塔影相随，整个湖光山色连同远山近水，时而清晰时而朦胧，小桥流水时而喧嚣时而宁静。倘若能临水而坐，就是给心灵放个假，让再炎热的夏天也有望而却步的淡定不是很好吗？

找个位置停下来，看看那路边盛开的野菊花和野百合，俯下身去闻闻花香和青草的气息，屏住呼吸聆听微风拂过花瓣的细语，让往日的劳顿在这"秋日的私语"中顿化为虚无，再让你的笑容如鲜花般绽放、你的思绪如骏马般驰骋，不是也其乐无穷吗？

找个位置停下来，喘喘气，尽情地流流汗也是难得的痛快淋漓。和朋友骑车远行，体会最深。上山骑车的确很累，往往想一口气拿下那个上坡甚至直达顶峰，其实也是挑战自己。可要是中途停下来也未尝不是好事。

骑行中凉风飕飕，停下来就会汗如雨注，停下来前胸后背就会"小河淌水"。汗水模糊双眼，内心倒澄澈了许多；汗水湿透了衣襟，世界倒是"干净"了许多。好心情才会有好风景，好眼光才会有好发现，此刻如是。

当然，找个位置停下来，调整自己是笑对人生的一种态度；找个时间停下来，让时空充满幻想是人生的一种境界；找个拐点停下来，闲看云卷云舒是生命旅程中的一种享受。

和诗词来场"心灵约会"

司艳会

风靡整个荧屏的第二季《中国诗词大会》随着武亦姝的夺冠暂时落下帷幕，但诗词的魅力却根植于每位观众的内心，它如一股春风熏香着祖国大地，甚至墨馨漂洋过海，渲染着世界的山山水水，痴醉着人们的心灵。

中国诗词有着深邃的内涵，优美的语言、清丽的神韵、清晰的节奏饱含弹力与感染力，在不同的场合，或是抒情或是达意，虽惜字如金，却多一字不行，少一字不行，恰到好处。如今很受追捧的脍炙人口的歌曲《菊花台》《白狐》《青花瓷》等，之所以深受喜爱，不仅得益于音乐创作者的精心创作，得益于演唱者的深情演绎，更得益于歌词的文化底蕴诗意盎然。还记得那首曾经风靡一时的《涛声依旧》吗？"月落乌啼，总是千年的风霜；涛声依旧，不见当初的夜晚。今天的你我，怎样重复昨天的故事，这一张旧船票，能否登上你的客船？"那份精致、清新、典雅和空灵的古典意韵，正是从张继的《枫桥夜泊》"月落乌啼霜满天，江枫渔火对愁眠。姑苏城外寒山寺，夜半钟声到客船"演变而来的。再有一直被称为"乐坛神话"的邓丽君的《月满西楼》《一帘幽梦》等歌曲，歌词便是婉转空灵的宋词。也正是在这些古韵悠悠的歌曲传唱过程中，人们实实在在地体验到诗词灵动、优雅的语言，隽永、绵长的韵味，深沉、含蓄的情思，以及意趣盎然的意境。尤其是习近平总书记在发表讲话时纵横捭阖、广征博引，充分运用诗词抒发情怀、展现真性情，充满了吸引力、感染力、号召力，更让我们感受到诗词的魅力。

记得我初次接触诗歌是上小学时语文课本中大诗人李白的《静夜思》："床前明月光，疑是地上霜。举头望明月，低头思故乡。"那时就觉得诗歌是如此神奇，只言片语却勾勒出一幅动人的画卷，真可谓字字珠玑，言简意赅。情窦初开时和宋词有了亲密接触，读到柳三变柳永的《雨霖铃》"执手相看泪眼，竟无语凝噎"一下便被戳中了泪点，寥寥数字道出恋人不舍的情意，心中纵有千言万语却无法倾诉，只能看着彼此的眼睛，此时此刻任何语言都是多余的，相握的手、脉脉含情的眼神已让彼此心意了然，真是此时无声胜有声。成家立业后，诗词更是成了我婚姻幸福的黏合剂。去山区支教，离家三日爱人发来信息："燕燕轻盈，莺莺娇软，分明又向华胥见，夜长争得薄情知？春初早被相思染。"莞尔一笑，回复为："东篱把酒黄昏后，有暗香盈袖。莫道不销魂，帘卷西风，人比黄花瘦。"正窃笑爱人的"酸文假醋"，爱人的信息又已回复过来："小样，你若是人比黄花瘦，我则为凝眸处，从今又添，一段新愁。"如此借用诗词信息往来，不仅让我和爱人之间多了几分依恋，更让清冷的山区有了融融的暖意。如今，诗词接句游戏仍是我和爱人睡前的小游戏，只有在诗词面前，我这女汉子才回归到柔情似水小家碧玉的女儿性。也正因如此，爱人一直宠爱着我这"时为美女时为猛兽"的女子，生活充满着诗情画意。

　　现在的我们尽享现代文明，但仍不免会物欲扰心，心智枯寂，此时此刻，你只需静心凝神，翻开一本诗词，和潜伏在各个时代、各个情境中的高尚的灵魂来一场"心灵约会"，聆听圣贤的脚步和自己静静的心跳。彼时，时间的欢呼与诅咒、赞美与诽谤，甚至于真爱与真恨便都渐渐地远去了，留下的，唯有时光清浅，岁月安好。

爱有时是痛的

韩合心

儿子正欢快地在游泳池里尽情地游着泳，顶着黄色泳帽的小脑瓜一掀一掀，两只胳膊有规律地伸向前面，然后向两边娴熟地划水，两只小腿便随着一蹬一蹬，就像一只可爱的小青蛙。难怪，儿子学的是蛙泳嘛！望着水中游得正起劲的儿子，我不禁想起他学游泳时的情景。

儿子从小怕水，特别怕水直接流到脸上。每次，给儿子洗澡，用淋浴，水浇到他脸上，他就会大喊大叫，使劲夺过毛巾，拼命地把脸上的水擦净。

为了让他减少对水的这种恐惧，二年级暑假，我决定让儿子学习游泳。经过全家人耐心说服，儿子终于同意了。说实话，想到那么怕水的儿子，就要在教练的严格训练下下水了，我心里真有点儿心疼。第一次学习时，我把他送到游泳馆，自己便急急忙忙出来了。坐在游泳馆外的椅子上，我的心却早飞到了里面：儿子怎样下水呢？游泳馆的水可有两米深呀，会不会淹着儿子？水弄湿儿子的脸，他会不会害怕？教练一下教十多个孩子，能照顾得了儿子吗？时间一点儿一点儿地挨过去，平时觉得短暂的一个半小时，那时竟觉得那样漫长。当我终于看到儿子从游泳馆走出时，多想马上冲上去，问问儿子，第一节课是怎样上的？适应吗？但最终我没有，我只是故作轻松地迎上去，轻描淡写地询问了一下。

就这样，儿子坚持上了三天的课。第四天下午，我要送他去学游泳时，没想到，他赖在沙发上，死活不想去。我有点儿火了，问他为什么。他开始不说，问急了，才边哭边说："我怕，害怕！昨天，淹水了，呛了，好怕，难受！"我的心一紧。我有过呛水的经历，我知道头淹在水里，被水包围的无助与恐惧，我更体会出呛水的那种窒息。怎么办，听任儿子吗？那他可能一辈子都不想再游泳了，游泳的快乐对他来说将是一种奢望。不行，一定让他坚持。于是，我铁下心，软硬兼施，终于带着哭哭啼啼的儿子下了楼。

到了游泳馆，我悄悄把情况向教练说了，然后特别拜托教练对儿子多关注一些。之后，又坐在外面，耐心而又焦急地等待着。

后来，儿子终于学会了游泳，在最后一次汇报课上，看到那么怕水的儿子，在水里自如地游来游去，我的眼角湿了。

人们都说，母爱是伟大的。我觉得母爱之所以伟大，可能就是因为这爱有时是痛的吧。当我铁了心，让儿子继续学游泳时，我的心是痛的。回想以前，当儿子刚学会走路时，重重摔在地上，哇哇大哭，我狠心不去扶他，鼓励他自己站起来，我的心是痛的；儿子刚上幼儿园，送他到园后，他拽着我的衣服，哭着哀求我不要走，而我却连头也不回，边哭边走开的时候，我的心是痛的；儿子上学了，别人家的孩子都是大人接送，而我让儿子独自一人去上学，有时，我悄悄跟在后面，看到儿子小小的身体背着个大大的书包，我的心也是痛的。这就是爱，爱有时是痛的。我们的孩子不就是在这痛着的爱中长大的吗？

喜欢是占有，而爱是放手

耿思楠

　　以前的我，是一个十分任性的孩子。只要是我喜欢的东西，无论是谁也不能从我手中夺走，"放弃"这个词在我的字典里从没出现过。但是在经历了那件事之后，我便学会了放弃，因为我懂得了：喜欢是占有，而爱是放手。

　　伴着鸟语花香，时间进入了初春，推开桌子上繁多的作业，我起身下楼。突然，一个黄白色飞舞的小精灵闯入了我的视线。我睁大眼睛仔细地欣赏眼前这只唐突的小家伙的真面目。那是一只大大的蝴蝶，黄白色的身躯在阳光的照耀下，不光彩但很夺目。如果把它捉回家，让它在我的房间里尽情飞舞，多美啊！我感慨地想。

　　那只蝴蝶在花丛中飞了两圈，便落在了我身边的一簇花上。我屏息凝神，小心地伸出双手，慢慢地向那边挪动，快到跟前时我猛地伸出手，便捉住了它。这下可把它吓坏了，它拼命扇动翅膀，想要挣脱手指的束缚，我唯恐它挣脱后逃走，便紧紧地把它握在我的手心，跑回了家中。

　　到家后，我看到它身上的白色粉末开始向下滑落，六条细小的腿开始拼命挣扎，几十秒过去了，它的小肚子开始一起一伏，慢慢停止了挣扎。此时一种莫名的恐惧袭上了我的心头，我松开手指，它从我手中跌落，我正担心之际，它突然用力张开翅膀飞去了。

　　它似乎还以为这是外面，但飞了几圈，没有看到它期待的花香，最后飞向了窗户落在上面，怔怔地盯着那繁花似锦的窗外。它再也没了活力，没了阳光下飞舞的美丽。虽然它不再像在花丛中那样吸引我，但我仍丝毫没有把它放掉的念头。这时，我突然想起了曾经在网上看到的一句话：喜欢是占有，而爱是放手。

在这样的情形之下，有这样的一句话，不得不使我深思：对于这只小家伙，我究竟是喜欢还是爱呢？可能对它只是喜欢而已吧，不然怎么只想得到它呢。但这样只是为了自己，我又凭什么约束了它的自由呢？这样它是不快乐的，看到它不快乐我的心里也不好受，那可能就是升华为爱了吧。嗯，放了它吧，它是属于美丽的花朵、广阔的天空的，大自然才是它真正赖以生存的家。

于是，我打开窗。外面，阳光下，花朵上，一只飞舞的小精灵翩翩起舞，好美！

虽然这只是一只小小的蝴蝶，但它却让我明白了爱的真谛：爱是一种无条件的付出和牺牲，真心爱它，就会给它想要的自由和幸福。喜欢是占有，而爱是放手，这一句简单的话教我学会选择，舍得放弃，这样才会快乐地活着。

弱小而宏大的呐喊

张凤起

天渐渐变小，浑如一个边界模糊不清的盖子扣下来，越向下越暗，与大地衔接的地方变得漆黑漆黑的，凝固成板结的重量，拉拽着那盖子下沉而沦落。没有月亮。星光遥远而微弱。

夜走入昏暗。

季节迟缓而迅捷。前几天，滩涂还是"草色遥看近却无"的样子，昨天一场骤雨，一夜间，草色忽然尽情地绿起来，让人觉得那场骤雨是为了倾倒绿色而来。如画家，把滩涂当作硕大的宣纸，任意挥洒大写意的手笔，尽情渲染而张扬鲜亮的主题和生机。为了草色而来，但此时，面前的野草被夜色吞噬，一切均化为乌有了。

一个人坐在滩涂，浅色的衬衣是滩涂上一个白色符号，很小。周围出奇地安静。开始有些失意，现在的情绪却渐渐被周围环境感染而静了下来。安静下来的情绪不惹纤尘，空空旷旷，心胸是另外一种境界。

忽然，一个声音自脚下升起，让人感到非常惊讶而振奋。那声音又响了一次，啊，它竟来自小草！听清楚了，那是小草拔节的声音！这个前所未有的发现，令我惊奇不已。那声音像破壳的雏鸟的第一声鸣叫，怯怯地颤动着娇嫩，向天空、向大地、向所有的生灵宣告一个生命的降临。没想到，一株野草拔节的声音竟然那样美妙，听来极细微，但感觉却气势阔达；听来似乎有被抑制的沉郁，但感觉却异常脆亮而爽快；听来柔弱娇嫩，但感觉却像青铜器铿铿锵锵有力度的撞击。这让我想到婴儿的啼哭，让人感动于第一声啼哭延绵不断的勇气。周围什么也看不见，凭感觉，我知道小草已经完成了一次挺拔的进程。

一种从来未有过的诱惑，让我不由得静下心来认真倾听，将心灵贴近滩涂倾听。啊，一个，一个，又一个，由脚下向远处响起。开始那声音有些稀疏，进而此起彼伏，最后像潮水般一浪涌过一浪，响成一片，覆盖了整个滩涂，恢宏成巨大的轰鸣，惊心动魄地撞击心灵，让人心灵震颤不已。一株株小草拔节的伸张，是一个个生命的呐喊，滩涂所有野草呐喊是一首波澜壮阔的生命交响曲。生命，竟如此伟大而辉煌壮美！

把自己看成小草，自然怜惜滩涂上那些弱小的生命。早春，一株株小草冲破腐败的枝叶，迎着料峭的春寒，冒出一尖尖新绿，锥尖似的顶破了滩涂的封固，让那似乎铁板一块的泥土龟裂出破绽，只需立锥之地的弱小生命，就那样顽强地诞生并顽强地生存；此时，众多的生命竟毫无顾忌而破开所有的胆量，呼喊出如此不可遏制的勇气，不得不让人赞叹。封固是可怕的，但面对生命却步步退却；黑暗也是可怕的，但它只窒息了白日纷扬的色彩，却压抑不住黑暗中的生命呐喊。

谁能剥夺造物赋予生命延伸的权利？什么力量可以扼制生命争夺生存的自由？

暗夜，独坐滩涂，感受生命，我并不孤独。

梦回故园

老村石记

漠　雨

　　离乡愈久，思乡之情愈浓！记忆中的青蒿、老槐，旧屋、矮墙，常悄然闪进思绪里、梦境中。造访尤多的，则是老村里那块块相熟的石头。

　　家乡是个千年老村，藏在长城脚下的山坳里。上几面坡，拐过几道弯，不远处已升腾起老村的炊烟了。未及进村，先得和村口那几株佝偻年迈的老榆树打下招呼；树左，盘坐了一整块棕红色的磐石，倔强突兀地守在坡跟处，像个臂膀结实的红脸汉子；右边则是那熟络的小山岗，很像是口倒扣的铁锅，或弥勒佛祖笑敞着的肚，虽不葱茏，却也少不得几许威严。

　　转脸即可触到老村了。率先涌至眼前的，即是这老村的石。梁头，崖底，林下，滩地，丛间，睁眼闭眼总是石的影子。或嶙峋或壮硕，或褶皱或光滑，或星散或聚落，或卧或立，或串或叠，峭如刃，滑如脂，确是姿态各异，不一而足。而更多的石，还是在老村内，在乡亲的院落里。

　　老村人盖房，从未离开过石。河滩上、沙地里就地取材，成型见方的大块头用来码地基，最大块的常常要两三个人合力才能挪动；中等块头的用来垒房子的山墙与后墙，再小一些的用作馅石。垒石墙是颇讲些手艺的，需将整块石最平的一面冲外。为求结实，里外两层石要尽可能地压上茬，再不稳就像塞木楔子一样用小碎石支上眼儿，中间还得填满馅儿石，有些像烙馅儿饼，只是皮儿厚馅儿小罢了。若能用水泥勾缝抹花，竟常能绘出形态各异的图案来：弯如悬月的，方如棋盘的，椭圆则活脱儿一个大南瓜；那单个的如海棠凝露，成双的像个放倒的葫芦；尤令人拍案叫绝的则是隐现着的动感，滚圆如憨熊腆肚，灵动似麋鹿跃涧，拖尾的貌若游泥的蝌蚪，起伏的恍如流彩的祥云！确是匠心别具，令人耳目一新。而观者尽可放飞遐想，有道是：心中有什么，你的眼中自会发现什么。

老村的石，还在街巷上。主街呈南北向，街面尽是由平整的大青石铺砌而成，千百年来，走的人多了，再加上雨水的冲刷，竟格外地光滑如镜。街右，要么是由石头垒砌而成的老屋，要么是高直的石头院墙；街左，则是一米上下参差的矮墙，隔断着墙外逾两米的深壕。

街中途有一岔道，沿石阶而下，左手旁竖一口古井，井沿儿由青石板砌成高凸的环状；右手不远处守着一棵从来都腰杆儿笔直的老槐，于树下望其高，要用力仰头，竟觉得树尖儿都能抚到天上的云了。记得有一次小伙伴们忽然来了兴致，三个半大孩子合拢围了它，竟然合不拢手。无人知晓这棵老槐到底有多久远，小时候只是听祖辈人说，在他们自己也还小的时候这槐就已这么高这么粗了。老槐被众多光滑的大小青石簇拥着，如一群孩童在聆听一个万千年前的古老传说。高低错落的青石各有用处，高为桌，低作凳，仰竟成椅，敞则为床。闲暇之余，来此或小憩或闲叙者，三三两两的，三五成群的，混着枝头啾啾的乌鹊，七嘴八舌着，络绎不绝着，从未寂寥过。

老村与石有着不解之缘。记得小时候，春耕时节，刚到十岁的我已能拉着石头做的砘轱辘，跟在大人把扶着的耧车后边，把刚刚播过种子的田垄轧瓷实。砘轱辘形如青枣，通常由砂岩石凿磨而成，论个头儿，足顶得上一个中等的冬瓜。田野之上，砘轱辘的轴与铁环的摩擦声，耧车摇出的铜铃声，耕者匆匆穿梭的脚步声，驱牛赶骡的吆喝声，此起彼伏，汇成了一首家家户户种田忙的"春耕奏鸣曲"。

比砘轱辘再大些的石家伙，便是秋天场院里陀螺般奔跑忙碌着的碌碡了。金黄的谷穗经晾干后，要用骡马等大牲口拉着这重量级的大碌碡，以场地中心为轴，绕着圈不停地碾轧，这碌碡的直径有半米多，分量起码有四五百斤重，穗子里的谷粒在这个大块头面前，只得纷纷钻出穗壳，耐心等着打场人前来收集。

其实要论块头，还有比碌碡更大的，那就是石碾子。浑身刻满纹理形似圆饼的大碾盘，要是立起来直径竟有一人多高，体重不下两千斤，是名副其实的超重量级！"狠角色"！碾盘上的石磙子也往往比碌碡大上一圈。记得在我八九岁的时候，曾经跟着母亲到生产队院里去"推碾子"，轧棒糁，咬了牙也未推两圈，便像泄了气皮球般逃走了。

老村与石的缘还远不止于此。村边，逶迤的山脊之上各朝代的石边长城与砖石长城巨龙般盘曲着。村里，圈内有养猪或饮大牲口用的石槽；院中有盛雨水用的石缸，浆布洗衣用的捶布石；屋内有砸蒜用的石臼、石杵子，腌菜用的压缸石，还有各家门口的纳凉石；印象最深的还是豆腐坊的石磨，相传是由两千多年前的公输班发明的：一勺勺地把浸泡好了的黄豆倒入磨孔，两层圆盘的纹隙间挤出了洁白的浆汁，再经豆坊师傅一番腾挪翻转，雾气散却，刚出锅颤颤颠颠香喷喷的豆腐已置于你眼前，足令人唾津潜溢了。

石头生来就是孩子们的"友伴"。席地而坐，妞妞们拿手的欻石子；立起石头，胖小子们爱玩的砸阎王；男女皆宜的老虎吃小猪；特别是河套里小路边的那匹"大青马"，只要于此路过，玩伴们总会争相奔过去，于嬉笑间扳鞍认镫，扬鞭纵马，"呱嗒呱嗒"……

石给予人的，诚然并非总是友善与温顺。沟谷两侧千亩多石的梯田，动辄两三米高挡土的石坝，那石上疏密斑驳的青苔，都仿佛在诉说着人石抗争的千年往事——任流年似水，却荡尽铅华，终留下这浸了汗水的满目的石，痴痴地与老村厮守着，从未离去……

"维桑与梓，必恭敬止"！

老村的石，我不曾忘怀你，有如难忘故人亲和的面庞！

当我再次走近你，你定已读懂我心，记起我了！

姥姥我也要吃火勺

金桂枝

早晨，随着窗子的打开，诱人的火勺香味扑面而来。

"妈妈，咱们今天吃火勺吧？"

"行。"

小铺的人很多，队排到门外很远的地方，伴着火勺的香味不禁想起姥姥。那年我六岁，冬闲母亲去住娘家，我赖着也要去。无奈，母亲带着我一起骑驴去了姥姥家。

到了姥姥家，首先吸引我的是堂屋炕上的一些东西：两头带把儿中间呈圆柱形的东西，白底蓝花的三个小罐子盖着盖儿，白底蓝花的大瓷盆用双箅子盖着。我细细地观察着，心里纳闷儿，这些东西究竟是干什么用的？

我正在纳闷，忽然见姥姥从外面走了进来，她满头青丝梳着发髻，眼睛深陷戴着黑边眼镜，大脑门显得格外亮。我问姥姥那两头带把儿中间呈圆柱形的东西是干啥用的。

她眼瞅着别处只说了一句："火勺锤子！"

姥姥突然皱起眉头，从眼镜上边看着我说："你哥哥咋没来？"

"他上学了。"

"就你，跟屁虫似的，你娘上哪儿你跟哪儿。"姥姥有些不耐烦。

听了她的话我没作声，从心底有一种发怵姥姥的感觉。

说话间，姥姥从白底蓝花的大盆里取出一坨面，娴熟地在案板上揉了几下，把前边部分拉细，做成一个半两大的剂子，然后揪一小块面从调料碗里蘸上花椒、盐、油后把它包在擀好的面剂子里，用火勺锤子擀成薄饼状举得高高的摔在饼铛里。一会儿就闻到一股子锅巴样的香味，姥姥把它翻了个过儿。眼看着那个饼状的小东西鼓了起来，花椒、油香扑面而来，我拉着娘的手问："这是什么东西？"

"火勺！"

"能吃不？"

"能！你先和六栓哥出去玩吧，一会儿饭好了叫你。"

我和六栓哥一起跑到后院的碾道去玩。在碾盘上放着尚未轧完的高粱米，六栓哥说："看着！我能推碾子，能把这高粱米轧成面，你行吗？"说着他推起碾棍一圈一圈轧了起来。

"我也能！"

"你吹牛，我奶奶说丫头片子不中用，只有我们带把儿的才能干。"

"我不信，你起开。"于是我也抱起碾棍，没走几圈脑门就冒汗了。

"不行吧，我不和你玩了，我要吃火勺去了。"

于是我紧跟在六栓哥后边跑到了姥姥做饭的大屋。六栓哥一撩门帘姥姥就把一个鼓溜溜的火勺塞在他手里。他怕烫，赶紧放在衣襟上。我随后进去，只见姥姥把装火勺的小竹筐盖好，并往炕里边推了推。我看了看六栓哥，他说："看见没，丫头片子不许吃。"说着他把火勺拿到我嘴边又缩回去，"馋了吧？就是不给你吃，馋死你！"说着六栓哥跑了出去。

我抱着娘的腿，来回摇个不停。"这孩子，真是碍事，快出去玩吧。"

一会儿工夫，六栓哥回来了，姥姥又塞给他一个火勺，并说"快出去吃吧"。

我脱鞋上炕，凑到放火勺的小竹筐前，想自己去拿个火勺。不料，姥姥把盛火勺的小竹筐移到了炕对面的柜上。我气得悄悄地直咬牙，于是趴在案板边上，趁姥姥不注意，把放花椒面的罐子推翻，黑乎乎的花椒面撒在炕席上。

"瞧瞧你们家的老丫头真是没出息，把花椒面弄得哪都是。"

"不许瞎动，再动我拧你。"妈妈责怪我说。

我没动声色，等到姥姥又把火勺往饼铛上摔时，我赌气把盐罐子推翻了。眼看着雪白的盐都钻进炕席缝里，姥姥二话没说抬手就打了我一巴掌。我哇的一声哭了："姥姥我也要吃火勺！凭什么给他不给我，我要回家，我再也不来你家了，我要回家，爸爸！你来接我……我要回家……"

娘说："不许哭了，等都做好了，大伙儿一起吃，没出息。"

"他咋不等着大伙儿一起吃？"我越哭声越大。

正在这时，在场院干活的舅舅回来了，"哭什么哭，没德行，快悄悄地吧！"

我正好有火没处发，顺手拿起炕上的笤帚，嘭嘭嘭地打在舅舅的秃顶上，"你们家没好人，都欺负我，我要回家，我要回家……"我顺手把罐子里的盐面、花椒面全都倒在炕上。见此情景，娘拽起我，在屁股上猛拍起来……从此我再也不愿意去姥姥家了。

不知又过去了多少年，大姨捎信说姥姥病重了，娘领着我又去了姥姥家。只见姥姥身边只有四个人，我大姨、大姨的闺女、娘和我。姥姥拉着娘的手不松开，用微弱的声音说："我一辈子对你哥哥弟弟好，对不住你和你姐姐。我好几回有病都是你们在我身边照顾我，闺女不见得比儿子差。你们千万别像我一样，要对老丫头好，将来一定能指上她。老丫头，别恨姥姥，姥姥对不住你！"我站在姥姥身边，眼泪像断了线的珠子。

现在想起来，我真是不懂事，那不是姥姥的错，不是舅舅的错，不是六栓哥的错，是那个时代的人封建意识太浓，如果姥姥在天有灵相信她一定会原谅我。

"大姐，您的火勺好了。"我拿着一兜火勺，仿佛又听到姥姥弥留之际说过的话。

往事的记忆

赵万里

大柏老村的历史应该很悠久了。据说，在明正德三年（1508），明武宗朱厚照车驾该屯，村中百名百岁白发翁列队相迎，故称百老屯；另据称，村以村中古柏而得名，清代称柏老屯，后村一分为二，分大小两村，而得今名。延庆本土人，一般不呼其全称，只称"百老"，反复叫白了，称其为"百罗"，年长者尤甚之。

大柏老的戏，在20世纪50年代是很红火的，特别是在50年代和60年代初，也就是"四清"运动开始之前，大柏老的河北梆子在延庆地区很有一些名气，水平也有。那时，除了县里的联丰剧团，就数大柏老的戏好了。每到正月，大柏老的戏一开唱就是半个月，从初二一直唱到十六，一天两场，从不重样，周围十里八乡的百姓从各个角落向大柏老聚集，路上的行人相见，问一句，哪儿去？对方神采飞扬地回答，百罗瞧戏去！那时邻村的人们都愿意和大柏老的亲戚来往，戏一瞧完大半夜啦，十冬腊月黑灯瞎火的，就热屋子热炕地住在亲戚家里。大柏老本来就是个大村，人口多，戏一开始人就更多了，"暂住"人口和"流动"人口又多出几倍。您看吧，那真是"十里搭席棚，家家待宾客"。后来"老戏"不让演了，进入了人无精神、村无生机的萧条阶段。样板戏一出来，大柏老人的戏瘾又犯了，再经上上下下一撺掇，又收拾锣鼓家伙，置买行头，重新开锣。但这十年就演了三个戏——《沙家浜》《红灯记》《智取威虎山》，最后演得村中的娃娃们都把整本戏词倒背如流，他们玩耍娱乐时也是这三部戏，唱腔、对白分厘不差。

要具体说大柏老的戏是从什么时候开始唱起来的还真不好考证。从前大柏老前街坐东朝西有一座古戏楼，按我现在仅有的一点儿知识看，它应该是清中晚期的建筑，戏台一米六七高，建在砖石台基上，硬山勾连搭卷棚顶，面阔三间，进深两间，大木青石，雕梁画柱，做工考究，只可惜毁于1969年。戏楼是大队民兵强制"五类分子"们拆的，谁不愿意去拆，必然就要"收拾"谁。当时很多人在现场围观。我家墙西邻居田三姥爷说，拆好拆，将来再也建不起来这样的戏楼喽！戏楼毁后，在原址建了一座红砖水泥结构的"语录牌"，画了两幅当年流行的政治宣传画。后来要演样板戏了，又在西关阎王庙的庙台上搭起一座"戏匣子"式戏台，台口两侧配一副"四海翻腾云水怒，五洲震荡风雷激"的毛体狂草对联。1993年又把"戏匣子"拆了，建起现在的钢筋水泥结构、台口推拉门式的戏台。大柏老戏楼的拆与建都是和当时的政治、社会、文化环境密不可分的，成了时代的标志。但从中我们也可以看到，无论如何翻建，形式在变化，上演的戏曲内容在变化，但大柏老人爱戏的传统没有变化，看戏的需求没有变化。可以说，戏，根植于这块土地上，更深深地根植于生活在这块土地上的人们的心里。

　　大柏老的戏曾经有过辉煌，它的辉煌从客观上讲缘于一个人，大柏老人都管他叫"老教师"，这里"教"的发音不是"教师"的"教"，而是"教书"的"教"。我不知道学戏的晚辈们对自己的老师是不是习惯上都这么称呼，但全村人无论是弟子、戏迷还是"白丁"，都叫"老教师"一定是个特例，就和"百罗"一样，人们说多了，叫俗了，就有了别称，或者说爱称。"老教师"是大柏老人对这位戏曲老人的尊敬和爱称。老教师姓王，很少有人知道他的名字。他终生未娶，不是本村人。起初，他云游各地教戏，最终叶落柏老，可能是他觉得这里的土壤和气候更适宜他吧。

　　过去唱戏，无论正规戏班还是草台班，没有听说过排戏有剧本的，戏都在教戏师傅肚子里装着，一辈一辈口口相传。老教师是个奇人，奇就奇在他没有文化，目不识丁，但他脑子里装的河北梆子连本大戏和折子戏据说有一百多出，光大柏老剧团在他执教的十几年间就演出过三十多个剧目。农村小剧团一般演小戏、文戏，大戏、武戏"费"演员、吃功力。大柏老的剧团演一些像《杀惜》《秦香莲》《木柯寨》《大登殿》《打金枝》等这些演员少、讲唱功的戏。三国的戏较少。说老教师的头脑是一个馆藏丰富的戏曲博物馆，一点儿也不过分，不要说一百多出戏，就是大柏老演过的几十出戏里的生旦净末的所有唱念做打、词韵曲白、绑靠行头、脸谱髯口……把这些东西一一装在脑子里并指导于实践，就是一个庞大、系统而了不起的工程！我不知道奚啸伯、谭鑫培、梅兰芳、盖叫天、马连良、尚小云这些戏曲艺术大师是专攻自己的流派和行当，还是集戏曲之大成；但就"集大成"这一点讲，老教师也是一位大师，只可惜"虎落平阳"，委屈在塞外这个地瘠人稀的小地方。

老教师还是一个极具个性的人物。他既是剧团的编导，又是教师和团长。大柏老专业从事戏曲工作的就他一个人，其他成员都是农闲时召集到一起的。他对弟子们十分严厉，但大家对他都很敬重和服从。每次开戏前开场锣鼓后，老教师总要从台上撩开台口幕布看一看，如果台下观众多、黑压压一片，他就兴奋，必把琴师撵走，自己坐下亲自操琴，为徒弟们配戏。如果戏演好了，谢幕后他就会有说有笑，和大伙儿抄家伙从水桶里往碗里捞白菜豆腐炖粉条子吃；如果戏演砸了，他就一声不吭，躺在炕上蒙头睡觉，别人也会静悄悄地胡乱嚼两嘴饭回家睡觉。老教师的喜怒哀乐全部融进了戏里。

20世纪70年代，剧团里的其他人重操旧业唱起了样板戏，只有老教师彻底失业了，他的经历和记忆，对现代戏一片空白，他的精神也比从前差了许多。那时，人们见得最多的就是他经常提着柳条筐，拎一把小煤铲，到各处煤灰堆上去捡煤渣。我想，这时的老教师可能仅能干一些这样的轻体力劳动或自己认为力所能及的活儿了吧，另一个原因可能是唯有如此，才能把饭做熟、屋里脸盆的冰才会结得薄一些。火热的运动似乎没有冲击到老教师，仅是把他从居住了十几年的属于集体的一处四合院的村俱乐部里搬到了四面透风、"独门独户"的电井房里。在样板戏热火朝天的鼓乐声中，老教师无声无息地走了，队里派人将他装殓在一口薄薄的杨木棺材里，但掩埋了多少戏，谁也不知道，现在留下的只有20世纪80年代初大柏老村临时攒起的几部戏，至今又过了二十多年，又被一些人带走了很多。

大柏老的戏造就了一批戏曲人才，不在的和健在的很多，我无法一一列举。单说村民的热情就令人感动。那时所有演员和剧务人员都是没有报酬的，只有散戏后的一顿"白菜豆腐炖粉条子"，就这些还是村民自愿捐献的，你家两升米，我家两棵菜，还有冻馍馍和腊八粥坨子……这似乎也成了大柏老的一种风俗，即使1993年修建的戏台也是村民们捐献的，当然后来捐出的是人民币。您到大队部后面的戏台下看看那块汉白玉石条就明白了，它记录的不是大柏老的戏剧史，而是柏老人的一种情愫。

要说大柏老戏曲的质量和影响，很难具体确切地说明。大柏老的戏演遍了方圆几十里，南到大庄科的铁炉村，东到刘斌堡乡的东灰岭。听说很多地方都是延庆县的老县长冯占吉带着剧团去巡演的，不知冯老当年是为了"繁荣山区人民的文化生活"，还是纯粹出于个人爱好，但有一点我们可以肯定，冯老是绝不会费事扒拉带一支稀松二五眼的队伍下乡演出的。

当年剧团下乡演戏条件的艰苦是现在人难以想象的。所有演员、剧务和服装道具都是用马车来运输，身强体壮者步行的居多。十冬腊月，人们住的是没有任何取暖设备的学校或庙宇。演出的报酬也就是一些核桃、山楂、山药蛋之类的土特产。但无论演员还是观众，大伙儿的热情都十分高涨。那时下乡演出一般都是临时在村中一块空地上，用破席围起一个舞台，没有任何取暖设备，演员很少有人穿得起毛衣，上台演出穿的都是单衣。台下的观众又是怎么样呢？一位前辈给我讲，第一次到铁炉村演出，戏快开始了，大伙儿看台下的观众也就几百人，难道这里的村民不爱瞧戏？他们就去问当地村里人。村里人说，铁炉村是这一带的大村，全村就一百多口人，今天方圆十里以内村庄的村民都来了。大伙儿一想也是，山区和平原地区咋能比呢？为了不辜负跑夜路的乡亲们，大伙儿演得更起劲啦。

大柏老人热爱戏剧也伤害过戏剧，也头脑发昏办过蠢事。目前延庆躲过劫难保存下来的古戏楼有六七座，而自誉热衷于戏曲的大柏老人却率先把独具地方特色、展示戏剧艺术的古戏楼拆毁了。老教师和当年的大批戏曲骨干不在了，这是无法抗拒的自然规律，但他们把大批的传统剧目和戏曲文化也带走了，令人遗憾。更遗憾的是，当年剧团里几个文化人抄纂的老教师口述的剧本，现在可能一本也未能留下。最可惜的是当年嚼牙花子、勒紧裤腰带置买的百余套戏装在历次政治运动的"热潮"中，按照全村贫农和下中农的户数被肢解成若干块分到各户，由于僧多粥少，为了显示"伟大时代"的公平和公正，分到各家的竟连一只完整的水袖也没有。这是令人痛心和痛悔的。

恩恩怨怨几十年，或若游丝，或如烈火，大柏老人的戏情未了。20世纪 80 年代初，允许"老戏"上演了，大柏老人就急不可耐地召回已成为爷爷奶奶还能上台走两圈、扯两嗓子的"原班人马"开锣唱戏，但毕竟是明日黄花，物是人非，最终草草收场。后来就改成了外请戏班唱戏，年年如此，从未间断。

说过去大柏老戏如何红火与辉煌，并不是在抱怨今不如昔，或是大柏老人是黄鼠狼下耗子一代不如一代。随着时代的发展和文化的多元化，过去单一的文艺欣赏群体被各种文艺元素分流，戏剧的衰落也就成为一种必然和现实。即使大柏老的戏班子再恢复起来，即使再恢复到当初的水平，经营惨淡、无法为计也是必然。我们也要承认，既然是文化多元化，在延庆地方文化这个多元体中就少不了戏剧，特别是延庆人喜闻乐见的河北梆子这个剧种，要承认它在延庆地区有一定的市场，有一定的需求，有一定的基本观众。

前不久和大柏老村里的干部闲聊时聊到村里的一些事，听村干部讲，村里想建一处文化大院或叫文化活动中心，想把群众的业余文化生活丰富起来。当谈到大柏老的戏时，几个人的兴致都很高，我还突发奇想，问村里还有多少东西，将来文化站建好了能不能搞一个戏曲博物馆。他们说行，村里还有一些乐器、行头和道具，甚至还可以搜集到一些村里人过去演戏的剧照。特别是戏装，唱样板戏时用的现在都在，另外还有 20 世纪80 年代初恢复"老戏"时买来的一些新戏装和当时从正规戏剧院团里买来的一些淘汰旧戏装。我认为这些都是难得的宝贝，可以办一个展览，让那段历史久久地留下来。

有戏的日子好，没有戏的日子也好。唱戏给爱戏的人们添个乐子，没有戏的时候不一定就没有欢乐，现代人们的生活不是比以前丰富多彩了吗?!

我和笤帚的情结

史长江

　　我和笤帚的情结始于 20 世纪 60 年代初。那时，我们全家八口人，老的老小的小，靠父亲一个人挣工分维持生活。一年到头，应有的口粮不能如数分回家，剩下的只能靠平时攒钱或借钱到生产队去买。迫于无奈，父亲开始活（绑）起炕笤帚来，用卖笤帚的钱贴补家用。

　　父亲是村上有名的心灵手巧的人，他活的笤帚既好看又耐用。他用高粱秆的皮儿把笤帚把儿包起来，既光滑又不扎手还好看。后来，他又用红高粱秆的皮儿代替白高粱秆儿的皮儿，并且发明了红白相间的笤帚把儿，花溜溜的格外漂亮。

　　那时，父亲白天在生产队出工，晚上活笤帚。为赶延庆大集，他会整夜不停地忙到天亮。在我们似睡非睡之际，时时能听见他活笤帚时"嘎嗒嘎嗒"剪麻经儿的声音。第二天我们醒来，父亲早把活好的五六十把笤帚整齐地码放到大筐里。当我和母亲赶往集市的时候，父亲又匆匆地到生产队出工了。看到他疲惫的样子，心里有说不出的难过。他太累了！为减轻父亲的辛劳，我十二三岁就帮父亲打麻经（用麻捻成的细绳儿）、捆笤帚杪（杪音 miǎo。捆笤帚杪：把一撮笤帚杪用马蔺捆成直径两厘米左右的小捆儿，一把炕笤帚需五小捆儿上下错落绑成）。每天放学回家，母亲已准备好了一大堆笤帚杪等着我捆。我一坐就是两三个钟头，而且炕上、地下到处都是黍壳子、碎笤帚杪，日久天长一见笤帚杪我就犯愁。

　　我十五岁就帮父亲活笤帚，由于手小不熟练，速度很慢。天天活笤帚，我的速度不断提高，并且几个月后超过了父亲。活笤帚时，爷儿俩坐在炕上一头儿一个，同一时间内，父亲活俩，我活仨。父亲说他活头儿，让我活把儿,父亲忙个不停,可我总是等着他。后来父亲又说他活把儿,让我活头儿,一会儿工夫,我就给父亲那儿存了一大堆。他对我活的笤帚,无论是质量还是速度,都非常满意,同时也很得意,因为终于有人能帮忙了。往常一夜的活儿,现在爷儿俩不到半夜就完成了,心里自然有说不出的高兴。

说起我活笤帚的速度,还真有点儿邪乎,一把笤帚九道经儿,挽九个疙瘩的速度比变魔术还要快,连我自己都看不清是怎么完成的。最快的速度,我能十分钟活三把笤帚(一般人七八分钟活一把)。有人不信,便到我家卡着表看个究竟,我果然在十分钟内活好了三把,在场的人都感到非常惊奇。那时我天真地想,要是全国举行活笤帚比赛,冠军十有八九非我莫属了。

为寻找原材料来源,母亲经常用筐扛着二十几把笤帚到处去换笤帚杪(一把笤帚换两把笤帚杪),一双缠过的小脚一天走街串巷三四十里,简直不可思议。每次回来时,她还得背上五六十斤重的笤帚杪,再扛上筐。为了避免背上的笤帚杪越背越松,母亲换完笤帚后坐在地上,让一些叔叔大伯把笤帚杪直接捆到她的背上。这样,开始很紧,走一段时间松紧就适度了。每次回家后,母亲的肩膀上都被绳子勒出两道深深的血印儿。尽管很累,但母亲很高兴,因为有了收获。一天下来,她顾不得做饭或吃一口东西,便一屁股坐到地上,剁去笤帚杪的根部,再把黍壳儿揉净,烧开水烫过后,码放整齐。为我们饭后加班做好一切准备工作。

为减轻母亲的劳累,我家打了一辆手推车。从此,我和母亲一道推车去换笤帚杪,再也不用她背笤帚杪了。一次,我们到井庄一带换笤帚杪,回来时天渐渐地黑了下来,路过蒋家堡村南的一个大坟院时,一车笤帚杪突然全散了。当时我只有十几岁,根本无力捆好两大捆笤帚杪再把它搬到车上去,试过几次都不行。母亲只好说:"你还是回家叫你爹去吧。"我看看黑天里的大坟院,再看看母亲,心里好担心。没办法,我一边跑,一边回头看母亲。七里地,我一口气跑回家,父亲和我飞快地往散车的地方奔去。当我们爷儿俩走到蒋家堡村南头时,听见前边有说话声,我一听其中好像有母亲的声音,就赶忙叫了一声,答应的果然是母亲。我们循着声音走去,只见她和一位大叔正推着一车笤帚杪向我们走来。母亲告诉我们,她在坟院里等着,天越来越黑,心里很害怕,正在这时,忽然听见坟院边有脚步声，便壮着胆子问："你是人还是鬼？"对方说："我是人，别害怕。"走近后，母亲把散车和我回家找父亲的事说给了他。那位大叔听后赶忙帮母亲把笤帚苗重新捆好后搬到车上，和母亲一道往村里走。当母亲对我们讲述这一情节时，那位大叔哈哈直笑。因为天黑，看不出他的相貌，但我觉得，这位大叔真好，是他帮母亲度过了最恐惧的时刻。事情过去了好多年，但我依然忘不了那位大叔。

记得十岁那年的一个星期天，母亲让我在延庆东大街出摊卖笤帚，她扛着一筐笤帚到各单位去推销。十几岁的孩子最容易饿，中午过后，肚子早就饿得咕咕叫了，可母亲还没回来。忽然有一位大伯走到我的摊前问："你是不是八里庄的？是不是姓史？"我说："是。"大伯把一个很大的报纸包递给我说："这是你娘给你买的，让我给你。"我打开报纸，里面是一层屉布，再打开屉布，里面竟是好几张大饼。我见到这么一摞饼，心里甭提多高兴了，一股香味直往鼻子里钻。大伯走后，我把它放在筐里，等母亲回来一块儿吃。母亲回来后，我把大伯送饼的事说给她。母亲说她没有买饼，更没让人给我送饼。当我向母亲描述那位大伯的相貌特征时，她说很可能是招待所食堂的一位大师傅。因为刚才母亲到招待所推销笤帚时，无意中说出了儿子在东大街出摊中午还没吃饭的事，碰巧被一位好心的大师傅听到，所以才送饼给我。后来，母亲打听到那位大师傅姓邢，家住在县城的小井街。打那以后，母亲每年都把最好的笤帚送到他家。后来我们两家一直有来往，母亲还带我去过他家好几次，我亲切地称他为大伯。他见我一次比一次长得高，很高兴。他退休后，我还去看过他。我上大学放假时还特意去看望他老人家。一次去看他时，老人病得很重，见到我后，两眼深情地望着这个他曾经给过饼的小孩儿如今已成了大学生，并问这问那，听到我的回答，他的脸上不时浮现出满意的笑容，他老伴说他很长一段时间就连和家里人都很少说话。没过多久，老人家就去世了。至今想起来我还是非常怀念这位善良的大伯。

1968年秋末的一天，我和父亲推着车出去换笤帚苗，不知走了多少个村子，串了多少条大街，最后来到了永宁东五里的狮子营，换了二十几把。正当我们准备回家时，忽然碰到两个骑自行车干部模样的人，说我们是搞资本主义，是剥削行为，无论我们怎样解释也不行，非让我们去永宁打击投机倒把办公室不可。我们爷儿俩推着车到了永宁，找到了打击投机倒把办公室。走到门口，看到那里还有几个同样遭遇的人，同村的王品、王桂春等人也在那里。一会儿，从门里出来一个人说："你们这是搞资本主义，是剥削行为，所有的笤帚和笤帚杪一律没收。"听到这里，我咬着牙死死地盯了他很久很久。一把笤帚两毛五，五六十把笤帚能卖十多块钱，这在当时可是一笔不小的收入呀！以后尽管形势非常严峻，但迫于生活还得出去，碰上查抄的认倒霉，碰不上算走运。好在几年里，没碰上几回。偶尔碰上，和他们说些好话也就算了。看到那些好心人离去的背影，心里充满了感激。

普普通通的笤帚，在别人眼里，是极为平常而又微不足道的，但在我成长的历程中，它却是那么的不同寻常：它承载着我童年的喜怒哀乐，它使我家摆脱了极度的贫困，它使我懂得了人生的艰辛和不易。四十年过去了，那些往事依然历历在目，我和笤帚的情结将永远留在我的记忆中。

面面的甜甜的板栗

曹兴旺

一日，女儿买回一包糖炒板栗。"爸，趁热吃吧。"女儿打开纸包。我拿起一个不大不小的板栗，剥开皮塞进嘴里。面面的甜甜的板栗，勾起了我一段甜丝丝的回忆……

小时候，当每年秋意初染室外秋风见凉时，外婆就骑着毛驴来我家住一段时间，当然，每次都忘不了带十斤八斤板栗来。我家离外婆家十二华里。当时交通不畅，来去很不方便，但外婆挂念我们几个早早就失去母爱的外孙，每到板栗收获的季节，便让大舅送她来我家住些时日。

外婆来后，最让我兴奋的事莫过于看着外婆给我们炒栗子。外婆把栗子放进锅里，然后，把灶点着，火不能太大，也不能太小。当时，最忙乎的是我。不是低头看火舌柔和地舔着锅底，就是全神贯注地看着外婆翻动板栗的动作。我的心是急切的、兴奋的。当火候到了一定的时候，外婆把锅盖盖上。这时，锅内不时发出"嘭、嘭"的板栗炸声。此时，外婆把柴火从灶膛里撤出来，只用微火烧烤着锅底。当外婆掀开盖时，快熟的板栗炸开声，由"嘭、嘭"声变成"叭、叭"声。实在忍不住了，便趁外婆扭头的工夫，偷偷用手伸进锅里抓起一个，烫得手一缩，板栗又掉了回去，反复几次，偷吃板栗都未成功。依然不死心，瞅住机会，再抓起一个，这回下定了决心，再烫也舍不得松手。烫烫的板栗在两只手中来回换着，终于剥开皮，迫不及待地把金黄的板栗塞进嘴里。呵，面面的甜甜的板栗好吃极了。

板栗，把儿时的心涨得满满的，我的童年尽管经济困难，生活水平很低，但因有了板栗，而变得香甜香甜的。然而，吃上板栗，那种美妙的享受不是每年都有的。因为那时外婆家的板栗收入是为了维持外婆全家一年生计的，油盐酱醋，吃喝穿戴，全靠这点儿板栗了。

记得有一年秋风见凉时的一天中午，外婆又来了。但是，没有带来我最爱吃的香甜香甜的板栗。我吵着闹着要吃炒栗子，外婆眼圈红红的，告诉父亲，外公得了高血压、心脏病，在怀柔县住了一个多月的医院，板栗的收入全部给外公治了病还不够，又借贷了不少。所以，今年没有带来板栗。我仍然闹着吃板栗。外婆扭过身去擦着眼泪，跟大舅小声说着什么，大舅不像往年送外婆来吃完饭再走，而是匆匆地走了。我哭着闹着睡在外婆的怀里。

也不知什么时候，"嘭、嘭"的炸声，惊醒了我。我睁眼一看，大舅在我身边坐着抽烟，外婆在炒板栗。我一跃起来。外婆把金黄的板栗塞进我的嘴里。我贪婪地嚼着，眼泪又流了出来。外婆看我吃栗子的样子，搂过我，替我擦去脸上的泪痕。后来才知道，外婆让大舅回去向别人买了五斤板栗下午又送了来。

而今，儿时想吃的东西可以随时买来解馋了。我的家海字口村响应国家退耕还林政策，由没有板栗，也变成了板栗村。几乎家家都有板栗，多的几百斤，少的也能收几十斤。如今的板栗，大多是良种板栗，个大多了，更面，味儿也更香甜。可是，随着时间的推移和年龄的增长，儿时那种吃板栗时拥有的幸福感、满足感却品味不到了。只是梦中所想的，心中企盼的，却变得更多更多……

对　联

徐兰凤

我小的时候家里很困难，母亲养了一群鸡，从此，它们也就承担起了我们一家人日常生活小零花的重担。

当生活需要零花钱时，母亲从柜里小心翼翼地就像往出拿国宝一样抠出几颗鸡蛋，放到我们手里时生怕我们给弄碎了，千叮咛万嘱咐。用鸡蛋换来几个钱解决生活中的燃眉之急，从鸡的身上让我们或多或少地也看到一点点对未来生活的希望。

母亲把这群鸡看成我们一家经济来源的重要部分，把解决生活和经济问题很大的希望都放在这群鸡身上了，更希望它们鸡群兴旺。母亲在用心血、用智慧、用勤劳经营着它们，它们也在用实际行动回馈着主人！一年来这群鸡也算是对我家有所贡献了。母亲打心眼儿里高兴。

1974 年，要过年了，家家户户贴春联。不知母亲从哪里弄了一条约十五厘米长的红纸，笑呵呵地对我说：“你也念了这些年书，给咱家的鸡窝也写一副对联吧。”

看看她手里的那条纸，我用异样的目光看着她，母亲看我不解的样子，指了指鸡窝门儿。

我说：“您在开什么玩笑。”我不屑一顾地走开了！

母亲看我不把她的话当回事儿，火了！一把将我拽回说：“咋！求你也难？现在就写！过年呀不许瞎说，少说废话，多说吉利话儿。”

母亲的严厉我是领教过的，多说吉利话儿？带着情绪的脑瓜一转，词儿来了，迅速写好，找来糨糊郑重其事地贴在鸡窝门上。母亲看到目的达到了，乐得像个孩子，一边走一边嘴里念叨：“唉！过年嘛！多说吉利话儿，少说没用的，来年咱们家是人顺、鸡顺、兔子顺，一顺百顺、处处顺！"转身进屋了。

我控制不住，便哈哈大笑。这一笑招来了母亲对我的怀疑，因为我平时就爱跟她耍花招。母亲转身出来一把拽住我说："把你刚才写的词儿念给我听听。"

我不敢把我写的真词儿念给她，只能现场瞎编了一套，支支吾吾地说："您听好了啊！上联：鸡肥蛋又大；下联：解决小零花；横批：靠鸡养家。"

母亲不识字，一听词儿不赖，笑呵呵地把我松开了。又一看我嬉皮笑脸，没个正形，按我说的词儿，手指着对联一数，字数不碰，她知道我又在恶作剧，便把我臭骂一通。

邻居们纷纷出来看热闹，后院的彩霞扒在鸡窝门边仔细一看，猫着腰捂着嘴笑跑了。一个邻居说："她没给您写好词儿。"他把我写的对联念给母亲听，上联：愿蛋大如洗脸盆；下联：可惜没那大肛门；横批：心高妄想。

母亲抄起一根木棍，跟跟跄跄地追，我急急忙忙地跑，院子里的孩子们紧跟其后起哄，邻居大叔、大婶们捧腹大笑。这一幕至今深深地烙印在我的脑海里……

我的年幼无知，是我的滑稽调皮，有意无意地愚弄了母亲，今日再想起此事时，大笑中带着泪水，有趣中带着内疚！

留恋我家第一辆"曙光牌"自行车

徐兰凤

　　我家的第一辆自行车是"曙光牌"的。

　　一听这牌子便知这辆自行车的年代久远。

　　1965年，哥哥毕业了，回农村劳动。父亲看到自己辛辛苦苦养育的儿子，今天终于成人了，"扒上饭碗"了，能够自食其力了，打心眼里高兴呀！

　　于是父亲从一个朋友那里，用半个月的工资二十元钱买了一辆自行车。

　　这天，父亲下班与往常不一样的是，他的手里推了一辆叮当乱响，看上去很笨的自行车。

　　当父亲把车子推到我家窗户前时，我们娘儿四个立即把它围了起来。那年我才七岁，高兴得直蹦。哥哥高兴地接过车，一越翻到了车上骑上就走。我和姐姐紧跟其后追，我俩追上车子硬把我哥从车上拽下来。姐姐推着车子可院里绕圈圈，我在后面连喊带叫嚷个不停，非得也去推一推。当年我比自行车只高出一个小头尖儿。

　　这辆车是翘把，前闸是线儿闸，后轴比一般的自行车粗好多，因为后闸是倒蹬闸，车身又比飞鸽、永久牌的车短了很多，车圈与车条锈迹斑斑，一眼就看得出，过去的车主人少说也得骑了十几年了，"二八"的车型很笨。

　　一辆破旧的自行车从此落户我家了，它的到来，结束了我家没有自行车的历史。在那个年代，有自行车的人家不多。尽管它是一辆破旧的车子，但在我们这个一贫如洗的家里，用现在的话来说也算得上是有一辆

"奥迪"了。

学会骑车，在当时是我和姐姐迫不及待的愿望了。

那时我和姐姐心盛得很呀！每天放学回家，我俩异常勤快，除了帮母亲干家务，就马上去给兔子打好足够的草。首先让母亲高兴，只有让母亲高兴了，得到母亲的同意，我俩才能去玩一会儿自行车。当我们每天能推上车的时候，那心里有多高兴，简直无法形容！

当我们把车推到县城东南角一个体育场内，我俩就像脱缰的野马一样疯骑起来……

姐姐比我长四岁，事事处处让着我，首先给我扶着让我学，因为我年龄小，个子太矮，就把腿从车梁的洞里伸过去蹬着骑，我们管它叫"掏腿骑"。

因为我只比车高一个头尖儿，驾驭不了车子，常常是车倒人摔，每天身上的伤不断。一次，我骑欢了，收不住闸，一下骑下一个一米深的大沟里了，右腿的膝盖摔得鲜血直流，两条裤腿立即就渗透了。由于太爱骑自行车了，当时竟没感觉到疼痛，晚上睡觉时才发现裤子早已被血牢牢地粘在了膝盖上……

一次我和姐姐在学车时，把车的大拐摔变了形儿，把我俩吓得一夜不敢睡觉，怕哥哥上班没法骑，怕母亲从此不让我们再玩车，又伤心，又害怕，又担心……就在这无数次的摔倒与爬起中，我和姐姐终于学会了骑自行车。

那年我七岁，姐姐十一岁。

学会骑自行车是我们童年最快乐的事情了！这种快乐伴随我四十多年，如今我已人过半百了，但是每当我回想起学自行车的情景时，我的心里都充满了对儿时那份快乐的无限眷恋！

时至今日我也特别喜欢骑自行车，每当我骑上了自行车，我便忘记了我的年龄，和年轻人一样骑得很疯狂！

一辆破旧的自行车——

父亲托着病体骑着它每天上班，为养家糊口奔波。

哥哥骑着他每天下地劳动，买煤，往自留地里带肥料，带从自留地里收获的庄稼，带生产队分的粮食、柴草。

姐姐每次用它推着母亲来回步行五十多里去康庄看病。路上母亲还要让姐姐给扶着也要骑一骑，时兴时兴，逗得路人哈哈大笑！

儿时学骑自行车的过程，让我找到了自信，培养了我不服输、泼辣、勇敢、不怕困难的勇气和性格。

这辆破旧的自行车——

它承载了我们一家人的希望。它带走了我们的贫穷和苦难。它陪伴着我们一家人走过了沟沟坎坎。它帮我们渡过了生活的种种难关。它改善了我们的生活。它见证了我们一家人的发展和奋斗史。它目睹了我们这五口之家的悲欢离合。它更给我们家带来了新的曙光。

这辆为我们立下汗马功劳的"曙光牌"自行车，竟在我们从平房搬进楼房时没及时运走，被人家给推走了！这让我们兄妹三人心痛！虽然几十年过去了，社会发展又那么快，我们家的运输工具早已不断地淘汰，也在不断地更新，但是我们丢掉了我们永远也找不回来的东西！这才是我们真正的痛心之处！

既然自然万物皆朽，那就让我们把那些值得留恋的东西，永远地留在我们心灵深处吧！

也说背馍

尹博珩

　　"那时我发誓，以后寻媳妇，一定要把范围限制在学校附近的这几个村子，这样，将来我的孩子上学时就不会像我一样背馍，就会吃住在外婆家。我不禁羡慕家在这几个村子的学生，顿顿能回家吃热饭，也羡慕在这几个村子里有亲戚的，譬如有舅家姨家姑家的，可以投靠……"拜读马腾驰先生写的《背馍》，一下子触动了我的记忆，三十多年前的背馍经历本就早已深深地烙在生命里，此时此刻更是抑制不住内心的共鸣。

　　老家尹家村与马先生的老家大张寨相距不过五里，但分属两个县，马先生是礼泉人，我是乾县人。马先生是 20 世纪 80 年代初背馍去礼泉上高中的，我也是在那时候背馍去大墙公社上初中。我们村距离学校最远，所以，每个礼拜三中午过后，回家去背馍的住校生陆续返校了，这时，老师远远地对着教室喊道："尹家的回来没？"班长立即站起来大声应答："回来了！"于是老师夹着教案就来上课。如果尹家村的学生还没有到齐，老师则要等。如果有其他村的学生迟到了，老师往往会说："尹家的都到了，你咋才到呢？"

　　每次回家取馍，村里乡亲们遇见必然会说："背馍的回来了。"谁家里有娃背馍，每个礼拜三上午，雷打不动是要按时烙一个大锅盔的，出锅后用刀切成三角块或方块，摆在案板上晾着，还有准备好的咸菜，装在罐头瓶里，等娃回来取走。每次都是急匆匆地回来，接过母亲递过来的一碗面条，三下五除二地吃完，一抹嘴，背上母亲已经装好的馍袋子就走。

　　每个礼拜两次回家背馍，每次都是急匆匆地走。我从那时养成了走路脚下生风的习惯，一直到现在。

　　夏天馍会发霉长绿毛，冬天则干硬如石块，即便如此，一袋馍也要盘算着吃三天，否则，最后一天要饿肚子。礼拜六中午放学后，回到家帮大人干农活儿，礼拜天下午，再背上馍返校。一到返校时间，十里八村的学生娃背着馍袋子——馍袋子大都是自家织的粗布缝制的，五颜六色的；谁要是拥有一个黄帆布包，上面印有红星和"红军不怕远征难"字样的，就会招来无数羡慕的目光；馍袋子的背带上大多会系着一个洋瓷缸，要么馍袋子里就会鼓囊囊地塞着一个洋瓷碗——三五成群地从四面八方走在上学路上，简直是一道特殊的风景。

　　洋瓷缸和洋瓷碗是用来打开水的。每次饭前最后一节课，老师喊下课的话音刚落，满教室都是叮叮当当的洋瓷缸、洋瓷碗碰撞声，住校生早一溜烟地奔向开水房。开水房里一侧有一口大锅，只另一侧容人进出，大家你推我挤抢着舀开水，舀上的把洋瓷缸或洋瓷碗举过头顶吆喝着往出挤。身子羸弱挤不进去的女生，或者来迟了的，常常最后只能看一眼干锅底，怏怏而返。离开水房就近的教室里的学生，往往受托为远处教室里的来自本村的朋友或亲戚打开水，所以，每天最先跑到开水房的那些学生，大都一手端一个洋瓷缸或碗。夏天，会有没有抢上开水的男生，摇起开水房旁边水井上的辘轳，从井里打水上来喝生凉水。而抢到开水的学生，则把盛着开水的洋瓷缸或碗放在课桌上，一边吃馍一边等开水澄清。因为烧开水前，大师傅是从井里打水上来直接倒进大锅里的，水里带着井里的泥沙，舀在缸里是不能立即喝的，待沉淀下去小半缸泥沙，再喝上面的清水。有时候借同学的空缸，把清水倒出来，把泥沙弃掉，然后泡馍吃。开水泡馍，再拌上咸菜，别有一番滋味。以至于参加工作以后的好多年里，单位的食堂有花样很多的小凉菜，我经常就是开水泡馒头拌几个凉菜吃得津津有味，让旁边一起用餐的同事看傻了眼。

　　那几年，我总觉得我家的锅盔和别人的不一样，不但馍瓢儿发黄，而且总有一层皮和馍瓢儿容易剥离开来，吃起来口感不细腻，粗糙，发酸。多年以后，和母亲聊起这事，母亲说，那是掺了玉米面的缘故。家里生活不富裕，母亲不得不精打细算。一说起背馍，就不由得想起母亲，母亲去年刚刚离开。母亲最后五年，年事已高，行动不便，一直住在大张寨妹妹家由妹妹和妹夫照顾。而我远在北京，十年前也曾接来母亲住了半年，但在老人最需要照顾的时候，没有在跟前尽孝，一年来内疚和遗憾一直萦绕于心底。对不起母亲的养育之恩，对不起母亲每礼拜给我烙的那两张锅盔，还有每礼拜给我换洗的衣服。说实话，在离开老家去东北上学前，我从来没有自己洗过衣服，认为这些活儿理所当然就是母亲做的。

起初学校只有女生宿舍，没有男生宿舍。夏天，下晚自习后，等跑校生走完，我们把课桌拼起来当床用；冬天，把一排排课桌和板凳摆放得紧凑些，使教室后面留些空地方，住校生每人从家里抱来一捆麦草，铺在地上打通铺。两人合睡，按月轮流把一个人的被子当褥子铺在下面，上面盖另一个人的被子。两人分两头睡，睡熟了免不了抱着对方的一双臭脚睡一宿。我和李家村的李工厂合铺睡，我们来自一个大队，小学五年级时是同学。没有人愿意和他合铺，因为他是出了名的睡觉时爱放屁的，屁多且臭。被窝里一晚上都裹满臭气，我每天早上起来时不得不一跃而起，想尽量摆脱闻到臭味儿。清早，跑校生来了，我们还睡着。这时如果跑校生是男生，就大喊大叫地吆喝大家起来；如果是女生，则静静地站在教室外的房檐下等着。

地铺里头的墙上，挂着一溜儿馍袋子。夜里老鼠来偷吃馍，吃饱了从袋子里出来时，往往会掉落下来，落在馍袋子下面睡着的人的脸上或头上，那人惊叫一声，把大家从睡梦中惊醒。白天老鼠也来，坐在后排的男生有时看见一个馍袋子里有动静，就大喊着，跑去抓老鼠。全班的人就扭头去看热闹，也有几个人过去帮忙的。被老鼠啃咬过的馍，掰掉有老鼠牙印的那一块，余下的照吃不误。

后来，学校终于腾出一处教室作男生宿舍用，用木板搭架了两层，上下层都打通铺，解决了大部分住校生的住宿问题。我们初三的被分配住在上层。上层高度有一米五左右，但没有梯子，两边墙上各挖一个窟窿，我们一脚蹬在窟窿里，两手抓紧床板，使出全身力气爬上去。早上起床再下来时，爬在床板边上用一只脚试着找到那窟窿，踩稳了才敢往下挪动身体。我这个人身子笨，动作不敏捷，每天上下那床板很是发愁和害怕。

现在回想起来，这些艰苦的生活经历，何尝不是人生的一笔宝贵财富？使我养成了吃苦耐劳的品质和坚韧、顽强的性格，让我受用终身。

上初三时，家里托媒人在学校附近村子给我介绍对象。媒人说的是田家村的田妮妮，我一听忙不迭地摆手。她是我的同班同学，胖胖的，个头不高，圆脸，大眼睛。我那时很害羞，从来不和女同学说话，一个人从一群女同学身边走过都脸红，怎么可能和同班同学去相亲呢？大概田妮妮也知道了说媒的事儿，此后在教室里，她常常转过头来看我。她座位在前排，靠近门口，我每次走进教室目光就不知往哪儿落，不由自主地脸就红到了脖子根儿。

说亲的事儿就这样不了了之了。

我初中毕业前脚刚走，弟弟就后脚也来上初中，也住在那间宿舍里。一年半后，春节回家见到弟弟，弟弟说有天半夜宿舍上层的床板塌了下来，睡在他旁边的一个来自白杨寨的同学，被支撑床板的木头砸在胸口，当时人就不行了……

我半晌没回过神来。

春天，和树一起怀念

赵明申

早晨，我推开门，一街的树全绿了。

像是谁不经意地将绿色颜料洒在树上，也滴在了地上，小草拱着星星点点的绿轻轻颔首。我站在树下，将耳朵贴在树干上，想听听树的心跳。风从树间穿过，拂在我的脸上，也钻进我的领内，我感觉心渐绵软，听不见树的心跳，却明白了，树没有忘记我，它在和我亲近，和我一起怀念……

我似乎从没和树分离过。小时候，家的门前就有好几棵榆树。高高大大的榆树，长得并不直，却很繁茂。春天，树上结满了榆钱。我脱掉鞋，挽起裤腿，"噌噌"地爬上去，摘下榆钱，抱在怀里便大嚼起来，甜甜的。榆钱，也许现在的孩子没有吃过，但却是我那个时候的零食。淡淡的绿，轻轻的甜，状如梅花，簇拥在枝上，现在想起来唇边还犹有余味。这几棵榆树简直成了我的天堂。

上中学了，一入校门，我就发现校园里有一片白杨林。它们分立在校园两侧，整整齐齐地排成几排。直直的树干向天举着，阔大的叶子舒展着，在风中"沙沙"地歌唱。学校临街，总是有车喇叭和人叫卖的声音，而因为这些杨树林阻隔了烟尘和喧嚣，才有了一份安静。每次换到我坐在靠窗的位置时，我总会心不在焉，眼睛溜到窗外，看杨树的叶子在风中波动，如浪涌一般，太阳下还泛着青白的光。叽叽喳喳的麻雀在树杈间跳来蹦去，享受着树的阴凉，快乐而无忧。那时我就想，什么时候我才能有麻雀的这份自在和杨树的清爽呢？因为将近中考，老师允许我们可以不在教室里复习。于是在这片杨树林里，我背英语，读古文，复习着中考的课程。在这片阴凉的庇护下，在沙沙树叶的陪伴下，我觉得学习也并不是很困难的事。就在那年，我考上了师范学校，临走时，我还到学校的杨树林里待了一会儿。我很感激它们，总觉得是它们消释了我心中的紧张和压力，让我变得轻松和愉快。我抚摸着树干上的眼睛，杨树枝叶摇晃，似乎在与我道别，那眼睛里满是留恋与不舍，我知道此去山水重隔，这眼睛要穿越怎样的时空才能望到我呢？而我，只有将这双眼睛留在心中，带到另一个地方。

　　我上学的城市有许多树。一条纵贯南北的长街，一泊微波荡漾的莲花湖，还有一些角角落落摇曳着的绿叶婆娑的树。我喜欢上了这座城市，因为我认为有树的城市才是有生命的。我常在绿色覆满枝头的时候，走在长街上，踩着树的影子，让树的清香钻进我的怀中。很多时候，心境不顺或情绪烦躁，我都会找到有树的地方，被树拥在一怀阴凉中，任它用风梳开我的心结，将不快和愁绪摔在稀里哗啦的树声中。在我眼里，树是有灵魂的。

　　树在夏天最茂盛，在冬天最凋零。冬天的树因为叶子的飘落而沉默，夏天的树则因为将蕴蓄一冬的热情释放而成熟。倚在树下，树好像在对我说：要读书，不能让大脑空了。你看我，内里充实，风雨来了才不会折断。有时它也会对我说：要善良，要友好地与他人相处。你看小鸟在我怀中做窝，小草在我脚下生长，这就是融洽。静静地听着树的倾诉，我总觉得树比我睿智，在自然中它吸纳着天地的灵气，在延伸躯干蓬勃枝叶的同时凝结了智慧和成熟，树是我的朋友，也是我的老师。

　　风悠长，吹绿了一街的树。

酸汤臊子面

赵有旺

在外面漂泊的时间长了，总会牵念一些儿时的东西。对我来说，最难忘的就是母亲手擀的酸汤臊子面。

一碗看似简单的吃头，在母亲手上，有着很多讲究。要想吃得着，最关键的是机会要成熟。只有家里来了贵客或是逢年过节，才能吃得上。

当客人进门后，父亲拢着火，喝起罐罐茶，母亲就开始和面。这种饭对面的要求最严，和得软了容易黏在一起，不好切分；和得硬了出锅后缺乏润滑筋道的口感。同样，和面水的温度和碱面添加多少也要恰到好处。面经过和、醒、揉，那股筋道劲儿就出来了。手擀面最讲究擀的功夫。醒好的面经过母亲擀压，无论起初形状厚度如何，到最后都会是一张薄厚如一、工工整整的大圆面饼。接下来切面也不能忽视，撒上一层薄面，将面饼对折到比菜刀窄的宽度时，母亲就拿起刀，发出一连串"当当当"的声音，面就切开了。母亲用手搂起轻轻一甩，一把宽窄如一、长短相近的面条就摆在了案板上。

酸汤臊子面，面做好了，不可少的当然就是臊子了。母亲制作时，对臊子要求相对简单。倒上一勺胡麻油，烧到油烟散尽，把切好的葱花撒到锅里，顿时发出刺啦啦的油炸声，一股清香飘来。放上年根儿已经做好的大小均匀、肥瘦参半的肉臊。肉臊加热融化后再倒进事先准备好的胡萝卜、洋芋，加一些酱油等佐料，一锅充满清香的臊子就成了。就着炒臊子的锅，再倒点儿胡麻油，持续加温，放点儿葱花或蒜苗爆炒，把事先准备好的生醋，猛地倒进锅里，不怕外溅，这样醋一下子就呛出了浓郁的香味。

煮面的时候到了。虽然那时候家里干旱缺水，但母亲从来不在煮面的水上吝啬。往往都是倒上大半锅快速烧开，放进去一小把面，一次只能捞出两小碗。按母亲的说法煮面就得水宽。锅开后，少量压点儿凉水，既保证了锅里水量不减，还能让锅里水重开一次，让面条熟透。这时候母亲拿起筷子，捞上一筷子头，放进已有半碗酸汤的碗里，搭上已出锅的臊子，再舀半铁勺醋汤在臊子上轻轻一浇。臊子分布均匀、面条晶莹剔透，这碗面就可以端到客人眼前了。

哥哥姐姐们自然是"传菜生"，你一碗我一碗，稳稳当当地从厨房端到上房，放在炕桌上，父亲和客人之间总会谦让谁吃第一碗。不到一会儿面上齐了，当能轮到每人一碗时大家也不再谦让，根据个人喜好，再放点儿盐、加点儿油泼辣子，拌匀后，大家捏着筷子夹起细长的面条，品着酸汤的清香，用心品味起从庄稼地到案板的劳动成果。家里做了酸汤臊子面，客人只吃一碗父亲是不愿意的，每次都是没等客人吃完，母亲就让把新的面及时端到了客人面前，父亲必定要让着客人，吃个两三碗。

母亲有讲究，客人没吃完的时候是不允许孩子先吃的。不过这条规矩只对哥哥姐姐们管用，在我这个老小跟前从来都失灵。等母亲发现的时候，我早就坐在了父亲的腿上，开始同时"享受"酸汤的清爽、面条的润滑……家里有客人在，母亲自然得客气着，也不会硬管我，时间长了，我就不再受母亲这条规矩的约束了。

离开家，离开母亲，再要吃上一碗母亲做的酸汤臊子面就彻底成了一份奢求。太想吃的时候，满是口水。

后来，母亲在延庆生活的两年里，由于身体不适，已经不能像我小时候那样，完完整整地做出一碗酸汤臊子面。在母亲的指导下，我也尝试着做出了臊子和酸汤，但手上功夫不到，始终没能擀好面条。不甘心买了台压面机。压面机用坏了，也没压出母亲那份手擀面的味道。

2015年女儿出生前，我陪着妻子住进北医三院，离开家，伙食就全在饭馆解决了。一次走进医院对面的老秦人面馆，点了一碗酸汤臊子面，坐在"老陕风格"的弯腰木板凳上，瞅着玻璃窗外来去匆匆的行人，美滋滋地想着刚刚出生的女儿，任由时光从眼前划过。突然，我闻到了一丝熟悉的酸汤味道，转过头去，服务员已经微笑着站了眼前，轻轻地说了声：先生慢用！我没顾上说声谢谢，端起大碗，抿上一口，心里淡淡地念叨一句——这味道对了！

　　女儿来了，母亲走了，有了这家老秦人面馆，总算给我留下了一点儿新的牵念。最近坐公交、换地铁，来回折腾二三百里去吃了一碗，虽然这次做的咸了点儿，但还是没能忍住把一碗汤全都喝完。

　　是女儿，牵起了母亲、酸汤臊子面和我之间的又一道缘分。

童年的年味

海　郎

过年了，不由得回想起儿时的年味来。

上小学前，总是盼着过年。那时候感觉过一年好长啊。尤其是冬天雪季来临之后，我和几个小伙伴一边开始网罗麻雀，一边数着手指头盼着过年。那时候，麻雀还不是保护动物，人们也没有环保意识，因此，冬天网罗麻雀便是农村孩子最大的乐趣。大雪过后，在自家的院子里扫出直径一米大小的空地，撒点儿小米，用小木棍支上一个大笸箩，在木棍上拴上一条细绳子，顺到窗户，然后趴在窗户后面等待麻雀落下觅食。

不久，便有一群麻雀飞下来，等它们安心觅食时，我们赶紧拉绳。然而，机警的麻雀似乎早就看透了小伙伴们的伎俩，扑啦啦就全部飞走了，于是小伙伴们或是惋惜或是大笑。虽然每次都不得逞，没有扣下一只麻雀，但确实给我们带来很大快乐。也许正是因时常需要与人类斗智斗勇，那时候的麻雀离人很远，不等靠近便飞走了。不像现在延庆大街上的麻雀，它在路边的草地里蹦来蹦去，我行我素，只要你不去吓唬它，根本就感觉不到你的存在。这也许是一个大的进步吧？

下雪天，除了扣麻雀，便是自制蜡烛了。由于当时生产力的限制，虽然东北是工业区，但停电还是经常的事情。而那时的蜡烛也经常会断货。于是，春节前，家里人便到村办企业弄一些工业蜡——黄乎乎的，气味很刺鼻。自制蜡烛很简单，找到一个三厘米粗的硬塑料管，截成一尺多长，将铁钉钉透的一块木板垫底，用棉绳顺着塑料管拴住铁钉，上面则用铁钉横拴着棉绳。弄妥之后，把这个塑料管埋在雪堆里，然后将在炉火上用铁勺熔化的工业蜡倒进塑料管。过了一夜之后，拿木棍将蜡慢慢捅出来就可以了。那个蜡点燃后，冒着浓浓的黑烟，但是那确实比买的蜡要光亮很多。自制蜡烛伴随着我童年的冬天和春节。如今，很少停电了，每个家里也不准备蜡烛了，孩子们恐怕也只认识生日蜡烛了。

过年最高兴的还是放鞭炮。那时的鞭炮，只有两样，一个是一百响的小鞭，一个便是二踢脚了，钻天猴和摔炮都是上小学之后才有的。那时候，家里一般只买两三包一百响的小鞭。其中有一包是用来拆开的，分给家里的几个男孩子，一人分十几个不等，装在兜子里，高兴了就放一个。就这样一直挨到年三十。除夕放完鞭炮后，初一孩子们早早地起来，在自家门口或者别家的炮灰中，寻找那些没有燃爆的小鞭炮，幸运的话，能够搜罗一兜。孩子们把没有燃爆的小鞭炮从中间掰开漏出火药，几个对在一起，摆成梅花状，然后用香点燃，这就是传说中的"呲花"。这种游戏能够一直坚持到正月十五扭秧歌之后。因为那时还没有上学，年夜饭是什么味道，早已忘记，记得更多的是杀猪菜。

如今的生活，比我童年时要好得多；如今的孩子，比我童年时要幸福很多。但是他们也许体会不到我们那时苦中有乐的心情。

故乡的土炕

张和平

我进城一晃已经三十年了，这三十年来，我终日生活在钢筋混凝土之间，睡的是高档席梦思床，久而久之，我便对家乡的土炕有了种种向往之情。

睡家乡的土炕，的的确确有着无限的惬意和遐想，特别是在冬闲的时节，当皑皑白雪淹没了农人劳作的身影，农人们开始在农舍里盘算下一年的收入时，故乡的土炕更具魅力。

那时，当一天三顿饭早已把炕头烧得暖暖的，这个时节，远来的客人和串门的乡亲们自然是主人的座上宾，被理所应当地让到了炕头上。当你的屁股刚一挨到炕席，立刻感到一股暖流自下向上传遍全身，如同故乡温暖的乡情一样让人向往。那时，男人们最热衷的话题是今年赚了多少钱，来年种些什么；而女人则一边做着针线活儿，一边说着家长里短的话题，不时引得满屋子的人乐得前仰后合。最有趣儿的是那些刚放学的孩子，他们放学进屋后，甚至连鞋子也不脱，便爬到炕头，或者把手放到自己屁股下取暖，或者干脆把手脚放到别人的屁股下面，引得大人的申斥，他们也毫不在乎，做个鬼脸儿，静静地听大人们摆龙门阵，那阵势不亚于在听老师讲课。

每到春季，是农人们脱坯搭炕的大好时节，他们早早地沤好了泥埯儿，在一个阳光明媚的日子，开始脱坯，待炕坯干透了，他们则请来瓦匠，开始搭炕。搭炕的日子，是一家人最忙碌的日子，无论男人还是女人，都忙得不可开交，就连孩子也弄得浑身是泥。炕搭好后，女人则点燃炕洞里的干柴开始炒菜。当泥湿的炕面渐渐升起袅袅的蒸气，炕面开始逐渐变干变硬的时候，男人则开始陪着泥瓦匠一边喝酒，一边欣赏着自己的杰作。

　　故乡的冬夜格外漫长，而土炕上生活的岁月却永远有滋有味儿，如同故乡浓郁的乡情，醺醉着庄稼人，土炕上过活的人很知足，年长的、年幼的在一起，乡村的故事便没完没了。在这个时节，在炕头上放一炕桌酒菜，痛饮几杯二锅头，或者甩几把扑克、将上几盘象棋，十分惬意，而在一旁观阵的姑娘们不时插上一两句话，屋内的气氛顿时活跃了许多；姑娘的话语很快遭到小伙子们的反击，姑娘们不再言语了，开始专心致志地纳鞋底儿，她们的脸被土炕上的热浪熏得红红的，浑身上下透着机灵劲，她们把智慧和灵巧用到纳鞋垫上，鞋垫纳了一双又一双，然后在一个黄昏，悄悄地送给了自己的心上人。

　　而夏季的土炕更是别具一番风味儿，这时，城市的天空如蒸似煎，炎热难忍，而乡下正是纳凉的大好时节，你可以东阴凉挪到西阴凉，甚至可以在土炕上睡个舒服的午觉，丝毫感受不到烈日的炎炎，更不用担心会有中暑等现象的发生。

　　在炕头上盘腿而坐是一门硬功，一般的年轻人很难做到。我记忆中姥姥的盘腿功夫可谓到了炉火纯青的地步。姥姥是小脚儿，但她却能叠股而坐几个小时不动一下，更值得称道的是姥姥可以两个膝盖重叠成"一"字，名曰：鸭子腿。

　　我自幼在父母的熏陶下，开始练习盘腿的功夫，久而久之，形成习惯，无论到哪儿，都要盘腿，以至于有时在办公室偶尔也盘腿坐在椅子上，闹出了不少笑话。

　　故乡的土炕太温暖了，犹如一缕浓浓的乡情时刻萦绕在我的心头，给了我无限的眷恋，以至于现在每到双休日，我们一家三口都要回到乡下的老家住上一两日，一来睡一睡乡下的土炕，二来感受一下故乡依然淳朴的乡情。

书房的变迁

盛　敏

退休了，我可以有大把的时间做自己喜欢的事情了。走进书房整理书柜时，偶又读到明代散文家归有光的散文名篇《项脊轩志》，读着读着，一间间伴我成长的书房浮现在眼前……

20 世纪 80 年代初，父母在老家的庭院里盖了五间瓦房，其中一间就是我和弟弟的小书屋：一张写字台，两把椅子，一盏小台灯。桌上摆满了我们的课本和练习卷。书屋虽然不大，但我们可以挑灯夜读，晨起背书；可以因为一道难题而苦思冥想，也可以因为一个问题争论得面红耳赤。记得那时候，我们还会经常互相检查一些科目知识的记忆效果："忽如一夜春风来，千树万树梨花开"，作者是谁？出自哪首诗？诗中描写了怎样的景色？表达了诗人怎样的情感？这样的互相发问早已耳熟能详。可是在一次考试中，弟弟却将"白雪歌送武判官归京"填写成"送武判官归京"。父亲在课堂上讲评试卷时（父亲当时是我们的中学语文老师），面对全班同学，瞪大眼睛，气愤地批评道：某个同学，你少写"白雪歌"三个字，就很有可能在中考后一落千丈！此时，弟弟转过头，向我吐了吐舌头，做了个鬼脸，我心领神会，这是他干的"好事"。从此，在生活中我经常带着调侃的语气喊他"白雪哥儿"，以示提醒，让他从此以后不要做懒惰之人……也正是这间简单的小书屋，助我和弟弟跳出农门，双双考入当年延庆县的高等学府——师范学校。小书屋是我们人生从此"开挂"的根据地！

进入师范学校学习后，除了文化课，每天都有书法习字课。有一次休息日回家，父亲告诉我，乡里要为我们家举办家庭书法展，父亲根据主题确定了一些书写内容。上学时，我就利用习字课认真练习，休息日回到家里，先在普通纸上书写作品，算作一周练习的作业，请父亲过目。那个时候，我特别注重隶书书写的内圆外方，不太注意笔画的变化练习。父亲说："你虽然练习隶书的时间不长，但你要知道，这样效果的字是要被称为'墨猪'的！"当时我听到这样的评价，一蹦三尺高，还生气地站到了椅子上，大声喊："我要写成'墨猴'！"父亲示意我下来，语重心长地告诉我："要想把字写好，需要认真观察碑帖，精心体会每个字每个笔画的起笔、运笔、收笔和结构处理，更需要下苦功夫练习的！"于是父亲就每个字的笔画书写给我进行精确指导。记得父亲告诉我们：欧楷的特点以方笔为主，露锋起笔，落笔多藏锋，但无论点画怎样开张，极尽变化，字的结构都要给人以沉稳之感。至于隶书，每字只能一波笔，要写出蚕头燕尾之势，笔画也要有粗细长短的变化，用笔之道更是讲究适时变化……为了这次书法展，父亲还远走海陀山，寻找可以用来雕刻的石头，利用休息时间，坐在小书屋的灯光下，切割打磨石料，篆刻印章。阴文阳文的、方形椭圆形的、大的小的，给我们每个人都篆刻了好几个。而后，父亲教我们怎样进行书法落款，如何使用印章，等等。那个时候，我们都很崇拜父亲，感觉父亲无所不能！经过一家人不懈的努力，乡里为我们家成功举办了两届书法展，得到社会上的广泛好评。之后我和弟弟又参加了延庆县青少年书法比赛，双双获得一等奖的优异成绩，作品还在学校进行了展示，引得同学们投来羡慕的目光！"学习堂"成为我梦起的摇篮！

时间到了 20 世纪 90 年代初，我成家了，在县城买了一套楼房。房子虽然不大，但还是决定拿出一间卧室当作书房：一个书橱，一张写字台，一把椅子。有了书橱，我高兴地在里面安排了经典小说、名家散文、名人传记、各类工具书以及工作用书，同时还多了十套中文专科教材及参考书和资料。因为随着社会的发展，教师需要提升学历，我当时选择了中文专业的哲学、逻辑学、中国革命史、现代文学、古代文学、当代文学、文学概论、古代汉语、现代汉语等十门课程的学习，而且选择的是完全自学的学习方式，这就需要工作之余挤出时间学习了。那时候孩子刚刚一周岁多一点，她在南卧室睡着了，我就赶紧跑到北边书房去学习。记得有几次她醒了，找不到我，一个人从床上爬下来，光着小脚丫，"咚咚咚"跑到书房，看见我坐在椅子上，就迅速爬到我腿上，紧紧地抱住我的脖子，仿佛在说，妈妈没丢。要去考古代汉语的前一天晚上，我正在准备考试需要的文具，却发现怎么也找不到准考证，整个书房翻了个遍，还是找不到，急得我直冒汗，最后无奈只好先休息。第二天天还没亮，我就早早起来继续找，一个上午，整个家里找遍了，也不见准考证的踪影，难道挤时间努力学习了几个月，一次不可多得的考试机会就这样失去了？心情无比郁闷。此时，家人安慰我：别急，先做饭吃，下午去考场看看能否有解决的办法。于是我们一起走进厨房，厨房里锅碗瓢盆都忙起来了，各种食材也要纷纷登场，就在大家正忙着的时候，却意外在菜花下面发现了准考证的尊容，我欣喜若狂，我们不约而同地把目光投向我家的"小不点儿"："是你吗？"只见她接过准考证，用不太准确的发音，读着上面的字，此时的我如释重负。就这样，经过几年晨起夜耕不眠不休的学习，我终于于90年代中期顺利取得中文专业专科文凭，后续完成了本科的学习。"老学斋"里我如期完成了人生的升华！

十年后，为了改善生活环境，我又购置了一套大三居楼房。房子大了，我最先想到的是要有个理想的大书房。装修时我让工匠师傅在两面墙壁上都安装了书架。竣工后，又买了两个大书柜和一个写字台，还进京到王府井书店又购买了最想读的四大名著、莫言获奖小说、天文类、围棋类、饮食类等书籍，装满了书柜和书架。当然，写字台上也摆满了我工作方面的用书：《如何研究教材》《板书设计》《课堂管理一招鲜》等。在此期间，我经过校级、县级学科教学层层、项项、次次教学基本功选拔赛，成功进入北京市决赛圈。我把自己安排在这间书房里，如同备战高考一样，结合教学实际，理解记忆教学理论知识，进行学科全套教材的研究及课时教学设计，并进行实验操作练习（无实物操作练习，熟悉实验设计）。一个个不眠之夜，一个个早早晨起，一个个不休周末，理论题记了又记，教学设计改了又改，实验操作练了又练，经过理论、教学设计、实验操作三项单项赛，我进入了课堂教学评比的环节。记得我抽到的教学内容是"食物的营养"一课。经过深钻教材，精心设计，我认真准备实验材料，还进行了三次试讲磨课。到了"出嫁"的时刻，学校为我准备了上课需要的所有材料。郑校长派好专车，并幽默地说："离娘酒、离娘肉、饺子、鸡蛋，各种菜咱都备齐了（意指上课用的酒精、肉片、鸡蛋、淀粉、蔬菜等皆已齐备）。起——轿——喽！"当时在场的人被逗得哄堂大笑。随后，专车快速平稳地把我送到北京市劲松小学。功夫不负有心人，最终我以全能奖上榜，而后成长为学科带头人。"磨杵轩"里我实现了事业上的华丽转身！

2022年我退休了，为了兼顾学习和健康，我在阳台上大大的落地窗前，又开辟了一个新天地：带有铁质背板的书桌上摆满书籍，木质的落地画架上放着DIY画板，可以伸缩的支架上放着平板电脑，还有全套的书法绘画工具。棋盘桌、工夫茶桌（茶具）、无线路由器、蓝牙遥控和各种绿植一应俱全。在这里可以读书、绘画、练习书法、研究棋谱、品香茗、唱歌、拍抖音、赏绿植。"夕阳红小天地"成了我精神的乐园！

拥有一间心仪的书房，是每个读书人美好的向往。每当坐在飘满书香的书房里读书学习时，心情总是无比的满足、温馨、幸福！书房见证了我人生激情岁月的付出与收获！

从平房的小书桌，到拥有大量藏书的书房，再到一应俱全的智能学习乐园，我家的书房虽然发生了翻天覆地的变化，但一个热爱学习的灵魂却始终没变。这对于一个出身书香门第，成长在盛世中国，不经战乱，不缺衣食，还可以饱读诗书的我来说，是多么幸运啊！

苦菜花香

哈振祥

我来到多年没有来的妫河岸边。

深秋，庄稼已近收割。我的眼睛急切地寻找着，在裸露的玉米高粱的茬棵间，我真的又见到了那心仪已久多年不见的灿灿黄花。我箭步扑上前去，蹲下身，仔细地辨认着，没错！它就是我这次专程来寻找，要看的花——苦菜花。

我来到这个世界上，认识的第一种野菜是苦菜，认识的第一朵花是苦菜花。我刚刚学会走路，二姐就领着我到田野里去挖苦菜。等我到了十一二岁时，正逢国家三年困难时期，全国粮食普遍不够吃，只好到田野里去挖野菜，以此代粮。苦菜就当仁不让地成了我采集的最主要的野菜之一。

初春时节，在去年翻耕的土地里，苦菜钻出了地面，露出了嫩芽，有的已长出了如桃叶状又可又比桃叶多出一些锯齿样豁口的叶片。苦菜和芦苇一样，是孽生草本植物，靠地下的根生出新的个体，一条根茎上能生出四五株苦菜苗，故而三五棵常常紧挨着参差不齐地长在一起，像亲兄弟；有的又孤零零一棵独自生长，显得孤傲不凡。我和我的小伙伴们，散落在妫河岸边的田野里，挑拣着那些又肥又嫩的便挖起来。工夫不大，我们便挖了满满一篮子。这时，我们的手上、小褂子上也沾满了黑绿色的点子，黏黏的。因为苦菜的秧棵一旦与其根部分离，受了伤的茎处便会流出一股像奶一样乳白的汁液。把苦菜放到锅里一焯，无论拌着吃，还是混合在玉米面里贴饼子，吃起来都格外香，只是那微微的苦味，是永远也无法清除掉的。

夏天，当玉米、高粱、大豆覆盖了整个田野时，苦菜便显得羸弱无力了。它们的秧棵无法见到阳光，加之农民在锄地时不断地对其铲伐，它们的存活空间越来越小。即使我们钻到青纱帐里努力搜寻，好半天也只能挖到一篮子不鲜亮的苦菜来。可等到庄稼收割，田野无遮无拦，天气转凉爽时，苦菜的秧棵在我们不经意间又会从土里冒出来，尽情享受正午温暖的阳光，秧棵又变得肥嫩起来，在被割过、砍过的庄稼茬棵间，它们显得绿意盎然，活泼灵动。这正是我们采集苦菜的又一大好时机，我们不仅挖那些新生出的，还会把那些茎已很老，但它的叶片间却滋生的嫩芽掰下来，放到我们的篮子里。我们把吃不完的苦菜晾干，以备冬季用。

天气一天比一天凉爽，当微微寒气侵袭大地，荒草垫子里的蒿草变黄时，独领风骚的只有苦菜了。此时，它们无论秧棵大小都长出了细长的茎，绿色的叶片由于霜寒侵染，夹杂着斑斓的紫红。茎的顶端绽开出圆形娇艳的小黄花，在妫河岸边广阔的田野里、缓坡上，形成一片片耀眼的黄色，在金风里来回摇动，形成一幅极为壮观的秋景图。

如今，人们生活好了，苦菜早已远离了我们的饭桌，人们偶尔吃一点儿，也是为尝尝鲜而已。但苦菜在我的成长历程中却是至关重要的，它曾养育了我。我坚信，我的血管中至今还流动着它的汁液，它孕育了我吃苦耐劳的品质。

我掐了一大把苦菜花放在唇边吻着，深深地吸了一口气，一股微微苦涩芬芳的花香直沁我的肺腑。啊，久违了的独特香气，又是那般亲切熟悉！

童年的小巷

武勇坤

版筑的墙，土铺的路，小巷穿越记忆，蛰伏在幽静深远之中。

小巷依地势房屋的走向，蜿蜒曲折，一眼望不到头，无法预测它的深浅。树状的小巷，像座错综复杂的迷宫，翻过一堵墙，便是一个未知世界。

奇怪的是，街道有名字，小巷虽多，却始终没有名字。小巷不宽，但很平坦，躺在地上，敞开胸怀，发出浓厚的乡音，坦然地看着人们静静地走过。小巷将院落连起，演绎着浓酽的谦和、善良、朴实的民俗民风。终日忙碌的人们把日子过得有滋有味，苦中透着甘甜，忙中露出悠闲。在小巷的一角，点缀着几株槐树或是果树，在蝉鸣的季节，轻笼着一片清凉与静谧，那沁人心脾的槐花香和淡淡的果香，弥漫着小巷，仿佛树下摇着蒲扇的老者，发出的爽朗笑声。

墙上长满了杂草，阳光照不到的墙面，铺着一层青苔，绿油油的甚是可爱，不忍破坏，成为小巷难得的油画。阳光将小巷照得泾渭分明，我喜欢拿着一块儿捡到的玻璃，在小巷里闲逛，将阳光反射在斑驳的土墙上，希望能找到宝藏。一日，竟在墙洞里发现一盒火柴，顿时如获至宝，交给父母，得到一番夸奖后，更是乐此不疲。

街门两侧摆放着人们闲坐的青石板，成为我们玩泥巴的场地，因而招来父母的笑骂。男孩子玩摔宝，女孩子玩跳皮筋儿或跳方格子，常常玩得满头大汗，然后一屁股坐在地上，五颗石子在手里上下翻飞。

寂寞的小巷，因孩子的欢笑、跑跳而显得热闹，绽放出难得的笑颜。每到傍晚时分，收工的父母带着我在宽敞的街道口乘凉、闲聊、踢毽子，热闹之后,小巷又恢复了平静,仿佛进入了梦乡。夜幕下的小巷,无论是否有月,都像一个阴着脸的老人,让人万分恐惧,用手比画成枪的模样,给自己壮胆,相信手指真的会射出子弹。

在小巷里,母亲牵着我的手,让我学会了走路;在小巷里,母亲目送我上下学;在小巷里,我扶着墙,慢慢地我学会了骑车,让我能够走得更远;在小巷里,婚丧嫁娶,人来人往,一个个鲜活的模样,恍然印在了熟稔的连环画里。走出小巷的我,却把心留在了小巷,至今那块青石板上,还镌刻着我的名字。多少次的梦回童年,父母在小巷的那头呼唤我……

小巷窄窄的,且多是死胡同,商贩极少进来,当悠长的叫卖声在小巷响起时,住在巷子里的人,高喊一声:"等会儿!"然后便飞快地跑出去。卖者总是耐心地等候:"别急,我等着哩!"

喜欢雨后的小巷,雨水流过之处,筑起一道大坝或是一座桥梁,谁能预料到长大后也许真的会成为一名出色的工程师。

简陋的小巷,绽放出花样的童年。飞不起风筝的小巷,放飞缤纷的梦想。

一场雨后,一堵厚重坚固的土墙因承受岁月风霜的侵蚀轰然而倒,水泥路面红砖墙的小巷展现在眼前,而那永守童真的小巷,总是撩起我长长的记忆和淡淡的忧伤。当我牵着孩子的手,站在小巷外,注视着宁静的小巷,任阳光舒缓地淌过,风轻轻地抚摸,就像父母在抚摸我的头,此时,一股脑儿的童年往事宛如蝴蝶随风翩翩起舞……

童年记忆

时　旭

　　我出生于20世纪70年代初，那是一个物质生活极度匮乏的年代。大家刚刚填饱肚子，根本谈不上给孩子买玩具。即使是"双职工"家庭的孩子，也顶多有个塑料猫或狗，因为那时的商店也不卖什么玩具。但儿童的天性让我们充分发挥想象力创造出了无数的欢乐。

　　童年的记忆中，男孩子玩的游戏大致有：弹玻璃球、玩打仗、打尜、摔泥瓦罐、撞"拐"、摔"宝"、踩高跷、砸"阎王"、掏鸟、抽"地牛"等。女孩子玩的游戏大致有：跳"房子"、接"棚棚"（现在叫翻绳）、跳皮筋、耍"拐"等。如果人多还可以玩"丢手绢"、"老鹰捉小鸡"、找朋友、藏"瞎"等。

　　记得有一个邻居小伙伴，他的木匠父亲给他做了一把小手枪，就这把手枪让他足足当了半年"司令"，想骂谁骂谁。只见他头上戴着柳条编的帽子，胸前挂着用两截竹筒捆在一起的望远镜，腰里系着一根电线，两个裤腿还绑着，左手拿着我们大家贡献的豆包，右手一挥小木枪，大喊一声"给我冲"，我们一通没头没脑地狂奔。有一次我跑肚拉稀慢了点儿，他竟然照我屁股上狠狠地踹了一脚。直到有一天我把我哥淘汰的弹弓捡回来献给了他，才被任命为"小队长"。

　　我有一个亲戚进了251厂当工人，给了我一把玻璃球，让我炫耀了好长时间。突然有一天，一个小伙伴拿出一个里边有花瓣的玻璃球，我顿时傻掉了，这小花瓣是咋弄进去的，我琢磨了好长时间。我弹球的技术太差，总是输，我哥却在我们村最能赢。他拼命地赢，我努力地输。直到有一天，他发现盒子里的玻璃球越来越少，便将我狠揍了一顿。

　　我的第一个真正意义上的玩具是父亲从北京培训归来，花两毛钱买的一副小眼镜。绿色的镜框，黄色的镜片，我晚上睡觉都舍不得摘下。这副眼镜让我受了不少贿赂：白薯干、起灯（火柴）盒等，还有一样家用电器——废手电筒。春节时，隔壁吴老三的姨夫从部队回来探亲，给他买了一个泥塑的小鸟，我家由原来的门庭若市立刻变为门可罗雀。小鸟是红色的，灌上水一吹还响，许是报复我，谁都可以吹，就我不行，那哨声简直就是"集结号"，只要他一吹，小伙伴都会跟他跑，后来我偷了家里三个馍馍送给他，才换得吹了一下午。

　　那时的幼儿园也没啥玩具，只有一个小皮球、一副积木和几本小人书。皮球不是用来踢的，是用来欣赏的，你抱一会儿，我抱一会儿，仿佛一件价值连城的青花古瓷，生怕掉到地上摔坏。积木更是不能随便乱动，只有小六子可以玩，因为老师夸他搭得好。还别说，现在的小六子在建筑行业混得像模像样、如鱼得水，真有点儿选择一个玩具就是选择一种人生的味道。

　　我儿时的玩具和现在我儿子的玩具相比，最大的不同在于他的多是买的，我的多是自己动手做的——用时下流行的话说：就是"山寨"版的。时光如水，生命如歌，数十年弹指一挥间，现在我们的生活发生了翻天覆地的变化，现在的小孩幸福得让人嫉妒，各种玩具名目繁多，趣味类的、益智类的、练眼的、练脑的、机械的、电动的，比比皆是。我儿子的玩具足有四大箱。但有时我也在想：现在的孩子有几个会扎鸟笼、蝈蝈笼，有几个会用野草编小猫小狗，又有几个会上树摸鱼洗身子（游泳），我还真怕那些玩具和游戏成了物质或非物质文化遗产，然后失传。

　　童年的记忆是美好的，也是值得留恋和回味的。我喜欢现在的生活，因为它给了我物质享受；我同样怀念童年，因为它有泥土和青草的味道。

"夯"歌声声

郝　然

前些年，农村盖房子都得"砸夯"。

砸夯，实际上是砸房地基，目的是将房地基砸得结实些。"地基不牢，房倒屋摇。"是的，在没砸结实的地基上盖房，没住上几年就会下陷甚至有倒塌的危险。庄稼人都懂得这个理儿。

农村人盖房子，第一步就是用土垫起高高的地基。地基垫起来以后，接下来就是砸夯了。所谓的"夯"，无非是一个巨大的石轱辘，周围用绳子绑上四根长长的木杠。

砸夯一般是六个人，有的"夯"分量重，得十个八个人。砸夯并不是一言不发地砸，砸夯有"夯歌"。"夯歌"，顾名思义，就是砸夯时候唱的歌。夯歌也是"歌"，曲调高昂，十分好听。

在砸夯的人中，领头唱夯歌的被称为"领夯"人。

"同志们加油干哪！"领夯人喊。

"哎嗨哎嗨吆……"其他人附和着。

"同志们加把劲呀！"领夯的继续喊。

"哎嗨哎嗨吆……"其他人继续附和。

这是最简单的夯歌，也是最常用的夯歌，村里的人几乎都会。除此以外，还有一些夯歌，就不是人人都会了。

在记忆里，我爷爷的弟弟，也就是我的二爷，他会的夯歌最多，大约有三十首。我听他唱过，确实不难听。有的人还专门向他讨教过，对此二爷热情"传授"，直到人家彻底学会了为止。

狗剩，一个年轻的后生，是一个标准的领夯人。因为他嗓子好，领夯时不但声音洪亮，会的夯歌多，而且聪明机智，随机应变，颇受大家欢迎，大家也都愿意跟他一伙砸夯。不为别的，光听他的夯歌就是一种享受。远远地看到路边一个骑自行车的人来了，狗剩就放开嗓子喊："那边来了一个骑车人呿……"

其他人附和："哎嗨哎嗨呿……"

"他穿了一件脏衣服呀！"狗剩喊。

"哎嗨哎嗨呿……"其他人继续附和。

"他有一个好老婆呿！"

"哎嗨哎嗨呿……"

"他老婆长得俊呿！"

"哎嗨哎嗨呿……"

"我晚上想得睡不着觉呀！"

"哎嗨哎嗨呿……"

"大伙儿想不想呀！"

"哎嗨哎嗨呿……"

在这种恶作剧般的近似"下流"的夯歌声中，骑自行车的人走远了。他万万没想到，这夯歌是捉弄他的。骑车人急着赶路，夯歌的具体内容是不会仔细听的，尽管他也许觉得这夯歌调子好听。

世上什么人都有，砸夯是纯力气活，可竟然还有砸上"瘾"的人。

张大，五大三粗，浑身都是力气，谁家砸夯都叫上他，他也乐意帮忙。有一次，张大患了重感冒，老婆让他在家里养病，自己上地里去干活了。老婆走后，不一会儿，外面传来了砸夯的夯歌声。他听出，那是狗剩的声音。起先他还在家里憋得住，可最后夯歌唱得他心里痒痒，于是他索性跑出来加入了砸夯的队伍。狗剩说张大你不是感冒了吗？怎么又出来了？张大说谁说我感冒了。砸了有半个钟头，张大的老婆风风火火地赶来了，她赶上前使劲揪张大的耳朵：你感冒这么厉害，还砸夯，不要命了！大家都愣住了，这才知道张大确确实实是感冒了。

我想，张大砸夯砸出了瘾，一来他是个好心人，热心肠；二来夯歌确实有一种使人跃跃欲试的功效。

有的人家，房地基面积大，为了尽快把房子盖起来，就用两三架大石夯。远远看去，二十多个人，三架大石夯，那阵势大着呢。

一架夯还可以，两三架夯，就有点儿"竞赛"的味道了。到头来喊夯歌的领夯人也喊哑了嗓子，嗓子肿得疼好几天。

你瞧，砸夯开始了，三个大石夯，三个领夯人，组成了三支"砸夯队"。领夯人一声喊，人们都使出吃奶的劲儿，抬着半人高的大石夯，把它抬过头顶，随着夯歌使劲地砸下来。为了比谁砸得结实，大家都使出了吃奶的力气。

"同志们加油干哪！"

"哎嗨哎嗨吆……"

"同志们加把劲呀！"

"哎嗨哎嗨吆……"

夯歌声声，高亢、悠扬而又动听，传出好几里地，周围几个村子都能听得见。

吃水的故事

姜淑兰

　　改革开放后，自来水进入家家户户，人们喝上了干干净净的自来水。打开水龙头，清澈的水喷涌而出。我注视着清澈干净的自来水，心潮澎湃，感叹不已，这情景不由自主地勾起我过去挑水吃的回忆。俗话说："民以食为天，食以水为先。"水是生命之源，人类生存离不开水。如果口渴了需要水时，得不到水喝，那是何等的滋味？我想每个人都会有亲身感受的。

　　三十年前挑水吃，那时，在老家需要穿过两条胡同，到二十多米深的井里打水。父母只有我这么一个女儿，按说也是独生子女，可是与现在的独生子女不同。现在的独生子女特别娇惯，家长什么活儿也舍不得让他（她）干，所有的活都由父母、长辈承包了。在过去就不一样了，在那贫穷的年代，家境贫寒，不干活行吗？苦活、累活都得干。我的父母都六七十岁了，父亲老寒腿，走路都费劲，挑水更是吃力，我不忍心看着父亲迈着艰难的步子去挑水，所以，挑水是我常干的家务活。邻居大娘、大婶常叫着我的小名对我说："元儿，你娘真把你当男孩子养活了……"听了这话，我嘴里没说什么，可心觉得酸酸的，怨自己的命苦。夏天还好些，到了冬天，挑水可就难了。那时候冬天比现在冷多了，"三九天"真是滴水成冰，井台子上结了厚厚的冰，井口上结的冰，只能塞进一个打水的小水斗，井台子很滑，一不小心就会滑倒。为了防滑有的人往井台子上撒沙土，因挑水的人很多，水难免又洒落在沙土上。随洒水、随结冰，井台子上总是滑滑的，挑水时滑倒栽跤是常有的事。所以，打水时需要特别小心。

我家住的是两间破旧的小西房，冬天大风一刮，风从窗缝、门缝"嗖嗖"地往屋里钻，屋里没有取暖设备，冷得像冰窖。连水缸等盛水器皿都结冰，就连窗格上的一小块玻璃镜子都自然结着奇形怪状的冰花。记忆中，就在"三九天"的一个早晨，我娘用菜刀砍水缸里的冰，一砍一道白痕。我想：这么厚的冰什么时候砍够一顿饭用的呀？于是我挑起水桶匆匆地走出家门，身后传来母亲的叮咛声："井台滑，小心点儿……"到了井台子，解开水斗小绳，小心翼翼地把水斗放进井口里，我很谨慎地一下一下地往上提水斗，当水斗到达井口时，我更是谨小慎微地提出水斗。再往下放斗绳时，我战战兢兢，唯恐冻麻木了的手提不住水斗掉在井里。我咬着牙，一斗儿，一斗儿，把两只水桶灌满，拿起钩担，挑起水桶刚走到井台边儿，一不小心被冻结在冰上的一块石头绊倒了，连人带桶都摔倒了，水洒了一半，胳臂、膝盖磕疼了。我强忍着疼痛起来要再打水，来挑水的好心人张大伯帮我把水桶打满。我谢过大伯之后，挑起水桶吃力地走回家。母亲的心思都写在脸上，看得出她对我又心疼又无奈。后来井上安装了辘轳，用辘轳打水比用绳拔水轻松些，也先进了一步。可也有困难的一面，即：往下放绳时，一不注意辘轳把儿会打着人，我的胳膊曾经就被打过。之后每次往下放时，我就害怕，提心吊胆的，无奈还得继续摇，摇上两桶水臂膀酸溜溜地疼。

就这样寒来暑往，年复一年，日复一日受着挑水难的负重之罪，我忧伤、我惆怅，心想：这可到多会儿才是个头啊？什么时候才能告别水井呀？我期盼着、梦想着能吃上自来水的那一天。

三十年后，改革开放的春风吹进了我的家乡，家乡发生了日新月异的变化，我梦寐以求的吃上自来水的愿望实现了，从此，告别了挑水吃的年代，告别了载着大半生的酸甜苦辣的水井。曾经让我吃尽苦头的水井已填平，一排排红砖瓦房取代了老井的位置，家家用上了自来水，洗菜、做饭、洗衣服，洗擦极为方便。现在社会主义新农村建设工程连厕所也改成了水冲式，又干净，又无异味。农田菜地用上自来水，庄稼、蔬菜有了清水浇灌，长势喜人，生机盎然。总之，自来水在人们生活中，给人们带来实惠，带来温馨和快乐。

常言道："什么是幸福？实现梦想就是幸福。"现在梦想实现了，这是多么幸福啊！吃尽挑水苦头的我，怎能不由衷地感到幸福呢？如今随着社会的发展、人民生活水平的提高，吃水的质量也在提升，喝上了矿泉水、纯净水。

日子蒸蒸日上。水的升级折射出社会变迁，从艰辛的挑水到轻松方便地用上自来水，见证了家乡的变化。我相信，在改革开放的春风吹拂下，我们的生活会越来越幸福！

我的藏书故事

梁云燕

　　我上小学四年级时，在家中发现了几册绣像本的《三国演义》，我便囫囵吞枣地看了起来，越看越入迷。我家住在农村，离县城有十多里地，只要一有机会，我便到县城的新华书店看一看，有时没有开门，我就在门缝里看看书架上的《三侠五义》《岳飞》等，心想，等我攒够了钱，非把它买下来不可。这是我和书的最初的情缘。

　　光阴似箭，岁月如梭，到了20世纪70年代后期，我已经是四口人的一家之主了，那时我的工资是四十六元五角，养活全家人，日子过得挺艰难。但我爱书的兴趣丝毫未减，那时我订了《诗刊》和《人民文学》。有一天邮递员把刊物送到家中时，我的妻子正在家中，我把刊物收好。邮递员刚出门，我的妻子柳眉倒竖杏眼圆睁，厉声冲我喊道："咱家过的是啥日子，你还有心思订刊物，咱家的小孩拿别人家的生肉吃，你知道不？"说罢，顺手拿起《人民文学》和《诗刊》撕成碎片扔在地上。我书架上秦牧的《艺海拾贝》、巴金的《家》等统统都被扒拉到地下。书籍满地，妻子喘着粗气，我像一根木头桩子立在那里，不知如何是好。

　　20世纪70年代《毛选》几乎霸占了整个新华书店，其他有价值的文学、历史等书籍很难买到。有个朋友知道我爱书，他送给我吕振羽著的《简明中国通史》上册，并告诉我下册在他的一个同志家，因为他们都"成分"不好，不便去联系。我记得当时我买了半斤江米条送给他朋友的小女儿吃，他朋友很感动，便从柳条编的提箱里找出了下册。完整的两册《简明中国通史》现在还在我的书架上放着，有时拿起来翻翻，便想起了当年那个辛酸的年代苦涩的往事，真是令人感慨万分。

　　那时市里有个古旧书门市部，只有一间简陋的小屋，有两个人，一个开票，一个售货。虽然称为门市部，书却少得可怜，但偶尔也能遇到一两本好书。我为了买到好书，便有心去讨好他们。我在的工厂是大型的木材厂，有时我便送给他们两块紫椴的菜板或红松的木板等。他们便把新到的好书给我留下，等着我去买。在那个小小的门市部里，我真买到了几本好书。如中华民国时期出版的蔡元培作序的《小学生字典》，由五册线装本组成，并带有插图如北斗星、莲花等，很有收藏价值，还有明代版的《昌黎先生集》，都是难得一见的书。

　　一次，我从旧书摊回家，在东大桥的柳荫下看见一位鹤发童颜的老者，正津津有味地谈论着《红楼梦》，我不由得停下来听听，因为我也是《红楼梦》迷。他说他把《红楼梦》的语句全部打乱，重新组合句子，便成为一部与原版《红楼梦》内容迥异的《新红楼梦》。我觉得有些离奇，便向他要了已组合好的前十五回。他请我代为推荐，我爽快地答应下来，给几位报社的朋友寄去，请他们广为传布。不知这部离奇的书能否得到社会的认可，但老者这种创新精神使我很难忘怀。

　　我的书越来越多，大概有一万多册吧。由于我的居室已经卖出，所有的书都要搬到我的女儿家中，我的书装了大半个汽车。女儿家里就乱套了，走廊里、厨房里、卧室里都是书。书架摆满了，我又塞了几本进去，折腾了一天，都人困马乏，早早就睡了。我老伴晚上九点多钟去厕所，闻着一股煳巴味，她就到处看看，只见书架的顶层冒着一缕青烟，原来书架顶层有个小灯泡，把书烤焦了。她急忙把烤焦的书拿下来，用水洇湿，进屋后便开始对我大骂起来："你这个没正事的老东西，你想把我们娘几个烧死啊？要不是我，咱家出大事了！"我知道自己理亏，也只好由她骂去，谁叫自己闯祸了呢。

　　我虽然酷爱读书，但不求甚解，只是一路快意地读下去，文学、历史、戏曲、佛经、美学等，都非常感兴趣。书读得多了，自然而然地就想写篇小文章，随写随寄，能否发表我也不去想它。有时候文章发表了，稿费却忘取了。我乃一老翁也，一生的乐事就是读书。

集　市

姜淑兰

在中国古代，民间祭祀的传统称为庙会；随着经济的发展和人们交流的需要，庙会就在保持祭祀活动的同时，逐渐融入集市交易活动。这时的庙会又得名为"庙市"，成为中国集市的最早雏形。由于集市上的商品具有交换功能，它的集中性、广泛性、周期性和必要性使得这种形式一直延续至今。但是，随着历史的发展，集市的内涵也在发生着变化。对"集市"的概念，现在的年轻人和 20 世纪六七十年代的人有很大不同，我很想记录点儿什么，手握着笔，思绪又回到了那个年代……

"嫂子，明天是集，你去赶集吗？"二婶儿问我娘。

"家里没糠了，我正准备要到集上买点儿糠，顺便把家里几斤鸡蛋卖了，正好一块儿去。"

听到娘的回答，我高兴地蹦了起来。在我的印象里，那个年代赶集跟过年似的。我清楚地记得，永宁集市，由东街改到北城墙外靠东边的城墙根。

我和娘还有二婶早早出发，步行来到集上。远远就听见叫卖声："卖猪崽儿了""簸箕、笸箩、粪箕子喽""铁锹、锄头、耙子……""有炕席、笤帚、鸡毛掸子卖""烟叶、烟末、火镰、烟锅、烟杆子喽……"叫喊声此起彼伏，像炸开了锅似的，好不热闹。

我和娘把带来的鸡蛋摆在地上，也像别人一样叫卖着……娘叫卖的声音犹如在空旷的山涧里的喊声，至今回荡在我的耳边。也许我家的鸡蛋卖价比较低，很快就卖完了。我娘拿着用鸡蛋换来的钱，仔细数了一遍，脸上露出幸福的微笑。

　　娘和二婶儿带着我，在集市上到处看。从东到西，不算大的一块场地，熙熙攘攘挤满了人。有牲畜买卖、生产工具、日常用品、农产品等，一应俱全。

　　我们找到了卖糠的小摊。"您这糠多少钱？"娘问道。

　　"您问的是哪种？我这有谷糠、黍糠、高粱糠、瘪谷糠，价不一样。"

　　"给家里猪拌野菜吃的，要便宜点儿的。"

　　"给您称瘪谷糠吧，一块钱能买半袋子。"

　　"行，买一袋吧。您从哪来呀？"

　　"清泉铺，离这二十多里，一早六点就出来了，卖完了赶紧回去。"

　　我看着单薄而沧桑的老伯，一种发自心底的同情油然而生。

　　如果说过去的集市和现在的集市最大的不同，那就是有些商品只有在那个年代才有买卖，现在已经退出历史舞台，看不到了，其中就有柴火。山柴、蒿草柴等买卖，对现代人来说，是不可思议的事，无法想象。但是在过去，为了换点儿钱，补贴生活，不得不把从山上砍下来的柴背到二三十里外的集上来卖。肩挑背扛，又重又沉的几捆柴火也卖不到几个钱，有时候还卖不完，没办法只好几分钱就处理了。这样的场景，只有经历过的人才知道穷人的日子是什么样，很叫人心酸。像这样的人，从十里八乡来赶集的人中还有很多，他们都是为了一个简单的目的——生活。

　　我出生在旧社会，见证了新中国的成立，经历过三年困难时期，赶上了改革开放，享受到了社会主义的优越性。在我身边，生活的方方面面都发生着翻天覆地的变化，集市的巨变更为明显。

　　现在的集市和超市已经变成集中经营、规范管理。过去赶集要分单双日，现在天天都是集。过去集市是露天场地，赶上刮风下雨，地冻天寒，不得不忍受那份痛苦；现在市场搬进砖瓦大棚，再也不用遭受那份痛苦，超市建在商业中心，购物环境非常舒适，它的诞生彻底改变了柜台经营模式，买的东西放进购物筐、购物车里就可以了，非常方便。商品种类极为丰富，可以用一句时髦的话概括："只有你想不到，没有你买不到的。"集市是历史产物。伴随人类的发展，集市将永远存在。它反映出一个时期百姓的生活写照，如果要给历史找一面镜子，集市就能真实反射出社会的现状。身处环境舒适的市场和超市，看着应有尽有、琳琅满目的商品，我不仅感叹祖国的伟大成就，更为我能生活在这样一个盛世而庆幸！

读借来的书

田　山

　　无论成人还是少年，如饥似渴地阅读，都是一种与知识、智慧，与历史和想象力进行心灵对话的冲动和再感悟。

　　我的少年时代是在 20 世纪 60 年代末 70 年代初度过的。那年月，物质极其匮乏，家中能够维持日常的一餐一菜并非易事，没菜时，只吃一些盐拌山野菜或杏叶贴饼子就算好嚼裹儿了。娱乐内容更是少得可怜。若是听说方圆十几里内的哪个村有场露天电影，便会像过节一样兴高采烈地约上三五个伙伴，饭也顾不上吃，以马拉松式的赛跑方式去赶场。因为像这样的事情一两个月也未必有一次。

　　那时，更多的娱乐是看课外书。看课外书是那时我了解世界最重要的一扇窗口了。小时候，家里三代农民，他们除了干活儿还是干活儿，要想在家里翻出一张有字的纸来怕也是一件新鲜事了，更不用说书了，所以只有借别人的书来读。

　　孩童时，自己是从小人书（连环画）看起的。那时还不认字，总央求那些识字的人给讲书里的故事，对书中的人物是从哪些是好人、哪些是坏人开始理解内容的。后来上小学了，眼光也从看小人书升到读小说了，虽然识字不全，可隔三跳四地也能读懂内容。当时，家里有个在公社读初中的堂哥，他认识的同学多，朋友也多，总能借到一些好书。可我要看是有条件的，必须拿东西来换才成。我那堂哥从小嘴馋，爱吃零食。哪怕一小角点心、一块冰糖、水果糖或两三个花生果都能从他那里换到一两本书看。记得当时主要看了《钢铁是怎样炼成的》《卓娅和舒拉的故事》《格林童话》《烈火金钢》《敌后武工队》《平原枪声》等近百部小说。能够看到这些书，那要感谢我的奶奶。她在村中辈分最高，每逢年节或生病，街坊四邻都要来看她。她把好吃的留给我，我舍不得吃，全部拿来换书看。这些书一到手，我便通宵大战，第二天一早，又依依不舍地还给人家。在中间等书看的日子，心里更不好受，痒痒的，十分难熬。每天晚饭前，我都要到堂哥家看看书拿回来没有，其间遭到了堂哥家人的多次白眼，总认为我是去他家蹭饭吃。

后来，上了初中。我最喜欢上自习课，因为没有老师，也没有什么其他学习任务，我迫不及待地从书包（自己用纸箱做的，像医生背的药箱）的夹层里拿出厚厚的一本《说岳全传》，这是我费尽周折从过去的一个私塾老先生那儿淘到的。不一会儿，我完全沉浸到书中的故事情节里，当同桌用力捅了一下我的左肋，我才惊醒过来，班主任老师悄悄地站在我的身后，周围响起了同学们善意的哄笑声。原来，老师已喊我两三次叫我去发作业本，见我无动于衷才走过来看我究竟在干什么。我怀着忐忑不安的心情低着头站了起来，一动不动地任老师把我的书从手中慢慢抽走。望着老师拿过去的书，担心老师把书撕掉或没收了，我拿什么还别人呀。谢天谢地，老师翻开书封，看了看书名，又看了看我，竟然微笑着将书轻轻地放在桌上，一言不发地扭身离开了。至今想起这一幕，都让我非常感谢这位老师，他默许了我的这一不务正业的小动作，使我读书的习惯养成了自然。

高中的时候，我又遇到了一位很好的老师，他是从日本留学回来的。因为在特殊时期，学校没有安排他教课，而是让他做了厨师。厨房和我们住校生的宿舍仅一窗之隔，我的床恰好安在窗下，窗上有一块可从厨房里打开的推拉玻璃。每当同学们都出去玩的时候，这位老师像地下工作者似的拉开玻璃，从窗口递给我几本书，什么《唐诗三百首》《古诗赏析》，什么上海的《朝霞》、北京的《北京文艺》，还有一些当代文学作品选编。

后来，我高中毕业回到了家乡，被公社文教组选拔成了一名代课教师，从此与书更是结下了不解的情缘。学校有两间图书室，由一名教师当图书管理员，我与他的关系处得很好，别人一次只能借两本书，而我却能一次借七八本，什么四大名著、唐诗、宋词、楹联鉴赏、外国文学名著等。

我如醉如痴地徜徉在书的海洋里。因为好读书的缘故，经常写一些豆腐块文章或几首小诗在报纸和一些杂志上发表，还时不时地参加一些不同级别的诗词或楹联大赛，偶尔还能获个奖。这都得益于我一直不辍地借书读。

借书读是一种享受，它可以使我在享受中陶冶情操，提高修养，增长知识，拓宽视野，同时也使我认识了许多性情中人，他们是我的朋友，是我的老师。

棉鞋情思

耿春荣

前几天老伴清理立柜，翻出来一双黑布棉鞋，不是老式的一脚蹬，而是中间有舌头，打了洞眼，能系鞋带的仿军用棉鞋，和军品商店里卖的军用棉鞋一模一样。这些年我都把它放在橱柜抽屉里，舍不得穿，因为这是母亲留给我的最后一双棉鞋。

记忆把我带回20世纪60年代。我家姐弟六人，因家境贫寒，从我记事起，家里从来没有给我们买过鞋，都是母亲一针一线为我们缝制的手工鞋。做鞋也不容易，必须有材料，仅靠家里人穿过的那些破衣服、家中零散的碎布片儿是远远不够的。我和姐姐就到距离我家十里远的县机械厂的垃圾堆里捡拾工人扔掉的破工作服和擦机器的油抹布，拿到家里，剔除纽扣、线脚、杂物，拆成小片儿，然后到河里刷洗。把洗干净的布片儿摊平，晒干，村里人管它们叫"铺衬"。把铺衬叠好，一卷一卷地包起来，准备做鞋时使用。

做鞋的第一道工序是糊袼褙——把铺衬用糨糊一层层粘在一起，达到一定厚度，晾干了，就是袼褙。糊袼褙要用整块时间，不然，打一盆糨糊抹不完就干了，那年月粮食金贵得很，糊袼褙却必须用平日里不舍得吃的小麦粉。我们家打袼褙的糨糊常常是掺兑一半磨得精细的玉米面。母亲总要选择一个晴朗的天气，打好一盆糨糊端到院子里，又把一块门板放在两条长凳上，用小笤帚蘸上糨糊把门板刷一遍，先贴上火纸，再把铺衬粘到火纸上，一块接一块，扯直，抹平。若遇少许空当和洞眼，就撕点儿小块破片贴补上。

我不只是看，也拾着破布片往上褙，老是搞得满手满脸糨糊。母亲笑笑，随即用干净的布片给我擦擦。一门板的铺衬糊好了，就放在太阳底下晒。

傍晚，它被晒干了，一整张大片从门板上揭下来，这就是通常说的袼褙。这些五颜六色、形状各异、破旧的碎布片粘连起来的袼褙曾经让我产生了种种联想，像一幅画？是一首诗？或一支歌？那时我什么都不懂，只是简单地浮想联翩。长大后，我当上了民办教师，给学生上美术课，讲到了绘画的色彩时，不知道为什么，我的眼前竟然会浮现出母亲打出的那一张张袼褙，思绪沉浸在袼褙的年代，直到学生向我提出了问题，我才从遥远的记忆中回到现实……

要说做鞋最烦琐、最辛苦的那道工序就是做鞋底（俗称纳鞋底），按照事先放好的纸壳样，把袼褙剪成鞋底形状，叠放在一起，再用新白布铺底裹边，"千层底"的鞋底坯子就成型了。母亲先用锥子在鞋底上扎个眼儿，用套在中指上的铁顶针一顶，把针线穿过去，再用力"刺啦、刺啦"地拽两下，麻绳一针挨一针缝遍鞋底，缝得越密，线拉得越紧，鞋底就越耐穿。所以，需要千针万线才能纳出一双鞋底。那针脚一行行，一排排，十分整齐，透出一种娴熟、优雅之美。纳鞋底是个劳神费力的慢功夫苦活儿，时间一长，母亲的手指就会酸痛，眼睛会发花；有时母亲一不小心还会被针扎到手指，她把手指放到嘴里，慢慢吮吸流出的鲜血。每次看到这样的情景，我都十分心疼，甚至情不自禁地流出眼泪。因此，在我童年的无数个冬夜里，我是经常望着母亲在昏暗的油灯下神情专注的背影和听着麻绳抽动的哧哧声而渐渐地进入梦乡的。

平时母亲要干的活儿很多，下地挣工分，侍弄自留地的蔬菜瓜果，在家做饭养猪、纺线织布……纳鞋底只能忙中偷闲。好在纳鞋底不受时间限制，吃罢饭，放下碗，来几针；睡觉前，加个夜班，戳上几十针；找人说事，边说话，边纳鞋底；上工时，用头巾包上鞋底，装进口袋，中途歇息时，急忙拿出来，两手舞动中留下一溜缜密的针脚；生产队开会了，母亲和其他妇女气定神闲、理直气壮地让针一下一下从鞋底穿过。嘧嘧的声音汇在一起，影响了干部的慷慨激昂，干部虽然不满，却可能想到了他妈或他老婆也是这么纳鞋底，只得睁只眼闭只眼地默许。纳好了鞋底，接着是上鞋帮，做棉鞋，鞋帮里面要铺棉絮，内贴绒布。上鞋帮也是技术活儿，没个好手艺，鞋帮就会上偏，结果是鞋帮打褶，鞋的前后、左右都拧劲，穿着难看，脚也不舒服。因此，母亲将穿了细麻绳的钢针从上往下，把鞋帮和鞋底一起穿透，每上一针都要认真比量一下鞋底和鞋帮的准确位置，然后用力拉紧针线，鞋帮就被紧紧地缝在鞋底上了。母亲做鞋的细心和耐心在村里是出了名的，她做的鞋不仅穿着舒服，而且特别美观，我们姐弟每次穿出去，人们都啧啧称赞。

我是家中长女，在贫病交加的环境里（父亲长期患支气管哮喘，不能劳动；二妹患有严重的先天性心脏病，走路都要大口喘气）长大，饱尝了生活的苦难与艰辛，即便如此，唯独令我感到骄傲且难以忘怀的是，在每年漫长的冬天里，我都能穿上一双由母亲亲手为我缝制的棉鞋。年年冬天穿着合脚、保暖、美观的棉鞋，不会像有些同学那样，因为穿不上棉鞋或者是那棉鞋不保暖，致使脚上生了冻疮，红肿发亮。那疼痛，那搔痒，真是难以忍受。

我读初中，家离镇中学较远，母亲让我在学校住读。寒假前夕，我们初二的三个班都在操场除雪，各班之间展开了劳动竞赛，我是共青团员，又是班里的劳动委员，学校的集体劳动一向是一马当先。由于我铲雪多，干得快，学校领导在大喇叭里表扬了我和另外两名同学，这鼓励就像注入了强心剂，我越干越来劲……

收工的时候，才发现我的一双棉鞋早已湿透了。回到教室，我把棉鞋脱下放在炉上烘干。没想到的是，一名同学往炉里添煤，一不小心，把我的一只棉鞋刮到了炉膛里。我急得哭了起来。等老师把鞋拽出来的时候，棉鞋已经面目全非。老师回宿舍给我拿来一双她穿的棉鞋，可这鞋比我脚要大两号，走起路来真别扭。老师见鞋不跟脚，就说："我请你村走读同学给捎个话儿，让你家长带一双棉鞋来吧。"

事隔五天以后的一个下午，我在教室里上课，突然有一位同学说："春荣，有人找你。"我抬起头时，发现母亲身穿一件单薄的蓝布衣裳站在窗外，她手里拿着一双新棉鞋，扬了扬，大声说："春荣，我给你送棉鞋来了！"此刻，全班同学的眼睛齐刷刷地望着母亲。母亲冻得浑身发抖，我跑出教室，接过母亲手中的新棉鞋感到奇怪，一问才知道是母亲加班加点突击夜战赶制出来的，我抱着母亲热泪盈眶……

母亲就是这么一位体贴儿女、热爱生命、心胸宽广、有着无限慈爱的品格的女性。

按说母亲如此勤劳辛苦，做的鞋堆起来应该像座山，我们一辈子都穿不了。事实上，和大多数人家一样，却是母亲做的赶不上我们穿的。原因嘛，一则人多，母亲的双手难敌众脚；二则我们的脚一天天在长，又整日贪玩，不是上山，就是下沟，一双布鞋能奈何多久？往往不是踢了帮，露出脚后跟，就是大拇脚趾顶开鞋，径自在外面逍遥，我们称之为二老牛。平时倒也能凑合些日子，快要过年了就要急死母亲，抹袼褙、廓鞋样、纳鞋底……忙得焦头烂额。初一早上新鞋上了脚，别人夸母亲做的鞋结实、好看、喜气，我们心里更是美滋滋的。母亲虽也满足，却满脸的疲惫。待过罢年，她又忙忙地开始抹袼褙、廓鞋样、纳鞋底……月复一月，年复一年。

我父亲去世后，我把母亲接到了城里。母亲从来不去公园里唱歌跳舞，也不和街坊四邻聊天解闷儿，如果闲个一天半晌她就会感到浑身不舒服，劳动永远是她的天性。一天，邻居冯婶跟我说，母亲背着我们夫妻，在大街上摆地摊，卖她做的鞋，几次都被城管撵得到处跑。我一听很是生气，心想，这不是给我丢人吗？让邻居们知道了如何看我？却不知道怎样跟母亲说。

过了段日子，我有点儿想通了。是啊，我们收入低，平时给我妈的钱少，她也没有开口跟我要过，她卖鞋是为了减轻我的负担啊。再说我妈出卖的是自己的劳动成果，有什么丢人的？虽是这样想，心里却很不是滋味，但又没有更好的办法，只能睁只眼闭只眼，任凭母亲瞒着我在大街上摆摊卖鞋。

给我留下清晰记忆的是，母亲第二次来我家住，见我在寒冷的冬天脚上穿的是一双单皮鞋，便着手给我做棉鞋。当时流行带眼儿系带军用棉鞋，可她从来没有做过这样的款式，她跟一位复员军人借来了鞋样，经过仔细琢磨，用一周时间做好一双我喜欢的仿军用棉鞋。我穿它上班，同事们都看好了这双鞋，说和军用棉鞋一模一样，问我在哪里买的，听说是我母亲亲手做的，都夸我母亲手巧，并说有这样的母亲真是幸福。

可她们都不知道我母亲这一生做了多少双棉鞋，一双鞋底纳多少针，用多少绳子，我不知道，母亲也不知道；这一辈子母亲纳了多少鞋底，我不知道，母亲也不知道。能知道的是母亲左手食指永远弯曲了，再也伸不直了。右手食指上先是勒出条条红痕，继而变成一条条白里泛黄的老茧，最后成了一道道黑色的纹线……

　　我就是这样穿着母亲做的棉鞋度过了一个又一个数九寒冬，走过了天真烂漫的童年。时光一晃六十多年，如今母亲也早已驾鹤仙去，随着年龄的增长我却特别怀念母亲为我做棉鞋的情景，每每回想，心里总有一种无法名状的隐痛，久久不能释怀。

老井·老树·老家

吕少明

我少儿时代生长的地方，是一个不足二百口人的古老小村。村里有一座不知何时建造的关公庙，供奉的是三国时代义士关羽关云长。乡人都极为敬仰关羽，于是也称他为关帝。香火一直旺盛不衰，所以这个古老的小村也一直被称为"关帝庙"。

村子里有一口全村人赖以为生的老井，深约三丈，井水甘甜凛冽，清丽可人，源源不断！尽管时光荏苒，世事沧桑，村里的人丁也不断增增减减，村里人家不管远近还是从这口老井中汲水供生活日用。祖祖辈辈世世代代挑走了多少担水，养活了多少人口和牲畜，早已无从计数，然而井水却从未干涸过，也从未满溢出来，就连水位也无增减，取之不尽，用之不竭，着实令人惊叹！

时隔三十余年，我回村探亲访友，村子已发生了翻天覆地的变化。原先，东西向的110国道穿村而过，沿公路两边是竖一字排列的人家，其间也夹杂着车马大店、代销点、豆腐坊等公用设施。而今，公路北侧的住户几乎全部移居到公路南侧，新建了一排排整齐划一的红砖瓦屋。屋顶上太阳能热水器、电视信号接收器密密排布，显现出浓浓的现代化味道。唯一没有变化的就是那口孤零零的老井，仍然静默地竖立在那里，关注着时代的变迁和世事的变幻！

人的记忆真是奇特。三十多年过去了，这口老井的一切细枝末节竟然都还储存在脑海的最底层，一见面就全都翻腾出来，连井壁深绿的苔痕、井口上的轱辘、缠在轱辘上的井绳、井旁饮马石槽里的木塞都清清楚楚、历历在目地再现出来，严丝合缝。我痴痴地审视着这口老井，又伸出手抚摸井壁上绿茸茸的苔藓，就像抚摸着自己的肌体、自己的灵魂。

这口老井贮存了我少儿时代无数的记忆，有欢乐、有害怕、有神秘、有故事，林林总总，点点滴滴，堆积在我记忆的深处。而今又像打开了尘封已久的衣柜，一桩桩一件件显现而出。

记得六七岁时，我曾拽着父亲的衣角跟着去井上挑水。当父亲放下扁担，将水桶用辘轳放到井里取水时，我就跑到饮马水槽里去玩牲畜饮剩的水，常常玩得头上、脸上、衣服上到处都是，父亲喊话不听，自顾自地玩得很投入。这时父亲就大声嚷，若是不听话就把你扔到井里去，喂癞蛤蟆和鱼，甚至是一手提溜起我的双脚一手托住我的腰把我的脑袋伸进井口。我知道父亲是在吓唬我，他哪里舍得把我丢到井里呢？但是，看着黑洞洞的井口和井里不知道有没有的蛤蟆和鱼，我还是感到一种莫名的害怕。后来，我性格中具备了一种乖巧安静又听话的元素，不知道是不是跟这次经历有关。这也是我记忆最深、最让我害怕的一件事。

我童年的欢乐当然不在井里，而是在因井水搭建起的各种平台上。夏天的时候，人家水槽里打好准备饮牲口的水，一大帮孩子推荐两人轻轻走过去，趁人家去车马大店里牵引骡马的空当儿，将水槽的堵水木塞拔出，像水库泄洪般，一股"强大"的激流喷泻而出，"下游"孩子们早已"开垦"好的平面螺旋"引水渠"和一层层"梯田"，享受一次甘露的滋润。但往往有时水流太大太急，所有的"建设"全被冲垮，变成一片"汪洋"或者是像洪水肆虐过一样一片狼藉。这时候，孩子们就欢呼跳跃，不知道是为自己的"劳动果实"毁于一旦高兴还是为恶作剧带来的喜悦而兴高采烈。冬天的时候，水槽里放出来的水，渐渐结成了好大一片冰，变成了冰的乐园。我和同龄大小的孩子们从家里搬来自制的冰车，沿井台顺坡下滑，一直滑到冰面的尽头，技术好的能做到"回头是岸"，技能技巧差一点儿的，往往落个车停人飞的"下场"，这时就又是一片欢乐的呐喊与呼声！

老井的神秘之处据说是跟一条水桶般粗的大蟒蛇有关。传说这条大蟒蛇一直是住在井里的，不知道是传说中的白蛇还是青蛇，被法海打散以后有一条就辗转迁徙躲到了这个小地方的这口浅水井里，就以喝井水为生。传说这条蟒蛇住到井里后，前来挑水的人往往被一股冷气吸进井里，再也上不来了，水桶与扁担丢在井口，人却不知道哪里去了。很长一段时间再没有人敢来挑水，导致很多人背井离乡，他处谋生。这件事结果引起天庭注意，派使者前往调查，说是井里有一蛇妖作怪。于是天庭就派二郎神下来传达圣旨，让蛇妖设法迁出，否则就要填平井口，让蛇妖永不复出。蛇妖原本也善良，来这里后因饥饿而伤害了几条生命，又使很多人流离失所，心里早已过意不去，也有迁出来的打算。所以就和二郎神讨价还价，前提是自己出来以后不准带天兵天将前来捉拿。二郎神因急着回去交差，就答应了蛇妖的条件，嘱咐她信守承诺就带着人马回朝了。蛇妖兑现承诺，就从井里一跃而出，却不知道到哪里合适。但她知道这个村里的老百姓朴实可亲，自己伤害了人家几条性命却没有一个人想到要填埋井口报复它，而是躲到他方谋生，避让着自己。想到这里，四周看了看，发现关帝庙旁有一个矗立了上千年的烽火台，因年代太久，台底下面被雨水浸出一个深不见底的黑洞，正好做自己的藏身之处，于是就把这里当成自己的家，也不再出来伤害人命。从此人蛇同处，相安无事！据说因蛇体属冰，又久居井底，井水变得比以前更加清凉甘甜，人们对蛇妖心存感激，特意到烽火台下设龛供奉，奉为神灵！

从记忆里磨灭不去的还数村里的那十几株老柳树，不知是哪一辈人栽植下的。单是老井旁边的那一株，需要五六个大人合围才能量出它的周长。地上盘根错节的根茎凸露在地表外，树心早已空洞，四个孩子在里面打扑克都显得极为宽绰。在村里上小学的时候，常常约上几个孩子躲开老师的视线逃课出来，聚在树洞里玩起扑克牌。好在老树离学校不远，玩上一阵子再悄悄溜回去，老师也没有发现，这里也成了我们逃课玩耍的乐园。

老树高达几丈，枝繁叶茂。树顶像巨大的伞盖，厚实无比，层层叠叠。有的树杈向四周撑开，形成一个空中平地，又被密密麻麻的柳条柳叶遮挡，俨然就是一个隐蔽的栖所。曾经有一个同学，在家里挨了父母的打骂，一赌气离家出走，就攀上了树顶呼呼睡了大觉，家里人愣是找了一整天，始终见不着踪影。那个同学睡醒以后觉得肚子饿，才从树上出溜下来，回家吃饭去了，把父母亲的嘴差点儿气歪。有时过周日的时候，小伙伴们也把丢手绢的游戏搬到大树底下，六七个孩子围坐在大树的四周，围着大树跑圈丢手绢，丢手绢的人丢给谁是谁，别的孩子都难以发现和提示，往往秩序井然，大家玩得很是开心。在当时村里没有幼儿园也没有体育器材的情况下，老树成为孩子们快乐的主题。

　　当时村里有二十几株这样的大柳树，极负盛名。如果有外乡人问你是哪里人，你如果说是大柳树底下的，人家就会点点头，意思是知道你是哪里的了，比说"关帝庙的"更管用，更容易理解沟通。

　　但这次回乡发现很多大柳树都被砍掉了，不知道派了什么用场。对我而言成为一个个惊叹和遗憾！几百年甚至上千年的老柳树啊，为什么断送在这样一个发达的年代？是现代生活容不下你，还是人类越来越无知贪婪？

　　据说，由于村里近年来建起了水塔，用上了自来水，那口老井也派不上用场了，也注定要被填埋的！可在我的记忆里，老井与老树根植得最深，那是老家最深刻的印象。

纸短情长

父亲的春天

梅 雨

癸卯年清明，农历闰二月十五，父亲已离开我们整整一个月了。延庆的春天总是来得要晚一些，父亲最终没能等到小院里那株杏树花开。

一个月前，同样是农历二月十五，惊蛰日凌晨，与疾病抗争了一年多的父亲，终于不堪重负，在昏睡中疲惫地走了。我握着他瘦骨嶙峋的手，从温热到冰冷，看着监护器上的数字，从有到无，焦灼的心几近碎裂。无数次没有回应的呼喊，让我陷入无尽的绝望。

那一刻，我虽明白，但却无法接受，我的父亲离开了人世间，我从此成了没有爸爸的孩子。心，痛到无法呼吸；泪，如雨般流个不停……我多希望这一切都不是真的，可时间从不给人喘息的机会。

春天，这个我曾经无比喜爱的季节，自此成为裹挟着伤痛的时光，承载起我对父亲无尽的追忆……

一世平凡

我的父亲出生在新中国成立之前，他幼年丧母，少时挨饿，家境贫寒，命途多舛。然而，他一直没有放弃学习，在延庆读小学，后又到河北宣化读到了初中毕业，在当时也算是高学历了。在那个饥肠辘辘的年代，填饱肚子才是头等大事，于是父亲初中毕业便匆忙回到延庆，从当临时工、站柜台干起，成为一名普通工人，开始自己养活自己。

20 世纪 60 年代初的一个春天，父亲经人介绍认识了母亲，有了自己的小家。为补贴家用，他跟着一位师傅学了开车的手艺，承担起单位去北京城上货的任务。那时候没有高速公路，每一次进北京城，都要天不亮出发，天黑才能回来，还要搬货卸货，格外辛苦。20 世纪 90 年代初，家里有了四个孩子，父亲为维持家庭开支，调到了另一家工资高一点儿的企业工作。他每天早晚开班车接送职工，白天驾车奔忙于城乡网点，有时还要到外省市出差，一走就是十多天。工作四十多年，父亲一直是最普通的"大头兵"，但始终勤勤恳恳、任劳任怨，从不懈怠、从不抱怨，直至退休。

许是年轻时吃苦的关系，父亲从不舍得在美食、服装上花钱，也不爱到处游山玩水，只对买书订报情有独钟，且毫不吝啬。他常告诫我：不要"驴粪蛋子外面儿光"，把钱花在读书和学习上，让脑袋和精神充实起来，腹有诗书气自华。

退休后，父亲每天准时关注中央和市、区的电视新闻，热衷于与书报为伴，还酷爱把喜欢的文章做成剪报。经年累月，父亲的剪报也存了数十本。每逢假日我们回家，他总要拿出剪报，戴着老花镜给大家"上课"，内容涉及做人处世、健康养生、教子育儿等，"听课"人也越来越多，有女儿女婿，有外孙、外孙女，甚至重外孙辈儿。四世同堂的大家庭里，讲的人津津乐道，听的人总有收获，小院儿里常常传出欢快的笑声。

父亲并不擅长讲大道理，却用言传身教给我们做了最好的示范。他常把平安挂在嘴边，说："不论贫富，只要一家子都平安就是最大的福气。""医院里没躺着咱家人，监狱里没关着咱家人，就是好事儿。""吃亏是福""年轻人吃苦等于吃补"……这些朴实的话语时常萦绕耳边，字字句句蕴含着他对我们立身做人的叮咛和嘱咐。

而今，天人永隔，小院里的杏花开了，我却再也听不到父亲读报的声音，看不到他整理菜地的身影，也没有机会和他在杏树下"辩论"了，只能感怀着与父亲在一起的时光，独自迎来又一个春天。

三生有幸

和天底下大多数父母一样，我的父亲母亲都是最普通的人，他们相濡以沫六十载，操劳一生养育四个女儿，创造了我们这个和谐美满的大家庭。作为"老闺女"，我从小便在父母和姐姐们的宠爱下长大，特别是父亲，总是做我在人生关键时刻想要依靠的那棵大树，晴时撑一片绿荫，雨时擎一把大伞。

母亲整理父亲遗物时，发现一个棉布小包，里面存放着我从小学到高中、大学的各种证件、校徽等，还有我与父亲之间的信，都被父亲完好地保存着。看着这些，我不禁泪流满面，脑海里满满都是父亲的音容笑貌。

从小到大，我一直无忧无虑，从未因生活琐事而烦恼。特别是上大学的时候，我给自己买随身听，和同学集资买电脑，周末到图书城买书……从没为钱犯过愁。父亲常跟我说，只要是对学习有帮助的，别心疼钱，该花就花。听他这样说，我更是"底气十足"。直到多年以后才明白，哪有什么岁月静好，只是父母在负重前行。

上大学那几年，其实正赶上父亲单位效益不好，既要给我交数千元的学费和生活费，维持日常开销，还要支持我的兴趣爱好，父母的生活过得异常艰辛。姐姐后来告诉我，我离家去学校的日子里，父母每顿饭只吃大咸菜凑合，等我周末回家才会做点儿像样的饭菜，我一走，他们又继续吃咸菜。一想到家里紧紧巴巴的日子，母亲常常忍不住掉眼泪。可父亲总会安慰她说，再苦也不能影响孩子学习，不能让孩子在外边受委屈。每每想起这些事，我总会为自己当年的不懂事感到惭愧万分。

父亲做人处世，最看重实实在在，可对我他却常常报以"善意的谎言"。2021年"七一"，我有幸被安排到天安门广场参加中国共产党成立一百周年庆祝活动。因为需要往返延庆和市区彩排演练，那段时间我连续几周没有回家，每次通电话，父亲都说你忙你的，家里都挺好！可等我忙完活动回家，却发现平时除了睡觉之外从不上炕的父亲，大白天在炕上躺着。母亲这才告诉我，前几天父亲不慎摔伤了腰，怕我分心，一再叮嘱家人不要告诉我。

我的父亲就是这样，总是做我们最坚强的后盾，从来不让我们为他操心。作为四个女儿的父亲，他最喜欢两句歌词："父亲的情怀是女儿闪光的华年，父亲的慈爱滋润着女儿的心田。"我也想对父亲说："爸，三生有幸，能成为您的女儿。父亲的养育，是女儿一生的幸福；父亲的笑容，是女儿永远的春天！"

万物有灵

那一次，父亲虽然伤得不重，但到医院做检查的时候，却意外发现他患上了一种不常见的病症，医学上目前尚无治愈之法，只能靠药物维持。

或许真的是"万物有灵"。父亲摔伤后第二年春天，老家院子里的老杏树有一半的枝杈便枯死了，母亲当时就有种不祥的预感。彼时，父亲刚刚住院，病情尚不严重，此后一直往返于医院和家中。随着病情加重，他的身体每况愈下，回家的时间越来越短，住院的时间却越来越长，我们与父亲在一起的时光也慢慢进入倒计时。

春天的脚步不会因为任何理由而停下，正如我们想尽各种办法为父亲治疗，依旧难以留住父亲的生命。最终，他在今年春天刚到的时候离开了我们，离开了他无比挂念的老伴儿和孩子们，离开了他辛勤打理的小院儿……那棵当年他亲手栽下的杏树仿佛早有感应，用半树枝杈送父亲最后一程。

父亲下葬的那天，我在家里陪伴母亲。刚刚安慰母亲躺下休息，就从玻璃窗子看到院里飞来的一只不常见的小鸟（事后辨认，这是一只山画眉，在村子里不多见）。小鸟在杏树上时而跳跃，时而鸣叫，我不由自主地走出堂屋，偷偷拿出手机拍它，又生怕吓到它。谁知神奇的一幕发生了，小鸟看到我，不但不离开，还跳到我头顶上方的树枝上，对着我"啾啾"地叫起来，过了好一阵儿，才恋恋不舍地飞走。我相信，这一定是父亲托它来给我们报平安了，还叮嘱我们要照顾好母亲。父亲再不用每天为一大家子操心，也不用再忍受病痛的折磨了，他在另一个世界，一定如这只画眉一样，过得惬意而自在。

父亲走后，母亲一直心情忧郁，每天清晨睡醒，看到枕边空荡荡的，总会以泪洗面。时间是最好的疗伤药，在家人的陪伴下，坚强的母亲渐渐走出失去至亲的阴霾，开始每天忙活着收拾小院儿。她替换了瓜架上已经风化的旧竹竿，带着我们把院子里的菜地翻土、施肥，做好了春播的准备。父亲的剪报也被母亲认真保存好，依旧放在老地方，一切都和父亲在时一样。

母亲用最朴素的方式，倾诉着无尽的思念。相伴六十载，一直都是她依赖父亲，而今，她要接过父亲的"接力棒"，继续带着我们一大家子往前奔。母亲说："有妈在，就有家！"她会坚强乐观地活下去，这也是对老伴儿最好的告慰。

杏花微雨时，春意正盎然

父亲生前很喜欢我写的文字，可我却一直没有为他写过一个字。如今他走了，我含泪写下的这一篇，记录下父亲的点滴时光，不知他能否看到。愿父亲在另一个世界里，可以感知女儿的心意，就让春风捎去我们的思念，化作繁花装点父亲的春天。

蝴蝶兰的花语

梅　雨

　　玫瑰花象征火热的爱情，百合花寓意百年好合，手捧一束美丽的玫瑰和百合与心上人一起步上红地毯，想必是每个未婚女孩的梦想吧，我也不例外。春暖花开时节，我的这个美梦即将成为现实，忙于筹备婚礼的我沉浸在花儿一样的幸福之中。对于婚礼的一切事宜，我并未想过有什么特别的，别人怎么办，咱也怎么办呗！无非是身着白纱、手捧玫瑰嘛！鲜花对于我来说，只是婚礼盛宴中微不足道的一种装饰品而已。直到有一天，一位要好的姐姐送给我两盆粉红色的蝴蝶兰，才使我对鲜花有了另一层全新的认识。

　　早先，这位姐姐说要送我鲜花作为结婚礼物时，表情就有些神秘，可我心想肯定不是玫瑰就是百合。但当她送来这两盆蝴蝶兰时，我却有了一种男人见到美女一般的"惊艳"感觉，这哪是两盆花，分明是两个沉鱼落雁的美女。圆润翠绿的宽厚叶片舒展在花茎的基部，颀长的花梗高高地伸展出来，数十朵粉红色的花朵吐露着芬芳，如蝴蝶一般凌空飘着，似乎随时可能会飞离枝头。再仔细观察每一朵花，更让人觉得美丽脱俗，四片较大的粉红色花瓣成十字交叉状，仿佛仙女张开的翅膀，又好像她被风吹起的纱裙。大花瓣衬托出中间的小花瓣和玲珑的花心，就如仙女姣好的身材一般，令人心动。多么美丽的花儿，我一边欣赏它的美丽，一边思考该把它摆放在哪儿比较好。正当我为这个问题发愁时，朋友姐姐微笑着说："好好养着吧，蝴蝶兰的花语就是我的心意。"

　　对我而言，花语这个词并不陌生，不就是什么花代表什么意思吗？正如人们都知道玫瑰象征爱情一样。可究其根本，我并不很了解花语到底是什么。后来，我在互联网上找到了答案：花语是花卉文化的核心，是指人们用花来表达某种感情与愿望。最早的花语起源于古希腊，那个时候不只是花，连某种叶子或某种树木都有一定的含义，每一种植物都有着一段美丽的故事。在希腊神话里就记载过爱神丘比特出生时创造了玫瑰的故事，于是玫瑰从那时起就成了爱情的代名词。随着时代的发展，花卉已成了社交的一种赠与品，而花语则代表了赠送者的意图。如此看来，赏花是要懂花语的，只有读懂了鲜花美丽外表下所隐含的花语，才能明白送花人的一番良苦用心。

送花人有意，赏花人有心。蝴蝶兰的花语是什么？朋友姐姐的心意是什么呢？经过查阅我才知道，蝴蝶兰的花语是"我爱你，幸福向你飞来！"噢，我恍然大悟，蝴蝶兰就如飞舞的蝴蝶一般，说它能够带着幸福向你飞来，这花语果然贴切。原来朋友姐姐送来蝴蝶兰，并不是要送我一盆家中的装饰物，而是希望通过它表达对我的关爱并祝愿我幸福。花语无声胜有声，我被感动了，是因为蝴蝶兰的花语，更是因为姐姐的美好祝愿。我的问题也有了答案，这两盆花摆放在哪并不重要，关键是要把姐姐寄托在花上的祝福摆在心里才是最重要的。

于是，我在网上搜索了不少关于蝴蝶兰的知识，发现这种花原产于热带雨林，在干燥寒冷的北方，除了温室大棚，一般家庭是不太好养的，因为它对各种条件的要求都很苛刻。由此我明白，大概是因为幸福都不是容易得来的吧。所以，如同蝴蝶兰需要悉心呵护一样，幸福是需要自己付出努力去争取、去守护的。为此，我认真记录下蝴蝶兰的养护知识，并购买了养花用的工具，决心要把姐姐送的两盆蝴蝶兰养好，就像小心呵护自己的幸福生活一样。

读懂了蝴蝶兰的花语后，我给送花的姐姐发了一条手机短信："姐姐的心意我懂了，你放心吧，我一定会幸福的！"

灯如红豆最相思

杜景仁

当缀在天幕上的星星纷纷醒来，以它们温柔的银光泽被千家万户的时候，当洋溢着天伦之乐窗口的灯火散发着爱的温馨的时候，不知您是否思索过，要保持这美好和欢愉，您该做些什么？

每天晚上，我都会出去散步，特别喜欢站在街头静静地欣赏夜幕下城市的灯火，那闪烁的灯火在茫茫的夜里仿佛燃烧的火焰，给寂寞的或者不寂寞的心灵带来丝丝温暖，让看不清道路的人有了明亮的方向。

有时又会站在窗口欣赏散落在夜海深处的一窗窗柔和的灯光，如星星，让夜色里的大地盈满一种温情。于是倚窗而立的我，就在一种默默的凝视中，忽然感到了夜的温暖。

儿时，吃完晚饭后经常和小伙伴出门玩耍，每当走进家门的时候，首先映入眼帘的，便是窗中的灯火和在灯光照耀下母亲穿针引线的身影。每次回到家中，母亲总是递给我一个暖暖的微笑和几句问询的话语。而此时此刻心里总是甜甜的、美美的。

成家后搬到了城里，看远处灯火的时候，总在心中默默地思念母亲。想象母亲在乡下，在一盏我望不到的灯光下忙碌着的身影，一双期盼的眼神，几句自言自语的念叨，抑或是一个再熟悉不过的手势。

纵然视线不能穿越时空与母亲相接，我愿给思念增添一双飞翔的翅膀；纵然阳光不能照亮黑夜，我依然会给心灵一窗温暖而明亮的灯光。

而当某一天我站在她的身后，安静而深情地看着她的背影。当她蓦然回首看到我时，那种喜悦之情溢于言表，慈祥的面容，温情的话语，可口的晚餐。将一种深情影印在柔和的灯光里，那满室的灯光温馨得让人沉醉。而时光仿佛也跌落在温柔的爱海里，不再流逝。

于是在夜幕降临的时候，在灯下，我带着浓浓的深情，写下了"母亲在家就在"的诗行。长夜漫漫，我愿化作一盏灯，夜夜守护在母亲的身旁。

有人说：思念是一种痛，爱亦是一份忧伤！而我分明在灯火辉煌的夜幕里，感受到思念的温暖，触摸到人间母爱的温馨。

佛教说：温暖是一种指引！而一盏灯光，就昭示着一个温暖而幸福的家。无数的灯光在夜幕里为幸福而闪耀着，我的目光定格在一排排、一窗窗的灯火中，执着地望着家的方向……

一把蓝色的雨伞

马海飞

我的视线，这么久以来都被一把蓝色的雨伞所牵绊……

那蓝色，明澈如天空。

小时候的那些下雨天，妈妈总撑着一把蓝色的雨伞来学校接我。我的头顶是一片蓝色，肩膀被包裹在一片蓝色之中，那是一片蓝色的无雨的天空。矮小的我抬头和妈妈说话，却发现妈妈的那一半天空是一片阴沉的灰色，风夹杂着雨滴，在妈妈灰色的天空里肆虐，妈妈的肩膀湿了，额前的头发也湿了。

"妈妈，雨伞歪了。"我提醒道。

"没有，雨伞没有歪啊。"妈妈轻轻回答。

我的视线落在倾斜的伞柄上："是真的，雨伞歪了。"

妈妈固执地说道："没有，真的没有……"

后来我长大了，和妈妈一样高，那把蓝色的伞在柜子中一年一年地褪色。

又是一个雨天，又是那把蓝色的伞，我和妈妈一起撑着它。我的视线不由自主地落在了伞柄上，我撑着雨伞的手轻轻一歪，妈妈笼罩在一片蓝色的无雨的天空之下。而我的肩膀湿了，头发也湿了。

"雨伞歪了。"妈妈提醒我。

"没有，没有歪啊。"

"是真的，雨伞歪了。"妈妈重复道。

"妈，它真的没有歪，没有。"

伞下是许久的沉默，却瞥见晶莹的水珠划过妈妈的脸颊。

那把褪了色的伞，又重现以前明澈如天空的蓝色。

这么久以来，妈妈都为我撑起一片无雨的天空，现在，我多给妈妈一片快乐的天空。那把蓝色的伞，陪着我每天在深夜的灯下读书，陪着我每个周末忙于补课……

老树发新芽

段志东

年近古稀的岳父母，本已是儿孙绕膝、颐养天年的时候。可生性好动的岳父母，并没有和儿女们商量，就私下做主买了四十只小柴鸡。我和妻子回家时听到隔壁屋里有叽叽叽叽的小鸡叫，快性的妻子劈头盖脸地问："爸妈，这小鸡是怎么回事？"

经常爱唠叨的岳母解释起来："虽然现在党和国家每月给我们老两口四百元钱，有老年证，坐车还免费，现在社会就是好，在过去连想都不敢想，取消农业税，一项项党的富民政策就是好，生活好了，身体就好，你看看我和你爸爸的身体多硬朗，总是待着也不是事，不是有那句话：待就能待出病来。我们老两口就寻思着，干点儿啥呢？听说养柴鸡挺好的，柴鸡蛋也挺贵，养鸡对于我们两口子，真是张飞吃豆芽——小菜一碟，从育雏到产蛋，我们可是轻车熟路……"

妻子说："真没看出来，您讲起养鸡还真一套一套的，没有别的意思，我们就怕你们二老累着，什么鸡不鸡蛋不蛋的，咱不求卖多少钱，就求一个好身体！"

岳母有些生气："我不和你说了！我们的身体我们有谱，累不着，你们就放心吧！你们看看小鸡去吧！"

岳父母决定的事情，别人很难改变。我看到妻子气冲冲的，便安慰道："爸妈爱养柴鸡，就让他们养去，又何必认真呢？瞧那嘴噘得都快能拴头驴了。"

妻子不好意思地笑了："你再瞎说，小心我……"

我下意识地把妻子举起的手拉下来："别这样，是对我，还是对鸡？

走！看小鸡去！"

用纸箱子制作的鸡笼放在热炕上。叽叽叽叽的小鸡，听到有人来，顿时就鸦雀无声了。雏鸡羽毛五颜六色毛茸茸的，尖尖的小嘴不停地啄着用水浸泡过的小米，滴溜溜圆的小眼睛不停地左顾右盼，纤细的爪子不停地刨着。看着欢蹦乱跳、活泼可爱的小柴鸡，妻子咧着的嘴笑开了。

在岳父母卧室里有一个红漆老式柜，柜上依靠墙放着相册镜框，如今在镜框左下角放着一张学生用的横格练习本空白页，上面方方正正写着：9∶00——喂鸡；12∶00——喂鸡；15∶00——喂鸡；18∶00——喂鸡。

时钟刚指向十二点，头脑聪明精细的岳父说："老婆子，到点了该喂鸡了。"

岳母像听了命令的士兵一样一边答应："是了，知道了！"一边端着一个白瓷碗一路小跑来到小鸡窝旁边。瓷碗里面是用温开水浸泡的小米。岳母小心翼翼地一把一把将小米喂给小鸡，小鸡如获至宝，争先恐后地吃起来，叽叽叽叽的小鸡欢快地吃着食，岳母满脸堆笑地冲着小鸡自言自语地说："小鸡们，好好吃，快点儿长。"

过了一个月，我们三口儿再去岳母家，小鸡已经变大，手巧的岳父又给小鸡精心制作了一个漂亮的铁鸡笼，已经从炕上搬到地上的板凳上。见到有生人来光顾，小鸡们争先恐后地飞到鸡笼边上一展雄姿。

我饶有兴趣地问岳母："这小鸡长得真快，您是咋喂的？"

岳母打开话匣子，慢条斯理地说起来："这个养鸡可有讲究，首先是定点按时，从早到晚，人还没有吃饭呢，就要先喂鸡，走得我这条老病腿都疼了；就是这样，我们老两口哪怕倒换班也要把鸡喂好。另外，你爸爸只要有空儿就骑上三轮车，到二十里地以外的农贸市场捡菜叶子，小鸡吃了带菜叶子的饲料，长得可快了。还有就是勤打扫鸡笼卫生，让鸡喝新鲜卫生的水。"

有一天，我正在家里休息，电话铃突然响起来，原来是岳母打来的："我和你爸爸中午去坐席，你今天不上班，赶中午回家喂鸡，千万别忘了。"

我高声回答："您就放心吧！保证完成任务。"

十点钟我就不辱使命地回到家，做好喂鸡的准备工作。在柜上放着一张字条：十二点准时喂鸡，鸡食已经拌好在外屋地上。二十分钟后加水。

切记！

整整十二点，我准时开始喂鸡，小鸡见到我这个陌生面孔，先前还有些生疏，趾高气扬地仰着头，瞪着圆圆的眼睛看着我，心里说：今天怎么换人了？

当我把鸡食小心翼翼地均匀撒进鸡笼里，饥饿的小鸡也顾不上辨认主人了，狼吞虎咽地吃起来。二十分钟后，我再给小鸡送水的时候，小鸡们就不再陌生了，头一伸一扬地喝起水来。

下午两点多，岳父母回来了，岳母迫不及待地来到鸡笼旁边，见到小鸡们鸦雀无声地熟睡着，随便拿起一只小鸡，用手捏了一下鸡嗉子，然后笑呵呵地说："鸡喂得很好，鸡吃得很饱。"

就一次喂鸡，我就知道养鸡的辛苦了，还有岳父冒着酷暑隆冬骑车到二十里地以外的农贸市场捡菜叶子，就更是辛苦了。何况岳父母成年累月一日三餐，无微不至地照料小鸡，岳父母在养鸡上付出的辛苦可想而知了，我暗自为岳父母竖起了敬仰的大拇指！

半年后的一天，电话铃再次响起，仍然是岳母打来的，这次是叫我拿鸡蛋。

我说："不拿了，留着卖钱吧！要不就留着您和我爸爸自己吃吧！"

岳母说："瞧你说的！鸡蛋是咱家自产的，别提什么钱不钱的，不在乎那一点。鸡蛋不光是给你们两口子吃的，主要是给我外孙子吃的，他正长身体，需要营养。咱家的柴鸡蛋可有营养了，左邻右舍的乡亲都来咱家买柴鸡蛋给孩子吃，由于咱家的柴鸡蛋成色正宗，一传十十传百，就连四五里地以外邻村的乡亲也慕名而来，销路一直很好。"

我们几乎每月都要到岳母家拿上四五斤的柴鸡蛋，孩子吃了柴鸡蛋后红光满面的。一年半以后，这批柴鸡产蛋率明显下降，岳父母大胆地将鸡淘汰，随之就又马不停蹄地购进了雏鸡，又从小鸡一天一天养起。就这样周而复始，岳父母已经养了三四批鸡了。

养鸡使岳父母生活得更加充实，缩短了与外面交往的距离，手头也有了零花钱，老两口天天都是乐呵呵的。我们的孩子说："姥姥！姥爷！真没想到，你们年近古稀的老人，人老心不老，还干起了年轻人的事业，我真敬佩你们！"

岳父母笑着说："我们这就叫老树发新芽！"

我的小灯

王玖超

　　一个人无聊的时候，最喜欢看街上的灯，各式各样的造型，将街头巷尾装扮得如此璀璨、辉煌，而灯自己，只是自顾自地闪烁，不语。五颜六色的灯光，像春天的手，携着一丝清凉与温柔，抚过整个黑夜，让冬不再寒冷无助，让夏不再溽热难耐。灯是暖的，但不似太阳的灼热，它带给人的感受，是从视觉传递到心灵的舒适、归属与依恋。在每个白昼与黑夜擦身而过的瞬间，灯总能及时亮起，将苍茫的夜色燃烧成一片片永不凋零的花。而我们，也早已习惯，穿越层层黑暗后，打开房门，亮起一盏属于自己心灵港湾的温馨与浪漫。由此不难理解，小说《余震》中的女主角方登，历经灾难后重生，为自己更名小灯，想必也是看透了人生的起落浮沉、大痛大悲后感觉唯有黑暗中适时明灭的那盏灯才是自己唯一可以肆意流泪、尽情倾诉的伴吧。

　　喜欢灯。案头那盏布满灰尘的灯，曾陪伴我度过了无数个青灯黄卷的日子，就着袅袅升起的茶香，让每个夜晚都浸透了浓浓的诗意和淡淡的熟悉。因了这份熟悉，我爱上了华灯初上时变幻出的绚丽与安然，爱上了灯火阑珊中残存的感动和余温。还记得上大学时，每次心情失落的时候总喜欢一个人站在校门口的天桥上，看着宽阔笔直的道路两边竖立的一排排整齐的街灯，无论是风雪交加还是电闪雷鸣，它们都一如既往地坚守在自己的岗位上，一样的执着淡定，一样的不动声色。而当万水千山走遍，将人生的风景看透之后，幸好还有这一地街灯静静地守候，为我照亮回家的路。

　　还有阜成门地铁站出口处那镶满屋顶的一挂挂蓝白交替的夜灯，让每一个穿梭于车流人流中疲惫不堪的人眼前一亮，劳顿奔波的追赶化作熠熠生辉的旅程，夹杂着对故乡的思念、对人性的看穿、对生活的释然，有名的辛酸、莫名的心碎，都在那一眼眼的冲撞中悄悄陨落。前行的步履不再蹒跚，荒漫的杂念不再流连，那一季的萧索、落寞在无声中绽放，都打开了、放飞了，剩下的，除了无法忘却的积淀，还有什么呢？

春节前，我所居住的这座小城也在人流密集的几条街道上"种"上了色彩斑斓、造型美观的灯，那挂在树上的一条条彩灯，随着雪花的呼吸自由地眨着眼睛，顾盼生姿，忘我而又多情。那一束束穿梭于枝丫间的流星灯，水滴般划过，仿若时间的沙漏，将宁谧的夜晚记载成动态而又自由的永恒。还有那一棵棵树形灯，绿的繁茂，红的热烈，黄的妖娆，蓝的安静，紫的妩媚，每换上一套盛装，都能引人生出一份遐想，美妙绝伦照耀下的心驰神往，也算得上节日的彩灯为我们奉献出的一捧集视觉与精神之优的佳作吧。

伫立在人影渐稀的街角，心情随着室外温度的变化而波动。蜷缩着心灵，回到家中，打开所有的灯，待一切舒展后沿窗望出去，一盏接一盏的灯沐浴着当晚的好月色，形同往昔，岿然不动。

我想，那一盏盏目送着街上最后一个行人离去的灯，它们的内心深处也有孤独吧，可是孤独的生命一旦被点燃，迸发出夺目的异彩，就会如满天的星辰，悬挂于漆黑的画布上，用自己冰冷的热情成就一番专属于夜空的最美丽的风景。而我的心中，也有一道这样的风景，虽然相隔四年，音容淡去，但你永远是我内心最能给我温暖与力量的一盏小灯……

母亲那炉火

赵明申

有一段日子没回家看父母了。曾接到母亲一个电话，电话那头母亲反复叮嘱，虽然今年冬天不太冷，但还是要穿上棉裤，免得腿疼。我放下电话，心里颇有些不是滋味。

周末回家，虽然坐在汽车上，但还是能够感觉到远离县城的郊区那种干巴巴的冷。下车时，远远地便看见我的母亲穿着大棉袄站在门口等我。我赶紧快走几步，随母亲进了家。

随母亲进家后，忽然发觉屋里寒气四溢，我摸摸暖气，冰凉冰凉的。我问母亲，母亲说今年煤太贵，而且比起往年来今年冬天不太冷，所以就没买煤，也就不打算生火了；每天烧烧炕，坐在炕头上一天也就对付过去了。

我看着穿着大棉袄的母亲，看着母亲那张冻得有些发青的脸，鼻子有些发酸。我说："入冬前不是给您买煤钱了吗？""那钱我没花，想着你快结婚了，房子还等着装修，用钱的地方多，能省点儿是点儿。再说我和你爸也不冷。"母亲说完，便张罗着给我做饭。我拉住母亲，握住母亲冰凉的手，眼泪再也止不住了。为了省钱，母亲在冬天竟然不生火，而我这个做儿子的竟然不知道。在这间冰冷的屋子里，做母亲的却还在关心她的儿子是否穿上了棉裤！

母亲见我哭了，有些慌，直说真的不冷真的不冷。我没说话，默默地上柴棚找来木柴和煤块开始生火。母亲见我生火，也就没再说什么，只是叨念了几句煤太贵便坐在灶前烧火做饭。母亲低着头，不停地往灶里添柴火。火光映红了母亲的脸，从入冬以来母亲就是靠这盘土灶取的暖。透过火光，我看着穿大棉袄的母亲，泪水再一次模糊了我的双眼。

　　临走的时候我又给母亲留了一些钱让她一定买煤，回到县城后不放心，便亲自去煤站买了一车足够烧一冬的煤送回家，心里这才踏实了。

　　接下来的日子里，每次打电话问母亲，母亲都说炉火很旺，屋里很暖和。而每当这时候，我都会想起母亲那张冻得发青的脸，便不禁泪蒙双眼。但我也知道，不管多冷，母亲心中都有一炉火，那炉火很旺，燃烧着的，是她对儿子全部的爱。

母爱无痕

侯　军

开门的刹那，有一种异样，及至推开门，刚想喊一声"妈"，才忽然醒悟，母亲已回故乡了。

往日，我骑破单车到楼下的声音，就是守候在阳台望儿归来的母亲早早开门的信号。

母亲是因为眼疾，才到儿子身边的。按母亲的说法：这是自儿子长大成人后，与儿子待在一起最长的一段时间——将近一年。在其间的半年内，母亲在一只未失明的眼睛上动了两次手术，还因为胃肠有病，住过一段院。而儿子却因为工作等大大小小的缠身事，并未好好陪陪母亲。

往日，偌大的屋子中央是浸润着母亲的生生气息的，而今却空落了许多。

在买到火车票后，母亲干完了所有她能替儿子干的事情，诸如洗衣物等。母亲的理由是一人在家，干点儿活就不寂寞了。而我知道，母亲是想把丝丝的纯挚爱意渗进去，留下来，她愿自己的儿子好。

去岁的初冬，在狂风中从火车上接下母亲时，我发现将近一年未见的母亲花发更为苍灰，步履更为蹒跚……而印象中，母亲虽不强健但也并不柔弱啊。母亲清朗明澈的目光难有，如春的光辉灿烂的笑刻满了沧桑，那扬一扬就有一片暖色光淌向儿女的手不再有力。

我锥刺般地苦痛。

母亲生生不息的芬芳真的在一点点地逃逸，我不禁悲恸于岁月的无情和儿女的挥霍。

母亲一生操劳，即使在动完手术后，也坚持要做饭，直到儿子有一日

"暴跳如雷"后，母亲才不再"固执"，但却每次早早地切好菜，等儿子回家只炒一下就行。

母亲一生从未长篇大论地要求儿子做什么、不做什么，只是默默地做着一些她认为该干的事情。但儿子从中却感悟到了太多太多……

母亲告诉我，在儿子出外求学的时候，她是如何掰着指头数着太阳的东升西落，撕下一页一页的日历盼着寒暑假到来，盼着毕业后能回到自己身边的儿子。儿子虽知道母亲的心愿，却还是径自轻松地远走他乡，还在一篇《故乡的柳笛》的短文中很是"粪土当年万户侯"似的宣称"苍凉不应属于我"。只是与母亲见面的次数由一年两次变成了一次，母亲盼望的季风也就不再停止。儿子无语凝噎。

母亲爱养花，为了排遣孤寂，我寻来了一些花，母亲因此常说。我纳闷，儿子为茹苦含辛的母亲做了一件微不足道的应该做的事，何以让母亲念叨不止？母亲宏大的、无边的、宽厚的爱在滚滚流淌，永远容纳着儿子的一切对与错，却不求任何丝缕的慰藉。

古云：大音希声，大象无形，道隐无名。诚哉斯言，母爱无痕。

父亲的心

武勇坤

在我的心中，父亲是坚强的，世上的一切光荣与骄傲，都来自父亲。他是我们幸福的象征。从我记事时起，父亲便肩负着家庭的重任，为我们操碎了心。

父亲八岁时，我的奶奶便病逝了。父亲放学回来，便做家务，一直到与母亲成亲。父亲与爷爷相依为命。父亲小学毕业后，见爷爷实在太苦了，便主动退了学。多年以后，父亲总结自己的经验教训：只要你们愿意读书，就是卖房，也供你们。为了生活，父亲四处奔波，想方设法让家境好转，进行了种种尝试，但都屡遭失败。好在，父亲并不气馁，也不怨天尤人，失败了，找原因，加倍努力，重新再来，但生活依然困顿。

高三时，我在县城一所中学读书，要交一笔数目不小的学费。晚上我向父亲开口要钱，父亲答应明早给我。我躺在炕上，父亲在院里踱来踱去。不知什么时候他出去了，东借西凑，凑了一千八百元钱。我上了学，家中却陷入了困境。父亲趁我们不注意，悄悄报名献了血。那一夜，我在院里，面对苍穹，默默无语，站立许久。为了省钱，家里用咸菜代盐，将电线掐掉，只留下一盏灯，留给我回家时读书用。

寒假时，学校要上两个星期的课，我们的学习也进入关键时期。父亲给了我三十元钱，是我两个星期的饭钱。我知道父母和弟弟一直用绳子做裤带后，就在大市场批发了碎方便面，省下十六元钱，买了三条裤带。县里一家公司来村里找愿意献血的人，父母都报了名。父亲对母亲说："你不要去了，咱们不能都垮了啊！"我听了泪流满面，父母相对而泣。我哭着也要报名，父母坚决反对。我哀求说："咱们谁都不去了。"父母答应了。那一天，我有种预感，一直心神不安。放学后，我冒着严寒急急忙忙骑车赶回家，才知父亲还是追到医院，献了血。我无法控制内心的悲痛，与父亲抱头痛哭。那一年，父亲已经是四十九岁了。

春节前，某工地为了赶进度，特地要招几个小工，工资很高。父亲决定带着弟弟去工地。那天早上，我与母亲收拾行李，送父亲和弟弟到车站。一路上，寒风凛冽，我们迎着呼啸的寒风，看着在外打工的人带着年货正往回赶，而我们却忍着悲痛，似在踏上流亡之路，不知明天会怎样。但父亲却目光坚毅，对明天充满了希望。

父亲为了我们，一辈子不停地变换工作，五十三岁时，终因体弱多病而回到家，继续在田地里辛勤劳动。如今，我已参加工作，并有了一个温馨的家。而父亲因劳累过度，身体一直虚弱多病，体重只有五十二公斤，并患有严重的高血压。尽管如此，父亲每天仍是不停地劳作。我担心他会昏倒在田地上，对父亲说："我们都已经成人了，您就安心休息吧。"父亲却说："只要有一口气，就不放心啊！"我明白父亲的心。父亲为我们操碎了心，永远也不能停下来。

看着日渐衰老与憔悴的父亲，再也没有了昔日的风华正茂，我心如刀割。我真的不知道，父亲如此虚弱，还有多少年啊！我知道，在父亲看来，他只是尽了一个父亲的责任，但这不求任何回报的父爱，却是我们永远也无法偿还的。父亲，一个气度宽大的朋友，他那不受个人利害驱使、持久不变和广大无边的爱心，深深地感动和激励着我。无数个夜里，我的心在默默祈祷：如果可以，我愿意以我十年的青春换回父亲的健康。

清明寄思

王玉玲

清明节总是要下雨的，淅淅沥沥的小雨，如泣如诉，寄托着生者对死者不尽的哀思。这一天，我的心沉甸甸的，愈加思念我逝去的亲人，他们或长或短地走完了自己的人生，他们在天堂还好吗？

小时候总记得，清明节这一天，大人们总是起得早早的，给过世的亲人上坟烧纸。晚上，孩子们是不敢出门的。大人说，这天晚上，走了的人都是要回家看看的。冥冥之中这一天，就是生者和死者交流的一天，是天堂和人间的共有。

清明时已是初春，山坡上有了浅浅的绿意，在清明那一天，孤单单的一个个坟头上多了几个花圈，多了些果子和糖块儿。在清明前一夜，我和姐姐一起拿着印版，蘸上墨汁，一张一张地印上坟烧的纸钱，晾干后再折得整整齐齐，放在一起。母亲买了香，煮好鸡蛋，蒸了小馒头，备了白酒，和纸钱一起全都装在了一个小口袋里。第二天，父亲赶着牛车去给奶奶上坟，一路上牛车慢慢悠悠，铁车上的链子叮叮当当，这一路也许他会想很多很多吧。回来的时候，父亲脸色总是凝重，跟我们说坟头上的土少了，周围的杂草太多了。我不知道父亲对奶奶是怎样的一种感情，因为我出生一个月奶奶就过世了，根本不会知道他们是怎样的一对母子。父亲最后一次给奶奶上坟，是他七十岁那年。他的腿已经一瘸一拐几年了，家里的牛也卖了。听母亲说，他坚持一个人走着去，回来时眼睛红红的。

我从未体会过失去至亲至爱的人的痛苦，直到有一天我的父亲离我而去。我的父亲是在我的儿子刚出生三个月的时候走的，新的生命的降生，使我刚刚懂得更应深深感谢我的父母时，父亲走了，走得那样悄然。他在睡梦中走了，一天也没有拖累儿女们，一句话也没有留下。也许正是因为这样安静地离开，随着时光的流逝，我愈加内疚和怀念我的父亲。他一辈子没留下什么财产，所有的家当只有四千块钱；但他给了我们快乐，让我们学会了坚强。父亲放飞了我们，我们对他时时牵挂，或写信或寄钱。邮局负责取款的人员说我父亲很富有，父亲整天高高兴兴。

天下对自己最真的、最无私的就是父母亲。父亲走了，我更想用一切来补偿我健在的母亲。她不识字，连手表都看不明白，但她和父亲一起养育了我们儿女五个。赐予我健康的身体、坚强的性格、乐观的生活态度，让我一生享用。我每年抽时间去姐姐家看母亲四五次，我给母亲买颜色鲜艳的衣服，多陪她说说话，多给她一些钱，只为了让她高兴，能健康长寿。也许因为失去了父亲，我更加热爱我的母亲。

清明这一天，我认认真真地准备了一番，给父亲多烧了一些纸钱。这一天，多少至亲至爱的人们会迸发他们内心的彻痛和思念，因为有爱，因为有情。

等　待

韩书祥

当"砰"的一声，手术室的门被关上的时候，我的心也便开始了焦急的等待……

从门缝里传来的手术车摩擦地面的尖厉声响，此时也越发显得刺耳。正躺在手术车上的不是别人，而是怀胎十月准备分娩的我的妻子。说得更确切些，她现在是要准备去做剖腹产手术的。

由于已经超预产期十天了，怕发生意外，在医生的建议下我们住进了妇幼医院进行待产。经过一系列检查后，医生说孩子头还是浮着的，其他指标也不利于顺产，所以建议进行剖腹产。就在昨天，医生叫家属去护士站签手术知情同意书时，身为一名医生的妻子，她当时显得比我更加沉稳，眯着眼睛对我说："别怕！签字时大夫也许会说得严重些。但是，没事！"就在我临出门时回过头还见到她安慰似的向我点点头。然而，听了主刀医生一行行地读着告知家属单上的条目，刚刚才被妻子安抚下的心一下子又提了上来。上面每一条一旦发生不是致死就是致残呀！开始几条我还听得见，到后来我也只是见到大夫用一支笔在纸上指点着，嘴唇在熟练的闭合间言语着什么，我一概听不见了。只是觉得心跳得厉害，体内所有的血都在往头上流，以至于头有些承受不住了，似乎想将多余的血通过头发引流到体外。医生读完了上面的内容后见我有些异样，故意轻咳了一声对我说："你也别害怕，其实向你交代只是一种可能，发生的概率只是几万分之一。""嗯！"我不知所云地回应着。然而，却在想另一个问题。医疗意外的发生对于医院来说也许只是几万分之一的概率，太渺茫了，然而这几万分之一落在谁的身上那可就是百分之百的痛苦呀！我不敢想了，只是机械式地接过了医生的笔，在她指点的地方歪歪扭扭地写下了自己的名字。

"别看了，还得过会儿呢，先坐下歇会儿吧。"母亲和岳母这时也招呼我。"不用了，我不累。"我这时才从手术室的玻璃缝前转过身，看了看坐在手术室外长椅上同样焦虑的两位老人。看着她们，即将做姥姥和奶奶的她们，脸上此时显现出更多的不是欣喜，却是几分担心。父母亲对孩子的这份关爱真的是永久的，没有期限的，所不一样的就是他们会随着自己孩子的长大、成家、生子而把这种爱分享给更多的人。当时生我时父母亲的心情也是和我此时一样的吧！从我们呱呱坠地到咿呀学语、从我们蹒跚学步到步入社会、从我们参加工作到结婚生子，做父母的也无时无刻不在为我们操劳着、祈祷着，要不然此时她们那爬满了褶皱的脸上也不会如此沧桑，那灰白的头发也不会如此让人心酸。这就是父母亲，将所有的爱都倾注到了孩子身上，然后留下永久的回执。

健谈的岳母正在和另一家待产的家属攀谈着："你们进去多久了？"

和我岁数相仿的一个年轻人说："夜里十二点就肚子疼，两点到的医院，现在已经进去七个多小时了。因为是顺产时间会长些。"

"小伙子，别着急。顺产就是产前等的时间会长些，产后恢复得快。"母亲这时也安慰道。

我想：一位母亲为了她的孩子要经受几个小时的痛苦，孩子的父母和其他亲人也要在这漫长的等待中煎熬着、期盼着……是何等的不易呀！

这时手术室的门"咯吱"一声响，我和那个小伙子"嗖"的一下贴了过去。一位护士探出头来说："二十七床家属。"

"我在——"我一个箭步跨到了门前，心已经提到了嗓子眼儿，恨不得护士赶快开口说出里面的情况。

然而，此时的时间似乎被凝固了似的，过了很长时间护士才开口："母女平安！"

"嗯！"我深深地松了口气！

不一会儿，手术室的两扇门被打开了。从里面传出了手术车碾轧地面发出的清脆声响，像交响乐队演奏着《军队进行曲》似的，由远而近传了出来。"二十七床的丈夫来提吊瓶。"我跃身过去接过了护士手里的吊瓶，看了看脸色微显苍白的妻子。"一切都好！"我从她的目光中能够读懂她要告诉我的这句话。这时，我用另一只手捋了一下她那盖在眼角的头发，母亲已经接过了孙女端详着。孩子被包裹着，眼睛却在茫然无助地打量着这个陌生的世界。她现在一定还不知道有这么多人为她的出生焦急地等待过，从这以后也都会为她的一切关心着、担忧着……只盼她能够健康快乐地成长。等到她也为人父母，将会体会到现在我正感受着的等待和幸福吧！

　　想到这里，我将手里的吊瓶举得更高了些。

徜徉乡间小路

丁志才

小路是乡村的经脉。它弯弯曲曲，盘桓在大地的表层，一端连着故乡，一端向着远方，延伸。跟着它，随便走到哪里，都能找到家。

有河流的地方，夹岸的堤是小路；有庄稼的地方，田边的埂是小路；有丘陵的地方，树木的间隙是小路。仿佛一件浮皮潦草的作品，乡村小路凹凸不平，坑坑洼洼。素面朝天的小路，净是泥土，满是灰尘。落一场雨，就泥泞不堪，步履维艰；刮一阵风，就尘土飞扬，呛人鼻息。走在路上，大伯挑水的扁担颤颤悠悠，一星两星的水珠跳了出来；走在路上，小叔的板车吱吱呀呀，车轱辘一颠一簸，装粮食的麻袋歪斜着；走在路上，邻家女孩的腰肢仿佛迎风招展的杨柳，左一扭，右一扭，丰满的身形婀娜多姿。

乡间的小路是一个胆怯的少年，总是傍着屋舍、河流、庄稼地，蜿蜒向前。小路是一个害羞的姑娘，喜欢用小草、野花装饰自己的面容，多半时候"犹抱琵琶半遮面"。仿佛一根根丝带，小路将一块块的田地编织在一起，铺展在大地上。小路很谦和，处事低调，与茅草、玉米、大豆、芝麻、向日葵成了好伙伴。小路上，柳树投下斑驳陆离的影子，槐树在上方开花结荚，引得蜜蜂、蝴蝶来献舞，蛐蛐、青蛙来做客。东方欲晓，路上的草儿、花儿也苏醒了，挂着晶莹剔透的露珠。走路的人小心翼翼地经过，裤脚还是被调皮的小路洒上了星星点点的露珠。

小路是爬满乡村的藤蔓，歪歪斜斜，在一个个节点，结出了一个个瓜一样的庄子。小路分娩了我的村庄，母亲分娩了我。我的根与小路纠缠在一起，无法剥离。我每次从城里回老家，最先迎接我的就是小路。虽然我们见面的时间不多，小路却一点儿也不生分，举着狗尾巴草、蒲公英花，热情地欢迎我回家，一直将我带到村口，经过一座矮矮的土地庙，走进红砖黑瓦的老宅。乡间的小路适宜用脚丈量。

乡村的小路拐弯抹角，阡陌纵横，相互牵连，宛如一张巨大的网。初次来到乡下的城里人，三转两转，头就晕了，仿佛走进了一座迷宫。就是对乡村熟稔的人，也会不小心地趔趄、摔跤、跌倒。在乡间的小路，乡亲们深一脚、浅一脚，高一脚、低一脚，神情专注而虔诚，仿佛在叩问大地的收成。

乡间的小路变幻无穷，没有固定的标本，仿佛是谁用了如椽巨笔，在大地上涂抹的书法，真草隶篆，一路一式，看似随意率性，实则构思巧妙，功底非凡。小路是大自然的杰作，乡亲们自然就敬重小路，像敬重土地、粮食一样。乡亲们好似混沌未开，其实心里明亮着呢。谁敢对小路不敬，不小心堵住了来往的通道，或者随意挖断了一条小路，谁就会被人指着鼻子教训一通。乡间的小路是一部无字的著作，内涵广博深厚，先祖们读了一辈子也没有读完，年轻的我们要读完读懂，只有像犁铧深入土地、种子埋入土地一样，认真地读，诚恳地读。

无数脚印的叠加，形成了乡间小路。小路上，脚印重重叠叠，纷乱错杂。祖辈的脚印，父辈的脚印，我们的脚印，还有牛的蹄印，狗的爪印，鸡的爪印，千种万类的印迹，千年万载的脚印，叠加在一起，养育了乡村小路。季节轮回中，小路与乡亲们共同经历风霜雨雪，仰望日月星辰，感受着自然变幻。一个村庄是否兴盛，看一看村里的小路，基本就能琢磨清楚了。在路上，是人的生存状态。从蹒跚学步，到拄着拐杖踽踽独行，路总在脚下延伸。

小路细窄、曲折，甚至崎岖，有坎坷，却也满目苍翠，淳朴清幽，仿佛一幅水墨画。绵延的小路，听过月光下情侣们的悄悄话，见证了乡亲们的休养生息。沿着小路，许多如我一样的人出去读书工作了，和小路若即若离；沿着小路，村里的姑娘小伙出去打工了，在都市里编织着青春的梦想，和小路保持着剪不断的关系。小路仿佛一根脐带，牵连着游子的思念。

农村水泥路渐渐多了，路面也变宽阔了，平坦舒适中少了些田园味道和乡野淳朴，穿皮鞋走在上面，橐橐有声，留不下一点儿痕迹。只有光着脚板走过小路的人，才会珍惜与小路的缘分。小路卑微，就是泥土的堆砌，铺垫的却是一条鲜明的生命历程。一个在乡村小路从容走过的人，是一个简洁的人、冷静的人，知道如何上坡、过坎、跨沟、跳跃，一生也不会摔倒。

小路弯弯曲曲，就盘桓在我的心田，一端连着故乡，一端向着远方。跟着它，随便走到哪里，都能找到家。跟着它，随便走向哪里，都是前往心灵的家。

奶奶与酒

高爱霞

星期一，一周新开始，神清气爽正上班。接到姑姑的电话，说奶奶摔倒了，倒不碍事。但心里还是一惊，昨天还好好的奶奶怎么会摔倒了？晚上下班，急忙去姑姑家看个究竟，不看还好，一看让人好笑，原来是奶奶昨晚上"偷"酒喝，有点儿喝多了，晕了才摔倒的。

唉，常言道家有一老如有一宝，我奶奶这个宝呀，可真真是个宝呀！

我写下这篇文章时，奶奶已九十一岁了，她是位健康长寿的老太太。

奶奶好酒，自称十来岁就开始喝酒，最初喝的是啥酒不知道，只是爷爷去世后，奶奶最爱喝五十六度的二锅头，其他的也可以沾些，但对二锅头情有独钟。上班后，逢年过节，我们做小辈的都爱给奶奶搬箱酒，家里的酒从不断档。

奶奶喝酒，吃饭的时候并不喝，只是在白天或者晚上，出门溜一圈，进门时打开酒瓶喝上一口，再喝几口白开水就着，然后在炕上小憩一会儿；起来，喝口酒再喝几口白开水。奶奶这种方式喝酒的最高纪录是两天喝三瓶。而对于就白开水喝酒，奶奶的解释是："我肚子痛，喝点儿酒肚子里暖和。有个大夫跟我说了，喝点儿酒要不吃点儿东西，要不喝点儿水，不烧心。我人老了，吃不动，就喝点儿水吧。"

我想最初的原因可能如此，但是不是大夫说的，谁都不知道，奶奶好酒却是事实，也可能是时间长了，有了酒瘾或是依赖。

八十五岁后的奶奶饭量变小了，酒还在喝，即便是做白内障手术也没能让奶奶把酒戒了。走路摔过几次跟头后，家里人感觉奶奶喝酒身体顶不住了，劝说奶奶让她戒酒，可奶奶总是搬出小时候好酒的理由来搪塞，说自己喝了一辈子，还能活儿天呀，喝一口是一口了。动不动还拿出"老小孩"的劲头耍赖，肚子痛得起不了床，给点儿酒喝喝就来精神了。于是对于奶奶戒酒，大家也都是睁只眼闭只眼了，只是我们小辈的改了往日给奶奶买酒的做法，亲属来探望时带的酒都让家里人藏起来了，吃饭时每天给奶奶倒上一小杯，让她在吃饭时喝。

可奶奶自己不这么想，多年的习惯怎能被硬生生地改变了？越来越老的奶奶不习惯也不愿意接受这强制措施，于是开始想新的办法——偷酒喝。她倒也不打整瓶酒的主意，都是家里人做菜或来了客人，打开了没喝完剩下半瓶或少半瓶的，奶奶会留心家里人把酒放哪儿了，然后趁着家人外出的时候，偷偷摸摸喝一小口解解馋。偷酒喝的量比较小，家里人也倒没怎么在意。日子长了，偷喝过几次后，家里人渐渐明白了半瓶酒见风少或是变没了的原因。于是，家里人也不再随意存放了，把酒放到奶奶找不到的地方。渐渐地，家里形成了一个循环，大家藏酒，奶奶找酒，大家再藏，奶奶再找，谁都不说，但藏酒找酒每天都在继续。

这次奶奶喝酒摔倒的起因很简单：奶奶今年刚来姑姑家住，奶奶的侄女来看望，给买了箱罐装的啤酒，吃饭的时候，让奶奶喝了一罐，奶奶觉得味道不错，还想喝，姑姑没让喝。晚上客人走了后，就忘了把酒藏起来，结果，奶奶半夜醒来，趁着家人都睡觉的时候，自己又偷偷享用了一罐……起床时有点儿晕，就摔地上了。好在除了脸上有点儿擦破皮、胳膊有点儿痛之外，也无大碍。看着她痛的样子，又好气又好笑，只好佯装嗔怒，跟她说再偷酒喝，我们谁都不管她了，而奶奶依然像个孩子，又跟我谈起了十多岁开始喝酒的经历和大夫告诉她喝酒的好处。

唉，奶奶呀，跟您是有理说不清，只要您把喝酒的方式改变下，每天吃饭时来一小杯，我们也不会再藏酒；只要您身体健健康康，头不晕不摔倒，我们何尝不想让您天天喝点儿小酒呢？只是九十多岁高龄的奶奶，过去多年养成的习惯改不了，于是，我们的生活中藏酒在继续，奶奶偷偷找酒喝也在继续，我们也愿意这种藏藏找找的幸福生活继续下去。

哦，毛毛雨

赵　岗

深秋，霜降前的拂晓，下着毛毛雨。

路灯虽然醒着，可还是像惺忪的睡眼。细雨蒙蒙，飘在灯光里，灯光依然朦胧。路灯有意无意地照射着地面，就有了一汪汪明闪闪的"湖"。橘黄色的灯火下，看得出纤小的雨滴静静飘落于"湖面"，时疏时密，时徐时疾，轻柔得不见一点儿涟漪。

在我眼里，毛毛雨纤小、轻盈，你是夜的精灵吗？要不然你怎会让箭杉滴翠、枫叶流红，让美人蕉轻微颤动的阔叶透着感恩，并且感染饱满的花蕾绽出火红的真诚？

毛毛雨从天而落时静无声息，却也忙碌。你在雾里为秋天编织着绚丽的梦。窸窸窣窣的微响，在我听来，不乏雄浑和磅礴，宛若一个偌大的野战兵团，正自远远的山地、丘陵、旷野，以排山倒海、摧枯拉朽之势潮水般涌来。毛毛雨数以亿计的雨滴柔美了拂晓前的静谧，在树顶枝叶织就的毯子上，裹了薄若蝉翼的轻纱，做着大群体的轻歌曼舞！

毛毛雨委实给人以好感。轻如毛绒的雨滴，单纯得透明，不带一点儿混沌；活泼得可爱，不带一点儿做作；真诚得剔透，不带一点儿虚伪；天真而又无邪，不带一点儿城府：宛若人类的童年了。

毛毛雨那么纤小，无疑是个弱者。倘集结成群，充其量不过是一个弱势群体罢了，不会也不可能对谁形成威胁。而且无私寡欲，为着禾苗的滋润、花朵的芬芳、山川的秀丽，你尽自己的能力滋润所有的生物，让生灵延续着天界交付的使命。

我常常想到在大都市的喧嚣里打工的男人们、女人们。在毛毛雨的吹拂下，他们这会儿是不是生活在淅沥的清音里？他们大多来自偏远的山区乡镇，有的年轻力壮，有的已鬓染银霜。他们大多没上过几年学，有的甚至不曾背过书包。可他们不自卑，他们安分、知足，也不乏幽默。他们如同纷纷扬扬的毛毛雨，数以万计，阵容宏大却也平凡，没有造作却也守时自信。

仰望天空飘落的毛毛细雨，我的情感似乎已与毛毛雨紧紧连在了一起。

啊，为人间带来欣荣的毛毛雨，你是我的真挚朋友。

淡淡的橘香

韩徐颖

　　窗外漫天飞雪，我想起了我那读着我的信默默流泪的爸爸。今天是周日，我决定去北京城里，看看在那里打工的爸爸。我到水果摊精心挑选了几个又大又黄的橘子，就上了公交车。

　　妈妈离开我们之后，爸爸把我从老家带到了北京市，在延庆把我安置好后，他在北京城里的建筑工地找到一份工作。我已经有几个月没看到他了。

　　寒冷无声无息地侵袭着我，这么冷的天，这么大的雪，我难以想象爸爸干活的样子。雪还是纷纷扬扬地下着，我的鞋已经被雪浸湿了，手脚冻得僵硬，可我一想到爸爸见到我时的笑脸，吃着橘子时高兴的神情，一股股暖流充溢着我的全身，我不由得加快了脚步。

　　很快，我找到了工地，伫立在雪地里。远远地，我看见茫茫雪雾中爸爸的身影，他吃力地扛着木头，蹒跚着，木头压得他深深地弯下了腰，我突然觉得心里好闷，倏地，我的眼睛模糊了。

　　雪下得更大了，我的心像压上了一块磨盘，十多年的哺育情像扑不散的云烟笼上心头：那小河边爸爸宽宽的臂膀，那独轮车上幽幽的童年，那淡蓝色的炊烟里一声声呼唤，那风雨中胸怀里的温暖……

　　我知道这天底下有刻骨铭心的爱，有九死一生的爱，也有肝肠寸断的爱。但是和这些轰轰烈烈的爱相比，我觉得伟大的爱更寓于平凡和琐碎当中。它可能琐碎到鸟雀寻找一只虫子、一粒米那样小，甚至小到我们看不见，感觉不到，可是正是这些爱，像一盆炭火，像一缕阳光，实实在在，贴心贴肉，温暖着我们的手足，温暖着我们的心窝。

爸爸，您的爱是春天里的一缕阳光，和煦地照耀在我的身上；是夏日里的一丝凉风，吹散了我心中的燥热；是秋日里的一串串硕果，指引着我走向成功；是冬天里的一把火，温暖着我那颗冰冷的心。

我擦干眼泪，走向爸爸："爸，我给您买了您最爱吃的橘子，这也许是咱家乡产的吧。"

爸爸又惊又喜："这么冷的天，你怎么来了？"说着，他抖抖大衣上的雪，搓搓冻得发红的手，接过我递给他的一个剥好的橘子，笑得合不拢嘴，"真甜，是咱家乡的蜜橘！"

淡淡的橘香充满了这冰天雪地。

望着爸爸像孩子一样欢喜的脸，我的眼睛又一次湿润了。

"娃儿，天儿太冷，快回去吧，好好念书，在北京落下脚跟不容易，房东姐姐对你好吧？"

"好，就是她让我来看你的。爸爸，我帮你干活吧。"

"你要干，就去工棚帮爸爸洗洗衣服。耽误时间长了，工头儿会不高兴的。"

风雪中的爸爸，腰身虽已不再挺拔，但您在我的心里永远是一座结实的高山，女儿和您一起闯天下……

执　着

杜娅珍

女儿从小长得就很弱小，还时不时地上点儿小火、发发烧、闹点儿小病什么的，所以我对女儿有些溺爱。时间长了，女儿便养成了想要做什么，就一定要做成的"坏毛病"。因为这个毛病，我也烦过，也一直在找办法帮她克制，可最终我还是没能彻底改变她。

女儿上小学时，其他科目都很优秀，就是数学一直不好。尤其每次测验完了，看到别的同学拿着成绩单的高兴劲儿，女儿回到家里都会哭上一回。为了提高自己的数学成绩，每天晚上都要缠着我帮她辅导。

夏天，屋子里闷热闷热的，汗水顺着发梢儿往下滴答，尽管开着风扇，身上的衣服还是都湿透了。看着别的孩子都出去玩耍、乘凉，我也劝女儿出去玩儿上一会儿，可女儿却倔强地说：我今天要是不把这道数学题做出来就不出去！我只好把桌椅搬到屋子外面，一晚上下来，我和女儿身上被蚊子咬了好多包，痒得她晚上睡觉都睡不踏实。第二天，看着女儿身上用手挠过的包又红又肿，有的还化了脓，我的心里别提多难受了。

为了不把其他科目落下，女儿制订了学习计划，每天早晨六点起床背诵其他科目，晚上从吃完晚饭到十点之间的时间都留给数学。每天早晨女儿都坚持六点起床，为了不让自己犯困，她每次都坚持到屋子外面去背东西。夏天还好说，冬天，女儿的小脸小手每天都冻得通红通红的，可女儿却和我开玩笑说：妈，您看，我现在的脸色多好看啊，不像以前那样白得没有颜色了。

女儿在数学上真没少下功夫，可老天好像专门和我们作对一样，她的数学成绩还停留在及格状态。看到这种状况我有些泄气了，便对女儿说：

"宝贝，要不咱就这样儿吧，费了这么大的劲也还是保持及格，还不如想干点儿什么就干点儿什么呢，省得费力也没好儿。"女儿斜着眼睛看了看我，有些不服气地说："我在班里排名靠后，就是因为数学差，我就不信，我使劲儿学就超不过他们?!"看到女儿坚定的目光，我既欣慰又有些羞愧，赶紧和女儿一起调整学习方法。女儿也在不断调整中磕磕绊绊地往前走着。直到二年级升班考试，她的数学成绩几乎还在原地踏步。升三年级的开学第一天，老师又一次找到我，希望我多关心孩子的数学。

女儿看到开学第一天我就被单独留下来了，小脸儿通红通红的，眼泪在眼眶里打着转儿。

回到家，女儿和我商量说："妈，您看我这么努力地学，成绩也没上去，不如您去找数学老师说说，让她每天中午给我补课，晚上放学回家我再好好复习，这样可能会好一点儿。"看着女儿这股不达目的决不罢休的劲头儿，我答应了。

第二天中午放学回家，女儿开心地告诉我说老师答应给她补课了，还表扬她学习刻苦呢!看着女儿的高兴劲儿，我的心里踏实了许多。

因为中午女儿要找老师补课，不能回家，我便每天给女儿送饭。一天中午，送完饭后，我想看看她在老师那里怎么学的，就悄悄地来到老师办公室前，偷偷地向办公室里看，见女儿站在老师办公桌前一边儿写一边儿问，汗水顺着额头流下来她都没有觉察，只见她过一会儿就用手背抹上一把眼睛，我猜那是擦汗水吧!

下午放学时，我和往常一样来到学校，别的孩子都走了也没看到女儿，我心里有些着急，赶紧来到老师的办公室想问问女儿在干什么。透过玻璃窗，我看到女儿弱小的身影又站在数学老师的办公桌前缠着老师问问题，过了好半天才出来。晚上回到家刚放下饭碗，她又赶忙拿起书本写了起来。就连周六日别人玩儿的时候她也没休息过。

女儿的坚持终于有了结果，她的数学成绩大大提高，渐渐养成了认真学习、刻苦学习的好习惯。后来，她顺利地考上了初中、高中。凭着这一份执着，去年夏天，她拿到了大学录取通知书!

迎 客 面

尤恩泽

迎送客人的习俗古今中外各异，在我国北方，不论单位还是家庭迎客均讲究礼节，家乡迎送客人的饮食习俗是：送客吃饺子，迎客吃面。说起来这个源于何处，有个什么典故，至今弄不清楚。

我喜欢吃面条。小时候过生日或在亲戚家吃过各式各样的面条，但使我终生难忘的，是一次正规的吃迎客面，在我的生涯里可谓不同凡响。

1968年正月，我刚满十八岁，延庆三百名青年积极响应党中央保卫国防、参军入伍的号召，走进了军营。这天晚上九点左右，我们到了北京西直门火车站，觉得车站为欢送新兵也进行了安排和布置，学生们举着红旗，鼓乐队吹奏着欢快悦耳的乐曲，沿着"军列"矫健地进行着，我们便上了车，奔赴辽阔的东北大地。

行程一天一夜，第二天晚上七点多钟，到达了军营前的火车站。到站后，离军营还有三四里的路程，必须步行。天上下着大雪，地上积雪足有一尺多厚，背着行李，三百人拉开了长长的队伍，顶着鹅毛似的雪花，踏着没过脚脖深的积雪，就像英勇的"抗联"战士似的，顽强地行进着。没走多远，浑身上下便成了一个雪人。左腿刚拔出来，再拔出右腿都很困难。雪花落在脸颊上，冷热交织，火辣辣的，纷飞的大雪洗去了千里征尘和疲倦。

虽说三四里的路程，却进行了大约一个小时，才终于到达了军营。卸了装，简单地梳洗一下，排长把我们领进了饭堂。只见几大盆热气腾腾的面条摆在桌上，炊事班的老兵像欢迎刚从战场上凯旋的战士似的，笑盈盈的脸颊亲切而又热情，忙着为我们盛面条，欢迎我们这些乳臭未干的新兵伢子，我们便急切而喜悦地吃了起来。这是经过一天一夜的行程之后，第一次吃到的温馨可口的晚餐。

我想，为什么迎客吃面条，我粗浅理解：大概是新到一地一家之后，为了相交永久，友谊深厚，纤长的面条象征着路途漫长，友谊深远，图个吉利。为什么送客吃饺子呢？大概是相处相交数年，完满业绩或完成任务之后，分别时，喜庆而归，圆鼓鼓的饺子象征着成果丰厚而殷实，也是图个吉利。

中国是一个有着五千年悠久历史文化传统的国度，雄厚的儒家伦理的奠基，给我们的国家缔就了深厚而丰腴的接送礼仪。不像西方国家那样，初见伸手一握，话语也简单明了；分别时，举掌了事。西方礼节就像打乒乓球的一种技法一样短、平、快。而我们的国家不同，初次见面，以温和的笑容和谦暖的口吻，寒暄几句，说些让对方关照的话，互相赢得好感；当分别时，双手紧握，倾诉交往阶段的衷肠和离别的嘱语，眉宇和眼神也露出依依惜别的容颜，就像一杯醇醇的茅台酒一样——深、厚、长。

四十八年过去，弹指一挥间。步入军营时的一碗迎客面，依稀在眼帘闪现，仿佛还能望见丝丝袅袅的热气来。一同入伍的战友，而今天各一方，迈进古稀，经常见面者为数寥寥。可那顿热气腾腾的迎客面，在我心中回味悠长，那种滋味恐怕再也领略不到了。

山　里　人

曹兴旺

　　山里人的性格也跟大山一样粗犷、豪放。俗话说，女人生孩子到阎王殿上走一遭。过去，山里人生孩子容易。开花、结籽，孩子就像豆角开怀。到日子了，揭开炕席，或抻把干草一垫，孩子就噼里啪啦掉下来。起名儿简单，狗剩、石头、铁蛋什么的，说是孩子好养活。孩子母亲大多奶水足，孩子白白胖胖，母亲健健康康。也有个别的生了孩子母亲奶水不足或根本没有奶水，棒子面糊糊、小米稀粥成了孩子的主食。山里人拉扯孩子就像养活小猫小狗一样，几年不见面，再见面，仨孩子都挺高了。

　　山里人把种庄稼看得很重，看作一辈子的头等大事，是山里人一辈子的唯一职业。春播下籽有讲究，锄地有说法。山里人侍弄庄稼比伺候媳妇生小孩坐月子还精心。庄稼苗刚钻出地面那几天，山里人一天几趟地往地里跑。锄头遍地定苗时是个关键环节，是很有讲究的，留大的、壮的、颜色新鲜的。锄完头遍地，山里人便开始研究气象，即到什么时候能下一场透雨，赶在下雨前给庄稼苗施肥。施肥那几天早出晚归十分辛苦。肥追完了，雨下透了，山里人脸上露出了笑容。庄稼地里长荒草，也就是通常说的荒地，是山里人最忌讳的。天越热，越是拼命干活的好时候。太阳足，锄下草死得快。大部分庄稼都是锄三遍，第三遍就简单了，不锄深，只把庄稼根儿周围的荒草轻轻除掉即可，山里人管锄这遍地叫作扇秋。到秋收时，男女老少齐上阵，背的背，扛的扛，搬的搬，跟过去打仗支前差不多。一年一个轮回，凡真正的山里人，在下籽时、追肥时、除草时、收割时，都分秒必争。你看吧，在这几个阶段，手伤的不疼了，腿瘸的不拐了，腰痛不得劲儿的，什么毛病也没有了。年老的变年轻了，连撒娇的都很快成熟了。

山里人饲养鸡、鸭、鹅、猪、羊都没有生孩子、养孩子那样随便。孵小鸡、小鸭要搁在炕头上，每天都得看几遍、翻几回，母鸡翻不到的个别种蛋，人要帮忙翻动。下小羊羔、小猪崽的，人要守护，寸步不离。遇到黑夜产崽，山里人披上棉袄，拿上手电，一守就是一夜。碰上小羊羔没奶的，要抱到炕头，买了奶粉，用奶嘴一点一点将小羊羔喂大。鸡、鸭、猪、羊、骡子、马、小毛驴病了，山里人吃不好睡不着。

山里人喜欢栽树，房前屋后，有闲置的地方都栽上树。看着小树苗一天天长大，山里人从心里往外乐。树要生病长害虫什么的，山里人急得满嘴起疱。

山里人没有事业的概念，戏称事业就是修理地球的。山里人一天的心愿就是早晨起炕一家人快快乐乐，一月的心愿就是鸡鸭成群，猪肥马壮，庄稼猛长。一年的心愿就是风调雨顺，五谷丰登，猪羊都能卖上好价钱。过年的时候，每人添一身新衣裳，体体面面地到亲戚家转一转。山里人一生的心愿，就是儿女听说听道，好好念书考上个好学校，出人头地，让全村人都刮目相看。儿子再生个儿子，香火不断，顺顺当当。山里人有一个梦想，就是来生还当山里人。他们说当山里人洒脱、自由，生活自给自足，什么事都不用麻烦别人或被别人防着，那样活得太累。

山里人钟情泥土和大山。

山里人与泥土和大山有着不解之缘。山里人注定要从刀耕火种的年代走来，汗珠与劳作剥落着岁月的艰辛，培育着日出日落，月缺月圆。

山里人向泥土行了一个季节性的弯腰礼，才敢透过十月，心满意足地、深深地舒一口气，然后，把满是补丁的日子放在太阳底下晒热。

山里人把自己和大山捆在一起。因此，彪悍诚实便成了山里的一道风景。山里人裸露的青筋，生动了大山的情怀。城里人只有沿着这一条条裸露的青筋，才能走出大山。山里人被山风吹皱了的皮肤，营养着一种绿色的信念。当这种信念固定了茂密的根须，山里人的幻想就要默默地发芽、开花、结果。

俏　妈

张爱红

　　一到换季的时候，母亲会对着衣橱长吁短叹——没有合适的衣服出门。看看去年的衣服，不是前襟长了，就是腰身肥了，或颜色过时，或不跟形势，反正看哪件都不入眼。唉！她轻叹一声，随后打足精力跑商场，买两件中意的衣服挂进衣橱里，才放下心来。

　　多数老年人穿着不讲究，干干净净就成。母亲却容不得一丝马虎，爱穿爱显摆，丝毫不输年轻人。母亲说年龄大了该节俭，谁规定的？不趁现在腿脚利落，挑着自己喜欢的光鲜光鲜，等老得趴在床上，后悔去吧。怕花钱？不花留那个干啥？只有把钱花在明处，生出光彩，才能体现物质带来的精神愉悦。

　　前几天在外地，姐姐与我透露母亲的"战绩"：又买金戒指了，又买金项链了，又买新衣服了。末了，嘴里啧啧有声，十里八村的，谁能比得上咱的妈。

　　母亲生于1942年，将要步入耄耋之年，丝毫没有老人的陈旧迂腐。当下时兴什么，哪些家用新品问世，对生活、对学习有什么帮助，有条件就要尝试一下。她认为新事物总能带来新的体验、新的享受。

　　与母亲相隔一个楼道的阿姨，年龄大了，丢三落四，出门多次忘带钥匙。儿子不胜其烦，为绝后患，给她换上一劳永逸的密码锁。母亲看见很是眼热，第一时间告诉弟弟，密码锁多么多么好，手指点点就能开门，又方便又省心。

　　买！老太太一个劲儿说好，肯定有说好的打算。

　　母亲开始时用老年手机，字母大，铃声高，操作简便，非常适合耳朵有点儿背的母亲。看年轻人拿手机看新闻、看视频，母亲迷得直往眼前凑。弟弟把正常用的手机给她，虽然旧点儿，上网瞅新闻，看抖音，丝毫没有障碍。母亲拿着用了一个月，电话费飙升，不知戳疼了移动哪根神经。弟弟教了多遍操作要领，母亲学得含糊，对那款手机没了热心。几天后，她手里攥着某品牌手机，怕我们说她乱花钱，抢先一步说，这个简单，一学就会。

母亲出了名的好花钱，有年头了。梅兰芳最后一次来淄博演出，她十七岁，刚在张店粮局就业。大幅海报贴满大街小巷。喜欢京剧的票友，追星的青年男女，迷得三魂五道，看到票价后望而却步。三等票最低，也需十八元。母亲工资只有十五元，一个月不吃不喝还不够一张票钱。母亲没细讲用了什么招数，反正堂而皇之地进了戏院。以后的许多天，姥爷想起这事就骂她：看一场戏花掉一个半月工资，得买多少口粮，置多少家用啊，败家子。母亲不言不语，吃着姥爷的饭票，不反嘴。表面上她平静如水，心里绷不住地乐，终于看到梅兰芳本尊，听到咿咿呀呀的唱腔，看到风摆杨柳袅袅娜娜的身段，真是醉了，花多少钱都值。听说梅兰芳巡演后回京，不久离世。母亲慨叹之余，觉得票价微乎其微，与四大名旦首席相比不值一提。

母亲和父亲结婚后，去金岭铁矿做了家属，陆续添下我们姊妹。母亲丢失了正式工作，生活不再安逸。为了补贴生活，她砸过石子，干过临时工，吃粗茶淡饭，干最苦最累的活。如今，她的小拇指仍蜷曲着，僵硬着不能伸直。"疼吗？"有时心疼母亲，免不了唏嘘一阵。"挡不住吃，挡不住喝，只是不如别人的顺溜。"母亲从不过分渲染日子的艰苦，对于磨难她避重就轻。多年了，母亲没有改变的是盈盈的笑脸。别人不走心的话常惹得她开怀大笑。看她，头微微低垂，黑亮的短发随着声带轻舞飞扬，笑声富于魔力，空气都似乎活跃跳动起来。

后来，母亲响应国家号召，带我们回到老家，做了农民。带孩子，出满工，日子更加艰难。母亲没有牢骚，一心抚养孩子成人，如一头老黄牛默默地耕耘。

我们陆续长大成家，母亲本可以卸下担子，轻舒几口气。下了半辈子矿井的父亲突发疾病，得了风湿性偏瘫，身体每况愈下。母亲的黑发几日变白。为方便就医，狠心处理掉老家祖屋，来到父亲单位，住进单身宿舍。那是一段阴霾的日子，一为父亲的病痛，二为居住的简陋。我们去看父母，进门前堆起笑脸，不想让父母看到惨淡的愁云。母亲安然处之，坐在门口一米阳光内，低头用彩线绣着鞋垫，桌上一盆红彤彤的柿子，兜了一捧光晕映红了她的脸，娴静又温和。父亲安静地坐在床边，听到声音，抬头观望……

一间屋子，既是卧室，又兼客厅，还是厨房，母亲收拾得干净利落。地面水泥抹平，家具东拼西凑，除了生活必需品，屋中容不下任何奢侈。但这样一间普通的屋子，经过母亲的双手，便有了朴实中的整洁，家常中的温馨。

漂泊在外的日子，母亲过了十年。父亲去世后，我们把她接到县城。开始租民房，后来搬进政府的廉租房。没想到老将老矣，又住上带电梯的高楼大厦，母亲从心里笑到脸上。她说，吃穿用度不愁，不能瞎混日子，千万别辜负了想都想不到的美好生活。

一心活出精气神的母亲拿起毛笔，开始练字。看母亲时，桌上一瓶墨汁，很惊讶，老太太买这个何用？旁边还有毛笔，注明小学生专用。弟弟说，咱妈练字呢，你快看看。拿起母亲的字，谈不上作品，一笔一画特别用力，能看出初学者的拘谨。我对母亲跷起大拇指，她认为不够好，羞得低下头，"上学时，老师直夸我写得好，现在还没写到当初的水平，手抖，还得继续练习"。

瞧，母亲骨子里不服输的犟劲，又和自己杠上了。

母亲常为我和弟弟能写几篇"豆腐块"文章自豪，觉得有这样的儿女脸上有光，不能给我们丢脸。我则为爱穿爱装扮、天天勤奋努力的母亲骄傲，正是骨子里的遗传基因，催我学习，催我进步，催我走在希望的路上。

梦里的那朵蒲公英

赵　迎

有一种花，生长在田间，绽放在角落，飘落在天边，消失在远方；有一种花，它没有玫瑰的娇艳，没有百合的芬芳，没有牡丹的华贵，却依然迎着阳光欢笑——它就是我记忆中的那朵蒲公英。

那朵蒲公英花时常会萦绕在我的梦里，一次次勾起我儿时的记忆。小时候，每年一到春暖花开的季节，通往学校的那条林荫小路的两旁，就会开出一朵朵夺目的小黄花。小小花儿挂着清晨的露珠，在阳光的照射下，闪着金灿灿的光。我情不自禁地摘下这可爱又美丽的小黄花，跑回家问母亲这是什么花，母亲说："这叫蒲公英。"调皮的我猝不及防地将小花别在母亲的发髻上，那一刻，久违的笑容爬上母亲的脸庞，慢慢地绽开，如这小花一般闪着金灿灿的光，于是，蒲公英的名字深深地烙在我的心里。

从此，经过那条小路时我总会去看看路边的蒲公英花。

初春还来不及等待暖意，一朵朵小小的黄花便紧蹙地争先恐后地悄悄绽放。清晨，露珠儿滴落在小花的心间，晶莹剔透，晨起的阳光照射在这些簇拥的小黄花身上，显得格外娇艳。有时候，来来往往的人群会将这些娇小的蒲公英踩踏，过往的脚印无情地烙在它们身躯上，我曾无数次担心它们是否会就此倒下，美丽的小花是否会就此凋零。但用不了几天它们就会抖落身上的脚印与泥土，再次尽情地怒放。

在百花争艳的暮春里，蒲公英的花儿反倒是不争不抢、不卑不亢，在离着地平线最低的地方，静悄悄地开着。后来才注意到那看似娇小的蒲公英花还会长出高高的枝干，风吹过的时候这些细嫩的枝干就会随风摇摆，犹如一位曼妙少女的舞姿。风大的时候会担心这些细嫩的枝干是否会被折断，事实上再大的风也未曾让它们的躯干受挫。我时常会想这柔弱的身躯何来这么大的能量抵御外来的袭扰呢？

　　经历了万物复苏的春天，来到百花齐放的初夏，蒲公英花开花落，结出小小的褐色的籽，籽被白色软毛包裹着，仿佛一把小小的降落伞。一把把小伞紧紧地依偎在一起，组成一个圆圆的绒球。风轻轻一吹，这些小伞就会随风飘散，风越大，它就飘得越远。白绒绒的小伞被风吹散，剩下光秃秃的枝干却依然矗立着不倒。猛然间想起小时候课本上说的，蒲公英的种子，飘到哪里，哪里就是它的家。那时，我就在想或许蒲公英的一生都在等待着这一刻，所有的生长和坚韧都是为了将种子播撒到远方，这一刻是它倔强与坚强的全部支撑。

　　就这样，见证了无数个蒲公英从展露嫩芽到结籽飘散的我，伴随着这些顽强而又美丽的蒲公英花长大了。此时的我选择挣脱父母的束缚，去远方见识更广阔的天地，去追逐自己的人生。当我将录取通知书拿到母亲面前时，她欣喜的笑容下掩藏着一丝不舍与担忧，尽管如此，她依然支持我的决定。临行前，母亲吞下平日里所有的唠叨，默默地为我收拾行囊。虽然我再三说明，寒假就回来，不必带那么多东西。母亲仍旧准备了四季的衣服、我喜爱的零食和她亲手烙的土豆饼，直到两个大号的行李箱裂开了嘴，母亲才放弃往里塞更多的东西。

　　时光匆匆而过，让人来不及回首，刹那间，一条条皱纹爬上了母亲的脸庞，浓密的发髻上也开始泛白。有人说父母与子女的关系就是一个渐行渐远的过程，父母守护孩子成长，再目送他们逐渐脱离自己。想到这里，记忆中的那朵蒲公英花再次浮现在我的眼前，那时第一次仔细地端详母亲，她还似少女般美丽，如今她已青春不再，而记忆中的那朵蒲公英花却依然鲜艳无比。每一个孩子似乎都是父母手心里的那一朵蒲公英花，从花朵到种子，父母用一生心血来浇灌、守护这朵花，直到这朵花羽化成籽，带着自己的梦想去更远的远方追逐，而父母只会用期盼的目光注视着自己的孩子，不管他们飞多远，飞多高。

　　风起的时候，我还是会想起梦里的那朵蒲公英花，那么美丽、那么久远，但此时的我也会转身牵起母亲的手到溪水边、小路旁采一朵金灿灿的蒲公英花，插在她的发髻上，静静地看她笑靥如花……

菜园散记

高世和

进入退休倒计时之际，学校安排我兼职种植生物园，我便欣然接受。因为，我是地地道道的农民出身，对"三农"有着天然的情愫。理由在于，农民是真实淳朴的代言人，是吃苦耐劳的化身，是坐以待旦的先锋；农业是人类衣食之源，是人类生存之本，是人类一切生产的首要条件；农村是中华文明与文化的源头，是人类存在的依托，是追寻乡愁的时空。

生物园，实际就是个菜园。它是在八九年之前学校以落实探究性学习，提升学生生物科学素养，培养学生主动参与、乐于探究、勤于动手为目的的，与生物课相匹配的水培实验室——其实就是一个玻璃房子，其内部除安装相应采光保温、通风换气等装置以外，主体设施有深夜流水培、叠碗式立柱栽培、漏窗式立体水培、蔬菜树式基质栽培、抱柱式立柱栽培、管道式凉亭水培、立柱式栽培等多个无土水培系统。在这个"房子"四周有两百多平方米能够种植的土地面积。可以说，"玻璃房"内外是现代农业对传统农业的挑战，创新科技对农耕产业的填补，科学管理对粗放经营的颠覆。

接管之后，我充分发挥自己身大力不亏的本能，不在"工作间"就在"田间"，重温阔别四十年的"锄禾日当午"的农耕生活，深感回归自然、回归家乡、回归自己"贫农"的身份。

规矩地块若干份，方正有形似做人。"玻璃房"四周的土地，有宽有窄，有多有少，有长有短，有高有低。为了便于整畦种植，首先对"玻璃房"四周的土地进行整理，运用"分割法"，把不规则的地形划分成若干份，使其方正有形，排列有序，似乎达到对做人的一种追求。大概的做法就是，使用自制的木制单轮车，一块一块，一车一车，一趟一趟把校园内犄角旮旯的废弃水泥砖推到园内，在搂平、打埂、成畦的畦埂上铺上水泥砖，从一米多高洁白透视的木板围栏看进去，长方形、正方形、梯形、三角形井然有致，可谓阡陌交通、折回有序，足以给人以赏心悦目、静待收获之感。

耕耘不辍小荒田，精心施教寸心丹。常言说一年之计在于春。其实，农业种植不仅在于春，更在于勤，特别是种植与学校的"生物实验室"捆绑在一起的菜园，更需要一番精心设计。播种之前，首先谋划菜园"生物知识的种植方案"。我们从网上下载三十多种宜于种植的常见作物，或宜于种植但大部分同学却从未见过的物种资料，将它们的"籍贯""性别""民族""生活习性""体格""性格"等进行较为详尽的介绍，打印塑封成生物知识卡片，固定在木制围栏外围供广大同学浏览学习。比如，辣椒的"娘家地"是南美，明朝"嫁"到我国；玉米的原产地是墨西哥（或称中美洲），1492年哥伦布在古巴发现玉米，后在整个南美洲栽培并逐渐传至世界各地，明朝末期，玉米在中国十多个省份种植。如此等等，不仅让同学们获得生物知识，甚至还与历史等社会科学知识相融通。

此外，几位生物教师还特意淘来棉花、丹参、桔梗、板蓝根等作物或药材进行试种并获得成功。此举更加激发了广大同学的求知兴趣，所以，同学们便有了获得感："原来棉花是这样的！""我爷爷老吃丹参滴丸，就是用它做成的！""我前一段还吃好几天板蓝根药呢！"

《礼记》说得好："师也者，教之以事而喻诸德也。"除了对菜园的生物知识布置以外，我们同样重视对学生农业文化的传播与教育。为此特别制作了一批农业文化教育宣传牌，赫然醒目地布置在园内。诸如，关于了解或不误农时的谚语有"枣芽发，种棉花；九尽杨花开，农活一起来；杨叶如钱大，开始种棉花""谷雨前后，安瓜点豆，立夏到小满，种啥也不晚"。关于需要辛勤耕作的有"荒地留草籽，明年要累死""春种一粒粟，秋收万颗子""春施千石肥，秋收万石粮"。关于爱惜作物，尊重他人劳动成果的有"绿色与生命相伴，环境与健康相关""像爱护眼睛一样爱护绿叶""爱护农作物就是尊重他人的劳动"。如此等等，潜移默化地对同学们进行农业文化的普及教育与良好品质的培养。

双手种下满眼绿，心灵守望五彩园。孟子说："不违农时，谷不可胜食也。"阳春三月，我便未雨绸缪，开始备种育苗工作。利用"玻璃房"保温的良好条件，收集大小不等的泡沫箱子，根据所需苗的大致数量，分别设立黄瓜、苦瓜、冬瓜、茄子、西红柿等多种多样的育苗箱。在育苗期内，每天都要到"玻璃房"巴望一番，喷喷水，看看温度。坚持做到根据室外大气温度，调节"玻璃房"天窗打开的幅度与时长，以让种胚吸收新鲜气体。所以，每天早上开窗通风，晚上关门保温，养成了一种带有天职性质的习惯。总之，是带着一种迫不及待的心情，期盼幼苗快快拱土透尖面世。所以，有时自己情不自禁地偷笑自嘲，觉得自己就是古代那个"闵其苗之不长而揠之者"。播种期到来，为了做好其他工作，只好与太阳争先起床，待日落乘凉干活。总之，追求或许不被人理解的那种日出前孤身起航，泥土做伴，夕阳西下，暮色回家，不计较身影被缩小、拉长或消失的"地痴"生活。

一分情，一芽瓣，满眼绿叶汗浇灌。在耕耘的过程中，经常是汗流浃背，以至于让我的加厚纯棉黑蓝相间的格子衬衫前襟、后背、领袖几十次全部浸湿。闲暇时，为了调节心情，我曾进行过一个小小的"测试"：用水杯装满水全部倒在那件衬衫上正好浸透。所以，我得出一个结论：一个种植季度过来，所流汗水足以论桶计算，以致体重减轻五千克以上。虽然这样，也从未有过一丝的抱怨和彷徨。因为，我坚信，土壤里酝酿着的是丰收的希望，吐出的嫩芽散发着的是沁人芳馨，心灵里点燃着的是"三农"的心香，玉米拔节声音是最美的乐章。所以，尽管太阳晒黑过脸庞，玉米叶给留下过一道道划伤，冷水将双手皲裂得饱经风霜，但是，收获了"一亩园十亩田"的倾力体验，李绅《悯农》对农民真爱的同感，以及对《孟子》"劳力者治于人"的反叛。

辛勤耕耨瓜果香，春华秋实众分享。镐耙镰锹，刨搂割剁。忙忙碌碌，劳有所获。又一个播种季节即将到来，经过菜园，浮现在园内的，仍然是同学们探究性学习教学情景；仍然是百味人生不可少，浓浓暖意的红辣椒；仍然是凌寒独自开，争鲜斗艳的大丽花；仍然是充满生机，新绿一片的白菜畦；仍然是身着一身翠绿衣裳，蕴藏清香可口甘汁的一串串黄瓜。尤其是把白菜交给食堂加工熬制成可口绵润，分享到师生餐盘当中予以品尝之际，倍感劳有所获。人不负己，必有所报。在搭建的生物园种植探究平台上，凡参与实验探究的同学们，一批次一批次地获得"2022北京市中小学生植物栽培大赛"奖项；参与的教师都分获辅导奖和"学校科技教育先进个人"。

奖励就是肯定抚慰，就是薪水报酬，就是传播正能量。

了不起的父亲

老　末

在村里和他曾经工作过的地方，父亲是大伙儿公认的彪悍劳力，也是令人同情的苦命人。

父亲哥四个，他排行老四，五岁的时候，娘回娘家伺候老人就因感染传染病去世了，七岁的时候，爹也走了。后来他跟大哥一家一起生活到十四岁。赶上1951年国家修建官厅水库，位于蔡家河流域的旧村大搬迁，三个哥哥搬到距离县城很近的延庆镇，而他独自一人搬到位于北山脚下的张山营镇，一个人开始了自食其力的新生活。他主要靠着自己肩膀和双手，盖起了两间房，里面有分家时带来的两节红板柜、水缸等物，没什么值钱的家当。那时生产资料匮乏，政策相对宽松，农民可以上山背檩条、椽子，拉石头，盖房用很少量的砖。只要自己能干的，从不求人，不知道多少黑夜白天，他搬运建筑材料，也不知流淌了多少血汗，在邻里的帮助下，两间房子总算盖好了。十九岁的时候，父亲跟同村的母亲结了婚。此前，他主动去找姥姥，说服姥姥将闺女嫁给他，姥姥看中了父亲的忠厚和勤快，遂同意了这门婚事。

婚后几年，父亲和母亲主要忙于在生产队干活，挣工分，养家糊口，盘算着怎么把紧巴的日子过好。哥哥、姐姐先后出生，日子更加紧了。赶到我出生的时候，"文革"快结束了，因为房子北墙倒塌，就在修缮时又接盖了两间，老宅成了现在的模样。很长一段时间，他和母亲都在生产队挣工分、吃大锅饭。村里有六个生产队，每队有队长、会计、保管、记工员等。生产队的办公点，是一处很大的院落。既有办公地方，也有存放大马车和牲口的房子，还有存粮食、果子和杂物的地方。晚上，这里是孩子们的乐园，大家不是在队部里打扑克，就是在院子里玩捉迷藏，四处跑，到处串。还有的淘气包跑到驴圈，骑上正在吃草的毛驴，害得毛驴在圈里来回打转儿。有的跑到存放饲料和青储的地方，藏到里面，气得看门的三爷，拿着三尺叉子四处叉……一片尘土飞扬，满地狼藉，想起来怪后怕的。

父亲是党员，当过生产队长，主要是带着社员去地里出工干活。他一直干在大家前头，比大家起得早，回来得晚。爷爷是修缸锔碗的民间艺人，到父亲这一代就不时兴了。但父亲有两样大活儿一般劳力干不了，就是给上百人蒸锅和漏粉条。甭看自家做饭不上心，只要赶上谁家办喜事，都请他去给和面蒸锅，往往要做百十号人的饭，这难不倒他。他擅长使起子发面，和面的劲头很足。当掀开锅盖时，透过热气腾腾的大锅，总会惊喜地看到一圈圈又白又暄的馒头、花卷。这就是父亲被人津津乐道的手艺，也是他引以为豪的事情。

父亲年轻的时候，在修建密云水库的工地上劳作，就是给工人做饭，再具体点儿就是蒸锅。当时的管理员很教条，要求把食堂剩下的饭菜埋掉。父亲觉得浪费粮食实在可惜，管理员不在时，会偷偷地喊来附近的养猪农户，让他们把剩菜剩饭拉走。后来，父亲又去前门大栅栏给红卫兵做过饭。因为心里念着家里土地和孩子，没待太久就回来了。

在生产队的时候，每年冬天，队里都会用粉面漏粉条。其流程是，将大量的粉面放到大铁锅里煮沸，搅拌，然后用漏勺或瓢舀出来，漏到放着凉水的大铅盆内，粉条就成型了。父亲能制作出圆的、扁的、粗的、细的，各种类型的粉条。刚出锅的粉条特别好吃，我们几个淘气包，往往去观望。快捞净时，大铁锅里还剩下许多粉条头，父亲把它捞出来放到铅盆或碗里，撒上些盐面，让我们吃。我们几个往往会狼吞虎咽地吃起来。吃完后，还会吧嗒吧嗒嘴，咧着大嘴笑，有一种风卷残云的胜利之感。

从小贫困，又读不进书，成了父亲一生最大的遗憾。从我记事以后，他就在村里和北京城两个点上奔波劳碌，一直没有走出这个圈子。从春种夏锄，直到秋收，一直在家和地里忙碌。到了冬天，他又跑到北京解放军动员部烧锅炉，一干就是十几年。

父亲最大的心愿就是希望儿女们都通过学习改变命运，不再重复他的老路。令他欣慰的是，我们做到了，没辜负他的期望。我们通过刻苦学习，考上了心仪的学校，有了各自的工作。可惜的是，我们上班工作没几年，因为病魔缠身，母亲于 1996 年夏辞世，父亲于 2001 年初驾鹤西归，享年六十四岁，给我们留下了巨大的伤痛和遗憾，我们将钱大把大把地花到了医院……

最近几年，每当心静下来的时候，打捞记忆的碎片，发现有许多难忘的细节：父亲没有穿过一件新衣服，除了抽低劣的烟草或树叶，也没有别的不良嗜好，他不喝酒，不赌博，早起晚睡是他多年的习惯。所有的农活儿他都会干。而在京城烧锅炉间隙，他还学会了缝皮鞋，用包装条编筐等。他一辈子朴实无华，奔波劳碌，不向命运低头。他很少有牢骚，一直比较开朗，再苦再累，再大委屈，睡一觉醒来，就没事了。宽阔的后背和粗大的手指关节，一双有力的脚掌就是本色的代言。

父亲不善言谈，心眼也不活络，但他特别坚忍，能扛大活儿，而我们身上也深深地烙上了他的精神烙印。进入不惑之年的我，也时常在夜里沉思，提炼父亲的精神和我们之间的传承。

每年清明或春节，我们都相约去距离烽火台不远的墓地祭扫，几块点心、几沓纸钱，还有几缕风烟，捎去我们无尽的牵挂和思念！

乡情与乡愁

杨东旭

第一次读懂乡情的含义，是从我第一次的乡愁开始的。

那是我二十岁的时候，已高中毕业两年的我，怀着一腔保家卫国的热情，远赴广东当兵，成了一名光荣的解放军战士。

那时的我，既没有现在同龄人那么成熟，更没有现在人的市侩，想法非常简单朴素，能够走进解放军这所大学校，为国戍边，不仅是我长久的梦想，更是苍天对我的眷顾，一朝成行，自是兴奋不已。

这是我长这么大第一次离开家乡。虽然心里有些淡淡的不舍和牵挂，但看看佩戴在胸前的大红花，想着肩上担负的责任与使命，那一颗云一般飘浮的心就落了实，有了一种毕生所终的归属感。然而，当我随着那辆闷罐车穿山越岭、跨河渡江来到与家乡相隔几千里的那个陌生城市汕头后，我才忽然意识到，离开家乡意味着什么。当我的双脚站在海滩，听着那振奋而又陌生的海涛声传入耳际，看着点点白帆映入眼帘时，我忽然意识到，家乡已成为昨日的记忆。我回眸望着北方，一种酸楚就涌上心头，家乡不见了！目送我的眼神不见了！一切曾经熟悉的东西都不见了……眼前是一个陌生的世界。

第一次想到，原来大山深处的家乡，竟有那么多的东西让我留恋、让我不舍、让我牵肠挂肚！原来，乡情是那么地具有磁力！

我终于想明白了，我之所以有这样的感悟，是根于我对二十年人生轨迹的追想，根于对给予我诸多恩惠的家乡的思念，根于我思想里的那个原点，根于对乡关何处的深深思考与透悟，根于对生命的细碎与美好的咀嚼与回味……

回味是痛苦的，也是美好的；它可以牵出一段长长的岁月，一段段童年的故事，一段段曾经并不在意，但今天想来却感触颇深的往事……那故事里的每一个细节，都恍若一个活泼的生命，使我从中领会出一种特别的韵致来。

"好男儿志在四方！"对此，我深信不疑。但初来乍到一个新的地方，有很多的不适应、不习惯，也是不可回避的现实。

我离开家乡时，正是北方的冬天，寒风刺骨、白雪皑皑；但这对于一个生于斯长于斯的北方孩子而言，却是一番别致的风景。而南方就不同了，冬天连绵不断的冷雨不仅让人很郁闷，打在身上更是潮湿而阴冷，让人觉得很不适应。

而到了夏季，那火辣辣的太阳，就像是顶在头上的火炉，让你躲不开避不及，每天汗涔涔的身体，就像是刚从水里捞出来一样，湿漉漉地挂着水珠子。于是在书本里读到看到的关于江南水乡的美好记忆，仿佛是在一夜之间，便从脑海里消失了；随之而来的，是对北方故乡深深的思念与怀恋。

好在，心中是怀了一份信念的，纵使有着各种的不适应、不习惯，但想想肩上的职责，却不敢对工作有丁点儿的懈怠。

当兵四年，不曾回过一次家。不是不想省亲，而是部队有部队的制度。更何况，家在秋水望不穿的千里之远，山重水复，路远迢迢。那时又没电话，而对故乡的所有思念、所有期盼，就只能寄情于一封封的家书了。也就是从这时起，我不仅对乡情乡愁有了深切的感悟，也明白了"家书抵万金"这句话的含义。

至今，仍清晰地记得到部队后过第一个春节时的情形。天空下着雨，空气阴冷而潮湿，我站在雨中，凝望着云后家乡的方向，脑海里幻出的全是家乡祥瑞的白雪和爆竹的怒放……一念及此，那浓浓的乡愁，便恰似这眼前绵密的细雨，充满胸襟，盈心盈面了。"每逢佳节倍思亲"，原来，故乡竟如此让人放怀不下。

乡情，被时间发酵后，就变成了乡愁。它就像一杯陈年的酒，让人品出乡俗、乡风、乡气的味道，品一口，就绵长了你的回味、你的感叹，让你再无法释怀。于是，就有了一种感悟：他乡的风景再好，也抵不过家乡一句浓浓的乡音——水土之音。一声乡音入耳，此时胜过金山银山。

乡愁，不仅让你想家，更让你浓浓的精神顾盼，在瞬间变成大海的汹涌，在思维里泛滥。

乡愁是割心割肺的离愁，与之永远扯不开的，是苦思，是伤心，是无法平复的痛，是无法丈量的距离！

乡愁是乡情的衍生品，是寄附于心灵深处的"癌细胞"，长到一定程度，就会扩散。只要你的记忆在，乡愁就永远存在。它就像一个游子心中的"不动产"，让你无法舍弃和割让。即使你在他乡待得"鬓毛衰"，即使你在他乡有了厮守终生的伴侣，乡愁照样会涌上你的心头，让你于思念中隐约不安。

汕头是海滨城市，与台湾隔海相望。我每每站在海边，望着宝岛的方向，心中便会想起海那边于右任老先生那首著名的诗篇《望大陆》来：

> 葬我于高山之上兮，望我大陆；大陆不可见兮，只有痛哭。
> 葬我于高山之上兮，望我故乡；故乡不可见兮，永不能忘。
> 天苍苍，野茫茫，山之上，国有殇！

我没有先生忧国忧民充满抱负的情怀，更非因政治因素使亲情疏离亲人难聚。我的乡愁仅限于对故土的牵挂，对生养之地的思念；与先生宏阔壮大、兼有政治与历史原因的乡思之情相比，我的乡思之情是有尺度的，有限量的，而这尺度，便是以自己的出生地为原点画出的圆。

作为原点的故乡，不仅是布满了我童年记忆和脚印的地方，更是我人生起跑线上的许多曾经。回首那些曾经，不仅会让身处他乡的我拾起许多的回忆，更让我有了对乡关何处的思索。

童年的记忆最深刻，更让人难以割舍。记得七岁那年，家乡正搞运动，父亲每天不是挨批斗就是做检讨，失去了自由身，娘的身体又不好，于是我就成了没人管的野孩子。饿了，就常到生产队的果园或地瓜地里偷些吃的充饥。

这事被父亲知道后，他狠狠地揍了我一顿，并十分严厉地告诫我："杨家人就是饿断肠子，也不能干那些见不得人的事！"

父亲的教诲，不仅让我至今记忆犹新，也影响了我的一生，并让我对他怀了一份深深的感恩。

　　记忆里，类似的故事多得不可尽数，有伤感的，更有温馨快乐的。那些故事，不仅被我珍藏在了记忆的深处，也成为我不能忘记家乡的最好理由和乡愁中最感人的元素。

　　乡愁是一种很奇怪的东西，只有心灵这块土地才适合它的生长，只有在记忆这片土壤才能繁衍。时间愈久、愈长，它的根系就愈发达，枝叶就愈繁茂。对于乡愁的生长过程，我曾做过分析，并从中发现了一种很奇特的现象：无论是过去，还是当今，为了自己心中的一份目标和梦想，不知有多少中国人奔走他乡，或求学，或创业，并成就出了自己的一份辉煌。按说，他们有了自己新的归宿和落脚点之后，心里也该平衡而坦然了，然而他们心中的那份相思之情，不仅并未因此而淡化，而是永远无法抹去。而且，随着时间的推移，会变得愈加强大而不可控制。他们稍有闲暇，首选的就是踏上回乡之路，来一回故地重游，回归他们生命的原点。

　　对于这样的现象，开始我很不理解，直到我有了同样的经历时，才忽然明白，原来家乡对人生而言竟是那么重要！这种回归，不仅源于一种无法更改的意识，更源于遗传基因，源于一种对环境的默认和对文化的仰望与尊重。因为，这之前的所有记忆信息，早已被储入了他们无法改变的基因。作为生活原点和血缘地的故乡，早已成为他们的一种精神信念。

　　说到此处，便让我想起那个大马哈鱼洄游的故事：

　　大马哈鱼原属于一种内河生物，但出生后，它们便会游向大海，在辽阔的海洋里觅食生长。然而等它们长到性成熟时，却要不辞辛劳地千里洄游还乡，回到它们的出生地——生命的原点。

　　这样的过程，和我们人类的行为有着极大的相似之处，年轻时出去闯荡，而老了，却要回到自己的故乡，回到人生的原点，让漂泊和流浪的心回归于精神的出生地。这样的现象，不仅隐含了中国人叶落归根的传统与文化观念，更是对我们人类思乡观念的最好注释与解答。动物尚且如此，何况人乎？

　　这种洄游，不仅是一种宿命的安排，更是对乡情的了却，对乡愁的慰藉，对远游他乡的人的一种鼓励！

　　也许有人会问，这些长期生活在海里的动物，是如何找到洄游的线路的呢？对此，生物学上或许有定论，但我给出的解释是，这是本能——是情系故乡的本能，是对故乡不可磨灭的记忆，是来自它们内心一份难忍难耐的乡愁！

　　写到这里，就忽然想起了几年前读过的一篇文章，有的外国人始终弄不明白：中国人怎么用筷子喝汤？这个让外国人觉得很难理解的问题，其实对于任何一个中国人来说，这还算问题吗？他们之所以提出了这样的问题，只能说明他们对中国人的生活习俗不了解。正如他们很难理解中国人的乡思乡愁一样。

　　有人把大马哈鱼洄游的现象称之为生物学记忆，但我想，我们人类之所以有着同样的举动和行为，也就是说，我们人类乡愁的上游，也一定来自这种生物学记忆。因为，你的记忆上游是童年，是故乡，是刻入骨髓里的感动。因为生活告诉我们，世上一切后天的东西，永远没有生命初始的那些记忆深刻。

　　乡愁是抹不去的痛，是来自人类久远的生命深处潜在的对故乡的记忆。这种记忆，经过提升、提炼，就演变成为一种文化——乡愁文化。这种文化，随着时光的流逝，会愈加浓厚而深入人心。中国的乡愁文化，不仅代表了人思想的本源，更是一种人格与人品的体现，是中国人重故土、重家园、重亲情、重孝道人格品质的真实写照！

　　乡愁让人纠结、让人反思、让人联想……

　　梧桐更兼细雨，到黄昏、点点滴滴。这次第，怎一个愁字了得！

　　李清照的这首千古名词，看似是对个人凄凉、落寞情怀的一种抒发，但在我看来，它更妙合了每个离乡游子伤感的心境，切到了我们最敏感的心痛处！更让我们对乡愁有了切肤之痛的感触。

　　随着时代的变迁，故乡的内涵也在潜移默化地发生着变化，但我敢说，我们心中最古老、最原始的那片精神领地是永远不会变的，是任何东西也取代不了的。那个一如既往的原点，那个永恒而原生态的家园，是永远的故乡。因为，只有这里，才是我们一生心所系情所终的精神圣地！

《妫川》诞生记 (跋)

史长江

2004 年是我在延庆县文联工作的第七个年头，当时延庆有文学创作协会、写作协会、书法协会、美术协会、摄影协会和根雕协会，共计三百多名会员，他们经常创作一些小说、散文、故事、曲艺，还有书法、美术、摄影等作品，内容很好也很有意义。我想，有这么多文学艺术爱好者，又有这么多好的作品，县文联应该办个刊物，让他们有一个相互学习共同提高的机会。

这年元旦过后，我请来写作协会副会长张映辰、炕头文学社社长张凤起、文学创作协会会长姚二林和副会长张和平一起研究创办刊物的事。他们认为这是延庆文学艺术界的一件大好事，有助于延庆经济建设和文化事业的发展，一致表示一定要把这一刊物办成办好。大家认为稿子不成问题，可文联每年的经费只有一万元，办刊的钱从哪里来呢？

我到县财政局去找赵铁成副局长，他非常赞同这一想法，并对我说："这是个好事，正好今天胡局长在，你和他说说，他也会支持的。"我推门走进胡耀刚局长的办公室，他很热情地招呼我坐下，然后对我说："正好有个事想找您哩，我有个好词儿，请您抽空给我写幅书法。"我说："没问题。"稍后我和他说起办刊物的事，他认真听后说："文联应该有个刊物，你们有那么多的文人，要为他们提供一个展示交流的平台，对将来的文学艺术和延庆的发展都有好处。"他问我一年出几期，我说每年四期，又问每年需要多少钱，我说差不多得四万块钱，他说县财政也是缺钱，给您三万块钱，剩下的自己想办法。没过一个星期，钱就到账了。

随后我将这一消息告诉了张映辰他们几人，他们都非常高兴。但是还有一万块钱的缺口咋办？我找到县文化馆馆长王占林商量，刊物挂上文化馆的名，算两家合办，文化馆每年出一万块钱。因为我们是老朋友，我又是过去的"老馆长"，所以他二话没说欣然同意，经费缺口的问题就这样解决了。

为把刊物办得层次高一些，我请上述几位同志在文联召开了研讨会。在形式、内容等诸多方面，我们参考了《红旗》《十月》《苍生》《萌芽》《当代》《收获》《人民文学》等几十种刊物。在给刊物确定名称时，有的说叫"妫川文艺"，有的说叫"妫川文学"，也有的说叫"妫川文化"，等等。最后张凤起先生说：还是叫《妫川》好一些，刊名只要能代表地方特色，字数越少越好，读者一看就明白，加了文艺、文化或文学显得有局限性，文联有好几个协会，刊物里面除了文学之外还可以登一些书法、美术、摄影作品。大家都表示赞成，刊名就这样定了下来。

几天后，讨论和确定了我设计的刊物封面，并决定一定要在2004年3月底前，把"创刊号"印出来。通过民主协商，由张映辰、张凤起、姚二林、张和平和我五人组成编委会，我作为主编，根据每个人的特长分工负责编审不同体裁的作品。经过一个多月的单审、互审、合审，哪些稿子上与不上，编委会集体决定，原则是不分山头、不分流派、不分亲疏、不分好恶、不以人划限、不妒贤良、不埋没人才，面向全县所有作者，坚持把《妫川》办成大家的《妫川》。创刊号稿件确定后，选定了宝斋印刷厂印制。一个星期后，刊物印好了，延庆当时没有装订设备，我和厂长杜宝斋一大早开车到二百里地外的河北三河市去装订。到了那里，因工厂的活多，需要排队，我俩只能焦急地等着，装订完已经是晚上十点多了。回来的路上，当经过北五环路段时，路上的一个井盖有些松动，一个车轮子擦边而过，汽车来回摆动了几下才平稳下来，宝斋说："刚才多悬。"回到延庆，已是深夜了，我俩又累又饿，但还是把一千册《妫川》搬到当时五楼的文联办公室。

第二天一早，我把《妫川》呈送给县里四套班子领导征求意见，随后发至全县各乡镇局、市有关部门领导和各区县文联。通知作者领稿费、取刊物。

《妫川》创刊号于2004年3月底面世后，得到了县领导和广大读者的一致好评。编委们备受鼓舞，更坚定了办好刊物的信心。

自《妫川》创刊到我2012年退休,我担任了九年主编,刊出了三十五期(2004年第4期因故未出),当时栏目有《妫川名家》《散文随笔》《报告文学》《小说》《民间故事》《诗词》《诗歌》《书法》《美术》《摄影》《他山之石》《新人新作》。共刊登文学作品七百多篇,书法、美术、摄影、歌曲六百多件(幅)。作者中年龄最大的九十二岁,最小的十几岁,除延庆县的作者,还有来自北京其他区以及天津、河北、江苏、辽宁、黑龙江、吉林、海南、山东、内蒙古等二十多个省市自治区的作者。其中有湖北省作协特邀作家陈孝荣先生,国家二级作家许子舟先生,北京作家协会的石中元、刘利华、刘利国老师等。江苏省沛县两任县长胡成彪和冯兴振先生都给我们寄来佳作,还先后刊登了我县政协主席王孝彬、宣传部副部长冯锋和郭东亮、文委副主任赵万里、《延庆报》报社社长周建强的力作。

在2008年抗震救灾和喜迎奥运中,《妫川》开辟了《抗震救灾》和《喜迎奥运》专栏,刊登作品五十七篇(幅),向灾区人民道出了关爱的心声,以期盼的目光喜迎奥运的来临,而后又以无比振奋人心的喜悦庆祝奥运史上无与伦比的辉煌成就。

《妫川》通过不同的题材和视角,弘扬了真善美的传统美德,向人们展现了延庆的秀丽风光、时代风貌和社会发展变化。有位哲人曾经说过:在这个社会里如果没有人去颂扬好人好事,做好事的人就会越来越少;如果没有人去鞭挞坏人坏事,做坏事的人就会越来越多。我们刊登的文艺作品正是起到了弘扬社会正能量、鞭挞不良行为的作用,并为创建一个良好的社会风尚及促进经济发展做出了一定的贡献。

《妫川》在几年中发表了张映辰先生多篇报告文学,先生的报告文学来自现实生活,真实亲切,字里行间充满了对家乡、对英模人物的颂扬,语言生动形象,有很强的感染力。这些作品在北京市和全国报告文学大赛中多次荣获一、二等奖。

《妫川》编辑部还接到了许多来自本县、各区县及外省市读者的来信来电。张家口八十七岁的老教育家柴扉先生来信写道:"你们寄来的《妫川》都收到了,你们寄来的是精神食粮,我认为精神食粮比物质食粮价值和意义更大。"长春市封喜权来信说:"因为我在延庆当过兵,见到《妫川》倍感亲切,内容丰富贴近生活,艺术性很高,读后给人以启发、教育和享受。"中学生于海悦来信写道："我今年十五岁，是延庆县赵庄中学的学生，当我看到《妫川》上刊有我的书法作品时，我高兴极了，这更激发了我学习书法的热情。"黑土地庄园总经理张效春、现住北京原籍延庆的高级工程师孟献章、机场部队干部杨宝金等来信一致赞扬《妫川》是个好刊物，希望长期办下去。

时光荏苒，到2024年，《妫川》已经走过了二十个年头，它得到了领导的肯定、社会的认可、读者的好评，它让延庆人更加热爱延庆，它让众多的外乡人更加了解延庆、向往延庆。

愿《妫川》越办越好，再创辉煌，继续为延庆的文化事业发展、社会文明进步做出新的贡献。

附：

《妫川》第一期（发刊词）

看到一尖顶破春寒的新绿，心灵总震颤一阵阵惊喜；她那怯怯试探的姿态，总让人生出许多怜爱及遐想。

一片叶子浓缩了春天。

因为根对泥土的执着和眷恋，那一尖新绿才不断伸展春天的意境，妫川才呈示了生命的原色和鸟语花香的繁盛。

妫川，原本就是生命之源。那日夜不息的川水，流淌的原本就是生命的鲜活与顽强。

不知先人如何发现了妫水和妫水滋养的这片土地，也不知先人何时插入的第一耒或第一犁，但我们知道，我们的先人的确成就了这片土地的美丽。开发伴随着文明，于是，妫川流淌的就不仅是岁月，同时也流淌极有地域色彩的文化。逝者如斯，但一种地域文化却沉积于流水的深层而赋予后人了。于是，我们才有了今日"妫川文化"丰富多彩的璀璨与辉煌。

妫川文化的积淀是深厚的。

《妫川》如一尖新绿悄然冒出地面，正是根基对这种沉积的回报。

《妫川》的生命和她要担负的任务相比，似乎还显得稚嫩。

《妫川》不但要扶持一些有成就的文学艺术家，更要发现和培养新人；

不但要闪亮今天文化的光彩，还要溯本求源，发掘妫川文化的历史神韵。因为，倘若我们不深入理解自己的文化价值，不沿着她的价值去认识和开发，我们将有愧于先人和后来者。

但《妫川》毕竟在大家的呼唤声中走出来了，既然是一尖新绿，我们就要在大家的呵护中期待她对春天的伸展。

花朵是枝叶的寄托，成长是完美的过程，过程是时间的等候。

我们不苛求，但我们将全力以赴。

廿载烟雨酿春秋 <small>（后记）</small>

2024 年 5 月 14 日，习近平总书记在给北京市延庆区八达岭镇石峡村的乡亲们回信中，深刻阐释了长城的独特价值和守护好长城的重大意义，勉励大家"像守护家园一样守护好长城，弘扬长城文化，讲好长城故事"。这封回信让这个因长城而生、因长城而兴的村落以及其背后默默奉献的长城守护人的故事闪耀在世人面前，也让三十四万妫川儿女心情激动、备受鼓舞！

编选这本《长城脚下的美丽家园：延庆〈妫川〉二十年（2004—2024）散文精选集》（以下简称《精选集》），延庆区委宣传部、区文联旨在以实际行动践行习近平总书记的重要回信精神，透过这本近四十万字的散文作品，纵览延庆地区的作家、作者二十年来履行作家职责、讲好长城故事、讴歌美丽家乡的跋涉历程。

《妫川》创刊于 2004 年，是延庆区文联主办的地方性文学刊物，也是延庆本土文学的重要阵地。文学与时代的紧密相连，《妫川》是展示延庆写作者风采的平台，是作者与作者、作者与读者的交流学习的平台，更是延庆人民以文字抒发对家乡的热爱、对生活的感悟、对时代的讴歌的舞台，为延庆的文学事业发展，培养了乔雨、华夏、周建强、张和平、林遥、许青山、梁小兰等一批又一批的知名作家，营造了浓厚的文学氛围。《妫川》是热爱文学的延庆人的文学梦想的孵化地、灵感的碰撞场、心灵的栖息地！

《妫川》办刊宗旨是"恬静、自然、乡土"，秉承服务区内作家、引领文学发展的使命，始终坚持创新，不断与时俱进，以适应时代的发展和读者的需求，保持着旺盛的生命力。2009 年起，《妫川》推出《妫川名家》

栏目（后改为《妫川作家群》），重点推介延庆本土优秀作家作品，树立榜样效应，增强文化自信；2019年，《妫川》扩大作家顾问委员会阵容，邀请国内著名作家、评论家、编辑为顾问，指导《妫川》办刊和发现优秀作品；推出《冠山文评》栏目，点评解读延庆基层作家作品，推动本地作家在专业和深度上不断突破；推出《妫川叙事》栏目，讲述延庆儿女奋斗故事；2023年，推出《名家名作》栏目，展示中国当代优秀作家的代表性作品，开阔延庆文学爱好者的视野……截至2024年末，共计编辑出刊八十五期（含增刊），近千万字，全方位、多角度展示了区内作家、作者的文学作品，为延庆作家、作者在专业文学刊物发表作品争取机会。其中，散文作品因其真实诚挚、贴近生活、易于阅读的特点，成为刊物中大受欢迎的体裁，记录下妫川大地二十年发展奋进的扎实步履。延庆的写作者们用散文勾勒出这片土地上人们的喜怒哀乐、生活百态，展现浓郁的地域特色和人文精神。

新世纪的阳光穿透长城的晨雾，彼时，电脑键盘的敲击声已经逐渐取代钢笔的沙沙声。延庆这座古城的文化血脉，从前辈妫川文化人的诗文韵律中，应和上了互联网时代的新鲜脉搏。传统与现代的碰撞，如同长城烽烟与妫川星月的交相辉映，追赶上了中国文学传统与现代创新的时代步伐。延庆作家的散文，宛若璀璨的钻石，在情感共鸣、精神引领、文化传承、社会影响等不同的角度下折射出斑斓的光芒，展现了文学创作的无限可能。

当指尖抚过这本沉甸甸的《精选集》，恍若触碰了妫河温润的肌肤。二十载光阴如妫水静静流淌，那些被文字烙印过的日月星辰、草木山河，此刻正透过油墨清香扑面而来。这是延庆的作者们用二十载春秋酿就的一壶老酒，醇厚绵长中赓续着妫川大地的文脉传承。

打开这本《精选集》，恍若走进一座延庆地方文化的长廊。赵万里的《粗茶，延庆人的品位》将黄芩茶的苦涩与甘甜，化作舌尖上的乡愁；连禾的《永远的妫河》用镜头般的语言，定格了妫水河十里繁花的盛景；李秀山的《妹妹晚年的幸福》则在时代变迁中，镌刻下传统孝道的永恒印记；耿延峰笔下的《跨越四十年的家国天下》又将我们带入红色文化的时空隧道。这些文字如同元宵节世园会中的花会表演，锣鼓铿锵处，历史与现实热烈交融。

在《妫川》二十年的字里行间，长城始终是贯穿时空的精神坐标，既是《写好万里长城这一撇儿》的壮阔叙事，也是《火焰山和九眼楼》中戍边将士的热血记忆，更是《石峡村里守城人》里梅景田四十年如一日的守护信仰。这些文字共同勾勒出长城的多重维度——它既是抵御外侮的军事屏障，更是农耕文明与游牧文明对话的纽带；既是凝固的历史丰碑，更是生生不息的文化基因。

《妫川》散文对长城的书写，也始终与"家园"意识深度交织。在《家住康庄》中，长城的烽燧与官厅湖的波光粼粼并置，展现"塞北江南"的生态奇观；而《火炬光耀八达岭长城》则通过2022年冬奥会的举办，揭示长城精神与现代文明的和鸣。这些篇章共同构建了一个立体的"长城家园"——在这里，古崖居的石室与冬奥村的雪道遥相辉映，八达岭的砖石与世园会的花木共享大地的滋养，长城不是历史遗迹，而是滋养生命、孕育文明的母体。

面对《精选集》的编选，编委会秉持严谨、公正的原则，以作品的文学性为首要标准，兼顾题材的多样性、主题的深刻性以及与延庆地区的紧密关联性。为确保入选作者的覆盖面、多元化，确定每位作者最多选用两篇作品。在编选过程中，工作量巨大，编委会整理《妫川》二十年来八十五期刊物，精心挑选，反复研读，力求将最能代表《妫川》文艺季刊创作成就的散文呈现给读者，最终从近三百万字的一千五百零一篇散文作品中精选出一百三十八位作者的一百六十一篇散文作品。

在编辑本书过程中，我们也收获了诸多感动。这些饱含深情的文字，字里行间流淌着写作者对家乡的眷恋、对生活的热爱，以及对文学的执着追求。例如，根据编选原则，不准备纳入专业性强的文章篇目，然而，阎尚利的《书法，也是一种养生》虽专门探讨书法，但经编委会研究，认为阎尚利通过修习书法与病魔斗争的故事令人钦佩，这篇散文与作者经历形成互动，并非单纯的专业解读文章，应将其纳入选集——这就是文学的意义，让我们拥有与病痛险阻斗争时强大的精神助力；编辑在阅读杨军云的《特殊的采访》时感动落泪，作者紧锣密鼓的采访，追不上新中国成立前老党员、抗日战争和解放战争复员军人们逝去的速度——这就是文学的意义，努力让热血与光荣不被时间湮灭；陈超的《从愁烧柴到延庆的森林城市建设》、史长江的《我和筥箵的情结》、李荣富的《百里接生记》等散文，书写的"过去"不过是三四十年前，如今却让人感到陌生新奇，是他们让今天的我们看见延庆翻天覆地的变化发展——这就是文学的意义，这也是写作者的使命，用我们的笔记录时代、讴歌时代。

当"绿水青山就是金山银山"的春风吹遍妫川，文学创作也焕发出新的生命力。蒋希云的《水润妫川》不只是描写水流形态，而是为延庆的水利工程谱写了一曲生态史诗，那些在河道旁种植的芦苇荡，是堤坝，也是候鸟迁徙的驿站，更是人与自然重修旧好的见证。这种生态意识的觉醒，在高世和的《彩色妫川》中得到视觉化呈现——四季变换的色彩是自然景观，也是衡量生态文明建设成效的诗意标尺。冯淑珍的《森林之美》则将目光投向造林工程，昔日的荒山秃岭在作家的笔下化作油画般的绿色屏障，每棵树苗的生长都成为对抗气候变化的文学注脚。

冬奥会的圣火在海陀之巅点燃，延庆文学也迎来了新的创作题材。冰雪运动带来了竞技场的荣耀，也带来生活方式的革命。乔分在《滑雪让生活更美好》中描写的滑雪学校，是培养运动员的摇篮，也是城乡融合的纽带。那些来自城市的家庭在雪道上留下的欢笑声，与山区孩子学会滑雪时雀跃的身影交相辉映，构成了一幅新时代的"千里江山图"。

当然，作为基层作者，限于缺乏系统的文学训练，部分散文也难免存在着瑕疵与不足，从创作素材来看，缺乏深度的挖掘与独特的选材；从文字表达上来看，缺乏精准的呈现与耐心的打磨；从结构搭建上看，多为本能写作，有不够严谨的问题；从写作风格上来看，欠缺脱颖而出的独创性。这也反映出妫川文学在创作水平上还有极大的提升空间，需要进一步加强学习，提升素养。

二十年，对于一本地区的文学刊物而言，是坚守，是成长，更是蜕变。《妫川》从最初的萌芽，到如今的枝繁叶茂，离不开一代代文学爱好者的辛勤耕耘。在这本选集的编选过程中，我们常常被基层作者们的真诚和执着所打动。他们中有教师、农民、工人、学生等，作者中年龄最大的九十二岁，最小的十余岁，除了延庆区的作者，还有来自北京其他区和天津、河北、江苏、辽宁等二十多个省市的作者。二十年前，石明投稿《妹妹，你为什么这样胖》时，还是延庆一名普通高三学生，文章见刊时已经上了大学，如今想必早已为人妻、为人母。他们在繁忙的生活之余，依然坚持用文字记录生活、抒发情怀。他们的文字或许不够圆熟，却饱含着对生活的热爱；或许不够深刻，却流淌着最真实的感动。借本篇后记，编委会向《妫川》所有作者和读者致以崇高的敬意！

翻阅《精选集》，我们触摸传统农耕文明的温度的同时，也感受着数字时代的脉搏，听见乡土中国的悠远吟唱的同时，也读到中国故事的世界回响。这或许就是妫川文学最珍贵的特质——它是地方性的，又是普世的；是历史的，又是当下的。

合上这部《精选集》，窗外的妫水依然静静流淌，却已不再是二十年前的模样。那些被文学记录的瞬间，有的已成为历史坐标，有的正在生长为未来，但有一点始终未变：妫川儿女用文字记录时代的赤诚之心，就像妫水河床永远承载着的流水滔滔不息。

新时代的光芒照耀妫川，在延庆全面建设最美冬奥城新征程中，我们有理由相信，这条用文字铸就的文化长河，必将继续奔涌向前。就像妫水最终汇入永定河，再融入渤海的怀抱，妫川文学也必将在中国文学的浩瀚星河中，找到自己的位置。让我们相约下一个二十年，继续聆听妫河的波涛声，在文字的田野里播种希望，收获芬芳。